PERRI O'SHAUGHNESSY

Die Abrechnung

Buch

Es könnte nicht besser laufen für Nina Reilly: Ihre Anwaltskanzlei in Lake Tahoe, Nevada, boomt, und auch ihr Liebesleben gestaltet sich äußerst erfreulich, seit sie mit dem Privatdetektiv Paul van Wagoner zusammen ist. Als aber eines Nachts Ninas Auto gestohlen wird, scheint ihr ganzes Leben wie ein Kartenhaus zusammenzustürzen. Denn auf dem Rücksitz ihres Wagens hatte sie ihre Mappe liegen lassen, voll mit vertraulichen Akten und Notizen zu ihren wichtigsten Fällen. Und dann erlebt Nina den Albtraum eines jeden Anwalts: Nach und nach geraten Einzelheiten über ihre Fälle an die Öffentlichkeit. Das ist besonders fatal für zwei Frauen, die einen Mord beobachtet haben und nun als wichtige Zeuginnen um ihr Leben fürchten. Als Nina von ihren Klienten angezeigt wird, droht sie ihre Lizenz zu verlieren. Völlig verzweifelt engagiert sie ihren Exmann Jack McIntyre, einen erfolgreichen Anwalt aus San Francisco. Schon bald kommt es jedoch zwischen McIntyre und van Wagoner zu Spannungen. Dennoch recherchieren beide weiter. Und bald wird deutlich, dass jemand nicht nur das Leben von Ninas Klienten zerstören will, sondern vor allem Nina selbst – jemand, der noch eine Rechnung offen hat …

Autorin

Perri O'Shaughnessy ist der Künstlername für das Autorinnenduo Pamela und Mary O'Shaughnessy. Mary O'Shaughnessy hat Literatur studiert und als Redakteurin gearbeitet, während Pamela O'Shaughnessy die Harvard Law School absolviert hat und als Anwältin tätig war. Beide Schwestern leben in Kalifornien und schreiben zusammen ihre höchst erfolgreichen Kriminalromane.

Von Perri O'Shaughnessy außerdem bei Goldmann lieferbar:

Mildernde Umstände. Roman (44209)
Zeugin wider Willen. Roman (45241)
Auf Treu und Glauben. Roman (45243)
In böser Absicht. Roman (45242)
Nur der Tod war Zeuge. Roman (45310)

Perri O'Shaughnessy

Die Abrechnung

Roman

Aus dem Amerikanischen
von Elvira Willems

GOLDMANN

Die Originalausgabe erschien 2002
unter dem Titel »Unfit to Practice«
bei Delacorte Press,
a Division of Random House Inc., New York.

Umwelthinweis:
Alle bedruckten Materialien dieses Taschenbuches
sind chlorfrei und umweltschonend.

2. Auflage
Deutsche Erstausgabe Oktober 2004

Published by arrangement with Mary Kathleen
O'Shaughnessy and Pamela O'Shaughnessy
Dieses Werk wurde vermittelt durch die Literarische
Agentur Thomas Schlück GmbH, 30827 Garbsen
Umschlaggestaltung: Design Team München
Umschlagfoto: Zefa/Espressokiss
Satz: deutsch-türkischer fotosatz, Berlin
Druck: GGP Media GmbH, Pößneck
Titelnummer: 45659
Redaktion: Barbara Raschig
BH · Herstellung: Sebastian Strohmaier
Made in Germany
ISBN 3-442-45659-2
www.goldmann-verlag.de

Gewidmet
all den Desperados da draußen,
die als Einzelanwälte arbeiten

Prolog

Nachdem sie auf einem schmutzigen Parkplatz unter einer düsteren Betonunterführung aus dem Auto ausgestiegen war, ging Nina Reilly auf einen Kaffee in den Coffeeshop an der Ecke Howard und Main Street. Ein eisiger Luftstrom zog durch die tunnelartigen Straßen zwischen den Wolkenkratzern des Financial District. Die Gebäude schienen sich ihr drohend entgegenzuneigen. Es gab eine ganze Reihe herrlicher Koffein-Oasen, doch das spielte jetzt keine Rolle. Sie war nicht zum Vergnügen hier. Irgendeine schwarze Brühe würde es auch tun.

Am Fuß der Howard Street brummten unsichtbar das Embarcadero und die Bay Bridge wie wütende Bienenkörbe voller Energie. Das Glas an den hohen Gebäuden reflektierte die intensiven Sonnenstrahlen und lenkte sie direkt zu ihr hinunter. Die Menschen glühten wie Aliens, so kam es ihr jedenfalls vor. San Francisco war nicht mehr ihre Stadt. Seit sie vor ein paar Jahren die Anwaltskanzlei in der Montgomery Street, wo ihre Karriere als Anwältin begann, verlassen hatte, war die Kleinstadt South Lake Tahoe ihr Zufluchtsort geworden, San Francisco war ihr inzwischen fremd.

Nina sank auf einen Rattanstuhl. Ein junger Mann am Nachbartisch, der sich eine chinesische Zeitung dicht vor die Nase hielt, pustete in seine Tasse, und Dampf stieg auf.

Frauen wie sie, die teure Jacketts und goldene Ohrringe trugen, warteten unruhig in der Schlange, um gleich darauf hinauszueilen und den Kaffee unterwegs zu trinken.

Wo war Jack?

Sie beobachtete einen Jungen, der aus irgendeinem kalten Land zu kommen schien. Er trug einen schweren Rucksack und lehnte am Tresen, während er auf seinen Espresso wartete. Neben ihm stand ein Mann mit beginnender Glatze, er war kaum älter, doch mit seinem Anzug und seiner Aktentasche sah er aus wie jemand, der sich in seinem Leben eingerichtet hat. Er nahm einen Apfel aus einer Schüssel, während die Frau hinter dem Tresen ihm ein Muffin warm machte. Der Duft nach Zimt wehte durch den Raum, es roch unmittelbar und schmerzlich nach zu Hause. Sie dachte an Bob, der bei ihrem Bruder Matt in Tahoe geblieben war. Sie brauchte ihren Sohn an ihrer Seite, aber sie wollte nicht, dass er das hier durchmachte. Es würde ihn zu sehr verletzen.

Sie sah sich um. Jack hätte längst hier sein müssen.

Was für ein merkwürdiger und schrecklicher Tag, dachte sie und nahm den Verkehrslärm und die Geräusche der Stadt, die durch die offene Tür drangen, in sich auf.

Hier saß sie und wartete auf ihren Exmann, den sie eigentlich nie mehr hatte wiedersehen wollen, doch wegen dieser bereits sechs Monate andauernden Rechtssache war ihre Beziehung im Augenblick enger als während ihrer Ehe. Sie schätzte Jacks ausgebuffte und beruhigende Art als Kollege. Als Anwalt überzeugte er sie, als Ehemann weniger.

Jack wehte durch die Tür von der Main Street herein und warf seinen Regenmantel auf den freien Stuhl neben ihr. »Tut mir Leid, ich bin zu spät.«

»Ich bin auch eben erst gekommen. Wir haben im Stau festgesteckt, von der Bay Bridge stadteinwärts. Wie viel Zeit haben wir?«

»Ein paar Minuten. Wann bist du in Tahoe losgefahren?«

»Halb fünf.« Lange vor dem Morgengrauen. Sie versuchte sein Lächeln zu erwidern, schließlich war die Einstellung alles. Sie hatte Verstärkung, und das sollte sie aufrichten.

Jack sah todschick aus in seinem Anzug, sein kantiges Kinn war sauber rasiert, und sein frisch geföhntes rotblondes Haar stand ihm vom Kopf ab wie elektrisiert.

Er strich sich darüber und las, was auf der grünen Tafel stand. »Ich bin sofort wieder da«, sagte er und ging zum Tresen hinüber.

Nina sah zu, wie er sich vor eine blasse Büroangestellte drängelte, sich dann entschuldigte, als habe er sie nicht gesehen, und ihr den Platz vor ihm anbot, doch das Mädchen war bereits bezaubert und sagte: »Ach nein, gehen Sie nur.« Jack besaß Charme, eine seltene Gabe, die sowohl im Gerichtssaal als auch im Leben Spannungen löste. Gut. Er würde sie in den nächsten Tagen brauchen.

Er kehrte zurück und schlürfte seinen Kaffee, wobei er sorgfältig auf seinen weißen Kragen achtete. Dann nahm er ihre Hand. »Entspann dich. Es ist nur ein weiterer Tag vor Gericht.« Er musterte sie mit einer Mischung aus persönlichem und beruflichem Interesse. »Das Kostüm gefällt mir, aber die Haare könntest du dir nach hinten binden.«

Nina dachte darüber nach, wie viel Kontrolle Jack jetzt über sie hatte, nahm eine Haarspange aus ihrer Handtasche und band sich ihr langes, braunes Haar zusammen.

»Wir sollten in ein paar Minuten gehen. Wenn wir uns mit den Örtlichkeiten vertraut machen, bevor der Richter auftaucht, fühlen wir uns gleich wohler. Du siehst sorgenvoll aus. Nein, du siehst fantastisch aus. Beides. Was ist los?«

»Ich bin bereit zu kämpfen, ich weiß bloß nicht, gegen wen wir kämpfen. Ich hasse das Gefühl, manipuliert zu werden.«

»Dann solltest du das Verfahren nutzen, um es herauszufinden. Wir konzentrieren uns ganz darauf. Und dreh mir inzwischen nicht durch.«

»Ich werde mich zuversichtlich geben, aber sag mir nicht, wie ich mich fühlen soll.« Sein Blick streifte ihre Hand und fiel auf die Nägel, die sie bis aufs Fleisch abgekaut hatte. Sie fuhr sich mit einem Finger über die Lippen, öffnete ihre Aktentasche, zog einen kleinen Spiegel heraus und betrachtete prüfend ihre Augen. Sie waren braun wie immer und verrieten kein Anzeichen von Panik. Erstaunlich.

»Warum bist du nicht schon gestern von Tahoe runtergekommen? Ich sehe doch, wie müde du bist, und wir fangen erst an. Du hättest letzte Nacht bei mir in Bernal Heights übernachten und dir diese Fahrt sparen sollen. Was glaubst du? Dass ich über dich hergefallen wäre?«

Sie antwortete nicht, sondern sagte sich, dass dies nicht der richtige Zeitpunkt war. Der Schlafmangel und die Spannung, die sich seit Monaten aufgebaut hatte, zehrten an ihnen beiden.

»Tut mir Leid«, erklärte Jack einen Augenblick später. »Die Schuhe sind hübsch. Du siehst heute so achtbar aus. Wie jemand, den ich heiraten könnte.« Er lächelte und forderte sie damit zum Mitspielen auf. Er war stets darauf bedacht, einer Situation die Schärfe zu nehmen, die Wogen mit einem kleinen Scherz zu glätten. Das Leben macht Spaß, sagten seine Augen. Als sie nicht zurücklächelte, verhärteten sich seine Züge, und er verwandelte sich wieder in Jack, den messerscharfen Anwalt. Das war ihr lieber, sie glaubte nämlich, dass dies sein wahres Selbst war.

Er sah auf die Uhr. »Zeit zu gehen.«

Sie brachen eilig auf, obwohl sie immer noch früh dran waren.

Ninas neue Aktentasche wurde mit jedem Schritt schwerer. Sie enthielt monatelange Arbeit, lauter zusammengeheftete schriftliche Beweisstücke. Sie stand vor dem wichtigsten Verfahren ihrer ganzen Laufbahn. Und doch war sie noch nicht bereit. Hierfür würde sie nie bereit sein.

Nachdem sie durch ein Gewirr von Wolkenkratzern gegangen waren, bogen sie in eine nasskalte Gasse ein. An einem

Straßenstand ergoss sich noch mehr Kaffee in ungeduldig klirrende Tassen. Die ganze Stadt schien von Koffein angetrieben zu werden, überdreht, reizbar, unaufhaltsam in Bewegung. Sie schoben sich durch eine Flügeltür und traten zu den Sicherheitsleuten.

»Guten Morgen. Müssen wir uns eintragen?«, fragte Jack.

Eine freundliche Schwarze untersuchte ihre Aktenkoffer. »Sie gehen rauf ins Gericht?«

»Ja. Hat der Richter gute Laune?«

»Erzählen Sie's mir, wenn Sie ihn gesehen haben. Hier bitte unterschreiben«, sagte sie. »Fünfte Etage.«

Der Aufzug schimmerte in Bronze und Silber. Sie fuhren schweigend hinauf, verließen den Lift und traten vor ein Schild, auf dem »Bitte Ruhe, Verhandlung« stand. Dann legten sie Nagelknipser, Schlüssel und Münzen auf ein braunes Plastiktablett und passierten den Metalldetektor. Als Nina hindurchging, ertönte der Alarm. Der Bediente, ein junger Mann in einem gestärkten weißen Hemd, winkte sie mit einer Geste zurück. Er schaute auf ihre Füße. »Hm. Keine Schnallen«, meinte er.

Sie legte ihre Uhr ab und trat noch einmal hindurch. Erneuter Alarm. In einem kleinen Wartebereich zur Linken standen mehrere Leute, von denen sie einige kannte. Sie starrten Nina an. Nina schluckte und überlegte, was um alles in der Welt sie bei sich hatte, das dieses Ding in Gang setzte. Einen Bügel-BH? Nein, sie war längst auf die weichen Sport-BHs umgestiegen, die unter ihrer Kostümjacke unsichtbar waren und viel bequemer für einen langen Tag vor Gericht. Schon hatte sie sich lächerlich gemacht. Sie verspürte den dringenden Wunsch zu fliehen.

»Deine Haarspange, Nina«, sagte Jack.

Sie nickte und legte sie ab. Ihr Haar bauschte sich, doch diesmal ging sie ohne lärmende Begleiterscheinungen hindurch. Der Sicherheitsbeamte lächelte sie an und reichte ihr die Haarspange. »Unterschreiben Sie hier.« Er schob ihr einen linierten Block hin. »Die Ankunftszeit war neun Uhr zweiundzwanzig. Wenn Sie nur für ein paar Minuten rausgehen, müssen Sie sich nicht abmelden. Nur am Ende des Tages.«

»Können wir reingehen?«, fragte Jack. »Ich glaube, wir sind in Gerichtssaal zwei.«

»Die Justizbeamtin ist schon drin. Nur zu.«

Nina spürte die Blicke im Rücken, als sie hineingingen.

»Dein Haar«, erinnerte Jack sie.

»Zum Teufel damit.« Sie schob die Spange in ihre Tasche.

Der Gerichtssaal war klein und bis auf zwei Milchglasscheiben links und rechts der Tür zur Wartezone fensterlos. Der Raum bildete ein langes Rechteck. Zur Rechten saß die Prozessanwältin Gayle Nolan an einem L-förmigen Tisch hinter zwei großen schwarzen Notizbüchern. Nina und Jack setzten sich an einen identischen Tisch zur Linken, Jack an die lange Seit des L, Nina in den Winkel. Die Klimaanlage war zu kühl eingestellt. Sie spürte die unnatürliche Kälte und war froh über ihre warme Jacke.

Jack ordnete seine Papiere auf dem Tisch und reichte ihr eine der beiden Mineralwasserflaschen, die dort standen. Sie entnahm den Inhalt ihrer Aktentasche ebenso schnell und effizient wie schon viele Male im Laufe ihrer juristischen Karriere, ihr gefiel die systematische Organisation, die aus vielen Stunden Arbeit resultierte. Die Wände des Gerichtssaals waren ein Musterbeispiel an Neutralität, braun, weiß und grau. Die Stühle, auf denen sie saßen, trugen unauffällige Streifen. Das Mobiliar war neutral, wie geschaffen, Stimmungen, die in der Luft lagen, aufzusaugen. Details wie die Uhr an der Wand, kreisrund mit einfachen Ziffern, die Richterbank sowie eine große Digitaluhr, die jetzt noch Striche statt Zahlen anzeigte, waren streng funktional. Hinter ihnen an der Wand standen ein Dutzend Stühle für Zuschauer oder Zeugen.

So stilisiert, wie dieser Raum war, hätte sie sich ebenso gut in Chicago, New York oder zu Hause in ihrem Gerichtssaal in South Lake Tahoe befinden können. Er erinnerte sie an die Kulissen eines Theaterstücks, das sie vor kurzem in einem kleinen Theater gesehen hatte, Sartres *Geschlossene Gesellschaft*, ein schwarzer, vermutlich von leerem Raum umgebener Ort. Das Fegefeuer, zeitlos und ewig.

Doch dies hier war nicht Tahoe. Die Berge draußen hinter dem Grau waren hohe Gebäude. Das surreale Element, der Zusammenprall des kühlen Gerichtssaals mit den oftmals schrecklichen Ereignissen, die die Menschen dort zusammenbrachten, packte sie. Was mache ich hier?, dachte sie. Wer hat mir das angetan?

Jacks Hand berührte ihren Arm.

»Alles klar?«, flüsterte er.

»Ich stehe total neben mir«, antwortete Nina leise.

»Wie du es schaffst, trotzdem eine Miene zu machen wie Darth Vader, werde ich nie begreifen.« Jack spielte mit einem leeren Styroporbecher herum, ein kreischendes, grässliches Geräusch. Gayle Nolan erhob sich, ohne sie zu beachten, und rollte einen Karren herein, auf dem »Oberste Prozessanwältin« stand und der unter dicken Notizbüchern, Aktenkisten voller Schnellhefter und Gesetzbüchern fast zusammenbrach. So viel Papier. Nina versuchte den Anblick zu genießen, wie Nolan mit der Last kämpfte. Kein eifriger Justizbeamter eilte ihr zu Hilfe. Das Licht brach sich auf Nolans Brillengläsern, während sie die Unterlagen auf ihren Tisch stapelte. Schließlich setzte sie sich wieder.

»Guten Tag, Gale«, sagte Jack. »Und, wie geht es Ihnen an diesem schönen Morgen?«

»Hallo, Jack.«

»Noch können Sie einen Rückzieher machen.«

»Bringen Sie mich nicht zum Lachen.«

»Die ganze Sache ist zum Lachen.«

»Ja? Sieht nicht so aus, als würde sie lachen.«

»Sie will als Letzte lachen.«

Der Richter trat durch eine der drei Türen an der Stirnseite des Saals hinter der Richterbank. Sie erhoben sich. Er war ungewöhnlich groß, hatte dichtes graues Haar, das nach hinten gebürstet war, und sein Gesicht zierte ein schmaler, hübscher Schnurrbart, nicht buschig wie der von Jack. Er sah nicht zu ihnen herüber. Als er sich setzte und ihnen damit ebenfalls erlaubt war, wieder Platz zu nehmen, galt seine ganze Aufmerksamkeit den Akten.

Auf einem Schild vorne an seinem Tisch stand RICHTER HUGO BROCK. »Die Sitzung ist eröffnet«, erklärte er. Die Protokollführerin, die rechts von ihm saß und einen Kopfhörer trug, drückte auf eine Taste, und die digitale Uhr an der Stirnseite erwachte leuchtend rot zum Leben. Es war der strahlendste Punkt im Raum, und alle starrten darauf, als wäre der Tag explodiert.

»Verfahren vor dem Anwaltsgericht des Staates Kalifornien, Aktenzeichen SB 76356, in Sachen Reilly«, sagte der Richter.

ERSTES BUCH

September

Ninas Mutter hatte ihre Schule immer den Hain genannt, und sooft Nina später an diesen Namen dachte, kam ihr wie selbstverständlich das Bild reifer Äpfel und Orangen in den Sinn, als hätte sie im Alter von sechs Jahren in einer ländlichen Idylle gelebt. Dabei war es nur eine hügelige Gegend in Kalifornien gewesen, und die Grundschule hieß in Wirklichkeit Pacific-Grove-Grundschule, ein schlichter Name ohne jede Romantik. Dort war Nina in die erste Klasse gegangen.

Auf dem Spielplatz schwangen die kleinen Mädchen an einer langen Metallstange einen knappen Meter über dem Boden. Den Jungen war dieses aufregende Vergnügen nicht gestattet. Das eine Bein über der Stange, drückte sie sich mit dem anderen vom Boden ab, die Hände hielten die Stange umklammert, und schon ging es im Überschlag rundherum, in sämtlichen Pausen und auch nach der Schule, wenn sie alleine turnte. Mit dem richtigen Rhythmus konnte sie zehn oder zwölf Überschläge hintereinander machen, bis ihr ganz schwindlig wurde und die Hügel und Bäume auf dem Kopf standen und in einer sich ständig wandelnden Welt andere Formen annahmen.

Das erste wichtige Ereignis in ihrem Leben geschah im Hain. Eines Tages schwang sie ganz alleine nach der Schule wie-

der und wieder an der Stange herum, und nach einer Weile schlug auch ein Gedanke in ihrem Kopf Purzelbäume: Ich bin ich.

Diesen Gedanken hatte sie noch nie zuvor gehabt. Im Grunde hatte sie es sich noch nie zuvor bewusst gemacht. Ich bin ich. Mein Name ist Nina, ich wohne gleich die Straße runter. Ich schwinge um die Stange. Ich bin ich! Aufgeregt schwang sie wie wild herum. Die Hügel waren jetzt die gleichen Hügel, sie standen nur auf dem Kopf.

Nun, da dieser Gedanke zum ersten Mal in ihrem Kopf aufgetaucht war, war sie nicht mehr dieselbe. Sie wurde sich vieler Dinge bewusst, die ihr noch nie aufgefallen waren. Das war ein Verlust, denn vorher war sie unbekümmert und frei gewesen, doch sie freute sich darüber, dass sie erkannte, wie die Dinge zusammenpassten. Sie entdeckte, wo ihr Platz in dieser neuen, wohl geordneten Welt war, besonders in ihrer Familie zwischen Mommy, Daddy und ihrem kleinen Bruder Matty.

In der Schule brachte ihre Lehrerin ihr Regeln bei. Befolge die Regeln, dann vermeidest du das Chaos. Befolge sie, damit die Dinge ihre Ordnung behalten. Stell dich in die Reihe, wenn die Schulglocke läutet. Heb die Hand, wenn du zur Toilette musst. Kleine-Mädchen-Toilette, Kleine-Jungen-Toilette.

Die zweite wichtige Sache geschah gegen Ende des Jahres, auch wieder nach der Schule. Eigentlich hätte Nina nach Hause gehen sollen, einen Block die Straße runter, doch die Hitze hatte sie durstig gemacht, also hatte sie erst einmal einen großen Schluck an dem Trinkbrunnen für Mädchen getrunken. Kleine-Mädchen-Trinkbrunnen, Kleine-Jungen-Trinkbrunnen, drüben bei ihrer Toilette, eine feste Regel.

Während Nina sich umsah, kamen eine Mutter und ein kleiner Junge zu ihr.

Und zu ihrem Entsetzen wollte der kleine Junge vom Kleine-Mädchen-Trinkbrunnen trinken. Nina lief zu ihm hin, um ihm zu erklären, dass er das nicht tun könne. Doch die unwissende und gleichgültige Mutter schob sie zur Seite und sagte, sie solle sich davonscheren. Und der Junge, der sicher ganz durcheinander gewesen war, beschloss, seiner Mutter zu folgen, doch da stellte Nina sich ihm mit ausgestreckten Armen in den Weg und verteidigte den Trinkbrunnen. Das ist die Regel!, rief sie, doch die große Erwachsene beugte sich hinunter und sagte dem Jungen, er solle trinken, und er versetzte Nina einen kleinen Schubs, damit sie aus dem Weg ging.

Also verpasste Nina ihm eine. Das wirkte. Er setzte sich auf den Beton, griff sich ans Auge und weinte. Nina seufzte erleichtert und war zufrieden, doch da hatte die Mutter schon einen Lehrer geholt, der sie mit in sein Büro nahm und Mommy anrief und behauptete, sie habe etwas Böses getan! Und niemand begriff, dass sie den Trinkbrunnen verteidigt hatte – und die Regeln und vielleicht sogar die ganze wohl geordnete Welt –, dass sie die Verfechterin des Mädchen-Trinkbrunnens war. Sie hatte das Richtige getan und war dafür bestraft worden.

Sich so vollkommen sicher zu sein und dann zu erleben, dass das System auf den Kopf gestellt wurde! Sie beschloss, und das war die bedeutendste Entscheidung ihres Lebens, dass sie nach ihrem Wissen im Recht gewesen war, und die anderen waren im Unrecht, denn Regeln hatten Sinn und Zweck. Welchen Sinn und welchen Zweck, das wusste sie noch nicht. Doch Regeln gaben ihrer verschwommenen Welt eine Kontur.

Auf der Highschool, etwa zehn Jahre später, fuhr Nina mit ihrem Kurs nach Monterey, um an einer Gerichtsverhandlung teilzunehmen. Möglicherweise hatte der schmuddelige, verwirrte Angeklagte etwas sehr Schlimmes getan. Alle waren gegen ihn. Doch ein Mensch stand für ihn ein, verteidigte ihn und sorgte dafür, dass die Regeln befolgt wurden. Und während sie zusah, begriff sie. Dieser Fürsprecher verteidigte nicht nur diesen armen Underdog, sondern ein System, das dafür sorgte, dass die Welt in den Fugen blieb.

Wie können Menschen mit verschiedenen Werten, Religionen, ökonomischen Verhältnissen und Hoffnungen in Frieden koexistieren?

Das Recht bot eine Methode.

Und so beschloss sie im Alter von sechzehn Jahren, Anwältin zu werden.

1

Dieser Donnerstag Anfang September erstrahlte in herrlichem Blau und Weiß, luftig und unschuldig wie ein Picknick, die Hitze wurde von schimmernden, sich in der Sonne wiegenden Blättern gemildert. Doch im Laufe des Nachmittags zeigte die Sierra ihr wahres Gesicht in einem heftigen Sommergewitter, unbarmherzig, unvorhersehbar und gefährlich.

Und weil der Sturm an diesem Abend alle erdenklichen menschlichen Bemühungen vereitelte, oder weil das Leben ein Sumpf aus Irrtümern ist, oder einfach nur, weil sie zu hart gearbeitet hatte und dieser Tag sie erschöpft hatte, beging Nina Reilly einen kleinen, entscheidenden Fehler, der alles veränderte.

Der Tag begann Punkt acht Uhr dreißig mit der Anhörung im Sorgerechtsfall Cruz, die jetzt bereits den zweiten Tag reibungslos lief, wenn man das Auseinanderbrechen einer Familie reibungslos nennen konnte. Lisa Cruz, Kevins Frau, trat in den Zeugenstand. Sie liebte ihre zwei Kinder, daran bestand kein Zweifel, aber sie hatte auch Vorstellungen, die zuweilen sehr merkwürdig waren.

»Ich bin Vollzeitmutter, ich bin berufstätig, und ich habe eine tiefe Spiritualität«, sagte sie und blickte mit großen, schimmernden Augen, die um weitere Unterstützung zu flehen schienen, Jeffrey Riesner an. »Ich bin darauf angewiesen, dass die großen Philosophen mir den Weg weisen.«

Kevin konnte sich einen beißenden Kommentar nicht verkneifen. »Das geht von Jim Beam über Pillen bis hin zum Marathonlaufen oder weiter zur Religiosität«, flüsterte er.

Lisa hatte ein blasses, herzförmiges Gesicht und eine zurückhaltende, gehauchte Stimme. Sie trug eine taillierte Jacke und eine Bügelfaltenhose und sah zerbrechlich aus, doch Kevin hatte Nina erzählt, dass Lisa acht Kilometer laufen konnte, ohne in Schweiß auszubrechen, dass sie keine Bedenken hatte, ihn zu treten, wenn er am Boden lag, dass sie ein umfassendes, nicht jugendfreies Vokabular besaß und außer ihren Kindern nichts und niemandem unerschütterlich die Treue hielt.

Lisa rutschte während Riesners Fragen immer wieder auf dem Stuhl herum, legte ein Bein über das andere und überlegte es sich dann wieder anders. Sie saß offensichtlich nicht gerne still. »Ich habe auf dem Community College Philosophie studiert«, sagte sie.

»Sie hat einen Kurs belegt und vorzeitig abgebrochen«, flüsterte Kevin Nina zu.

»Ich betrachte mich als Wahrheitssucherin und Schülerin. Natürlich versuche ich, meinen Kindern die richtigen Werte zu vermitteln: harte Arbeit, gesunde Ernährung, sich Ziele setzen.« Dann hatte sie noch einiges über Vitamine zu sagen.

Weiteres Geflüster. »Sie würde auch eine Viehpeitsche nehmen, wenn sie davon ausgehen könnte, dass sie damit durchkäme. Was körperliche Fitness angeht, ist sie total fanatisch. Wegen dieser Gewaltmärsche in den Bergen oder überhaupt dieser ganzen bescheuerten Ansichten haben die Kinder keine einzige ruhige Minute.« Kevin war wie immer emotional aufgewühlt zum Gericht gekommen. Nina musste auf ihn aufpassen, wo sie doch all ihre Konzentration gebraucht hätte, um auf Jeffrey Riesner zu achten, den Anwalt, der Lisa vertrat. Sie schüttelte mit geschlossenen Augen heftig den Kopf, und Kevin verstand und schwieg.

Nina und Riesner kannten sich schon lange, was in diesem

Fall jedoch nichts Gutes hieß. Eine lange Geschichte voller Konflikte verband sie, die etwa an dem Tag begonnen hatte, als Nina in die Stadt South Lake Tahoe gezogen war und hier als Einzelanwältin eine Kanzlei eröffnet hatte. Riesner war Partner in Tahoes renommiertester Anwaltskanzlei Caplan, Stamp, Powell und Riesner und sah in ihr eine ambitionierte Streberin von auswärts, die in sein Territorium eingedrungen war und mehrere gute Mandanten von ihm weggelockt hatte. Nina betrachtete ihn als unbarmherzigen Gierschlund, der einen Groll gegen sie hegte und Frauen hasste, sie im Besonderen.

Sie sah zu, wie er mit Lisa spielte, ebenso wie mit dem Richter und dem Gericht. Er wirkte so heimisch in einem Gerichtssaal, wie man es nur sein konnte, ohne eine Couch und Kissen reinzuschleppen. Wie er mit kleinen Geschichten über Lisas Großzügigkeit und Freundlichkeit ihre Herzen erwärmte. Das kleinste Lächeln war kalkuliert, jedes warme Nicken zum Richter wohl einstudiert. Nina begriff einfach nicht, woher sein guter Ruf im Gerichtssaal stammte. Offensichtlich durchschauten Richter und Geschworene das hoch aufragende, glattzüngige, in Armani gekleidete Äußere nicht, um bis zu seinem sich windenden, wurmigen Inneren vorzudringen.

Unter Riesners sorgfältiger Führung machte Lisa noch eine Weile weiter, zählte bescheiden ihre Erfolge als Mutter und als Mitglied der freiwilligen Feuerwehr auf, worüber sie ein paar aufregende Geschichten zu erzählen hatte. Langsam baute Riesner sie zur Superfrau auf. Ihre Mutter, die in der Nähe wohnte, passte auf die Kinder auf, wenn für einen Feuerwehreinsatz Freiwillige gebraucht wurden. Sie war in der Kirche aktiv, sammelte Geld für wohltätige Zwecke, traf sich mit den Lehrern zu Besprechungen und liebte ihre Kinder.

Was Nina am meisten interessierte, war nicht das, was sie sagte, sondern wie sie es sagte. Immer wenn Lisa Gefahr lief, wahre Gefühle zu zeigen, indem sie die Stimme hob oder ein wenig leidenschaftlicher wurde, lenkte Riesner sie wieder ins ruhige Fahrwasser, wie ein Märchenheld, der sie vor den gruseligen, dunklen Wäldern bewahrte. Als er nach mehreren Minuten alles Gute aus seiner Mandantin herausgequetscht hatte, ging er wieder zu seinem Tisch zurück und setzte sich, jedoch nicht, ohne zuvor einen siegesgewissen Blick in Ninas Richtung zu werfen.

Nina erhob sich. Sie hatte lange darüber nachgedacht, wie sie Kevins Exfrau ins Kreuzverhör nehmen sollte. Lisa war ebenso wenig eine schlechte Mutter, wie Kevin ein schlechter Vater war, doch die Kinder konnten nicht beiden Elternteilen zugesprochen werden. Viele Eltern versuchten, sich das Sorgerecht zu teilen, doch das gelang nur denjenigen, die sich auch nach der Scheidung noch respektierten und einander mochten. Lisa und Kevin dagegen konnten sich nicht mehr ausstehen.

Lisas emotionale Unbeständigkeit war ihr Schwachpunkt. Sie saß mit sittsam gefalteten Händen im Zeugenstand, wie ein weiblicher Buddha. Nina musste diese oberflächliche Gelassenheit durchbrechen.

»Mrs. Cruz, Sie bezeichnen sich als Suchende«, begann Nina. »Könnten Sie uns ein bisschen mehr darüber erzählen? Was Sie damit meinen?«

Riesner räusperte sich, er überlegte vermutlich, ob er Einspruch erheben sollte. Dem plötzlichen Innehalten nach zu schließen, kam der Schleim nicht weiter als bis zur Speiseröhre und blieb dort stecken. Die Frage gefiel Riesner nicht, doch er hatte wohl beschlossen, sie durchgehen zu lassen.

»Also.« Die ganze Ruhe, die Lisa während Riesners Befragung aufgebaut hatte, war verschwunden. Sie zögerte, brachte keinen Ton heraus, starrte Nina mit halb faszinierter, halb abwehrender Miene an und trommelte mit den Fingern auf das Geländer vor ihr.

»Mrs. Cruz?«, hakte Nina nach.

Schließlich brachte sie etwas hervor, obwohl die Worte gezwungen klangen. »Das Leben hat eine tiefere Bedeutung als … als nur das hier«, stammelte sie.

Einige Zuschauer aus dem Publikum sahen sich in dem farb- und fensterlosen Gerichtssaal um und kicherten.

»Ich meine nicht diesen speziellen Augenblick«, verteidigte sie sich, »obwohl jeder Augenblick bedeutsam ist. Dieser hier sowieso, denn es geht um das künftige Wohlergehen meiner Kinder. Doch um Ihre Frage etwas umfassender zu beantworten, ich würde sagen, ich interessiere mich für das große Bild. Verantwortung für die eigenen Handlungen zu übernehmen. Die Schuld auf sich zu nehmen, wenn man etwas Falsches getan hat.« Stumpfe braune Augen folgten Ninas Bewegungen, als erwartete sie, dass Nina sich jeden Augenblick auf sie stürzen würde.

»Sie sind also ein religiöser Mensch.«

»Ja.«

»Sie besuchen jeden Sonntag mit Ihren Kindern den Gottesdienst?«

»Ja.«

»Ich habe gehört, Ihre Religion verbietet Bluttransfusionen«, sagte Nina.

»Ich habe nicht den Verstand verloren, nur weil ich dieser Kirche beigetreten bin«, sagte Lisa. »Ich bin offen für den Rat von Schulmedizinern und würde wie früher Kevins Wünsche berücksichtigen, auch nach der Scheidung. Wissen Sie, was die persönliche Philosophie betrifft, nach der es zu leben gilt, lege ich mir keine Beschränkungen auf. Ich habe lange darüber nachgedacht, wie wir leben sollten und warum wir leben, und bin zu einigen Schlussfolgerungen gekommen.«

»Und zu welchen?«

Lisa lehnte sich in ihrem Stuhl zurück und dachte ernsthaft über die Frage nach. »Oh, wir operieren in diesem Land auf einer Ebene … hey, ich kritisiere niemanden, klar? Aber ich will nicht, dass mein Leben von Banalitäten gebremst und auf eine lange Reihe von Pflichten reduziert wird. Ich versuche, mein Leben spirituell, konzentriert und friedlich zu leben.«

Nina wusste, dass Lisa sich gegen die Veränderungen in ihrem Leben sträubte und darüber klagte, seit sie Kinder hatte. Sie fand kaum noch Zeit für sich, fühlte sich in ihrer wichtigen Freiwilligenarbeit eingeschränkt und durch die schwere Bürde, Kinder großzuziehen, über Gebühr belastet. Kevins Groll beruhte zum Teil auf ihrer hartnäckigen Weigerung, sich am normalen Ablauf ihres Alltagslebens zu beteiligen.

»Sie haben zwei Kinder«, sagte Nina. »Da gibt es doch sicher viele Aufgaben zu erledigen. Handelt es sich dabei nicht um Banalitäten?«

»Natürlich. Kinder machen Unordnung. Das ist ihre Aufgabe.«

»Also Ruhe und Frieden sind für eine junge Familie nicht gerade der Normalzustand, nicht wahr?«

»Nein. Ruhe und Frieden sind ein Ziel. Sie sind nicht leicht zu erreichen.«

»Gehört es nicht zu den großen Überraschungen, wenn wir als frisch gebackene Eltern merken, wie wenig Kontrolle wir über die Dynamik des Alltags haben und wie schnell die allerbanalsten Dinge außer Kontrolle geraten?«

»Ich habe das geregelt«, antwortete Lisa trocken, denn sie begriff, in welche Richtung Nina die Befragung lenken wollte. »Natürlich erledige ich die Hausarbeit. Wichtige Dinge und banale Kleinigkeiten. Unbedeutendes. Viele, viele Dinge.«

»Sie sorgen dafür, dass Ihre Kinder saubere Kleider tragen?«

»Ja.«

»Haben Sie einen regelmäßigen Waschtag?«

»Ich mache die Wäsche, wenn der Korb voll ist.«

»Sobald er voll ist?«

Lisa hatte angefangen, nervös herumzuzappeln. Die Fragen

über ihre Haushaltsroutine langweilten sie. »Ja, jedes Mal«, sagte sie und schaute zu Riesner hinüber, der versuchte, ihr mit heftigen Bewegungen der Augenbrauen etwas zu signalisieren. »Was macht es denn schon, ob ich die Wäsche am Montag oder am Freitag mache, wenn sie nur irgendwann gemacht wird? Wissen Sie, die Menschen merken gar nicht, dass sie versuchen, den viktorianischen Lebensstil zu imitieren, ohne die Haushaltshilfe zu haben, die es damals gab. Ja, unser Lebensstandard ist höher als je zuvor, aber muss man wirklich, nur weil man eine Spülmaschine hat, jeden Teller gleich spülen? Nur weil man einen Staubsauger hat, jeden Tag staubsaugen?«

»Sie machen die Wäsche ›irgendwann‹?«, hakte Nina nach. »Bedeutet das einmal oder zweimal die Woche?«

Lisa verdrehte die Augen. »Wahrscheinlich einmal alle zwei Wochen, wenn man den Schnitt nimmt.«

»Bekommen Ihre Kinder regelmäßig etwas zu essen?«

Sie kniff die Augen zusammen. »Natürlich bekommen sie regelmäßig etwas zu essen.«

»Wie würden Sie den Begriff *regelmäßig* definieren?«

»Also, Frühstück, Mittagessen und Abendessen«, sagte sie, die Lippen vor Verachtung über diese entwürdigende Befragung geschürzt. »Habe ich etwas vergessen? O ja. Nach der Schule eine Kleinigkeit.«

»Was haben Sie ihnen heute Morgen zum Frühstück gemacht?«

Sie rutschte auf dem Stuhl herum. »Heute Morgen hatte ich es eilig. Sehen Sie, Joe und Heather sind sieben und neun, alt genug, um sich selbst Müsli zu machen. Die Zeiten, wo mit Toast, Eiern, Speck und Marmelade gefrühstückt wurde, sind doch vorbei.«

»Warum, Mrs. Cruz?«, fragte Nina.

»Wer hat denn die Zeit dazu?«

»Kochen Sie gerne?«

»Ich würde nicht sagen, dass es meine Lieblingsbeschäftigung ist, aber ich weiß, wie man eine gesunde Mahlzeit zubereitet.«

»In Ihrem Antrag steht, dass Sie die ganze Zeit zu Hause sind – außer wenn Sie zu einem Feuerwehreinsatz gerufen werden –, weil Ihre Kinder klein sind und Sie zu Hause brauchen.«

»Das stimmt.«

»Was haben sie heute Morgen zum Frühstück gegessen, Mrs. Cruz?«

Eisiges Schweigen.

»Wissen Sie es nicht?«

»Nein. Obwohl sie ganz bestimmt etwas gegessen haben. In der Spüle war schmutziges Geschirr.«

»Sind die Kinder vor Ihnen aufgestanden?«

»Nein. Ich bin die Erste, die aufsteht. Ich jogge morgens.«

»Sie joggen jeden Morgen?«

»Meistens.«

»Sie machen also kein Frühstück.«

»Nicht, wenn ich laufe.« Wieder wechselte sie mehrfach ihre Sitzposition und runzelte die Stirn.

Nina hatte noch nie einen Zeugen erlebt, der so wenig stillsitzen konnte, obwohl ihr die übermäßige Energie, wie Nina einräumen musste, als Mutter und bei ihrer Arbeit womöglich zugute kam. »Hat Ihr Mann den Kindern das Frühstück gemacht, als er noch bei Ihnen wohnte?«

»Manchmal vielleicht.«

»Hat er nicht vielmehr immer das Frühstück gemacht?«

Sie seufzte. »Wissen Sie, ich bin Mutter, aber ich bin auch berufstätig und muss mich für meine Arbeit bei der Feuerwehr fit halten. Ich rette Leben.« Sie starrte Nina wütend an. »Ich glaube, es tut meinen Kindern nicht weh, wenn sie sich ab und zu mal selbst etwas zu essen machen müssen. Und zuckerfreies Müsli mit Milch ist ein gutes, gesundes Frühstück für Kinder, das kann Ihnen jeder bestätigen.

Ich laufe nur acht Kilometer. Die halbe Zeit kriegen sie nicht mal mit, dass ich weg bin. Und meine Mutter wohnt wirklich ganz in unserer Nähe.«

»Und wenn Sie vom Laufen zurückkommen, duschen Sie?« Nina las in der Aussage, die Lisa Cruz vor ein paar Monaten gemacht hatte.

»Und wenn schon?«

»Als Sie und Kevin noch zusammen waren – wer zog da die Kinder für die Schule an?«

»Im Grunde hat Kevin sie für die Schule fertig gemacht. Na und? Ich muss trainieren.«

»Wer macht sie jetzt für die Schule fertig? Jetzt, wo Kevin nicht mehr da ist?«

»Inzwischen sind sie älter. Jeans, T-Shirt, Bücher, zur Tür hinaus. Sie brauchen mich nicht.«

»Und nach der Schule?«

»Meine Mutter. Das habe ich Ihnen doch gesagt. Ich verbringe jeden Abend mit ihnen.«

»Außer, hm, Moment, am Dienstag, am Donnerstag und den ganzen Sonntag.«

»Da gehe ich zu meinen Gebetstreffen.«

»Mrs. Cruz, wie oft putzen Sie Ihr Haus?«

»Regelmäßig«, sagte Lisa Cruz und bezog sich damit etwas spöttisch auf Ninas frühere Fragen. Diesmal genoss sie die Reaktion, die sie auslöste. Nina lachte, zusammen mit Richter Milne, dann verschwand ihr Lächeln, und sie wiederholte ihre Frage.

Doch nach einer gewissen Zeit, als Nina die kleinen Dinge des Lebens wiederholt durchgekaut hatte, bis die Banalitäten zu Staub zerfallen waren, änderte sich die Atmosphäre im Gerichtssaal. Lisa scherte sich nicht um die alltäglichen Kleinigkeiten im Leben ihrer Kinder, auch wenn sie sich noch so sehr um ihr Seelenheil sorgte. Sie begann sich zu langweilen. Ihre

Antworten wurden unvorsichtig. Ihre Beherrschung verwandelte sich in Gereiztheit.

Der Richter hörte sich die nervtötenden, alltäglichen Fragen und die nervösen Antworten an, ohne erkennen zu lassen, was er dachte. Riesner erhob so oft wie möglich Einspruch. Doch Ninas Fragen waren relevant für die Einschätzung von Lisas mütterlichen Fähigkeiten, also wies Richter Milne ihn immer wieder ab. Lisa sah Riesner Hilfe suchend an, presste die Lippen zusammen und verriet damit ihr mangelndes Interesse an der Haushaltsführung. Als es um die schulischen Aktivitäten der Kinder ging, stellte sie ihre eigenen Bedürfnisse über die der Kinder. Sie erwies sich als chronisch unfähig, die Kinder nach der Schule pünktlich abzuholen, wusste nichts über die aktuellen Schularbeiten der Kinder und war eisern dagegen, dass ihr Sohn Joey, der so gerne Fußball gespielt hätte, an den von der Schule organisierten sportlichen Aktivitäten teilnahm.

Nachdem sie sich fast eine Stunde lang mit Bagatellen, unbedeutenden Angelegenheiten und den allerirdischsten, wirren Mechanismen des Lebens beschäftigt hatten, einschließlich dem Schrubben der Toiletten, war Lisa sichtbar am Kochen. Ihre Frisur hatte sich aufgelöst, ihre frisch gebügelte Kostümjacke hing schlaff an ihr herunter. Acht Kilometer brachten sie nicht ins Schwitzen, doch Ninas lange Reise durch das alltägliche Leben hatte sie fix und fertig gemacht.

»Ich bin gut auf die Art, auf die es ankommt«, sagte Lisa als Antwort auf eine Frage, die Joey betraf. »Es ist mir wichtig, meinen Kindern beim Erwachsenwerden zu helfen.«

»Gehört dazu auch die Bestrafung, wenn sie nicht gehorchen?«

»Ich disziplinière sie, natürlich.« Nina hörte die Schärfe in ihrer Stimme.

»Welche Methoden der Disziplinierung wenden Sie an?«

»Das hängt davon ab, was sie angestellt haben. Wie ungezogen sie waren. Angenommen, sie geben eine freche Antwort oder benutzen Schimpfwörter, also, dann erkläre ich ihnen, dass das nicht erlaubt ist, dass wir einander und sie mich als Elternteil respektieren müssen. Dann schicke ich sie in ihr Zimmer.«

»Sie möchten nicht, dass sie Schimpfwörter benutzen?«

»Nein.«

»Sie benutzen selbst auch keine Schimpfwörter?«

»Das billige ich nicht, nein.«

»Sie benutzen keine?«

Sie musste wahrheitsgemäß antworten, sonst ging sie das Risiko ein, ihre Glaubwürdigkeit zu verlieren. Und doch war ihr Zögern greifbar. »Sehr selten. Es ist eine primitive Art zu kommunizieren.«

»Versohlen Sie Ihren Kindern den Hintern?«

»Nein.«

»Sie geben ihnen nicht mal einen hintendrauf?«, fragte Nina, indem sie aus der Aussage zitierte.

Lisa erinnerte sich daran, was sie gesagt hatte, und antwortete vorsichtig. »Selten, und nur wenn sie wirklich sehr unartig sind und mir absichtlich nicht gehorchen. Wenn sie ohne mich über die Straße laufen oder etwas Gefährliches tun. Aber nie so, dass es wehtut. Nur, damit sie aufpassen.«

»Und Ihr Mann?«

»Es ist nicht gerade seine Stärke, für Disziplin zu sorgen.«

»Gibt er ihnen ab und zu einen Klaps?«

»Nein.«

»Versohlt er ihnen manchmal den Hintern?«

»Nein. Er lässt ihnen meiner Meinung nach viel zu viel durchgehen. Ich muss es dann wieder ausbügeln und das geradebiegen, worum er sich nicht schert. Ich bin der böse Polizist, und er ist Mr. Lustig.«

»Schreien Sie sie an?«

»Ich finde, man sollte Kinder nicht anschreien.«

»Schreien Sie sie an?«

»Das habe ich bestimmt schon mal getan. Ich werde nicht lügen. Aber ich versuche, geduldig und aufmerksam zu sein.«

»Schreit Ihr Mann sie an?«

Sie dachte über die Frage nach. »Nein, tut er nicht, nicht die Kinder. Wie gesagt, er spielt den netten Kerl, und ich muss mich hinterher mit den Problemen abplagen.«

»Würden Sie sich selbst als geduldigen Menschen bezeichnen?«

Jeder, der Augen im Kopf hatte, sah, dass die unruhige, nervöse Frau vorne im Gerichtssaal an diesem Morgen alles andere als geduldig war.

»Ich bemühe mich.«

»Sind Sie im Großen und Ganzen glücklich?«

Lisa schaute auf ihre Hände hinunter und hob dann wieder den Blick. Sie wich Ninas Blick aus. »Ich betrachte das Leben nicht auf diese Weise. Das Leben ist ein Tal der Tränen. Es gibt so viel Leid …« Sie unterbrach sich und änderte die Richtung. »Glück ist kein Selbstzweck. Glück ist, wenn es ab und zu vorbeikommt.«

»Mrs. Cruz, Sie haben in Ihrer Aussage behauptet, dass Sie Ihrem Vater sehr nahe gestanden haben und sein Verlust Sie sehr schwer getroffen hat. Glauben Sie, sein Tod im vergangenen Jahr hat Ihre Elternschaft beeinflusst?«

Lisa starrte sie an, und Nina sah, was sie gesucht, wonach sie gegraben hatte: Hinter den schattigen braunen Augen flammte ehrliche Wut auf. Die Frage gefiel ihr nicht. »Nein.«

»Sie waren in Therapie?«

»Ja, aber die ging bereits über mehrere Jahre. Das gehört zum Wachstumsprozess.«

Nina zog ihre Notizen zurate. »Nach seinem Tod sind Sie drei Wochen im Bett geblieben?«

Lisa rang mit sich, dann sagte sie mit einer Stimme, die vor Widerwillen nur so strotzte: »Ja.«

»Wer hat sich in dieser Zeit um die Kinder gekümmert?«

»Meine Mutter. Und Kevin.«

»Seit wann haben Sie sich vom Tod Ihres Vaters wieder erholt?«

»Über den Tod meines Vaters werde ich nie hinwegkommen. Das hindert mich nicht daran zu funktionieren. Auch wenn ich vielleicht nicht jeden Tag zum Witzereißen aufgelegt bin.«

»Gestern hat der Mediator Ihrer Scheidung hier im Zeugenstand ausgesagt, Sie seien ein ›rastloser, unruhiger Mensch, der andere für sein Unglück verantwortlich macht‹. Finden Sie, das trifft zu?«

»Das bin ich nicht.« Sie schüttelte den Kopf. »Ich hatte jede Menge Spaß im Leben. Jede Menge. Nur nicht in letzter Zeit.«

»Ihr eigener Arzt sagt, Sie würden nach wie vor zu Depressionen neigen.«

»Das habe ich inzwischen im Griff«, sagte sie. »Ich bin von den Medikamenten runter. Meine Kirchengemeinde hat mir dabei sehr geholfen.«

»Es gab noch eine Zeit, in der Sie sich in Ihr Bett zurückgezogen haben, nicht wahr?«

»Ich mag es nicht, wenn Sie es so formulieren.«

»Eine Zeit, in der Sie in Ihr Schlafzimmer gingen und mehrere Tage lang die Tür schlossen, weder mit Kevin noch mit den Kindern redeten, sehr wenig aßen und sich nicht in der Lage fühlten, mit der Situation fertig zu werden?«

»Ich erinnere mich nicht ...«

»In Seattle? Als Sie und Ihre Familie dort lebten?«

»Das ist schon lange her. Kevin hatte Schwierigkeiten bei der Arbeit. Die Kinder waren klein und schrien den ganzen Tag. Wir wohnten in einer kleinen, lauten Wohnung. Ich hatte keinen anständigen Kinderwagen, wo sie beide reinpassten. Keine Waschmaschine. Überall musste ich die Kinder mitschleppen, alles, was ich machte, war eine Qual. Also, ja, ich hatte 'ne harte Zeit. Ich hab's überstanden und bin dadurch stärker geworden.«

»Ihr Mann ist damals zu Hause geblieben, um sich um Sie zu kümmern, nicht wahr?«

»Ein paarmal«, sagte sie widerwillig.

»Er ging spät zur Arbeit und kam früh wieder nach Hause?«

»Das weiß ich nicht mehr.«

»Und hat deswegen seine Arbeit verloren?«

»Er hat seine Arbeit verloren, weil er Mist gebaut hat. Meine Probleme waren eine Folge seiner Probleme, nicht umgekehrt!«

»Mrs. Cruz, was passiert das nächste Mal, wenn es ein Problem gibt, das Sie nicht lösen können? Wer wird dann für Ihre Kinder da sein?«

»Meine Mutter hilft mir. Ich bin nicht vollkommen. Ich brauche Unterstützung, wie jeder. Jedenfalls läuft mein Leben im Augenblick sehr gut, wenn ich nur die Sache mit Kevin geregelt bekäme.« Lisa verschränkte in klassischer Abwehrhaltung die Arme, als könnte sie dadurch all die nervöse Spannung, die von ihr ausging, zügeln.

Nina fand, dass die Zeit gekommen war.

»Mrs. Cruz, Sie kochen nicht gerne, Sie machen nicht gerne sauber, und Sie geben sich insgesamt nicht gerne mit Hausarbeit ab. Dennoch räumen Sie ein, dass Kinder Dreck machen. Wenn die Dinge schwierig werden, verkriechen Sie sich in Ihrem Bett. Wie Sie selbst zugeben, sind Sie noch nicht über den Tod Ihres Vaters hinweg. Sie sind launisch, unbeständig, unberechenbar. Was Ihre Disziplin angeht …«

Riesner erhob sich. »Einspruch!«

»Ms. Reilly, wie lautet Ihre Frage?«, fragte der Richter.

Ninas Aufmerksamkeit war vollkommen auf Lisa Cruz gerichtet. »Können Sie sich selbst wirklich reinen Gewissens als gute Mutter bezeichnen?« Sie hielt Lisas Blick stand, brachte sie dazu, dass sie den Mund aufmachen wollte, dass sie antworten wollte, dass sie sie beschimpfen wollte. Nina sollte aufhören, sie zu piesacken wie eine Wanze. Das Feuer, das Lisa zu verbergen versucht hatte, loderte in ihren dunklen Augen.

Riesner erhob sich schnell. »Euer Ehren, ich ...«

Doch Lisa ließ sich nicht mundtot machen. Sie sprang auf. »Wer glauben Sie eigentlich, wer Sie sind«, brach es aus ihr hervor. »Sie ... verfluchte ... Heuchlerin. Sind Sie heute zu Hause bei Ihrem Kind? Ich habe gehört, Sie haben eins. Schämen Sie sich. Ich tue mein Bestes, ein anständiges Leben zu führen und meine Kinder anständig zu erziehen. Aber Ihre Arbeit besteht darin, die Wahrheit zu verdrehen, wie es Ihnen in den Kram passt. Wenn Sie mich verteidigen würden, wäre ich Ihre Mustermutti, nicht wahr? Das ist wirklich widerlich.«

Während sie redete, versuchte Riesner sie zu übertönen, sie zum Schweigen zu bringen. Er winkte mit der Hand, als wollte er die Aggression, die sie Nina entgegenschleuderte, verscheuchen.

»Mrs. Cruz! Reißen Sie sich zusammen«, sagte Richter Milne schließlich, nahm seinen staubigen Hammer und schlug einmal damit auf die Richterbank. Er wirkte ganz verdutzt über den Knall.

Doch Lisa achtete gar nicht auf ihn. »Stattdessen gehe ich als egoistisches Flittchen hier raus, nur weil Sie sich irgendeinen bescheuerten Bockmist über meine Haushaltsführung aus den Fingern saugen, verflucht. Wenn es um die Kinder geht, spielt das doch alles keine Rolle, und das wissen Sie! Die Kinder brauchen jemanden, der ein bisschen mehr zustande bringt, als nur das Haus peinlich sauber zu halten und dreimal am Tag Fleisch auf den Tisch zu bringen, was Kevin für notwendig hält. Sie brauchen jemanden, der sich um ihre Seelen kümmert!« Sie schlug mit der flachen Hand auf das Geländer vor ihr. »Und dann wagen Sie es, über meinen Vater zu sprechen. Über meine Trauer. Ich weiß alles über Sie. Ich sehe direkt durch Sie hindurch, bis in Ihr vermodertes Herz hinein. Ihnen ist es egal, ob jemand verletzt wird!«

Sie hielt mit offenem Mund inne und atmete stoßweise, als hätte sie gerade einen Langstreckenlauf hinter sich.

»Verlieren Sie gegenüber den Kindern auch so die Geduld, Mrs. Cruz?«, fragte Nina.

»Ach, lassen Sie mich doch in Frieden!«

»Ich werde die Sitzung für zehn Minuten unterbrechen«, erklärte Richter Milne, als Lisa zitternd auf ihren Stuhl plumpste und sich das Haar aus dem Gesicht schob. »Mr. Riesner, sorgen Sie dafür, dass Ihre Mandantin sich beruhigt. Verstanden?« Er trat von der Richterbank hinunter. Stühle wurden gerückt, und hinter Nina erhoben sich Stimmen. Der Gerichtsdiener, Deputy Kimura, war neben Lisa Cruz aufgetaucht. Er nahm ihren Arm und half ihr, den Zeugenstand zu verlassen und an Ninas Tisch vorbeizugehen, und ließ nicht zu, dass sie eine Sekunde langsamer wurde. Riesner folgte ihr nach draußen.

Kevins Blick folgte seiner Frau. Er wandte sich an Nina. »Sie haben es geschafft«, sagte er. Er lächelte nicht.

»Es tut mir Leid«, sagte Nina. »Es musste sein.« Es tat ihr wirklich Leid. Lisa hatte vielleicht ein dreckiges Mundwerk und als Mutter ein paar Schwächen, doch in jedem ihrer eindringlichen Worte hatte Nina gespürt, wie tief die Liebe zu ihren Kindern war. Sie kämpfte um ihr Leben.

»Sie wird 'ne unruhige Nacht haben. Sie haben sie schwer getroffen!«

»Kevin«, sagte Nina, »irgendwas läuft hier. Warum hat sie mich so angegriffen? Geht es um ihren Vater?«

2

In der Pause versuchte Nina, Kevin zum Reden zu bringen, doch der musste einen nervösen Abstecher zur Herrentoilette machen. Auf dem Weg zur Damentoilette lief sie Stamp in die Arme, einem der Seniorpartner in Riesners Kanzlei. Er war ein sonnengebräunter, übertrieben sportlicher Typ von der Sorte, die sich mit einem Tennis- oder Golfschläger in der Hand wohler fühlen als mit einer Aktentasche. Er schob sich nicht wie sonst einfach an Nina vorbei. »Hey«, sagte er und blieb abrupt stehen. »Nina Reilly. Ist schon eine Weile her. Ich habe Sie seit dem Kasino-Fall mit dem Riesenjackpot nicht mehr gesehen.« Er ergriff ihre Hand, um sie fest zu schütteln.

»Ach, hallo!« Ihre künstliche Begeisterung sollte die Tatsache verschleiern, dass sie sich nicht ganz sicher war, wie sein Vorname lautete, und sie wollte ihn nicht Mr. Stamp nennen. Hieß er nicht Michael?

»Ja, da haben Sie es uns ganz schön gezeigt. Es geht das Gerücht, Steve Rossmoor war beeindruckt, so beeindruckt, dass er an Sie herangetreten ist, ob Sie nicht sein Kasino vertreten wollen. Es geht das Gerücht, dass ihm noch andere folgen könnten.«

»Sie haben doch sicher Besseres zu tun, als auf Gerüchte zu hören.«

Ihre Antwort gefiel ihm, aber er war noch nicht bereit, sie gehen zu lassen. »Sie müssten die Zulassung in Nevada beantragen«, sagte er nachdenklich. »Aber ich wage mal die Vermutung, dazu sind Sie viel zu beschäftigt, wo Sie doch Ihr kleines Büro am Laufen halten müssen.«

»Das ist wohl wahr«, sagte sie. Stamp machte sich offenbar Sorgen, dass sie das Geschäft mit den Kasinos übernehmen wollte. Das würde ihn da treffen, wo es wirklich wehtat, mitten in der Brieftasche. Es könnte ihn aber auch von seinem Dilemma erlösen. »Im Augenblick ist mir Kalifornien groß genug.«

Er hatte die Hände in die Taschen geschoben und schien sich auf eine nette Plauderei einzurichten.

»Entschuldigen Sie«, sagte Nina, »ich muss mich beeilen.«

»Klar. War nett, Sie zu treffen. Rufen Sie mich doch mal an, wenn Sie gerade nicht so in Eile sind.« Sie spürte seinen Blick im Rücken, als sie weiter die Treppe hinunterging. In der Toilette schaute sie in den Spiegel und sagte sich, wenn du das, was er gesagt hat, für bare Münze nimmst, dann befürchtet er, dass du an dem Geschäft mit den Kasinos interessiert sein könntest. Jetzt wusste er, dass das nicht stimmte, was wohl das Ziel ihres Gesprächs gewesen war. Er war ihr sympathisch, denn er hatte die Charakterstärke besessen, ihr zu ihrem Sieg über seine Kanzlei zu gratulieren, und ihr geschmeichelt, indem er sich Sorgen über Gerüchte machte, die ein gutes Licht auf sie warfen. Riesner würde so etwas im Traum nicht einfallen.

Nach der Pause versuchte Riesner, Lisa Cruz zu rehabilitieren. Sie entschuldigte sich bei Richter Milne für ihren Ausbruch und gewann ihre Gelassenheit wieder, doch der Schaden war angerichtet. Er fasste sich kurz und kehrte dann zu seinem Tisch zurück. Riesner, der gar nicht gerne zusah, wie sein hübsch zurechtgezimmerter Fall auf den Meeresgrund sank, starrte auf den Tisch vor sich. Als er schließlich den Blick auf Nina richtete, funkelte Wut in seinen Augen wie ein Ölteppich.

Nina hatte sich Sorgen wegen Kevins Temperament gemacht, doch Lisas Beispiel hatte ihn belehrt. Als er in den Zeugenstand trat, gab er einen ausgezeichneten Zeugen ab. Nina hatte gehofft, dass er als Polizist den Vorteil hätte, Erfahrungen im Zeugenstand mitzubringen, und genau das schien der Fall zu sein. Er sah entspannt und zurückhaltend aus da oben, ein netter Kerl, die Beine bequem gespreizt, sein großer Körper entspannt. Gut aussehend, sauber rasiert, Wuschelhaare und sogar weiße Zähne, die er sehr zu seinem Nutzen einsetzte. Er sprach begeistert über seine Kinder, seine Arbeit und darüber, was die Vaterschaft für ihn bedeutete.

Er liebe seine Kinder, wie er Richter Milne versicherte. Seine unregelmäßigen Arbeitszeiten seien kein Problem, denn er habe viel Unterstützung durch ortsansässige Freunde und Familienangehörige. Er koche gerne und sei ein organisierter Mensch, der seinen Kindern gewisse Regeln beizubringen versuche. Er habe die Fußballmannschaft seines Sohnes betreut, bis Lisa den Kleinen aus der Mannschaft genommen habe, da er mehr Zeit für seine Hausaufgaben brauche.

»Teilen Sie die Meinung Ihrer Frau?«, fragte Nina.

»Klar klang es so, als hätte er viel Arbeit, aber sie hat maßlos übertrieben. An den Abenden, an denen er bei mir war, habe ich nichts dergleichen mitbekommen, aber sie behauptete, sonst wäre es viel schlimmer. Wo führt das hin, wenn ein Siebenjähriger so viele Hausaufgaben aufhat, dass er keinen Sport mehr treiben kann?«

Dafür fing er mehrere mitfühlende Blicke ein.

»Ich wollte mit Joeys Lehrer sprechen, aber Lisa bat mich, das nicht zu tun.«

»Warum?«

»Sie gab zu, dass das mit den Hausaufgaben gar nicht so schlimm sei, wie sie behauptet hatte. Sie will einfach nicht, dass Joey Fußball spielt oder irgendeinen anderen Sport treibt. Sie hat Angst, er könnte sich wehtun, und hat keine Lust auf die zusätzliche Fahrerei. Ich habe ihr angeboten, öfters den Chauffeur zu spielen, aber das wollte sie auch nicht.«

Obwohl er kein großer Kirchengänger war, wollte er, dass die Kinder in seiner und nicht in Lisas Kirche zur Sonntagsschule gingen. »Sie sollen lernen, was richtig und falsch ist, und für manche Menschen ist die Bibel eine unerschöpfliche Quelle und ein Trost. Was mir nicht gefällt, ist zu viel Gerede über Hölle und Verdammung. Das macht Kindern Angst, es tut ihnen nicht gut.«

Er wusste über sämtliche Themen Bescheid, die seine Kinder in der Schule durchnahmen, kannte ihre Lehrer gut und konnte aus ihren Zeugnissen zitieren. Er legte Stolz, Freude und Fürsorge an den Tag.

Als Nina mit Kevin fertig war, stand Riesner auf und wischte sich das Revers ab, als hätte er bereits mit der schmutzigen Arbeit angefangen.

»Sie sind Polizeibeamter, nicht wahr, Mr. Cruz?«

»Ja.«

»Ein riskanter Beruf.«

»Das kann er durchaus sein, aber ich bin gut ausgebildet, Mr. Riesner. Ich setze mich sehr dafür ein, potenziell gefährliche Situationen zu entschärfen, bevor sie ernst werden.«

»Aha. Dies ist Ihr dritter Posten als Polizist, nicht wahr?«

»Ja.«

»Warum haben Sie die beiden anderen Stellen verlassen?«

»Die erste oben in Seattle ... da wurde ich rausgeworfen. Ich war jung, wir hatten zwei kleine Kinder, ich fühlte mich hin und her gerissen. Es gab familiäre Anforderungen, und die Familie kam für mich an erster Stelle.«

»Und dann gab es dieses kleine Problem mit einem alten Mann, der im Krankenhaus landete, nachdem Sie ihn zusammengeschlagen und in der Gosse liegen gelassen hatten?«

Kevin sah ihn ganz ruhig an. »Aus Ihrem Mund klingt es so, als hätte ich ihn krankenhausreif geschlagen. Das habe ich nicht. Ich habe ihn überhaupt nicht geschlagen. Ich habe ihn in sitzender Position an eine Hauswand gelehnt zurückgelassen. Nur damit keine Missverständnisse aufkommen.«

»Man hat Sie der übertriebenen Gewaltanwendung beschuldigt, als Sie versuchten, den stadtbekannten zweiundsiebzigjährigen Alkoholiker zu verhaften.«

»Er war auf Streit aus. Ich habe so viel Gewalt angewendet, wie ich anwenden musste, um ihn daran zu hindern, mich anzugreifen. Und weil er mir Leid tat, bin ich gegangen, ohne ihn zu verhaften. Er ist im Krankenhaus gelandet, weil er betrunken war, und stürzte, nachdem ich ihn verlassen hatte.«

»Deswegen hat man Sie rausgeworfen?«

»Mr. Riesner, ich habe nichts Unrechtes getan. Eine interne Untersuchung hat mich entlastet, doch mein Ruf war längst beschädigt. Jedes Mal, wenn ich zu spät kam, wurde das aufgeschrieben. Man hat mich strenger beobachtet als andere Beamte, und wegen der Anforderungen, die auf mir lasteten, mit zwei kleinen Kindern und einer Frau, die damals emotionale Probleme hatte, konnte ich dem nicht genügen. Also musste ich gehen.«

Sehr anständig, dass er Lisa nicht die Schuld für seine Probleme gab. Das schätzte Nina, und sie nahm an, Richter Milne ebenso.

»Die Akten belegen, dass die interne Untersuchung Sie keineswegs entlastete. Man hat einfach nicht genug Beweise gefunden, um die Anschuldigung zu untermauern«, fuhr Riesner fort.

»Das ist richtig«, sagte Kevin. »Es wurde nie bewiesen, weil es nichts zu beweisen gab.«

»Dann haben Sie in Marine County gearbeitet.«

»Richtig.«

»Hier steht ...«, Riesner wedelte mit einem Blatt Papier durch die Luft, »... dass Sie einen unbefristeten Vertrag unterschrieben haben, jedoch nur sechs Monate blieben.«

»Es stellte sich bald heraus, dass wir es uns einfach nicht leisten konnten, dort anständig zu leben. Lisa hätte arbeiten gehen müssen, und Joey war damals noch zu klein, um ihn den ganzen Tag alleine zu lassen. Ich bekam ein gutes Angebot von hier, und so sind wir rauf nach Tahoe gezogen.«

»Sie sind ohne Ankündigung gegangen, nicht wahr?«

»Ich musste zuerst an meine Familie denken. In Tahoe wollten sie mich sofort.«

»Nicht sehr verantwortungsbewusst, Ihren alten Job ohne Vorankündigung zu schmeißen, oder?«

»Das habe ich doch erklärt«, sagte Kevin.

»Für Ihre Familie muss es ganz schön schwer gewesen sein, andauernd umzuziehen?«

»Wir sind nicht andauernd umgezogen.«

»Dreimal in den vergangenen fünf Jahren?«

»Die Kinder waren noch zu klein, dass es sie gestört hätte, obwohl es manchmal auch stressig war, ja.«

»Sie bleiben nie lange an einem Ort, nicht wahr?«

»Ich habe nach dem richtigen Ort gesucht, und den habe ich jetzt gefunden.«

»Das wissen Sie nach knapp einem Jahr?«

»Ja, genau.«

»Sie glauben, dieser Ort ist richtig, auch wenn's die anderen nicht waren?«

»Ich bin schon einmal befördert worden. Ich glaube, es läuft gut.«

»Und doch nicht ganz so gut. Ich habe gehört, Sie seien bei der Prüfung zum Kriminalbeamten durchgefallen, die Sie in diesem Sommer gemacht haben?«

»Ich habe viel Zeit mit den Kindern verbracht. Ich schätze, ich hatte mich einfach nicht genug vorbereitet.«

»Wollen Sie es noch einmal versuchen?«

»Ich habe es vor.«

»Dann müssen Sie nachts lernen?«

»Heather und Joey werden immer vorgehen, dafür sorge ich schon.«

»Natürlich, doch wenn Sie es diesmal zufällig schaffen sollten, dann würde das doch bedeuten, dass Sie noch mehr Zeit bei der Arbeit verbringen, ist das korrekt?«

»Wahrscheinlich, aber jetzt, wo die Kinder in der Schule sind, wird das schon gehen, und das zusätzliche Geld können wir gut gebrauchen.«

»Oder Sie rasseln noch mal durch und ziehen wieder in eine neue Stadt?«

»Nein. Ich habe mich hier niedergelassen.«

»Also, Sie haben gesagt, das Geld könnten Sie gut gebrauchen, Mr. Cruz?«

»Ja.«

»Ärgern Sie sich darüber, dass Sie Unterhalt für die Kinder zahlen müssen, solange diese Anhörung nicht entschieden ist und die Kinder bei ihrer Mutter wohnen?«

»Nein.«

»Sie haben von neun Monatsraten drei zu spät bezahlt. Nennen Sie das finanzielle Verantwortung übernehmen?«

»Es gab anfänglich ein paar Schwierigkeiten. Das ist geregelt.«

»Die Kinder bekamen nicht das Geld, das sie brauchten, und Sie nennen das ein paar Schwierigkeiten?«

Kevins Züge verhärteten sich. »Ich liebe meine Kinder.«

»Sie gaben das Geld lieber, wollen mal sehen, bei der ersten Verspätung für neue Bowlingschuhe aus, und, oh, im August haben Sie eine Reise nach Vegas gemacht.«

»Das war ein Wochenende. Der Unterhalt für die Kinder kam nur zehn Tage zu spät.«

»Was kommt zuerst?«, fragte Riesner, machte einen großen Schritt auf den Zeugenstand zu und reckte das Kinn vor.

»Ich bin mir nicht sicher, was Sie meinen.«

»Sie wissen schon, Bowlingschuhe und Vegas scheinen zuerst zu kommen. Die Kinder können warten.«

Kevin hob die Hand zum Mund. »Ich ...«

»Ich beantrage, die letzte gehässige Bemerkung des Anwalts zu streichen«, sagte Nina.

»Ich ziehe sie zurück, Herr Richter. Wie steht's mit Ihrer Gelassenheit, Mr. Cruz?«

»Also, ich denke, in Anbetracht dessen, wie Sie im Augenblick mit mir reden, halte ich mich recht gut.«

Damit erntete er ein erleichtertes Lachen aus dem Publikum, und Nina dachte: Er schafft es.

»Erzählen Sie uns mehr über Ihre Arbeitszeiten, Mr. Cruz. Wie wollen Sie die Zeit aufbringen, Ihre Kinder großzuziehen, wenn Sie nie zu Hause sind?«

Kevin blieb ruhig, erntete weiteres Glucksen, einmal sogar von Richter Milne, behielt sein Lächeln bei und sah zuversichtlich aus.

Nina war zufrieden. Abgesehen von dem unklaren und unbewiesenen Ärger auf seiner ersten Dienststelle, der kein schlechtes Licht auf seine Eignung als Vater warf, und der verspäteten Unterhaltszahlungen war Kevin seiner Frau überlegen. Er war seinen Kindern gegenüber nicht gewalttätig. Er würde ihnen nicht mal den Hintern versohlen. Das hatte sogar Lisa zugegeben.

Zur Mittagszeit vertagte Richter Milne die Anhörung auf den nächsten Tag. Kevin murmelte eine Entschuldigung und lief vor Nina hinaus, bevor sie mit ihm sprechen konnte.

Nina fühlte sich, als wären ihr sämtliche Zähne auf einmal gezogen worden, ein normales Gefühl, das die Justizbeamten, die anderen Anwälte und die Zeugen, die in der Halle um sie herumliefen und sich jetzt am Mittag zum Ausgang durchschlugen, wahrscheinlich auch hatten. Nina eilte hinaus. Als sie den Gerichtssaal mit der Menschenmenge verlassen hatte, war Riesner von der Seite an sie herangeschlichen und ihr schamlos nah auf die Pelle gerückt. Im Gleichschritt ging er mit ihr und machte dabei für ein paar Augenblicke ihre kurzen, raschen Schritte nach. Sie zwang sich, ihn nicht zu beachten. Sie dachte an den Fall, ging zügig weiter und weigerte sich, die widerlichen Bilder in ihren Kopf dringen zu lassen, sich vorzustellen, was unter der grauen Seidenhose lauerte, die er so aufdringlich an sie gepresst hatte.

In der Eingangshalle, in die sich auch die Leute aus den anderen Gerichtssälen zur Pause begaben, spürte sie einen harten Stoß an der Schulter und fuhr herum, bereit, Riesner zu konfrontieren. Doch jetzt stand Officer Jean Scholl hinter ihr, in Uniform – erhob sich gegen Nina wie ein Wolkenkratzer, denn Scholl war mindestens ein Meter achtzig groß. »Ms. Reilly«, sagte sie mit aller Gemütsruhe. »Tut mir Leid, ich wollte Sie nicht so anrempeln, aber Sie sind mir direkt vor die Füße gelaufen.«

»Das glaube ich kaum«, widersprach Nina und wich nicht von der Stelle. »Warum spucken Sie's nicht einfach aus, wenn Sie was zu sagen haben?«

»Okay.« Scholl stemmte eine Hand in die Hüfte. Inzwischen waren mehrere Polizisten stehen geblieben, um zuzusehen. »Gehen Sie mir nicht auf den Senkel. Mir hat gar nicht gefallen, wie Sie mit dem Fall Guitierrez umgegangen sind. Sie haben mich schlecht dastehen lassen, wo ich doch nur versucht habe, so gut wie möglich meine Arbeit zu machen. Ich dachte, wir beide würden dem Recht dienen, aber bei so jemandem wie Ihnen weiß ich nicht so recht. Sie wissen doch so gut wie ich, dass er diesen T-Bird geklaut und zu Schrott gefahren hat.«

»Der Richter sah das anders«, sagte Nina. »Offensichtlich, denn er hat den Mann freigesprochen.«

Scholl beugte sich vor, bis Nina ihren warmen Atem spüren konnte. »Wir haben ihm seine Rechte nicht vorgelesen, weil der Fusel, den er in sich reinkippte, ihn ins Koma befördert hatte. Er hätte es sowieso nicht kapiert.«

»Er hat das Recht auf eine Verteidigung. Die hat er bekommen.«

»Zum Teufel mit den Formalitäten«, sagte Scholl. »Haben Sie je an den Typ gedacht, der sechs Jahre damit zugebracht hat, das Auto zu restaurieren? Er kam weinend zu uns auf die Wache. Aber das schert Sie ja kein bisschen. Sie denken gar nicht über den Schaden nach, den Sie anrichten, wenn Sie so jemandem helfen, auf freien Fuß zu kommen.«

»Sind Sie fertig?«, fragte Nina.

Scholl trat ein wenig zurück und nickte. »Freue mich schon, Sie sehr bald wieder vor Gericht zu sehen, Frau Anwältin.«

Nina floh hinaus ins Freie.

Ihre Freundin Betty, stellvertretende Protokollführerin, wurde gerade von einem heftigen Windstoß erfasst und seufzte. »Da braut sich ganz schön was zusammen.« Die Bäume um sie herum knarrten, und Nina sah, dass sich im Osten über der Sierra Nevada Wolken auftürmten. Betty lief zu ihrem Auto. Nina zog ihren blauen Blazer enger um sich und lief zu Pauls neuem Mustang, der im Parkverbot direkt vor dem Gericht stand.

»Schnell weg hier, sonst bekommst du unter Garantie noch einen Strafzettel«, sagte sie zu Paul, als sie sich auf den Beifahrersitz schwang. »In der Halle waren mindestens zehn Polizisten. Ein großer Drogenfall. Jean Scholl war da. Sie ist ein alter Hase in der Abteilung, mindestens schon acht Jahre dabei. Bekommt jede Menge Unterstützung vom Sheriff. Sie sprang mir vor der ganzen Meute ins Gesicht. Mit Freude würde sie uns einen Strafzettel verpassen.«

Paul setzte rückwärts raus.

»Ich weiß nicht, warum, aber in letzter Zeit scheint sie in sämtliche Fälle, die ich verteidige, verwickelt zu sein. Ich glaube, sie nimmt es persönlich.« Nina schaute auf die Uhr. »Ich arbeite seit genau vier Stunden. Ich musste eine Zeugin auseinandernehmen, war ziemlich unerfreulich. Jeff Riesner war der gegnerische Anwalt. Ich musste tatenlos dabeisitzen, als er meinen Mandanten seinem ekligen Kreuzverhör unterzog. Dann hat Officer Scholl mich angerempelt, um mich zu warnen. An einem Vormittag wie diesem frage ich mich wirklich, was ich eigentlich tue.«

»Welch freundliche Begrüßung, meine Schöne«, sagte Paul.

Sie atmete tief aus, und das ganze Gift aus dem Gerichtssaal entwich mit der Luft. Sie lächelte, schüttelte den Kopf und sagte: »Tut mir Leid.«

Der Mann verdiente ihre volle Aufmerksamkeit. Ach, wie sie ihn bewunderte. Paul van Wagoner war groß und blond und im Augenblick ganz der ihre. Ab und zu arbeitete er auch als Ermittler für sie. Sie hatte die letzten Wochen bei ihm zu Hause in Carmel verbracht, ein häusliches Leben geprobt, ihn geliebt und sich mit ihm in die Meereswellen gestürzt. Jetzt waren sie wieder im richtigen Leben angekommen, er in seinem in Carmel, sie in ihrem in Tahoe, und obwohl die räumliche Trennung wehtat, fühlte Nina sich jeden Tag enger mit ihm verbunden.

Während er mit der linken Hand den Wagen vom Parkplatz steuerte, legte er den rechten Arm um sie und zog sie an sich.

Sie atmete den frischen Geruch seiner Lederjacke ein, küsste ihn auf die Wange und ließ die körperliche Anspannung des Vormittags in seiner tröstlichen Gegenwart von sich abfallen. »Je weiter wir uns vom Gericht entfernen, desto besser.«

»Gut. Lass uns ganz weit raus bis zur Straßengabelung fahren und bei Passaretti's essen. Hast du Zeit?«

»Die Anhörung im Fall Cruz wurde für heute vertagt. Wir machen morgen weiter.«

»Ärger?«

»Abgesehen von dem, was man in einem ausgewachsenen Sorgerechtsstreit ohnehin erwartet?« Sie unterbrach sich, ließ den Vormittag Revue passieren, der ihr in einem verschwommenen Band aus Fragen, Antworten und blitzschnellen Urteilen durch den Kopf zog. »Riesner ist in letzter Zeit wirklich seltsam.«

»Was meinst du damit?«

Sie zuckte die Schultern. »Ich weiß es nicht so genau. Er ist nur noch mehr hinter mir her als sonst.«

»Familienrechtsfälle sind die schlimmsten«, sagte Paul. »Nimm einen guten alten Firmenstreit, wo die Partner sich gegenseitig die Augen ausstechen und Messer in den Rücken jagen, und dann, hey, letztendlich ist es nur ein Geschäft. Nächste Woche stoßen sie auf das neueste große Joint Venture an.« Er bog links auf den Lake Tahoe Boulevard ab.

»Für heute ist es jedenfalls vorbei, und ich werde es aus meinen Gedanken verbannen. Und mich ganz auf dich konzentrieren.«

»Das gefällt mir«, sagte Paul. Er fuhr ihr mit einem Finger über die Wange. »Love me right, and I love you right back.«

Sie küsste ihn noch einmal. »Es ist wirklich toll, dass du hier bist. Ich wünschte, du könntest für immer hier bleiben.«

»Komm und lebe bei mir in Carmel. Du weißt, wie sehr ich mich freuen würde.«

Er sagte das so beiläufig, wie er ein Bier kippte. Es war der andauernde Kampf zwischen ihnen. Wie konnten sie etwas Starkes und Dauerhaftes schaffen, wenn mehr als vierhundert Kilometer zwischen ihnen lagen?

»Ich weiß.«

»Ich hatte heute Morgen Glück«, sagte Paul. »Ich habe die beiden Zeugenaussagen bekommen, die du unterzeichnet haben wolltest. Ich wünschte, du hättest mit mir den Highway 89 nach Tahoe rauffahren können. Schaumgekrönte Wellen stiegen auf, und der Himmel war von diesem sensationell transparenten Blau, das man nur sieht, wenn er reingewaschen ist und ein Sturm bevorsteht. Der Herbst wird bald kommen. Die Akte liegt auf dem Rücksitz.«

Nina löste sich aus seiner Umarmung, drehte sich nach hinten, griff nach der Akte und legte sie auf den Boden vor sich. Sie würde sie sonst noch vergessen. Sie kuschelte sich wieder an

Paul und sagte: »Es gefällt mir gar nicht, dass du wieder wegmusst.«

»Mein Job ist erledigt. Ich habe ein Büro in Carmel, in dem ich zu tun habe. Komm du doch am Wochenende wieder runter.«

Die Erinnerung daran, dass er ein eigenes Leben führte, das nichts mit ihrem zu tun hatte, versetzte ihr einen Stich. Die Nächte ohne ihn waren hart. Sie vermisste das Auf und Ab seiner Brust, den Rhythmus seines Atems. »Du weißt, dass ich das gerne tun würde, aber ich habe ein Büro in Tahoe, das meine Aufmerksamkeit verlangt, Bob braucht neue Schuhe, und das Haus ist ein einziges Chaos.« Sie fuhren unter einem immer bedrohlicher aussehenden Himmel am See entlang. Der Wind glättete das Wasser weit draußen und warf in Ufernähe kräuselige Schaumwellen auf. Ein letztes Segelboot lavierte in die Tahoe Keys Marina, die Segel straff gespannt, und die zwei Menschen an Bord in ihren im Halblicht gelb leuchtenden Schwimmwesten zogen fest an den Tauen.

»Wir müssen zusehen, dass wir schleunigst von der Straße kommen«, sagte Nina. »Du solltest mich einfach am Büro absetzen.«

»Ich will auf keinen Fall auf ein Mittagessen mit dir verzichten. Es ist noch zu früh für Schnee. Das bisschen Regen.«

»Du hast doch schon Regenstürme in den Bergen erlebt«, meinte Nina. Aber da sie eigentlich nicht wollte, dass er fuhr, wiederholte sie es nicht noch einmal. Während sie bei Passaretti's aßen, ging das leichte Nieseln in einen ausgewachsenen Platzregen über, der sich wenig später in einen beispiellosen Regenguss verwandelte. Paul küsste sie zum Abschied auf dem Parkplatz vor dem Starlake Building.

Drinnen hatte sie kaum Zeit, ihren Schirm zusammenzuklappen und in einer Ecke des Büros zu verstauen, bevor der Nachmittag über sie hinwegfegte. Ihre Mitarbeiterin, Sandy Whitefeather, hatte Besorgungen zu erledigen und überließ es Nina die meiste Zeit selbst, ans Telefon zu gehen und mit Notfällen klarzukommen. Zwei alte Personenschaden-Mandanten verschlangen Zeit, ohne dass irgendetwas geklärt werden konnte. Ein Dolmetscher verzögerte einen komplizierten Anruf bei den Vangs über ein Schlichtungsangebot in ihrem Versicherungsfall.

Und als ob dieser Nachmittag nicht bereits genug mit Arbeit voll gepackt wäre, setzten zwei Frauen namens Brandy und Angel, zwei Schwestern, noch einen drauf: Sie erzählten ihr eine grauenhafte Geschichte darüber, dass sie auf einem Campingausflug etwas beobachtet hatten, was mit einem verdächtigen Todesfall im Zelt nebenan zu tun hatte.

Nina machte Notizen, dachte schnell nach, behielt die dringenden Aufgaben im Auge und versuchte, nichts zu vermasseln. Zwischen den Anrufen und den dreizehn anderen Fällen, die neben den wichtigen Terminen ihrer Aufmerksamkeit bedurften, trank sie eine Flasche Mineralwasser und hielt durch. Sie vergaß den stürmischen Vormittag und beschloss, dass es ein guter Tag war, denn sie und Paul hatten sich gesehen.

Draußen brach früh die Dunkelheit herein, und Wasser floss die Straße hinunter. Die Lampen flackerten ein- oder zweimal. Drinnen beschäftigte Nina sich weiter damit, die Probleme der Leute zu regeln und Ordnung in das Chaos zu bringen, das über sie hereingebrochen war. Ein- oder zweimal dachte sie an den Sorgerechtsfall Cruz. Paul hatte Recht. Sorgerechtsstreitigkeiten zwischen zwei mehr oder weniger anständigen Elternteilen, die beide ihre Kinder liebten, waren sowohl für den Anwalt als auch für die Eltern äußerst quälend, denn eine gerechte Lösung gab es nicht. Man konnte Kinder nicht in zwei Hälften sägen. Sie mussten den Großteil ihrer Zeit irgendwo verbringen.

Sie hatte Lisa Cruz gegenüber Schuldgefühle wegen dem, was sie ihr angetan hatte.

Als der letzte Mandant gegangen und Nina endlich alleine war, spülte sie den festsitzenden Kaffeesatz, so gut es ging, aus der Kaffeekanne, löschte die Lichter, packte ihre Aktentasche und hängte sich ihre Handtasche über die Schulter. Den Schirm in der Hand ging sie den Flur hinunter und verspürte nur noch den Wunsch, nach Hause zu kommen. Bereits wenige Schritte nach der Haustür, die sie in normaler Geschwindigkeit zurückgelegt hatte, war ihr Haar klatschnass von den riesigen Regentropfen und ihre Stiefel völlig durchweicht. Ein Windstoß, und ihr Schirm schlug um.

Jetzt scherte sie sich um nichts mehr und lief los, um Schutz zu suchen. Sie warf die Tür des Broncos mit solcher Wucht auf, dass es ihr eine Sekunde so vorkam, als würde sie abreißen. Sicher im Wagen, warf sie ihre Aktentasche und den kaputten Schirm auf den Boden vor dem Rücksitz und wartete. Der Himmel konnte nur eine bestimmte Menge Wasser ausspeien. Ein paar Minuten sah sie zu, wie schwere Äste abrissen und von der Gewalt des Sturms auseinander flogen wie dünne Zweige. Eine Wasserflut ergoss sich wie eine Kaskade den Highway 50 hinunter. Autos fuhren an den Straßenrand, Scheibenwischer huschten wie verrückt über Windschutzscheiben, während die Straße sich in einen Bach, einen Fluss, einen See verwandelte.

Sie ließ das Trommeln auf dem Dach in ihr Bewusstsein dringen. Bob hatte es inzwischen wahrscheinlich von der Schule nach Hause geschafft, und Sandy war bestimmt sicher zu Hause. Paul war schon über den Echo Summit und längst im Sacramento Valley. In der Aktentasche auf dem Boden vor der Rückbank lagen die Akten ihrer dringendsten Fälle, diejenigen, die sie mit ins Bett nehmen würde, um darüber nachzudenken.

Scharfe Kügelchen schlugen aufs Dach. Hagel. Die Leute auf der Straße hasteten Schutz suchend vorbei wie Mäuse, die vor einer hungrigen Katze davonjagen. »Sehr witzig«, murmelte sie, als die Straßenlampen alle auf einmal ein letztes Mal aufflackerten und dann ausgingen. Auf der anderen Straßenseite verlosch das Neonschild des mexikanischen Restaurants.

In der ganzen Stadt wurde es finster, und diesmal ging das Licht nicht wieder an.

Eine Stadt in den Bergen ohne Strom ist keine Stadt mehr, sondern ein Unterschlupf unter den Bäumen, wie ein Nest oder eine Bärenhöhle. So etwas erlebten sie oft hier oben, wenn Schnee, Wind oder Sturm die Fassade der Zivilisation willkürlich hinwegfegten – ganz zu schweigen von den primitiven menschlichen Gefühlen, die zutage traten, wenn ein Mensch in den doch so zivilisierten Kasinos auf der anderen Seite der Stadt, jenseits der Grenze in Nevada, alles verloren hatte. Skylla und Charybdis, und alles Menschliche reduzierte sich auf ein paar umhertanzende Blinklichter.

Und jetzt? Sie dachte eine weitere Minute nach, sie sehnte sich nach der Zivilisation, doch die Natur hatte die Stadt fest im Griff. Kein Licht, und der Regen prasselte weiter auf die Windschutzscheibe. Sie tastete nach ihrem Autoschlüssel, den sie für gewöhnlich mit einem Karabinerhaken am Riemen ihrer Handtasche festmachte, doch dort war er nicht. Sie musste ihn irgendwohin gelegt haben. Sie schaltete die Deckenbeleuchtung ein, die über die Batterie lief, und sah die Schlüssel an ihrem Schüsselbund durch. Haustürschlüssel und Büroschlüssel, der Ersatzschlüssel für Bobs Fahrradschloss, alle waren dran, aber kein Autoschlüssel.

Sie hatte den verdammten Schlüssel nicht mehr gesehen, seit sie den Wagen um acht Uhr morgens vor dem Büro geparkt hatte. Sandy hatte sie am Gericht abgesetzt, und Paul hatte sie abgeholt.

Sie wollte gerade widerwillig reingehen und nach dem Schlüssel suchen, aber als sie schon halb wieder aus der Tür war, fiel ihr ein, dass sie noch einen alten Plastikschlüssel in ihrer Brieftasche hatte, den die Autofirma ihr für den Notfall gegeben hatte.

Der Heizlüfter zu Hause würde ohne Strom nicht funktionieren. Bob würde Feuer machen und sich dabei viel zu sehr amüsieren. Sie musste sich beeilen, damit er nicht das Haus abfackelte.

Sie würde den Schlüssel morgen suchen, heute Abend war es zu spät. Sie fischte den Plastikschlüssel heraus, drehte ihn in der Zündung um und hoffte, dass das dünne Plastik nicht zerbrach.

Der Bronco sprang mit einem mächtigen Röhren an.

Sie kroch mit Vierradantrieb den Pioneer Trail hinunter, ließ wie Kielflossen geformte Fontänen aufspritzen und holperte über heruntergefallene Äste und Zweige. Ein paar abgewürgte Autos standen mitten auf der Straße. Bei einem stand die Fahrertür weit offen, der Fahrer war wohl Hals über Kopf nach Hause gestürzt, um dort das Schlimmste zu verhindern.

Auf ihrer abschüssigen Einfahrt lag ein Ast der Kalifornischen Zuckerkiefer neben der Veranda. Sie rollte knirschend darüber, lief die Stufen zur Veranda hinauf und schloss die Tür auf. Ihr Blick fiel auf zwei Mountainbikes, die zusammen unter das bis zum Boden reichende Dachgesims geschoben waren. Zwei Fahrräder, nicht eines.

Von der Diele, wo sie sich die Stiefel und Socken von den Füßen zog, konnte sie eine Ecke des orangefarbenen skandinavischen Kamins im Wohnzimmer sehen. Das Einzige, woran sie noch denken konnte, war das Abendessen.

Gedämpfter Tumult im Wohnzimmer und scharrende Pfoten auf dem Holzfußboden warnten sie vor Hitchcock, kurz bevor der schwarze Hund sich auf sie stürzte. »Du solltest mich hören, bevor ich das Haus betrete, du dämliches Vieh.« Sie drückte dem Hund einen Kuss auf den Schädel und zog zärtlich an seinen Ohren. »Bob!«

Das deckenhohe Fenster im Wohnzimmer, das zum Garten hinterm Haus hinausging, war tiefschwarz – niemand hatte die Vorhänge zugezogen –, und der Kamin war kalt. Sie tastete nach dem Lichtschalter, und als das Licht nicht funktionierte, holte sie über dem Kühlschrank Streichhölzer und zündete die große Kerze auf dem Couchtisch an.

»Hier«, sagte Bob von der Couch aus, ganz in ihrer Nähe. Im flackernden Licht tauchten neben ihm noch ein Paar Beine in Jeans und ein Haarschopf auf. Nina erkannte Nikki, in deren Band Bob spielte. Drei Jahre älter und drei Jahrzehnte schlauer als Bob, mit verschlagenen braunen Augen. Nina kannte Nikki gut, gut genug, um ihr zu misstrauen. Sie war eine Exmandantin, sechzehn Jahre alt, und sie hatte die geistige Anarchie voll drauf. Es gefiel Nina nicht, dass sie hier auf ihrer Couch saß und unschuldig tat, und es gefiel Nina auch nicht, dass ihre magere Hand Bobs Hand hielt.

»Hi«, sagte Nikki und löste dann wie aufs Stichwort ihre Hand aus Bobs. Sie griff nach einer Coladose und nahm einen großen Schluck. Bob sah ihr zu.

Um sich nichts anmerken zu lassen, wandte Nina ihnen den Rücken zu, ging zum Kühlschrank und entkorkte eine Flasche Clos du Bois. Sie zwang sich, erst ein Glas einzuschenken, statt einen kräftigen Schluck aus der Flasche zu nehmen, wie sie es im Augenblick am liebsten getan hätte.

»Wir wollten Hausaufgaben machen, aber dann ist das Licht ausgegangen«, erklärte Bob.

»Verstehe.« Nina trank zwei Schlucke und atmete zweimal tief durch. Dann ging sie ins Wohnzimmer zurück und zog die Vorhänge vor. Während Bob und Nikki steif auf der Couch saßen, zerknitterte sie Zeitungspapier, warf es auf den Rost und holte Anmachholz aus dem Korb.

»Ich mache das, Mom«, bot Bob an und stand auf.

»Gute Idee. Nikki, in der Küche über dem Trockner sind noch mehr Kerzen. Würdest du bitte noch ein paar holen? Es ist immer noch zu dunkel, um etwas zu sehen.« Und gelinde gesagt unerwünscht, dachte sie.

»Und kalt«, sagte Bob, dem das vorher offensichtlich noch nicht aufgefallen war. Er nahm Nina den Schürhaken ab und stieß ihn in die brennenden Ästchen im Kamin. Nina setzte sich auf den Teppich, hielt das Glas in den Händen und wartete darauf, dass das Feuer aufflackerte und Wärme verströmte. Die Ärmel ihrer Bluse waren patschnass, ihre ganze Seele triefte wie ein begossener Pudel, doch sie wollte verdammt sein, wenn sie in ihr Schlafzimmer ging, um sich umzuziehen, und die zwei alleine ließ.

Nikkis knochiges Knie stieß immer wieder durch ein klaffendes Loch in ihrer Jeans, während sie überall im Zimmer Kerzen aufstellte. Das unglückliche Gesicht und der vertraute Trotz, ihre Miene, in der jederzeit Zurückweisung aufscheinen konnte, erweckten in Nina gleichermaßen Mitleid, Wut und rechtschaffene mütterliche Angst.

»Wir wollten gerade einen neuen Song einüben, den ich geschrieben habe«, sagte Nikki. »Ich habe meine Gitarre mitgebracht. Wir haben alles schon aufgebaut. Aber ohne Strom kann ich nicht spielen.«

»Aha«, sagte Nina.

»Also, ich verschwinde dann«, sagte Nikki und ging zur Tür, als könnte sie Ninas Gedanken lesen. »Einen schönen Abend noch.«

»Es schüttet da draußen. Macht deine Mutter …?«, setzte Nina an.

»Ich habe ihr eine Nachricht hinterlassen, aber sie ist eh nicht zu Hause.« Nikki hob ihren Parka vom Boden auf. Die Kapuze eng ums Gesicht gezogen sah sie aus wie ein Waisenjunge.

»Ich bringe dich heim.« Bob stand auf.

»Nicht nötig«, meinte Nikki.

»Ich bin in einer halben Stunde wieder da«, sagte Bob zu Nina.

»Ich kann alleine auf mich aufpassen.«

»Sei nicht blöd. Wann kriegst du wieder so ein gutes Angebot?«

»Dann bin ich eben blöd.«

»Warte, ich fahre dich«, sagte Nina.

»Nein. Es ist nicht weit. Bleiben Sie hier und genießen Sie Ihr Abendessen.«

In diesem Augenblick war Nina kurz davor, Nikki zum Essen einzuladen, denn sie erinnerte sehr an einen abgemagerten Hund, der seit Wochen nichts zwischen die Zähne bekommen hatte, aber es gab Grenzen. Sie wollte, dass Nikki nach Hause ging. Nikki ging zur Haustür, und Nina würde sie nicht aufhalten.

»Bis später«, sagte Nikki, als sie sich die Gitarre auf den Rücken schnallte. Sie winkte Bob zum Abschied und ging zur Tür hinaus.

Bob trat ans Fenster und schaute nach draußen. »Wir hätten sie nicht gehen lassen sollen«, sagte er.

»Musst du nicht Hausaufgaben machen? Du solltest nicht … nicht …«

»Was?«

»Egal. Tu mir einen Gefallen, Schatz. Lass mich einfach noch eine Sekunde hier sitzen und in Frieden mein Glas Wein trinken.«

Bob zuckte die Schultern, ging in die Küche und kam mit einem Truthahnsandwich und einem Gatorade wieder. »Das Abendessen ist serviert«, sagte er, dann ging er in sein Zimmer und schloss einigermaßen leise die Tür.

An einem normalen Abend hätte sie jetzt etwas gekocht und sich dann den Akten gewidmet, die sie mitgebracht hatte. Doch das Feuer brannte, Bob hatte sein Sandwich, und das weiche Kissen im Schaukelstuhl war allzu verlockend. Sie setzte sich, um in die orangeroten Flammen zu blicken und dem Jammern und Heulen des Winds draußen zu lauschen. Die Aktentasche lag noch im Wagen. Nina war nicht in der Stimmung, ihre warmen Füße in eiskalte Stiefel zu zwängen, einen Mantel umzuwerfen und sich noch einmal durch die nasse, kalte Nacht draußen zu kämpfen. Sie konnte es sich an diesem Donnerstagabend leisten, eine Stunde hier zu dösen und den Hund zu kraulen.

Sie gähnte und dachte an die Zeit, als Bob noch ein Kleinkind war. Damals hatten sie noch auf der Monterey-Halbinsel gelebt, und sie hatte tagsüber als Justizbeamtin gearbeitet und nachts Jura studiert. Seine Vorschullehrerin rief sie mitten in einer Sitzung an. »Bobby will sich nicht zum Mittagsschlaf hinlegen«, sagte sie. »Wir haben alles versucht, Ms. Reilly, aber Sie sollten besser kommen und ihn abholen. Er übt einen schlechten Einfluss auf die anderen Kinder aus.«

Sie hatte nicht gewusst, was zu tun war – genau wie jetzt. Doch im Augenblick war die Situation entspannt, und sie musste sich keine Sorgen machen.

Sie erwachte von einem Nickerchen und schaute auf die Uhr. Schon neun! Um sich den Weg zu leuchten, ging sie wie eine viktorianische Lady mit einer Kerze in der Hand den Flur hinunter, öffnete die Tür und sah Bob sicher unter seiner Decke schlafen. Eine Taschenlampe brannte, und sein Französischbuch lag aufgeschlagen neben ihm.

Hungrig machte sie sich ein Sandwich mit überbackenem Käse, schenkte sich noch ein Glas Wein ein und sagte sich, dass bis zu 300 ml wirklich gut waren fürs Herz. Beim Licht der niederbrennenden Kerzen blätterte sie die Zeitung durch, gähnte wieder und schob die Zeitung in die braune Altpapiertüte in der Küche. Hundert kleine Aufgaben in diesem Raum lenkten die Aufmerksamkeit auf sich. Sie wischte, schloss Schränke, schrieb einen Einkaufszettel. Es war spät und zu dunkel zum Arbeiten, doch sie sollte ihre Unterlagen aus dem Wagen holen.

Das Licht in der Küche ging knisternd an und verlosch wieder. Sie suchte eine ganze Weile in den Schränken nach einer stärkeren Taschenlampe, durchforschte sogar die gefürchtete Wäscheecke. Dann gab sie auf und tastete sich den Weg nach oben und durch den Flur. Sobald sie in ihrem Zimmer war, warf sie ihre Kleider auf den Boden, stieg ins Bett und zog sich die Decke bis unters Kinn. Ihre Akten waren bis morgen früh in dem Bronco sicher genug.

Doch das waren sie nicht.

Routine. Zuerst ein Schwall kaltes Wasser ins Gesicht, dann die brennend heiße Dusche. Flüchtig ein wenig Lotion auf die rauen Stellen an den Füßen, der Pfefferminzgeschmack der Zahnpasta. Bob kramte nach Cornflakes, das Klimpern seines Löffels, während er aß. Das Radio wechselte von Popmusik zu Gesprächen und wieder zurück.

Der Freitagmorgen raste dahin, der Sturm war vorbei, die Welt draußen dampfte und funkelte. Bob war spät dran, Hitchcock bettelte bellend um einen Spaziergang, noch bevor sie ihr nächtliches Koma richtig abgeschüttelt hatte, aber er musste sich mit einem Ausflug in den Garten hinter dem Haus begnügen, da Nina noch ein paar Eier machen wollte. Der Strom ging wieder, und ein vielfarbiger Regenbogen aus Sonnenlicht durchflutete die Küche.

Sie liebte es, morgens aus der Tür zu treten, liebte die rauschenden Blätter, den Geruch nach Holzrauch und die atemberaubenden Berge um sie herum. Ein weiterer Tag wartete auf sie, voller mächtiger Misserfolge, kleiner Siege und, wenn sie Glück hatte, noch mehr frischem Kaffee. Ihr Büro war ihr zweites Zuhause, und Sandy und deren Sohn Wish waren ihre zweite Familie. Das Herz ging ihr über, sie spürte die eisige Kälte, ihr Sohn war fertig für die Schule, und sie hatte einen langen Tag vor sich.

Doch als sie an diesem Morgen für den Vormittag im Gericht in Marineblau gekleidet in die Einfahrt trat, blieb sie wie versteinert stehen. Zwei lange Sekunden kam ihr alles völlig unwirklich vor, bevor sie sich sammeln konnte und begriff, was sie da sah.

Eine leere Einfahrt.

Ihr Auto war weg.

Benommen ging sie die Einfahrt hoch zur Straße und schaute nach rechts und nach links, als wäre der Wagen in der Nacht irgendwie von selbst ein Stück gefahren. War er hinters Haus gerollt? Nein, sie hatte doch den Hund schon in den Garten gelassen. Da war kein Bronco. Sie versuchte nachzudenken. Ja, sie war gestern Abend zweifellos nach Hause gefahren, sie erinnerte sich deutlich.

Nikki? Ihr Mountainbike war weg. Nikki hatte keinen Führerschein, auch wenn sie die Tatsache beim letzten Mal, als das Gespräch darauf gekommen war, bedauert hatte. Bob schied auch aus.

Der Schlüssel! Der weiße Plastikschlüssel steckte in ihrer Brieftasche. Aber …

Ein verschwundenes Auto ist etwas anderes als ein vermisster Hund. Man kann nicht durchs Viertel laufen und danach rufen. Irgendein Wichser hatte ihr direkt aus ihrer eigenen Einfahrt den Wagen gestohlen. Nina ging wieder rein und holte Bob, der herauskam und ungläubig auf die Stelle starrte, wo der Bronco normalerweise stand. Sie rief das Polizeirevier von South Lake Tahoe an sowie ihr Büro. Dann fielen ihr die Akten wieder ein.

Das Herz rutschte ihr bis in die Schuhe. Sie hatte den Wagen hundertprozentig abgeschlossen, sie erinnerte sich noch daran, was für ein Zirkus das gewesen war mit dem Plastikschlüssel …

Sie zählte in Gedanken die Akten. Drei: der Sorgerechtsstreit Cruz, die Vangs und ihre Forderungen an die Versicherung und – o nein – der neue Fall, der Mordfall auf dem Campingplatz, die Schwestern Brandy und Angel.

Vertrauliche Akten. Ihre heikelsten Fälle, diejenigen, deren Akten Informationen enthielten, die niemand sehen sollte, in ihrer Aktentasche vor dem Rücksitz des Broncos.

Irgendwo da draußen in den schmierigen Klauen eines Diebs.

3

Während Nina auf die Polizei wartete, lief sie in der Einfahrt auf und ab und rieb sich den Nacken, und als das die Verspannung nicht löste, ließ sie ein paarmal den Kopf kreisen. Sie hatten den Fehler gemacht, den jeder bei zehntausend Gelegenheiten irgendwann einmal macht. Neuntausendneunhundertneunundneunzig richtige Entscheidungen und ein Fehler. Und nur mit ein klein wenig Glück wurde man für diesen Fehler nicht bestraft. Man lässt etwas Wichtiges im Auto liegen, schlägt sich am Morgen, wenn es einem wieder einfällt, mit der Hand an die Stirn, läuft raus und findet alles wohlbehalten vor.

Ihr Nachbar auf der anderen Straßenseite stieg eine steile Leiter hinauf und hantierte mit grünen Dachschindeln herum.

Er könnte fallen, dachte sie. Er könnte sterben. Jeder Tag bot neue Möglichkeiten für Katastrophen.

Sie beschloss, ihm nicht zu winken.

Ein schlammbespritzter Streifenwagen fuhr vor. Von den funkelnden Kiefern und Fichten rundherum tropfte es, doch der Asphalt dampfte in der Morgensonne und trocknete rasch. Bob, dessen Bus bald kommen würde, lief auf sie zu und bat sie um Geld fürs Mittagessen. Nina hatte die zusätzliche Kopie der Zulassung für den Bronco und den Kaufvertrag suchen müssen und hatte ihm deshalb kein Pausenbrot zurechtmachen können. In einer Tasche fand sie ein paar zerknitterte Dollar und schob sie ihm in die Hand. Dann beugte sie sich vor, damit er ihr im Vorbeigehen einen Kuss auf die Wange geben konnte.

»Viel Glück, Mom«, sagte er und lief die Straße runter zur Bushaltestelle, wo der Bus bereits wartete.

Zwei Beamte, ein Mann und eine Frau, hievten sich aus dem Wagen. Mit den ganzen Gerätschaften, die an ihrem Gürtel hingen, sahen sie aus wie Zimmerleute. Den Polizeifunk ließen sie laut laufen, damit auch jeder in der Nachbarschaft mitbekam, dass es im Hause Reilly Probleme gab. »Frau Anwältin. Wie geht es Ihnen?«, sagte die große Frau.

»Officer Scholl. Vielen Dank, dass Sie gekommen sind.« Na toll, dachte Nina. Natürlich hatten sie Jean Scholl geschickt. Sie war alles andere als dankbar, ärgerte sich vielmehr über diesen abschätzigen Blick, doch sie hatte keine Wahl, als die angebotene Hilfe anzunehmen.

Scholl starrte sie einen Moment lang an, presste die Lippen zusammen und wandte den Blick ab. Sie hielt Nina nicht die Hand hin, ebenso wenig wie Nina ihrerseits. Scholls graue Augen suchten die Auffahrt ab, hielten plötzlich ganz geschäftig Ausschau nach Spuren.

»Guten Morgen«, grüßte Dave Matthias, der noch nicht so lange in der Abteilung war, und stellte sich vor. Er hatte ein schmales Kinn und kurzes Haar.

Ninas Arbeit als Strafverteidigerin in einer Kleinstadt brachte es mit sich, dass sie zum Wohle ihrer Mandanten manchmal ein schlechtes Licht auf die Arbeit und die Motive ortsansässiger Polizisten warf. Einige Polizisten logen, und einige waren voreingenommen. Was auch immer es war, es gefiel ihnen gar nicht, dafür vor Gericht erscheinen zu müssen. Scholls Ausbruch am Donnerstag hatte das gezeigt. Das Beste, was Nina von diesen beiden erwartete, war, dass sie sich argwöhnisch und reserviert verhielten, und so war sie angenehm überrascht, als sie ihr aufmerksam zuhörten und die Informationen wie Profis bearbeiteten. Zu Ninas Erleichterung hatte Scholl offensichtlich beschlossen, ihre Differenzen für den Augenblick beiseite zu lassen und ihre Arbeit zu erledigen.

Nina verbrachte eine Stunde mit ihnen, ging ihre Fahrt nach Hause am vorangegangenen Abend noch einmal durch, beschrieb ihnen genau, wo sie geparkt hatte, und reichte ihnen die Kopien der Wagenpapiere, die sie zu Hause auf dem Faxgerät gemacht hatte. Sie gingen zu dritt die Einfahrt hinunter und suchten auf den immer noch feuchten Kiefernnadeln in den Rissen im Teer nach Glasstückchen, Fußabdrücken oder sonst etwas. Doch in der Einfahrt fanden sich keine augenfälligen Spuren.

»Sind Sie sicher, dass Sie Ihre Wagenschlüssel gestern irgendwann im Laufe des Tages verloren haben?«, fragte Officer Scholl mindestens fünfmal.

Nina hatte die vergangenen Minuten dazu genutzt, die nächtlichen Aktivitäten in qualvollen Einzelheiten noch einmal zu durchleben. Ihr Autoschlüssel war weg. Das war eine Tatsache. »Ich kann ihn weder in meiner Handtasche noch in den Taschen der Kleider finden, die ich anhatte.«

»Meinen Sie, der Schlüssel könnte nicht auch zwischen die Sitze gerutscht sein oder so?«

»Ich weiß nicht. Ich kann nur sagen, dass ich die Türen meines Wagens gestern Abend mit dem Ersatzschlüssel zugeschlossen habe. Es ist also niemand einfach aufgetaucht und hat ein nicht abgeschlossenes Auto durchsucht und zufällig meine Schlüssel gefunden. Entweder hat er oder sie eingebrochen und den Wagen kurzgeschlossen, oder er hat irgendwoher meinen verlorenen Schlüssel.«

»Niemand hätte Ihren Ersatzschlüssel benutzen können? Den aus Plastik.« Die monotone, bemüht neutrale Stimme sorgte dafür, dass Nina sich noch mieser fühlte.

»Er befand sich in meiner Brieftasche im Wohnzimmer. Ich schließe das Haus immer ordentlich ab und schalte die Alarmanlage ein. Er war da. Heute Morgen war er in der Brieftasche, wo ich ihn gelassen hatte.«

Officer Matthias versetzte dem Tor versuchsweise einen Tritt, als könnte ihm das einen Hinweis geben.

»Es war stürmisch«, fuhr Nina fort. »Die Ecke hier ist sehr ruhig. Ich wollte gleich wieder rausgehen, aber ich war abgelenkt. Zum Glück hatte ich die Schlüssel für das Haus und das Büro nicht am gleichen Schlüsselbund wie den Autoschlüssel.« Nina schloss einen Augenblick die Augen und rief sich ein Gespräch in Erinnerung, das sie kürzlich mit Paul auf dem Parkplatz des Long's Drugstore geführt hatte. Sie hatten beobachtet, wie ein Mann aus seinem Wagen gestiegen war und den Motor hatte laufen lassen, während er in den Laden ging. »Wenn jemand mit dem Auto wegfährt«, sagte Paul, »tut er dem Arsch noch einen Gefallen. Man sollte ihn als Mittäter verhaften und ihm eine Lektion erteilen.«

Die Beamten schrieben auf, was Nina ihnen über die drei Akten erzählte. »Juristische Akten«, erklärte sie.

»Mandantenakten?«, fragte Scholl und kritzelte auf einem Notizblock.

Nina biss sich auf die Lippen. »Ja.«

»Mit Namen drauf?«

»Ja. Die Akten waren etikettiert.«

»Verstehe. Aber wie lauteten die Namen?«

»Das kann ich Ihnen nicht sagen.«

»Sie wollen uns nicht sagen, was auf den Etiketten steht? Wie sollen wir die Akten identifizieren, wenn sie in einem Mülleimer hinter irgendeinem Haus in Meyers gefunden werden?«

»Rufen Sie mich an, dann komme ich runter und sehe mir sämtliche Aktendeckel an, die Sie finden.«

»Und was, wenn einer der Leute in Ihren Akten beschlossen

hat, dass er sie wiederhaben will? Wie sollen wir ihn befragen, wenn wir nicht mal seinen Namen kennen?«, fragte Scholl und ließ den Block sinken. Ihr Blick war ungehalten.

»In diesem Punkt kann ich Ihnen nicht helfen.«

»Wirkt sich wohl nachteilig auf Ihre Arbeit aus.«

»Ja. Allerdings.«

»Was befindet sich in den Akten?«

»Plädoyers.« Die konnte sie sich anhand der Kopien aus dem Büro des Justizbeamten wieder beschaffen. Das waren die öffentlichen Dokumente. Das Scheidungsurteil mit den angehängten Unterlagen über die finanzielle Einigung in Kevin Cruz' Fall zum Beispiel. »Und?«, fragte Matthias. Die beiden Polizisten standen jetzt nebeneinander und warteten darauf, den Rest zu hören.

»Es handelt sich um vertrauliche Unterlagen.«

Officer Scholl schrieb. »Das heißt was?«

»Die Ergebnisse meiner anwaltlichen Tätigkeit einschließlich der Notizen über meine juristischen Recherchen und meinen Notizen über Beratungen mit Experten. Vertrauliches.«

»Aha. Zum Beispiel?«

»Zum Beispiel meine Notizen, wenn ich einen Mandanten neu aufnehme. Ich kann Ihnen keine Einzelheiten nennen. Das meiste fällt unter das Aussageverweigerungsrecht des Anwalts.«

»Schriftliche Dokumente?«

»Genau.« Nina stellte sich die Formulare zur Aufnahme neuer Mandanten im Geiste vor. Adressen von Menschen, die nicht gefunden werden wollten. Zahlen über eine saftige Versicherungsabfindung, die einige Leute aufhorchen und gierig danach lechzen lassen würden, wenn sie davon wüssten. Kevins Geheimnis.

Die möglichen Folgen stürmten auf sie zu wie eine römische Phalanx. Kevin Cruz war ein ortsansässiger Polizist. Er würde von dem Autodiebstahl und den Akten erfahren und wissen wollen, ob seine Akte darunter war. Er würde sich Sorgen machen.

Die Anhörung im Sorgerechtsfall wurde heute am späten Vormittag um halb zwölf fortgesetzt.

Wie sollte sie mit dieser Katastrophe umgehen? Sie musste ins Büro, mit Sandy reden.

»Was ich mich frage ...«, sagte Officer Scholl, während sie in einer Tasche kramte und schließlich eine teuer aussehende verspiegelte Sonnenbrille herauszog. Sie setzte sie auf und schaute Nina direkt ins Gesicht. »Ist der Autodiebstahl zweitrangig? Sie wissen schon. Wollte der Dieb Ihre Akten?«

»Woher sollte irgendjemand wissen, dass ich sie gestern Abend mit nach Hause nehmen würde? Das mache ich selten«, sagte Nina.

»Sie nehmen keine Akten mit nach Hause?«

»Doch. Aber diese speziellen Akten ...«

»Könnte jemand gesehen haben, wie Sie Ihr Büro verließen, und Ihnen gefolgt sein?«

»Ich habe niemanden bemerkt, aber ich habe auch nicht darauf geachtet.«

»Diese junge Dame, Nicole Zack. Sie ist gegangen, nachdem Sie hier waren?«

»Ich bin mir sicher, dass sie nichts damit zu tun hat.«

»Vielleicht. Aber es regnet, es ist dunkel, sie soll mit dem Fahrrad nach Hause fahren. Vielleicht öffnet sie die Tür des Wagens ...«

»Die war verschlossen. Ich habe sie abgeschlossen.«

»Vielleicht. Aber vielleicht sieht sie einen Schlüssel auf dem Sitz liegen. Sie haben ihn dort verloren. Vielleicht beschließt sie, sich den Bronco auszuleihen, um nach Hause zu fahren.«

»Sie hätte den Wagen knacken müssen, denn der Bronco war, wie ich Ihnen bereits mehrfach versichert habe, mit meinem Ersatzschlüssel abgeschlossen.«

»Sie waren müde. Vielleicht haben Sie nur gedacht, Sie hätten ihn abgeschlossen«, warf Officer Matthias ein.

»Reden Sie mit ihr, wenn Sie möchten«, sagte Nina. »Aber sie war es nicht. Ich habe die Türen abgeschlossen. Und ich habe nichts gehört.«

»Aber verstehen Sie, Nikki Zack war letzte Nacht hier, sie ging an einem lauten, stürmischen Abend genau diese Einfahrt hinunter. Wir kennen sie. Sie haben sie mal verteidigt.«

»Ich weiß, was Sie denken, aber sie wurde freigesprochen. Es wurde bewiesen, dass sie unschuldig war.«

Scholl seufzte. Hierüber schlugen sich Polizei und Strafverteidiger jeden Tag die Köpfe ein. »Vielleicht wurde bewiesen, dass sie an *diesem* Verbrechen unschuldig war«, sagte sie. »Aber im Allgemeinen wird die Konfrontation mit dem Gesetz, das heißt mit uns, zur schlechten Gewohnheit. Wie das Rauchen.« Sie lächelte übertrieben freundlich. »Die Leute werden süchtig, bevor sie es wissen. Sie können nicht aufhören.« Matthias' Lippen zuckten als Reaktion auf ihren Witz.

»Mag sein, dass diese Ansicht auf der guten alten Polizeiwache weit verbreitet ist«, meinte Nina wider besseres Wissen, nicht bereit, ihre Verachtung zu verbergen, »aber sie ist eine Freundin meines Sohnes, und ich vertraue ihr.« Das stimmte gar nicht, doch das ging die beiden nichts an.

»Kennt sie jemanden von den Leuten, deren Akten gestohlen wurden? Oder irgendjemanden, der vielleicht in den Akten erwähnt wird?«

Nina dachte über ihre Fälle nach. »Nein. Hören Sie, dies ist ein einfacher Autodiebstahl. Davon bin ich überzeugt, aber wegen der Aktentasche ist es für mich ein Notfall. Die Akten. Das ist dringend, Officer.«

Scholl klappte ihren Notizblock zu. »Wir widmen ihm die gleiche dringende Aufmerksamkeit wie allen anderen Diebstahlmeldungen.« Sie trug dies mit derselben kontrollierten, aufdringlichen Monotonie vor, die in Nina alle möglichen paranoiden Gedanken weckte: ob sie bei der Polizei noch unbeliebter war, als sie angenommen hatte, ob sie den Diebstahlsbericht auf die lange Bank schieben würden, um sie noch mehr in Schwierigkeiten zu bringen, ob Scholl hinter dieser altmodischen Brille über sie lachte? Und war das erst der Anfang?

»Ich muss in mein Büro«, sagte Nina. »Ich muss mir ein Taxi rufen. Ich …«

»Rufen Sie mich an, falls Sie die Akten in Ihrem Büro finden«, sagte Scholl und reichte Nina ihre Visitenkarte.

»Das werde ich nicht. Sie waren im Auto.«

»Sehen Sie trotzdem nach.« Officer Scholl fragte nach Nikkis Adresse und ihrer Telefonnummer, und Nina gab ihr beides. Sobald die beiden Polizeibeamten weg waren, rief Nina die Taxizentrale an. Eine weitere halbe Stunde verging, bevor sie im Starlake Building war und durch den Flur zu ihrem Büro eilte. Ohne ihre Aktentasche fühlte sie sich nackt, entblößt, verletzlich, wütend und voller Angst, alles auf einmal.

»Drei Fragen«, begann Sandy, als Nina ins Büro kam. »Diese Fragen und Rechtsquellen im Antrag auf ein Urteil im summarischen Verfahren …«

»Ich habe auch eine an dich«, sagte Nina, warf ihre Sachen ihr Büro und kam zurück, um ihre Sekretärin anzusehen. »Habe ich zufällig gestern Abend einen Stapel Akten auf deinem Schreibtisch liegen gelassen?«

»Du hinterlässt immer einen Stapel.« Sandy zeigte auf den Stapel Papierkram, den Nina ihr hingelegt hatte. Sandy Whitefeather, Angehörige des hiesigen Stammes der Washoe-Indianer, arbeitete für sie, seit Nina vor einigen Jahren ihre Ehe und ihren Job in San Francisco an den Nagel gehängt hatte und nach South Lake Tahoe gezogen war.

»Nicht die.« Trotzdem kramte sie in den Papieren auf Sandys Schreibtisch.

»Wow, Nellie«, sagte Sandy und legte ihre glatte braune Hand mit den kurzen Fingernägeln und einem schweren Armband auf den Aktenstapel direkt vor ihr. »Du hast ein paar Akten verloren?«

»Nein, den Bronco.«

»Was?«

»Mir ist mein Auto abhanden gekommen, und zufällig war meine Aktentasche drin.« Sandys Augenbrauen stiegen merklich in die Höhe, als sie sich mit der Fingerspitze an die Nasenspitze klopfte und zuhörte, wie Nina ihr in wenigen Worten berichtete, was passiert war. »Ich weiß, ich weiß«, sagte Nina. »Ich hätte die Aktentasche niemals im Wagen lassen dürfen. Das war dumm. Ich kann gar nicht fassen, was für ein Pech ich habe. Der Fall Cruz. Der hängt völlig in der Luft, und mit Lisa Cruz geht irgendetwas Merkwürdiges vor, sonst wäre sie gestern im Zeugenstand nicht so ausgeflippt. In zwei Stunden fängt die dritte Sitzung von Kevins vorläufiger Sorgerechtsanhörung an. Er will die Kinder, und sie spielt ihm übel mit, wenn er sie besuchen will.«

»Er hat lange darauf gewartet. Er wird nicht zulassen, dass du es aufschiebst.«

»Nein. Das sollte er auch nicht.« In das tosende Gefühlschaos, das sie empfand, brachen gewaltige Schuldgefühle ein. »Aber Kevin hat mir etwas erzählt, was streng vertraulich war. Es steht auf dem Aufnahmeformular für Mandanten, eine Information, die seine Chancen, das gemeinsame Sorgenrecht für die Kinder zu bekommen, zunichte machen könnte, wenn … wenn …«

»Wenn seine Frau es rausfindet. Was ich mich frage, ist, ob du die Anhörung auch ohne die Akte durchziehen kannst.«

»Natürlich ist das im Augenblick meine größte Sorge. Das Wesentliche – die meiste Vorbereitungsarbeit auf die Anhörung – haben wir im Computer.«

»Ich drucke es dir aus.« Sandy hämmerte auf die Tastatur ein, während sie weitersprachen. Der Drucker setzte sich geräuschvoll in Bewegung und zog ein Blatt ein. Sie sahen zu, wie das Blatt sich mit Worten füllte.

»Was ist mit den Beweisstücken?«, fragte Sandy.

»Kevin hat die Originale mit zum Gericht gebracht. Ich hatte nur Kopien in der Akte. Mit der Anhörung komme ich klar.«

»Was ist mit den anderen? Kao Vang und den beiden Schwestern?«

»Alles, was da in den Akten war, waren meine Notizen bei der Aufnahme neuer Mandanten. Aber die sind kritisch. Oh, was für ein Schlamassel. Dasselbe wie bei Kevins Akte. Diese Notizen enthalten Informationen, die nicht an die Öffentlichkeit dringen dürfen.«

Sandy hievte sich aus dem engen schwarzen Drehstuhl. »Also, bevor wir völlig in Panik geraten, sollten wir uns erst noch mal hier umsehen. Autoschlüssel. Aktentasche. Drei Akten.« Sie ging in Sandalen leichtfüßig durch die beiden Räume, ihr langer blauer Baumwollrock flatterte, und die langen Glasohrringe klimperten.

Auch in Sandys Stapel auf Ninas Schreibtisch tauchte nichts auf.

Sandy durchsuchte den Schrank hinter ihr. Nina ging in den Wartebereich für Mandanten und sah die Zeitschriftenstapel durch, suchte nach irgendetwas, das dort nicht hingehörte. Das ständig klingelnde Telefon überließen sie dem Anrufbeantworter.

»Wo hast du die Aktentasche das letzte Mal gesehen? Vielleicht können wir die Fünfzig-Zentimeter-Regel anwenden. Alles, was man verliert, findet sich meistens innerhalb von einem Umkreis von fünfzig Zentimetern von dem Ort wieder, wo man es zuletzt gesehen hat.«

»Ich habe sie auf dem Boden vor dem Rücksitz des Broncos gesehen.«

»Und den Schlüssel?«

»Das ist schwer zu sagen. Ich habe ihn an einem eigenen Schlüsselbund und stets bei der Hand, weil ich ihn den ganzen Tag immer wieder brauche. Ich weiß, dass ich ihn noch hatte, als ich gestern Morgen zum Büro gefahren bin.«

»Als der Bronco gestern tagsüber auf dem Parkplatz stand, war er da abgeschlossen?«

»Nein. Der CD-Player ist vor sechs Monaten kaputtgegangen, und wir haben ihn einfach rausgenommen, also war ich ein bisschen nachlässig mit dem Abschließen.«

»Nun. Du hättest deinen Autoschlüssel also gestern im Bronco liegen lassen können?«

»Er könnte runtergefallen sein, als ich ausgestiegen bin. Du meinst, jeder hätte da draußen rumschnüffeln und den Schlüssel finden können. Aber warum hat er den Wagen nicht gleich geklaut? Warum hat er gewartet, bis ich damit nach Hause gefahren war?«

»Okay, vielleicht hast du den Autoschlüssel sonst irgendwo verloren, als du in der Stadt herumgelaufen bist. Wo warst du?«

»Im Gericht. In Pauls Mustang. Bei Passaretti's an der Straßengabelung. Im Büro. Das war's.«

»Ich rufe die Gerichtsverwaltung an und lasse die Pförtner befragen. Dann rufe ich Paul an und bitte ihn, sein Auto zu durchsuchen. Und den Besitzer des Restaurants. Der soll seinen Laden auf den Kopf stellen.«

»Ja. Danke, Sandy.«

Sandy richtete sich auf, drehte sich um und stemmte die Hände in die Hüften. »Ich schätze, wir müssen die alte Fünfzig-Zentimeter-Regel ein andermal wieder rauskramen.«

»Sieh doch bitte noch einmal in der Bibliothek nach den Akten, bevor wir aufgeben, ja?« Nina durchsuchte noch einmal ihr Büro. Sie ging den Flur hinunter zur Toilette und sah sich dort um – vielleicht ging sie auch nur dorthin, um Luft zu holen und sich neu zu sammeln, denn dieser Ort hatte ihr in der Vergangenheit schon oft als sicherer Hafen vor dem Sturm gedient. Sie ging hinaus auf den Parkplatz und vollzog noch einmal jeden einzelnen Schritt nach, obwohl sie nach wie vor überzeugt war, dass die Aktentasche mit ihr nach Hause gefahren war und der Autoschlüssel sich in der Tasche von irgendjemandem befand.

Die Akten waren weg. Sie konnte aufhören, ihre Kraft zu verschwenden. Kalte Panik stieg in ihr auf.

Dennoch sah Nina eine halbe Stunde später zum dritten Mal die Akten der abgeschlossenen Fälle durch, bis Sandy sie am Arm berührte und mit sanfterer Stimme als sonst sagte: »Sie sind nicht hier.«

Nina setzte sich auf einen der orangefarbenen Mandantenstühle. »Also, ich will verdammt sein. Ich bin beraubt worden, Sandy.«

»Und jetzt?«

»Unbeirrt weitermachen. Die Anhörung im Fall Cruz ist in genau« – sie schaute auf die Uhr – »einer Stunde und fünfzehn Minuten. Sandy, würdest du bitte, bevor du irgendetwas anderes tust, Kevin anrufen und ihn bitten, seine gesamten Unterlagen mitzubringen? Er hat Kopien von sämtlichen wichtigen Papieren. Egal ob mit Eselsohren, Kaffeeflecken oder Kritzeleien drauf, er soll sie bitte mitbringen. Ich gehe ins Büro und versuche mich darauf zu besinnen, was ich in meinem Schlussplädoyer sagen wollte.«

»Du kannst mein Auto nehmen, wenn du zum Gericht musst.«

Nina stand auf.

»Er ist alt, aber zuverlässig«, sagte Sandy. »Pass trotzdem mit dem Getriebe auf. Schalten mag er nicht so gerne.«

Als sie am Gericht ankam, rief Nina Sandy auf dem Handy an. »Hast du Kevin Cruz erreicht?«

»Er will sich mit dir an den Felsen treffen.«

»Gut.«

»Der Anwalt seiner Frau hat uns vor drei Minuten eine ergänzende Zeugenliste gefaxt. Du weißt, wer.«

Sandy hatte früher einmal für Jeff Riesner gearbeitet und verabscheute ihn so sehr, dass sie sich weigerte, seinen Namen in den Mund zu nehmen. Sie war sich mit Nina über die Heimtücke und Gefährlichkeit dieses Mannes einig, und aus reinem Selbstschutz bewahrte sie sogar kompromittierendes Material über ihn auf, an einem geheimen Ort, wie ein Gegenmittel gegen Schlangengift.

Nina hatte versucht, nicht an Lisas Anwalt zu denken. Wieder einmal bestand sein übliches Vorgehen in der Verletzung normaler ethischer Maßstäbe, das war für ihn wie ein Spaziergang im Park. »Das kann er nicht! Die Anhörung ist in einer Stunde. Wer steht auf dieser Liste?«

»Nur eine neue Zeugin. Der Name ist mir noch nie untergekommen. Eine Frau. Alexandra Peck. Ich habe gerade im Telefonbuch nachgeschlagen und ein bisschen im Internet recherchiert. Es gibt ein paar Pecks in Ta~~hoe, aber ihr Name~~ ist nicht aufgeführt.«

»Auweia«, sagte Nina und rieb sich die Stirn. »Das ist nicht gut. Das ist ganz schlecht.«

»Dachte ich mir schon.«

»Rückt Riesner wenigstens mit der kleinsten Information raus, welche Aussage seine Zeugin seiner Meinung nach machen soll?«

»Was erwartest du? Umstände im Zusammenhang mit der Fähigkeit des Beklagten Kevin Cruz, für seine minderjährigen Kinder sorgen zu können.«

»Ich werde vor der Anhörung mit Kevin darüber sprechen. Riesner hat einen teuflischen Instinkt, Sandy. Er weiß, dass Kevin keinen Tag länger darauf warten will, diese Sache zu klären, und mir nicht erlauben wird, eine Vertagung zu beantragen.«

»Wer ist diese Zeugin?«, fragte Sandy.

»Ich kümmere mich drum.«

Wie konnte Riesner von Ali Peck wissen? Wusste er es schon eine Weile? Zog er ein Riesner-Spezial durch und versuchte, den Fall in letzter Minute mit einem Hochspannungsschock zur Strecke zu bringen? Oder hatte er innerhalb der vergangenen zwölf Stunden etwas über Ali in Erfahrung gebracht, zum Beispiel aus ihren Akten? Alles war möglich. Riesner bediente sich Mitteln und Wegen, die Nina die Schamesröte ins Gesicht trieben.

In ihrer Fantasie malte sie sich ein Bild aus – Riesner folgte ihr in seinem glänzenden schwarzen Mercedes nach Hause und kroch, während es um ihn herum stürmte, um den Bronco, wobei seine eleganten italienischen Mokassins durch Pfützen tapsten, und stahl ihr Auto wie ein Straßengangster. Beinahe witzig, wenn sein Gesicht nicht im Bild wäre.

Oder was war mit Lisa Cruz? Sie war am Tag zuvor im Gerichtssaal sehr, sehr wütend auf Nina gewesen. Hatte sie Ninas Autoschlüssel an sich genommen?

Nina schob ihre Verdächtigungen beiseite. Ihren Wagen konnte sie im Augenblick nicht finden. Sie musste sich mit einem dringlicheren Problem beschäftigen, nämlich mit einem überreizten Mandanten, der in den Gerichtssaal eilte, um sich einem für sein weiteres Leben entscheidenden Augenblick zu stellen, über das verhängnisvolle Wiederauftauchen von Ali Peck sprechen.

»Der Mann sollte besser keine krummen Dinger drehen«, sagte Sandy auf Riesner bezogen.

»Unser alter Spezi«, gab Nina zur Antwort. »Stets in unserem Herzen.«

Sandys grimmiges Schnauben war selbst auf die Entfernung deutlich zu vernehmen.

4

Wegen der gut zwanzig Meter hohen Tannen und Kiefern, die das zweistöckige Gebäude überragten, lag das vertraute braune, schlichte Gerichtsgebäude von El Dorado County fast immer im Schatten, wodurch es seine Besucher umso leichter in eine gedämpfte Stimmung versetzen konnte. In diesem Gebäude lagen nicht nur die Gerichtssäle und die Büros der Justizbeamten und der Richter, sondern auch das Gefängnis. Daneben die Spiegelglasfenster des Polizeireviers von South Lake Tahoe. Auf der anderen Seite des Hofs beherbergte ein weiteres niedriges Gebäude verschiedene Büros, die mit der Polizeibehörde, der Gesundheitsfürsorge und dem Rechtssystem zu tun hatten, einschließlich der Staatsanwaltschaft von El Dorado County und der Büros der Pflichtverteidiger.

Nina schloss Sandys Auto sorgfältig ab und bahnte sich dann den Weg über nasses Gras zu den Granitfelsen, die zu Ehren zweier Pioniere in Tahoe aufgeschichtet worden waren. Kevin Cruz saß in einem winzigen Fleckchen Sonne auf einem großen Felsbrocken und rauchte eine Zigarette.

»Hi, Kevin«, sagte Nina.

»Hi.«

Sie setzten sich auf die Bank und redeten, wobei Kevin alle zwei Minuten in Wut geriet, und Nina überlegte, wie sie ihm die schlechten Nachrichten beibringen sollte. Sie musste ihm tausend Fragen über Lisa stellen.

Kevin hatte zugenommen, seit seine Frau ihn vor neun Monaten verlassen hatte. Wie Officer Scholl trug er nach Polizistenmanier fast zu jeder Jahreszeit eine Sonnenbrille. Er sah nicht gut aus heute. Er musste beim Friseur gewesen sein, denn sein Haar war so aggressiv kurz geschnitten, dass Nina die Kopfhaut unter dem blonden Haar erkennen konnte. Seine Gerichtskleidung, eine Sportjacke und eine lange Hose, wirkte ohne den Schlagstock, den er normalerweise bei sich trug, irgendwie unvollständig. Er hatte sich für ein offenes Hemd unter der Jacke entschieden, was gut war, denn er gehörte zu den Männern, bei denen eine Krawatte hoffnungslos fehl am Platz wirkte.

»Sie waren toll gestern«, beteuerte Kevin immer wieder.

»Kevin, es gibt da etwas, was Sie mir nicht gesagt haben. Lisa hat persönlich etwas gegen mich.«

»Warum, Sie haben doch alles aus ihr rausgequetscht, was Sie wollten«, sagte er. »Sie ist durchgeknallt. Sie hat schlecht dagestanden. Sie hat gezeigt, was für eine Hexe sie sein kann.«

»Kommen Sie schon, Kevin.«

»Okay, okay.« Er trat die Zigarette aus und kramte nach einer neuen. »Ich habe keinen Sinn darin gesehen, es Ihnen zu erzählen«, fing er an. »Ach, Mist. Na gut. Sie macht Sie für den Tod ihres Vaters verantwortlich.«

»Was?«

»Das ist eine lange Geschichte, aber ich gebe Ihnen die Kurzfassung. Ihr Dad führte ein kleines Holzunternehmen, das oben in der Nähe des Wrigh's Lake ziemlich viel gefällt hat. Kommt Ihnen das bekannt vor?«

»Vielleicht.«

»Erinnern Sie sich an Richard Gardener? Ein Mandant von Ihnen? Er hat sein Bein bei einem Unfall beim Fällen verloren.«

Sie erinnerte sich.

»Sie haben dem Anwalt, der seine Ansprüche auf Entschädigung wegen eines Arbeitsunfalls vertrat, geholfen, ein großes Urteil zu erreichen, dann sind Sie die Firma wegen nachlässiger Sicherheitsvorkehrungen angegangen und haben noch mal einen Haufen gewonnen. Ihr Alter hat das Holzunternehmen geführt, und dieser Prozess hat ihm den Rest gegeben. Er ist kurz nach dem Bankrott der Firma gestorben. Herzanfall. Sie hat Ihnen die Schuld daran gegeben.«

Sie erinnerte sich an den Bankrott und daran, dass sie die Nachricht von seinem Tod erhalten hatte.

Sie schwieg einen Augenblick. Dann sagte sie: »Warum haben Sie mich engagiert, Kevin?«

Er wurde rot vor Verlegenheit. »Sie hat die ganze Zeit darüber hergezogen, wie durchtrieben Sie vor Gericht wären, wie Sie alles besser wüssten. Ich kannte Sie nicht, Nina, ich wusste nur, dass ich eine verdammt gute Anwältin wollte. Sie haben meinen Erwartungen entsprochen. Ich konnte ihren Vater eh nicht leiden. Er war ein ganz schöner Drecksack, und um ehrlich zu sein, für mich klang es immer so, als hätte Ihr Typ das Geld verdient.«

Nina dachte eine Weile darüber nach. Ihr wurde klar, dass sie zu tief in der Sache drinsteckte, um auszusteigen, und so beschloss sie, es zu akzeptieren. »Heute ist ein großer Tag für Ihren Fall«, sagte sie schließlich. »Wir schließen die Sache ab. Sind Sie bereit?«

»Ich bin für nichts von alldem bereit. Wissen Sie, ich habe Lisa nie geschlagen, den Kindern keine Angst eingejagt, die Familie immer unterstützt, ich bin nach meiner Schicht jeden Tag nach Hause gegangen. Aber ich weiß, dass ich Fehler gemacht habe.«

»Genau darüber müssen wir reden«, setzte Nina an, aber Kevin ließ sich nicht unterbrechen.

»Ich glaube, Sie hatten gestern Recht, als Sie darauf hinwiesen, dass der Tod ihres Vaters sie hart getroffen hat. Er hat liebevoll für sie gesorgt und sie verwöhnt. Ihrer Mutter steht sie nicht sehr nahe.« Er zuckte die Schultern. »Wer weiß, warum? Aber sie war nie ein glücklicher Mensch. Seit dem Tod ihres Vaters ist sie in einem dauerhaften Zustand der … ich weiß nicht, wie ich es nennen soll … Verwirrung? Verzweiflung? Sie ist wie ein Speed-Junkie, der rumläuft und ein Heilmittel sucht. Sie grabscht nach allem, was ihr vorübergehend Frieden geben könnte. Heather und Joey sind so durcheinander, dass sie nicht mehr wissen, wie man sich die Schuhe bindet.«

»Kevin, hören Sie.«

»Aber die Sache mit der freiwilligen Feuerwehr wird genauso laufen wie all ihre Marotten. Sie hat womöglich bereits das Interesse verloren, spricht davon, es hinzuschmeißen und sich als Krankenschwester ausbilden zu lassen. Oder als Optometrikerin. Oder als Tänzerin. Oder vielleicht als Fallschirmspringerin.« Er seufzte. »Sie wird nie glücklich sein. Sie übt einen schrecklichen Einfluss aus. Gott sei Dank werde ich die Kinder von ihr wegholen, bevor sie völlig fertig sind.«

»Kevin ...« Nina legte ihm die Hand auf den Arm.

Er las etwas in ihrer Miene und hielt den Mund.

»Sie wissen von Alexandra Peck.«

Vor zwei Wochen erst hatte Kevin bei einem seiner beiden panischen Anrufe mitten in der Nacht Nina ein Geheimnis erzählt. Lisa hatte ihn nach einem Riesenkrach aus dem Bett geschubst, und er hatte angefangen, mit einer Siebzehnjährigen zu schlafen.

Es gab bei der Polizei Ausbildungsprogramme, die zwar einen guten Zweck verfolgten, dabei aber viele Probleme mit sich brachten: Highschool-Studenten fuhren nachts mit auf Streife, um zu beobachten, zu lernen und mitzuhelfen. Sie trugen Uniformen wie die Polizeibeamten und sahen aus wie Erwachsene, aber es waren Kinder, die Hälfte von ihnen Mädchen, während die Polizisten, denen sie jeweils zugeteilt waren, fast alles erwachsene Männer waren.

Kevin, der in einer kleinen katholischen Stadt in New Mexico aufgewachsen war, hatte Lisa mit zwanzig geheiratet. Als er Alexandra Peck kennen lernte, wusste er nicht, wie ihm geschah. »Es ist einfach passiert«, sagte er, und die Scham in seiner Stimme am Telefon verstärkte die Banalität seiner Worte nur. »Wir sind drei Monate zusammen auf Streife gefahren, bevor ich sie angerührt habe. Ich habe eine ganze Weile dagegen angekämpft, aber – Ali hatte keine Gewissensbisse. Sie sagte, sie hätte sich in mich verliebt, und, Gott, wie dieses Mädchen mich angemacht hat. Ich war so einsam. Außer ihr hat sich niemand um mich geschert. Am Ende konnte ich nicht widerstehen.«

Als Nächstes würde er ihr erzählen, dass das Mädchen für sein Alter sehr erwachsen war. Nina wollte es nicht hören. »Wie ist es ausgegangen?«

»Sie ist durchgebrannt«, sagte Kevin, »direkt nachdem ich sie gefragt hatte, ob sie mich heiraten will.«

»Wie geht es ihr jetzt?«

»Ich weiß nicht. Sie ist aus dem Programm ausgestiegen. Sie wohnt bei ihren Eltern, deshalb wollte ich sie nicht anrufen.«

Nein, hatte Nina gedacht, das wollte er nicht. Während er redete, dachte sie über positive Diskriminierung nach, darüber, Frauen in männerdominierte Berufe zu bringen, über die menschliche Natur, über die Opfer dieses besonders schlecht durchdachten sozialpolitischen Experiments. Angewidert und enttäuscht über ihren Mandanten hatte sie sich ein paar zynische Gedanken über die Naivität der Leute in der Personalabteilung des Polizeireviers erlaubt, die sich dieses Programm hatten einfallen lassen, ihre Ansichten jedoch für sich behalten.

Kevins Geständnis veränderte das Gleichgewicht in der Verantwortung für das Scheitern der Ehe, aber sie war schließlich Kevins Anwältin, nicht seine Richterin. Kevin hatte ihr während des nächtlichen Telefonats versichert, er sei sehr vorsichtig gewesen und niemand wisse davon, weder Alis Eltern noch seine Chefs und vor allem nicht Lisa.

Bis jetzt war die Geschichte in Kevins Akte versteckt gewesen, hatte nur in Ninas hingekritzelten Notizen auf gelbem Kanzleipapier existiert.

Jetzt legte Nina eine Hand auf den kalten Granitfelsen und erklärte Kevin, dass seine Affäre mit Alexandra Peck aufgeflogen war.

»Wir können natürlich gegen die späte Benachrichtigung Einspruch erheben«, sagte sie. »Aber, Kevin, der Fall ist plötzlich kompliziert. Die Empfehlungen könnten sich dadurch verändern.«

Die letzte Zigarette war ihm bis auf die Finger niedergebrannt. Er ließ sie fallen.

»Da ist noch mehr.« Sie wappnete sich und erklärte ihm, dass in der Nacht zuvor ihr Bronco gestohlen worden und seine Akte darin gewesen war. »Es ist möglich … ich meine, wir müssen in Erwägung ziehen, dass der Wagendieb Ihre Akte gelesen hat und irgendwie, aus uns unbekannten Gründen, Ihre Frau oder deren Anwalt über den Inhalt informiert hat.«

»Moment. Woher wissen Sie, dass die über Ali Bescheid wissen?«

»Ich habe vor kurzem im Büro ein Fax erhalten.«

»Sie glauben, das hat etwas mit Ihrer verschwundenen Akte zu tun?«

»Ich weiß es einfach nicht. Es ist verdächtig. Andererseits könnten sie schon eine ganze Weile von ihr wissen und bis zur letzten Minute gewartet haben, um es uns plötzlich unter die Nase zu halten.«

»Aber wie sonst …« Kevin unterbrach sich. »Wird sie aussagen?«

»Ja, sie wurde vorgeladen. Wahrscheinlich ist sie heute hier.«

»Dann wussten sie gestern schon von ihr, richtig? Bevor Ihre Akte verschwunden ist.«

»Möglich. Es könnte auch sein, dass sie ganz kurzfristig vorgeladen wurde.«

»Mein Gott. Die Kinder. Wir müssen sie aufhalten!«

»Ich werde Einspruch erheben, aber wenn der Richter entscheidet, sie in den Zeugenstand zu lassen, können wir nichts tun«, sagte Nina. »Wir können nur hoffen, dass sie sich fair verhält und dass der Richter die Beziehung perspektivisch richtig sieht, als Teil dessen, wer Sie sind.«

»Das war Lisa«, sagte er. »Sie haben sie doch gestern gesehen. Sie ist stocksauer auf Sie, und glauben Sie mir, wenn sie mal loslegt, ist sie nicht mehr zu bremsen. Sie erträgt es nicht, wenn man sie kritisiert, und Sie haben's ihr richtig gegeben. Die können doch nicht einfach meine verdammte Akte klauen und sie gegen mich verwenden, oder?«

»Ich werde Einspruch erheben«, sagte Nina noch einmal. »Es ist falsch. Aber ich muss Sie warnen.«

»Sie haben sich von denen meine Akte klauen lassen?« Die Nachricht war endlich bei ihm angekommen.

»Ich weiß nicht, wer meinen Wagen gestohlen hat«, sagte Nina. »Keine Ahnung, ob sie das über Ali aus meiner Akte wissen.«

»Versuchen Sie nicht, sich zu verteidigen«, sagte Kevin. »Wickeln Sie mich bloß nicht ein und kommen mir mit der Leier. Meine Güte!« Er verzog den Mund. »Ich werde noch die Kinder verlieren! Sie müssen das regeln!«

»Hören Sie, Kevin. Wir können die Anhörung vertagen, um ein wenig Zeit zu gewinnen, bis wir das geklärt haben. Wenn sie versuchen, Ali Peck aufgrund dieser Vorladung in den Zeugenstand zu holen, haben wir ein Recht, uns darauf vorzubereiten. Lassen Sie uns die Anhörung vertagen. Das ist mein Rat.«

»Vertagen? Für wie lange?«

»Das hängt vom Terminkalender des Richters ab.«

»Ich habe neun Monate auf diese Anhörung gewartet, die sowieso nur eine Anhörung über das vorläufige Sorgerecht ist. Es ist fast vorbei. Heute ist der letzte Tag. Und mal ehrlich: Können Sie Ali da raushalten, wenn wir die Anhörung vertagen?«

»Ich glaube nicht«, sagte Nina. »Mit der Vertagung könnten

wir nur erreichen, dass wir uns besser auf ihre Zeugenaussage vorbereiten können.«

»Sie wird definitiv aussagen?«

»Ja.«

»Wir warten Gott weiß wie lange, und sie tritt sowieso in den Zeugenstand? Warum schlagen Sie mir das vor? Legen Sie heute Widerspruch ein. Hindern Sie sie.«

»Ich kann es versuchen. Aber wenn wir keine Vertagung beantragen …«

»Meine Kinder wachsen jeden Tag! Eine Vertagung wird mich nur in den Wahnsinn treiben, verstehen Sie das, Nina? Neun Monate habe ich gewartet, während Lisa mich wegen der Besuche schikaniert hat. Ali hin oder her.«

»Es ist Zeit. Wir sollten gehen. Können Sie ruhig bleiben, Kevin?« Ninas eigene Ruhe ließ zu wünschen übrig. Riesner hatte sein Geschoss abgefeuert, und jetzt zischte es durch die Atmosphäre auf ihre nicht sehr stabile Festung zu.

5

Nina und ihr Mandant traten durch die vertrauten Türen des Gerichtsgebäudes, passierten den Sicherheits-Check und wandten sich nach rechts, um die Treppe nach oben zu nehmen. Kevin hatte es eilig. Mit der schweren Tasche in der Hand hatte Nina Mühe, mit ihm Schritt zu halten. Oben an der Treppe stellte sie die Tasche einen Augenblick ab, um ihren Arm zu entspannen, und sah sich um. Im Flur keine Spur von einem Mädchen. Sie erlaubte sich einen hoffnungsvollen Gedanken: Vielleicht haben wir Glück, und Ali entzieht sich dem Verfahren oder wehrt sich dagegen. Manchmal gelang es den Anwälten, die Fälle in der Spur zu halten, und manchmal nahmen die

Fälle zusammen mit den Zeugen einen gänzlich unerwarteten Verlauf.

Im Gerichtssaal setzte Kevin sich auf seinen Platz am Tisch neben Nina. Sein Gesicht war starr, den Blick hielt er von ihr abgewandt. Sie lächelte zuerst ihren guten Freund Deputy Kimura an, der heute als Gerichtsdiener fungierte und wie immer am Telefon war, und nickte dann Richter Milnes Justizbeamtin zu. Um das Schimmern eines Autoschlüssels betend, warf sie verstohlen einen Blick unter den Tisch. Nichts.

Rechts von ihnen nahm Jeffrey Riesner neben Kevins Frau Platz und flüsterte ihr etwas ins Ohr. Lisa Cruz neigte den Kopf in Richtung ihres Anwalts und hörte zu. Als er fertig war, drehte sie sich zu Nina um, ganz starr vor Abscheu. Schließlich wandte sie sich wieder dem Tisch zu. Sie sah heute bieder aus – das lange Haar zu einer Rolle hochgesprayt, kleine Perlenohrringe, glatte weiße Haut.

Schließlich legte Lisa ihre Hände mit den langen schlanken Fingern auf das Foto ihrer Kinder vor ihr, das ihr die ganze Zeit Gesellschaft geleistet hatte. Riesner stand auf und trat auf Nina zu. Sie erhob sich und spannte ihre Muskeln an, um bloß nicht zusammenzufahren.

Natürlich merkte er es. Er reckte sich, um den enormen Größenunterschied zwischen ihnen zu betonen, und setzte für die Zuschauer ein falsches Lächeln auf. »Wir sollten uns unterhalten.«

Kevin entschuldigte sich, um noch einmal kurz in den Flur zu gehen und einen Schluck Wasser zu trinken, und ließ die beiden Anwälte an Ninas Tisch allein.

»Warum?«, fragte sie.

Riesner nickte. »Draußen.« Er sah ihren Gesichtsausdruck und gluckste gehässig in sich hinein. »In Sichtnähe der gläsernen Eingangstür zum Polizeirevier. So besteht keine Chance, dass Sie die Kontrolle verlieren und gewalttätig werden. Oder sonst was.« Obwohl er unverhohlen auf eine heftige körperliche Auseinandersetzung anspielte, in die sie während eines anderen Falles vor ein paar Monaten geraten waren, hatten seine Worte wie immer einen sexuellen Unterton.

»Nein«, sagte Nina. »Das ist nicht nötig.«

Sie sprachen beide mit leiser Stimme, sodass ihre Unterredung, die bereits vor Spannung vibrierte, eine Vertrautheit bekam, die Nina schaudern ließ.

»Soll ich Ihnen gut zureden? Keine Sorge, ich esse nur, was gut schmeckt. Sie sind mir zu sauer, um reinzubeißen.«

»Sie beißen ja bereits«, entgegnete Nina. Innerlich hielt sie sich augenblicklich eine Standpauke, dass sie ihm diesen Gefallen getan hatte. Ein Ducken, ein Zucken, ein Aufblitzen von Zorn – er stürzte sich begierig auf ihre emotionalen Reaktionen, wie Graf Dracula auf Blut.

Seine leicht nach oben gebogenen Mundwinkel zuckten vor Vergnügen. Er hatte sie bereits ins Wanken gebracht. Ein Erfolg. »Meine Mandantin hat einen Vorschlag zur Einigung.«

»Machen Sie keine Witze.« Nina schaute auf die Uhr. Das Gericht wurde in sieben Minuten einberufen. Sie wies mit dem Kopf nach hinten. Diesmal würde sie in Sichtweite von Deputy Kimura bleiben.

Riesner folgte ihr nach hinten und lehnte sich mit verschränkten Armen gegen die rückwärtige Wand. Seine Augen waren grün, von der gleichen Farbe wie der Pilz auf dem faulenden Baumstumpf im Garten hinter ihrem Haus. »Und?«, fragte sie.

»Die Mutter bekommt das Aufenthaltsbestimmungsrecht. Sie ist damit einverstanden, sich das Sorgerecht zu teilen. Unter den gegebenen Umständen ist das sehr großzügig. Geregelte Besuche. Er kann die Kinder Weihnachten haben. Sie feiert das eh nicht, also ist es ihr egal. Und die Kinder gehen in ihre Kirche.«

Diese Regelung würde bedeuten, dass die Kinder bei Lisa

lebten. Kevin würde Besuchsrecht haben. Gemeinsames Sorgerecht hieß, dass Kevin bei wichtigen Themen, wie etwa Ausbildung und Gesundheit, zurate gezogen werden musste.

Viel war das nicht. Zudem hatte Kevin den Vorschlag, Lisa das Aufenthaltsbestimmungsrecht für die Kinder zu lassen, bereits abgelehnt.

Doch Ali veränderte die Sachlage des Falls. Konnte Kevin sogar das gemeinsame Sorgerecht verlieren? Nina dachte kurz darüber nach und fällte eine Entscheidung. Wenn du zweifelst, gib nichts. »Nicht gut genug«, erklärte sie.

»Was meinen Sie mit nicht gut genug?«

»Sie machen doch Witze.« Sie wandte sich von ihm ab.

»Das war Ihre letzte Chance«, sagte Riesner. Sein feierlicher Tonfall ließ sie innehalten. »Ich persönlich ziehe die Sache gerne in die Länge, kassiere weiter Honorare, und am Ende demütige ich Sie. Wird mir ein Vergnügen sein.«

»Warum sollte mein Mandant dieses Angebot annehmen?«, sagte Nina. »Nennen Sie mir einen guten Grund.«

»Erinnern Sie sich nicht an die süße Ali?«

»Weiter.«

»Ich habe diese Ankündigung gefaxt, wie Sie wohl wissen.«

»Laut der Verfahrensvorschriften zu spät.«

»Hab's selbst eben erst erfahren. Beantragen Sie, wenn Sie wollen, eine Vertagung. Warum nicht, lassen Sie uns bei dieser Sache beide noch mehr Geld verdienen.«

»Woher wissen Sie von Ali Peck?«

Riesner blinzelte. »So eine attraktive junge Dame. So eine junge, junge Dame.«

»Wenn Sie nicht augenblicklich meine Frage beantworten, betrachte ich dieses Gespräch als beendet.«

Ein unschuldiger Blick. »Wie ich dem Richter gerne erzählen werde, habe ich heute Morgen um sechs Uhr zu Hause einen Anruf erhalten.«

Nina wappnete sich und fragte: »Wer hat Sie angerufen?«

»Ali Peck, von Schuldgefühlen gepeinigt?«

»Das glaube ich Ihnen nicht«, sagte Nina. »Ich werde Einspruch erheben.«

»Natürlich werden Sie das. Das habe ich meiner Mandantin schon gesagt.«

Nina wusste nicht, ob Riesner bereits über den Verlust ihrer Akten informiert war, und sie begriff, dass sie extrem vorsichtig vorgehen musste. Allein ein normales Gesicht zu machen forderte im Augenblick ihre ganze Kraft. »Wo ist sie?«

»Oh, sie ist hier irgendwo, kommt ihrer Vorladung nach. Sie kann kaum erwarten, dass es losgeht.«

»Warum ist sie unter Strafandrohung vorgeladen worden, wenn sie sich freiwillig gemeldet hat?«

»Ich habe jetzt keine Zeit, darauf ausführlich einzugehen. Es genügt, dass Lisa jetzt alles über den Ehebruch ihres Mannes weiß. Und dass sie es nicht gut aufgenommen hat.«

Ehebruch. Das Wort erinnerte an im Kalender rot angestrichene Tage, Strafpredigten von der Kanzel und diese altmodische Religion. Nina versuchte, sich nichts anmerken zu lassen.

»Cruz kriegt kalte Füße. Er zahlt meine Rechnung«, sagte Riesner, drückte sich von der Wand ab und streckte die offene Hand aus wie zu einer großzügigen Geste. »Er kann sogar in Raten zahlen.«

»Ich rede mit ihm«, sagte Nina mit zusammengebissenen Zähnen.

»Tun Sie das.« Er lächelte sie an, eine Hand in der Tasche, gab sich weltmännisch. »Bewahren Sie das kleine Mädchen vor dem Zeugenstand und den ganzen schmutzigen Einzelheiten über Ihren Mandanten, den bösen Verführer von Minderjährigen.«

»War's das?«, sagte Nina. Sie schaute auf die Uhr an der Wand.

»Er sieht heute ein wenig angeschlagen aus«, sagte Riesner. Wieder lachte er. »Er täuscht eine gute Fassade vor. Vielleicht hilft ihm das, die richtige Entscheidung zu treffen.«

»Machen Sie sich keine Sorgen um meinen Mandanten.«

»Also, das ist ein verdammt guter Rat.«

Zurück am Tisch versuchte sie Kevin in aller Eile eine kurze Zusammenfassung des Gesprächs zu geben. Er versteifte sich auf eine Sache. »Wo ist Ali?« Er sah sich im Saal um.

»Wartet inzwischen wahrscheinlich draußen. Riesner hält sie bis zur letzten Sekunde außer Sichtweite, damit wir nicht mit ihr reden können.«

Er fuhr sich mit der Hand über den Schädel. »Sie hatte mehr Angst als ich, dass es rauskommen könnte. Mir gefällt es gar nicht, dass sie das hier durchmachen muss. Oh, Mann.«

»Kevin, beim gemeinsamen Sorgerecht hätten Sie sehr viel zu sagen, und ich würde für eine großzügige Besuchsregelung sorgen. Aber es ist nicht das Ergebnis, das wir erreichen wollten.«

»Bei dem Gedanken, dass es so weit kommt, wird mir ganz übel, aber ich werde nicht aufgeben. Wie Sie gesagt haben, vielleicht schätzt der Richter die Sache mit Ali nicht als so schwerwiegend ein. Ich muss Heather und Joey von Lisa wegholen.« Er schüttelte den Kopf. »Nein, wir müssen gewinnen. Wir müssen kämpfen.«

»Die Entscheidung liegt natürlich bei Ihnen.«

Er drehte sich um, um Lisa und Riesner anzusehen, dann schaute er Nina wieder an. »Ich bin der bessere Elternteil.«

»Wir haben immer noch starke Argumente«, sagte Nina. »Wir arbeiten uns irgendwie um Ali herum. Wir müssen.«

»Gut. Danke, dass Sie mir nicht raten aufzugeben.« Nina verspürte einen Stich. Er hätte ihr nicht danken sollen, wo sie doch womöglich ein Teil seines Problems war.

Nina schaute zu Riesner hinüber und schüttelte einmal kurz den Kopf. Er zuckte die Schultern und beugte sich zu Lisa, um ihr die Nachricht zu übermitteln.

Sie erhoben sich, als Richter Milne den Raum betrat und Platz nahm. Richter Milne, eine große, eindrucksvolle Gestalt, hatte eine tiefe Golferbräune und eine glatte Stirn. Er glaubte an sich, das war sein Geheimnis. Er fällte seine Entscheidungen und dachte dann nie mehr daran. Wenn man an seine pragmatische Seite appellierte, war sein Urteil zum Glück ziemlich gut.

Und zum Glück schien er eine Schwäche für Nina zu haben. Sie setzte darauf. Für hehre Prinzipien war jetzt nicht der richtige Zeitpunkt.

Nach den einleitenden Formalitäten setzte Riesner sich gerade, strich eine imaginäre Falte in seiner faltenlosen Krawatte glatt und erhob sich von seinem Tisch.

»Ich möchte eine letzte Zeugin aufrufen«, sagte er.

»Einspruch, Euer Ehren.« Nina blätterte den schmerzlich kleinen Stapel Papiere durch, die zu dem Fall gehörten, um noch eine Sekunde zu gewinnen, in der sie über ihre Reaktion auf diese nicht unerwartete Ankündigung nachdenken konnte. »Auf dieser Liste stehen keine weiteren Zeugen, Herr Richter. Es ist unvorschriftsmäßig.«

»Das sehe ich«, sagte Richter Milne. »Was geht hier vor?«

»Euer Ehren, ich habe dem Gericht eine Kopie der Ergänzung der Zeugenliste zukommen lassen, vorschriftsmäßig an den Richter gefaxt, sobald die Zeugin ermittelt worden war, und heute Morgen eingereicht. Ich habe erst jetzt einige Informationen über Miss Reillys Mandanten erhalten, die im Zusammenhang mit seiner Eignung als Elternteil stehen. Ich entschuldige mich, dass ich nicht in der Lage war, seiner Anwältin eine angemessene Nachricht zukommen zu lassen, doch diese Informationen erreichten mich durch eine dritte Partei heute am frühen Morgen. Ich habe Miss Reilly kurz vor der Sitzung zur Seite genommen und sie über die Umstände in Kenntnis gesetzt, also hoffe ich, dass wir …«

»Unangemessene Bemerkung, Euer Ehren.«

Richter Milne entdeckte das ergänzende Dokument. »Oh, hier ist es. Eine zusätzliche Zeugin. Eidesstattliche Versicherung zur Bestätigung derselben. Ms. Reilly. Beantragen Sie eine Vertagung?«

Kevin schüttelte den Kopf. Nein.

Es machte dem Richter Ehre, dass er ihr volle zehn Minuten gewährte, um ihren Einspruch für das Protokoll zu begründen. An seinem Gesichtsausdruck erkannte sie fast von Anfang an, dass er Peck erlauben würde auszusagen. Schließlich hob er eine Hand, um ihr Einhalt zu gebieten. »Ich werde die Sitzung unterbrechen, falls Sie noch mehr Zeit brauchen, Frau Anwältin. Andernfalls fahren wir fort.«

Nina setzte sich und beschäftigte sich in Gedanken bereits mit der Zeugenaussage. Es hatte keinen Sinn, sich von diesem verlorenen Schlagabtausch aus dem Gleichgewicht bringen zu lassen. Bei Sorgerechtsstreitigkeiten waren Richter, was Beweise anging, notorisch nachsichtig. Es gab keine Geschworenen, die man hätte verwirren können, und sie wollten so viele Informationen wie möglich.

Als Riesner eine junge Frau in den Gerichtssaal geleitete, sah Kevin nicht mehr wie der selbstsichere Vater aus. Er murmelte unwirsch etwas und wollte aufstehen. Nina packte ihn mit einer Hand fest an der Schulter und drückte so lange, bis er wieder saß. »Beruhigen Sie sich«, flüsterte sie.

»Ich kann doch nicht hier sitzen und ruhig zusehen, wie die mich fertig machen!«

»Pst.«

Das kräftige Mädchen in Jeans und Wanderstiefeln kletterte polternd in den Zeugenstand, ihre geröteten Wangen waren von schwarzem Haar umrahmt. Kevin steht eindeutig auf sportliche Frauen, dachte Nina, während Ali schwor, die Wahrheit zu sagen. Riesner kam gleich zur Sache, die langweiligen Präliminarien brachte er schnell hinter sich, bei den obszönen Einzelheiten ließ er sich Zeit.

Ein älteres Abbild des Mädchens saß hinten im Gerichtssaal und zuckte zusammen. Alis Mutter.

»Wir sind ungefähr drei Monate lang miteinander gegangen«, sagte Ali als Antwort auf eine Frage.

»Wie oft waren Sie intim?«

Sie senkte den Kopf. »Ein paarmal die Woche.«

»Und Sie waren damals siebzehn?«

»Ja.«

»Nicht mal alt genug, um zu wählen oder ein Glas Wein zu trinken, nicht wahr?«

»Einspruch«, sagte Nina. »Sie war siebzehn. Das haben wir begriffen.«

»Stattgegeben.«

»Und wo hatten Sie diesen sexuellen Verkehr?«, fragte Riesner und legte seine Hände auf dem Tisch aufeinander.

»An verschiedenen Orten.« Ihre Stimme verriet eine Spur Verärgerung. Darüber, dass sie heute hierher geschleppt worden war? »Manchmal auf einer Wolldecke im Wald.«

»Sonst noch irgendwo?«

»In seinem Auto.«

»Seinem Streifenwagen?«

»Nein, im Privatwagen. Im Streifenwagen nie. Wir hatten eine Regel.«

»Noch irgendwo?«

Sie wurde tiefrot und antwortete nicht.

»Hatten Sie je Sex mit Mr. Cruz bei ihm zu Hause?«

Obwohl Kevin jeden Augenblick zu explodieren schien, legte Nina ihm die Hand auf den Arm und blieb ganz ruhig sitzen.

Es hatte keinen Zweck, Einspruch zu erheben. Riesner würde auf dieser Frage bestehen, und der Richter würde sie zulassen.

»Ja.«

»Erzählen Sie dem Gericht bitte, wie es dazu kam.«

»Wir waren mit unserer Schicht fertig.«

»Sie meinen, dem Ausbildungsprogramm bei der Polizei?«, fragte er mit der Betonung auf *Ausbildung*.

»Ja. Wir waren also fertig. Auf dem Weg zu mir nach Hause fuhren wir bei ihm vorbei, und, na ja, da überkam es uns.«

»Wo überkam es Sie?«

»Na ja, in ihrem Bett.«

»In ihrem Bett.«

»Euer Ehren«, sagte Nina.

»Wir hören gut, Mr. Riesner. Es ist nicht nötig, es zu wiederholen«, sagte der Richter.

»Und wo waren die Kinder?«

»Was glaubst du wohl, wo sie waren, du Arschloch?«, flüsterte Kevin. »Dass sie dabeigestanden und zugesehen haben?«

»Ich glaube, die waren weg. Ja, sie waren nicht da. Wir haben uns gehen lassen. Kevin hätte nie ... Er hat mich nie mit seinen Kindern in Kontakt gebracht. Ich habe sie nie kennen gelernt.«

»Gab es weitere solche Vorkommnisse?«

»Sie meinen, ob wir es noch einmal in seinem Haus gemacht haben?«

»Ja.«

»Nein. Außer dass wir uns mal auf der vorderen Veranda geküsst haben.«

»Wo waren die Kinder da?«

»Oh. Sie sollten eigentlich schlafen, aber das eine Kind, der Junge, wachte auf, und Kevin musste ihn wieder ins Bett bringen.«

Kevin nuschelte Nina ins Ohr: »Joey hat nie etwas gesehen, das schwöre ich, Nina. Wir hatten keine Privatsphäre. Die Dinge gerieten außer Kontrolle, aber wir waren sehr vorsichtig. Die Tür, das eine Mal in unserem Haus, sie war abgeschlossen, und die Kinder waren nicht mal zu Hause. Ich würde meinen Kindern nie schaden, sie nie so etwas aussetzen.«

Als Nina das Mädchen ins Kreuzverhör nehmen konnte, stellte sie nur die wichtigsten Dinge richtig. Das Mädchen war die Beziehung bereitwillig eingegangen, ja, sie war sogar die treibende Kraft gewesen. Die Ehe war bereits gescheitert. Kevin Cruz hatte seine Kinder stets davor beschützt, etwas von Ali zu erfahren. Nina hielt ihre Fragen kurz, denn je länger Ali da oben saß, desto schlimmer wurde die Sache für Kevin.

Obwohl Kevin gewollt hätte, beschloss sie, ihn nicht noch einmal in den Zeugenstand zu rufen. Wenn sie versuchen würde, Alis Aussagen einzeln zu widerlegen, würde das vermutlich nur dazu führen, dass die schmutzigen Details der Beziehung sich dem Richter umso eindringlicher einprägten. Und alles, was Kevin jetzt sagte, konnte in den weiteren Komplikationen, die sich so sicher wie das Amen in der Kirche aus Alis Alter entwickeln würden, gegen ihn verwendet werden. Sie musste ihn davor schützen, sich selbst zu belasten.

Abgesehen davon, was hätte Kevin schon zu seiner Verteidigung sagen können?

Riesner hielt eine packende Schlussrede, ließ sich über Lisa Cruz' Tugenden aus und rümpfte über den Bericht des Arztes bezüglich ihrer Neigung zu Depressionen die Nase, um stattdessen festzustellen, dass sie »auf eine gesunde Zukunft mit ihren Kindern zusteuere«. Er sprach überschwänglich und mit einem Eifer und einer Wärme über seine Mandantin, die, wie Nina wusste, nur vorgetäuscht waren, jedoch absolut ehrlich wirkten. Jetzt, wo er Nina wieder da hatte, wo er sie haben wollte – in der schwächeren Position –, wirkte er selbstsicher und gewandt, ganz der Alte.

»Euer Ehren«, fuhr er fort, »von Seiten des Scheidungsbeklagten wurden einige Anstrengungen unternommen, die Religion als Faktor in diesen Fall einzubringen. Doktrinen, die mit dem Feiern von Weihnachten und Geburtstagen zu tun haben oder mit der Teilnahme an Wahlen oder dem Militärdienst, haben als nicht zugehörig zu der Sphäre religiöser Auffassungen zu gelten, die als Gefahr für die geistige oder körperliche Gesundheit eines Kindes betrachtet werden könnten, wenn es um die Entscheidung über das Sorgerecht in einem Scheidungsfall geht.«

»Ich habe Ihre Ausführungen, Mr. Riesner«, sagte Richter Milne.

»Mrs. Cruz hat ausgesagt, dass sie für den traurigen Fall, dass eines ihrer Kinder eine Bluttransfusion benötigt, nicht weiß, wie sie entscheiden würde, dass sie jedoch offen wäre für den Rat von Ärzten und zusätzlich die Meinung von Mr. Cruz einholen würde. Ihre gemeinnützigen Aktivitäten bei der Feuerwehr sollten nicht als Ablenkung von ihren Aufgaben als Mutter betrachtet werden, sondern als leuchtendes Beispiel für ihre Kinder und sind im Lichte ihrer umfassenden Eignung als Versorgerin und Erzieherin für diese wunderbaren Kinder anzusehen. Sie ist eine fantastische Mutter und ein lobenswerter Mensch, so viel steht fest.

Mr. Cruz andererseits, mit seinem nicht eben geradlinigen Lebenslauf und seiner sträflichen Unmoral, hat sein ehebrecherisches Verhalten sogar in seinem eigenen Haus ausgeübt. Es liegt im Interesse dieser heranwachsenden Kinder, bei ihrer Mutter zu bleiben. Nicht um dies als Moralstück zu besetzen, Euer Ehren, aber betrachten Sie die Mitspieler. Betrachten Sie Mr. Cruz. Verworfenheit, Euer Ehren. Ehebruch. Eine Straftat. Gut möglich, dass Mr. Cruz im Gefängnis landet und arbeitslos wird. Er hat Unzucht mit einer Minderjährigen getrieben. Natürlich bin ich gezwungen, diese Information an die Staatsanwaltschaft weiterzuleiten.«

Nina war an der Reihe.

Sie fing mit ihrer eigenen Aufzählung an, einer Aufzählung von Kevin Cruz' Tugenden. »Eine sorgfältige Prüfung der Zeugenaussagen in diesem Fall zeigt, dass Kevin Cruz der geeignetere Erziehungsberechtigte ist.

Lisa Cruz' religiöse Aktivitäten sind zwar bewundernswert, jedoch äußerst zeitaufwändig. Um die Kinder für die Zeit zu entschädigen, die sie außer Haus verbringt, um Menschen zu bekehren, würde sie laut ihrer Aussage die Kinder mitnehmen, wenn sie von Tür zu Tür geht. Wir haben frühere Zeugnisse, dass diese Aktivität, die an sich nicht unbedingt schädlich ist, im Laufe der Zeit zu schmerzlichen Konflikten zwischen ihr und den Kindern führen kann.«

An diesem Punkt ging sie noch einmal auf die psychischen Probleme ein, mit denen Lisa Cruz zu kämpfen hatte, wiederholte die Aussage von Lisas Arzt, hämmerte dem Richter seine Worte »Neigung zur Depression« ein und erinnerte ihn daran, dass ihr eigener Hausarzt ausgesagt hatte, es sei sehr wahrscheinlich, dass Lisa Cruz' chronisches Leiden in absehbarer Zukunft wieder auftreten werde und als lebenslanges Gebrechen betrachtet werden könne.

»Jetzt zu Ali Peck. Mr. Cruz hat sich in der Tat um seine Kinder gesorgt und hat sie, wie sie bezeugt hat, von ihnen fern gehalten. Der entscheidende Punkt ist, dass seine Kinder in keiner Weise von dieser Affäre betroffen waren. Seine Ehe steckte in Schwierigkeiten. Er war einsam. Er hat einen Fehler begangen. Wichtig ist, Euer Ehren, dass diese Affäre nur kurze Zeit gedauert hat und längst vorbei ist. Ein einziger Fehltritt sollte nicht die Empfehlung des Scheidungsmediators überschatten, sondern vielmehr zu der Schlussfolgerung führen, dass Mr. Cruz insgesamt geeignet ist, das alleinige Sorgerecht über seine Kinder auszuüben.«

Sie setzte sich und hielt den Atem an. Zufällig fing sie einen weiteren sehr wütenden Blick von Lisa Cruz auf. Nachdem Lisa sich abgewandt hatte, betrachtete Nina Richter Milne und versuchte herauszufinden, was in seinem Kopf vorging.

Der Richter sah auf Ali, die hinten im Gerichtssaal Platz genommen hatte, und stellte sich womöglich vor, wie die Kleinen Zeugen von verschwitzten Umarmungen wurden. Nina sah förmlich, wie sich sein Gesicht durch die Entscheidung verfinsterte. Er wandte sich wieder seinen Notizen zu. Er hatte entschieden, dass ein Übermaß an spiritueller Suche besser war als ein Übermaß an Wollust.

Sie hatten verloren. Ali, die adrette kleine Polizeischülerin, hatte Kevin direkt in die einsame Hölle für Väter ohne Sorgerecht befördert.

Na ja, das war nicht fair. Kevin hatte sich selbst dorthin befördert.

Ihr Mandant hatte in den letzten Minuten ebenfalls den Richter gemustert. Ein rascher Blick auf seine weißen Fingerknöchel verriet Nina, dass auch er wusste, was sie wusste. Nachdem das Gericht sich vertagt hatte, stand er zitternd in der Tür und ballte immer wieder die Hände zu Fäusten, als wollte er jeden Moment jemanden zusammenschlagen. Nina schob ihn sicher durch die Tür, aber sobald sie draußen waren, lief er hinter Lisa her, die mit raschen Schritten auf den Parkplatz zumarschierte.

»Warte. Ich will mit dir reden«, sagte er.

Nina lief hinter ihm her. »Kevin, nicht.«

»Lass mich in Ruhe, Kev«, sagte Lisa. »Ich warne dich. Halt dich von mir fern.«

»Du hast meine Akte geklaut, nicht wahr? Du redest Tag und Nacht über Moral, aber weißt du was? Ich kenne dein wahres Ich unter diesem ganzen scheinheiligen Mist. Du würdest alles tun, um Heather und Joey zu behalten. Du würdest lügen, betrügen, stehlen … alles. Aber jetzt hör dir das an. Ich lasse nicht zu, dass du die Kinder bekommst.«

»Du hast keine andere Wahl, oder? Du musstest ja deine kleine Freundin haben. Du hast mich betrogen, und du betrügst deine Kinder, wenn du dich so verhältst, wie ein Tier. Du hast echt Nerven, mich heute überhaupt anzusprechen.«

Ihre Gelassenheit machte ihn umso wütender. »Nimm dich bloß in Acht, Lisa!«, schrie er und drohte ihr mit der Faust. »Das sind meine Kinder!«

Nina hielt ihn am Arm fest. »Rühren Sie sie nicht an. Bitte nicht«, beschwor sie ihn.

»Droh mir bloß nicht, du Verlierer. Ich habe keine Angst vor dir und deiner dämlichen Anwältin. Jetzt habe ich die Oberhand. Und damit wirst du leben müssen für den Rest deiner Tage.«

Kevin schaute auf seine Faust und ließ die Hände sinken.

Lisa wandte sich an Nina. »Und was Sie angeht? Ich bin nicht überrascht, dass Sie in diesem Fall aufgetaucht sind, das ist bei Abschaum eben so. Vielleicht ist es auch gut so. So kann ich Ihnen endlich sagen, was ich von Ihnen halte. Sie widern mich an. Sie sind eine Schande für die Menschheit. Warum wohl wundert es mich nicht, dass Sie sich daran aufgeilen, einer anderen Mutter wehzutun?« Mit dieser letzten boshaften Bemerkung öffnete sie die Tür ihres Wagens und brauste davon.

6

»Drei Akten«, sagte Sandy im Büro. »Unsere heikelsten Fälle.«

Fünf Uhr am Nachmittag. Das Ende des Tages war gekommen. Anders als sonst, wo sie die Tür erst abschlossen, wenn sie wirklich gingen, hatten sie die Tür an diesem Freitag pünktlich dichtgemacht und den Anrufbeantworter eingeschaltet. Der öffentliche Teil dieses Unglückstags war vorbei.

Nina war Kevins Anhörung und deren zu erwartendes Ergebnis bereits mit Sandy durchgegangen. Sandy hatte mit anfänglicher Zurückhaltung auf die Nachricht reagiert, dass Nina wahrscheinlich verloren hatte. Jetzt stand Nina neben Sandys Computer und zeigte auf ein Blatt gelbes liniertes Kanzleipapier. »Ich habe versucht, das, was in den Akten stand, einigermaßen detailliert zu ergänzen.«

»Was ist das?«, fragte Sandy, und ihr beringter Finger zeigte auf einen kleinen dunklen Fleck auf dem Blatt.

»Marmelade«, sagte Nina schnell.

»Ist es nicht. Du hast geweint.«

»Quatsch. Aber ich sollte mir weniger Gedanken machen. Meine Akten sind für andere – außer für andere Anwälte – absolut nichts sagend. Sie liegen irgendwo in einem Abfalleimer, wo der Autodieb sie reingeworfen hat. Das Gericht ist ständig voll von solchen Leuten. Wollte man sich den schlechtesten Platz aussuchen, um einen Autoschlüssel zu verlieren, sollte man es an dem Ort versuchen, wo Autodiebe das halbe Leben verbringen.«

»Mhm.« Sandy überflog die Liste.

»Wegen der Notizen auf den Aufnahmeformularen mache ich mir die größten Sorgen. Die Leute sind mir gegenüber offen und ehrlich, und natürlich schreibe ich wie eine brave Schülerin alles auf. Und während ich zuhöre, notiere ich auch meine Gedanken und Eindrücke.«

»Ganz abgesehen von den ganzen Strichmännchen überall auf der Seite. Lass uns mit Kevin Cruz anfangen.«

»Das Geheimnis ist gelüftet. Ali Peck hat ausgesagt. Das Ergebnis wird nicht sehr schön sein.«

»Ein ziemlicher Zufall, dass sie ausgerechnet in letzter Minute noch auftaucht. Ihr Name steht in der vermissten Akte.«

»Ja. Sie hätten Ali womöglich auch ohne die Akte gefunden, aber der zeitliche Zusammenhang …«

»Können wir was tun?«, fragte Sandy.

»Nicht in Bezug auf die Anhörung. Dafür ist es zu spät«, meinte Nina.

»Der Mann wird gewinnen«, sagte Sandy und meinte Riesner. »Dabei stand es fünf zu null für uns!«

»Ich habe nicht mitgezählt. Hier geht's nicht um …«

»Du kannst wetten, dass *er* es war.«

Nina blieb bei der Sache. »Kevin hatte eine Beziehung mit einem jungen Mädchen. Milne ist nicht prüde, aber, autsch, sie hat ganz schön jung ausgesehen da oben.«

»Jetzt kling bloß nicht so schuldig. Er hat mit ihr geschlafen, nicht du!«, rief Sandy. »Wie wollen sie eigentlich von ihr erfahren haben?«

»Im Gericht heute Morgen hat Riesner erklärt, er habe in aller Herrgottsfrühe einen Tipp bekommen. Hat durchblicken lassen, sie hätte ihn angerufen.«

Sandy runzelte die Stirn. »Er behauptet, er habe eben erst von ihr erfahren, aber ich glaube schon aus Prinzip kein Wort von dem, was er sagt. Vielleicht weiß er es schon seit Monaten und hat dich jetzt damit überrascht. Egal. Vielleicht hat er ja auch einen Anruf erhalten. Von einem Autodieb.«

»Genau das, was ich befürchte.« Als ob sie neben sich stünde, bemerkte Nina, dass es ihr die Kehle zuschnürte. Sie ging hinüber zu den Mandantenstühlen und setzte sich auf einen davon. Sie war fertig für heute. Zeit, nach Hause zu gehen.

»Wish kennt Kevin, er sieht ihn öfters im Community College. Er meint, Kevin steigt den Drogenabhängigen ganz schön aufs Dach.« Sandys Sohn Wish Whitefeather half im Büro aus, studierte Kriminologie am Lake Tahoe Community College und fuhr jetzt Pauls alten Wagen. Er vergötterte Paul und gab einen guten Kumpel ab, wenn Paul bei seiner Arbeit für Nina in Tahoe Hilfe brauchte. »Also. Machen wir weiter. Nummer zwei – der Brandstiftungsfall – die Hmong. Familie Vang.«

Nina trat ans Fenster. Die Erhabenheit der purpurnen Berge beruhigte sie nicht so wie sonst. Ein Sunfish-Segelboot, das dreifarbige Segel gehisst, glitt auf dem silbernen Wasser vorbei und segelte auf die Tahoe Keys Marina in der Ferne zu. Trügerischer Frieden, dachte Nina. Zu schön, um wahr zu sein. Jemand hatte ihr mal erzählt, dass auf dem Grund des Lake Tahoe Leichen liegen könnten, perfekt konserviert. Sandy den Rücken zugekehrt, sagte sie: »Die Hmong. Niemand, aber niemand weiß etwas davon, dass ich die Forderung an die Versicherung eingereicht habe.«

»Eine erbärmliche Geschichte. Was war das Heikelste in der Akte?«

»Kao Vangs Adresse. Er wollte sie mir nicht geben, aber ich habe darauf bestanden. Kao warnte mich, seine Familie wäre in Gefahr, wenn sich die Nachricht herumsprechen würde, dass er wegen des Feuers einen Schadensersatz bekommen würde. Die Leute könnten wütend werden.«

»Wütend genug, um was zu tun?«

»Ich weiß nicht. Die Vangs reden nicht darüber.«

»Was sollen wir machen?«

»Ich weiß nicht.«

Etwas in Ninas Stimme hatte ihrer Mitarbeiterin wohl verraten, dass es das Beste sei, es dabei zu belassen, denn die normalerweise erschöpfend gründliche Sandy machte rasch weiter. Sie notierte etwas mit Bleistift und wandte sich dann wieder der Liste zu. »Brandy Taylor und Angel Guillaume.«

»Zeuginnen eines Mordes. Tief begraben, bis ich alles für unseren Dieb niedergeschrieben habe. Ich muss Brandy und Angel zum Staatsanwalt bringen und dafür sorgen, dass sie Schutz erhalten. Wie ich unbekannte Variablen hasse. Die beiden sind ungefähr so unberechenbar wie meine Kochkünste, besonders die Jüngere, Brandy. Zum ersten Termin hat Angel sie hergeschleift. Es könnte ihnen etwas zustoßen, Sandy. Meine Notizen … Ich habe Angels Adresse hier in Tahoe aufgeschrieben und vielleicht sogar Brandys in Palo Alto. Zusammen mit der ganzen Geschichte, die sie mir erzählt haben.«

»Ja, das ist schlecht. Ich habe deine Notizen gelesen, als ich die Akte angelegt habe.«

»Wie auch immer. Jetzt ist Wochenende. Ich habe vor, morgen runter zur Monterey-Halbinsel zu fahren und Paul zu bitten, nächste Woche hochzukommen, sobald er Zeit hat.«

»Wish könnte nachmittags aushelfen.«

»Wir könnten seine Hilfe gebrauchen. Meinst du, er hat nächste Woche Zeit?«

»Machst du Witze? Die Zeit nimmt er sich.«

Nina fühlte sich schon besser.

»Das A-Team«, sagte Sandy. »Wieder vereint. Letztes Mal war das, glaube ich, beim Fall Nikki Zack.«

»Weißt du, Sandy«, sagte Nina, »ob du es mir glaubst oder nicht, ich habe diesen Fall als Symbol für unseren Erfolg betrachtet. Wir haben ganz normalen Menschen, die so viel Gutes über unsere Arbeit gehört hatten, dass sie uns ihr Vertrauen schenkten, aus den grässlichsten Schwierigkeiten ihres Lebens geholfen.« Sie war unfähig, den Gedanken fortzusetzen. »Lass uns schnell hier zu Ende kommen und nach Hause gehen. Ich muss alle am Montag sehen.«

»Vielleicht solltest du noch ein bisschen warten.«

»Das kann ich nicht. Ich habe schon ein komisches Gefühl dabei, das Wochenende verstreichen zu lassen. Ich habe die moralische Pflicht, diesen Mandanten sofort mitzuteilen, dass das Anwaltsgeheimnis womöglich verletzt wurde. Länger als bis Montag kann ich nicht warten. Wenn die Akten wieder auftauchen, wunderbar. Vielleicht findet die Polizei das Auto, und niemand hat die Akten angerührt. Aber ich brauche das Wochenende. Ich muss nachdenken und mit Paul reden, und mit der Versicherungsgesellschaft. Und ich brauche …« Sie unterbrach sich.

»… zwei Tage, um zu beten.«

»Genau.«

»Es lief alles so gut«, sagte Sandy. »Eine Minute lang hatten wir so viele Mandanten, dass wir fast genug Geld für ein größeres Büro hatten. Wenn das rauskommt, können wir uns glücklich schätzen, wenn wir uns noch Dünger für unseren Ficus leisten können.« Sie schauten beide zu dem Baum mit den dicken Blättern rüber, der in einer sonnigen Ecke gedieh. »Warte mal, lass uns die Dinge im richtigen Verhältnis sehen. Irgendein Scheißkerl treibt sich mit dem Bronco in der Gegend rum und hat 'nen Mordsspaß. Er hat null Interesse an einer Aktentasche voller Papiere, die auf dem Fußboden vor dem Rücksitz unter seinen leeren Bierflaschen liegt.«

»Der Bronco verbeult und die Papiere unbeachtet – das wäre das ideale Ergebnis, dabei hätte ich nie gedacht, dass mir mein Auto einmal so gleichgültig sein würde. Ich liebe mein Auto.«

»Frage.«

»Ja.«

»Hast du die Rechnung der Berufshaftpflichtversicherung bezahlt, die ich vor ein paar Wochen auf den Tisch gelegt habe?«

»Hab's am letzten Donnerstag erledigt.«

»Gut.« Sie hämmerte mit einem Bleistift gegen ihre Lippen und dachte nach. »Also sind wir heute abgestiegen.«

»Das ist kein Fußballspiel, Sandy. Wie ich bereits sagte.«

»Er macht ziemlich viel Kohle.«

»Ja.« Nina hatte in der Vergangenheit ein paarmal das ausgeprägte Missvergnügen gehabt, Riesners üppig mit Leder und Mahagoni ausgestattete Kanzlei zu besuchen.

»Ich sag dir was über ihn und Geld. Er ist ein Geizhals. Als ich da gearbeitet habe, hat er zu Weihnachten die jämmerlichsten Geschenke gemacht. Kein Bonus. Zeug, das er im Hobbykeller bastelt. Gewürzregale, drehbare Gewürzständer und

Holzschalen.« Sie stieß ein unhöfliches Geräusch aus. »Wir mussten sein Talent bewundern. Dabei hätten wir einen üppigen Geschenkgutschein von Macy's viel mehr bewundert. Sein Ego hat die Größe von Cave Rock. Ich habe immer noch eine von diesen Schalen. Der Hund bewundert sie, wenn er sein Wasser daraus säuft. Wirklich, er ist eine Drecksau, da führt kein Weg dran vorbei.«

»Sandy, du musst eine andere Bezeichnung für Riesner finden. Ich habe etwas gegen diese Bezeichnung.«

»Geht dir das zu nahe? Du hast nie was gesagt.«

»Es geht mir nicht zu nahe, ich habe nur etwas gegen die Bezeichnung.«

»Hä?«

»Ich erledige noch schnell ein paar Anrufe, bevor ich gehe.« Nina ging in ihr Büro, die Tür ließ sie offen.

Nach ein paar Minuten rief Sandy: »Warum hast du etwas gegen die Bezeichnung?«

»Sie ist nicht anstößig genug«, sagte Nina und wurde mit einem heiseren Kichern aus dem Vorzimmer belohnt.

»Ich rufe Angel Guillaume morgen früh an, um einen Termin zu machen. Wie komme ich an Brandy Taylor ran?«

»Ich glaube, sie ist noch bei ihrer Schwester.«

»Und Kao Vang?«

»Ruf seinen Freund Dr. Mai an. Er hat mir seine Telefonnummer in Fresno gegeben.«

»Wenn du mich nicht mehr brauchst, gehe ich jetzt. Joe und ich sind im Festkomitee, um ein *Powwow* vorzubereiten, das in zwei Wochen unten am See stattfinden soll. Bis jetzt jede Menge Diskussionen und noch nichts getan.«

»Klingt wie mein Leben. Auf sie mit Gebrüll, Sandy.«

»Ja, heute Abend werden wir Federn lassen. Vergiss nicht abzuschließen. Und ...«

»Und?«

»Bleib ruhig.«

»Ja.«

Sobald sie die Tür ins Schloss fallen hörte, wählte Nina die Nummer ihrer Berufshaftpflichtversicherung, Lawyer's Fidelity. Es ging niemand ran. Es war bereits Wochenende. Sie hätte früher anrufen sollen.

Sie rief die Lake-Tahoe-Polizeiwache an und fragte nach Officer Scholl oder Officer Matthias. Der Dienst habende Beamte nahm ihre Nachricht entgegen und sagte ihr, dass man den Bronco noch nicht gefunden habe.

Sie wählte Pauls Nummer.

»Van Wagoner Investigations.«

»Hallo.«

»Hi!« Sie hatte ganz vergessen, wie warm und lebendig seine Stimme klang.

»Paul, ich habe es mir anders überlegt. Ich habe hier oben ein großes Problem, über das ich mit dir reden muss. Und ich vermisse dich. Ich könnte morgen gegen vier bei dir sein. Okay?«

»Klar. Ich war schon fast zur Tür raus. In der Carmel Highschool ist heute Abend ein großes Fußballspiel. Was ist denn los? Alles in Ordnung?«

»Mir geht's gut. Ich erzähl dir lieber morgen alles.«

Doch Paul überredete sie, ihm wenigstens eine Kurzfassung zu geben, und als sie fertig war, verriet das lange Schweigen am anderen Ende der Leitung, dass auch er nicht so recht wusste, was er sagen sollte.

»Und jetzt geh«, sagte sie. »Sonst verpasst du noch das Spiel. Und ich muss nach Hause.«

»Warte, Nina. Ich werde Folgendes tun: Ich werde einen alten Kumpel anrufen, der die Zulassung am Anwaltsgericht hat. Er macht nur Disziplinarverfahren gegen Anwälte. Er kann uns helfen, die Sache zu klären.«

Die Erleichterung, die Nina überkam, verriet ihr, dass dies

der richtige Weg war. Sie brauchte Informationen. »Das wäre toll. Aber ist dieser Anwalt kompetent? Wie gut kennst du diesen Menschen?«

»Er ist ein Fachmann. Hat vor zwei Jahren seine eigene Kanzlei zugemacht und sich darauf spezialisiert. Lebt in San Francisco und kommt unheimlich gerne runter auf die Monterey-Halbinsel. Großer Schwätzer, großes Ego, aber von der Sorte gibt's ja in deinem Geschäft viele.«

»Wie heißt er?«

»Lass mich ihn zuerst anrufen und sehen, ob er Zeit hat. Inzwischen pack deine Sachen – leichtes Gepäck. Mein großer Plan für den Abend erfordert keine Abendgarderobe.«

In dieser Nacht bot Ninas Bett ihr nicht den gewohnten Trost. Statt zu schlafen, tauchte sie ein in Zeiten, in denen sie etwas vermasselt oder die Pfade des Gesetzes verlassen hatte. Eine grüne Sonnenbrille – vor zwei Jahren hatte sie diesen Beweis für die Gegenwart eines ihrer Mandanten am Tatort verschwinden lassen. Hypnose – einer anderen Mandantin hatte sie versichert, die Angelegenheit würde vertraulich behandelt. Sie hatte sich geirrt, und Misty Patterson war deswegen beinahe des Mordes für schuldig befunden worden. Bobs No-Fear-Mütze, von ihr an einem Tatort wiedererkannt – sie hatte der Polizei nie davon erzählt. Und dann waren da die Überreste eines toten Mannes, begraben unter den Kiefern von Tahoe – ein Mord war begangen worden, um sie und Bob zu schützen.

Sie hatte sich stets als gute Anwältin betrachtet, gut genug, um gelegentlich zwischen den Zeilen des Gesetzes zu lesen, nach der wirklichen für die jeweilige Situation geltenden Regel zu suchen und sich das Herz zu fassen, sie auch anzuwenden.

Man hatte sie mehrmals des Leichtsinns beschuldigt, aber es war ihr immer gelungen, zum richtigen Ergebnis zu kommen. Zugegeben, manchmal war sie Risiken eingegangen, die eher auf eine Pferderennbahn passten denn in eine Anwaltskanzlei. Alles im Dienste der Mandanten, sagte sie sich.

Und letzte Nacht? Sie hatte nicht einmal geahnt, dass ein Risiko bestand. Sie war sorglos und faul gewesen.

Wie schwer würde es die Mandanten treffen?

Wie schwer würde es sie selbst treffen? Zum ersten Mal ließ sie ihren geheimsten, egoistischen Ängsten freien Lauf, bis ihr der Gedanke kam:

Scheiße! Die könnten mich aus der Anwaltschaft ausschließen! Und was wäre ich dann?

Verschlafen schlug sie ein Auge auf und schaute auf die grünen Leuchtziffern: zwei Uhr dreißig. Dann drehte und wälzte sie sich bis zum Morgengrauen zwischen den verhedderten Laken im Bett herum. Quälende Selbstzweifel, die ganze Nacht hindurch.

7

»Dein Gepäck?«, sagte Paul und linste auf den Rücksitz. Er musste nach ihr Ausschau gehalten haben, denn er war in dem Augenblick aufgetaucht, als sie geparkt hatte. Paul wohnte in einem Viertel namens Carmel Heights, auf dem Hügel hoch über dem Meer. Um das Stadthaus herum, in dem seine Eigentumswohnung lag, standen trockene Fichten. Sie pfiffen und knarrten im warmen Wind. Hinter ihnen lagen die Hügel, die ins Carmel Valley führten, an die zwanzig Kilometer landeinwärts von der an der Central Coast gelegenen Gemeinde Carmel-by-the-Sea. Hinter den Bäumen des Parkplatzes funkelte der Pazifik in der Sonne. Selbst im Schatten war die Luft schwer vor Hitze.

»Hier.« Sie schulterte eine kleine Reisetasche, in die sie früh am Morgen alles gestopft hatte, was sie am Wochenende brauchte: eine Zahnbürste, ein Nachthemd, einen Badeanzug und ein paar andere Dinge. Dabei hatte sie sich vorgestellt, sie wäre Grace Kelly in *Fenster zum Hof* und würde in ihren winzigen Designerkoffer langen und ein flauschiges Negligé herausziehen, bei dessen Anblick Jimmy Stewart die Augen übergingen. Sie zog den Reißverschluss ein Eckchen weit auf und zeigte ihm ein Stückchen durchsichtigen Chiffon.

»Ah.«

Seine Augen traten nicht gerade hervor, aber er umarmte sie so fest, dass sie einen Satz machte. »Du bekommst nicht mal die Gelegenheit, es anzuziehen«, versprach er ihr.

»Nein, nein, ich bestehe darauf, dass du es mir vom Leib reißt.« Zufrieden stopfte sie ihr Nachthemd in die Tasche zurück. »Kommt dein Freund?«

»Wir fahren morgen mit ihm zum Mittagessen nach Big Sur.«

Drinnen zog er die Tür hinter ihr zu und tat genau das, was sie sich während der langen Fahrt von den Bergen zum Meer vorgestellt hatte, er hob sie vom Boden hoch, bis ihre Gesichter auf gleicher Höhe waren, und küsste sie mit der Leidenschaft, die sie so erregend fand.

Sie fuhr mit der Zunge über seinen Hals, verweilte an dem Punkt, wo sich seine Haare leicht lockten, und ihre Hand glitt über die Mulde an seinem Rücken so weit nach unten, wie sie kam. Sie standen eine Weile schwankend hinter der Tür, bevor er sie sanft wieder absetzte.

»Ich habe eine Flasche Veuve Clicquot im Kühlschrank. Wusstest du, dass man die Flasche nach dem Öffnen die ganze Nacht stehen lassen kann, ohne dass der gute Tropfen schal wird? Ein Wunder. Komm, wir genehmigen uns einen Schluck.«

»Ich bin verschwitzt. Die lange Fahrt.«

»Die Handtücher da drin sind frisch.«

Sie ging ins Bad, zog sich aus und sprang unter die Dusche. Pauls Ausstattung folgte seinem Selbstbild: Du bekommst das, was du siehst. Außer ein paar Postern von bewaffneten Gangsterbräuten aus den Vierzigerjahren, hatte der Raum weiße Wände, einen schwarzweiß gefliesten Fußboden und weiße Handtücher.

Sie hörte, dass Paul auf dem Balkon die Flasche entkorkte. Er hatte Michael Hutchence aufgelegt, den sie beide so mochten, und summte mit. Er freute sich, sie zu sehen. Der Abend würde sich in die Ewigkeit ausdehnen, und genau so wünschte sie es sich: zu Abend essen, Drinks, reden, Sex, im Pool schwimmen, spätnachts auf dem Balkon in seinen Armen einschlafen.

Sie brauchte diese Nacht weit weg von allem. Nur diese eine Nacht, sagte sie sich. So ging es immer mit Paul. »Du bist doch schon verheiratet«, würde er sagen. »Mit deiner Aktentasche.«

Als sie das feuchte Handtuch ordentlich auf den Handtuchhalter hängte, musste sie sich etwas eingestehen: Die Beziehung hatte sich für immer verändert, und zwar an dem Tag vor noch nicht allzu langer Zeit, an dem ihr klar geworden war, dass Paul ihr das Leben gerettet hatte, als er einen Mann umbrachte, der sie töten wollte. Seither vertraute sie ihm wie keinem anderen Menschen auf der Welt, nicht einmal ihrem Bruder und ihrem Vater. Angesichts seiner außerordentlichen Tat hatte sie einen Großteil ihres Widerstands gegen ihn aufgegeben. Sie fühlte sich auf eine fast primitive Weise an ihn gebunden, über die sie sich besser ganz schnell klar wurde. Zu ihm zu fahren, wenn sie so verletzlich war, kam ihr ganz natürlich und richtig vor.

Sie brauchte ihn. Vorher hatte er sie gebraucht. Ihr Bedürfnis nach seinem Halt, seiner Loyalität, glich bald alle anderen Konflikte zwischen ihnen aus.

Das Gefühl ist neu, dachte sie bei sich und schaute in den Spiegel. War es Schwäche, die sie jetzt so drängend zu ihm trieb?

Spielte es eine Rolle?

Durchs Fenster strömte die Sonne herein. Sie schaute auf das schwarze Negligé. Ein Hit war es nicht mehr. Die Fünfzigerjahre waren tot, R. I. P., Grace Kelly und Jimmy Stewart, es lebe das neue Jahrhundert! Sie würde wenigstens die Unterwäsche weglassen.

Sie nahm ihre Shorts und ein ärmelloses Hemd aus ihrer Reisetasche und zog sich rasch an, warf einen letzten Blick auf die sinnliche Frau im Spiegel, die Frau, deren Brustwarzen unter dem dünnen Stoff ihres Oberteils deutlich zu sehen waren, die Frau mit verheddertem braunem Haar und nackten Füßen. Diese Frau konnte verantwortungslos sein, ohne dass es unheilvolle Konsequenzen hatte, denn sie wusste, dass Paul ihr niemals wehtun würde. Sie konnte sich in einem Wirbel aus Sex und Spaß mit ihm entspannen und – wenn auch nur für heute Nacht – in seinen Armen traumlos schlafen, um Kraft für Montag zu sammeln.

Draußen auf dem Balkon grillte Paul in Teriyaki-Sauce marinierten Tunfisch, dazu gab es in Butter gedünstete Spargel. Sie fütterte die Blauhäher und überließ ihnen das Plaudern. Sie aßen an einem Verandatisch, der mit einem roten Tischtuch gedeckt war, die Kerze flackerte in der Brise. Als die Sonne westwärts über das Meer wanderte und prächtig und gelb der Mond auftauchte, saß Nina auf Pauls Schoß. Sie gingen direkt ins Schlafzimmer, und Paul weihte sie endlich vollständig in sein Abendprogramm ein.

Als sie am späten Sonntagmorgen ins Wohnzimmer ging, hörte sie den gedämpften Bass von Männerstimmen. Sein Anwaltsfreund war offenbar gekommen. Der Mann stand auf, als sie kam, trat einen Schritt auf sie zu und streckte die Hand aus, ließ sie dann in der Luft hängen, genau wie seinen Unterkiefer.

Sie blieb stehen, ihr Lächeln gefror.

»O nein, Paul.«

»Was macht sie denn hier?«, sagte ihr Exmann, Jack McIntyre, genau im selben Moment.

Die beiden drehten sich zu Paul um, der sich auf seinem Stuhl lümmelte, die langen behaarten Beine in den Khakishorts weit von sich gestreckt. »Ihr hättet beide Nein gesagt. Später werdet ihr mir beide dankbar sein. Soll ich dir was holen, Nina?«

»Das mache ich schon selbst«, meinte sie und zog sich in die Küche zurück, wo sie herauszufinden versuchte, was sie dabei empfand, Jack wiederzusehen. Es war zweifellos ein Schock. Sie hatten sich seit ihrer Scheidung nicht mehr gesehen, nicht seit dem Tag, an dem Jack sie und ihre Wohnung in Bernal Heights verlassen hatte.

Sie ging, ein Glas Mineralwasser in der Hand, langsam wieder nach draußen. Offensichtlich war kein Wort gesprochen worden. Jack hielt ein Bier an den Mund und schien zu trinken. Bier am Sonntagmorgen. Das war neu.

»Also«, sagte Paul. »Ha, ha, Jack, Nina. Nina, Jack.«

»Hallo, Nina«, sagte Jack. Er zog die Augenbrauen hoch, zuckte die Schultern und lächelte ein wenig. »Glaub mir, obwohl ich mir hätte denken können, dass er etwas im Schilde führt, war ich völlig ahnungslos.«

»Hallo.« Sie setzte sich auf die Couch und presste die Knie zusammen. »Was machst du hier?«

»Ich bin eingeladen worden«, sagte Jack. »Sind inzwischen ein paar Jahre, nicht wahr? Unglaublich. Ich wollte Bob viel öfter anrufen.«

»Er war beschäftigt. Wie du, nehme ich an.«

»T-Shirts haben dir schon immer gut gestanden«, sagte Jack. Nina verschränkte die Arme.

Jack brach in ein breites Lächeln aus. »Paul, du alter Fuchs.«

»Komm bloß nicht auf krumme Gedanken, Kumpel. Das hier ist rein geschäftlich«, sagte Paul.

Jack achtete gar nicht auf ihn. Er sah gut aus, wenn auch ein wenig blass nach den vielen Jahren in San Francisco, zwischen Hochhäusern, fern von Stränden. Er war kleiner als Paul und stämmig, wenn auch schlanker, als er auf den ersten Blick wirkte, doch das sah man nur, wenn er sein Hemd auszog. Er hatte sie, als sie sich kennen gelernt hatten, an einen Teddybären erinnert, an einen behaarten Typ aus Big Sur, der sich nichts gefallen ließ, aber bereitwillig lächelte und ein freundliches Wort für jeden hatte.

Nina erinnerte sich an ihr letztes Telefongespräch mit Jack. Er hatte sie gedrängt, sich zu beeilen und die Papiere zu unterschreiben, damit er seine Freundin heiraten konnte. Sie hatte, gelinde gesagt, mit einem gewissen Mangel an Vornehmheit reagiert. Noch war der alte Zorn nicht in ihr hochgestiegen, und alles, was sie empfand, war Nervosität und Neugier. Sie schaute Paul an, der sich räusperte und auf Zeit spielte, als wollte er sehen, wie sie reagierte.

»Er ist der am Anwaltsgericht zugelassene Verteidiger?«

»Ich habe gehört, er sei gut«, sagte Paul. »Natürlich von ihm.«

Jack seufzte. »Aha. Die Puzzleteile passen langsam zusammen.«

Merkwürdig, in einem Raum mit zwei Männern zu sein, mit denen sie geschlafen hatte. Es drängte sie nicht, sie miteinander zu vergleichen, und doch stellte sie plötzlich fest, dass sie genau das tat. Äpfel und Apfelsinen, dachte sie. Pilze und Lauch. Gurken und Bananen. Sie kicherte. Die Nerven.

»Was ist so witzig?«, fragte Jack.

»Nichts. Tut mir Leid.«

»Ich habe noch nicht mal mit meiner Leier angefangen, und du lächelst schon.« Er wandte sich an Paul. »Hast du ihr von Eva erzählt? Lächelt sie deshalb?«

»Mir was erzählt?«

»Sie hat mich verlassen«, sagte Jack. »Vor zwei Monaten.« Er sah verletzt aus, als er das sagte.

»Tatsächlich«, sagte Nina.

»Ich habe es nicht mal kommen sehen. Sie ist ausgezogen und hat mir am nächsten Tag die Scheidungspapiere zustellen lassen.«

»Ganz schön fix«, meinte Nina. Jacks neue Frau war auch Anwältin, sie hatte Jack bei seiner Scheidung von Nina vertreten.

»Mach schon. Sag mir, ich hätte es verdient.« Nach einer Pause, die erfüllt war von Ninas Schweigen, sagte Jack: »Also, du bekommst einen Orden für deine Zurückhaltung. Hier stehe ich, mitgenommen und traurig. Und, Paul, erzählst du mir jetzt, was los ist?«

Paul stand auf. »Lasst uns das aufsparen, bis wir auf der Terasse vom Nepenthe sind. Das ist eine Dreiviertelstunde Fahrt, und ich habe jetzt schon Hunger.«

Jack und Nina warfen sich weiterhin heimlich Blicke zu. Sie fand, dass er so gefühlsbetont und nassforsch war wie immer, aber er hatte heute auch etwas Neues. Vielleicht sah er verletzt aus. Geläutert.

Eine Verbesserung. Ohne Zweifel eine Verbesserung.

»Okay«, sagte Jack. »Klar.«

Sie nahmen Jacks grünen Chrysler Sebring und klappten das Verdeck runter. Paul saß hinten, seine Beine drückten gegen Ninas Rücken. Der Nebel war um das Highlands Inn aufs Meer hinausgezogen, und die kurvenreiche Straße öffnete zur Rechten immer wieder den Blick auf das tiefblaue Meer. Urlauber brausten an ihnen vorbei, während Jack sich an die Geschwindigkeitsbeschränkung hielt. Als die Häuser seltener wurden, schmiegte sich die Straße an eine Klippe, die sich zur Linken hoch über ihnen erhob und rechts dreihundert Meter steil in die tosende See stürzte.

»Schrecklich!«, überschrie Jack den Motorlärm. »Ich vergesse das immer.«

Als sie über die Bixby Creek Bridge fuhren, beugte Paul sich vor, um Nina an der Schulter zu berühren, denn sie hatte eine sehr schlechte Erinnerung an diesen Ort, der mit dem Tod ihrer Mutter vor vielen Jahren zusammenhing. Sie machten einen Schlenker um den Point-Sur-Leuchtturm, wo die Kriegsmarine in diesen Tagen nach Terroristen Ausschau hielt. Die Welt hatte sich verändert seit Ninas Kindheit, als VW-Busse voller Kids in Schlaghosen über diese wunderschöne Straße gefahren waren.

Als sie die dichten Mammutbaumwälder des Pfeiffer Big Sur State Park passierten, tauchten sie in den Schatten. Jack erzählte ihnen, dass seine Frau ihren Hamster mitgenommen hatte und dass er ernsthaft erwogen hatte, um das Sorgerecht zu streiten. Feierlich legte er ihnen seine juristische Strategie dar und zitierte sogar ein paar Fälle, die vielleicht erfunden waren, die er jedoch glaubwürdig und detailliert vortrug. Einige Menschen wandten sich, wenn sie Probleme hatten, an eine Beratungsstelle, Jack verlegte sich aufs Geschichtenerzählen. Seine Katastrophen entwickelten sich immer zu trockenen Comedy-Darbietungen, das war seine Art, seelischen Kummer in den Griff zu bekommen und zu verarbeiten.

Sie parkten in der Einfahrt am Fuß der Betontreppe, die zum Phoenix Shop und zum Nepenthe führte. »Hier war ich seit Jahren nicht«, sagte Jack. »Hab mich hier oft gut amüsiert. Ich erinnere mich an die Halloween-Party ... wollen mal sehen ... das Jahr habe ich vergessen. Wer war noch der mit dem Kürbishut? Wahrscheinlich Paul.«

Paul nahm Ninas Arm, und sie gingen nach oben. Sie schnauften alle, doch der Aufstieg war es wert, denn Nepenthe besaß eine spektakuläre Aussicht. Unter dem gewaltigen wechselhaften Himmel erstreckten sich viele Kilometer gezackte, vom Meer umtoste Klippen.

»Es gibt sieben Weltwunder, aber gibt es auf der Welt sieben wundervolle Aussichten?«, fragte Jack, als sie oben ankamen.

»Müsste es eigentlich. Diese hier würde ich an Platz eins stellen.«

Sie setzten sich draußen auf die Veranda und bestellten Hamburger und Margaritas. Paul und Jack waren in die alte Neckerei verfallen, an die Nina sich noch von ihrer ersten Begegnung mit den beiden erinnerte. Sie war Jurastudentin gewesen und hatte in Jacks Kanzlei in Carmel als Sekretärin gearbeitet, und Paul – unvorstellbar! – Paul war Polizist. Bob war damals ein Kleinkind gewesen. Ihre Mutter hatte noch gelebt.

So vieles war seither passiert, zu vieles zu schnell. Eine weitere Ehe, ein weiterer Verlust …

»Es hat mir sehr Leid getan, als ich das von deinem Mann erfuhr, Nina. Was für eine furchtbare Art zu sterben. Wie schrecklich für dich und Bob.«

Jack hatte den Weg in ihr Herz gefunden, genau wie früher. Sie wusste nie, was sie sagen sollte. »Danke.«

»Wie ist die Juristerei da oben in den Bergen? Manchmal schaue ich im zwölften Stock im Financial District aus meinem Fenster nach Osten und denke an dich in deiner heimeligen Stadt und denke, immerhin hast du deinen Weg gefunden …«

Nina lachte kurz. »Ja.«

»Sie muss beruflich mit dir reden«, sagte Paul. »Also konzentrier dich. Los, Nina, leg los.«

»Ich überlege noch«, sagte Nina. »Jack, bist du wirklich ein ausgewiesener Spezialist für berufsrechtliche Verfahren vor dem Anwaltsgericht?«

»Zu Ihren Diensten, schöne Dame«, sagte Jack. Er stand plötzlich auf, tat, als risse er sich eine Mütze vom Kopf, und verbeugte sich. »Ich hatte eigentlich gehofft, Paul würde uns hier runterschleifen, damit wir wieder miteinander reden.«

»Das ist mir überhaupt nicht in den Sinn gekommen«, sagte Paul. »Eigentlich.« Er legte seine Hand auf Ninas.

»Ihr zwei seid also ein Paar«, sagte Jack auf seine typische Art, ohne lange um den heißen Brei herumzureden.

Paul zog Nina an sich. Jacks Augen flackerten.

Sie fühlte sich ein wenig wie ein Sack Mehl, der von zwei Krämern begutachtet wurde. »Unsere Beziehung geht dich nichts an«, sagte sie.

»Vielleicht. Trotzdem fühle ich mich in gewisser Weise involviert und ärgere mich auch ein wenig. Du hättest wirklich mal was sagen können, Paul. Wir haben oft telefoniert. Wir sind diesen Sommer in den Pinnacles geklettert. Letzten Monat waren wir in Las Vegas. Und du hast Nina mit keinem Wort erwähnt.«

»Jetzt ist die beste Gelegenheit.«

»So, so, so«, meinte Jack. »Für mich bitte einen Kaffee«, sagte er zu der Kellnerin. »Nina? Irgendwas?«

»Ich nehme eine Schokoladenmousse«, sagte sie.

»Das ist gut. Schokolade in Stresszeiten. Ich erinnere mich daran. Ich nehme an, du brauchst meine Dienste«, sagte er. »Tut mir Leid, das zu hören. Das ist das Erste, was ich meinen Mandanten immer sage. Ich sage ihnen auch, dass es unvermeidlich ist. Passiert jedem von uns früher oder später. Beschwerden von einem Mandanten. Die Decke stürzt ein. Das ist heutzutage die gute alte Rechtspraxis.«

»Ich brauche einen Rat. Ein paar Informationen. Über die Vernachlässigung der beruflichen Sorgfaltspflicht«, sagte Nina.

»Gut«, sagte Jack. Er legte die Fingerspitzen aneinander. »Jemand klagt gegen dich? Wegen Vernachlässigung der beruflichen Sorgfaltspflicht?«

»Noch nicht.«

»›Noch nicht.‹ Hinter diesen beiden kleinen Worten lauert ein wuchtiger Schlag. Was ist passiert?«

Nina berichtete. Sie schonte sich nicht, erzählte von dem verlorenen Schlüssel, dem gestohlenen Wagen, ihrer Müdigkeit, der Tatsache, dass sie oft Akten mit nach Hause nahm. Jack schüttelte den Kopf, und Paul kniff die Augen zusammen. Dann kam sie zum schlimmsten Teil.

Sie sprach über Jeff Riesners neue Zeugin im Fall Cruz und ihre Befürchtung, dass Kevins Akte gelesen worden war. »Diese speziellen Akten sind in hohem Maße vertraulich. Es sind Akten … Die Mandanten könnten schweren Schaden erleiden, wenn sie in falsche Hände gelangen. Im Fall Cruz ist das womöglich bereits passiert. Ich weiß es nicht sicher.«

»Pech.« Jack verschränkte die Hände hinter dem Kopf und atmete tief aus.

»Und?«, fragte Nina.

»Du willst wissen, ob du Schwierigkeiten mit der kalifornischen Anwaltskammer bekommen wirst? Du könntest auch in einem Zivilprozess verklagt werden, aber lassen wir das erst mal beiseite. Im Augenblick machst du dir Sorgen um deine Zulassung, nicht um dein Vermögen. Oder hast du inzwischen etwa Vermögen aufgebaut?«

»Ich zahle die Rechnungen. Ich zahle die Raten für das Haus, in dem Bob und ich wohnen. Reich bin ich nicht.«

»Hast du schon mit deiner Berufshaftpflichtversicherung gesprochen?«

»Konnte sie nicht erreichen. Am Montag.«

»Mit den Mandanten?«

»Nicht in den anderen beiden Fällen. Am Montag.«

»Augenblicklicher Stand der polizeilichen Ermittlungen?«

»Ich habe heute Morgen schon angerufen, bevor ich aufgestanden bin. Kein Bronco, keine Akten, kein Fortschritte. Sie haben es bereits satt, von mir zu hören, ich war vorher schon nicht sonderlich beliebt.«

»Hm. Erstens. Paul hat gut daran getan, sich an mich zu wenden. Ich mache so was jeden Tag.«

»Danke fürs Zuhören.«

»Kein Problem. Bezahl die Rechnung, und du kannst das ganze Essen abschreiben. Jetzt ist es eine juristische Beratung. Engagiere mich.«

»Was?«

»Gut, also bin ich engagiert. Über das Honorar verhandeln wir später. Ab jetzt ist dies eine unanfechtbare vertrauliche Unterredung.«

»Was ist mit Paul?«, sagte Nina. »Er ist kein Anwalt.«

»Du bist nicht hier, Kumpel. Vergiss das nicht.«

Paul nickte.

»Weiter. Ich habe noch nie gehört, dass jemand aus der Anwaltschaft ausgeschlossen wurde, weil er ein paar Akten verloren hat, wegen einer einzigen Nachlässigkeit also. Du musst dir schon mehr Mühe geben, um aus der Anwaltschaft ausgeschlossen zu werden. Dich regelmäßig am Treuhandvermögen bedienen. Verurteilung wegen eines Kapitalverbrechens. Dich mit dem Honorarvorschuss abseilen – Adresse unbekannt – und die Mandanten im Wind stehen lassen. Meistens geht's um Geld.«

»Es gab vor einiger Zeit mal … eine Beschwerde.«

»Ah ja?«

»Jeffrey Riesner regte sich darüber auf, wie ich einen Fall handhabte. Die Anwaltschaft hat mir eins auf die Finger gegeben, verbal natürlich.«

»Dann ist noch nichts Schlimmes passiert. Ich vertraue dir ein großes Geheimnis an.« Er beugte sich näher zu Nina. »Bis jetzt haben sie noch jeden nach ein paar Jahren wieder aufgenommen. Einen lebenslangen Ausschluss gibt es gar nicht. Man kann sich immer bedeckt halten und Sozialarbeit machen und es später wieder versuchen. Aber ich greife voraus.«

»Ich könnte es nicht ertragen, wenn mir so etwas passieren würde. Ich bin seit Jahren Anwältin, Jack, und ich habe vier Jahre an der Abenduniversität geschuftet und tagsüber in Klaus'

Kanzlei gearbeitet. Es ist alles, was ich kann und was ich immer wollte.« Es schnürte ihr die Kehle zu.

»Du hast also noch nie von einem Ausschluss wegen verloren gegangener Akten gehört«, sagte Paul, um ihm ein Stichwort zu geben.

»Ich will euch sagen, was mir Sorgen macht. Die Anwaltskammer ordnet die Fälle nach Dringlichkeit. Es gehen viel mehr Beschwerden aus der Öffentlichkeit ein, als sie jemals bearbeiten können. Also werfen Sie einen Blick auf die Beschwerde, und das, was sie am meisten interessiert, ist in den meisten Fällen – falls es nicht um einen fristlosen Ausschluss geht, weil du zum Beispiel deine Frau umgebracht hast und draußen bist, Kumpel – also, das, was sie am meisten interessiert, ist das Ausmaß des Schadens für den Mandanten. Das ist ihr Kriterium. Und da liegt das Problem. Es geht nicht nur darum ... ach, Mist, ich habe ein paar Unterlagen verloren, ich geh schnell zum Gericht und mache mir Kopien. Oder um Dokumente über die Gründung einer Kapitalgesellschaft oder um Vertragsstreitigkeiten. Stimmt's?«

»Nein, in diesen Fällen nicht«, sagte Nina.

»Hier geht es um Menschen, die dir unter dem Siegel der Verschwiegenheit etwas anvertraut haben, und wenn jemand deine Notizen liest und mit den richtigen Leuten spricht, gerät ihr ganzes Leben ins Wanken, nicht wahr?«

»Genau.«

»Wird jemand Selbstmord begehen, wenn die Geschichte rauskommt?«

»O Gott, ich hoffe nicht!«

»Besteht die Möglichkeit?«

»Kann ich nicht sagen.«

»Erpressung?«

»Könnte sein.«

Er legte den Kopf schief. »Wie schlimm ist es? Ist es möglich, dass einer oder mehrere dieser Menschen körperlich durch jemand anderen Schaden erleiden könnten, wenn die Nachricht sich rumspricht?«

Sie wagte nicht, den Mund aufzumachen.

»Dann hast du dir ernstlich geschadet. Wenn das Schlimmste passiert, nämlich dass eine unschuldige nachlässige Handlung zu irreparablem Schaden führt«, sagte Jack langsam. Er dachte eine Weile nach, wobei er mit dem Daumen immer wieder über die hölzerne Tischplatte fuhr. »Denk zu Hause darüber nach, wie du deine Mandanten davor schützen kannst, dass ihnen etwas zustößt.«

»Das Erste, was ich tue, ist, alles offen auf den Tisch zu legen«, sagte Nina. »Meine unentschuldbare Sorglosigkeit. Die ganze Sache.«

»Nein, nein, nein. Nicht in Sack und Asche. Damit können sie nichts anfangen. Sag ihnen einfach, jemand hat deinen Wagen gestohlen, während die Akten darin waren, und sag es ihnen sofort.«

»Aber ich könnte wahrscheinlich besser manövrieren, wenn du es ihnen nicht gleich sagst, Nina«, meinte Paul. »Könnte mich reinschleichen und ein paar Dinge rausfinden, bevor sie gewarnt sind.«

Zuerst verstand Jack nicht, dann sagte er: »Ich weiß nicht, Paul.«

»Was ist denn da nicht zu verstehen?«

»Sieht für mich so aus, als wärst du hier persönlich betroffen«, meinte Jack stirnrunzelnd.

Einen Augenblick lang sagte niemand etwas.

»Ein Job wie dieser erfordert äußerste Finesse, wir müssen intelligent aus dem Hintergrund agieren. Vielleicht …«

»Ich zeige dir, wie ich aus dem Hintergrund agiere«, sagte Paul grinsend. »Ich durchschaue dich. Du bist eifersüchtig.«

»Na ja, sie ist meine Frau.«

Jetzt ging Nina dazwischen. »Ich *war* deine Frau, Jack. Vergangenheitsform, vorbei, und das wollen wir auch nicht vergessen, denn bislang hat das für mich gut funktioniert.«

Pauls Lächeln wurde breiter.

»Natürlich brauche ich deine Hilfe, Paul«, sagte Nina. »Danke.«

»Offenkundig«, meinte Paul.

»Aber ich werde Jacks Expertenrat annehmen. Ich sage es ihnen morgen, wenn das möglich ist.«

Jetzt lächelte Jack.

Paul zuckte die Schultern. »Ich kann damit leben.«

Jack legte los. »Okay. Das war das Positive. Es ist kein normaler Ausschlussfall. Was auch auf der positiven Seite steht, Nina, ist die Tatsache, dass man deinen Wagen noch finden kann, ohne dass jemand die Akten angerührt hat. Oder aus irgendeinem Grund kommt nichts raus, und niemand beschwert sich bei der Anwaltskammer, sodass es gar nicht zu einem Prozess kommt. Und jetzt müssen wir über das negative Szenario reden. Nehmen wir mal an, ein Mandant legt Beschwerde ein.«

»Also los«, stimmte Nina zu und riss sich zusammen.

»Lass mich dir erst ein paar statistische Daten präsentieren. Einzelanwälte machen etwa dreiundzwanzig Prozent der Anwälte in Kalifornien aus. Das ist beträchtlich. Etwa jeder Vierte von einhundertsiebzigtausend Anwälten. Also. Vierundfünfzig Prozent der Beschwerden, die man auch Anfragen nennt, werden gegen Einzelanwälte eingereicht. Gegen euch Einzelkämpfer gibt es proportional gesehen die doppelte Anzahl an Beschwerden. So weit verstanden?«

»Ja. Warum? Das scheint nicht fair zu sein.«

»Dazu komme ich in einer Minute. Du findest das unfair, dann hör dir das an – achtundsiebzig Prozent der Fälle, bei denen die Anwaltskammer ein Disziplinarverfahren anstrengt und zum Abschluss bringt, betreffen Einzelanwälte. Fast vier von fünf, obwohl die Einzelanwälte nur ein Viertel der Anwaltschaft ausmachen. Was sagt dir das?«

»Es sagt mir, dass hier irgendetwas nicht stimmt«, sagte Nina.

»Und jetzt. Lasst uns die kleinen Kanzleien mit weniger als zehn Anwälten überspringen. Sie kommen nicht leicht davon, aber längst nicht so schlecht wie die Einzelanwälte. Vergleichen wir das, was ich gerade über die Einzelanwälte gesagt habe, mit den großen Sozietäten. Anwälte in Kanzleien mit mehr als zehn Anwälten. Rund vierundvierzig Prozent der Anwälte in Kalifornien arbeiten in großen Sozietäten. Und jetzt ratet mal, wie viel Prozent der Anfragen sie betreffen.«

»Ich will's nicht mal versuchen«, sagte Nina.

»Nur achtundzwanzig Prozent. Ratet mal, wie viel Prozent der Fälle, die Anwälte aus großen Sozietäten betreffen, die Anwaltskammer bis zum Ende verfolgt.«

»Wie viel?«

»Zwei Komma acht Prozent. Weniger als drei Prozent im Vergleich mit den achtundsiebzig Prozent für die Einzelanwälte.«

»Nein«, sagte Paul. »Du machst Witze.«

»Ungelogen. Von euch Einzelanwälten machen vier von fünf die ganze Prozedur durch. Von denen, die aus einer großen Sozietät kommen, nur einer von vierzig.«

»Das muss doch ungesetzlich sein«, sagte Paul. »Die Kleinen zur Zielscheibe zu machen.«

Nina war geplättet.

»Das heißt, dass du auf keinen Fall, ich wiederhole, auf keinen Fall in die Nähe dieses Systems geraten darfst. Es ist wie ein Wal. Saugt die kleinen Fische auf und lässt die Haie in Ruhe.«

Nina kam wieder zu sich. »Aber das ist Diskriminierung. Absichtliche oder institutionelle, ich kann nicht glauben, dass meine Kollegen das zulassen.«

»Wer weiß?«, sagte Jack. »Es gab seit Jahren Gerüchte, und schließlich haben wir ein Gesetz durchbekommen, das die Anwaltschaft zwingt, Statistiken zu führen und zu veröffentlichen. Der Bericht heißt ›Anwaltskammerbericht unter Senatsvorlage 143‹. Lies ihn, und du bekommst das große Heulen.«

»Aber was tun sie dagegen?«, fragte Nina.

»Sie rühren keinen verfluchten Finger. Sie veröffentlichen die Statistiken, weil sie das müssen, und dann betreiben sie Schönfärberei. Das geht folgendermaßen: Es ist die Schuld der Einzelanwälte, denn sie machen nicht so viel Geld, haben nicht haufenweise Büroangestellte, haben keine anderen Anwälte um sich herum, die einspringen, wenn sie am Boden liegen, arbeiten unter stressigeren Bedingungen. Sie sagen, Einzelanwälte sind grundsätzlich unaufrichtiger, vergreifen sich aller Wahrscheinlichkeit nach eher am Treuhandvermögen. Ich sage, das ist Scheiße. Ich glaube nicht, dass es so läuft. Ich habe genug Anwälte bei solchen Verfahren vertreten, um mir ein realistisches Bild machen zu können.«

»Und?«, fragte Nina.

»Zwei Dinge«, sagte Jack. »Erstens, wenn einer von ihnen in Schwierigkeiten gerät, schmieren die großen Kanzleien den Mandanten. Und peng, das Problem ist aus der Welt. Und zweitens, ein anwaltsgerichtliches Verfahren vor dem Anwaltsgericht hat nichts, aber auch gar nichts mit einem normalen Prozess vor Gericht zu tun. Die Minen liegen an verschiedenen Orten verborgen. Einzelanwälte können sich, wenn sie in Schwierigkeiten stecken, oft keinen Anwalt leisten. Sie denken, ach, was soll's, ich bin Anwalt, ich vertrete mich selbst. Rums, sie machen einen unbedeutenden formalen Fehler, und sie haben nicht nur ihren Beruf und ihr Auskommen verloren, sondern nebenbei auch noch ihren Ruf und oft auch ihre Ehe und wissen nicht mal, wieso und weshalb eigentlich. Das ist paradox. Sie sind wie Babys im Wald, wie die Typen, die den ganzen Tag vor Gericht hin und her geschubst werden, weil sie keinen Anwalt haben.«

»Verstehe«, sagte Nina. Sie starrte auf ihren Teller.

»Aber du hast mich«, sagte Jack lächelnd. »Willst du über diese Beratung hinaus, dass ich dich vertrete? Ich wäre bereit.«

»Ich könnte mich selbst vertreten«, sagte Nina. »Trotz allem, was du gerade gesagt hast. Ich bin eine gute Prozessanwältin. So anders kann es doch gar nicht sein. Falls es dazu kommt.«

»Nein. Nein, das kannst du nicht. Lass mich dir noch zwei von vielen guten Gründen nennen, warum das ein großer Fehler wäre.«

»Ich höre.«

»Erstens, eine Kleinigkeit, sehr raffiniert. Wenn du dich selbst vertrittst, wird man dich nicht Frau Anwältin nennen. Du bist Ms. Reilly, und die andere, die Anwältin der Anwaltskammer, ist ›Frau Anwältin‹. Du bist ein Mensch zweiter Klasse. Man erweist dir keinen Respekt. Du argumentierst dir den Mund fusselig, der Richter sieht dich an und denkt, na ja, schließlich geht es um ihren Hintern, kann ich diesem Zitat, das sie da anführt, trauen? Verstehst du?«

»Ich höre noch zu.«

»Und zweitens, sehr viel gewichtiger. Wenn du deine eigene Anwältin bist, stehst du in zweifacher Hinsicht vor Gericht. Du versuchst, etwas begreiflich zu machen, und der Richter sieht dir zu und sagt, das hat sie richtig hingekriegt, oder sie übertreibt, oder sie kommt vom Hölzchen aufs Stöckchen. Verstehst du? Jedes Mal, wenn du deinen hübschen Mund aufmachst, belastest du dich selbst. Jeder einzelne Fehler wird zur Freude des Richters aufgeblasen, und zwar so groß wie eine Kinoleinwand.«

»Das ist ein gutes Argument«, sagte Nina.

»Dabei habe ich noch gar nicht erwähnt, dass es sich um eine fest verschworene Gemeinschaft handelt. Diese Leute sind so eingewachsen wie der Nagel an meinem rechten großen Zeh. Du klingst wie eine Außenseiterin, da kannst du gar nichts dran ändern, du kennst die richtige Herangehensweise nicht, den Fachjargon. Die Nase des Richters zuckt, du bereitest ihm Kopfschmerzen mit deiner fremden Art. Du brauchst mich.«

»Wie hoch wäre dein Honorar?«, fragte Nina.

»Halber Preis. Hundertfünfzig die Stunde.«

»Ich möchte deinen Rat, auch wenn es nirgendwohin führt, Jack. Aber zum regulären Stundensatz.«

»Ich versuche es«, sagte Jack. »Würdest du mir bitte erlauben, nett zu sein? Um der alten Zeiten willen.«

»Übertreib's nicht«, sagte Paul.

»Auch ich durchschaue dich«, sagte Jack. »Wer ist jetzt eifersüchtig?«

Paul umklammerte Ninas Schulter mit eisernem Griff und blickte Jack finster an. Jack beugte sich über den Tisch und knurrte ihn praktisch an. Nina schmiegte sich an Paul und genoss es insgeheim, dass diese beiden rivalisierenden Männer sich so in Positur warfen. Das primitive Weibliche in ihr war äußerst zufrieden.

Doch zurück zum Geschäft. Sie waren alle alte Hasen. Dieser hormonelle Aufruhr würde sich schnell legen.

Sie langte über den Tisch und schüttelte Jack die Hand. Sie hatte einen Anwalt, auch wenn alles, was er ihr bislang erzählt hatte, entmutigend war.

Sie wandten sich anderen Themen zu, die ihnen weniger an die Nieren gingen: abscheuliche Morde, Erpressungen, Kautionsbetrug. Paul erzählte ihnen von seinem letzten Erfolg, als er einen betriebsinternen Diebesring in einem ortsansässigen Restaurant hatte auffliegen lassen, bei dem es auch um ein Lager feinster Weine und tiefgefrorener Gourmet-Pizzas gegangen war.

Es wurde sechs Uhr und später, und die Kellner gingen umher und zündeten Kerzen an. Die Konturen der fernen Klippen jenseits des Geländers aus Mammutbaumholz wurden weicher vom abendlichen Nebel. Als sie an die lange Heimfahrt dachte, wurde Nina plötzlich bange. Bob wartete darauf, dass sie ihn abholte, der Hund war bei Matt, und sie musste noch Lebensmittel einkaufen, bevor die neue Woche anfangen konnte. »Ich muss allmählich los, meine Herren«, sagte sie und stand auf. Auch die Männer erhoben sich.

Sie fuhren nach Carmel zurück, Paul saß wieder auf dem Rücksitz, und Jack erging sich auf dem Fahrersitz in langen Reden. Die Wellen unter ihnen spiegelten die golden untergehende Sonne wider. Sie würde nicht vor zehn zu Hause sein, und sie würde müde sein, aber sie fühlte sich besser. Sie wusste, dass sie Unterstützung hatte. Ohne es recht zu merken, hatte sie wie ein General das Wochenende damit verbracht, ihren Beistand zu mobilisieren.

Diesmal ließ sie sich von Jack in der Einfahrt umarmen und spürte, dass ein Teil der Anspannung entwich, als sie seine Umarmung erwiderte, trotzdem zog sie sich rasch zurück.

»Es war wirklich toll, dich zu sehen, Nina. Du bist schöner denn je«, sagte Jack.

»Lass gut sein«, meinte Paul. »Wir sehen uns in ein paar Tagen, Nina. Ruf mich an.«

»Ruf besser mich an«, meinte Jack. »Oder ich rufe dich an. Um zu hören, wie es mit den Mandanten läuft.«

Ihr Abschiedskuss für Paul fiel etwas oberflächlich aus, denn sie wollte nicht noch mehr Differenzen in der Mannschaft provozieren. Sie ließ die beiden Männer nebeneinander stehen, ihre Soldaten, die sich auf die Schlacht vorbereiteten, und zwar – wie sie hoffte – nicht gegeneinander.

ZWEITES BUCH

Die Post kam spät, um vier Uhr am Nachmittag. Nina hatte sich eben ihre Geldbörse geschnappt und wollte zur Tür hinaus, um Bobby bei Tiny Tots abzuholen, als Anne, die Chefsekretärin in Klaus Pohlmanns Anwaltskanzlei, den Flur hinunter auf sie zugerauscht kam.

»Von der Anwaltskammer«, sagte sie und reichte Nina einen weißen Umschlag.

Ihre Examensergebnisse. Grade mal die Hälfte der Absolventen der juristischen Fakultät schaffte das Examen beim ersten Versuch.

Nina kehrte in ihr Kabuff zurück, ihr kleines Assistenzbüro, schloss energisch die Tür und lehnte sich dagegen. Sie hatte das Examen an zwei zermürbenden Tagen im Juli abgelegt, und jetzt, fünf Monate später, schmückte der Weihnachtsmann mit seinen Rentieren ihr Fenster. Draußen brach allmählich die Dunkelheit über die Häuser, Läden und glänzenden Autos herein und ließ die funkelnde Weihnachtsbeleuchtung von Carmel erstrahlen.

In der langen Wartezeit auf die Ergebnisse hatte sie, während sie sich mit ihrem Alltagsleben abmühte, oft gedacht: Habe ich es geschafft? Sie war sich nicht sicher gewesen, ob die jahrelange Plackerei sich gelohnt hatte. Sie hatte nie genug Zeit für die Hausaufgaben gehabt, manchmal war sie in den endlos langen Abendseminaren einfach eingeschlafen. Die teuflisch schwere

Anwaltsprüfung war ihr wie ein Komplott vorgekommen, möglichst viele Menschen von dem Beruf fern zu halten. Sie setzte sich auf ihren abgenutzten Stuhl, um ihre wackligen Knie zu entlasten, drehte sich hin und her und starrte auf den Umschlag.

Der Zeitpunkt ist gekommen, dachte sie, das Unmögliche zu glauben. Sie riss das Ding auf.

»... freuen uns, Ihnen mitzuteilen ... heißen Sie in der Anwaltschaft willkommen ... Festakt in San Francisco ...«

»Ich hab bestanden! Ich hab bestanden!« Sie rauschte in den Flur, wo Anne, die vor ihrer Tür gelauert hatte, sie stürmisch umarmte.

»Gute Arbeit!«, sagte Anne. Nina lief den Flur hinunter zu Klaus' Büro. Der alte Mann hatte den Aufruhr gehört und humpelte bereits quer über seinen Perserteppich lächelnd auf sie zu. Er nahm sie fest in seine knochigen Arme und schien Kraftwellen durch sie hindurchzusenden.

»Meinen Glückwunsch, Frau Anwältin«, sagte er, und als Nina diese Worte hörte, die ihr alles bedeuteten, wurde ihr klar, dass es endlich wahr geworden war. Sie war Anwältin.

Klaus reichte ihr ein Taschentuch und platzierte sie auf seiner Ledercouch. Aus seiner Schreibtischschublade zog er eine große Flasche Scotch und ein Tablett mit geschliffenen Schnapsgläsern. Die übrigen Anwälte und Angestellten der kleinen Kanzlei waren in den Raum geströmt, sie strahlten, doch niemand sagte ein Wort, während Klaus mit kaum merklich zitternder Hand einschenkte.

»Ich möchte einen Toast aussprechen«, sagte er leise. »Auf unser neues Mitglied der Anwaltschaft, das unserem schwierigen und lohnenden Beruf Ehre machen wird.«

Dann prosteten ihr alle zu, schlugen ihr auf den Rücken und umarmten sie.

Als alle anderen wieder gegangen waren und nur noch Nina und Klaus im Raum waren, fragte sie: »Klaus?«

»Ja, meine Liebe?«

»Glaubst du … es wäre … ich könnte …!«

»Natürlich kannst du. Womöglich stellt sich raus, dass du besser wirst als wir alle zusammen. Vielleicht deshalb, weil du am meisten gekämpft hast, während du gleichzeitig gearbeitet, studiert und deinen kleinen Jungen aufgezogen hast.«

»Ich werde dich nicht enttäuschen, das verspreche ich dir«, sagte Nina. »Du hast mir diesen Job ermöglicht und mich die ganze Zeit unterstützt. Ich habe immer zu dir aufgesehen als meinem Vorbild.«

»Denk nicht an mich«, sagte Klaus. »Ich bin die Vergangenheit, du bist die Zukunft. Versuch einfach, mit deinen Fähigkeiten ein bisschen Leid in der Welt zu lindern. Ich weiß, dass du uns niemals Schande bereiten wirst. Und jetzt hol deinen kleinen Jungen ab und geh nach Hause.«

»Ich bin so glücklich. Aber ich habe auch Angst.«

»Damit kommst du klar.«

Bevor sie ging, beugte sie sich über ihn und gab ihm einen Kuss auf seine schlaffe Wange.

»Ich will dafür sorgen, dass du stolz auf mich bist«, sagte sie.

8

Am Montagmorgen verließ Nina in dem weißen Kleinwagen, den die Versicherungsgesellschaft ihr bereitgestellt hatte, erneut Tahoe. Auf dem Highway 50 kam sie an dem Grundstück vorbei, wo die Vangs einst ihren Blue Star Market betrieben hatten: ein klappriger Holzzaun, ein abgebrochenes Bauschild und aufgewühlte Erde bestimmten nun das Bild, als hätten die Träume der Familie Vang nie existiert. Auf beiden Seiten dieser exakt abgegrenzten Lücke gingen in den kleinen Läden – ein Friseursalon, ein Videoladen – die Geschäfte weiter, als würden Brandstiftung und Tod nicht existieren und als wäre die Welt immer noch ein gerechter und gütiger Ort.

Sie hatte sich mit Dr. Mai auf der Strawberry Lodge verabredet, eine halbe Stunde von Tahoe am Highway nach San Francisco, um ihm die lange Fahrt hinauf in die Berge zu ersparen. Die Vangs würden nicht dort sein, hatte er am Telefon erklärt, als sie ihn am Sonntagabend zu Hause in Fresno angerufen hatte. Sie hatte noch einmal nachgehakt, aber er war schroff geworden. Keine Vangs. Er würde kommen, um sich alleine mit ihr zu treffen. Sie würde nehmen müssen, was sie bekam an diesem Montagmorgen: den ältlichen Berater der Vangs.

Kurz vor dem Echo Summit, an der berühmten Stelle, wo die Klippen ein paar hundert Meter steil abfallen und Touristen, die von der anderen Seite kommen, den ersten Blick auf den See erhaschen, fuhr sie auf den Aussichtspunkt und stieg aus. Der Wind zerzauste ihr die Haare, und ein paar Regentropfen trafen sie von der Seite. Auf den Granitgipfeln rund um den See, die in der Ferne nur wie eine vage graue Linie wirkten, war in der Nacht der erste Septemberschnee gefallen. Von dem zweitausend Meter hoch gelegenen Aussichtspunkt schaute sie hinunter ins Christmas Valley, einen dichten grünen Wald, in dem die Straße, die sich hindurchwand, kaum zu erkennen war. Hundertdreißig Kilometer westlich, im San Joaquin Valley, wo Dr. Mai lebte, beschwerten die Leute sich über die sommerliche Hitze, aber hier oben brauchte man eine warme Jacke.

Vor ungefähr einem Monat, Anfang August, hatte sie Kao Vang zum ersten Mal getroffen. Er war zu einer kostenlosen Beratung in ihr Büro gekommen.

Er und seine Familie waren Anfang der Achtzigerjahre als Flüchtlinge aus dem Gebirge von Laos geflohen. Nina hatte noch nie etwas von diesen Bergvölkern gehört. Später, als sie den Fall übernahm, informierte sie sich über das Thema und erfuhr, dass die Hmong ein altes Volk waren, das die USA während des Vietnamkrieges unterstützt hatte. 1975, als die Kommunisten die Macht im Land übernommen hatten, wurden die Hmong für diese Hilfe bestraft. Jedes Jahr traten die Hmong mit dem Ersuchen vor die Vereinten Nationen, Beobachter in die verbliebenen Flüchtlingslager zu schicken, um Berichte über systematische Verhaftungen, Prügel und Morde zu überprüfen, doch es gab so viele Unruheherde in der Welt, dass diese nicht mehr waren als im Lauf der Geschichte untergegangene rückständige Nester.

Doch in den letzten Jahren hatten sich die Lebensbedingungen der Hmong verbessert, und viele Flüchtlinge waren nach langer Zeit in ihre Heimat zurückgekehrt. Die Glücklichen verfügten über amerikanisches Geld für sich und ihre weit verzweigten Familien, die einen langen Weg hinter sich hatten.

Was Nina an diesem ersten Tag zu Gesicht bekam, war ein kleiner, schmächtiger, noch junger Mann in neuen Joggingschuhen, der kaum ein Wort Englisch sprach und kein Lächeln zustande brachte. Kao Vangs schüchterne Frau, zierlich gebaut, mit strahlenden intelligenten Augen, saß neben ihm auf der Kante ihres Stuhls. Sie heiße See, erklärte sie Nina, doch danach sagte sie überhaupt nichts mehr. Ihr Sohn Boun und ein weiterer Kerl waren mit ihnen gekommen, ein ruppiger älterer Mann, der eine Art Stammestracht trug und sagte, er sei von Kaos Kirche.

Später erfuhr sie, dass Dr. Mai, der ältere Mann, weder etwas mit irgendeiner Kirche noch mit einer normalen medizinischen Praxis am Hut hatte. Er war eine Art Schamane. Die Kultur sei so anders, dass sie sich mit Begriffen vorgestellt hatten, mit denen Nina etwas anfangen konnte, um ihr die Befangenheit zu nehmen.

Sie kamen zu früh zum Termin, saßen kerzengerade auf den Mandantenstühlen und redeten leise miteinander. Sandy wandte sich ihren Akten zu. Die Hmong-Sprache klang sehr, sehr fremd. Als Nina herauskam, um sie zu begrüßen, spürte sie das Zögern, bevor der ältere Mann ihre Hand ergriff. Sie führte sie in ihr Büro und schloss die Tür. Diese Menschen strahlten eine Einfachheit und Steifheit aus, die Smalltalk unmöglich machte.

Dr. Mai sprach. Oft stellte er Kao eine Frage und übersetzte Kaos Antwort. See Vang hörte zu, die Hände im Schoß über ihrem langen Rock, und überkreuzte immer wieder ihre zierlichen Füße, die in Flip-Flops steckten.

Nina überflog ihr Blatt. Die Vangs wollten sie in einer »Versicherungsangelegenheit« konsultieren. Kao hatte keine Adresse angegeben, seinen Wohnort lediglich mit South Lake Tahoe bezeichnet. Auch keine Telefonnummer. Nina bestand darauf und erklärte, dass die Adresse sowie der gesamte Inhalt des Gesprächs vertraulich blieben. Schließlich gab Dr. Mai ihr die Adresse einer Wohnung in der Nähe des Kasinobezirks.

Als Antwort auf ihre erste Frage erklärte Dr. Mai ihr, dass die Vangs in dem winzigen Einkaufszentrum beim Grand Auto Store ungefähr anderthalb Kilometer von Ninas Büro entfernt einen Lebensmittelladen besäßen. Er zeigte ihr einen Kaufvertrag, der auf Kao und See Vang ausgestellt war. Sie war nie dort gewesen, aber irgendwo an den Rändern ihrer Erinnerung meldete sich etwas.

»Wie lange sind Sie schon in den USA?«, fragte sie Kao.

»Zwölf Jahre«, antwortete Dr. Mai. »Sehr schwierig. Kein Geld. Zwei Kinder. Sie arbeiten sehr hart. Tag und Nacht.«

»Ich würde gerne wissen, warum Sie ausgerechnet zu mir gekommen sind«, sagte Nina mit einem Lächeln. »Es gibt viele Anwälte.«

»Sie wurden uns empfohlen.«

»Von wem?«

»Von anderen aus unserer Gemeinde.« Er nannte keine Namen.

Nina fühlte sich lächerlich geschmeichelt. Offensichtlich zahlte es sich aus, dass sie seit kurzem so bekannt war. Sie griff nach ihrem Stift. »Wie kann ich Ihnen helfen?«

Dr. Mai sprach einen Augenblick mit Kao, dann sagte er: »Ein Versicherungsanspruch. Eine Geschäftspolice. Können Sie dabei helfen?«

»Geht es um einen Rechtsstreit? Wurde jemand verklagt?«

»Nein. Das hier ist ... das ist privat.«

Kao hielt eine kurze Rede, wobei er eher mit Dr. Mai sprach als mit Nina. Er war energisch und machte schnelle Bewegungen. Er trug eine große Fossil-Uhr, und aus seiner Hemdtasche schaute eine Sonnenbrille heraus. Auf gewisse Weise typisch amerikanisch. Nina hatte Schwierigkeiten, seine Stimmung zu deuten. War er nervös? Machte er sich Sorgen? Hatte er Angst? Wie auch immer, ein Lächeln war weit und breit nicht in Sicht.

»Kao möchte gerne wissen, ob Sie schnell arbeiten könnten. Können Sie sofort anfangen?«

»Ich habe ein wenig Zeit, da ich im Augenblick nicht in einem Verfahren stecke. Aber wie hoch ist die geforderte Summe?«

»Das weiß er noch nicht. Sie müssen ihm helfen, das zu entscheiden.«

»Worauf basiert die Forderung?« Sie machte ihre üblichen Notizen, schrieb Satzfetzen mit und notierte ein paar eigene Beobachtungen.

»Auf einem Feuer.«

»Haben Sie die Police dabei?«

»Und andere Papiere. Zum Beispiel den Polizeibericht.« Ah, dachte Nina. Ein Polizeibericht deutete auf ein Verbrechen hin. Wieder blitzte eine Erinnerung in ihr auf. Ein Verbrechen, bei dem es ebenfalls um einen Spirituosenladen gegangen war. Sie hatte zufällig gehört, wie einer der stellvertretenden Staatsanwälte darüber gesprochen hatte. Sie kam nicht darauf, auch wenn die Erinnerung emotional noch da war. Irgendetwas Schreckliches.

Sie schob ihren Stuhl zurück, schlug die Beine übereinander, balancierte den Block auf den Beinen und sagte: »Erzählen Sie mir davon.«

Ihre Geschichte war wegen der sachlichen Art, mit der Dr. Mai sie vortrug, umso erschütternder.

Kao und seine Familie hatten ein paar Jahre gearbeitet und gespart, bis sie genug Geld zusammenhatten, um einen Laden zu eröffnen. Als sie vor achtzehn Monaten ein günstig gelegenes Ladenlokal fanden, waren sie überglücklich gewesen. Sie investierten alles Ersparte. Nach langen Diskussionen nannten sie ihr neues Unternehmen voller Vorfreude Blue Star Market.

Ursprünglich sollte es ein Lebensmittelladen werden, doch Alkohol lief besser, also führten sie Spirituosen, aber sie verkauften auch Importe aus Südostasien – Konserven, Gewürze, Spielzeug, Süßigkeiten, Kleidung und Hüte, Zeitschriften und Zeitungen aus Thailand und Vietnam. Das Geschäft war von Anfang an in bescheidenem Umfang ertragreich. Die Leute kamen aus Reno und Fresno, wo mehr als zwanzigtausend Hmong lebten, um vertraute Artikel aus der Heimat zu finden, die sonst außerhalb von San Francisco nicht zu haben waren. Touristen aus aller Welt hielten an, um sich die exotischen Waren anzusehen. Meistens kauften sie auch irgendetwas.

Der zwölfjährige Boun unterstützte nach der Schule seinen Vater. Die Tochter half nicht, aus Gründen, die man Nina jedoch nicht erklärte. Kao arbeitete in zwei Schichten, von morgens zehn bis mittags zwei und dann noch einmal von abends sieben bis Mitternacht.

Dr. Mai erklärte, dass das Nordkalifornische Flüchtlingskomitee Kao Vangs Werdegang als große Erfolgsstory betrachtete. Die Familie kaufte einen Jetta. Sämtliche Hmong in der Gegend kannten den Laden.

Vor etwa einem Jahr war eines Abends ein Mann – »Ein Hmong?«, fragte Nina, bekam aber keine Antwort – in den Laden gekommen. Er hatte gewartet, bis die anderen Kunden gegangen waren, hatte dann ein Sixpack Budweiser auf die Theke gestellt, eine Waffe gezogen und Kao befohlen, die Registrierkasse zu öffnen. Während Dr. Mai die Geschichte erzählte, saß Kao angespannt daneben. Nun machte Dr. Mai eine Pause, und Kao sagte seine ersten Worte auf Englisch: »Ich sagen: ›Fahr zur Hölle!‹ Ich will ihm Waffe wegnehmen …« Er sprach mit schwerer, entstellter Stimme.

Der Dieb schoss Kao ins Gesicht und ging dann ohne Eile hinaus. Kao blieb blutend und am Boden liegend hinter der Ladentheke zurück, aber er war bei Bewusstsein. Mit ungewöhnlicher Geistesgegenwart hatte der Dieb das GESCHLOSSEN-Schild umgedreht und die Tür hinter sich abgeschlossen.

Kao wäre fast gestorben. Doch ein paar Minuten später fand Boun ihn und wählte die 9-1-1. Während sie auf die Sanitäter warteten, wickelte der Junge den Kopf seines Vaters in sein Hemd und hielt ihn behutsam auf seinem Schoß.

In der Notaufnahme kümmerte man sich um Kaos zertrümmerten Kiefer. Ein paar Wochen später setzten die Chirurgen Nägel ein. Zwei Monate danach unterzog Kao sich weiteren Operationen, die sein Sprechvermögen wiederherstellen sollten. Unglücklicherweise funktionierte es nicht wie gewünscht, aber immerhin konnte Kao sich jetzt wieder verständlich machen.

Dann ging Kao wieder an die Arbeit. Aber mit einer anderen Haltung.

»Konnten Sie den Räuber identifizieren?«, fragte Nina. »Wurde jemand verhaftet?«

Dr. Mai schüttelte ungeduldig den Kopf. »Keine Identifizierung«, sagte er. Nina schrieb auf ihren Block: »Kennt er den Typen? Geschlossene Gesellschaft, diese Leute wollen nicht, dass etwas nach außen dringt.« Sie konnte nur Vermutungen anstellen und hatte keine Ahnung, was Dr. Mai dachte oder wie ein Hmong damit umging, wenn ihm ins Gesicht geschossen wurde.

»Das muss sehr schmerzlich gewesen sein«, sagte sie freundlich zu Kao. Dr. Mai übersetzte. Kao schlug sich mit der Hand auf den verletzten Kiefer und zuckte die Schultern, um zu zeigen, dass ihm der Schmerz nichts anhaben konnte. Nina schrieb: »Tapferer Kerl«.

»Fahren Sie fort«, sagte sie.

Zum Schutz seiner Frau und seines Sohnes, sagte Dr. Mai, hatte Kao eine Waffe gekauft, die er unter dem Ladentisch aufbewahrte. Mehrere Monate verstrichen. Anfang Juni betrat kurz vor Ladenschluss ein Mann den Laden, der sein Gesicht unter einer Mütze versteckte. Doch Kao, der alleine hinter der Theke stand, wusste sofort, wer er war.

»Derselbe Mann?«

»Ja. Er war wieder da.«

Diesmal war Kao vorbereitet. Als der Mann die Waffe ziehen wollte, hatte Kao die Hand bereits an seiner. Keine Zeit zum Nachdenken. Er griff danach und schoss dem Räuber aus kürzester Entfernung in die Brust.

Diesmal wählte Kao die 9-1-1. Dann rief er seine Familie an.

»Ja«, sagte Nina. »Ich erinnere mich an die Geschichte.«

Die Polizeibeamten schrieben einen Bericht, klopften Kao auf die Schulter und empfahlen ihm, nichts weiter zu unternehmen. Der tote Mann war früher bereits dreizehnmal wegen schwerer Verbrechen verurteilt worden, darunter zwei Angriffe mit einer tödlichen Waffe bei Raubüberfällen. Aber Kao musste seine Waffe abgeben. Zwei Tage später erhielt er die erste E-Mail. Die Nachricht, die nur aus einem einzigen Wort bestand, kam in seiner eigenen Sprache. »Rache«, lautete sie. Wahrscheinlich hatten Familienangehörige oder Freunde des Räubers sie geschrieben.

»Kao konnte nicht mehr schlafen«, sagte Dr. Mai. »Sein Kiefer tat die ganze Zeit weh. Er hatte Angst, seine Frau im Laden allein zu lassen. Er wusste nicht, was er tun sollte.«

Nina schrieb alles mit. Sie schaute auf und sah, dass Kao mit der Hand den Kiefer zurechtschob, als wäre er aus dem Gelenk gesprungen. Als er die Hand sinken ließ, bemerkte sie, dass der Kiefer asymmetrisch war.

»Kao und seine Familie kamen zu mir. Wir überredeten ihn weiterzumachen. Freunde kamen und halfen im Laden. Kao hat hart gearbeitet.«

Die Feiertage um den vierten Juli brachten Touristen und Hitze nach Tahoe. Kao wurde am nächsten Morgen um vier Uhr von der Feuerwehr geweckt, sein Laden stünde in Flammen. Als sie dort ankamen, war das Innere des Ladens durch Feuer, Rauch, Wasser und Löschschaum vollkommen zerstört.

Alles lag in Schutt und Asche. Das ganze Lager der Vangs war dahin. Registrierkasse, Theken, Regale, geborstene Flaschen, geschmolzene Süßigkeiten und Asche türmten sich in verkohlten Haufen.

»Zerstört«, sagte Dr. Mai und legte einen Finger an den Steg zwischen seinen Brillengläsern und schob die Brille sanft nach oben. »So viel harte Arbeit für nichts.«

»Es tut mir sehr Leid«, sagte Nina bewegt, auch wenn sie wusste, dass ihre Worte der Situation nicht gerecht wurden. Sie empfand das Bedürfnis, sich für die schlechten Erfahrungen, die Kao in Amerika hatte machen müssen, zu entschuldigen.

Kao entgegnete etwas, das sehr schroff klang. »Aber das ist Amerika«, übersetzte Dr. Mai. »Kao hatte einen kleinen Geschäftskredit.«

Nina nickte. »Daher musste er eine Schadenversicherung abschließen«, sagte sie.

Jetzt nickte Kao. »Schadenversicherung«, wiederholte er.

»Das wussten sie nicht, als sie den Blue Star Market zerstört haben. Sie wollten, dass Kao sich davonschleicht. Aber er hat mir die Police gebracht. Und ich habe einen Brief an die Versicherungsgesellschaft geschrieben.« Dr. Mai legte zwei abgegriffene Dokumente vor Nina auf den Tisch. Sie nahm sie, ohne sie genauer anzuschauen.

»Wann war das?«

»Den Brief habe ich am zwölften Juli geschrieben und per Einschreiben geschickt.«

Vor fast einem Monat.

»Ich bekam unverzüglich dieses Antwortschreiben.« Der Brief trug das Datum vom achtzehnten Juli und den Stempel des Heritage-Insurance-Büros in Reno. Der Gesellschaft tue es Leid, von seinem Verlust zu hören. Kao habe neunzig Tage Zeit, seine Forderungen einzureichen.

Nina schlug ihren Kalender auf. »Heute ist der achte August.

Der dritte Oktober wäre der letzte Termin. Wir haben also jede Menge Zeit. Gut.«

»Kao und seine Frau möchten wissen, ob Sie ihnen helfen wollen.«

»Ja«, sagte Nina, »ich will ihnen helfen.«

»Niemand darf von dieser Forderung erfahren.«

»Niemand wird davon erfahren. Aber warum ist das so wichtig?«

»Wenn irgendjemand erfährt, dass Kao nicht ruiniert ist – dass er sogar noch etwas Geld erhält –, dann gerät seine Familie wieder in große Gefahr.«

»Warum?«, sagte Nina. »Wer bedroht Kao? Haben Sie das alles der Polizei erzählt?«

Dr. Mai beriet sich mich Kao. »Es gibt keine Verdächtigen.«

»Wenn Sie wissen, wer diese Leute sind«, sagte Nina, »müssen Sie es der Polizei sagen.«

»Sie verstehen das nicht. Kao will keine Rache. Er will keine Gerechtigkeit. Er will, dass seine Familie am Leben bleibt. Kao will mit seiner Familie zurück nach Laos. Dafür braucht er das Geld von der Versicherung. Was immer Sie für ihn rausschlagen können.«

Nina wollte den Vangs sagen, sie sollten bleiben und noch eine Weile durchhalten, es auf ihre Weise tun, sie hinter Gitter bringen. Wieder begegneten sich Kaos und ihr Blick. Vielleicht verstand sie jetzt besser, was sie in seinen Augen sah. Wenn es um ihn selbst ging, war Kao mutig, aber er fürchtete um seine Familie. Er hatte keinen Kampfgeist mehr. Er wollte nur noch einen würdevollen Rückzug.

»Okay«, sagte sie. »Ich verstehe.«

Dr. Mai nickte. »Vielen Dank. Wie hoch ist Ihr Honorar.«

Nina dachte nach. Einen Prozentsatz von der Entschädigung der Vangs zu nehmen erschien ihr nicht gerecht, sondern wie ein weiterer Schlag ins Genick und würde zudem womöglich zu einem viel zu hohen Honorar führen. Sie setzte ihren Staffeltarif so tief an wie seit langem nicht mehr und sagte: »Ich würde für diese Arbeit vierzig Dollar pro Stunde nehmen.«

Eine weitere kurze Beratung. Diesmal sprach auch See Vang, obwohl sie nur wenige, mit leiser Stimme gesprochene Worte an Dr. Mai richtete. »Das ist fair«, sagte der.

An diesem Abend las Nina in ihrem zweiten Büro zu Hause im Bett die Unterlagen, die Dr. Mai ihr auf den Tisch gelegt hatte, drei verschiedene Polizeiberichte, Zeitungsartikel, Arztrechnungen, die Versicherungspolice, den Kreditvertrag und den Kaufvertrag für den Laden. Alle Details passten zusammen. Sie fand es traurig und denkwürdig, wie wenig Aufmerksamkeit Kaos tragischem Fall geschenkt worden war. Der *Tahoe Mirror* hatte die Vorfälle in kleinen Absätzen auf der Rückseite vergraben – »Ladenbesitzer bei Raubüberfall angeschossen«, »Polizei sucht Brandstifter«. Nina überlegte, ob die dürftige Berichterstattung die öffentliche Gleichgültigkeit gegenüber armen Menschen aus fremden Ländern und ihren Sorgen widerspiegelte oder sogar ein umfassenderes Desinteresse – solche schlimmen Ereignisse geschahen so oft, dass sie alltäglich waren und daher das Papier nicht wert, auf dem sie gedruckt wurden.

In ihr reifte der Entschluss, dass wenigstens eine Sache gut laufen sollte für Kao. Die traumatisierte Familie wollte nach Laos zurückkehren. Einverstanden. Sie würde ihnen helfen, das Geld von der Versicherung zu bekommen. Sie hatten sich an die Abmachung gehalten und jeden Monat die Prämie bezahlt. Als sie sich die Police noch einmal anschaute, sah sie, dass die maximale Versicherungssumme 250.000 Dollar betrug.

Am nächsten Tag rief sie Heritage an und machte die zuständige Schadenssachverständige ausfindig, eine Frau namens Marilyn Rose. Sie war verdutzt, als sie hörte, dass die Vangs eine

Anwältin beauftragt hatten. Nina gab ihr einen Überblick über die Situation und versprach, in Kürze eine detaillierte Forderung einzureichen. Sie versuchte deutlich zu machen, wie dringend das Problem der Vangs war, indem sie sich ausführlich darüber ausließ, wie schwer es für sie gewesen war, sich in einem neuen Land zurechtzufinden, wie hart sie gearbeitet hatten und was ihre Versuche sie persönlich gekostet hatten. Sie hatte das Gefühl, eine persönliche Bindung zustande gebracht zu haben. Am Ende des Gesprächs klang ihre Ansprechpartnerin bei Heritage durchaus mitfühlend.

Ein paar Tage später, an einem heißen Sonntag Mitte August, kamen Kao, seine Frau, sein Sohn und Dr. Mai erneut in ihr Büro. Sie brachten in weißen Plastiktüten jeden Fetzen Papier mit, der irgendetwas mit dem Geschäft zu tun hatte.

Sie setzten sich gemeinsam auf den beigefarbenen Teppich im Empfangsbüro und bildeten Stapel. Die Belege bestanden aus hunderten von Papieren, vervielfältigt, mit Bleistift bekritzelt, ausgeblichen, beinahe unleserlich; aus Schreiben, die in verschiedenen ostasiatischen Sprachen verfasst waren – und das meiste davon war juristisch irrelevant. Viele Belege, etwa Inventarlisten und Rechnungen, waren im Feuer verbrannt. Dies würde keine gewöhnliche Versicherungsforderung werden.

»Oft gibt es keine Belege«, erklärte Dr. Mai. »Mrs. Vang ging zur Heilsarmee, in die Häuser von Freunden, auf Bauernmärkte in Fresno, um Sachen für Blue Star einzukaufen. Sie hat bar bezahlt. Viele Waren sind verbrannt, ohne Beleg.«

»Können wir eine Liste dieser Waren haben?«

Dr. Mai sprach mit Mrs. Vang, die zuerst den Kopf schüttelte und dann die Schultern zuckte.

»Die Waren kamen aus Kambodscha, Vietnam, Laos. Flüchtlingswaren. Alle Aufzeichnungen sind verbrannt. Sie waren sowieso in der falschen Sprache.« Dr. Mai saß bequem auf dem

Boden. Sie tranken Sprite. Obwohl Kaos Frau viel jünger aussah und mit ihren türkisfarbenen Armreifen und schwarzem Haarband sehr viel traditionsbewusster wirkte als er, war auch ihre Miene von Sorgen gezeichnet wie die eines frühzeitig gealterten Menschen. Sie hätte zwischen fünfundzwanzig und vierzig sein können.

»Machen Sie sich keine Sorgen«, sagte Nina.

»Aber wir können … wir haben keinen Nachweis all der vernichteten Waren.«

»Machen Sie mir einfach eine Liste. Auf Englisch. Von allem, an was Sie sich erinnern. Können Sie ihnen dabei helfen, Dr. Mai?«

»Aber … wir wissen nicht, wie viel dafür bezahlt wurde.«

»Schätzen Sie. Hier.« Nina schrieb eine Überschrift auf einen neuen Block Kanzleipapier und nahm eine Quittung. »Was steht hier?«

»Vier Paar Turnschuhe. Kein Betrag.«

»Was für Turnschuhe?«

Allgemeines Schulterzucken. Kao ließ die Schultern hängen. Er und See sahen einander an.

Sie konnten aus China stammen und fünf Dollar das Paar wert sein. Wahrscheinlich waren sie aus China.

Aber es hätten auch Nikes sein können.

»Schätzen Sie vierzig Dollar das Paar«, sagte Nina. »Ich werde der Versicherungsgesellschaft klar machen, dass es nur eine Schätzung ist.«

Ende der Woche kam die Familie wieder in ihr Büro. Diesmal gelang es Nina, sie dazu zu überreden, mit ihr im Sato's zu Abend zu essen. Dr. Mai trug sein gewohntes Hemd und Sandalen. Kao schaffte es trotz allem irgendwie, fröhlich auszusehen. Boun, ihr Sohn, war ebenfalls dabei. Ihre Tochter, erklärte Dr. Mai, war krank und konnte nicht mitkommen. See lächelte hier und da, und Nina bekam den Eindruck, dass sie in besseren Zeiten ein fröhlicher Mensch war und Englisch ziemlich gut verstand. Nach dem Abendessen präsentierte Dr. Mai die Liste. Geschätzter Verlust an Inventar: 54.000 Dollar.

Nina gab ihm die Liste zurück und erklärte, sie müssten ziemlich viel vergessen haben.

Im Laufe der nächsten Woche stieg die Schadenssumme auf 175.000 Dollar. Nina war fast jeden Posten einzeln durchgegangen. Fast zwanzig Seiten lang, mit mehreren hundert auf Druckerpapier geklebten Papierfetzen als Anlage, war die Liste aus der Luft erstellt worden, aus derselben dünnen Luft, in der das Inventar sich aufgelöst hatte.

Nina verbrachte bei geschlossener Tür und abgeschaltetem Telefon einen ganzen Bürotag damit, den entsprechenden Brief dazu an die Versicherung zu schreiben. Sie gab eine langatmige Zusammenfassung der gewalttätigen Ereignisse und fügte sämtliche Dokumente bei, die sie hatte, sowie Fotografien von Kaos Gesicht nach der ersten Schießerei. Das Paket, das sie schnürte, war am Ende beeindruckend: Es war ebenso herzzerreißend wie umfangreich. Eine geschlagene Woche verstrich, bevor sie und Sandy sämtliche Anlagen vollständig zu ihrer Zufriedenheit sortiert hatten. Kinko's musste das Paket über Nacht dabehalten, um Kopien zu machen, bevor das schwere Original schließlich in eine Kiste verpackt werden konnte.

Nachdem Nina diese Arbeit abgeschlossen hatte, fuhr sie die Forderung persönlich rüber zu Heritage und blieb eine ganze Weile, um Marilyn darüber zu informieren, wie wichtig es sei, die Sache diskret und vorrangig zu behandeln. Marilyn reagierte gelassen auf die hohe Forderung und ließ weiterhin erkennen, dass sie ein mitfühlendes Herz besaß.

Den ersten Anruf von der Versicherungsgesellschaft nahm Sandy am ersten Dienstagmorgen im September entgegen. Sie kam ins Büro, wo Nina gerade die Plädoyers fürs Gericht in ihre

Aktentasche stopfte, und sagte: »Das erste Angebot von Heritage ist da. Sie fangen bei 150.000 Dollar an.«

»Donnerwetter«, sagte Nina.

»Das ist wie das Wunder mit den Broten und den Fischen.«

Sie erlebten einen seltenen Augenblick vollkommener Harmonie, und Sandy ließ es zu. Nina war freudig erregt. Es gefiel Sandy, wenn Nina für die weniger Mächtigen der Gesellschaft gewann, und Nina stellte sich gerne vor, dass sie gelegentlich tatsächlich dazu beitrug, ein wenig menschliches Leiden zu lindern und auf diesem Weg dem Planeten etwas zurückzugeben. Noch wichtiger war ihr jedoch, dass sie das Gefühl hatte, der Gerechtigkeit werde Genüge getan. Unrecht wurde wettgemacht. Das System funktionierte.

»Sie wollen mit uns zusammenarbeiten«, sagte Nina. »Ruf bitte beim Gericht an und sag dem Gerichtsdiener, ich komme ein paar Minuten später.« Sie ging ans Telefon, rief die Schadenssachbearbeiterin an, bedankte sich bei ihr und lehnte das Angebot ab.

»Aber wir können nicht mal die Belege lesen. Wie Sie sehr wohl wissen«, sagte Marilyn Rose.

»Haben Sie die medizinischen Fotos gesehen?«, fragte Nina. »Sie treiben mir die Schamesröte ins Gesicht. Diese Leute kommen den weiten Weg hierher, um im Land der Freiheit ein neues Leben anzufangen, und …«

»Schon gut. Ich melde mich wieder bei Ihnen.«

Am Donnerstag ein erneuter Anruf. »Zweihundertzehntausend«, sagte Marilyn. »Mehr kann ich nicht tun.«

»Woran liegt es?«, fragte Nina. »Warum zahlen Sie nicht die Höchstsumme aus?«

»Weil dann ein neues Verfahren angewendet werden muss, unter einer anderen Aufsicht. Vertrauen Sie mir, es liegt nicht in Ihrem Interesse, ans Limit zu gehen. Verstehen Sie, es sind höchstens sechzigtausend wirklich belegt. Jetzt gilt's, Nina. Ich halte keinen einzigen Nickel von dem zurück, was mir gewährt wurde.«

»Ich melde mich morgen bei Ihnen. Vielen Dank.« Aufgeregt rief Nina Dr. Mai und die Vangs an und erzählte ihnen von dem Angebot. »Ich denke, wir sollten darüber schlafen«, sagte sie. »Vielleicht kann ich noch zehntausend rausquetschen.«

»Das ist wunderbar. Wunderbar«, sagte Dr. Mai. »Kao ruft mich jeden Tag an. Ich weiß, dass er nie im Leben mit so viel gerechnet hat.«

»Hat die Familie immer noch vor, nach Laos zurückzukehren?«

Dr. Mai zögerte. »Es ist kompliziert. In Kaos Leben ist alles kompliziert.« Er schien nicht willens zu sein, ihr mehr darüber zu verraten. Wieder hatte Nina das Gefühl, was auch immer sie über die Kultur der Hmong lesen würde, über die Erfahrungen der Familie in Amerika würde sie dennoch nichts Nützliches erfahren. Dr. Mai kam ihr unnatürlich zurückhaltend vor, als scheute er davor zurück, das ganze Ausmaß des familiären Leids vor ihr auszubreiten.

Vielleicht gehörten sie auch nur zu den Menschen, die andere nicht gerne um Hilfe baten. Oder vielleicht war Dr. Mai so zögerlich, weil es ihm peinlich war, dass die Menschen, die Kaos Lebensunterhalt zerstört hatten und wieder hinter ihm her sein würden, wenn sie wüssten, dass er Geld von der Versicherung bekam, aus seiner eigenen Kultur stammten.

»Ich rufe Sie morgen an«, sagte sie.

Der letzte Anruf bei Dr. Mai war am sechsten September gewesen, vor vier Tagen.

Und in jener unglückseligen Nacht war Kao Vangs Akte abhanden gekommen, weil Nina sie noch einmal hatte durchsehen wollen, um zu entscheiden, ob sie die Forderung noch in die Höhe treiben sollte oder ob sie der für die Schadensregulierung zuständigen Prinzessin der Großzügigkeit die Hand schütteln sollte. Die Akte hatte in Ninas Aktentasche ganz oben gelegen – nicht die dicke Versicherungsakte, die war sicher verwahrt, sondern ihre Handakte mit den Notizen über ihr erstes Gespräch mit Kao und über die Verhandlungen mit der Versicherung.

Nur die Notizen, die Kaos Feinden verraten konnten, wie viel Geld im Spiel war, und Ninas Spekulationen darüber, dass Kao genau wusste, wer seine Feinde waren.

Und die Adresse der Vangs, die sie ihr nicht hatten geben wollen. Verschwunden.

Nina hatte Marilyn Rose an diesem Freitag nicht bei Heritage angerufen. Sie hatte bis jetzt gewartet, um sich mit Dr. Mai zu treffen. Heute musste sie es ihm sagen. Sie atmete tief die kühle Bergluft ein, schnallte sich wieder an und fuhr mit ihrem Mietwagen weiter.

Die Strawberry Lodge war ein großes, ramponiertes, scheunenartiges Gebäude mit grünem Dach direkt am Highway. Man konnte dort auf eine Tasse Kaffee anhalten, und am Wochenende platzte das Ding aus allen Nähten, selbst im Herbst. Im Winter konnte man von hier aus Skilanglauf betreiben und mit dem Schlitten den Hügel hinunterfahren, aber heute, an einem Montag außerhalb der Saison, waren die Wochenendgäste verschwunden. Ein paar rebellische Nachzügler hatten ihre Geländewagen vor der Tür geparkt. Nina stellte den Mietwagen daneben und ging hinein.

Dr. Mai wartete auf der hinter dem Café gelegenen hölzernen Veranda auf sie. In der Nähe plätscherte der American River, der jetzt im September kaum Wasser führte und an dieser Stelle eher einem Bach glich. Dr. Mai trug dieselben staubigen Sandalen und zeigte das melancholische Gesicht eines Priesters, der nicht begreift, dass die Welt so tief sinken konnte. Sie dachte einen Augenblick über seine Geschichte nach, welche Verfolgungen er wohl erlitten, was ihn aus seiner Heimat vertrieben hatte.

Heute war keine Zeit, es herauszufinden.

Sie saß ihm gegenüber und trank ein Glas Mineralwasser, dabei schaute sie auf das ungepflegte trockene Gras und die Bäume dahinter. »Ich muss mit Kao sprechen«, sagte sie. »Er ist mein Mandant. Ich habe etwas Vertrauliches mit ihm zu besprechen.«

»Ich bin sein Bevollmächtigter und Berater in allen juristischen Angelegenheiten«, sagte Dr. Mai und rührte sich nicht.

Sein Verhalten ihr gegenüber hatte sich undefinierbar verändert, und sie fühlte sich noch unbehaglicher, doch sie hatte keine Wahl. Sie musste das heute klären.

»Haben Sie das Angebot angenommen?«, fragte er. »Wann wird das Geld überwiesen?«

»Ich habe die Gesellschaft noch nicht zurückgerufen. Das Angebot liegt noch auf dem Tisch. Dr. Mai, ich ... ich fürchte, eine andere Sache ...«

Dr. Mai faltete ein Blatt Papier auseinander, auf dem in Englisch etwas geschrieben stand und das Kao Vang neben dem Datum unterzeichnet hatte. »Kao Vang beauftragt Sie, das Angebot sofort anzunehmen«, sagte er. »Dies ist eine Vollmacht. Ich kann für sie unterzeichnen.«

»Kao Vang hat das nicht selbst geschrieben«, sagte Nina. Das Blatt schien handschriftlich aus einem Buch mit juristischen Vorlagen kopiert worden zu sein und war formal korrekt.

»Er hat mich gebeten, es zu schreiben. Er hat es unterzeichnet. Er hat es datiert.«

»Gut. Wir kommen gleich darauf zurück. Darf ich mit Ihnen über die Angelegenheit sprechen, wegen der ich Kontakt mit Ihnen aufgenommen habe?« Inzwischen hatten sie eine sehr formale Ebene erreicht.

Dr. Mai schob seine Brille hoch. »Dann sprechen Sie«, sagte er.

»Kao Vangs Akte ist gestohlen worden«, berichtete sie. Sie hielt die Geschichte kurz und knapp und beschrieb die näheren Umstände. Während sie sprach, ohne sich dabei zu schonen, veränderte sich Dr. Mais Gesicht zu einer Grimasse aus Schmerz und Enttäuschung.

»Es tut mir sehr Leid. Ich würde es gerne Mr. und Mrs. Vang persönlich sagen.«

Er winkte mit der Hand in ihre Richtung, sein Gesicht war durch diesen schrecklichen Ausdruck immer noch ganz entstellt.

»Stimmt etwas nicht?«, fragte sie.

»Traurig, wie ein Übel zum anderen führt«, sagte Dr. Mai.

»Wo ist Kao?«

Dr. Mai schloss die Augen.

»Wo ist er? Was ist los?«

»Übergeben Sie mir einfach das Geld«, verlangte Dr. Mai. »So bald wie möglich. Kao kann im Augenblick nicht mit Ihnen reden. Tun Sie einfach, was Sie versprochen haben.«

»Weiß jemand von der Versicherung? Bitte, sagen Sie es mir.«

»Ich liebe diese Familie«, sagte er. »Kao ist der Neffe meiner Frau. Meine Frau ist in einem Lager gestorben. Kao ist alles, was ich an Familie noch habe. Ich muss ihn unterstützen, aber es ist traurig.« Er schaute in die Landschaft, und sie erblickte den gleichen müden Ausdruck, den sie auch in Kaos Augen gesehen hatte.

»Dr. Mai?« Sie berührte seine Hand. »Dr. Mai!«

Er drehte den Kopf in ihre Richtung und sagte: »Wir bedeuten Ihnen nichts. Überhaupt nichts. Besorgen Sie einfach nur das Geld.«

»Das ist nicht wahr. Ich sorge mich. Und … ich fürchte, ich

habe … Ihre Reaktion beunruhigt mich sehr. Ich muss wissen, ob die Vangs in Sicherheit sind.«

»Besorgen Sie einfach das Geld. Bitte, machen Sie Ihre Arbeit. Besorgen Sie das Geld. Ihre Sekretärin soll mich anrufen, wenn Sie das Geld haben. Das ist alles, was ich zu sagen habe.«

»Lassen Sie mich Ihnen helfen, die Vangs zu beschützen. Ich habe einen Freund …«

»Nicht noch mehr davon.« Er erhob sich kopfschüttelnd und ließ sie sitzen.

9

Im Delikatessenladen in Meyers holte Nina sich ein Sandwich und aß es beim Fahren. Sie überlegte, wie lang ein langer Montag wohl dauern konnte. Eine Margarita hätte ihre trübe Stimmung vorübergehend wahrscheinlich ein wenig aufgehellt, aber das könnte noch mehr Schwierigkeiten verursachen, also nahm sie einen Multivitaminsaft. Auch wenn Dr. Mais Reaktion nicht ganz unerwartet gewesen war, hatte deren Heftigkeit sie doch aus dem Gleis geworfen. Um sich auf den Termin mit den Mädchen vom Campingplatz vorzubereiten, fuhr sie auf den Parkplatz vor dem Starlake Building und ging das Treffen mit Brandy und Angel vor vier Tagen, am Donnerstag, im Geiste noch einmal durch.

Die beiden Frauen waren am späten Nachmittag wegen einer dringenden Sache in Ninas Büro gekommen. Obwohl sie sich weigerten, Sandy zu sagen, warum sie Nina so eilig sprechen mussten, quetschte Sandy sie irgendwo dazwischen, bevor sie ging, um eine Besorgung zu erledigen. »Das Mädchen am Telefon war völlig verängstigt. Zu Tode erschreckt.«

»Ein schlagender Ehemann?«, fragte Nina. Traurig, dass das ihr erster Gedanke war, doch die Erfahrung lehrte bittere Lektionen.

»Ich glaube nicht.«

Eine hatte wasserstoffblondes, sehr kurz geschnittenes Haar, die andere trug es schulterlang, doch ein Blick in ihre großen grauen Augen genügte. »Sie sind Schwestern«, sagte Nina und stand auf, um sie zu begrüßen.

»Angelica Guillaume und Brandy Taylor«, sagte die Blonde und reichte ihr die Hand. »Nennen Sie uns Angel und Brandy. Vielen Dank, dass Sie so kurzfristig Zeit haben.«

Sie ließen sich auf die orangefarbenen Mandantenstühle fallen, aber Nina konnte erkennen, dass ihre lässige Ungezwungenheit eine Pose war. Die Muskeln an ihren gleichartigen drahtigen Beinen blieben angespannt, als wären sie bereit, jeden Augenblick schnurstracks wieder zur Tür hinauszulaufen. Um ihnen etwas Zeit zu geben, sich zu orientieren und zu beruhigen, wartete Nina, bis sie die Aussicht auf den Lake Tahoe kommentiert und die Washoe-Körbe an der Wand bewundert hatten. Nina fand schnell heraus, dass die Blonde das Sagen hatte. Sie war dreiundzwanzig, trug einen auf den Hüften sitzenden Rock und ein winziges schwarzes Baumwollhemd, das knapp unter dem Brustkorb endete. Ihr Gesicht war scharf konturiert: rote Lippen, die Augenbrauen sorgfältig mit Maskara betont. Brandy, neunzehn, war um einiges größer, aber weniger bestimmt, sie trug einen mit Blumen bedruckten Baumwollrock und einen weiten Pullover und ließ den Kopf hängen.

»Was kann ich für Sie tun?«, fragte Nina.

»Brandy hat einen Mörder gesehen«, sagte Angel.

Nina zog ihren Block hervor. Sie machte Notizen, während die beiden ihre Geschichte erzählten, wobei sie sich immer wieder gegenseitig ins Wort fielen. Die Probleme hatten unmittelbar vor dem Labor-Day-Wochenende angefangen, vor einer Woche.

»Brandy. Du kannst nicht jedes Mal, wenn du mit Bruce Streit hast, einfach weglaufen und hierher kommen«, sagte Angels Mann Sam. »Wenn du den Typ heiraten willst, musst du lernen, die Dinge zu klären ...«

»Das war kein Streit. Es ist vorbei.«

Das Telefon klingelte, schon wieder Bruce. Sam wollte mit ihm reden, doch Brandy schnappte ihm den Hörer weg und knallte ihn auf die Gabel. »Das geht dich nichts an!«

»Allerdings nicht!«

An dem Punkt fingen Baby Jimmy und die zweijährige Kimberley an zu schreien. Sam, der ins Bad flüchtete, den einzigen ruhigen Ort in diesem für Tahoe typischen Holzhaus, fiel über eine Tüte mit Lebensmitteln und stieß eine ganze Reihe Verwünschungen aus. Die Kinder schrien noch lauter.

Angel drehte den Wasserhahn in der Küche zu und rettete die Situation, indem sie den Kindern ein paar Kräcker gab.

»Wir hatten noch keine Minute zum Reden, Angel«, beschwerte Brandy sich. »Ich habe sonst keinen Ort, wo ich hingehen kann. Es tut mir Leid, wenn ich Sam auf die Nerven gehe, aber ich bin verletzt!«

»Mach dir wegen Sam keine Gedanken. Er mag dich, aber er wird griesgrämig, wenn wir hier alle so eng aufeinander hocken. Hör mal, Bran, komm, wir machen es so wie früher, wenn wir Mom und Dad auf die Nerven gegangen sind«, sagte Angel. »Wir hauen einfach ab. Es ist ein langes Wochenende. Gib mir eine Stunde, um was für die Kinder zu organisieren und mir jemanden zu suchen, der mich im Salon vertritt.«

Als sie endlich zwei muffige Schlafsäcke gefunden und sich bei Raley's anständig mit Vollkornkräckern, Schokolade, Wein, Marshmallows und süßen Hefebrötchen eingedeckt hatten, waren die Campingplätze bei Richardson's, D. L. Bliss State Park und Nevada Beach leider voll. Der Ranger meinte, sie könnten es bei dem Campingplatz unten am See versuchen, direkt mitten in South Lake Tahoe.

»Verdammt«, sagte Brandy. »Warum haben wir daran nicht gedacht? Es ist Labor-Day-Wochenende, die schlimmste Zeit im Jahr zum Campen. Wir stecken im Stadtzentrum fest – oder willst du noch ein bisschen fahren?«

»Wahrscheinlich finden wir im Umkreis von vielen Kilometern keinen freien Platz, und eigentlich ist der Platz da unten richtig schön. Lass uns mal schauen, ob wir was finden. Ich hab eigentlich genug davon, in der Gegend rumzufahren, außerdem müssen wir noch das Zelt aufbauen.«

Sie vertrieben sich die Zeit damit, sämtliche Radiosender durchzuprobieren, bis sie zu dem Campingplatz an der Ecke Rufus Allen Boulevard und Highway 50 kamen, um festzustellen, dass er ebenfalls proppenvoll war. »Lass uns trotzdem mal schauen«, sagte Angel.

»Ach, vergiss es. Es ist schon spät. Lass uns einfach zurück zu dir nach Hause fahren und es morgen früh noch mal versuchen. Mist. Das wird Sam gar nicht gefallen, wenn wir heute Abend wiederkommen. Hast du gesehen, was er gemacht hat, als wir wegfuhren?«

»Er hat eine seltsame Art, Auf Wiedersehen zu sagen.«

»Das war sein Victory-Gruß, Angel.«

»Er macht nur Spaß. Er liebt mich wie verrückt«, sagte Angel. »Ich bin so heiß, dass er gar nicht anders kann. Pass auf.« Sie beugte sich aus dem Autofenster, schenkte dem Ranger, der am Eingang Dienst tat, ein sexy Lächeln und gewährte ihm einen langen Blick in den Ausschnitt ihres ärmellosen Hemdchens, und es dauerte keine Sekunde, da waren sie durch das Tor, ohne ein Tagesticket zu lösen, und kicherten dabei wie Teenager.

Und tatsächlich entdeckten sie hinter einer Kurve im rückwärtigen Teil eine fünfköpfige Familie, die gerade die Stangen eines großen Kuppelzelts herauszog. »Na, da ist es doch, unser Wunder«, sagte Angel zu Brandy und dann aus dem Fenster hinaus: »Sie gehen?«

»Klar«, sagte die Frau und warf eine Picknickdecke und eine Kühltasche hinten in einen alten blauen Minivan. Die Kinder stopften Chips- und Kekstüten in braune Tüten und reichten sie wie eine Eimerkette zum Auto weiter.

»Ob wir wohl Ihren Platz übernehmen können?«

Die Frau lachte. »Glauben Sie mir, den wollen Sie gar nicht.«

Angel fuhr das Auto auf einen Parkplatz. Sie und Brandy stiegen aus und traten näher. »Warum nicht? Spukt es hier etwa?«

»Das könnte man so sagen.« Sie wies mit dem Kopf in die Richtung der Nachbarn. »Ziemliches Pack.«

»Sind die rübergekommen und haben Ihnen Schwierigkeiten gemacht?«, fragte Brandy.

»Nein. Nichts dergleichen. Sie saufen, zechen, halten unflätige Reden. Leute wie die sind allein dadurch, dass sie auf der Welt sind, eine Plage.«

Brandy kramte nach ihrem Geld. »Hier«, sagte sie. »Hier sind dreißig Dollar. Sie haben doch sicher schon bezahlt, oder?«

Die Frau strahlte. »Ja. Nur für die eine Nacht. Aber nicht so viel.«

»Wir wären sehr dankbar, wenn wir heute Nacht hier zelten dürften.«

»Nur damit Sie wissen, auf was Sie sich einlassen. Ich habe Sie gewarnt.«

Während sie das Zelt aufbauten und die Taschen einräumten, machten sie Witze über irgendwelche Spießer, die nicht mal ab und zu 'nen guten Witz oder ein paar Flüche vertrugen. Zum Glück hatten sie das Zelt im Handumdrehen aufgebaut. Sie sahen keine Spur von den so genannten unangenehmen Nachbarn und vermuteten, dass die Leute in dem orangefarbenen Zelt nebenan schon früh einen in der Krone hatten.

Gegen zehn Uhr brannte knisternd ein kleines Feuer, sie hatten sich mit Süßigkeiten voll gestopft und machten sich über den Wein her. Was für ein Spaß! Die angrenzenden Bäume und der Sternenhimmel umhüllten sie weich, sie fühlten sich sicher, genau wie früher im Zeltlager.

»Den Wein erst nach dem Essen zu trinken ist eigentlich schade. Man vergeudet die volle Wirkung«, sagte Brandy. »Dann ist es schwieriger, in diesen duseligen, sentimentalen Zustand zu kommen.«

»Hat dich aber nicht dran gehindert. Du hast dieses Stadium eindeutig erreicht.«

Brandy lehnte sich rücklings an ein Scheit und drehte ihre Haare im Nacken zu einem Knoten. »Was für eine Wohltat, irgendwo zu sein, wo's ruhig ist. Weißt du, ich liebe deine Kinder«, sagte sie und trank einen Schluck aus der Flasche, »aber es ist auch schön, mal wegzukommen.«

Angel nahm die Flasche. »Ich trinke bei jeder Gelegenheit, hauptsächlich, weil ich nie eine bekomme. Zwei Kinder stellen dein Leben ganz schön auf den Kopf. Du musst die ganze Zeit erwachsen sein.«

»Hey, nächste Woche stellst du im Salon ein Schild auf! Lassen Sie sich Ihr Leben nicht auf den Kopf stellen!«

»Das gefällt mir. Vielleicht solltest du versuchen, einen Job bei dieser Werbeagentur zu bekommen, bei der du gearbeitet hast, als du auf dem College warst …«

»Die sind pleite. Ich habe angerufen, bevor ich Bruce verlassen habe.«

»Aha, also sind wir beim Thema des Abends angekommen«, sagte Angel. »Warum du ihn verlassen hast. Was ist passiert? Hat er 'ne andere?«

»Nein.«

»Und du?«

»Ich doch nicht!«

»Arbeitet er zu viel?«

»Das ist mir egal. Er will für uns beide einen Notgroschen zusammensparen.«

»Mom treibt dich mit ihren Hochzeitsplänen in den Wahnsinn?«

»Ja, aber das ist es auch nicht.«

»Also sag's mir, bevor ich ausfällig werde.«

»Ich habe keine Lust mehr auf Sex.«

»Was?«

»Ich geh nicht mehr mit ihm ins Bett«, sagte Brandy. »Wie soll ich ihn da heiraten?«

»Herrjemine, Bran. Das ist ernst. Ist er pervers? Will er, dass du Gummistrapse und auf dem Kopf was mit Nieten trägst oder so?«

»Nein. Er ist ein bisschen ... altmodisch. Das ist mit ein Grund, warum ich mich in ihn verliebt habe, weißt du? Es ist einfach mit ihm. Rosen, Kerzen, nackte Haut, schöne Musik. All die Liebe, die du willst, wenn du sie willst. Weißt du, Angel, er ist meine große Liebe. Deswegen ist es ja auch so hart.«

»Und?«

»Sagen wir, es liegt an mir.«

»Warst du beim Arzt?«, fragte Angel, die wirklich besorgt war. »Vielleicht könntest du Testosteronspritzen bekommen oder sonst was. Ich habe gehört, die machen dich scharf.«

»Du bist lustig. Dir gehen wahrscheinlich eher die Hormone aus als mir.«

Durch den Wind löste sich die Lasche am Zelteingang, und Angel stand auf, um sie wieder festzubinden. »Da komme ich in der Nacht hier raus und bin gezwungen, Wein zu trinken und Schokolade zu essen und mich von meiner blöden Schwester beleidigen zu lassen. Das Leben ist wirklich beschissen.« Sie ging zum Feuer, um einen Scheit nachzulegen. Aus dem orangefarbenen Zelt etwa anderthalb Meter weiter spähten zwei Gesichter – ein gähnendes Mädchen mit langem schwarzem Haar und ein Mann, unrasiert und struppig, muskulös. Er sagte: »Mach mal Feuer, Frau«, aber mit zärtlicher, entspannter Stimme.

Brandy und Angel brachen Stücke von ihrer Tafel Ghiradelli Schokolade ab und sahen dem Mädchen von nebenan zu, wie es willkürlich Brennholz auf die Feuerstelle schichtete. Sie bemerkte, dass sie beobachtet wurde, und winkte. Die beiden winkten zurück. Sie fing an zu singen. »Klingt wie eine kranke Katze«, fand Angel, nachdem sie ein paar Sekunden zugehört hatten.

»Ich war vor ein paar Wochen bei einem Arzt«, sagte Brandy ein paar Minuten später. »Einem Psychoklempner. Ein ganz schöner Armleuchter. Ich hatte das Gefühl, er nimmt mich nicht ernst.«

»Bran, liebst du Bruce denn noch?«

Der Wein tat seine Wirkung oder sonst irgendetwas, denn Brandy begann laut schluchzend zu weinen. »Das ist es ja, was mir wirklich stinkt. Ich liebe ihn so sehr wie immer. Ich möchte bloß nicht, dass er … dass er mich anfasst.«

»Hast du ihm das gesagt?«

»Machst du Witze? Ich kann ihn doch nicht so verletzen!«

»Schon gut, Bran, lass es raus. Hier ist noch etwas Wein.« Und das war's dann so ungefähr, Brandy putzte den Rest der Flasche weg und weinte und sagte, sie liebe Bruce, der – wie Angel vermutete – ein rechter Schnellficker war, doch sie würde noch ein Weilchen warten, bevor sie Brandy das sagte.

Kurz darauf legten sie sich schlafen, gerade als das Feuer nebenan richtig aufflammte. Nach ungefähr einer weiteren halben Stunde wurde nebenan laute Musik aufgedreht. Sie spähten hinaus und sahen einen Ghettoblaster, zwei Gestalten tanzten am Feuer.

»Wie schön für sie«, nörgelte Brandy, »aber tanzt man nicht normalerweise zuerst und kriecht anschließend zusammen in den Schlafsack?«

»Ach, entspann dich. Das ist Amore.«

An diesem Punkt mischten sich Camper von der anderen Seite des Wegs ein, die das Paar baten, die Musik leiser zu drehen. Das taten sie, und vorübergehend senkte sich Stille über den Campingplatz. Dann fuhr ein Motorrad mit einem Motor wie eine 747 vor. Der Motorradfahrer gesellte sich zu dem Paar. Die Musik wurde wieder lauter, wie auch, nach einer Weile, die Stimmen. Hin und her, irgendwas über Geld, das gezahlt worden war, Geld, das geschuldet wurde, Geld, das nicht gezahlt worden war, Liebe und Sex und noch mehr Persönliches. Angel und Brandy lauschten neugierig. Andere Camper beschwerten sich wieder, gaben aber auf, als sie ignoriert wurden. Nach einer guten halben Stunde Streiterei fingen der Motorradfahrer und der Typ aus dem Zelt eine Schlägerei an.

»Du verdammtes verlogenes, betrügerisches, Dreck fressendes Stück Sch…« Ein harter Schlag.

»Wer glaubst du eigentlich, wer du bist, hier einfach so reinzuschneien und rumzustänkern? Phoebe hat sich für mich entschieden, Cody, nicht für dich. Komm schon, Baby.«

»Phoebe betrügt die beiden«, vermutete Brandy. »Ich glaube, der, der den Abend mit ihr im Zelt verbracht hat, heißt Mario.«

Eine Hand landete klatschend auf nackter Haut, dann folgte eine wilde Herumschubserei.

»Runde zwei, schätze ich«, sagte Angel müde. »Also, man hat uns gewarnt. Sollen wir was unternehmen? Den Ranger holen?«

»Da hören hundert Leute zu. Irgendwann holt ihn schon jemand.«

Sie linsten durch das Fliegennetz, duckten sich dabei aber in die Ecken.

»Sie sieht aus, als hätte sie richtig Angst«, sagte Angel. »Weißt du was? Was da abgeht, gefällt mir gar nicht. Wir sollten was tun.«

Der Sexprotz Mario wurde von Cody, dem langhaarigen Motorradfahrer, gestoßen und landete auf ihrem Zelt, wobei er Brandy beinahe die Beine zerquetschte. »Das reicht«, meinte Brandy, als er zum Kampfplatz zurücktorkelte. »Ich hole den Ranger!«

»Die sehen dich doch«, sagte Angel. »Ich will nicht, dass sie wissen, dass wir das waren. Ruf ihn vom Handy aus an.«

Brandy kramte in ihrem Schlafsack herum, während die Schlägerei nur wenige Schritte von ihrem Zelt entfernt zu einem verbissenen Kampf eskalierte. Wirre Schreie und Rufe hallten durch die Nacht. Nur Phoebe war noch zu verstehen.

»Hilfe!«, schrie sie. »Hilfe!«

Nachdem der Ranger dazwischengegangen und Cody auf seinem Motorrad davongedonnert war, beruhigte sich die Szene schließlich. Die Hunde hörten auf zu jaulen, die Kinder weinten nicht mehr, doch jetzt konnten weder Brandy noch Angel schlafen. Die nächsten paar Stunden lagen sie in ihren Schlafsäcken, schauten immer wieder auf die Uhr und unterhielten sich leise.

»Ich muss mal«, sagte Brandy.

»Viel Spaß. Ich weiß, wo die Toiletten sind.«

»Geh mit mir.«

»Was?«

»Komm schon, Angel. Lass mich nicht alleine gehen. Erinnerst du dich noch an die Geschichte, die Sam erzählt hat, über die Nacht, als die Bären zu eurem Haus kamen und die Kühltruhe geplündert haben, die bei euch in der Garage steht?«

»Das war nur ein Bär, und er war niedlich.«

»Sam sagte, der niedliche Bär hätte die Kühltruhe umgestoßen, die Tür aufgebrochen und das ganze tiefgefrorene Fleisch gefressen. Als du im Nachthemd rausgerannt bist, um ihn zu verscheuchen, hat er dich quer über den Hof gejagt. Du hast auch geschrien.«

»Oh, entspann dich, Brandy. Seit der Ranger hier war, habe ich keinen Pieps mehr gehört.«

»Bitte! Ich hab echt Angst.«

Sie zogen Sandalen und Pullover an, suchten die Straße sorgsam nach Schatten ab und traten in die schneidend kalte Nacht hinaus. Brandy wartete, bis eine andere Nachteule fertig war, sodass sie die Toilette für sich hatte, während Angel, die herumhüpfte, um warme Füße zu bekommen, draußen Wache hielt und aufpasste, dass weder Bären noch Fremde noch sonst etwas sich näherte, doch in der Dunkelheit war bis auf die Lichter, die sich in der Ferne auf dem See spiegelten, kaum etwas zu erkennen. Schwer zu glauben, dass sie mitten in der Stadt South Lake Tahoe waren.

»Würg!«, sagte Brandy, als sie schließlich herauskam. »Da drin hat's voll nach Kotze gestunken. Die arme Frau hat wohl ein bisschen zu doll gefeiert.«

»Sie hat schrecklich ausgesehen, aber ihre Haare fand ich toll«, stimmte Angel ihr zu. »Hätte sich an Schokolade und Wein halten sollen, wie wir zwei, was? Keine üblen Folgen, außer dass wir nervös sind wie kleine Häschen.« Sie gingen durch die Dunkelheit zu ihrem Zelt zurück.

»Warte!«, flüsterte Brandy plötzlich und hielt Angel fest. Sie zog ihre Schwester in den Schatten.

»Ein Bär?«

»Pst!«

»Komm, wir gehen. Du bist keine drei mehr. Ist nicht nötig, so viel Angst vor der Dunkelheit zu haben.«

»Sei still!«, zischte Brandy.

Angel hielt den Mund und schaute in die Richtung, in die Brandys Nase zeigte, konnte jedoch nichts erkennen.

»Es ist so dunkel«, flüsterte sie. »Was siehst du da?«

Brandys Finger zitterte, als sie auf das orangefarbene Zelt neben ihrem zeigte. »Da ist genug Mondlicht, um was zu sehen.«

Angel starrte, sah jedoch nichts Besonderes.

»Jetzt ist er weg.«

»Wer?«

»Ich habe jemanden von dem Zelt da weggehen sehen.«

»Na und?«, sagte Angel. »Wenn man pinkeln muss, muss man pinkeln. Du bist der lebendige Beweis.«

»Aber, Angel, ist dieser Motorradfahrer, Cody, nicht gegangen, nachdem der Ranger da war?«

»Ja.«

»Und wieso ist er zurückgekommen?«

»Keine Ahnung. Bist du dir sicher, dass du Cody gesehen hast?«

»Wenn der andere sich nicht plötzlich die Haare wachsen lassen und ungefähr fünfundzwanzig Kilo abgenommen hat, ganz hässlich geworden ist und genauso aussieht wie Cody.«

»Und wo ist das Motorrad?«

»Er wusste doch, dass er den ganzen Campingplatz aufwecken würde, wenn er damit reinkommt, also hat er es wahrscheinlich auf der Straße geparkt«, meinte Brandy.

Sie rätselten noch ein oder zwei Minuten herum, doch da alles still und friedlich blieb, gingen sie zu ihrem Zelt zurück, schliefen die wenigen verbleibenden Nachtstunden und beschlossen, früh aufzubrechen und eine Wanderung zum Beauty Lake und einem neuen Campingplatz bei Wright's zu machen, raus aus der Stadt, weg von sämtlichen städtischen Campingplätzen.

»Daher haben wir das Drama am nächsten Morgen gar nicht mitbekommen. Als der Ranger sie wecken wollte, um sie vom Platz zu schmeißen, haben sie ihre Leiche in ihrem Schlafsack gefunden«, sagte Brandy. »Mario war noch am Schlafen, direkt neben ihr!«

»Sie scheinen sich ganz sicher zu sein, dass Cody für den Tod der Frau verantwortlich ist«, sagte Nina. Sie hatte aufgehört, Notizen zu machen. Die Bürotür war nur leicht angelehnt, was ihr verriet, dass Sandy möglicherweise mithörte.

Die beiden starrten Nina an. »Welche Zweifel sollte es da geben, zum Teufel«, sagte Angel. »Cody kam zurück, Brandy hat ihn gesehen. Und nicht mal ein Besoffener würde wieder in seinen Schlafsack kriechen und die ganze Nacht friedlich neben der Leiche seiner Freundin schlafen, wie Mario das getan hat. Er wäre schnurstracks über die Grenze verschwunden, quer durch Nevada und runter bis Colorado, bevor er angehalten hätte, um nach Luft zu schnappen.«

»Und Ihr Mann, Ms. Guillaume, Angel, hat er von dem Mord auf dem Campingplatz das ganze Wochenende über nichts gehört? So etwas kommt hier oben nicht sehr oft vor.«

»Er hat die Geschichte nicht mitbekommen, sonst wäre er garantiert ausgeflippt.«

»Warum sind Sie nicht direkt zur Polizei gegangen, als Sie am Dienstag in die Stadt zurückkamen?«, fragte Nina die beiden.

»Ist mir ein bisschen peinlich, aber wir lesen nicht immer die Zeitung«, sagte Angel. »Erst heute Morgen haben wir einen Artikel über das entdeckt, was passiert ist. Es ist so traurig! Es ist einfach schrecklich! Das arme Mädchen. Cody muss sich in der Nacht rangeschlichen und sie erwürgt haben. Mario war total betrunken, wahrscheinlich ist er nicht mal wach geworden.«

Nina hob das Telefon ab. »Ich werde dafür sorgen, dass Sie so bald wie möglich mit der Polizei oder dem Staatsanwalt sprechen können. Sie müssen erfahren, was Sie gesehen haben.«

»Moment mal. Haben Sie über diese Leute gelesen?«, sagte Brandy. »Der Camper, Mario Lopez, der, den sie verhaftet haben, war an dem Tag eben erst aus dem Gefängnis gekommen!

Er ist ein gewalttätiger Schwerverbrecher, der jahrelang wegen Körperverletzung gesessen hat. Der andere Typ, Cody, war letztes Jahr wegen Drogenhandels im Bau und hat obendrein noch einen ganzen Haufen weiterer Vorstrafen auf dem Buckel. Wir haben eine Todesangst, es irgendjemandem zu erzählen.«

»Wenn Sie mit Ihrer Geschichte richtig umgehen, wird außer den Touristen, deren Platz Sie übernommen haben, niemand wissen, dass Sie in dieser Nacht überhaupt auf dem Campingplatz waren«, erinnerte Nina sie.

»Was auch der Grund ist, warum ich nachts einfach nicht mehr schlafen kann«, sagte Angel.

»Ich möchte zuerst mit meinem Verlobten reden, bevor ich mit irgendjemandem darüber spreche«, sagte Brandy. »Also sind wir heute hergekommen, um Ihre kostenlose Beratung in Anspruch zu nehmen. Abgesehen davon hat Angel mir erzählt, wie Sie den anderen im Fall Misty Patterson Zunder gegeben haben, obwohl Sie dabei angeschossen wurden. Sie sind stark.«

»Ich hatte Glück«, sagte Nina. Sie berührte mit der Hand die Narbe auf ihrer Brust. Ahnte jemand, wie abergläubisch selbst die pragmatischsten Anwälte sein konnten?

»Macht es für Mario einen Unterschied, wenn wir uns nicht gleich heute melden? Ich meine, ist er an irgendeinem schrecklichen Ort, wo er brutal behandelt wird oder so?«, fragte Brandy.

»Nein. Vergessen Sie nicht, der Mann ist gerade aus dem staatlichen Gefängnis entlassen worden. Das Gefängnis in Placervill ist damit nicht zu vergleichen. Aber, Brandy, Sie müssen der Staatsanwaltschaft so schnell wie möglich sagen, was Sie gesehen haben.«

»Wie hoch steht die Chance, dass Cody die Stadt verlässt, bevor ich irgendetwas sage?«, fragte Brandy.

»In dem Artikel wird die Schlägerei erwähnt«, sagte Nina. »Dann steht da, dass Cody Stinson eine Freundin im Ort hat, die behauptet, er wäre den Rest der Nacht bei ihr gewesen. Sie ist sein Alibi. Er ist auch auf Bewährung draußen. Darf womöglich gar nicht weit weg. Obwohl die Polizei ihn sicher befragen wird, muss er im Augenblick kaum befürchten, dass er verhaftet wird, schließlich haben sie einen Verdächtigen in Haft.«

»Sobald er hört, was Brandy zu sagen hat, wird er Schiss kriegen«, meinte Angel.

»Wir werden den Zuständigen das Problem erklären. Die Staatsanwaltschaft wird weder Ihre Namen veröffentlichen noch irgendetwas über das, was passiert ist, bis Sie gut geschützt sind.«

»Ich rede nicht. Nicht, bevor ich Bruce erreicht habe«, sagte Brandy. »Bruce und ich sind im Streit auseinander gegangen, deshalb ist alles so kompliziert. Erst hat er mich eine Woche lang andauernd angerufen, und jetzt geht er nicht mehr ans Telefon. Geben Sie mir nur ein bisschen Zeit. Keine Sorge, ich lasse diesen Mario nicht hängen, ich werde der Polizei sagen, dass Cody in der Nacht zurückgekommen ist. Es geht bloß noch nicht jetzt gleich.«

»Je länger Sie warten, desto komplizierter wird Ihre Situation«, warnte Nina. Sie ließ sich die Namen, Adressen und Telefonnummern der beiden Frauen geben. Nachdem sie weg waren, schob sie das Aufnahmeformular für neue Mandanten zusammen mit ihren Notizen in den braunen Aktendeckel, den sie am Abend in ihrer Aktentasche mit nach Hause nehmen würde. Vielleicht würde Brandy gleich morgen früh als Erstes beschließen, dass sie jetzt aussagen konnte. Nina wollte ihre Notizen noch einmal durchgehen, um auf alles vorbereitet zu sein.

Die ganze Geschichte war auf gelbes Kanzleipapier gekritzelt und steckte in der verdammten Akte, derjenigen, die sie an diesem Abend mit nach Hause nahm.

Und hier vor ihr saßen am Montagnachmittag die Schwestern, Angel mit ihrem Bürstenschnitt und Brandy mit den Grübchen.

Doch kein Lächeln. Nina sei hoffentlich nicht allzu verärgert darüber, dass sie sich am Freitag nicht gemeldet hatten. Sie hatten ihre Gründe. Nina hätte wahrscheinlich darauf bestanden, dass sie sofort zu Henry McFarland, dem Staatsanwalt für El Dorado County in Tahoe, gingen und mit ihm redeten, doch sie hofften, es werde nicht notwendig sein.

Sie müssten aber, und zwar auf der Stelle, erklärte Nina ihnen.

»Es geht nicht«, sagte Brandy und begann zu weinen. Nina stand auf und schloss die Tür.

Angel sprach laut und deutlich, in ernstem Tonfall. »Brandys Verlobter ist ausgezogen. Wir müssen ihn zuerst finden.«

»Ausgezogen?«, fragte Nina.

»Ich weiß schon, dass er sich über mich aufgeregt hat, aber wieso sollte er einfach so von zu Hause abhauen? Angel hat mich übers Wochenende nach Hause nach Palo Alto gefahren, damit ich ein paar Dinge klären kann, aber er war weg!«

»Wir haben auf dem Weg hierher darüber geredet«, sagte Angel. »Bruce hat seine Brieftasche mitgenommen und ein paar Klamotten, aber das sind Sachen, von denen Brandy sagt, dass er sie gar nicht gerne anzieht.« Ihre Stimme versagte. »Und da ist uns dieser Gedanke gekommen. Wir finden es seltsam, dass er weg ist. Wir haben Angst. Vielleicht hat Cody es irgendwie rausgefunden und ist zu dem Haus gefahren und hat ihm was angetan. Bruce. Verstehen Sie, was ich meine?«

Jetzt war Nina an der Reihe. Sie äußerte Verständnis und sagte, dass sie ihre Ängste unglücklicherweise noch verstärken müsse. Sie gestand, dass möglicherweise jemand die Akte mit sämtlichen darin enthaltenen Informationen in die Hand bekommen hatte – Namen, Adressen, Telefonnummern –, und erklärte, dass auch sie sich Sorgen mache. Ihre Besorgnis um Bruce war nur noch eine weitere Hiobsbotschaft.

Zwei Paar verängstigter grauer Augen starrten sie an.

»Ich fahre heute Abend noch nach Palo Alto zurück«, sagte Brandy. »Ich muss mit Bruce reden.«

»Nicht alleine«, sagte Angel. »Ich komme mit. Sam hat sich ein paar Tage freigenommen. Er fährt mit den Kindern nach Oregon, um seine Mutter zu besuchen. Ich komme lieber mit.«

»Wir können bei Maria wohnen. Die Adresse hat Cody sicher nicht.«

Angel wandte sich an Nina. »Wir schlagen Ihnen eine Abmachung vor«, sagte sie. »Wir kommen gleich morgen früh wieder. Ich treffe ein paar Vorkehrungen im Salon. Wir sehen Sie dort.«

»Fahren Sie nicht«, sagte Nina. »Lassen Sie uns heute mit dem Staatsanwalt reden. Es geht um Ihre Sicherheit.«

Brandys Kiefer verspannte sich. Angel schaute sie an, sah Nina an und zuckte die Schultern. »Das ist die Abmachung«, sagte sie. »Wir sind vorsichtig.«

Sie würden sich nicht davon abbringen lassen. »Mein Ermittler, Paul van Wagoner, wird Sie morgen früh um zehn Uhr an Ihrem Salon abholen«, sagte Nina.

»Okay«, sagten Angel und Brandy gleichzeitig.

»Geben Sie mir Marias Adresse und Telefonnummer.«

»Nichts für ungut«, sagte Brandy, »aber Sie haben bereits meine Mobilfunknummer.«

Erst nachdem sie weg waren, wurde Nina klar, was sie damit gemeint hatten. Sie vertrauten ihr nur noch ungern weitere Informationen an. Sie hatten auch keine Lust, auf ihren Rat zu hören.

Nina hatte den beiden gegenüber ihre Glaubwürdigkeit verloren, und Brandy und Angel verbrachten eine weitere Nacht auf der Straße. Nina konnte nur hoffen, dass sie sich nicht umschauten und feststellten, dass Cody ihnen auf seinem Motorrad auf den Fersen war.

10

Um halb fünf an diesem Montagnachmittag, als Nina mit dem großen Geschenk, das sie eben für die Party am Abend bei Matts Frau Andrea abgeholt hatte, zum Mietwagen stolperte, sah sie Officer Jean Scholl auf dem Parkplatz vor ihrem Büro. Die Polizistin stand neben ihr, während Nina sich abmühte, den Kofferraum des Mietwagens aufzuschließen. Am Ende ließ sie den großen Geschenkkarton auf den Asphalt fallen, während sie mit dem Schlüssel herumhantierte.

Scholl sah uninteressiert zu, wie Nina das Geschenk in den Kofferraum packte und dabei mehrmals hin und her drehte, bis es hineinpasste. Erst dann sagte Scholl: »Wir haben Ihren Wagen gefunden. Gehen wir ihn holen.« Unter stetigem Gerassel und Geklimper führte sie Nina zu ihrem Streifenwagen.

Die pockennarbige, lavafarbene riesige Teerfläche hinter dem Maschendrahtzaun, wo die von South Lake Tahoe sichergestellten Fahrzeuge abgestellt wurden, lag ganz in der Nähe des Polizeireviers und des Gerichts. Officer Scholl, die Nina in ihrem Streifenwagen hinfuhr, grüßte den Dienst habenden Sicherheitsmann, stieg aus und schloss mit einem Schlüssel das Tor auf.

»Wo haben Sie ihn gefunden?«

»Auf dem Heavenly-Parkplatz.« Das Heavenly Resort war das höchstgelegene Skigebiet diesseits der Rockies, vom Fuß des dreitausend Meter hohen Berges, wo sie standen, waren es bis dorthin nur ein paar Kilometer den Berg hinauf.

»Ich habe ihn auf einem regulären Parkplatz am Fuß der Weltcup-Strecke entdeckt, um diese Jahreszeit geht zwar niemand Skifahren, aber viele Wanderer und Leute, die mit der Seilbahn hochfahren, stellen ihre Autos dort oben ab. Ein geeigneter Ort, wenn man einen gestohlenen Wagen nach einer Spritztour wieder loswerden will, ohne die Stadt zu verlassen. Außerdem ist es ziemlich leicht, jemanden zu finden, der einen den Ski Run Boulevard runter wieder mit in die Stadt nimmt. Oder man geht zu Fuß. Sind höchstens zwei Kilometer.«

Der große, schmutzige Wagen sah irgendwie fremd aus, doch die mit hawaiianischen Mustern bedruckten Sitzbezüge verrieten Nina, dass der Bronco ihr alter vertrauter Bergbuggy war.

»Ist nicht allzu viel passiert«, sagte Scholl und zeigte mit dem Finger auf eine lange Schramme an der linken Stoßstange. Die ist alt.« Sie langte in die Tasche und warf Nina den Schlüssel zu. »Lag auf dem Fahrersitz.« Sie klang gelangweilt wie immer, doch Nina spürte die Geringschätzung in ihren Worten. Officer Scholl machte sich keine Mühe, ihre Antipathie zu verbergen.

Nina ging um den Wagen herum, bemerkte Kerben und Kratzer.

»Irgendwelche neuen Beulen?«, fragte Scholl.

Ihr Wagen führte ein sichtlich hartes Leben. Nina konnte alte Blessuren nicht von neuen unterscheiden. »Ich weiß nicht. Kann ich einsteigen?«

»Es ist Ihr Wagen, so steht's in der Zulassung.« Sie öffnete die Fahrertür.

»Sie haben ihn nicht abgeschlossen?«

»Das Scheunentor ist bereits offen.«

Und wie, dachte Nina. Sie stieg hinein, beugte sich über die Lehne zum Rücksitz und fing an zu suchen.

Scholl ließ sie eine Weile kramen, dann sagte sie: »Keine Aktentasche, falls es das ist, was Sie suchen.«

Nina richtete sich enttäuscht auf und fuhr sich mit der Hand über die Stirn. »Meine Akten?«

»Keine Spur davon.«

»Haben Sie Fingerabdrücke genommen?«

»Wir haben unsere Arbeit getan.«

Nina richtete sich müde auf.

»Vielleicht waren sie ja gar nicht im Wagen?«, sagte Scholl.

»Das habe ich Ihnen doch gesagt. Was meinen Sie damit?«

»Vielleicht haben Sie die Akten ja ganz woanders verloren und möchten nicht darüber reden. Vielleicht waren sie schon eine Weile vorher verschwunden. Vielleicht hat einer Ihrer gaunerischen Mandanten sie aus Ihrem Büro geklaut, und Sie haben zur Tarnung diese nette Geschichte erfunden.« Sie kam zu Nina herüber, schaute durch ihre altmodische verspiegelte Sonnenbrille auf sie herab und sagte: »Vielleicht lügen Sie ja.«

»Hören Sie auf. Ich habe Ihnen die reine Wahrheit erzählt«, sagte Nina.

»Ja, wie Sie auch dem Richter die absolute Wahrheit über Ihre Mandanten erzählen.«

»Genau wie Sie in Ihren Polizeiberichten nie ein Wort übertreiben. Sie haben anscheinend ein Problem mit mir, Officer«, sagte Nina. »Aber was auch immer Sie von meiner Arbeit als Anwältin halten, hier geht es darum, dass mein Wagen gestohlen wurde und ich dankbar bin, dass Sie ihn gefunden haben.«

Scholl antwortete nicht. Der Polizeifunk ertönte, und sie ging hinüber, um zu antworten.

»Ich vertrete auch Polizisten«, rief Nina hinter ihr her.

Nina rief Sandy an. »Keine Akten im Bronco. Aber der Wagen ist okay.«

»Dann sind sie tatsächlich gestohlen worden«, sagte Sandy. »Das hätte ich im Leben nicht erwartet. Und die Aktentasche?«

»Weg. Vielen Dank, dass du heute Abend länger bleibst.«

»Ich würde schon gerne wissen, was los ist«, sagte Sandy. »Wish kommt morgen früh. Ich habe uns eine Stunde von Terminen freigehalten.«

»Paul und ich sind auch da. Er ist im Augenblick gerade von Carmel unterwegs hierher.«

»Bring Donuts mit. Zimt-Zucker und mit Zuckerguss. Gut für die grauen Zellen.«

»Sonst noch was?«

»Im Fall Cruz gibt es einen Verkündungstermin.«

Viel zu schnell. Der Richter hätte zehn Tage brauchen müssen, um zu einem Urteil zu kommen. »Verdammt«, sagte Nina. »Aufenthaltsbestimmungsrecht an die Mutter?«

»Ich fürchte.«

»Verdammt«, sagte Nina noch einmal. Die Niederlage traf sie hart. »Ich rufe Kevin an.«

»Lass dir ein wenig Zeit. Andrea hat angerufen. Sie sagte, es sei okay, wenn du spät kommst. Du gehst jetzt rüber und machst einen Besuch bei deiner Familie.«

Eine Art Besessenheit nahm von Nina Besitz. Nachdem sie aufgelegt hatte, hielt sie an der ersten Tankstelle, an der sie vorbeikam, um den fast leeren Tank zu füllen, und fuhr dann zweimal mit dem Wagen durch die Waschanlage. Beim Büro packte sie den großen Karton aus dem Mietwagen in den Bronco. Dann kümmerte Sandy sich darum, dass der weiße Kleinwagen von der Mietwagenfirma abgeholt wurde, während Nina zu Raley's fuhr, um Putzzeug zu kaufen.

Nachdem sie die Sitzbezüge abgemacht und nach hinten geworfen hatte, um sie zu waschen, verbrauchte sie eine ganze Rolle Papierhandtücher und fast eine Flasche Ammoniakreiniger für den Innenraum. Sandy fuhr nach Hause. Am Ende war Nina erschöpft, doch der Bronco gehörte wieder ihr. Dunkelheit senkte sich herab, und der Parkplatz leerte sich. Das Abendessen wartete, sie würde Matt und Andrea und den Kindern einen Besuch abstatten und die Kraft sammeln, um Kevin anzurufen – der ihren Versuch, es hinauszuzögern, vereitelte, indem er genau in dem Augenblick, in dem sie diesen Gedanken zu Ende gedacht hatte, in einem zivilen Polizeiwagen vorfuhr.

»Hey«, sagte er und lehnte sich aus dem Fenster. »Lisa hat mich siegesbewusst angerufen. Ich ertrage das nicht. Was können wir jetzt tun? Wo können wir reden? Lassen Sie uns da drüben beim Mexikaner essen, ich lade Sie ein. Es stimmt, nicht wahr? Ich habe verloren?«

»Ja, es stimmt. Es tut mir sehr Leid, Kevin, aber ich muss weg. Natürlich müssen wir reden. Ich rufe Sie gegen zehn heute Abend an.«

»Nur auf einen Drink«, flehte er.

»Es tut mir Leid – man erwartet mich.«

»Klar, ich wünschte, ich könnte das Gleiche über meinen Sohn und meine Tochter sagen.«

Er hatte gerade die schlimmste Nachricht seines Lebens erhalten. »Gut, aber nur zehn Minuten, Kevin«, sagte sie.

Sie setzten sich in eine Nische am Fenster, das zu einer Seitenstraße hinausging. Man hatte ein wenig Sicht auf die Berge. Sie schwiegen beide einen Augenblick. Die emotionale Hölle, die Kevin durchmachte, hatte seine sonst so glatten, fleischigen Wangen einfallen lassen. »Ich muss mich abreagieren«, sagte er plötzlich und stand auf.

Sie lehnte sich in der gepolsterten Nische zurück und dachte an den Nachmittag, den sie und Paul gegenüber von seinem Büro in Carmel im Club Jalapeño verbracht hatten. Er hätte eigentlich noch arbeiten müssen, hatte die Arbeit jedoch zugunsten eines ausgedehnten Mittagessens auf später verschoben. Nach dem Essen waren sie zum Strand gegangen, hatten die Schuhe ausgezogen und bei Sonnenuntergang auf einer Decke im Sand gelegen. Sie leckte den salzigen Rand ihrer Margarita ab, erinnerte sich an Pauls Küsse und dachte daran, dass sie ihn in ein paar Minuten sehen würde. Jetzt im Augenblick wollte sie ihn mit aller Macht.

Alles, was sie davon ablenkte, an die Akten zu denken. Und an die Niederlage vor Gericht.

»Ex und hopp!«, sagte Kevin, der zurückgekehrt war. Er kippte die Hälfte seines Biers in einem Schluck hinunter. Sie konzentrierte sich wieder auf die Gegenwart. Es gab keine Möglichkeit, ihm die Sache zu erleichtern. »Kevin, es tut mir Leid. Es stimmt, was Lisa Ihnen erzählt hat. Der Richter hat ihr das vorläufige Sorgerecht für Heather und Joey zugesprochen.«

Kevin beugte sich vor und zeigte mit einem Finger auf ihr Gesicht. »Da ist was falsch gelaufen«, sagte er. »Ich meine, gewaltig falsch. Damit kommt sie nicht durch. Allmählich durchschaue ich, wie Lisa mich gedemütigt hat. Und ich lasse mich nicht demütigen. Nicht von ihr und auch nicht von ihrem widerlichen Anwalt. Wissen Sie, in dieser stinkenden Welt gibt es absolut keine Gerechtigkeit.«

»Ich weiß, dass es sehr hart ist, aber vergessen Sie nicht, dass dies eine Anhörung über das vorläufige Sorgerecht war. Bei der Anhörung über das endgültige Sorgerecht haben wir noch eine Chance.«

»Das dauert doch Monate. Ich habe schon neun Monate auf die Anhörung über die vorläufige Entscheidung gewartet. Wir wissen doch beide, wie das läuft. Die Mutter bekommt das vorläufige Sorgerecht, die Kinder gewöhnen sich daran, bei ihr zu leben, sie fühlen sich wohl, sie wollen nicht mehr bei ihrem Dad leben. Sie sagen dem Untersuchungsbeamten, dass sie bei Mom bleiben wollen, und der Beamte sieht, ja, es funktioniert einigermaßen. Sie haben jetzt eine Bezugsperson, den Kindern geht's gut bei ihrer Mutter, lasst sie ihn Ruhe, sie brauchen nicht noch einen Umzug. Ich habe verloren, und es hätte nicht so laufen sollen. Jetzt habe ich gar nichts mehr.«

Sie tätschelte ihm die Hand. Aber er hatte Recht. »Ich mache mir ebenfalls große Sorgen ...«, sagte sie und unterbrach sich.

»Über die Akte, die Sie im Bronco liegen gelassen haben? Ich habe heute auf dem Revier mit Jean Scholl gesprochen. Sie hat Ihr Auto gefunden, keine Akten.«

»Ja.« Nina blickte auf die Tischdecke.

»Sie hätten sie nicht im Wagen lassen sollen. Leicht zu stibitzen. Hey. Wir machen alle mal einen Fehler. Ich habe auch Fehler gemacht.« Er wandte den Blick ab und schüttelte den Kopf.

»Sehr nett, dass Sie das sagen, Kevin.«

»Aber meine Kinder bedeuten mir alles. Verstehen Sie?«

»Ich weiß, wie schwer das für Sie ist. Wir sorgen dafür, dass Sie viel Zeit mit ihnen verbringen können, das verspreche ich Ihnen. Kevin, ich möchte Sie fragen, ob Sie etwas für mich tun. In Anbetracht Ihrer juristischen Probleme, jetzt, wo Ihre Beziehung mit Ali bekannt geworden ist, könnte es allerdings riskant sein.«

»Juristische Probleme?«

»Eine mögliche Anklage wegen Unzucht mit einer Minderjährigen.«

Er lief knallrot an. »Dazu wird es nicht kommen. Sie war doch einverstanden. Sie war fast erwachsen.«

»Es ist nicht sehr wahrscheinlich«, meinte auch Nina. »Aber Sie sollten sich mit der Möglichkeit auseinander setzen.«

»Was soll ich für Sie tun?«

»Rufen Sie Ali an. Jeff Riesner hat gesagt, dass jemand sich mit ihm in Verbindung gesetzt hat. War das Ali, und wenn sie es war, warum hat sie es getan? Warum in allerletzter Minute? Ob sie wohl mit Ihnen darüber spricht?«

»Ach, du meine Güte. Ich soll sie anrufen? Ihre Eltern sind bestimmt total sauer. Jetzt, wo sie vor Gericht musste ...« Er bemerkte Ninas Miene, und Ratlosigkeit trat in seine Augen. »Würde es helfen, meine Kinder zu bekommen? Könnte Lisa meine Akte gestohlen haben? Es ist so kompliziert. Ich bin ganz durcheinander. Ich werd ganz konfus, und dann mache ich Fehler.«

Er hat ein großes Herz und einen kleinen Verstand, dachte sie, und dann gab sie sich innerlich einen Tritt. »Egal, Kevin. Es ist in Ordnung. Ich finde es auf anderem Weg raus. Ich will nur wissen, ob ihr Erscheinen vor Gericht in irgendeinem Zusammenhang mit meinen verschwundenen Akten steht.«

»Warum? Wen schert das jetzt noch?«

»Es gab noch zwei weitere Akten.«

»Oh, richtig. Mächtig viele Probleme auf einmal. Hören Sie. Ich rede mit ihr. Ich will mit ihr reden. Keine Sorge, ich werde vorsichtig sein. Ich will die Dinge bloß nicht noch schlimmer machen, das ist alles.«

»Vielleicht ist es nicht richtig, Sie darum zu bitten, aber ich denke, es könnte wirklich helfen«, sagte Nina. »Sie sind Polizeibeamter, Kevin. Seien Sie vorsichtig. Vielleicht kann es Ihnen auch auf andere Art nützlich sein. Wenn Sie mit Ali reden, finden Sie vielleicht auch heraus, ob der Staatsanwalt Klage gegen Sie erheben will. Und wir müssen wirklich herausfinden, was passiert ist, wie Lisas Anwalt von Ali erfahren hat.«

»Warum fragen Sie Riesner nicht einfach?«

»Weil wir uns schon lange kennen. Wir kommen nicht miteinander aus.«

Ein dunkler Schatten legte sich über Kevins Gesicht, und Nina dachte, ich muss aufpassen, dass ich Kevin nicht noch wütender mache. Sie wusste, dass es heikel war, ihn mit Ali in Kontakt zu bringen, aber sie wollte sich endlich wehren, und Ali war ein Anhaltspunkt.

Kevin entspannte sich. Er winkte der Kellnerin.

»Sie möchten bestellen?«

Nina schaute auf die Uhr. »Ich muss jetzt wirklich gehen.«

»Gehen Sie nicht!«, sagte Kevin. Er schickte die Kellnerin weg. »Ich bin im Augenblick so allein. Bitte, gehen Sie nicht weg.« Er blickte sie mit seinen traurigen Augen an. Sie konnte erkennen, wie er in zehn Jahren aussehen würde. Er würde schnell altern, die leichten Tränensäcke unter den Augen und die Falten unter dem Kinn würden sein Gesicht gröber machen, der traurige Gesichtsausdruck würde sich zu Bitterkeit verhärten, das Bäuchlein würde zu einem gewaltigen Bauch anwachsen, und übermäßiges Rauchen würde zu keuchendem Atem und morgendlichen Hustenanfällen führen.

Sie hoffte, dass sie sich irrte, dass er in einer neuen Beziehung glücklich werden und dass er seine Kinder regelmäßig besuchen würde, dass er eine vernünftige Regelung mit Lisa fand. Dass er aufhörte zu rauchen. Sie wünschte, sie könnte alles geradebiegen, was für ihn schief gelaufen war.

Aber manche Menschen kamen nie über eine Scheidung hinweg. Die Kerbe, die sie in ihr Leben schlug, war zu tief.

»Rufen Sie mich morgen an. Dann können wir reden«, war alles, was sie sagen konnte.

»Ich bringe Sie rüber zu Ihrem Wagen. Es ist dunkel.«

»Machen Sie sich keine Umstände. Wir sind mitten in der Stadt.«

»Das macht keine Umstände.«

Als sie zu ihrem Wagen kamen, sagte Nina: »Gute Nacht. Versuchen Sie, etwas Schlaf zu finden.« Sie berührte ihn am Arm.

Kevin stürzte sich auf sie wie ein Ertrinkender, der sich an einen Rettungsring klammert. Er ließ den Kopf hängen und brach in heftiges Schluchzen aus. Der große Polizist weinte an ihrer Schulter. Nach ein paar Sekunden klopfte sie ihm auf den breiten Rücken und stieg in ihren Wagen, um Abstand zwischen sie zu bringen. Sie erinnerte ihn daran, dass sie noch eine Chance hatten, die Dinge zu richten.

Nachdem sie dem Hund etwas zum Fressen gegeben hatten, fuhren sie und Bob direkt zu Matt, wo sie Paul entdeckten, der eben vor ihnen in seinem Mustang vor dem Haus vorfuhr. Bob lief ins Haus, während Nina zu Paul ging, um ihn zu begrüßen.

Er öffnete die Arme, und sie stürzte sich hinein. Sie schlang die Arme um ihn und hielt ihn fest, küsste seine leicht stoppeligen Wangen, roch das Leder seiner Jacke, die er an kalten Abenden trug. Sein Mund war warm, und als sie sich an ihn schmiegte, spürte sie, dass er bereit war. Er war voller Verlangen, und sie schmolz in seinen Armen dahin.

»Paul«, sagte sie und vergrub das Gesicht an seiner Schulter.

»Was ist los, Schatz?«

»Nur ein harter Tag. Ich habe dich vermisst.«

»Ich dich auch.«

»Ich fürchte, ich werde allmählich von dir abhängig.«

»Ist das so schlimm?« Er streichelte ihre Schulter und flüsterte ihr ins Ohr: »Ich will, dass du von mir abhängig bist.«

»Dann ist es ja gut«, sagte sie, nahm sein Gesicht zwischen die Hände und sah ihm in die Augen. Ein paar Tröpfchen fielen auf sie herab, und Nina ließ ihn langsam los.

Paul lächelte sie an, dann drehte er sich zum Bronco um. Er ging darum herum, trat gegen die Reifen, klopfte auf die Motorhaube. »Schön, dich wiederzusehen«, sagte er, während Nina von ihrem Wortwechsel mit Jean Scholl erzählte. Der Nieselregen wurde stärker, und Nina fröstelte. »Gehen wir rein«, sagte Paul. »Da drin ist irgendeine Party zugange.«

»Warte. Kannst du mir mit dem Ding hier helfen?«

Er zog den großen Karton aus dem Kofferraum, und sie liefen die Stufen zum Haus hoch. Paul wies auf den Briefkasten. »Würdest du mir das erklären? Und die Ballons?«

»Du kommst uneingeladen zu einer Party für die werdende Mutter.«

Matt und Andrea hielten vor dem Kamin, in dem ein Feuer brannte, Hof. Ein Dutzend weiterer Menschen wirbelten wie Konfetti im Raum herum, umgeben von Geschenkpapier, Papptellern und den Resten von Biskuitkuchen.

»Tut mir Leid, dass wir so spät kommen«, sagte Nina und half Paul, den Karton in Andreas Reichweite zu deponieren.

Ihr jüngerer Bruder Matt und seine Frau Andrea erwarteten ein drittes Kind. Andrea war bereits einmal verheiratet gewesen und hatte ein Kind aus dieser Ehe, es würde Matts zweites eigenes Kind sein. Da sie bereits Troy und Brianna hatten, war es ihnen egal, ob es ein Mädchen oder ein Junge würde, und sie fühlten sich frei, ganz nach Laune jeden Tag den jeweils anderen Fall zu favorisieren, obwohl Nina vermutete, dass Matt wahrscheinlich gerne einen eigenen Sohn hätte. War das nicht tief verwurzelt, dass man sich ein Kind des eigenen Geschlechts wünschte? Wenn Nina von einem anderen Universum träumte, stellte sie sich gelegentlich eine Schwester für Bob, eine Tochter für sich selbst vor.

Matt betrieb im Winter einen Abschleppdienst und bot im Sommer Parasailing für Touristen an. Nina sorgte dafür, dass er gut versichert war, und er, dass seine Ausrüstung allerhöchsten Sicherheitsstandards entsprach, und dabei stöhnte er über die Bürokratie.

Andrea arbeitete halbtags im örtlichen Frauenhaus. Matt und Andrea waren Ninas beste Freunde. Vielschichtige, liebevolle und loyale Menschen, die eine wahre Ehe aufgebaut hatten. Matt missbilligte Ninas Beruf noch mehr als ihr Vater, doch die meiste Zeit hielt er sich mit entsprechenden Bemerkungen zurück.

Matt drückte Paul ein Bier in die Hand. Paul setzte sich neben ihn und trank durstig.

Andrea zeigte auf Ninas großen Karton. »Was hast du dem Baby mitgebracht?«

»Das ist mehr für die Eltern.«

Andrea schob sich ihre roten Locken aus dem Gesicht und machte sich mit einer Schere an dem Geschenk zu schaffen. »Ich weiß, ich sollte das schöne Geschenkpapier aufheben, aber, was soll's«, sagte sie. »Oh, Nina! Wow! Toll! Du hast dir gemerkt, wie ich von diesen Dingern geschwärmt habe.« Sie kam auf Nina zu und gab ihr einen Kuss.

»Ich weiß noch, dass es das am meisten genutzte Geschenk war, das ich bekam.«

Jemand drehte die Musik auf. Burl Ives sang »The Little White Duck«. Champagnerkorken knallten, und ein Mann mit einem gefälligen Bariton sang mit. Kinder lärmten und zogen in plündernden Horden durch den Raum.

Während Paul, Andrea und Matt sich abwechselnd bemühten, die automatische Babywippe zusammenzubauen, hockte Nina auf dem Boden und erinnerte sich daran, wie Bob als Baby vor vielen Jahren mitten in der Nacht in einer solchen Wippe geschaukelt hatte, an seine kugelrunden strahlenden Augen, sein flauschiges Haar und daran, dass er ruhig gewesen war, solange das Ding schaukelte. Während dieser langen Nächte war sie mit ihm wach geblieben, hatte aus dem Fenster geschaut und Frieden empfunden.

Ihre Mutter hatte ihr diese Wippe geschenkt. Komisch, dass sie das vergessen hatte. Sie dachte in letzter Zeit öfter an ihre Mutter, vielleicht weil seit einer Weile der immer währende Gedanke im Hintergrund schwang, zu Paul nach Carmel zu ziehen. Wenn sie bei ihm leben würde, wäre sie auch näher bei ihrem Vater. Und näher beim Grab ihrer Mutter.

Später machte Paul sich alleine zu seinem Hotelzimmer im Caesar's auf, und Nina und Bob fuhren um elf Uhr erschöpft nach Hause. »Oh, oh«, sagte Bob, als sie auf den Pioneer Trail abbogen. »Ich habe was vergessen.«

»Was?«

»Ich muss morgen einen Aufsatz abgeben.«

»Oh, Bob, nein. Du hättest nicht zu der Party gehen sollen.«

»Da war ein ganzer Haufen Kinder, Mom. Tante Andrea hat Troy und mich gefragt, ob wir mit ihnen spielen würden, damit sie nicht dauernd im Wohnzimmer rumtoben.«

»Ich schreibe dir eine Entschuldigung.«

»Ha, ha. Da muss ich aber lachen. ›Bob musste zu einer Party gehen.‹ Wie lange ist es her, dass du in der Schule warst, Mom? Ich bin tot. Vergiss es.«

Sie stritten darüber, bis Nina nachgab. Zu Hause loggten sie sich ins Internet ein und suchten nach irgendetwas über Thomas Dewing, einen Künstler aus dem neunzehnten Jahrhundert.

»Die Frauen, die er malt, sehen aus wie Möbelstücke, Mom.«

»Wie einsichtig von ihm. Ich fühle mich in diesem Augenblick wie ein zusammengebrochener Fußschemel. Können wir jetzt ins Bett gehen?«

Doch durch die Recherche war Bobs Müdigkeit verflogen. Er hatte noch etwas anderes im Sinn. »Mom? Manchmal vermisse ich meinen Dad. Ich frage mich, wie es wäre, zwei Eltern am gleichen Ort zu haben. Ich meine, wie bei der Party. Ein neues Baby, und alle sind zusammen.«

Augenblicklich riss in ihrem Herzen eine Wunde auf. Sie dachte an die Männer in ihrem Leben. Kevin Cruz, den Vater, der dabei war, seine Kinder zu verlieren. Jack, Bobs abwesenden Exstiefvater, und Kurt, seinen biologischen Vater, weit weg in Deutschland. Wie verwirrend musste ihm das vorkommen. Wie einsam musste er sich fühlen. »Ruf Kurt an«, drängte sie. »In Wiesbaden ist jetzt Morgen. Wahrscheinlich erwischst du ihn zu Hause. Aber mach's kurz, es ist spät.«

Bob rief seinen Vater an und verbrachte fast eine Stunde am Telefon. Morgen früh würde er ganz schön müde sein. Sie würde den Wecker früher stellen, damit er genug Zeit hatte, richtig wach zu werden und in die Gänge zu kommen. Sie lauschte aus ihrem Schlafzimmer auf seine Pausen und sein glückliches Lachen und redete sich gut zu, dass man billiger als nach elf gar nicht telefonieren konnte.

Als sie hörte, dass er aufgelegt hatte, ging sie in Bobs Zimmer, um ihm gute Nacht zu sagen und ihm einen Kuss auf die

Wange zu geben. »Danke, dass ich ihn anrufen durfte«, sagte er mit vor Müdigkeit schwerer Zunge. »Manchmal bin ich echt down.«

Das Wort traf sie wie ein Peitschenschlag. »Das geht jedem so, Schatz«, sagte sie. »Das weißt du doch, oder?«

»Manchmal fühle ich mich allein. Du arbeitest so viel.«

»Gibt es etwas Spezielles, worüber du reden möchtest?« Sie dachte an Nikki. Sie hatte noch keine Zeit gehabt, über Nikki und Bob nachzudenken. »Ist in der Schule alles im Lot?«

»Wie immer.«

»Wie läuft's mit deinen Freunden? Taylor? Nikki?«

»Ooch, wie immer.«

»Und warum bist du dann down?«

»Mach dir keine Sorgen.«

»Wegen Paul und mir? Ist es das, was dich quält? Willst du …«

»Früher war es einfacher. Jetzt ist alles so kompliziert. Ich möchte Dad besser kennen lernen, aber er ist so weit weg, und ich lebe hier bei dir. Ich möchte es mir nicht mit dir verderben, aber du magst meine Freunde nicht. Du brauchst mich, aber er auch.«

»Ich brauche dich wirklich, Bob.«

»Aber er braucht mich auch, wenn auch anders. Du brauchst mich, damit ich dein kleiner Junge bleibe.«

»Aber, Bob, du *bist* noch ein Junge.«

»Manchmal. Manchmal bin ich ein Mann.«

»Was?«, sagte Nina. Sie war zu müde, um sich damit zu befassen.

»Nacht.« Er schloss die Augen.

»Gute Nacht, Schatz.«

Sie schaffte es noch, sich die Zähne zu putzen und sich ein wenig Wasser ins Gesicht zu spritzen, bevor sie erschöpft ins Bett fiel. Konnte es wirklich immer noch Montag sein? Sie schaute noch einmal auf die Uhr, den modernen Fluch.

Nein. Inzwischen war Dienstag. Vielleicht würde sie heute etwas verschnaufen können.

Doch dann erinnerte sie sich daran, was T-Bone Walker über Stormy Monday gesagt hatte:

... Tuesday's just as bad ...

11

Paul warf schwungvoll ein Bein aus dem Mustang und streckte dann eine Hand heraus, die einen kleinen Styroporbecher Espresso mit schief aufgesetztem Deckel hielt. Dann folgte der Rest von ihm. Er reckte sich. Nicht ein Tropfen lief über, auch wenn es dem Asphalt des Parkplatzes vor dem Starlake Building nicht geschadet hätte. Die Luft war frisch und gleichzeitig warm, typisch für den Spätsommer in der Sierra. Er schaute auf die Uhr, sah, dass es eine Minute vor neun war, und lehnte sich ans Auto, denn er wollte diese ganze Minute damit verbringen, das Gesicht in die Sonne zu halten und die Augen zu schließen.

Ein großes braunes Auto unbestimmten Typs – wer stellte braune Autos her, und warum kaufte irgendjemand sie? – fuhr gemächlich neben ihn. Auf dem Fahrersitz saß Wish Whitefeather, und daneben, hoch aufgerichtet mit der Handtasche auf dem Schoß, Sandy. Paul stellte ein wenig erstaunt fest, dass Wish und seine Mutter dasselbe Profil hatten, stark gebogene, buschige Augenbrauen. Als Wish den Motor abstellte, drehten beide sich zu ihm um. Sandy sagte: »Du bist's.«

Paul verbeugte sich und öffnete ihr die Tür. »Und wie geht es meiner liebsten Washoe-Maid?«, fragte er.

»Glaub bloß nicht, du könntest damit punkten.« Sandy zog den Mantel um sich. Paul war aufgefallen, dass sie im Freien oft einen Mantel trug, selbst an warmen Sommertagen. Sie stieg aus dem Wagen, strich die Falten ihres Mantels glatt und machte sich zurecht, während Paul die Tür schloss. »Also, sprich«, befahl Sandy. »Wie war die Fahrt?«

»Lang. Ich wünschte, es gäbe ein Erdbeben, das die Küste näher an die Berge drücken würde, damit ich nicht mehr so weit fahren müsste.«

»Du könntest jederzeit herziehen«, sagte Sandy. Paul lächelte und glaubte im Gegenzug ein leichtes Aufflammen in ihren Gesichtszügen zu sehen.

»Wie geht's dir, Kumpel?«, sagte er zu Wish, der den Wagen sorgfältig abgeschlossen hatte und ihnen zu Ninas Büro folgte. Wish hielt sich immer noch ganz krumm, er war zu groß für den Rest der Welt und versuchte, mit ihm zu verschmelzen. Sein glattes Haar trug er jetzt länger, und ein großer schwarzer Pullover täuschte breite Schultern vor. Im Alter von zwanzig Jahren fand er allmählich zu sich, ohne dass er die abgestumpfte Ironie seiner Kumpel von der MTV-Fraktion besaß. Paul gefiel das, ebenso wie seine echte Begeisterungsfähigkeit und Naivität, aber wenn Wish mit ihm unterwegs war, musste er stets auf der Hut sein.

»Wirklich gut. Gehe ziemlich viel wandern. Zur Schule. Hab den Van neu lackiert.«

»Echt? Welche Farbe?« Der Van hatte einst Paul gehört.

»Braun.«

»Hm.«

»Dann muss man ihn nicht so oft waschen.«

»Nina hat dich gebeten, ein paar Tage auszuhelfen?«

»Ich habe dieses Semester nur drei Seminare belegt und einen ziemlich flexiblen Stundenplan. Ich verpasse nichts. Mom sagt, Nina braucht Hilfe.«

»Ich sage nie was«, meinte Sandy.

»Das musst du auch nicht, Mom. Ich wusste es in dem Augenblick, als du sagtest, ich solle früh aufstehen und mit dir ins Büro kommen. Kein Problem, Paul, jetzt hast du Verstärkung.«

»Ich fühle mich schon besser«, sagte Paul.

Sie gingen in Ninas Büro, und Nina rief vom Konferenzzimmer: »Ich bin hier.« Sie schloss das juristische Buch, in dem sie gelesen hatte, und wirkte erleichtert, ihn zu sehen. Neue Sorgen lauerten in ihrem Blick, und sie hatte heute Morgen die Wimperntusche vergessen, ein sicheres Zeichen dafür, dass die Nacht nicht reibungslos verlaufen war.

Sie stand auf. Paul ging um den Tisch herum, um sie zu umarmen und ihr einen Kuss zu geben, während Sandy und Wish noch im Empfangsbüro waren. Ninas weiches braunes Haar wehte ihr ums Gesicht, es roch wie ein Regenwald. Er streichelte ihr durch den seidenen Stoff ihrer Bluse den Rücken und verfluchte innerlich ihre hohe Intelligenz. Ab und zu schien ihm eine langweilig-normale Version von Nina, ohne gewichtige Probleme und ohne Kompliziertheiten, durchaus reizvoll, wie er sich schuldbewusst eingestand. Er war nicht stolz auf diese Gedanken, sie kamen so unfreiwillig wie die sexuelle Reaktion, die Nina hervorrief, wenn ihr Haar über seine Wange strich. Zu seinem Glück konnte sie nicht in diese Ecke seines Kopfes hineinschauen, sonst hätte sie ihn nicht so freundlich angesehen.

»Ich bin wirklich froh, dass du gekommen bist«, sagte sie. »Ich weiß, dass es für dich nicht leicht ist, dich freizumachen.«

»Konnte dich doch nicht im Stich lassen.«

»Hey, Wish. Schön, dich zu sehen.«

»Stets zu Diensten«, sagte Wish und hätte sich beinahe höflich verbeugt. »Ich kann's kaum erwarten.«

Als sie alle mit ihren Notizblöcken um den langen Tisch herumsaßen, tat Nina, statt in die Diskussion einzusteigen, etwas Merkwürdiges. Sie nahm das schnurlose Telefon und wählte eine Nummer.

»Dr. Mai?«, sagte sie einen Augenblick später. Die anderen konnten nur ihren Teil des Gesprächs hören. »Wie geht es Ihnen? Aha. Ja, ich habe Neuigkeiten. Wir einigen uns mit der Versicherung auf eine Schadenssumme von zweihundertzehntausend, wie Kao Sie angewiesen hat. Ja.« Sie machte eine Pause, dann sagte sie: »Das ist der Grund, warum ich anrufe. Richtig. Heute Nachmittag habe ich den Scheck. Aber es gibt ein Problem.

Ein Problem. Genau. Ich kann das Geld nur Kao Vang und seiner Frau persönlich überreichen. Es tut mir Leid, aber Sie müssen ihn finden und hierher bringen. Sie müssen einfach. Nein, ich werde Ihnen das Geld nicht aushändigen. Ich weiß, dass Sie eine schriftliche Vollmacht haben, ich kann sie nicht akzeptieren. Ich bedaure, dass ich dazu nicht in der Lage bin.«

Diesmal gab es eine längere Pause. Dann sagte sie: »Es tut mir Leid, aber so ist es. Ich werde diesmal nicht näher auf meine Argumente eingehen. Ich halte den Scheck zurück, bis meine Mandanten verfügbar sind. Dr. Mai? Dr. Mai, hören Sie mir zu. Wo ist Kao?«

Sie hob die Augenbrauen und legte das Telefon beiseite. »Er hat wütend aufgelegt. Ich wollte, dass ihr alle mit anhört, dass ich den Scheck zurückhalte«, sagte sie. »Das verstößt womöglich gegen die Berufsordnung, aber ich musste so handeln. Und jetzt lasst mich mein Vorgehen erklären und euch alles über den Versicherungsfall Vang erzählen. Dann möchte ich wissen, ob ich eurer Meinung nach gerade das Richtige getan habe.«

In fünf Minuten erzählte sie ihnen das Wichtigste über Kao Vang. Anders als sonst hatte sie heute keine schriftliche Zusammenfassung des Falls für sie vorbereitet, sie breitete nur die Fakten aus und endete: »Das ist die erste Akte, die verloren gegangen ist. Heute Nachmittag hole ich bei der Versicherungsgesellschaft einen Scheck über 210.000 Dollar für Kao Vang ab, und ich werde diesen Scheck keinem Vermittler überreichen, egal wie viele Anwälte er mir auf den Hals hetzt. So. Ich würde gerne hören, was ihr denkt.«

»Ich verstehe nicht, warum«, sagte Wish sofort. »Dr. Mai hat die Akte doch bestimmt nicht gestohlen, oder? Er wusste doch schon alles, weil er die ganze Zeit mit deinem Klienten hier war. Warum traust du ihm also nicht?«

»Gute Frage. Ich weiß nur eins. Ich habe übers Wochenende den Kontakt zu meinen Mandanten verloren, und ich habe kein gutes Gefühl dabei. Ich muss wissen, ob es den Vangs wirklich gut geht. Ich muss mich mit eigenen Augen davon überzeugen können, ich will mich nicht auf das Wort eines Dritten verlassen. Und sobald ich Dr. Mai den Scheck aushändige, sehe ich weder ihn noch die Vangs jemals wieder.«

»Woher weißt du das?«

»Weil sie ursprünglich überhaupt nicht zu einem Anwalt gehen wollten, Wish. Sie fühlen sich nicht wohl mit unserem Rechtssystem, und sie trauen mir nicht sonderlich, vermute ich mal. Sie möchten in der Masse aufgehen, das Land vielleicht verlassen. Das ist in Ordnung, aber da die Akte verschwunden ist und Kao nicht willens oder nicht in der Lage ist, mit mir zu reden, ist bei mir ein gewisses Unbehagen entstanden, das mich daran hindert, den Scheck auszuhändigen, nicht mal an einen autorisierten Vertreter.«

Wish kratzte sich am Kopf. »Du meinst, du hast instinktiv das Gefühl, dass da was nicht in Ordnung ist?«

»Du hast's erfasst, Cowboy. Hat irgendjemand einem Unbekannten Informationen aus meiner Akte anvertraut? Da ist der Typ, der seinen Laden überfallen hat, der, den Kao erschossen hat … Vielleicht hat jemand aus seiner Familie meine Akte gestohlen, um an Kao ranzukommen? Ist Kao in Gefahr? Ist Dr. Mai vertrauenswürdig?«

»Was stimmt deiner Meinung nach nicht?«

»Ich weiß nicht. Ich habe ein bisschen was über die Hmong

gelesen. Sie hatten es schwer, sich in diesem Land zurechtzufinden, und da Kalifornien nach zwei Jahren die Sozialhilfe gestrichen hat, hungern die Hmong. Die Gewalt in ihrem eigenen Land hat bei vielen Depressionen und posttraumatische Störungen ausgelöst. Manche Hmong-Männer sterben im Schlaf, ohne dass man die Todesursache kennt. Man nennt das plötzlichen Tod im Erwachsenenalter, und die Mediziner vermuten, schwerer und unablässiger Stress ist die Ursache. Die Frauen haben ihre eigenen Probleme. Normalerweise kümmern sie sich um die Großfamilien und machen den ganzen Bürger-zweiter-Klasse-Mist, gehen fünf Schritte hinter den Männern und so. Das funktioniert zum Beispiel, wenn es keinen Mann gibt, hinter dem man hergehen kann, nicht sehr gut.«

»Aber sie brauchen das Geld«, wandte Sandy ein. »Und das Geld eines Mandanten zurückzuhalten ist absolut verboten, oder? Ich fand Dr. Mai okay.«

»Vielleicht ist er das ja auch«, sagte Nina. »Vielleicht versucht er nur, den Vangs zu helfen. Vielleicht bereite ich ihnen mächtig Probleme. Ich kann's nicht ändern, wenn sie nicht direkt mit mir reden wollen.« Sie schob den Kiefer vor.

»Ich komme auf unser Gespräch mit Jack vor zwei Tagen zurück«, sagte Paul. »Erinnerst du dich? Er sagte, Probleme mit der Anwaltskammer hätten normalerweise mit Geldstreitigkeiten zu tun. Hast du mit ihm darüber gesprochen? Du könntest einfach den Scheck weitergeben, jeglicher Frage von Vernachlässigung der beruflichen Sorgfaltspflicht aus dem Weg gehen und mit der schriftlichen Vollmacht wedeln, falls Dr. Mai das Geld stiehlt. Du wärst auf der sicheren Seite.«

Nina winkte ab. »Es stimmt, die schriftliche Vollmacht scheint echt zu sein. Paul, würdest du das Geld unter diesen Umständen auszahlen? Habe ich moralisch richtig gehandelt? Ganz abgesehen davon, dass ich den Kopf hinhalte?«

»Natürlich hast du das, Schatz«, sagte Paul seufzend. »Hast

du Mais Adresse in Fresno? Ich gehe der Sache für dich nach.« Sie lächelte und reichte ihm die Adresse. »Ich muss mir diese dicke Forderung ansehen, die du zusammengestellt hast«, fuhr Paul fort. »Vielleicht findet sich auf einer Quittung oder einem Lieferschein ein Hinweis darauf, wo die Vangs wohnen.«

»Nur sehr wenige Dokumente sind auf Englisch.«

»Können wir sie übersetzen lassen?«

»Das dauert zu lange, Paul. Ich kann den Scheck nicht sehr lange zurückhalten. Hier sind die Polizeiberichte über den ersten Überfall und die Schießerei, den zweiten Versuch, als Kao den Räuber erschossen hat, und die Brandstiftung. Diese Berichte verraten dir alles, was ich über Kao Vangs Feinde weiß. Aber zuerst musst du versuchen, mit Dr. Mai zu reden.«

»Okay. Wir fangen mit Mai an, dem du gerade Starthilfe gegeben hast. Er sitzt genau in diesem Augenblick in Fresno, und ihm dämmert, dass niemand das Geld zu sehen bekommt, wenn er nicht kooperiert. Er sollte mit uns reden. Was noch?«

»Der Mann, den Kao aus Notwehr umgebracht hat. Sein Name und seine Adresse stehen im Polizeibericht. Der Name war« – sie blätterte zu einem der Dokumente in der Forderung – »Song Thoj, achtzehn Jahre alt, bekanntes Mitglied einer Gang in Fresno.«

»Das wirft eine Reihe neuer Probleme auf.«

»Genau.«

»Ich muss dir zustimmen, dass wir die ganze Situation einfach zu wenig begreifen«, meinte Paul.

»Dann verwahre ich den Scheck sicher, und du und Wish, ihr sorgt dafür, dass ich ihn in die richtigen Hände gebe.«

»Mir wird klar, dass die wichtigste Frage im Augenblick die ist, wo Kao sich aufhält. Aber da drängt sich noch eine andere Frage auf«, sagte Paul. »Sind die bösen Buben, die den Laden der Vangs abgefackelt haben, auch diejenigen, die die Akten aus deinem Wagen gestohlen haben?«

»Ich hoffe, nicht«, sagte Nina. Sie rieb sich die Stirn und fuhr fort: »Aber *wenn* sie den Vangs bis zu meinem Büro gefolgt sind, *wenn* sie mir nach Hause gefolgt sind, *wenn* sie die Akten entdeckt und mitgenommen haben, weil die Gelegenheit günstig war, dann wissen sie jetzt, wo die Vangs wohnen. Sie wissen von dem Versicherungsgeld. Und damit liegt ein Erpressungsversuch im Bereich des Möglichen.«

Jetzt regte sich Sandy. »Du meinst, sie hätten die Vangs wegen der Akten gekidnappt? Dann rufen sie Dr. Mai an und sagen, besorg uns das Geld, und wir lassen sie laufen.«

»Ach, du meine Güte«, sagte Wish.

»Ja, Sandy, das sind die Gedanken, die einem um drei Uhr morgens durch den Kopf gehen«, sagte Nina. »Hoffen wir, dass es nur ein weiterer Albtraum ist.«

»Aber wer sind diese bösen Buben?«, fragte Wish.

»Sagt mir Bescheid, wenn ihr's rausgefunden habt.«

Sie machten eine Pause, damit Nina von ihrem Büro aus ein paar Anrufe erledigen konnte. Wish ging nach draußen.

Sandy setzte sich hinter ihren Tisch, knallte eine offen stehende Schublade zu, sah Paul an und sagte: »Und das ist nur eine Akte von dreien. Es ist kaum zu glauben. Warum muss sie so tief graben? Wie kann sich ein einfacher Versicherungsfall in so etwas verwandeln? Liegt das an ihr?«

»In gewisser Weise schon«, meinte Paul. »Ein anderer Anwalt würde Mai das Geld geben, seine Hände in Unschuld waschen und sich dem nächsten Fall zuwenden.«

»Was ist, wenn diese Feinde die Akte gestohlen haben?«

»Ein anderer Anwalt würde sagen: ›Soll die Polizei die Akten finden‹, und zur Tagesordnung übergehen.«

»Sie fühlt sich verantwortlich«, sagte Sandy.

»Ja. Jack hat ihr den Rat gegeben, dass sie nach Möglichkeit versuchen soll, Schaden von ihren Mandanten abzuwenden. Er hat dabei an sie gedacht. Das Problem ist, sie denkt nur an die Mandanten. Erinnert mich an einen anderen Anwalt, für den ich mal gearbeitet habe. Er war auf Personenschaden spezialisiert, ein richtig bekannter Anwalt. Er hat jahrelang an Forderungen gearbeitet, keinen Zentimeter nachgegeben, tausend Haken geschlagen, die Gegenseite zermürbt, bis selbst die großen Versicherungsgesellschaften nachgegeben und riesige Beträge ausgehändigt haben. Natürlich war es in der Regel so, dass die Mandanten das Geld dann nicht mehr brauchten, weil sie von dem andauernden Aufschub ganz verrückt geworden waren.«

»Verstehe. Er hat den Fall gewonnen, den Mandanten aber eher geschadet.«

»Ist dir aufgefallen, dass sie erst mit Mai gesprochen und uns dann erst gefragt hat, was wir davon halten?«, sagte Paul.

»Sie wollte nicht, dass wir uns für ihre Entscheidung, das Geld nicht auszuzahlen, verantwortlich fühlen?«

»Ja.«

»Hm.«

Nina kam aus ihrem Büro. »Bereit für die nächste Runde?«, fragte sie. »Was siehst du mich so an?«

»Ich sehe eine ziemlich gute Anwältin«, meinte Sandy.

»Schreib das auf meinen Grabstein«, sagte Nina.

Fünf Minuten später waren sie wieder im Konferenzzimmer um den Tisch versammelt, auf dem eine Platte mit einem halben Dutzend Donuts stand. »Und jetzt sprechen wir über die zweite Akte«, sagte Nina, »den Sorgerechtsfall Cruz. Die Beteiligten sind Kevin Cruz, seine Demnächst-Exfrau Lisa Cruz und seine Ex-Geliebte Ali Peck.« Sie machte die anderen mit dem Hintergrund vertraut und fasste die Anhörung kurz zusammen.

»Ali ist womöglich die beste Spur, die wir im Fall dieser verschwundenen Akten haben«, schloss sie. »Wie hat Riesner von ihr erfahren? Hat sie direkt Kontakt mit ihm aufgenommen?« Sie zog einen Schokoladendonut aus dem Stapel und biss hinein. Sie hatte beim Sprechen Enten und Schlangen auf das Blatt vor sich gemalt.

»Überprüfen«, sagte Wish und schrieb noch etwas auf. Er hatte sich bereits eine ganze Seite Notizen gemacht.

»Haben wir die Adresse von diesem Mädchen?«, fragte Paul.

Sandy reichte sie ihm, besah sich die Donuts, nahm sich einen mit Zuckerguss und legte ihn ordentlich auf eine Serviette neben ihrer Kaffeetasse. »Vorsicht! Alexandra Peck wohnt noch bei ihren Eltern«, sagte sie.

»Aber Kevin Cruz hat doch das Sorgerecht bereits verloren«, meinte Wish. »Ist es nicht zu spät, sich um seine Probleme zu kümmern?«

»Bei der Anhörung letzte Woche wurde ihm nur das vorläufige Sorgerecht abgesprochen«, erklärte Nina ihm. »Ich bin allerdings der Meinung, dass es jetzt, wo die Sache mit Ali rausgekommen ist, sehr schwer ist, eine Verfügung über das vorläufige Sorgerecht noch abzuändern, zudem besteht die Gefahr, dass weitere Anklagen gegen ihn erhoben werden, die sich nachteilig auswirken. Aber lasst uns weiter denken. Wie ist die Sache mit Ali ans Licht gekommen?«

»Du meinst, wir sollen davon ausgehen, dass die Akten gestohlen wurden, um hinter Kevins Geheimnis zu kommen«, sagte Paul.

»Okay«, sagte Wish und bediente sich einer genetisch bestimmten Denkhilfe, er zupfte – genau wie Sandy manchmal – an seiner Unterlippe. Paul schaute zu Sandy hinüber, zum Kuckuck, wenn sie es nicht auch gerade tat. Nina kritzelte eckige Formen auf das hübsche saubere Blatt, das sie eben erst auf ihrem Block aufgeschlagen hatte. Paul bemerkte, dass Wish gerade seinen zweiten Donut verputzt hatte. Genau wie Sandy.

Sie alle spürten die Anspannung.

Schließlich ließ Wish seine Lippe in Ruhe. Er hob einen Finger. »Mrs. Cruz.«

»Für sie war es ein Volltreffer«, meinte auch Sandy und riss ein Stück von einem weiteren Donut ab.

»Mom, willst du wirklich …?«

Ein schreckliches, erwartungsvolles Schweigen senkte sich auf sie herab. Sandy richtete sich langsam auf. »Manchmal verspüre ich den Wunsch, dich an Händen und Füßen zu fesseln und dich draußen auf dem Feld den roten Ameisen zu überlassen«, sagte sie.

»Aber du hast gesagt …«, platzte Wish heraus.

»Tauch ihn vorher noch in Puderzucker«, riet Paul ihr.

»Aber sie hat gesagt, ich soll sie aufhalten, wenn sie …«

»Nina?«, sagte Paul eilig. »Was wolltest du sagen?«

»Lisa Cruz hat bei der Anhörung am Donnerstagmorgen ausgesagt«, sagte Nina. »Sie hätte meinen Wagenschlüssel, der auf dem Anwaltstisch lag, während einer Pause an sich nehmen können. Vielleicht lag er auch auf dem Boden, falls er mir runtergefallen ist, und sie hat es bemerkt. Es ist auch möglich, dass Jean Scholl, die Streifenpolizistin, die den Bronco gefunden hat, was damit zu tun hatte. Sie war an dem Morgen ebenfalls im Gericht. Ich habe sie gesehen.«

»Ja, aber woher hätte jemand wissen sollen, dass du an dem Abend Akten im Auto lassen würdest?«, fragte Wish.

»Wisst ihr, was ich glaube?«, sagte Nina. »Ich glaube nicht, dass jemand es bewusst auf meine Akten abgesehen hatte. Ich glaube, jemand hat meinen Schlüssel gefunden oder geklaut und ihn in der Nacht benutzt, weil er hoffte, damit Zugang zu etwas zu bekommen, was er gegen mich verwenden kann oder womit er einen Fall gewinnen kann. Vielleicht sogar etwas, was zusammengeknüllt im Papierkorb liegt.«

»Manchmal sucht man nach einer Gelegenheit, und dann

sieht man sie und sagt sich: Bingo! Das könnte meine Chance sein!«, sagte Wish und warf einen vorsichtigen Blick auf seine Mutter.

»Wir reden mit Ali«, sagte Paul, »und überprüfen die Scholl.«

»Ich sage euch, wer an dem Tag gewonnen hat. Der Anwalt von Lisa Cruz«, sagte Sandy und meinte Jeff Riesner. Sie schaute Wish nicht an, als sie herzhaft in ihren Donut biss.

»Ich möchte doch hoffen, dass ich es gemerkt hätte, wenn eine solch abscheuliche Kreatur in meiner Einfahrt herumschleicht«, sagte Nina.

»Ich habe immer noch eine gute Freundin in der Kanzlei dieses Mannes. Sie isst jeden Tag mit seiner Sekretärin zu Mittag«, bot Sandy an.

»Könnte nicht schaden rauszufinden, was Riesner Donnerstagnacht gemacht hat«, sagte Paul. »Überprüf ihn, Sandy. Aber unauffällig.«

»Mach ich.«

»Was uns zu einem anderen Punkt bringt«, sagte Paul zu Nina. »Nicole Zack war tatsächlich am Donnerstagabend in deiner Einfahrt.« Er wandte sich an Wish und erklärte: »Bobs Freundin.«

»Bob hat eine Freundin?«

»Bob hat keine Freundin«, sagte Nina. »Aber du hast Recht, Paul. Sprich mit Nikki. Eine Spritztour mit einem geklauten Auto traue ich ihr durchaus zu.«

Sie reichte ihm eine Kopie der schriftlichen Aussage, die Nikki Officer Scholl gegeben hatte. »Die Polizei hat keine Fingerabdrücke und nichts am Bronco gefunden.«

»Unmöglich«, meinte Paul. »Jedenfalls unwahrscheinlich. Sie haben bestimmt nicht richtig gesucht. Ich werde auch mal mit Officer Scholl plaudern.«

»Oh«, meinte Nina. »Dann solltest du wissen, dass ich ihr von diesen drei Akten erzählt habe.«

»Schon kapiert«, sagte Paul.

»Bob hat also eine Freundin«, sagte Wish. »Ich war auch mit dreizehn das erste Mal verliebt. Sie war in der Schule eine Klasse über mir und im Laufteam. Sita hieß sie. Sie hat mir das Herz gebrochen, danach war ich nicht mehr derselbe.«

»Ab da hat er's nicht mehr ertragen, irgendwo jemanden joggen zu sehen«, sagte Sandy. »Irgendetwas passiert da.« Sie stopfte sich noch ein Stück Donut in den Mund und kaute.

»Mach dich ruhig über mich lustig, wenn dir danach ist, Mom«, sagte Wish. »Du machst immer so ein großes Theater darum, dass man nicht sentimental sein soll. Aber in der Nacht, als Dad anrief, um Bescheid zu sagen, dass er nach Hause käme, habe ich dich in der Küche weinen hören …«

Sandys Gesicht verfärbte sich purpurrot, und ihre Augen traten hervor. Wish beobachtete die Veränderung mit erschrockener Miene.

»Was meintest du, Wish?«, warf Paul schnell ein. Wish schien an diesem Morgen kein Fettnäpfchen auszulassen. Sie wussten alle, wie sehr Sandy es hasste, wenn ihr Privatleben zur Sprache kam. »Ich habe es akustisch nicht verstanden. Und Nina auch nicht.«

Nina nickte schwach. Sandy sagte nichts. Sie schnitt Grimassen. Da schien sich mächtig etwas zusammenzubrauen. Paul dachte: Auweia.

»Oh, aber bevor du noch mehr sagst, Wish, habe ich eine Frage an Nina«, sagte Paul in dem Versuch, von dem, was da kommen mochte, abzulenken. »Ähm, also, wenden wir uns noch mal dem Thema Bobs Freundin zu. Hast du mir nicht mal gesagt, sie hätte noch keinen Führerschein?«

»Bob hat keine Freundin«, sagte Nina. »Und keinen Führerschein zu haben hindert nicht am Fahren. Ich möchte, dass du Nikki unter die Lupe nimmst. Können wir jetzt weitermachen? Wish? Sandy?«

Sandys Augen traten noch mehr hervor. Sie stieß eine Art Gurgeln aus. Ihre Hände packten die Tischkante. Paul dachte: Jetzt kommt's. Sie brodelt schon wie ein Vulkan. Diesmal hat Wish es geschafft.

»Tut mir Leid, Mom«, sagte Wish. »Mom?«

»Es tut ihm sogar sehr Leid«, wiederholte Paul. »Sandy?«

Nina beobachtete Sandy. Sie alle beobachteten Sandy, warteten auf die bevorstehende Eruption, bereit, falls es notwendig sein sollte, unter dem Tisch in Deckung zu gehen.

Sandy hustete laut in ihre Serviette. Sie hustete noch einmal. Ihre höchst beunruhigende Farbe verblasste allmählich wieder.

»Warum hat mir niemand auf den Rücken geklopft?«, wollte sie wissen. »Habt ihr nicht gesehen, dass ich am Ersticken war? Keiner von euch hat einen Finger krumm gemacht, um mir zu helfen!« Sie starrte sie wütend an. »Und? Was ist jetzt so witzig?«

Als wieder Ruhe und Ordnung eingekehrt waren, sagte Nina: »Leute, Akte Nummer drei konfrontiert uns meiner Ansicht nach mit dem dringendsten Problem. Gehen wir die Sache einmal durch. Diese beiden jungen Frauen, Schwestern, waren hier in South Lake Tahoe auf einem Campingplatz am See, direkt am Rufus Allen Boulevard ...« Sie fasste die Fakten über den Mord auf dem Campingplatz zusammen.

Paul hatte Mühe, alles aufzunehmen. Er war es nicht gewohnt, in kürzester Zeit mit so vielen Informationen zugeschmissen zu werden. Nina machte ihn fertig mit diesen vielen Leuten. Doch er musste ihr zustimmen. Da die Akte und damit auch Ninas Notizen über die Ereignisse in jener Nacht verschwunden waren, mussten Angel und Brandy unbedingt bei der Staatsanwaltschaft und der Polizei von South Lake Tahoe aussagen, selbst wenn sie an ihren gelockten und mit Schaumfestiger gestylten Haaren hingeschleift werden mussten. Er und

Wish würden sie direkt nach der Besprechung aus Angels Schönheitssalon scheuchen. Paul mochte Friseurläden, wo ohne viel Tamtam rasiert und frisiert wurde und zwar, da waren die Herren sich einig, wie der geölte Blitz. Er begriff nicht, dass Frauen ein dermaßen anderes Verhältnis zu der gleichen Einrichtung hatten. Was machten Frauen eigentlich mit ihren Haaren, was einen ganzen Nachmittag dauern konnte?

»Angels Salon liegt in Harveys Casino, im Untergeschoss«, sagte Nina.

»Ich glaube, um Angel und Brandy müssen wir uns zuerst kümmern«, meinte Paul. »Wenn dieser Bursche Cody die Akten hat, ist er hinter Brandy her. Durchaus möglich. Wenn sie alles einem der stellvertretenden Staatsanwälte im Gericht erzählen, bekommen sie vielleicht den entsprechenden Schutz. Brandy sollte nicht alleine zu Hause sein.«

»Sie macht sich Sorgen um ihren Verlobten«, sagte Nina. »Er scheint verschwunden zu sein. Ein weiterer beunruhigender Vorfall des Wochenendes, der etwas mit dem Diebstahl der Akten zu tun haben kann.«

»Das ist sehr viel, Nina. Ich glaube nicht, dass wir für Brandy die Leibwache spielen, gleichzeitig nach ihrem Freund suchen und zudem die anderen Aufgaben noch ins Rollen bringen können.«

»Ich habe eine Idee«, meinte Nina. »Ich sehe mal, ob Andrea Brandy und Angel im Frauenhaus von Tahoe unterbringen kann. Brandy sollte nicht zurück nach Palo Alto, besonders wenn ihr Freund nicht dort ist.«

»Ausgezeichnet«, sagte Paul. »Das gibt uns die Möglichkeit, ein paar Dinge zu klären. Die Schwestern gehen vor. Sie könnten echt in Gefahr sein, und ich glaube, das ist nicht nur Spekulation.« Er schob seinen Stuhl zurück.

»Wir kriegen das hin«, sagte Wish. Er stand auf und nickte Nina ernst zu.

Paul und Wish gingen hinaus und stiegen in Pauls Mustang. Wish zog seine Sonnenbrille auf und strich sich das Haar glatt.

»Auf geht's«, sagte er zu Paul.

12

In den nach menschlichen Maßstäben unermesslichen Höhlen unter Harveys Casino, mitten zwischen Videoarkaden, mexikanischen Restaurants und einer bis zum Rand mit Teddybären voll gestopften Boutique, entdeckten Paul und Wish einen Eingang mit einem Vorhang aus orangefarbenen Kristallperlen. Dahinter kündigte eine Tür mit Glaseinsatz den Salon an. Auf dem Glas schoss ein aufgemalter Amor, in Fleischrosa und Meeresgrün gehalten, einen Pfeil auf ein paar flauschige Wolken, die sich zu den Worten Angel's Heavenly Hair formierten.

Wish schob den Perlenvorhang beiseite und trat, ohne ihn festzuhalten, hindurch, woraufhin dem nachfolgenden Paul die Perlen ins Gesicht schlugen.

»Ups«, meinte Wish.

Sobald sie die Tür öffneten, kam ihnen der Gestank billiger Chemikalien entgegen. Ein Glockenspiel verkündete überflüssigerweise ihre Ankunft in dem kleinen Raum.

Mehrere weibliche Gesichter drehten sich zu ihnen um und sahen sie ebenso fasziniert wie erstaunt an. Sie hatten verbotenes Areal betreten.

Eine junge Frau mit braunem Haar, die einen langen fließenden Rock trug, kam an eine Art Theke. »Ähm«, machte sie, schlug ein Notizbuch auf und griff nach einem Stift. »Was können wir für Sie tun?«

»Wir möchten mit Angel Guillaume und Brandy Taylor sprechen«, sagte Paul und reichte ihr seine Karte. »Sind sie hier?«

Im hinteren Teil des Raums nickte ein Mädchen mit hellblonden Haarsträhnchen, die Hände voller Haar und den Mund voller rosafarbener Papierquadrate, so heftig, dass ein paar der Papierquadrate davonsegelten. »Mmpf!« Sie trug eine blassblaue Schürze, auf der »Angel« stand.

Das Mädchen, das sie begrüßt hatte, sagte: »Ich bin Brandy. Setzen Sie sich doch und warten Sie hier einen Moment.« Sie war hübsch und jung und schwang so süß die Hüften, dass Wish die Augen nicht von ihr lassen konnte.

»Sehr gerne«, sagte er.

Sie lächelte ihn mit ihren Grübchen an. Wish ließ sich auf einer zierlichen Bank mit Messingbeinen nieder. Er griff nach einer Zeitschrift, in der Bilder von Frauen mit langen, kurzen, hohen, breiten Haaren zu sehen waren, aber er war zu sehr damit beschäftig, Brandy hinterherzuschauen. Paul blieb stehen, während Brandy die Frau mit dem blonden Haarschopf beim Arm fasste und sie durch einen pastellfarbenen Vorhang in den hinteren Teil des Ladens dirigierte.

Angel ist der Punkstar, dachte er und sortierte sie rasch ein, Brandy ist die sanfte Träumerin. Eine weitere Frau mit einem Engel-Abzeichen kam von hinten hereingerauscht. Sie schwang eine Schere wie eine Staffelläuferin, die gerade den Stab übernommen hat.

»Ich mache weiter«, erklärte sie der Dame auf dem vorderen Stuhl, die Streifen aus Alufolie auf dem Kopf hatte.

»Wenn ich mir die Haare von Ihnen hätte machen lassen wollen, Jill, hätte ich nach Ihnen gefragt«, sagte die Dame. Jill lächelte, beugte sich über sie und zupfte an einem der Alu-Streifen.

»He!«, sagte die Kundin.

»Oh, tut mir Leid. Hat es wehgetan?« Sie zwinkerte Paul zu. »Woher kennen Sie Angel?«, fragte sie einen Augenblick später. Sie konnten alle hören, dass das Flüstern hinter dem Vorhang lauter wurde.

»Ich kenne sie nicht. Jedenfalls noch nicht«, sagte Paul. »Würden Sie mir vielleicht erklären, was Sie da machen?«

»Ich mache ihr Strähnchen ins Haar. Es hellt eine stumpfe Farbe auf. Erleichtert den Damen den Übergang zum Grau.«

»Wollen Sie etwa behaupten, mein Haar wäre stumpf und grau?«, fragte die Kundin.

»Ach, nicht doch. Würde ich Sie jemals beleidigen? Sie sind eine unserer besten Kundinnen«, antwortete Jill, ohne wirklich zu antworten.

»Angel, ich habe nicht den ganzen Tag Zeit«, rief eine andere Frau mit Lockenwicklern auf dem Kopf.

Das Geflüster verstummte. Angel kam zuerst heraus und strich ihre Schürze glatt. Sie legte der Frau eine Hand auf die Schulter, sagte leise ein paar Worte und kam, gefolgt von dem Mädchen in dem Rock, zu Paul herüber.

»Kommen Sie mit.«

»Nach Ihnen«, sagte Wish. Sie drückten sich durch die Tür auf den Fußweg direkt vor dem Salon. Überall um sie herum ratterten und klimperten Spielautomaten.

»Nina wartet. Wir haben einen Termin für Sie gemacht«, sagte Paul.

Die beiden Frauen sahen aus, als wäre ihnen übel. Brandy sagte: »Mr. van Wagoner, ich weiß nicht, ob wir das durchziehen können. Wir sind gestern Abend zu meinem Haus in Palo Alto gefahren. Von Bruce immer noch keine Spur. Ich habe Angst. Ich glaube nicht, dass wir irgendjemandem irgendetwas erzählen sollten. Vielleicht hat Cody Bruce gekidnappt!«

»Und ich mache mir Sorgen um meine Familie.« Angel biss sich auf die Lippen.

»Was sollen wir tun?«, fragte Brandy verzweifelt. »Der Polizei erzählen, Bruce wäre gekidnappt worden? Ich will die Polizei nicht mal sehen. Ich will mich da raushalten. Vielleicht ist er mit irgendeinem Kunden, der zu viel Geld hat, für ein paar

Tage irgendwo in Alaska zum Fliegenfischen. Das ist viel wahrscheinlicher. Der Typ, Cody, warum sollte er überhaupt hinter Bruce her sein?«

»Stimmt. Wenn, dann ist er hinter uns her«, sagte Angel. »Der denkt doch nicht an meine Kinder und an meinen Mann. Ihnen wird nichts passieren, weil er mich oder meine Schwester will. Wir wollen uns verstecken, bis alle weg sind.«

»Wo?«, fragte Paul. »Wo wollen Sie hin?«

Brandy schaute Paul und Wish an. »An einen Ort, den nur wir kennen.«

Angel schüttelte den Kopf. »Ich bin total durcheinander. O Mann, das ist der Punkt, an dem im Fernsehen die Leute der Polizei nicht erzählen, was sie wissen, und trotzdem zusammengeschlagen werden.«

»Hier wird niemand zusammengeschlagen«, erklärte Paul ihnen. »Die Polizei kann Sie als unentbehrliche Zeugen verhaften, wenn Sie sich nicht melden. Glauben Sie mir. Mit der Polizei zu reden ist das Klügste, was Sie tun können.«

»Kann Nina nicht einfach weitergeben, was wir ihr erzählt haben?«, fragte Brandy. »Sie kennt doch die Geschichte.«

»Sie müssen dem Staatsanwalt sagen, was Sie gesehen haben«, antwortete Paul, der das Argumentieren satt hatte. »Gehen wir.«

»Und wer sind Sie überhaupt?«, wandte Brandy sich an Wish.

»Sie hat mich geschickt, um Sie zu beschützen«, sagte Wish. »Machen Sie sich keine Sorgen.«

»Oh. Wow.« Brandy schenkte ihm ein strahlendes Lächeln, und Wish schmolz dahin.

Paul hielt es für klüger, nicht damit zu drohen, dass sie nicht ohne die beiden gehen würden. »Wir sind hier, um Sie sicher zur Polizei zu begleiten. Sobald der Staatsanwalt Ihre Aussage über das aufgenommen hat, was auf dem Campingplatz passiert ist, haben Sie Ihre Pflicht getan«, sagte er. »Ihnen wird nichts passieren. Das ist wie eine Lebensversicherung.«

»Angel, wenn Sie jetzt nicht augenblicklich wieder herkommen«, sagte eine Stimme aus dem Innern des Salons, »dann stehe ich auf und verlasse diesen Salon mit dem halben Kopf voller rosafarbener Lockenwickler und gehe rauf zu Raley's und erzähle jedem, warum ich so dämlich aussehe.«

»Ich komme!«, sagte sie. »Verstehen Sie, ich muss Mrs. Gerdes fertig machen, bevor ich gehen kann.«

»Wie lange wird das dauern?«

»Wollen mal sehen, fertig eindrehen, dann die Dauerwelle, auswaschen, trocknen und der Frisur den letzten Schliff geben. Mindestens eine Stunde, vielleicht länger.«

»Wir warten«, sagte Paul. »Aber Sie kommen mit uns?«

Angel schaute ihre Schwester an und dann wieder Paul. »Ja, wir kommen mit.«

Als Pauls Magen ebenso laut knurrte wie der von Wish, schickte er ihn raus, etwas zu essen holen. Paul hielt mühsam das Gleichgewicht auf der wackligen Bank im Salon und beobachtete, wie Jill den kegelförmigen Kopf der Kundin bearbeitete.

Brandy saß bei ihm. Sie sprach kaum ein Wort mit Paul, aber als Wish mit Tüten voller Quesadillas und Nachos wiederkam, wurde sie munter. Sie verteilten das Essen, aßen und redeten. Brandy fragte Wish nach seinem Studium. Paul hörte zu und erfuhr, dass sie im Hauptfach Philosophie am Community College studierte und dass sie das Gefühl hatte, nicht nach Palo Alto zu gehören. Sie erwähnte, wie Paul bemerkte, mit keinem Wort ihren Verlobten. Wish schien eine Eroberung zu machen. Oder er wurde erobert, ganz sicher war Paul sich da nicht.

Nach einer Weile war Angel fertig und gesellte sich zu ihnen. Sie stiegen alle in den Mustang.

»Wissen Sie, wir hatten die ganze Zeit vor, zur Polizei zu gehen. Wir wollen das Schwein, das sie umgebracht hat, nicht durchkommen lassen«, sagte Angel, als sie am See entlang auf den Al Tahoe Boulevard zusteuerten. »Wir haben nur Angst.«

»Das ist verständlich«, sagte Paul.

»Warum musste Cody Phoebe umbringen?«, fragte Brandy.

»Du weißt, warum«, sagte Angel. »Sex. Eifersucht. Phoebe war mit einem anderen Typ zusammen.« Sie saß auf dem Beifahrersitz neben Paul und zog die Füße auf den Sitz, als wollte sie ihn zu einem gemütlichen Schwatz verführen. »Das haben wir mitgehört. Phoebe ist mit Mario zusammen, aber er wird verhaftet und landet für eine ganze Weile im Gefängnis, für ein Jahr oder so«, erklärte sie. »Er und Cody waren alte Freunde, also hängen Phoebe und Cody zusammen rum und trösten sich gegenseitig wegen Mario. Und eines schönen Nachts …«

»… schieben sie 'ne heiße Nummer«, ergänzte Brandy von hinten.

»Und Mario wird früher als erwartet aus dem Gefängnis entlassen«, fuhr Angel fort. »Er taucht wie aus dem Nichts in Codys Haus auf. Also, das klingt logisch. Er geht als Erstes seinen besten Freund besuchen …«

»Will die Nacht auf der Couch schlafen und sich das Geld holen, das Cody für ihn verwahrt«, sagte Brandy.

»Aber Cody ist überrascht und gar nicht begeistert, Mario überhaupt zu sehen. Er ist gerissen. Vor Mario will er geheim halten, dass Phoebe mit ihm rummacht, also erfindet er eine Ausrede und sagt: ›Du kannst nicht hier bleiben.‹ Er schwört, dass er das Geld nicht hat, verspricht aber, es zu besorgen und am nächsten Tag zu übergeben.«

»Sie waren zusammen an einem Drogendeal beteiligt, und Cody hat Marios Geld verwahrt, solange der im Gefängnis war«, sagte Brandy.

»Ich glaube, er hat den Kopf hingehalten«, sagte Angel.

»Und Mario fragt: ›Und wo soll ich bitte schlafen?‹ Ihr dürft nicht vergessen, dass er praktisch kein Geld hat«, fügte Brandy hinzu.

»Also gibt Cody Mario zwanzig Dollar oder so und schickt ihn mit einem alten verschimmelten Zelt und einem Schlafsack auf den Campingplatz. Ein echter Freund.«

»Und wer lauscht inzwischen irgendwo hinter dem Vorhang?«, fragte Brandy rein rhetorisch.

»Marios Freundin Phoebe, die ihn tatsächlich vermisst oder Cody, seinen zweitklassigen Ersatzmann, inzwischen reichlich satt hat«, sagte Angel. »Mario sieht eindeutig besser aus.«

»Also schleicht Phoebe sich raus und folgt Mario auf den Campingplatz. Und bereitet ihm eine stürmische Wiedersehensparty. Wenn sie es nur geahnt hätte. Es ist so schrecklich. Ich schätze, das war es, worüber sich die Leute, die vorher auf unserem Platz zelteten, in Wahrheit beschwert haben. Wahrscheinlich sind sie dauernd übereinander hergefallen«, sagte Brandy.

»Hemmungslos«, meinte auch Angel.

»Also, Cody … er ist spät in der Nacht zurückgekommen. Und er hat sie umgebracht! Angel, sollen wir uns da wirklich reinhängen?«

»Es ist das Beste, Bran.«

Sie verfielen in Schweigen, beide in der gleichen Pose, einen Arm vor der Brust, die andere Faust unter dem Kinn.

Paul fuhr nach Al Tahoe ins Zentrum, bewegt und verblüfft über diese beiden jungen Frauen. Die Geschichte zu erzählen nahm ihnen eine Last von der Seele. Nina, die Amateurpsychologin, würde wahrscheinlich sagen, die Erinnerungen zu verarbeiten helfe ihnen, mit ihrer Angst umzugehen. Und dann war da die Beziehung zwischen den beiden. Sie glichen zwei Kindern gleichen Gewichts auf einer Wippe, schaukelten in vollkommener Harmonie auf und ab. Er seufzte und dachte an seine Schwester in San Francisco. Bei ihrem letzten Wiedersehen hatte er mit gebrochenem Bein im Krankenhaus gelegen. In dem Augenblick, in dem er zu sich gekommen war und sie am Fuße seines Bettes stehen sah, war sein einziger Gedanke, wie er sie eiligst wieder nach Hause schicken konnte.

»Dann ist also Cody aufgetaucht«, half Paul.

»Er hat dieses wahnsinnige Motorrad. Ich meine, bei dem Krach würde man nicht mal hören, wenn ein ganzer Schrank voll Porzellan zu Bruch ginge«, sagte Brandy.

»Oder ein Haus einstürzte«, fügte Angel hinzu.

»Eine Harley«, sagte Wish. »Vielleicht auch ’ne Kawasaki? Die bauen richtig starke Motoren.«

Brandy, die neben ihm saß, wirkte verdutzt, dass er sich plötzlich zu Wort meldete. »Wer weiß?«, sagte sie. »Jedenfalls *wirklich* laut.«

»Cody springt vom Motorrad«, sagte Angel, »und der Kampf beginnt. Er ist richtig sauer wegen Phoebe. Er sagt, sie wäre sicher schon mit Mario in den Schlafsack gehüpft.«

»Was buchstäblich so war«, sagte Brandy. »Ich hab mich immer schon gefragt, ob man in diesen Doppelschlafsäcken wirklich genug Platz hat.«

»Mario sagt: ›Verpiss dich! Sie war vorher mit mir zusammen, und sie wird es immer sein. Und wo zum Henker ist übrigens mein Sch… Geld?‹«

Paul unterdrückte ein Lachen. Selbst die kecke Angel sah sich genötigt, Marios Ausdrucksweise etwas abzumildern.

»Die beiden haben sich eine Schlägerei geliefert, und ich habe den Ranger angerufen, und der ist gekommen und hat Cody rausgeworfen«, endete Brandy plötzlich. »Das ist die ganze Geschichte.«

»Bis auf die Tatsache, dass Cody zurückgekommen ist und Phoebe erwürgt hat«, sagte Angel.

Diesmal konnte kein noch so geschickter Versuch die beiden Schwestern aus ihrem ängstlichen Schweigen reißen.

Sie trafen Nina auf dem Parkplatz vor dem Amtsgebäude, wo sie an ihrem Wagen lehnte. Sie ging mit Brandy und Angel in das Büro des Staatsanwalts, während Wish und Paul sehr lange draußen warteten.

Als die Frauen wieder herauskamen, sah Angel aus, als hätte man sie bis an die Wurzeln ihrer gebleichten Haare ausgewrungen. Brandy war nach innen gekehrt und schwermütig. Und Nina hatte in fünfzehn Minuten einen weiteren Gerichtstermin im Gebäude gegenüber.

»Wir haben für Sie beide einen Aufenthaltsort organisiert, an dem Sie sicher sind«, sagte Nina.

»Was?«, fragte Brandy. »Ich dachte, die Typen hätten gesagt, die Aussage bei der Staatsanwaltschaft wäre so gut wie eine Lebensversicherung.«

»Es geht hier nur um intensiven kurzfristigen Schutz«, sagte Paul ruhig. »Die Staatsanwaltschaft ist auch der Meinung, dass es eine gute Maßnahme ist.«

»Wir möchten Sie in ein Frauenhaus bringen, das von meiner Schwägerin Andrea Reilly geleitet wird, wenigstens für diese Nacht«, sagte Nina. »Die Adresse wird strikt geheim gehalten. Sie sind dort absolut sicher, und Sie müssen dort nur so lange bleiben, bis die Polizei Cody Stinson verhaftet hat. Ich rate Ihnen, sofort dorthin zu gehen. Es gibt dort alles, was Sie für eine Nacht brauchen.«

»Vergessen Sie's«, sagte Angel. »Ich schlafe heute Nacht in meinem eigenen Bett. Wir verrammeln die Tür. Sam ist mit den Kindern noch außerhalb der Stadt, sodass sie in Sicherheit sind, und ich habe es satt, durch die Gegend zu laufen. Zu Hause geht's uns gut.« Sie schüttelte den Kopf und verzog bei dem Gedanken den Mund. »Wir gehen nicht an irgendeinen miesen Ort für misshandelte Frauen!«

»Sie sind zu mir gekommen, weil Sie meinen Rat wollten. Jetzt nehmen Sie ihn auch gefällgst an«, sagte Nina entschlossen. »Es ist ein gutes, sauberes Haus mit wundervollen Leuten, die wissen, was sie tun müssen, damit Sie sich wohl fühlen, und Ihnen zudem die Sicherheit bieten können, die Sie brauchen. Solange Cody Stinson da draußen frei rumläuft, sind Sie beide in Gefahr. Die Staatsanwaltschaft hat bereits einige Frauen dort untergebracht.«

»Nein.« Brandy verschränkte die Arme. Angel folgte ihrem Beispiel.

Nina und Paul argumentierten noch eine ganze Weile mit ihnen, aber am Ende bildeten die beiden Frauen, mit ihren Ellenbogen und frostigen Mienen, eine undurchdringliche Mauer.

Als Nina gehen musste, boten Paul und Wish an, die beiden Frauen zum Salon zurückzubringen. Angel verkündete, dass sie heute nichts weiter unternehmen würden. Sie und Brandy wollten zu Harveys Parkplatz gebracht werden, um Angels Auto zu holen und von dort direkt zu Angels Haus zu fahren. Sie waren gedämpfter Stimmung und erzählten kaum etwas über das Treffen mit dem Staatsanwalt, außer dass dieser ein fairer Mann zu sein schien, der ihnen glaubte und sich jetzt daranmachen würde, Cody Stinson zu verhaften und einzubuchten.

Nach dieser viel versprechenden Analyse machten sie den Mund nicht mehr auf. Wish zeigte sich der Situation gewachsen, plötzlich konnte er sich wortreich über verschiedene Themen auslassen, angefangen bei Motorrädern, über die Arbeit als Detektiv bis hin zu Hip-Hop, was auf reges Interesse stieß.

Paul setzte die Schwestern am Kasino ab und fuhr um die Ecke. Ein paar Augenblicke später sah er die beiden in Angels Wagen steigen. Die Frauen reihten sich in den spätnachmittäglichen Verkehr ein. Paul folgte ihnen mit ein wenig Abstand.

»Wir begleiten sie sicher nach Hause«, sagte Paul. »Ich denke, wir hocken heute Nacht vor ihrer Tür.«

»Klaro. Sie sind in Gefahr.« Die Schwestern fuhren an der Abzweigung Al Tahoe, die zum Pioneer Trail führte, vorbei. An der Abzweigung blinkte Angel rechts. Brandy hielt sich ein kleines, leuchtend rotes Handy ans Ohr. Mit der anderen Hand umklammerte sie den Handgriff über der Tür, um sich gegen Angels wilden Fahrstil zu wappnen, und redete. Da Paul wusste, dass sie in der Blackfoot Avenue gut drei Kilometer westlich von Nina wohnte, war ihm schnell klar, dass sie nicht, wie angekündigt, direkt zu Angel nach Hause fuhren.

Am Camp Richardson bog ihr Wagen nach rechts ab. Paul hätte es beinahe verpasst. Das flinke kleine Auto hoppelte die ganze Strecke bis zum Ende des kleinen Wegs, vorbei an den Ein-Zimmer-Häuschen, die den Pfad säumten, und hielt an einer markierten Stelle, wo der Asphalt breiter wurde. Paul und Wish folgten ein paar Sekunden später.

Die Mädchen hatten die Beacon Bar und Grill angesteuert. Während sie Espresso bestellten, suchten er und Wish sich einen Tisch, von wo sie die beiden unbemerkt beobachten konnten. Sie bestellten Eistee, der in kalten, beschlagenen Gläsern serviert wurde. Wish schüttete mehrere Zuckerpäckchen rein, während Paul seine Zitronenscheibe ausquetschte.

Um diese späte Stunde kräuselte sich der Lake Tahoe in einer steten Brise. Möwen segelten über den Himmel. Selbst der schmale Streifen Strand trug eine Glasur aus winzigen Flugsandkörnchen. Die Schirme über den Tischen schwankten gefährlich. Hinter dem Mount Tallac stand tief die Sonne, und der Himmel färbte sich indigoblau. Der Wind beruhigte sich, wodurch ein Augenblick der Stille entstand, bevor der Abend hereinbrach. Die Mädchen kippten den Kaffee rasch hinunter, schauten auf die Uhr, legten dann einen Haufen Dollarscheine auf den Tisch und schossen so schnell zum Strand hinunter, dass sie dabei eigentlich ein sirrendes Geräusch hätten machen müssen. Paul und Wish legten ein etwas gemächlicheres Tempo an den Tag, blieben aber in der Nähe. »Sie vertreten sich ein wenig die Beine«, vermutete Wish, »hält fit.«

»Sie treffen sich mit jemandem.«

»Ah. Der Anruf. Der Blick auf die Uhr.«

»Richtig.«

Die Schwestern liefen an einer Horde von Joggern und Fahrradfahrern vorbei in Richtung Kiva Beach, bis die Beach Road endete und sie nur ein paar Schritte von öffentlichem Gelände entfernt ein spärliches Fleckchen betraten, wo sich nur Unerschrockene hinwagten. Bäume krochen näher ans Wasser, ihre langen Schatten warfen Dreiecke auf den Sand.

»Mit wem treffen sie sich bloß?«

»Wenn ich raten müsste«, sagte Paul, »würde ich sagen, Brandys Freund Bruce taucht gleich auf.«

Die Frauen blieben stehen, wandten sich dann vom See ab und traten in den dunklen Schatten des Waldes ein.

»Glaubst du nicht …«

»Verdammt!«, sagte Paul, fing an zu traben und dann zu laufen, als erst ein Ruf und dann ein Schrei sie erreichten.

»Wish und Paul haben uns das Leben gerettet«, schluchzte Brandy eine halbe Stunde später in Ninas Büro.

Nina hatte dort gewartet, nachdem sie Pauls dringenden Anruf erhalten hatte. »Wenn sie nicht zufällig genau zur selben Zeit am Strand spazieren gegangen wären …«

Angel fasste ihrer Schwester mit der Hand an den Kopf. »Bran, wach auf, die waren nicht zufällig da.« Sie schaute Paul an. »Sie sind uns gefolgt.«

»Was genau ist passiert?«, fragte Nina.

»Brandy bekam auf dem Heimweg einen Anruf von einem Typ, der sagte, er sei ein Freund von Bruce. Bruce hätte ihn gebeten, Brandy anzurufen und ihr zu sagen, er würde sich um eine bestimmte Uhrzeit mit ihr am Kiva Beach treffen.«

»Und Sie waren nicht misstrauisch?«, fragte Nina.

»Wegen Bruce? Er hat sein Handy nicht mit. Das ist zwar

seltsam, aber so was passiert schon mal. Und ich dachte die ganze Zeit, er würde Bran hier hinauf folgen.«

»Warum am Strand?«

»Er sagte, er wollte einen ruhigen Platz zum Reden«, sagte Angel. »Ich ging mit ihr, obwohl sie es nicht wollte.«

»Wir sind am Strand entlanggegangen«, sagte Brandy, »dann hörten wir, dass jemand zwischen den Bäumen uns rief. Es war windig, deshalb konnten wir die Stimme nicht erkennen. Jedenfalls, selbst wenn es nicht Bruce' Stimme gewesen wäre, wenn jemand ruft: ›Hier rüber‹, dann geht man da rüber.«

Paul hustete und schüttelte, den Blick zu Boden gerichtet, den Kopf.

»Und er hat uns angesprungen wie … wie ein tollwütiger Hund«, fuhr Brandy fort, »eine wilde Bestie. Angel hat versucht, ihn umzuschmeißen, also hat er ihr sofort eine verpasst, dabei hat er die ganze Zeit gequasselt. Ich habe geschrien und versucht, mich zu wehren. Er hat mich von hinten gepackt, aber bevor er noch was machen konnte, waren Wish und Paul schon da und haben ihn weggezogen. Ich … ich …«

»Sie hat sich die Lunge aus dem Leib geschrien«, sagte Angel. »Genau wie ich. Paul hat uns gefragt, ob wir verletzt wären, aber wir brauchten eine Weile, bis wir merkten, dass nirgends Blut war. Nicht mal ein Kratzer. Wir hatten echt Glück.«

»Das war alles andere als Glück«, sagte Brandy. »Dass Wish und Paul da waren, war überhaupt kein Glück.«

»Er ist abgehauen«, sagte Paul, und Enttäuschung lag in seinen Worten.

»Hast du ihn erkannt?«

Paul nickte. »Derselbe Typ wie der in der Zeitung, Cody Stinson.«

»Es war eindeutig ein Harley-Chopper«, sagte Wish sachlich. »Hab's zuerst gehört und ihn dann auch wegfahren sehen.«

»Ich wollte sie zu einem Arzt bringen, aber sie haben sich geweigert. Wir sind übereingekommen, dass sie die Nacht im Frauenhaus verbringen, aber sie wollten zuerst noch mal herkommen«, sagte Paul.

»Ja«, sagte Angel und wandte sich Nina zu, »denn egal, wie man es betrachtet, Cody wäre nie über uns hergefallen, wenn Sie nicht diese Akte verloren hätten.«

»Es klingt gemein, aber genauso ist es«, sagte Brandy. »Wir sind heute von einem Mann überfallen worden, und das ist alles nur Ihre Schuld.«

»Er ist da draußen, und wissen Sie was?«, fragte Angel. »Er will meine Schwester umbringen.«

»Unsere Frage lautet also ...«

»Was gedenken Sie dagegen zu unternehmen?«

13

In Old Hangtown wurde niemand mehr gehängt. Der Ort hieß nicht mal mehr so, er war in dem harmlosen Erholungsort Placerville aufgegangen, wo man die Angeklagten in das elegante Gefängnis von El Dorado County warf, alles sehr zivilisiert.

Am Mittwochnachmittag fuhr Paul den Berg hinauf zur Forni Road, wo er sein Auto auf dem zweiten Parkplatz abstellte. Er folgte einem langen betonierten Fußweg zu dem Eingangsbereich mit seinen blau und weiß verglasten Wänden. Das Backsteingebäude selbst erinnerte an einen großen Collegecampus. Nur bei einem genaueren Blick nach links auf das hinter Stacheldrahtzäunen gelegene Hauptgebäude entdeckte man Schlitzfenster, die den Zweck des Gebäudes verrieten.

Er betrat einen blauweißen Raum und ging über einen mit passendem weißblau gesprenkeltem Vinyl ausgelegten Fußboden auf den Empfangsbereich zu, der zur Rechten hinter Glas lag. Welche Kriterien gab es wohl für die Innenausstattung eines Gebäudes, das Kriminelle beherbergte? Hielt man diese beiden Farben für neutral? Optimistisch? Beruhigend? Er sprach in einen metallenen Lautsprecher mitten in der Scheibe, unterzeichnete ein Formular und schob es durch den Schlitz darunter. Der Empfangsmensch wies ihn zuerst zu einer Reihe verchromter Stühle mit blauen Sitzbezügen, die in Reihen am Boden festgeschraubt waren und jeweils nur auf einem geschwungenen Bein balancierten. Dort wartete er einige Minuten. Dann winkte der Mann ihm und ließ ihn durch die Tür in das fensterlose Gebäudeinnere.

Ein junger Mann in einem blauen Hemd, das sich über seinem muskulösen Körper spannte, betrat den Besucherraum und setzte sich Paul gegenüber. Paul stellte sich als Ermittler für die Rechtsanwältin Nina Reilly vor.

»Sie ist nicht meine Anwältin«, sagte Mario. »Was machen Sie hier?« Eine Rasur, ein Haarschnitt, ein paar Tage in diesem Gefängnis, und schon gab es den ungekämmten Betrunkenen, den die Schwestern beschrieben hatten, nicht mehr. Dieser große, starke Exknacki hatte blassgraue Augen, einen Zug um den Mund, der auf einen Hauch an krimineller Energie schließen ließ, und ein intelligentes Gesicht. Paul war der Meinung, er wäre noch zu retten, obwohl er ein langes Vorstrafenregister, eine lausige Bildung und eine Pflichtverteidigerin hatte, die Pauls Anrufe nicht erwiderte.

»Ich brauche ein paar Informationen.«

»Ich kann mit Ihnen nicht über meinen Fall reden.«

»Nein, das sollen Sie auch nicht. Ich möchte nur ein paar Informationen über einen Freund von Ihnen, Cody Stinson.«

Mario lehnte sich zurück und lachte mit einem Mundwinkel. »Ich dachte, Sie hätten ›Freund‹ gesagt.«

»Ich versuche, ihn zu finden.«

»So?«

»Ich hätte gerne, dass Sie mir dabei helfen.«

»Wozu?«

»Lassen Sie das Theater, Mann. Haben Sie in letzter Zeit mit Ihrer Anwältin gesprochen?«

»Sie kommt heute.«

»Sie bringt gute Neuigkeiten. Ein Zeuge hat gesehen, dass Cody in der Nacht, in der Sie angeblich Ihre Freundin erwürgt haben, auf den Campingplatz zurückgekommen ist. Der Staatsanwalt hat die Aussage aufgenommen, sie ist womöglich Ihre Fahrkarte nach draußen.«

»Ist das ein Witz oder ein Trick? Ich mag's gar nicht, wenn man mich verarscht.«

»Es stimmt.«

»Zeigen Sie mir noch mal Ihren Ausweis.« Er musterte ihn und sagte dann: »Haben Sie Zigaretten?«

»Tut mir Leid.«

»Geben Sie dem Wachmann zehn Dollar, und mir ist es sogar scheißegal, ob Sie mich verarschen.«

»Ich zahle immer auf meine Weise«, meinte Paul.

»Ich komme raus?«

»Ich weiß nicht, was als Nächstes passiert. Aber es sieht so aus, als wäre Cody der Mörder.«

Mario beugte sich zu Paul vor. »Mich überrascht das überhaupt nicht. Denn ich habe sie nicht angerührt. Ich hab's doch die ganze Zeit gesagt. Wie hat er es gemacht?«

»Ist in der Nacht zurückgekommen, nachdem Sie eingeschlafen waren.«

»Und hat mich leben lassen.«

»Sie sitzen vor mir.«

Mario blickte zu Boden. »Ich kann nicht glauben, dass ich direkt daneben gelegen habe. Ich war sternhagelvoll. Arme Phoebe. Ich werde nie wieder was anrühren. Lassen Sie uns nachdenken. Sie wollen Cody. Ich kenne den alten Cody nur zu gut.«

»Cody hat sich der Polizei entzogen. Sie können ihn nicht verhören, sie können ihn nicht verhaften, wenn sie ihn nicht finden. Sie kommen wahrscheinlich heute zu Ihnen, vielleicht mit Ihrer Anwältin.«

»Und wieso interessiert Sie das?«

»Einzelheiten kann ich Ihnen nicht nennen. Lassen Sie uns auf unsere ursprüngliche Frage zurückkommen: Haben Sie irgendeine Ahnung, wo er sein könnte?«

Mario wischte sich mit dem Hemdsärmel den Schweiß von der Stirn. »Vielleicht kann ich Ihnen helfen. Es ist nämlich so, dass er auf einen Haufen Geld wartet, das jeden Augenblick reinkommen soll. Ohne das Geld wird er Tahoe nicht verlassen.«

»Wo ist er?«

Während Paul unten in Placerville Mario Lopez aufsuchte, beendete Nina eilig einen Termin, um im Frauenhaus vorbeizuschauen und zu sehen, wie es Brandy und Angel ging.

Das Gebäude, ein geräumiges altes Ferienhaus, von dem aus man zu Fuß den Regan Beach erreichte, war vor rund zwölf Jahren von einer exzentrischen Witwe, Anabel Wright, gestiftet worden. Seither war es zum Zufluchtsort für Frauen und Kinder mit allen möglichen Problemen geworden.

Zuerst hatte es fast keine modernen Annehmlichkeiten gehabt, doch dank der ernsthaften Bemühungen von Andrea und ihren Freunden hatte es in den letzten zwölf Jahren große Veränderungen gegeben. An die Küche war eine neue Waschküche mit zwei Waschmaschinen und Trocknern angebaut worden. Handwerklich geschickte Frauen, die das Projekt mit freiwilliger Arbeit unterstützten, hatten neue gespendete Arbeitsflächen und Schränke eingebaut. Ein waldgrüner Anstrich an den Fenstern peppte das holzverschalte Äußere auf, ohne auf das Innere schließen zu lassen. Es wirkte schlicht wie ein sehr gut in Schuss gehaltenes Anwesen. Drinnen verliehen geschmackvolle rustikale Holzmöbel, weitere Spenden von wohlhabenden Gönnern oder dankbaren ehemaligen Bewohnerinnen, dem Wohnzimmer den Charakter einer bezaubernden Berghütte, und dank der Freundlichkeit einer Gruppe Rentnerinnen lag inzwischen in jedem Schlafzimmer ein handgefertigter Quilt.

Bereits Monate bevor sie wusste, dass sie schwanger war, hatte Andrea beschlossen, nur noch Teilzeit zu arbeiten und mehr Zeit zu Hause mit den Kindern zu verbringen, doch heute war sie hier, um Nina zu begrüßen und ihr zu zeigen, wo sie Brandy und Angel fand, nämlich im Aufenthaltsraum im Keller, wo sie in ein wildes Tischfußballspiel vertieft waren. Mit lautstarken gegenseitigen Beschimpfungen ließen sie die stabilen Plastikmännchen tanzen, bis es Brandy schließlich gelang, Angel zu schlagen. »Ha!« Sie warf vor Freude die Arme hoch. »Ich hab dich besiegt.«

»Moglerin.«

»Verliererin.«

»Spinner. Du hast drei Tore vermasselt.«

»Undankbares Biest. Du weißt, dass ich dir alle drei geschenkt habe.«

Brandy bemerkte Nina und sagte: »Hey! Haben Sie ihn?«

»Nein, noch nicht. Ich wollte nur mal sehen, ob es Ihnen gut geht.«

»Oh, uns geht's prima. Andrea ist sehr nett. Das Zimmer ist toll. Alles ist toll, außer dass das Leben stillsteht und Angels Mann ziemlich sauer ist. Sie kann nicht zur Arbeit gehen. Mein Freund ist verschwunden, und ich kann ihn nicht suchen gehen. Wir drehen Däumchen.«

»Wir wollen hoffen, dass es nicht für lange ist«, sagte Nina. Ihr Handy klingelte. Mit einem schnellen Auf Wiedersehen zu den beiden Frauen und Andrea nahm sie auf dem Weg zur Tür den Anruf entgegen.

»Wenn du es irgendwie einrichten kannst – Kevin Cruz bittet dich, bei ihm vorbeizukommen«, sagte Sandy.

»Was, jetzt?«

»Das hat er gesagt. Er und Lisa streiten um die Übergabe der Kinder heute Nachmittag. Eine dieser Er-hat-gesagt-sie-hat-gesagt-Vereinbarungen. Er ist dran, mit ihnen zu essen. Nein, sie ist dran. Du kannst es dir vorstellen. Ich glaube, sie ist noch dort. Er sagt, du sollst bitte zu seiner Wohnung kommen. Es sei dringend.«

Von da, wo sie parkte, sah sie einen Streifen des blauen Sees in der Nachmittagssonne glitzern. »Alles ist dringend«, sagte Nina. »Wo wohnt er?«

»Hier ist die Adresse. Fährst du hin?«

Sie schloss die Wagentür auf, stieg ein und schaute nach, wie spät es war. »Der nächste Termin ist erst um drei, oder? Ich fahr mal vorbei.«

Seit seiner Trennung von Lisa lebte Kevin in einer Mietwohnung am Lake Village, direkt hinter der Grenze nach Nevada, keinen Kilometer hinter den Kasinos. Die zweistöckigen Wohnsiedlungen waren perfekt für einen Junggesellen geeignet, denn zu ihnen gehörten ein großzügiger Pool und Tennisplätze, zudem boten sie herrliche Aussichten auf den Lake Tahoe, spektakuläre Sonnenuntergänge und einen grüngoldenen Golfplatz. Kevins Wohnung hatte ein zweites Schlafzimmer für Heather und Joey.

Nina erinnerte sich an seine Bemerkungen über die neuen Etagenbetten, die er in Reno bei Macy's gekauft hatte, nicht gerade ein Schnäppchen. Er schien stolz darauf zu sein, dass er zu viel dafür bezahlt hatte, als könnte er bei seinen Kindern etwas gutmachen, wenn er alles andere als kleinliche Sparsamkeit an den Tag legte.

Armer Kevin, dachte sie und verstand ihn doch vollkommen. Wenn man sich alleine um seine Kinder kümmerte, bedeutete das, dass man manchmal verrückte Dinge tat, um die Kinder glücklich zu machen, um nicht im Sumpf der Schuldgefühle zu ersticken, aus dem man sich niemals wieder befreien konnte.

Sie fuhr am Caesar's vorbei und dachte an Paul und die Nächte, die sie dort zusammen verbracht hatten, voller Romantik, Liebe, Lust, sie wusste nicht, wie sie es nennen sollte. Paul war nie Vater gewesen, und wenn es nach ihm ginge, würde er es auch nicht mehr werden. Wenn sie mit Paul zusammenblieb oder ihn heiratete, würde sie sich mit der Tatsache abfinden müssen, kein weiteres Kind mehr zu bekommen.

Warum dachte sie dauernd an Paul? Warum war er, ein – wie er sich selbst bezeichnete – einfacher Mann, plötzlich eine solche Obsession?

Egal.

Sie fand Kevins Haus in der Clubhouse Avenue auf Anhieb, nicht zu weit weg vom Pool oder vom Highway, auf der schattigen, dafür aber lauten Seite der Straße. Lisa stand draußen und schrie ihn an. Kevin brüllte zurück. Sie drückten sich nicht gerade gewählt aus. Die Kinder standen hinter ihrem Vater und umklammerten seine Beine. Der kleine Junge, mit zerzaustem Haar und vor Aufregung knallroten Wangen, kreischte, die Augen fest zusammengekniffen, eine Sirene ohne Feuer an diesem klaren, kühlen Tag. Stille Tränen rannen über das verzweifelte Gesicht des kleinen blonden Mädchens. Sobald Lisa Nina erblickte, befahl sie den Kindern, ins Auto zu steigen. Kevin gab den beiden einen Kuss zum Abschied, wischte ihnen mit einem Taschentuch die Wangen trocken und brachte sie zum Auto ihrer Mutter. Dabei sprach er leise mit ihnen, so leise, dass Nina ihn nicht verstehen konnte.

»Mit dir bin ich noch nicht fertig!«, sagte Lisa, knallte hinter den Kindern die Tür zu und setzte sich auf den Fahrersitz. »Mit euch beiden bin ich noch nicht fertig, mit keinem von euch!« Die Reifen quietschten, als sie mit den Kindern davonfuhr.

Nina stellte den Wagen auf einem Besucherparkplatz auf dem Grundstück neben Kevins Haus ab und folgte einem gewundenen Pfad durch Beete und niedrige Büsche zu einer Holztreppe. Kevin stand jetzt auf der Veranda und schaute auf die Stelle, wo Lisas Wagen geparkt hatte.

»Kann ich Ihnen helfen?«, fragte Nina, als sie näher trat.

Er fuhr sich mit der Hand über das kurze Haar. In seiner anderen Hand brannte unbeachtet eine Zigarette. Brennende Asche fiel auf die Holzbohlen der Veranda. Nina zwang sich, reglos zu verharren, beobachtete mit angehaltenem Atem, wie die orange glühende Asche erlosch. Er hob eine Cola vom Boden auf, goss den Inhalt auf die Erde und drückte die Dose mit der Faust platt. »Ich finde es zum Kotzen, wenn wir vor den Kindern so ausflippen. Haben Sie ihre Gesichter gesehen?«

»Es tut mir Leid. Wirklich. Es ist hart. Ich werde Ihnen für die Übergabe der Kinder behördliche Unterstützung organisieren.«

»Soll ein Polizist daneben stehen? Ich mache mich doch lächerlich. Ich kenne die alle. Ich weiß nicht, was passiert ist, wieso wir so explodiert sind. Ich habe sie von der Schule abgeholt. Ich dachte, ich wäre diese Woche dran, ihnen Essen zu machen und sie dann gegen acht wieder zu Lisa zu bringen. Aber sie kam angerauscht und hat behauptet, ich sei erst morgen dran. Kurz bevor Sie kamen, wollte ich sie fahren lassen.«

»Ich habe mir den Besuchsplan angesehen, und Donnerstag ist der Abend, an dem Sie mit Heather und Joey zu Abend essen.«

»Ich bin wohl durcheinander gekommen. Jeden Tag was anderes. Das ist nicht gut für sie. Und Lisa. Ich habe noch nie erlebt, dass sie dermaßen in die Luft ging. Sie ist total geladen wegen Ali.«

»Sollten wir nicht reingehen?«, fragte Nina, als sie die Blicke der Nachbarn spürte, doch Kevin ließ sich schwer auf die oberste Stufe fallen, und nachdem sie einen Augenblick darüber nachgedacht hatte, ob ihr Kostümrock Schaden nehmen könnte, setzte sie sich, weil sie nicht unpassend in der Gegend herumstehen wollte, neben ihn. Er warf seine Zigarette auf die Erde.

»Scheiß drauf«, sagte er.

»Kevin, bevor wir fortfahren, hatten Sie die Gelegenheit, mit Ali Peck zu sprechen?«

»Ich habe sie angerufen«, sagte er. »Ich habe sie gefragt, was sie dafür bekommen hat, dass sie die Geschichte von unserer Beziehung bei der Anhörung rausposaunt hat. Ich meine, sie wusste doch, wie sehr mir das schaden würde. Aber sie ist nicht freiwillig mit irgendwas rausgerückt. Sie sagte, Lisas Anwalt habe angerufen und sie und ihre Eltern am Freitagmorgen in aller Herrgottsfrühe geweckt, dann sei irgendein Typ aufgetaucht und habe ihr eine Vorladung hingehalten. Ihre Eltern haben den Anwalt angerufen. Man sagte ihr, sie solle zum Gericht kommen, und das hat sie getan. Sie musste aussagen.«

Riesner. Nina knirschte mit den Zähnen. Woher wusste Riesner von Ali? Hatte er wirklich einen Anruf bekommen? Wo war Sandy? Sie hätte sie jetzt gut brauchen können, um etwas Anstößiges zu sagen.

»Er hat so getan, als habe Ali ihn angerufen«, sagte sie. »Auch wenn er es nicht direkt beschworen hat.«

Seine Lippen bildeten einen harten Strich. »Das überrascht Sie? Ich dachte, dafür wären Anwälte berühmt.«

»Bin ich so, Kevin?«, fragte Nina erhitzt. »Lüge ich und führe Menschen in die Irre? Ich fände es schade, wenn Sie so eine geringe Meinung von Anwälten im Allgemeinen haben. Fakt ist, dass ich stolz bin auf das, was ich tue.«

»Vergessen Sie, was ich gesagt habe, okay? Ich bekomme bei meiner Arbeit auch den ganzen Tag solche Kommentare zu hören. Es tut mir Leid.«

»Schon gut. Macht nichts.«

»Sie kennen das Ergebnis, und das ist das, was zählt. Lisa hat meine Kinder. Sie sagen, das sei nur vorläufig. Ich weiß, dass ich noch eine Chance habe, sie wiederzubekommen, und ich setze alles daran, was ich habe. Was es auch kostet.«

»Weiß Ali, ob die Staatsanwaltschaft Anklage wegen Unzucht mit Minderjährigen gegen Sie erheben will?«

»Der Staatsanwalt hat mit ihr darüber gesprochen. Sie war wirklich ehrlich, und nach dem Gespräch hatte sie den Eindruck, dass sie die Sache auf sich beruhen lassen, sagt sie. Sie hat ihnen auch gesagt, dass sie den Staat verlassen würde, wenn sie das durchziehen wollten. Sie würde niemals gegen mich aussagen. Sie findet es ekelhaft, dass eine reife Siebzehnjährige nicht über ihre Sexualität bestimmen kann, ohne dass sich das Gesetz einmischt.« Er schüttelte den Kopf. »Das ist doch was, oder? Ich glaube ihr, Nina. Sie offensichtlich auch. Ich denke, dieser Kelch ist an mir vorübergegangen.«

»Gut zu wissen, Kevin. Sie müssen sehr erleichtert sein.« Das würde ihm zwar nicht helfen, seine Kinder zurückzubekommen, aber zumindest mussten sie sich keine Sorgen darum machen, dass aus dieser Richtung noch etwas angeflogen kam und ihren Fall zu Boden schmetterte.

»Natürlich sieht's jetzt, wo sie von Ali wissen, auf der Arbeit nicht allzu rosig aus. Sie führen eine Untersuchung durch, bevor sie entscheiden, ob sie mir eine Bewährungsfrist einräumen oder mich rausschmeißen. Und wir müssen uns Sorgen wegen Lisa machen.«

»Vielleicht hat Lisa den Bronco gestohlen. Ja, vielleicht«, sagte Nina halb zu sich selbst und erinnerte sich an die Eiseskälte in Lisas Augen, als sie weggefahren war. Paul hatte viel zu tun, doch er würde sich mit Lisa beschäftigen müssen, und zwar bald.

»Vielleicht war sie's. Ich weiß nicht«, sagte Kevin lahm. »Das ist ein Kampf auf Leben und Tod zwischen uns.« Die Hoffnungslosigkeit machte seinen Blick ganz stumpf. »Ich wünschte, ich könnte alles, was passiert ist, ungeschehen machen. Ich wünschte, ich könnte diese Wochenenden noch einmal erleben. Wir sind mit dem Paddelboot raus zur Zephyr Cove oder haben drüben bei der Ski Run Marina ein Motorboot gemietet und sind mit einer Flasche Wein und diesem süßen Honigbrot, das Lisa gebacken hat, losgezogen. Und Erdnussbutter. Haben Sie sich je ihre Lippen angesehen? So weich«, sagte er. »Gefügig. Das ist ein Wort, was? Vielleicht dachte ich, das würde bedeuten, sie sei gefügig.«

Er hob einen gegabelten Ast auf und brach ihn in Stücke. »Ich dachte, Lisa und ich würden für den Rest unseres Leben zusammenbleiben. Lächerlich, nicht wahr? Ich kann so nicht weitermachen, meine Kinder weinen sehen.«

Sie sah Feindseligkeit in seinen Augen. Als Anwältin bei seiner Scheidung und im Sorgerechtsstreit repräsentierte sie alles, was in seinem Leben schief gelaufen war. Den Alkoholdunst in seinem Atem konnte man deutlich riechen. Das half ihm sicher nicht bei der Lösung seiner Probleme. »Da ich schon hier bin«, sagte sie, »lassen Sie uns besprechen, wie die Besuchsregelung funktioniert.«

»Sie ist zu kompliziert. Ich war auf der Highschool echt lausig in Mathe.« Er verschränkte die Arme vor seiner breiten Brust, als wollte er sich verteidigen. Ihm wurde doch sicher allmählich kalt hier draußen. Ich will hier weg, dachte sie. Was hat es schon für einen Sinn, mit diesem Typ hier zu sitzen? Er schien sich in etwas hineinzusteigern. Sie hoffte, dass es nicht noch eine Enthüllung war.

»Würde es etwas nützen, wenn wir einen einfachen Terminplan für Sic organisicren?« Wieder versuchte sie, praktische Lösungen für sein Dilemma zu finden.

»Nein.«

»Was würde dann etwas nützen?«

Kevin beugte sich zu ihr hinüber.

»Ich schätze, nur eines«, sagte er mit verzweifelter Stimme.

»Was?« In diesem Augenblick hätte sie alles getan, um ihn glücklich zu machen und damit er ihr nicht weiter auf die Nerven ging. Sie hatte nie gedacht, dass ein Polizist so viel Zuwendung brauchte.

Er antwortete, indem er mit seinen fleischigen Händen ihr Gesicht packte, sein Gesicht gegen ihres drückte, ihr die Zunge in den Hals schob und freudlos stöhnte.

Die ganze Sache dauerte ungefähr eine halbe Minute. Sie war so schockiert, dass sie lange brauchte, um sich zu wehren. Dann stieß sie ihn so fest von sich, dass er rückwärts gegen das Geländer der Veranda krachte. Er stand auf. Sie ebenfalls. Sie machte ein paar Schritte, um etwas Abstand zwischen sie zu bringen. Sie sah an sich runter und begriff, dass er, als sie ihn weggestoßen hatte, nach ihr gegriffen und ihre Seidenbluse zerrissen hatte. Man konnte ihren BH sehen. Sie wischte sich mit dem Handrücken den Mund ab, ohne den Blick von ihm zu wenden.

Er tat einen Schritt auf sie zu. Sie hatte eine kleine Dose Pfefferspray in ihrer Handtasche. Sie öffnete die Handtasche, schob die Hand hinein, ertastete die Dose und nahm sie heraus.

Kevins Gesicht wurde rot. Er entschuldigte sich übermäßig und unterwürfig und ging rückwärts zu seiner Tür. Was er stammelte, ergab kaum einen Sinn, er bestand darauf, dass sie warte, er wolle Nadel und Faden für ihre Bluse suchen.

Er war über sie hergefallen. War er jetzt völlig durchgeknallt?

»Kommen Sie rein«, brabbelte er. »So können Sie nicht durch die Gegend fahren! Nur eine Minute, ich kann das wieder richten.« Jetzt schrie er fast. »Gehen Sie nicht! Bitte, lassen Sie mich diese eine Sache wieder gutmachen!«

»Ich gehe jetzt«, sagte sie. »Kommen Sie nicht hinter mir her. Gehen Sie rein, beruhigen Sie sich und gehen Sie schlafen.«

»Es tut mir Leid. Ich wollte das nicht ... es ist einfach passiert. Sehen Sie mich nicht so an.« Er rief noch mehr hinter ihr her, doch sie wollte nichts mehr hören.

14

Nachdem er im Gefängnis in Placerville mit Mario Lopez gesprochen hatte, fuhr Paul zurück nach Tahoe und holte Wish in Ninas Büro ab. Nina hörte sich seinen Bericht an, ohne viel dazu zu sagen, und schlug die Einladung, mit ihnen zu Abend zu essen, aus, schaute auf die Uhr und sagte, sie müsse Bob irgendwo abholen. Sie wirkte durcheinander, doch seinen Fragen wich sie aus.

Also befreite Paul Wish aus der eisernen Faust seiner Mutter und fuhr mit ihm beim Coyote Grill in der Round Hill Mall vorbei, einem funkelnagelneuen Einkaufszentrum in Grenznähe. Voll gestopft fuhren sie am östlichen Rand von Tahoe entlang auf Incline Village zu, als die Dunkelheit hereinbrach und am mondlosen Himmel Sterne funkelten. Feuchte Seeluft umwehte sie, bis Wish sich beschwerte, seine Ohren würden ihm abfrieren, und Paul an den Straßenrand fuhr, um das Faltdach zu schließen.

Die Hilltop Lodge oberhalb von Truckee auf einem kleinen Hügel südöstlich der Stadt bestand aus einer dichten Ansammlung von Holzhäuschen, die, soweit Paul sich erinnern konnte, schon ewig dort standen. Die Zimmer boten den Blick auf die Stadt und lagen im Halbkreis um einen zentralen Bereich herum. Sie fuhren auf einen Platz nicht allzu weit vom Hauptgebäude entfernt und parkten dort. Eine Weile beobachteten sie die Leute, die in verschiedenen Stadien der Glückseligkeit lachend auf dem Parkplatz herumtaumelten und -torkelten. Eine Gruppe drängte sich in einen Jeep, beschloss dann, doch nicht zu fahren, woraufhin alle wieder herauskletterten und singend Arm in Arm den Hügel hinunterstolperten.

»Sieht aus wie eine Endlos-Party«, sagte Wish.

Paul stieg aus. »Warte hier. Pass auf.«

Als Wish das Fenster herunterkurbelte, konnte Paul seinen Atem in der Luft sehen. Im September änderte sich das Wetter von einem Augenblick zum nächsten; von Westen, aus Nevada, zog offenbar eine Kaltfront heran. Wolken stiegen in den Nachthimmel hinauf, und ein paar Regentropfen fielen Paul auf den Kopf, als er das Empfangsbüro suchen ging.

Es überraschte ihn nicht, dass sich niemand unter dem Namen Cody Stinson eingetragen hatte. Eine kleine Lüge, bei der es um eine spezielle Gefälligkeit für die Mädels in Nummer acht ging, zwang den Mann an der Rezeption, sich kurze Zeit von seinem Platz zu entfernen, sodass Paul einen Blick in das Gästebuch werfen konnte, doch kein Name sprang ihm als augenfälliger Deckname ins Auge.

Er kehrte zum Wagen zurück. Wish stand daneben, die Arme um den Oberkörper geschlungen. »Muss unter fünf Grad sein heute Nacht«, sagte Wish. »Hast du einen Schirm dabei?«

»Nein.«

»Mist.«

»Harte Jungs brauchen keinen Schirm.«

Sie hielten lange Zeit vom Auto aus Wache, wobei sie abwechselnd das Gebläse und die Heizung einschalteten, um die Windschutzscheibe frei zu halten und sich vor dem Erfrieren zu schützen. Auf dem Highway unter ihnen sausten Autos vorbei, und die Lichter der Stadt wurden vom Nebel verschluckt.

Türen öffneten und schlossen sich. Leute kamen und gingen. Keine Spur von Cody Stinson.

Um Mitternacht meinte Paul zu Wish, er solle ein Nickerchen halten. Sie würden sich abwechseln müssen. Er hatte eine Übersicht gezeichnet und notiert, wer in welche Unterkunft zu gehören schien, sodass sich ihr Interesse inzwischen auf drei Türen eingegrenzt hatte. Er kuschelte sich in seine Jacke und bereitete sich darauf vor, dass die Wache die ganze Nacht dauern würde.

Gegen drei Uhr verebbte das Nachtleben allmählich. Das dumpfe Dröhnen der Stadt erstarb. Auf den Gleisen unter ihnen flogen keine Züge mehr vorbei; die Kakophonie verschiedener Musikstile aus den Bars auf der Hauptstraße wurde leiser. Wish schnarchte auf dem Rücksitz. Paul zog seine Lederjacke enger um sich.

Tür Nummer zwei wurde geöffnet. Paul, der ans Steuer des Mustang gelehnt halb döste, fiel zuerst das fehlende Licht auf. Wenn jemand eine Tür öffnete, ließ er normalerweise im Zimmer hinter sich ein Licht brennen, bis er sah, wohin er ging. Hier verriet nur eine leichte Veränderung in den schwarzen Konturen einer im Schatten liegenden Türöffnung, dass dort jemand stand.

Paul langte nach hinten und tippte Wish auf die Schulter. »Wach auf, Dornröschen«, sagte er leise. Mit der Munterkeit der Jugend schlug Wish die Augen auf und glitt leise aus dem Wagen, um mit Paul zusammen das Zimmer zu beobachten.

Die Tür ging weiter auf, und ein Mann trat in den leichten Regen hinaus, langarmig und schlank, eine braune Tüte in der Hand. Cody Stinson.

Sie erkannten ihn beide. »Und jetzt?«, fragte Wish.

»Sobald er wieder reingeht, rufen wir die Polizei.«

Stinson reckte sich, und als er in den Lichtkreis einer Außenbeleuchtung trat, sah Paul, dass er schwere Stiefel und eine Jacke trug.

»So wird er ja wohl nicht wegfahren«, sagte Wish. »Nicht auf einem Motorrad.«

Aber genau das tat er. Er zog eine Schutzbrille und einen Helm an, bestieg die Harley, gab offenbar stolz und ungeachtet des höllischen Lärms, den der Motor machte, ein paarmal Gas, um den Motor auf Touren zu bringen, und fuhr den Hügel hinunter. Zurück blieb eine Spur im Regen.

Paul und Wish sprangen ins Auto. »Sollen wir die Polizei rufen?«

»Und was sagen wir denen? Sie sollten nach einem Typ auf einem Motorrad Ausschau halten?«, meinte Paul aufgeregt. »Wir brauchen ihn in seinem Zimmer, ordentlich zugedeckt in seinem Bett, oder sonst irgendwo, und zwar länger als fünf Minuten, damit sie sich auf ihn stürzen und ihn festnehmen können, ohne dass etwas schief gehen kann. Na, toll.« Erbsengroße Hagelkörner bombardierten die Windschutzscheibe. Die Scheibenwischer surrten vergeblich gegen den Ansturm an.

»Du sollst im Bett nicht essen«, sagte Nina zu Bob, der eine Schüssel Tortillachips und einen Teller Salsa auf der Decke balancierte und gleichzeitig telefonierte. Er trug Boxershorts und hatte sich ein Handtuch um den Hals geschlungen.

Seit kurzem hatte er sich angewöhnt, eine halbe Stunde lang zu duschen. Je näher seine Teenagerzeit rückte, desto mehr war er in die Gewalt von Leidenschaften geraten, die er nicht besser verstand als Nina – Leidenschaften für alles Mögliche, von einer bestimmten Sorte Frühstücksflocken, die er drei Monate lang jeden Morgen aß, bis hin zu blauen Schnürsenkeln, die er sich im Internet bestellte. Er hatte angedeutet, dass er sich gerne die Haare färben würde. Seine Aufmerksamkeitsspanne für schulische Themen war auf etwa fünf Minuten gesunken, aber er konnte mit einer Konzentration, die einem Gehirnchirurgen Ehre machen würde, stundenlang im Internet surfen.

Gleichzeitig ging ihm die Unbekümmertheit der Kindheit

verloren, und er begann, unter mangelndem Selbstvertrauen zu leiden. Er glaubte, hässlich zu sein und ungeschickt im Umgang mit anderen, obwohl er stark und gesund war und, soweit Nina das beurteilen konnte, keine speziellen Macken hatte. Mit ein wenig Glück und wenn seine hohlen Wangen weicher wurden, würde er vielmehr, so fand sie, zu einem attraktiven Kerl heranwachsen.

Doch bis dahin waren es noch ein paar Jahre.

»Also, tschüs«, sagte er in den Hörer und legte auf. Er tauchte einen Tortillachip ein und kleckerte Sauce auf das Bettzeug. Er warf Nina einen Blick zu.

»War das etwa ein wütender Blick?«, fragte sie.

»Ich habe dich nur angeschaut.«

Nina setzte sich aufs Bett. »Kann ich was abhaben?« Sie aßen ein paar Chips. Bob vermied es, sie anzusehen. Er griff nach der Fernbedienung, und auf dem Bildschirm erschien eine alte Folge von *Friends*. Nina empfand den gewohnten Stich. Hätte sie ihm doch nur das Fernsehen verboten, dann wäre Bob glücklich und kontaktfreudig und bei den Pfadfindern längst zum Eagle Scout aufgestiegen.

Überall lagen Kleider und CDs, auch auf dem Fußboden. Sie versuchte, darüber hinwegzusehen. Der Zusammenstoß mit Kevin hatte bei ihr fast die Sicherungen durchbrennen lassen, sie war ziemlich neben der Spur. »War das Nikki«, fragte sie so beiläufig wie möglich.

»Hm.«

»Wie geht's ihr?«

»Gut.« Als sie auf mehr wartete und das Schweigen drückend wurde, fügte er hinzu: »Sie arbeitet an der Website für diese Hardcore-Band aus Schweden.«

»Triffst du sie bald mal wieder?«

Bob antwortete nicht.

»Macht sie das mit dem Hausunterricht noch?«

»Was schert dich das? Hast du ein Problem damit?«

»Ich hab doch nur gefragt.« Sie hatte viele Fragen über Nikki, die sie nicht zu stellen wagte. Sie würde es irgendwie alleine herausfinden müssen, ohne weiter auf diesem verminten Gelände herumzutrampeln.

Bob nahm einen weiteren Chip. Hitchcock wanderte auf seine Seite des Betts, und er kraulte dem Hund den Rücken.

»Und wie läuft's mit der Band?«

»Defunkt.«

»Wie?«

»Das ist unser Bandname. Nikki hat ihn sich ausgedacht. Gefällt er dir?«

»Ein bisschen ungewöhnlich«, meinte Nina. »Schwer auszusprechen. Aber …«

»Defunkt, mit k. Ach, ist dir doch eh egal. Gib's zu. Die Band ist dir doch völlig schnuppe.«

»Ich würde dein Interesse an Musik gerne unterstützen.« Aber nicht dein Interesse an Nikki, ergänzte sie im Stillen. »Schon Glück gehabt bei der Suche nach einem Bassisten?«

»Wir finden einen. Warum nimmst du mich ins Kreuzverhör? Ich gebe zu, ich habe es mit Oberst von Gatow in der Bibliothek getan. Mit einem Trommelstock.« Er blickte finster drein. »Wir sind nicht vor Gericht, Mom.«

»Bob, ich wollte doch nur …«

Bob rollte sich vom Bett. Hitchcock sprang auf, um ihm hinterherzulaufen. »Ich glaube, ich gehe mal duschen. Bleib da liegen, so lange du willst, Mom. Iss so viele Chips, wie du willst.« Ein spöttischer Unterton war nicht zu überhören.

Warum wirst du so verflucht respektlos, sagte sie zu seinem Rücken, als er im Bad verschwand. Doch sie sprach es nicht laut aus. Da war schlechter Einfluss am Werk, keine Frage, und vielleicht würde sie eines Tages so berühmt sein wie Courtney Love, aber ohne Bob, denn der würde dann längst nicht mehr zu Nikkis Band gehören. Defunkt würde bald ihrem Namen gerecht werden, beschloss sie, bald würde da nämlich nichts mehr funktionieren.

Hitchcock machte einen Satz aufs Bett, und die Salsasoße tanzte auf der Bettdecke Merengue. Nina schob ihn runter. Sie rollte die Laken zu einem schmutzigen Ball zusammen und warf sie in den Flur. Als sie das Bett frisch bezog, pfiff Bob unter der Dusche »The Little White Duck«. Das Kinderlied ging ihm bestimmt von Andreas Party noch im Kopf herum.

Sie begleitete das Pfeifen. Die weiße Ente auf einem Seerosenblatt bekam zuerst Besuch von einem grünen Frosch und dann von einem summenden schwarzen Käfer.

Und vorbei kam die zischende rote Schlange, um die anderen Viecher in die Flucht zu schlagen.

Was für Schlangen krochen heran?

Ohne die Frage beantworten zu können, pfiff sie das unschuldige Kinderliedchen mit seinen drohenden Untertönen mit. Sie öffnete Bobs Fenster und schaute hinaus in einen nächtlichen Sturm. Hagelkörner dick wie Kieselsteine trommelten aufs Dach.

Paul packte das Steuer fester und mühte sich vergeblich, durch die Windschutzscheibe etwas zu erkennen. »Wir haben nur zwei Feinde, und zwar den Winter und das schlechte Wetter, und Mann, mit denen ist echt nicht zu spaßen.« Der Hagel klatschte herunter wie Millionen winziger Glassplitter. Er konnte über dem Krach kaum seine eigene Stimme hören.

Wish zuckte die Schultern. »Wenn man hier oben lebt, gewöhnt man sich dran. Es scheint fast immer die Sonne, außer wenn ein Schneesturm heranzieht.«

»Codys Motorrad hat nur das eine trübe Licht, und das verschwindet vor uns in der Dunkelheit. Scheint ihm völlig egal zu sein, ob er dabei draufgeht, dabei wäre er mir im Augenblick lebendig lieber. Wo sind wir?« Er zog das Lenkrad rasch nach rechts, um nur knapp einer riesigen Pfütze mitten auf der Straße auszuweichen.

»Also …«, überlegte Wish und linste aus dem Fenster, um sich zu orientieren. »Wir sind auf der 267 Richtung Osten los. Ein paar Seitenstraßen haben wir bereits hinter uns …«

»Quatsch nicht lange rum!«

»… also hat er offenbar nicht vor, bald irgendwo anzuhalten. Jedenfalls gibt's nach dem Northstar kilometerweit nichts, wo man abbiegen könnte. Er fährt zum See runter.«

»Wenn ich nach der Northstar-Abzweigung an ihm dranbleibe, haben wir vielleicht eine Verschnaufpause«, sagte Paul und trat aufs Gas. »Wenn er dann vorankommt, kann ich ihn einholen, ohne Selbstmord zu begehen.«

»Findest du so einen zuverlässigen V8-Motor nicht auch toll«, sagte Wish, der die schnelle Fahrt sichtlich genoss.

Der Tacho kletterte nach oben, und Paul bediente sich sämtlicher alter Tricks, um nicht von der Straße abzukommen, beide Hände ordentlich am Steuer, der kalte Schweiß stand ihm auf der Stirn.

»Die meisten Leute hüten in so einer Nacht das Bett«, bemerkte Wish, die Arme ruhig verschränkt, »wir haben die Straße fast für uns alleine.«

Paul, der mit der Nase beinahe an die Windschutzscheibe stieß, fluchte. »Jetzt haben wir ihn verloren. Schnell, wir müssen uns entscheiden. Beim Northstar rechts abbiegen oder weiter in Richtung King's Beach?«

»Ich glaube nicht, dass er Freunde im Northstar hat. Zu feudal. Ich setze auf weiterfahren.«

»Okay«, sagte Paul. Das Schild, das zum Northstar Skiresort wies, huschte verschwommen vorbei. Paul drückte noch einmal aufs Gas, der Wagen brach nach rechts aus, dann nach links und fand dann wieder zur Mitte der Straße zurück.

Wish schaltete das Radio ein. Ein statisches Pfeifen erfüllte das Auto.

Paul stellte es ab. »Bist du verrückt?«, sagte er. »Ich fahre mit hundert Sachen mitten in einem Schneesturm auf einer regennassen Straße!«

»Ich dachte nur, wir könnten sehen, ob's irgendwo einen Wetterbericht gibt«, meinte Wish ruhig. »Jedenfalls haben wir uns nicht getäuscht. Da ist er.«

Tatsächlich, da war er.

»Oh«, sagte Wish, als der Hagel plötzlich aufhörte und sich vor ihnen wie von Zauberhand eine wunderbare sternenklare Nacht auftat. »Ich habe gerade den ersten richtigen Blick auf die Maschine werfen können. Ein neunzehnhundertsechziger Arlen Ness Chopper aus den Siebzigern, würde ich sagen. Das ist ein kalifornischer Straßenbagger für Tiefstapler, wenn man an so was Interesse hat. Kein Wunder, dass die so einen Krach macht.«

Diesmal klemmte Paul sich hinter das Motorrad und ließ nicht locker.

Sobald Cody King's Beach erreichte, verlangsamte er die Fahrt und hielt sich peinlich genau an die Geschwindigkeitsbegrenzung. Sie folgten ihm durch King's Beach bis nach Tahoe City und rechneten jeden Augenblick damit, dass er anhielt, was er aber nicht tat.

»Er nimmt die schöne Strecke am westlichen Seeufer entlang«, sagte Wish. »Das ist die gefährliche Seite!«

»Das ist verrückt. Er muss Todessehnsucht haben, die 89 zu nehmen. Die Straße hat doch der Teufel gebaut«, murmelte Paul und folgte ihm so dicht wie möglich über die schmale, kurvenreiche Straße oberhalb der Emerald Bay, die unsichtbar dreihundert Meter unter ihnen im ersten zarten Licht der Morgendämmerung lag. »Er fährt den ganzen Weg zurück nach South Lake Tahoe.«

Stinson fuhr an der Straßengabelung am unteren Teil des Sees vorbei und folgte dem Boulevard.

»Wo will er nur hin?«, fragte Wish.

»Keinen Schimmer.« Paul hatte seit gut zwanzig Stunden nicht geschlafen. Sein Hirn brodelte wie Schmorfleisch. »Ich weiß nur, dass Nina will, dass wir ihn finden, damit die Polizei ihn schnappen kann, also werden wir genau das tun, sobald er irgendwo länger als zehn Sekunden anhält.«

»Oh, oh«, sagte Wish und richtete sich auf. Als Einheimischer kannte er die Straßen hier sehr viel besser als Paul. Paul wusste nur, dass sie auf den Highway in Richtung der strahlend hellen Lichter des Kasinobezirks abgebogen waren, wo auch das Caesar's lag, sein Bett, ein warmer Platz, nach dem er sich sehnte. Aber das war nicht alles.

»Und?«, fragte Paul, als sie vom Lake Tahoe Boulevard zur Reagan Beach abbogen.

»Nina hat doch gesagt, dieser Ort ist absolut geheim. Einer, von dem niemand etwas weiß.«

»Welcher Ort?«, fragte Paul und bog ab, um Cody links in eine kleine, dunkle Straße zu folgen.

»Er ist eindeutig nicht der Typ, von dem ich angenommen hätte, dass er davon weiß«, sagte Wish mit deutlichem Missfallen in der Stimme.

»Wovon weiß?«, fragte Paul.

»Vielleicht hat eine Freundin es ihm erzählt.«

»Was?«

»Vom Frauenhaus.«

Es gab keine Möglichkeit, Cody Stinson den Weg abzuschneiden, bevor er zum Frauenhaus kam, also folgte Paul ihm weiter.

»Er muss doch gemerkt haben, dass ich direkt hinter ihm bin.«

»Wenn er's gemerkt hat«, meinte Wish, »dann ist's ihm egal.«

Das schien zuzutreffen. Cody hielt plötzlich in einer Seitenstraße in der Nähe des Frauenhauses an und stellte einen Fuß auf den Boden.

Paul und Wish taten es ihm nach und ließen den Mustang an der Ecke Berkeley und Alameda stehen. Paul, der aus ziemlich unoriginellen Gründen Handys verabscheute, hatte sich dem Notwendigen gebeugt und doch eines gekauft. Er klappte es auf und schaltete es ein. Das Telefon erwachte langsam zum Leben.

Er eilte die Straße hinauf und hörte sich schnaufen. Jedes Mal, wenn er hier raufkam, musste er sich erst an die Höhe gewöhnen. Er war es leid, sich rotgesichtig und ausgetrocknet zu fühlen und unter Sauerstoffmangel zu leiden. Er wollte, dass Nina zu ihm nach Carmel zog, in die sauerstoffreiche Luft auf Meereshöhe. Er wollte, dass sie ihre Berge verließ, weg von ihren ständigen Problemen und den täglichen Gerichtsterminen, und an einen Ort zog, der von der sanften Ruhe des Meeres erfüllt war und von gutem, gesundem Licht.

Das Frauenhaus kam in Sicht, Cody Stinson ging die Stufen hinauf.

»Was hat er vor?«, fragte Wish erstaunt. »Einfach klopfen?«

Er klopfte. Niemand reagierte. Wenigstens schwang er keine Faustfeuerwaffe.

Paul wählte mit großem Bedacht 9-1-1. »Wenn irgendeine schwachsinnige Frau auf die Idee kommt, die Tür aufzumachen«, sagte Paul, »dann gehen wir dazwischen.«

»Hast du eine Waffe dabei?«

»Nein, habe ich nicht«, sagte Paul. Seine Waffe lag im Handschuhfach. Ein Amateurfehler, der ihn an seiner Geistesgegenwart zweifeln ließ, doch inzwischen war es fast vier Uhr, und Paul fühlte sich nicht gerade auf der Höhe. Er wusste, dass er diesen Typ irgendwie überwältigen konnte. Schließlich hatte er, wie er sich ermahnte, fünfzehn Kilo mehr auf den Rippen, war körperlich trainiert und besaß den Willen zu siegen.

»Wie gehen wir denn dazwischen?«, flüsterte Wish.

»Wie auch immer«, antwortete Paul.

Cody stand immer noch an der Tür des Frauenhauses und hatte angefangen zu brüllen. »Bitte, lassen Sie mich rein«, rief er herzergreifend. »Es ist so kalt hier draußen.«

»Wo sind diese Leute?«, sagte Paul und meinte sein unaufmerksames Telefon. »Warum gehen sie nicht ran?«

»Neun-eins-eins«, flötete eine fröhliche Stimme.

Er gab kurz die Einzelheiten durch, wobei er mit der Tatsache begann, dass Cody Stinson polizeilich gesucht wurde.

»Sie kommen so schnell wie möglich«, erklärte er Wish.

Doch inzwischen hatte Cody Stinson, der sauer war, weil niemand reagierte, wohl beschlossen, die Dinge in die eigenen Hände zu nehmen. Er wanderte in den Hof vor dem Haus, hob einen Ast auf, schwang ihn mit einer Hand hoch über dem Kopf und schlug das Vorderfenster ein. »Womit kann man die Aufmerksamkeit von euch Frauen erregen?«, schrie er.

In dem Fenster tauchte eine Frau mit einem Gewehr in der Hand auf. Andrea Reilly.

»Die Polizei ist benachrichtigt«, schrie sie. »Wenn Sie nicht verschwinden, werden Sie verhaftet und angezeigt. Verschwinden Sie jetzt.«

»Ich bin nicht hier, um irgendjemandem Probleme zu machen«, winselte Cody Stinson. »Ich will nur reden. Sind Brandy und Angel zufällig hier? Ich hab gehört, dass es sein könnte.«

Paul reagierte. Er lief schnell und leise hinter Stinson und zerrte ihn zu Boden. Stinson wehrte sich nicht und sagte auch kein Wort, als Paul ihm die Beine spreizte und seine Taschen abklopfte. Wish kam rüber und sagte: »Wir haben ihn, Kumpel!«, und Paul hörte hinter sich die willkommene Sirene der Polizei von South Lake Tahoe.

»Lassen Sie die Waffe fallen!«, befahl die Polizei Andrea. »Sie da, keine Bewegung.« Das galt Paul. Er rührte sich nicht, drückte Cody Stinson jedoch mit seinem ganzen Körpergewicht zu Boden.

15

Nach einigem Palaver verhaftete die Polizei Cody und transportierte ihn ab, ohne auf sein Protestgeschrei zu hören. »Ich war's nicht! Hey, ich habe das Recht herzukommen, genau wie jeder andre auch! Ist doch keine große Sache mit dem Fenster! Ich hab doch gesagt, ich bezahl's.«

Von seinem Hotelzimmer aus sprach Paul eine Nachricht auf Ninas Anrufbeantworter im Büro. Er wollte sie nicht wecken. Er und Wish bekamen sechs Stunden kostbaren Schlaf, Paul im Bett und Wish ausgestreckt auf dem Sessel. Dann stiegen sie wieder ins Auto. Nachdem sie in letzter Zeit so viel damit herumgefahren waren, fühlten sie sich in dem Mustang inzwischen wie zu Hause. Sie machten sich auf den Weg in die eintausendachthundert Meter tiefer gelegene Stadt Fresno, wohin die Vangs vor kurzem gezogen waren. Nach dem Goldrausch vor etwa einhundertfünfzig Jahren war in Fresno nicht mehr viel passiert. Dort, wo einst Obstgärten gelegen hatten, waren Ranchhäuser aus dem Boden geschossen, und an den einstmals wenig belebten Landstraßen reihte sich heute ein Laden an den anderen. Im Laufe der Jahre hatten Einwanderer aus vielen Ländern Fresno übernommen. Sie lebten gut vom Ertrag im landwirtschaftlich genutzten zentralen Tal von Kalifornien und ließen sich von der Hitzeperiode von August bis Oktober nicht abschrecken. Die meisten kamen aus Mexiko und Zentral- und Südamerika; andere stammten aus Bosnien, aus der Ukraine und aus den Dörfern Asiens – die Tapferen und Verzweifelten, die die gigantische Landwirtschaftsindustrie Kaliforniens anheizten.

Die Hmong waren ab Mitte der Siebzigerjahre gekommen, vertrieben durch den Krieg in Vietnam, der zu weiteren Kriegen in Laos und Kambodscha geführt hatte. Als Laos kommunistisch wurde, gingen die Hmong in den Widerstand. Sie zogen ihr traditionelles Dorfsystem vor und misstrauten der wachsenden Zentralisierung der Macht im Tiefland, wodurch sie allgemein zum Stachel im Fleisch der Pathet-Lao-Regierung wurden. Nachdem die USA den Krieg verloren hatten, flohen viele Hmong in Flüchtlingslager an der thailändischen Grenze und zogen von dort aus, um in Kalifornien ein neues Leben anzufangen. Paul wusste, dass die meisten Hmong dem Buddhismus anhingen und hart arbeitende und intelligente Menschen waren, die brutal ins einundzwanzigste Jahrhundert katapultiert worden waren.

WILLKOMMENS-ZENTRUM stand auf der hölzernen Tafel an der Wand eines kleinen Bungalows im alten Teil der Stadt. Buchstaben eines fremden, prächtigen Alphabets direkt darunter verkündeten wahrscheinlich jenen, die dieser Sprache mächtig waren, das Gleiche. Paul fuhr auf den Parkplatz hinter dem Gebäude.

Drinnen wirbelte ein Ventilator die Luft auf. Grünzeug füllte die Fenster aus. Ein Hartholzfußboden und geradlehnige Stühle verliehen dem Vorderzimmer einen nüchternen Charakter. In dem großen Zimmer dahinter saß eine große Gruppe Vorschüler auf dem Teppich, die ihrer Lehrerin, einer jungen Dame, die Klavier spielte, ein Liedchen vorsangen.

»Also, das ist sicher nicht Dr. Mai«, stellte Wish enttäuscht fest.

Paul bemerkte eine Tür, auf der »Küche« stand, und steckte den Kopf hinein. Ein spärlich behaarter älterer Mann, auf den Ninas Beschreibung passte, stand an der Spüle. Mit Gummihandschuhen an den Händen und einer Schürze um die Hüften wusch er gerade einen riesigen Aluminiumkessel ab. Als er Paul und Wish sah, ließ er den Kessel fallen, und dieser fiel polternd auf das Linoleum. Er sah sich hektisch nach einer Fluchtmöglichkeit um, als stünden ihm mit AK-47 Sturmgewehren bewaffnete Raubmörder gegenüber. Er hatte eindeutig einen Krieg durchgemacht. Paul hielt die Hände hoch und zeigte seine Handflächen, das universelle Zeichen, dass er in friedlicher Absicht kam. Dann langte er in die Tasche, präsentierte dem alten Kerl seinen Ermittlerausweis und erklärte ihm, dass Nina Reilly ihn geschickt habe.

Dr. Mai sackte vor Erleichterung in sich zusammen und hielt sich am Rand der Spüle fest. »Nur einen Augenblick«, sagte er und richtete sich auf. Er legte die Schürze und die Handschuhe ab und hängte sie ordentlich über die Spüle. »Sie hat ihre Entscheidung bereut? Sie haben den Scheck?«

»Sie hat zuerst eine Frage.«

»Kein Scheck?«, murmelte er wie zu sich selbst und schüttelte ungläubig den Kopf. »Nach alldem, kein Scheck. Warum kommen Sie dann her?«

»Um etwas über die Familie herauszufinden.«

»Sie braucht Kao nicht. Sie hat die Vollmacht …«

»Da ist sie ziemlich stur.«

Mai schüttelte den Kopf. »Kao ist in Sicherheit«, sagte er. »Sie sind alle in Sicherheit.«

Wish hob den Kessel auf und stellte ihn vorsichtig auf das Abtropfgestell. Paul lehnte sich an die Wand, schob die Hände in die Taschen und sagte: »Wir wissen alle, dass es nicht immer glatt läuft, wenn Menschen in dieses Land kommen. Manchmal eröffnen sie ein Geschäft, von dem böse Menschen ein Stück wollen. Manchmal schulden sie den Schleusern, die sie ins Land gebracht haben, noch Geld. Ist hier irgendetwas in der Art zugange?«

»Nein, nein«, sagte Dr. Mai. »Nichts dergleichen.«

Hm. Der Alte hatte die Bemerkung so schnell abgetan, dass

etwas Wahres dran sein könnte. Paul hatte seine eigene Arbeitshypothese entwickelt. Sicher wurde das Geld von der Versicherung so dringend gebraucht, weil eine Erpressung schief gelaufen war. Ihm war der Gedanke gekommen, dass Kao einen der Geldeintreiber erschossen hatte und sein Laden als Vergeltungsmaßnahme niedergebrannt worden war.

Vielleicht irrte er sich aber auch.

»Was kochen Sie?«, fragte Wish.

»Gemüseeintopf«, antwortete Mai kurz angebunden, während Paul überlegte, wie er an die nötigen Informationen kommen sollte.

Wish nickte. »Soll ich Ihnen beim Schnippeln helfen?« Als der alte Mann nicht Nein sagte, wusch Wish sich die Hände, nahm das Messer und schälte eine Aubergine so fachmännisch, dass Paul nur staunen konnte. Auch Mai sah ihm zu und schien sich zu entspannen. »Ihre Mutter muss eine gute Köchin sein«, sagte er zu Wish.

»Das hat mein Vater mir beigebracht. Sie sollten sein Chili probieren. Mein Vater hat im Indianerreservat einen Laden geführt, als er jung war. Hat alles verkauft, was Sie sich vorstellen können, Angelausrüstung – er wohnte beim Pyramid Lake, schon mal davon gehört? –, Konserven, Toilettenpapier.« Wish war mit der Aubergine fertig und griff nach einer großen saftigen Zwiebel, die er in einer halben Sekunde von ihrer Schale befreit hatte. Er hackte sie flink und fügte hinzu: »Aber er konnte sich nie seinen Lebensunterhalt damit verdienen. Danach hat er als LKW-Fahrer gearbeitet. Was mich auf Mr. Vang bringt. Ich weiß, dass er uns nicht sehen will, aber vielleicht weiß Mr. Vang nicht, dass Nina sich große Sorgen um ihn macht. Wenn wir ihr nur versichern könnten, dass es ihm gut geht.«

Dr. Mai schien darüber nachzudenken. Paul beschloss, sich zurückzuhalten, denn vielleicht kam Wish sogar besser weiter.

»Soll ich den Kessel mit Wasser füllen?«, fragte Wish. Mai

ging zur Spüle und erledigte es selbst. Er dachte nach, und Paul wartete. Mai bat Wish, den schweren Kessel auf den Herd zu stellen, die Platte anzumachen und das Wasser zu salzen. Er nahm einen Kartoffelschäler und reichte ihn Wish.

»Ich bin müde«, sagte er.

»Kein Problem.« Wish machte sich daran, die Kartoffeln zu schälen.

Mai zog einen Tritthocker heraus und setzte sich langsam. »Kao hat Frieden verdient. Er hat sehr gelitten. Ich bin während der Operationen und der langen Zeit der Angst immer bei ihm geblieben.«

»Wir wollen ihm helfen«, sagte Paul.

»Kao Vang kannte die Männer, die seinen Laden ausgeraubt haben.«

Bei dem Wort *Männer* horchte Paul auf. Im Polizeibericht war nur von einem Räuber die Rede gewesen, Song Thoj, dem Mann, den Kao bei dem zweiten Überfall erschossen hatte.

»Was ist wirklich passiert, Dr. Mai?«, fragte Paul. Mai schüttelte den Kopf und machte dabei ein Gesicht, als wollte er sagen: Und als Nächstes bitten Sie mich, das Jenseits zu beschreiben.

»Ist sie zufrieden, wenn ich Sie jetzt zu Kao bringe, damit Sie mit ihm reden können?«, fragte Mai. »Hört sie dann auf, so stur zu sein und uns um jeden Preis helfen zu wollen?«

»Wenn er uns persönlich anweist, ihm den Scheck zu geben.«

»In Ordnung. Wenn es nicht anders geht. Ich muss erst fertig kochen. Kommen Sie in einer Stunde wieder.« Er lud sie nicht zum Essen ein, aber das war ihm recht. Paul mochte Gemüseeintopf nichts besonders, ihm ging es darum, Nina in Bezug auf diese Familie zu beruhigen, damit er die anderen Spuren im Zusammenhang mit den verschwundenen Akten weiter verfolgen konnte.

»Abgemacht«, sagte Paul.

Er und Wish gingen hinaus und setzten sich in den Wagen, in dem es inzwischen heißer war als auf der Sonnenseite des Merkur. Das Dach war in der Nacht von Hagelkörnern durchlöchert worden. Die Reparatur würde einiges kosten. Paul startete den Motor und schaltete die Klimaanlage ein.

»Hast du gut hingekriegt, ihn weich zu klopfen«, sagte er.

Wish lehnte sich mit geschlossenen Augen zurück und meinte: »Hä?«

»Die Geschichte. Über deinen Vater und seinen Laden. Das hat funktioniert.«

»Also, mein Vater hatte wirklich einen Laden. Aber ich habe ein bisschen geschwindelt.«

»Wo?«

»Also, dass er LKW-Fahrer wurde. In Wahrheit hat er sich in eine andere Frau verliebt ...«

»Du meinst, obwohl er mit deiner Mutter ...?«

»Genau. Und dann ist er abgehauen. Meine Mutter hat versucht, den Laden weiterzuführen, aber es ging nicht. Er erinnerte sie zu sehr an ihn.«

»Das kann ich mir vorstellen.« Paul wusste, dass Sandy sich vor Jahren von Wishs Vater Joseph hatte scheiden lassen und ihn im vergangenen Jahr wieder geheiratet hatte. Doch die näheren Umstände waren ihm nicht bekannt.

»Ich war noch ziemlich klein«, sagte Wish. Er langte in seine Tasche, holte einen Apfel heraus und biss ein gewaltiges Stück davon ab.

»Verdammt, hab ich Hunger«, sagte Paul. Wish bot ihm die andere Seite des Apfels an, doch Paul schüttelte den Kopf. Er schaute auf seine Uhr, eine Schweizer Armeeuhr, die er bei eBay erstanden hatte. »Wir müssen mit dem Mittagessen warten. Ich möchte nicht, dass Dr. Mai es sich anders überlegt und verschwindet. Hast du gehört, was er gesagt hat? Er hat erwähnt, dass an den Überfällen mehr als ein Mann beteiligt war.«

»Dann … lebt einer noch!«

»Kann doch sein, dass das der Typ ist, vor dem Kao sich versteckt«, sagte Paul. »In den Polizeiberichten steht nicht viel, aber etwas wissen wir, nämlich die letzte bekannte Adresse von Song Thoj.« Er zog seine Notizen zurate. »Er hat in der Nähe des Chaffee-Zoos in der Palm Avenue gewohnt. Die Hmong bilden eine enge Gemeinschaft. Vielleicht wohnt der andere Typ auch dort.«

»Willst du dich an seine Fersen heften?«

»Vielleicht ist das gar nicht nötig. Vielleicht geht es Kao gut, und vielleicht treffen wir ihn und fahren nach Hause, und Nina gibt ihm seinen Scheck.«

»Okay. Also warten wir auf Dr. Mai. Ich wollte noch sagen, meine Mutter hatte damals wirklich ein gebrochenes Herz.«

»Das dachte ich mir die ganze Zeit schon. Ich bin froh, dass die Geschichte ein gutes Ende gefunden hat. Sie und dein Vater sind ja wieder zusammengekommen.«

»Ja, sie sind glücklich«, sagte Wish. »Eine echte Liebesgeschichte.«

Paul lehnte sich zurück und döste. Er versuchte zu entscheiden, wer die Titelrolle in der Verfilmung von Sandys Leben spielen konnte. Gertrude Stein wäre gut, aber die war lange tot. Er dachte an die Inuit-Empfangsdame, die er vor kurzem in einer Wiederholung der Fernsehserie *Ausgerechnet Alaska* gesehen hatte, inzwischen hatte sie sicher die vierzig überschritten. Perfekt.

Seine Gedanken wanderten zu Nina, eine weitere Liebesgeschichte, aber seine eigene. Das einzige Problem war nur McIntyre. Hatte er es tatsächlich wieder auf sie abgesehen? Würde sie sich für ihn interessieren? Jack hatte stets ein Faible für Frauen gehabt, für viele Frauen, aber Paul besaß genügend freundschaftliche Loyalität, um das Nina gegenüber nicht zu erwähnen.

Unmöglich, dass Nina ihm den Vorzug gab. Jack war gebaut wie ein Dörrofen und so zynisch wie ein Buchmacher. Aber immerhin, sie hatte Jack einmal geheiratet, er konnte sich nicht vorstellen, warum. Jedenfalls war es jetzt das Richtige, sich um ihre Probleme zu kümmern, damit Jack wieder in der Vergangenheit versinken konnte, wo er hingehörte.

»Vielleicht sollten wir Dr. Mai nicht alleine lassen«, sagte Wish. »Jemand könnte versuchen, ihn umzubringen, während wir hier draußen sitzen. Bist du nicht nervös?«

»Niemand hat versucht, ihm was zu tun, bevor wir herkamen, und es wird auch jetzt niemand versuchen«, sagte Paul. »Er ist nicht das Ziel, er ist nur ein Mittelsmann. Er muss bloß seine Suppe fertig kochen.«

»Aber ...«

»Es gibt nicht immer nur Action und zerbrochene Fensterscheiben oder Verfolgungsjagden. Die meiste Zeit sitzt man in einem heißen Auto und verhungert fast.«

Doch Wish war völlig überdreht und zeigte plötzlich nach vorne. »Aha!«, sagte er, was Paul aufschrecken ließ.

»Was? Was ist passiert?«

»Er kommt.«

Der alte Mann in Hemdsärmeln und einer abgetragenen Hose aus den Beständen der Heilsarmee trat heraus, hielt sich am Geländer fest und kam langsam die Stufen herunter. Es passierte nicht viel, es war nur ein heißer, stiller Nachmittag, doch Paul spürte eine Erregung, denn dieser spezielle alte Mann wusste etwas, was Paul nicht wusste. Paul wollte Wish das erklären, aber der Bursche würde es mit der Zeit selbst herausfinden.

Es war diese Erregung, die Paul vorantrieb, nicht die Spannung, die Aggression und der Adrenalinstoß, sondern die Jagd, das beharrliche Aufdecken von Fakten, das Überwinden von Verleugnungen und Hindernissen, die Knöpfe, die langsam aufgeknöpft wurden, die gemurmelten Geständnisse, und schließlich der Augenblick, in dem die nackte, erregende Wahrheit zutage trat. Er sah Dr. Mai an und dachte: Jetzt kommen wir der Sache näher.

Wish setzte sich auf den Rücksitz, und Dr. Mai, der tröstlich nach Zwiebeln roch, saß neben Paul, als sie auf die schattige Straße fuhren. Mais Gesicht war schmal und knochig, doch er hatte kaum Falten. Sein langer Finger wies ihnen den Weg, rauf auf die Schnellstraße und auf dem Highway nach Norden. Nach der Ausfahrt fuhren sie auf den Boulevard, vorbei an Gebrauchtwagenhändlern und allen möglichen anderen Läden. Paul unterbrach die Stille nicht. Er wollte den Mann nicht kränken, auch wenn ihm bei den KFCs und Burger Kings, an denen sie vorbeifuhren, vor Hunger beinahe ein Stöhnen entfahren wäre.

»Hier.« Sie waren jetzt in einem Wohnviertel, und Paul hielt hinter einem Schulbus, der ein paar Kinder aussteigen ließ. Sie huschten in alle Richtungen, ihre schweren Schultaschen polterten. Noch einmal Dr. Mais Finger folgend, fuhr Paul in eine Einfahrt auf halber Höhe des Blocks. Dahinter lag ein Einfamilienhaus, das den anderen in der Gegend glich. In der Einfahrt stand kein Auto. Vertrocknetes Gras und ein paar durstig aussehende Sträucher säumten die vordere Veranda. Paul nahm an, dass sie erwartet wurden.

Die Tür ging auf, und vor ihnen stand ein hübsches junges Mädchen mit langem schwarzem Haar, großen mandelförmigen Augen mit langen Wimpern. Sie hatte gebräunte Beine die von der Wade bis zum Oberschenkel perfekt geformt waren, Beine, von denen Paul zwischen seinem dreizehnten und achtzehnten Lebensjahr jede Nacht geträumt hatte, fest und knackig. Sie steckten in ausgefransten abgeschnittenen Jeans und verschwanden ohne Strümpfe in Turnschuhen.

»Onkel Mai«, sagte sie und öffnete die Tür weiter, wobei sie

Paul und Wish kaum eines Blickes würdigte. In Gedanken war sie eindeutig woanders.

»Das ist Yang.« Mai zog die Schuhe aus, bevor er hineinging, wodurch eine Verzögerung entstand, denn Wishs Wanderstiefel aufzuschnüren und auszuziehen dauerte eine Weile. Das Mädchen verschwand, und schließlich betraten sie ein kahles Wohnzimmer, das hauptsächlich mit einem niedrigen runden Tisch und großen gemusterten Sitzkissen möbliert war. In der Fensternische bemerkte Paul einen roten Schrank mit einem Spiegel und eine Buddhastatue, die mit Schals und Blumen behängt war. Weiße Votivkerzen brannten, und in dem Raum roch es nach Räucherstäbchen.

»Kao!«, rief Dr. Mai. »Kao!« Er sagte noch ein paar Worte in seiner Sprache, deren warnender Ton unmissverständlich war.

Ein kleiner Hmong-Mann kam herein, er trug Shorts und ein schwarzes T-Shirt. Vor Paul blieb er stehen und streckte ihm die Hand hin.

»Hi«, sagte er.

»Wie Sie sehen, geht es ihm gut«, sagte Dr. Mai.

Kao Vang sah aus, als ginge es ihm gut, vollkommen gesund. Obwohl ein leichter Schweißfilm auf seinem narbigen Gesicht glänzte, gab es doch keine Zeichen für Folter oder Zwang und, soweit Paul das sehen konnte, auch keine Kameras in den Ecken und keine düsteren Gestalten, die in der Küche lauerten. Doch mit seinem Eintreten hatte Spannung den Raum erfüllt.

»Können wir uns setzen?«, fragte Paul. Er zog sich ein Sitzkissen heran und musste feststellen, dass es gar nicht so unbequem war, wenn er seine Ellenbogen auf den Tisch aufstützte. »Wissen Sie, wer ich bin?«

»Ich habe es ihm erklärt«, sagte Dr. Mai.

»Er hat eben ›Hi‹ gesagt. Spricht er kein Englisch?«

»Nur wenig. Ich übersetze.«

»Okay. Wie geht es Ihnen, Mr. Vang?«

»Er sagt: ›Es geht mir gut.‹« Als wollte er demonstrieren, wie gut es ihm ging, zog Vang ein Päckchen indonesischer Zigaretten heraus und zündete sich eine an, wobei er Paul nicht anschaute. Ein missmutiger Kunde, und kein glücklicher.

»Wie geht es Ihrer Frau?«

Er versteifte sich. Er hatte die Frage verstanden.

»Auch gut.«

»Ist sie hier?«

»Sie arbeitet, damit die Familie was zu essen hat, während sie auf den Scheck wartet.«

»Wo arbeitet sie?«

»Nicht weit weg.«

»Ich sehe, dass auch noch eine andere junge Dame hier ist.«

Ein paar Sätze wurden gewechselt.

»Yang ist ihr ältestes Kind. Ihr Sohn Boun ist zwölf.«

»Nina hat Yang noch nicht kennen gelernt, oder?«

»Yang hat viel zu tun für die Schule.« Na ja, im Augenblick jedenfalls ist sie nicht in der Schule, dachte Paul bei sich. »Wie alt ist sie?«

»Fünfzehn. Warum fragen Sie nach ihr?«

»Aus keinem bestimmten Grund. Also, Mr. Vang, vielen Dank, dass Sie mich heute empfangen haben. Wir können das Problem jetzt ein für alle Mal klären.«

»Es gibt kein Problem«, sagte Dr. Mai, obwohl Vang gar nichts gesagt hatte.

»Gibt es einen speziellen Grund, warum Sie nicht nach Tahoe kommen und mit Nina zur Bank gehen können, um Ihren Scheck zu erhalten?«, fragte Paul. Die Hmong begannen zu reden und zu gestikulieren. Kao und Dr. Mai schienen nicht gerade wütend aufeinander zu sein, doch es gab eine Unstimmigkeit.

Wish stand auf und ging zu dem Altar hinüber, um sich die Statue anzusehen. Er schob sich langsam in Richtung Flurtür, die nur angelehnt war. Yang lauscht auf jedes Wort, dachte Paul.

Ein Brennen fuhr ihm den Rücken hinauf über den Hals bis zur Kopfhaut, und er dachte, sie ist irgendwie Teil dieser Sache hier.

Wish drückte gegen die Tür. Niemand da.

»Kao kann im Augenblick nicht hier weg …«, sagte Dr. Mai.

»Warum?«

»Wir sind hier nicht bei den Kommunisten. Sie werden nicht alles erfahren. Kao ist sehr wütend darüber, dass er diese Anwältin engagiert hat, die ihm grundlos sein Geld vorenthält. Also. Das Geld wird dringend gebraucht. Kao kehrt nach Laos zurück. Wenn es sein muss, komme ich noch einmal nach Lake Tahoe, um das Geld in Empfang zu nehmen. Kao bittet Sie, Ihre Chefin anzurufen und sie zu bitten, den Scheck heute Abend oder spätestens morgen zu überbringen.«

Paul dachte darüber nach. »Lassen Sie mich rausgehen und sie anrufen.«

»Ja. Bitte.«

»Ich muss ihr ein paar Dinge erklären, wenn ich sie anrufe.«

Dr. Mai schaute gen Himmel.

»Dieser zweite Mann, der davongekommen ist. Hat er Mr. Vang bedroht?«

»Rufen Sie Ihre Chefin an! Besorgen Sie den Scheck!«, schrie Kao. Er war so frustriert, dass er Englisch gesprochen hatte. »Ich rufe die Polizei! Sie ist eine Diebin!« Mit einer Hand hielt er seinen Unterkiefer fest, bewegte ihn vor und zurück und schnitt Grimassen. »Sehen Sie mich an! Sehen Sie, wofür das Geld ist! Es ist mein Geld!« Paul hörte etwas. Weinen.

»In Ordnung, ich gehe raus und rufe an.« Er gab Wish einen Wink, und sie gingen hinaus in den strahlenden Sonnenschein. Paul stellte sich unter den Dachvorsprung der Garage, weit genug vom Haus weg, um nicht belauscht zu werden, und rief Nina an.

»Schatz, dieser Kao ist total sauer«, erklärte er ihr. »Niemand prügelt ihn. Niemand hält ihm eine Waffe an die Schläfe.«

»Wo ist seine Frau?«

»Er behauptet, dass sie arbeitet. Ich kann das überprüfen. Ich könnte den Typ weiter schikanieren und alles überprüfen, was er sagt. Aber weißt du, ich werde das Gefühl nicht los, dass die Frau entführt worden ist. Das ist keine normale Erpressung. Irgendetwas geht da vor sich, aber ich weiß nicht, was. Der Punkt ist, sie wollen nicht, dass wir unsere Nase reinstecken. Wir machen es womöglich nur schlimmer. Es ist sein Geld.«

Er hörte Nina seufzen. »Wenn er dieses Geld jemandem gibt, der ihn unter Druck setzt, Paul ... Das Geld ist die Zukunft seiner Familie. Es ist der Unterschied zwischen äußerster Armut und einer Collegeausbildung für die Kinder und einer Farm irgendwo, wo immer sie auch hinziehen ...«

»An irgendeinem Punkt musst du tun, was er sagt«, meinte Paul. »Ich glaube, wir müssen ihm den Scheck geben. Kao selbst möchte das Geld, das ist klar. Aber da ist noch das junge Mädchen. Ein hübsches Kind, Nina, du solltest sie sehen. Sie hat im Schlafzimmer geweint. Ich hatte einen von diesen Geistesblitzen, von denen du immer sprichst. Dass sie mit drinhängt.«

»Wo ist sein Sohn?«

»In der Schule, glaube ich.«

»Ich frage mich, wieso ich die Tochter bisher nicht kennen gelernt habe. Den Sohn haben sie mit in mein Büro gebracht«, hakte Nina nach, sie schreckte noch immer davor zurück, das Geld einfach wegzugeben.

»Übrigens war ein weiterer Mann am Überfall beteiligt«, fuhr Paul fort. »Das ist Mai rausgerutscht.«

»Dann hat Kao die Polizei angelogen. Warum?«

»Keine Ahnung.«

»Da draußen läuft jemand herum, der sehr gefährlich ist, und die Polizei hat keine Ahnung.«

»Ich dachte ganz einfach, Kao will, dass das Geld zurück

nach Laos fließt«, sagte er, »vielleicht wegen dem zweiten Typ. Aber das ist noch nicht alles. Dieses junge Mädchen …«

Er konnte förmlich hören, wie während einer unheilvollen Stille am anderen Ende der Leitung die Entscheidung fiel.

»Ich werde es noch nicht tun, Paul. Ich habe das Geld auf meinem Treuhandkonto deponiert, aber ich werde den Scheck noch nicht ausstellen.«

»Und wie soll ich dir diese Sache präsentieren? Damit du das Gefühl bekommst, du kannst den Scheck ausstellen? Was soll ich diesem wütenden Mandanten sagen?«

»Nur noch eines, Paul. Sprich mit Mrs. Vang und vergewissere dich, dass sie und ihr Sohn ebenfalls in Sicherheit sind. Sie ist Mitbesitzerin des Ladens. Tu's einfach. Jack möchte noch einmal über all das reden. Ich möchte erst wissen, was er darüber denkt.«

»Die Frau finden.«

»Tut mir Leid, Paul. Ich weiß, es ist schwierig …«

Wieder im Haus versuchte er, Ninas Entscheidung so positiv wie möglich zu verkaufen. Ja, sie würde den Scheck so schnell wie möglich aushändigen. Vielleicht schon am Montag, war das kein schöner Gedanke? Es gab da nur noch ein winziges Detail, er musste kurz mit Mrs. Vang reden …

Kao ging an die Decke. Er fing wieder an zu brüllen, und diesmal gelang es Dr. Mai nicht, ihn zu beruhigen. Kao stellte sich direkt vor Paul und stieß ihm mit dem Finger in die Brust. Paul machte einen Schritt rückwärts und sagte, es sei Zeit zu gehen, sie würden sich wieder melden. In perfektem Englisch schrie Kao: »Raus hier!«, und scheuchte sie nach draußen, jederzeit bereit, die Fäuste zu gebrauchen. Die Tür knallte zu, und alle blieben dahinter zurück, der alte und der wütende Mann und die Teenagerversion der Venus von Fresno.

»Was jetzt?«, fragte Wish.

»Essen«, sagte Paul.

16

Pauls zweiter Anruf kam am Donnerstag gegen halb fünf. Nina befand sich gerade in ihrem hübschen blitzblanken Bronco auf dem Rückweg vom Gericht und war eben am Swiss Chalet Restaurant vorbeigefahren, als ihr Handy in der Handtasche klingelte. Ein warmer Luftzug, der durch das offene Fenster hereinwehte, übertönte es beinahe.

»Letzter Bericht des Tages«, sagte er. »Wir sind unterwegs zur Küste, um etwas über Brandys Verlobten Bruce herauszufinden, also dachte ich, ich gebe dir noch rasch die Ergebnisse durch. Erstens, Cody Stinson wurde verhaftet wegen des Mordes an Phoebe Palladino, wie ich bereits in meiner Nachricht heute Morgen gemeldet habe. Es heißt, Mario Lopez wird irgendwann heute Nachmittag entlassen. Dann ist da die Vang-Akte. Mrs. Vang war nicht schwer aufzustöbern. Wir haben sie in einer Näherei am Stadtrand gefunden, wo sie arbeitet. Sie sagt, sie habe eine neue Wohnung.«

Nina, die an einer roten Ampel feststeckte, sagte: »Eine neue Wohnung? Sie wohnt nicht bei ihrem Mann?«

»Nein. Das ist der Schlüssel zu allem. Sie wirkte übrigens, als ginge es ihr gut. Kein Anzeichen dafür, dass irgendjemand versucht, sie zu erpressen. Sie sagt, die Kinder seien in Sicherheit und wohlauf, und ich glaube ihr.«

»Du hast viel aus ihr herausbekommen. Scheint, als wäre ihr Englisch viel besser, als ich dachte. Aber es ist etwas passiert?«

»Also, in der Hinsicht hast du richtig gelegen und gleichzeitig falsch. Bevor wir sie aufsuchten, haben wir uns mit einem gesprächigen Nachbarn unterhalten, der kein Hmong ist. Haben ein paar Sachen rausgefunden. Die Familie hat sich getrennt, aber das scheint nichts mit der vermissten Akte zu tun zu haben. Es geht um das Versicherungsgeld. Die Geschichte geht so: Vangs hübsche junge Tochter hat sich mit einem Gangmitglied namens Song Thoj eingelassen. Er lebte hier unten in Fresno. Die Vangs wohnten damals in Tahoe, und er verbrachte viel Zeit da oben.«

»Der Mann, den Kao erschossen hat!«

»Richtig. Kao hat von der Beziehung erfahren und seine Tochter eingesperrt. Ihr Freund konnte nicht mehr zu ihr, also ist er eines Nachts nach Tahoe raufgefahren und hat auf Kao geschossen.«

»Warum hat Kao das nicht der Polizei gesagt?«

»Hätte er den Ruf der Tochter ruinieren sollen? Sie ist erst fünfzehn. Sie hätte nie mehr heiraten können. Sie wollten ihre Ehre erhalten. So hat Mrs. Vang es mir erklärt.«

»Armer Kao. Und seine arme Tochter.« Grün. Sie fuhr weiter Richtung Büro.

»Also haben die Eltern weitergemacht, so gut es ging, aber Kao hat sich angewöhnt, eine Waffe bei sich zu tragen. Prompt kam der Freund, Song Thoj, wieder in den Laden, diesmal mit einem anderen Typ. Diesmal musste Kao Song Thoj umbringen, sonst wäre er getötet worden.«

»Was ist wirklich in diesem Laden vorgefallen? Wer war dieser zweite Typ, von dem wir jetzt zum ersten Mal erfahren? Der Polizei haben sie nichts von ihm erzählt.«

»Offensichtlich fanden sie es besser zu behaupten, es seien einfache Überfälle gewesen. Dann wurde der Laden niedergebrannt, und ich habe den Eindruck, dass sie den zweiten Mann verdächtigten. Da die Vangs sich aber weigern, über ihn zu reden, bleibt die ganze Geschichte über das, was passiert ist, recht undurchsichtig. Dass der Laden abgebrannt ist, hat Kao den Rest gegeben. Er will nur noch zurück nach Laos, um seine Tochter aus der Höhle des Lasters zu retten. Dr. Mai hat ihm geholfen, die Versicherungsgeschichte durchzuziehen, damit er das Geld für die Fahrkarten bekommt.

Und inzwischen hat Mrs. Vang so lange hier gelebt, dass in ihrem Denken eine revolutionäre Umwälzung stattgefunden hat. Es hat sich herausgestellt, dass sie eine ausgezeichnete Näherin ist. Hmong-Frauen sollen nicht außerhalb des Hauses arbeiten, aber nach dem Verlust des Blue Star Market hat Kao sie gelassen. Sie lernt Englisch und hat ein paar neue Freundschaften geschlossen, besonders mit einer Dame aus El Salvador, mit der sie zusammenarbeitet und die großen Einfluss auf sie ausübt. Kurz gesagt, Mrs. Vang möchte nicht nach Laos zurück und will auch nicht, dass ihre Kinder zurückgehen. Sie will, dass ihr Sohn und ihre Tochter in Amerika aufwachsen.«

»Aber Kao ...«

»Sie sagt, er wäre stur. Er will aus all den genannten Gründen nicht zur Polizei gehen, und er ist paranoid. Sie liebt ihn, aber sie ist fest entschlossen, nicht mit ihm zu gehen. Sie sagt, sie würde sterben, wenn sie in ihr altes Leben zurückkehren müsste. Ich habe das Gefühl, dass da früher noch mehr war – wusstest du, dass die Männer oft mehrere Frauen haben? Ich vermute, dass es in Laos noch eine andere Frau gibt. Jedenfalls scheint es keine andere Lösung zu geben, als dass die Familie sich trennt.«

»Was ist mit den Kindern?«

»Eine endgültige Entscheidung ist noch nicht gefallen. Dr. Mai und ein paar ältere Mitglieder der Gemeinde versuchen zu vermitteln. Mrs. Vang scheint sich sicher zu sein, dass die Kinder hier bleiben.«

»Das ist tragisch, Paul«, sagte Nina. »Es ist nicht fair. Sie mussten schon so viel durchmachen.«

»Noch ein Hammer«, sagte Paul am Telefon.

»Das Geld?«

»Richtig. Mrs. Vang wusste nicht, dass du den Scheck erhalten hast und dass Kao versucht hat, das Geld ohne sie zu bekommen. Sie hat nicht viel dazu gesagt, aber ich konnte sehen, dass sie das hart getroffen hat. Offensichtlich ist Kao der Ansicht, dass er das Oberhaupt der Familie ist und bestimmen kann, was mit dem Geld geschieht. Damit kann er seine Frau unter Druck setzen, das zu tun, was er will.«

»Aber wir sind hier in Amerika«, sagte Nina, »und Mrs. Vang war Mitbesitzerin des Ladens. Die Hälfte des Geldes gehört ihr.«

»Das ist richtig.«

»Vielen Dank, dass du diesen zusätzlichen Schritt noch gemacht hast, Paul. Ich hätte es mir nie verziehen.« Trotzdem war Nina traurig. Die Familie war auseinander gebrochen. Das Geld aus der Versicherung konnte die Familie nicht retten. Sie konnte das nicht richten, wie sehr sie sich auch mühte.

»Das hat alles nichts mit der Akte zu tun«, sagte Paul noch einmal. »Du hattest das merkwürdige Gefühl, dass da was nicht stimmt, und hast mich gebeten, es mir genauer anzusehen, und wir konnten eine große Ungerechtigkeit verhindern.«

Nina fuhr auf den Starlake-Parkplatz und stellte den Motor ab. »Ich gehe nicht davon aus, dass ich alle Probleme der Welt lösen kann. Ich wünschte nur, ich könnte es.«

»Distanzier dich ein wenig«, riet Paul ihr. »Eins noch. Ich war auch beim letzten Wohnort dieses Freundes, den Vang beim zweiten Raubversuch erschossen hat. Ein Dreckloch unter einer Schnellstraßenüberführung. Ich wollte was über den zweiten Typ in Erfahrung bringen. Die Leute, die jetzt dort wohnen, sind aus Alabama und haben noch nie etwas von ihm oder seiner Familie gehört. Ich glaube, da du nichts über einen zweiten Mann wusstest, weiß derjenige, der deine Akten hat, auch nichts darüber, also hat es da keinen Kontakt gegeben. Wir müssen uns also keine Sorgen machen, dass aus der Ecke noch Gefahr droht. Mehr konnte ich heute in der Sache nicht mehr tun. Wir haben noch zwei andere Akten, die unsere Aufmerksamkeit verlangen, also mach ich hier im Augenblick nicht weiter. Ist das okay?«

Nina behielt das Telefon am Ohr und ging in das Gebäude. Sie winkte den Immobiliendamen in deren Büro zu, ging den Flur hinunter zu ihrem Büro und dachte: Reichen diese neuen Informationen, um das merkwürdige Gefühl, das ich wegen dieses Falls im Bauch hatte, zu beruhigen? Wie weit kann ich gehen? Jetzt verstand sie, warum Kao Vang das Geld so eilig haben wollte. Es gefiel ihr nicht, dass es noch einen losen Faden gab, einen zweiten Räuber, von dem nicht einmal die Polizei etwas wusste – aber es konnte nicht ewig so weitergehen.

Sie war zufrieden, dass die Vangs in Sicherheit waren und nicht bedroht wurden. Sie hatte nun die Pflicht, ihnen das Geld zu geben, während sie in dem Versuch, ihre Familienprobleme zu lösen, wild aufeinander einschlugen.

»Fahr runter nach Palo Alto und richte dein wachsames Auge auf den Campingplatz-Fall«, sagte sie. »Ich zerreiße den Scheck, stelle von meinem Treuhandkonto zwei einzelne Schecks aus, Hälfte, Hälfte, und lasse die Mr. und Mrs. Vang am Montag getrennt per Boten zustellen. Ich möchte nur mehr Zeit, damit die Dinge sich in meinem Kopf setzen können. Sie bekommen ihr Geld. Wir können uns da nicht noch weiter einmischen. Es ist bereits Donnerstag, also der erste Banktag nächste Woche.«

»Guter Plan«, meinte er.

Er wusste, dass sie es hinauszögerte, aber das war ihre Entscheidung. Die plötzlichen unvorhersehbaren Drehungen und Wendungen des Falls machten sie immer noch nervös. Sie musste das Wochenende über den Informationen brüten, weil sie nichts tun wollte, was sie später bereuen würde.

»Vang wird nicht glücklich sein, von dir und seiner Frau ausgetrickst zu werden.«

»Ja, ist bestimmt hart für ihn«, sagte Nina. »Verständlich. Er ist verletzt worden. Nun hat er das Gefühl, das Geld gehöre ihm. Er ist der Vater des Mädchens, das die Familie in solche Schwierigkeiten gestürzt hat, und das Oberhaupt der Familie.

Aber das Geld kann nicht all das wieder gutmachen. Das Geld ist für das Geschäft, zu dem auch Mrs. Vang mit ihrer Arbeit beigetragen hat. Also machen wir's auf unsere Weise. Gib mir Mrs. Vangs Adresse.«

Das tat er.

»Und es bleibt noch eine letzte Frage. Wer hat die Akten gestohlen?«

»Richtig.«

»Glaubst du, du kannst – nach deinem Besuch in Palo Alto und nachdem du mit Ali Peck gesprochen hast – herausfiltern, welcher unserer drei Hauptverdächtigen Mittel, Motiv und so weiter hatte?«

»Du meinst Lisa Cruz, Jean Scholl und Riesner? Du willst die Alibis für die Nacht, in der dein Wagen gestohlen wurde?«

»Wir löschen zwar überall die Feuer«, sagte Nina, »aber über allem liegt der Brandgeruch der großen Frage, die zu untersuchen wir noch keine Zeit hatten.«

»Ich höre nicht auf, bis ich umkippe.«

Nina hörte die Erschöpfung in seiner Stimme. »Es tut mir Leid, dass ich so viel von dir verlange«, sagte sie. »Aber es hat noch niemand behauptet, es wäre leicht mit mir, selbst damals nicht, als es das noch war.«

Er lachte, und sie legte auf und öffnete die Tür, die vom Flur zum Empfangszimmer führte. Keine Mandanten.

Sandy, die weit vornübergebeugt auf ihrem Stuhl saß und Akten bearbeitete, richtete sich auf, als sie die Tür hörte. »Gut, dass du kommst«, sagte sie. »Bergeweise Nachrichten auf deinem Tisch.«

»Irgendetwas Wichtiges?«

»Also, Jack hat zweimal angerufen. Du sollst ihn zurückrufen.«

Nina schloss die Tür hinter sich und beantwortete zuerst die anderen Anrufe. Dann stellte sie zwei Schecks auf den Namen

Vang aus, während Sandy sich zum Gehen fertig machte. Kurz nach fünf erschien Sandy in der Tür und sagte: »Bis dann.«

»Gute Nacht, Sandy.«

»Nimm bloß keine Akten mit nach Hause.«

Nachdem Sandy gegangen war, nahm Nina die Telefonnotiz von Jack, legte sie wieder weg, stand auf, um hin und her zu gehen, setzte sich wieder und nahm den Zettel noch einmal in die Hand. Sie war sich nicht sicher, ob ihr Jacks plötzliche Hingabe gefiel. Er rief sie jetzt fast jeden Tag an, bedachte sie mit Gedanken, Ratschlägen, Rügen. In der ersten Panik hatte sie sich an ihn gehängt, und sie war ihm auch dankbar, dass er zur Verfügung stand und bereit war, ihr zu helfen, aber …

Sie legte die Füße auf den Tisch und dachte über die drei Fälle nach. Die Vangs waren unter Kontrolle, Brandy und Angel in Sicherheit, und Stinson war gefasst worden. Allerdings musste Paul noch herausfinden, wohin Bruce Ford verschwunden war. Blieb noch Kevin Cruz, der verzweifelte Polizist, den sie nicht mehr vertreten konnte. Sie hatte das Unrecht von ihm abgewendet, so gut sie es vermocht hatte. Mehr konnte sie nicht für ihn tun.

Sie dachte an den Augenblick, in dem er sie gepackt hatte, an ihren Widerwillen und an die wachsende Angst, die sie jetzt empfand. Was er getan hatte, war eine unvollständige Geste, so befrachtet, wie ein obszönes Versprechen, das gehalten werden muss. Warum war Kevin so weit gegangen? Ihren Trost brauchte er längst nicht so sehr wie ihre Fähigkeiten als Anwältin. Und das wusste er. Warum also? Sie konnte beim besten Willen keinen Grund finden. Sie konnte niemandem von Kevin erzählen. Paul würde überreagieren. Kevin war ihr Mandant, und sie konnte sich wegen eines einzigen falschen Schritts nicht gegen ihn wenden, zur Polizei gehen oder so. Er steckte so schon bis zum Hals in Schwierigkeiten.

Sie schlang bei der Erinnerung die Arme um den Oberkörper.

Er hätte mich verletzen können, dachte sie. Dann setzte sie noch einen drauf: Die Sache mit Kevin ist noch nicht vorbei.

Sie rief Jack an. Wie sie erwartet hatte, war er im Büro. Sie stellte sich vor, wie er in einem der oberen Stockwerke der Transamerica Pyramid hinter einem breiten Mahagonischreibtisch saß, während heiße Halogenstrahlen aus einer italienischen Lampe auf seine Harvard-Schreibunterlage brannten.

»Ich komme gerade rein«, sagte Jack. »Was ist mit Taylor und Vang passiert?« Sein Interesse ging sehr viel tiefer, als seine beiläufigen Worte vermuten ließen. »Hat Paul alle gefunden?«

»Vang ist unter Kontrolle«, sagte sie, erklärte es ihm und erzählte ihm dann, was Cody Stinson am Frauenhaus veranstaltet hatte.

»Das hätte Paul besser hinkriegen können«, sagte Jack. »Er hätte den Typen gleich oben auf dem Hügel festhalten und die Polizei rufen sollen.«

Sie wusste, dass auch Paul nicht glücklich darüber war, wie die Sache gelaufen war. »Ziemlich leicht, andere Leute im Nachhinein zu kritisieren, was?«, sagte sie.

Er lachte. »Du musst ihn nicht verteidigen, Zuckerschnecke. Wenn ich ihn zu hart angehe, kann er sich mit einem gemeinen linken Haken verteidigen.«

Sie konnte nicht glauben, dass er den verhassten Spitznamen aus der Zeit ihrer Ehe wieder zum Leben erweckt hatte. Mit zusammengebissenen Zähnen sagte sie: »Was die Akte Cruz betrifft, will Paul morgen mit Ali Peck sprechen, um herauszufinden, wie das Geheimnis ans Licht kam. Kevin hat sie gefragt, aber mir ist wichtig, dass Paul da noch mal nachhakt.«

Jack stellte weitere präzise Fragen, und Nina antwortete knapp.

»Du hast immer noch keinen Schimmer, wer die Akten an sich genommen hat?«, fragte er.

»Um eine Diskussionsgrundlage zu haben, haben wir den Kreis der potenziellen Diebe auf drei reduziert, Jeff Riesner, Jean Scholl und Lisa Cruz, aber du weißt, Jack, dass ich hier oben manch einem auf die Zehen getreten bin. Könnte auch jemand sein, der mir gar nicht in den Sinn kommt.«

»Hast du vor, Paul darauf anzusetzen?«

»Ich denke … ich hoffe, was diese Akten angeht, wird der Schaden nicht noch größer. Aber ich würde es trotzdem gerne wissen. Also, ja, innerhalb gewisser Grenzen.«

»Die Polizei beschäftigt sich nicht damit?«

»Sie meinen, mehr, als den Bronco wiederzufinden, können sie nicht tun«, sagte Nina. »Die Akten haben keinen materiellen Wert, und ich konnte ihnen nicht erklären, warum ich mir solche Sorgen gemacht habe.« Sie erzählte ihm noch ein bisschen von Officer Jean Scholl und von ihrer problematischen Beziehung, lehnte Jacks Angebot, bei der örtlichen Polizei nachzuhaken, jedoch ab.

»Hast du auch ganz sicher genug Hilfe? Ich meine, Paul ist gut, keine Frage, aber Wish, er ist kein geschulter Ermittler …«

»Er arbeitet nicht selbstständig. Paul beaufsichtigt ihn. Und Wish ist ein Freund.«

»Loyal, ehrlich, idealistisch«, sagte Jack. »Wann wirst du endlich erwachsen und findest dich mit dieser schmutzigen, zynischen, postapokalyptischen Welt ab, Mädchen?«

»An dem Tag, an dem ich zynisch werde, weiß ich, dass ich fertig bin damit. Nichts für ungut.«

»Schon okay. Ich finde, es ist in diesem Beruf notwendig, ein zynischer Scheißkerl zu sein, aber das ist nur meine Meinung. Nein, eigentlich will ich Folgendes sagen: Ich war immer schon sehr beeindruckt von dir als Anwältin, Nina.«

»Aber nicht als Mensch?«, fragte sie, da sie der Provokation nicht widerstehen konnte.

»Also«, sagte er, »jetzt, wo du es erwähnst, es gab da diesen jungen Klempner. Das verzerrt mein Bild von dir doch erheblich. Du halb bekleidet und mit gespreizten Beinen auf der Couch. Er auf dir drauf.«

Also hatte es doch endlich Gestalt angenommen, das Schreckgespenst des Klempners von Bernal Heights, der unsichtbare Mann, unerörtert und fehlinterpretiert. »Du weißt, Jack, dass wir dieses Gespräch vor langer Zeit hätten führen sollen. Ich kann nicht glauben, dass du mir diese Sache immer noch vorwirfst. Wir haben uns geküsst. Ich hatte die Beine nicht gespreizt. Wir haben nicht mal …«

»Du hast nur aufgehört, weil ich aufgetaucht bin und ihn rausgeworfen habe. Dieser dämliche Ohrring, den er trug. Und du zehn Jahre älter als er.«

Die Empörung in seiner Stimme fegte jede vorgegebene Gemütsruhe davon. Ihre Stimme wurde lauter. »Und? Was ist mit der Tatsache, dass du damals mit einer anderen Frau geschlafen hast? Hmh? Ich meine, von wegen einsam sein. Ich habe die Hölle durchgemacht, und ich wusste nicht, warum. Ich wusste einfach nicht, was ich falsch gemacht hatte, außer vielleicht, dass ich zu viel gearbeitet habe.«

»Unter den Umständen sollten die Menschen sich im Zaum halten. Vielleicht hättest du mit mir reden können. Wir waren damals noch nicht lange zusammen. Erst zwei Jahre. Vielleicht wäre unsere Ehe damals noch zu retten gewesen, wenn du mich …«

»Du hast mich betrogen. Du hast gelogen. Und für alles, was schief gelaufen ist, mir die Schuld gegeben …«

»Nina«, sagte er leise. »Hast du mich überhaupt geliebt? Hast du mich je wirklich geliebt?«

Diese Frage brachte sie zum Schweigen. Sie wusste die Antwort nicht. Sie hatte Jack aus einer Million Gründe geheiratet: wegen seines Sinns für Humor, seiner Leidenschaft für seine Arbeit, seiner Liebe für sie und seiner Zuneigung zu Bob. Sie hatten so viel Freude dabei gehabt, sich ihr Leben in San Francisco vorzustellen.

Bob hatte einen Vater gebraucht.

Sie hatte jemanden gebraucht.

»Ja, ich habe dich geliebt. Aber ich war einsam.«

»Ich war auch einsam«, sagte er. »Eine Schande, dass keiner von uns den Mut hatte, das Problem anzugehen, ohne das ganze Drama.«

Ergriffenheit überkam sie. »Noch schlimmer. Melodrama.«

»Wir haben's beide vermasselt«, sagte er.

Zuzugeben, dass sie auch einen Anteil am Scheitern hatte, war hart. Die Zeit war gekommen, Frieden zu schließen. Vielleicht hatte sie bereits im ersten Augenblick ihres Wiedersehens mit Jack gewusst, dass sie an diesen Punkt kommen würden, an dem sie die Gelegenheit hatten, den Sargdeckel auf ihre Ehe zu nageln. »Ja«, sagte sie schließlich, »wir haben es beide vermasselt.«

»Ich habe es sofort bedauert, weißt du. Ich habe sie geheiratet und wusste vom ersten Tag an, dass es ein Fehler war. Ich wünschte, wir beide hätten uns mehr Mühe gegeben.«

Bedauerte sie das Ende ihrer zweijährigen Ehe mit Jack? Die Antwort kam rasch. Nicht mehr. Wenn sie bei Jack geblieben wäre, hätte sie niemals den Mann geheiratet, den sie von ganzem Herzen geliebt hatte. Nach seinem Tod hätte sie niemals den Weg zu Paul zurückgefunden.

»Während wir in Big Sur Margaritas getrunken haben«, fuhr Jack fort, »habe ich davon geträumt, dass wir einander wieder in die Arme fallen.«

»Dann hast du mich gesehen und es dir noch einmal überlegt«, neckte sie ihn, denn sie wollte, dass die Stimmung sich wieder aufhellte.

»Ich habe dich gesehen, und ich habe ihn gesehen. Ich habe die ganze verdammte Sache gesehen.«

»Jack, es tut mir Leid, wie es geendet hat.«

»Mir auch, Nina-Pinta. Mir auch.«

Sie hörte, wie am anderen Ende der Leitung Papiere hin und her geschoben wurden. Sie schloss die Augen und seufzte tief.

»Also«, sagte er und machte eine dieser raschen Kehrtwendungen, die ihn bei der Arbeit so erfolgreich machten, »Themenwechsel.«

»Oh, klar. Natürlich. Wir haben zu arbeiten.«

»Wo waren wir gerade?«, fragte er nachdenklich. »O ja. Bei deinen Fähigkeiten als Anwältin. Um fortzufahren, es tut mir Leid, dass du auf die gewohnten Schwierigkeiten stößt, aber ich weiß auch, dass du dich davon nicht runterziehen lässt. Denn du gehörst zu den Guten, Nina. Du bist zum Debattieren geboren. Wohlmeinend. Du bist der altmodische, um wahre Gerechtigkeit bemühte Typ von Mensch, den unser Berufsstand braucht. Im Gegensatz zu mir.«

Nina, die sich noch nicht ganz von ihrem letzten Thema erholt hatte, sagte unsicher: »So schlecht bist du auch wieder nicht.«

»Bin ich. Ich bin stolz darauf, schlecht zu sein. Glück oder Talent, mir ist egal, wodurch ich gewinne, solange ich es tue. Und ich habe keine Angst, mir die Finger schmutzig zu machen, um zu gewinnen. Das ist abscheulich, aber so bin ich.«

Plötzlich wirkte das Kompliment nicht mehr so schmeichelhaft, als habe Nina eine schwache, feminine Seite, die sie davor bewahrte, sich die Hände schmutzig zu machen.

»Deswegen sind die Leute so klug, mich zu engagieren, und ich stecke bis zum Hals in lukrativen Problemen«, fuhr Jack arrogant fort. »P. S., wusstest du, dass Paul früher mal Anwalt werden wollte?«

»Was? Nein.«

»Ja, tatsächlich. Wir haben zusammen die Zulassungsprüfung fürs Jurastudium gemacht, aber er hat's vermasselt. Mag keine Prüfungen, unser Paul. Möchte nicht von Menschen beurteilt werden, von denen er nichts hält, und die, von denen er etwas hält, sind sehr dünn gesät. Behalt das im Hinterkopf, wenn er dich bittet, zu ihm nach Carmel zu ziehen und ein müßiges Leben als seine Konkubine zu führen. Er hat mit dem Recht geflirtet, und es hat ihm einen auf den Deckel gegeben. Lass dich von ihm nicht sabotieren. Du bist zu gut, um dich so zu vergeuden.«

»Du liegst vollkommen neben der Spur.«

»Ich mag den Kerl. Er ist mein bester Freund. Er hat viele gute Seiten. Seine Beziehung zur Welt gehört nicht dazu. Manchmal ist er in seinem Job ausgezeichnet, aber das liegt zum Teil daran, dass er nur seinen eigenen Regeln folgt. Deswegen war er ein lausiger Polizist, und deswegen traue ich ihm als privatem Ermittler auch nicht.«

»Halt den Mund, Jack. Ich will das nicht hören.«

»Sei wachsam und schlau, wenn du weiter mit ihm zusammen sein willst. Das ist alles.«

»Tu mir einen Gefallen. Bleib beim juristischen Rat. Als persönlichen Berater brauche ich dich nicht.«

»Okay. In Ordnung. Lebe mit ihm und sei seine Geliebte, aber ruf nicht an, wenn es nicht funktioniert, abgemacht?«

»Es reicht!«

»Klar. Zurück zum Geschäftlichen. Stellen wir all das für den Augenblick beiseite?«

»Zurück zum Geschäftlichen.«

»Gib den Vangs ihr Geld. Eine mögliche Gefahr besteht höchstens darin, dass Mr. Vang stocksauer ist, weil seine Frau die Hälfte bekommt, und Beschwerde bei der Anwaltskammer einreicht, dass du das Geld ein paar Tage zurückgehalten hast. Dabei würde er nicht gut dastehen, und du auch nicht. Aber ich denke, da hast du keine Probleme.«

»Ich schicke das Geld am Montag.«

»Warte nicht. Tu es sofort«, sagte er. »Als dein Anwalt rate ich dir, dir das sofort vom Hals zu schaffen.«

Sie zog die Schublade neben sich auf und blickte auf die Schecks, dann schloss sie sie wieder und zog sie erneut auf. »Okay, Jack«, sagte sie wütend. Sie hätte gar nicht erst erwähnen sollen, dass sie mit dem Übersenden der Schecks noch warten wollte. Es war ihr unbewusst herausgerutscht, wohl aus dem Wunsch, seine Zustimmung zu erhalten. Er hatte, wie vorherzusehen, ihre Verzögerungsstrategie durchschaut. Er kannte sie zu gut. Er wollte nicht wissen, warum sie es aufschieben wollte, er wollte keine Rechtfertigungen hören, er wollte nur eine reine Weste. Bedeutete das, einen Anwalt zu haben? Unwillkommenen Rat anzunehmen? Dinge zu tun, bei denen einem mulmig war?

Ja. Sie legte die Schecks auf den Tisch. Sie würde sie auf den Weg bringen, bevor sie heute das Büro verließ, wie eine vernünftige Mandantin, die dem klugen Rat ihres Anwalts folgt, auch wenn ihr Instinkt ihr etwas anderes sagt.

»Die Schwestern. Brandy und Angel«, sagte Jack. »Da ist die Gefahr größer. Dieser Verdächtige, wie heißt er noch, Stinson, hat die Mädchen am Strand überfallen. Man könnte behaupten, Cody habe von dem Aktendieb erfahren, dass die Mädchen was gesehen haben. Aber wer weiß, warum Cody sich die beiden vorknöpfen wollte. Vielleicht hat auch ein anderer Camper ihm was gesteckt. Von der Seite sehe ich nirgends eine Strafanzeige auf dich zukommen.«

»Ich weiß, dass das Timing auf einen Zusammenhang hindeutet. Aber lass uns hier einfach aufhören. Hör mal, Jack. Ich möchte, dass du mir ehrlich sagst, was du denkst. Hat der Diebstahl der Akten dazu geführt, dass diese unschuldigen Menschen bedroht wurden?«

Jack überlegte sich seine Antwort einen Augenblick. Kein Anwalt sagt gerne, was er wirklich denkt. »Offen gestanden, glaube ich es nicht. Ich glaube, dieser Cody hat es auf andere Weise herausgefunden, vielleicht von einem anderen Camper. Ich glaube, auch die Frau von Kevin Cruz hat das über seine Freundin selbst rausgefunden. Und im Fall Vang sehe ich keinen Beweis dafür, dass ein Außenstehender irgendeinen Schaden angerichtet hat.«

»Du versuchst nicht nur, mir was einzureden, damit's mir besser geht?«

»Ich glaube, du kannst ruhig schlafen. Nein, falsch. Du solltest nicht ruhig schlafen. Sei wachsam. Kümmere dich ums Geschäft. Aber ich glaube nicht, dass man dir etwas anhängen will. Was nicht heißt, dass du nicht in engem Kontakt mit mir bleiben solltest. Jeder Anwalt in Kalifornien sollte in engem Kontakt mit mir bleiben. Früher oder später werdet ihr alle verklagt.«

»Aber diesmal nicht.«

»Das verraucht wieder. Du hast ein paar Akten verloren. Du musstest eine Menge regeln und hast dir Sorgen gemacht, aber es wird sich nichts daraus entwickeln. Weißt du, was Mark Twain mal gesagt hat: ›Ich hab mir öfter mal schreckliche Sorgen gemacht, und einiges ist tatsächlich passiert.‹«

Sein Tonfall beruhigte sie. Er schaffte es immer, sie zu trösten. Sie hatte sich stets auf seine Stärke verlassen, seine Gewissheit. »Danke«, sagte sie. »Ich bin erleichtert, dass du das sagst.« Sie wollte ihm glauben.

»Nur im Fall Cruz müssen wir aufpassen. Wir bleiben dran. Wir sollten uns mal treffen und alleine zu Abend essen, Nina.«

»Wozu?«

»Wozu? Das fragst du? Wir sind alte Freunde, die wieder Kontakt zueinander haben, oder?«

»Exeheleute, die wieder Kontakt zueinander haben«, sagte Nina. »Das ist ein großer Unterschied.«

»Lass uns doch den alten Müll vergessen, okay? Darüber sind wir hinweg. Lass uns nicht wieder darüber diskutieren. Ich bin neugierig auf dein Leben, wie du zurechtkommst. Ich würde den Jungen gerne mal wiedersehen. Wie wäre es, wenn ich am Wochenende hochkäme? Wir könnten eine Fahrradtour machen.«

»Besser nicht.«

»Du wärest überrascht, wie viel Spaß wir zusammen haben können. Komm schon. Sei nicht so.«

»Jack ...«

»Ist Paul eifersüchtig auf mich? Dazu hat er doch offensichtlich nicht den geringsten Grund«, sagte Jack und klang verärgert. »Ich denke, das habe ich deutlich gemacht.«

Das erschütterte sie, und sie dachte: Ich erinnere mich noch gut daran, wie er versucht hat, mich aus der Fassung zu bringen, indem er wie jetzt von einem Gefühl zum anderen springt, mich völlig kirre macht und nie richtig zuhört. Alles, was sie sagte war: »Ich muss los.«

Sie verließ das Büro und fuhr nach Hause. Unterwegs dachte sie über die Männer in ihrem Leben nach. Kurt Scott, Bobs Vater. Jack. Collier Hallowell, ihr Ehemann für sehr kurze Zeit. Paul. In gewisser Weise waren sie einander alle ähnlich, jeder für sich unglaublich kompliziert.

Was will Jack von mir, fragte sie sich. Meinen Schutzwall stürmen, um sich dann zu rächen? Mir zeigen, was ich vermisse, weil wir uns getrennt haben? Aus rein sportlichem Ehrgeiz mit einer List mein Herz zurückerobern?

17

Am frühen Freitagmorgen fasste Paul, der gut sechzig Kilometer südlich von San Francisco im Menlo Park Inn im Bett lag, einen Entschluss. Er hatte dieses empfindliche Stadium erreicht, in dem ein Mann tun musste, was er tun musste. Eine ganze Arbeitswoche war verstrichen, fünf Tage, und er und Nina waren miteinander umgegangen wie Berufskollegen, auf Gerichtsfluren, in Büros, bei Schnellfeuertelefonaten, bei denen es nicht um das ging, worüber er am liebsten sprach, und die gewöhnlich nicht sehr zufrieden stellend endeten.

Seine Enttäuschung war nicht zum Aushalten und, was noch schlimmer war, vollkommen überflüssig. Er wollte sie berühren, sie halten, ihr Shampoo riechen. Er musste sie heute Abend sehen und sie davon überzeugen, ihn für immer zu lieben, ihn zu heiraten, mit ihm durchzubrennen, um mit ihm zu leben. Er wollte sie lieben und ihr ein neues Universum eröffnen.

Um einen Anfang zu machen, schlug er ein Auge auf.

Und sah einen Zeichentrickfilm. Keinen Meter vor seiner Nase tollten Rocky, das sympathischste fliegende Eichhörnchen aller Zeiten, und sein gelehriger Freund Bullwinkle, der einfältige Elch, durch eine Episode, die überfrachtet war mit versteckten Anspielungen auf den Kalten Krieg.

»Mach das aus«, sagte er mit Nachdruck zu Wish. Er musste vielleicht sein Zimmer teilen, aber bei Gott, er würde sich nicht als Erstes am Morgen Zeichentrickfilme ansehen.

»Okay«, sagte Wish und wanderte mit Zahnpastaschaum im Mund in Richtung Bad. Den Fernseher hatte er nicht angerührt.

In dieser Episode plante Boris wieder einmal Rockys Untergang. Er wusste, wer die wahre Macht besaß. Natasha war böse wie immer. Paul zog sich ein Kissen über den Kopf, anders konnte er nicht widerstehen. Bereits in seiner Jugend hatte er sich mit seiner Schwester diese Zeichentrickserie angesehen. Sie hatte Natasha gespielt, und er war immer Rocky gewesen, der intelligente Weltverbesserer, obwohl sich etwas Perverses in ihm mehr mit Boris identifiziert hatte. »Ich habe gesagt, mach das aus«, schrie er durch die dünne braune Tür.

»Oh, okay«, sagte Wish, kam frisch rasiert und wohlduftend aus dem Bad und drückte einen Knopf auf der Fernbedienung.

Nachdem Paul auch im Bad gewesen war, fragten sie an der Rezeption nach einer Empfehlung und landeten zum Frühstücken in Ann's Coffee Shop auf der Santa Cruz Avenue.

»Wie altmodisch«, erklärte Wish und fiel über einen gewaltigen Stapel Pfannkuchen her. »So was isst doch heute kaum noch jemand.«

»Nein«, sagte Paul und tat sich an seinem Teller voll köstlicher fettiger Kartoffeln und Eier gütlich.

»Toll, zur Abwechslung mal 'ne Nacht richtig anständig zu schlafen«, sagte Wish gähnend. »Sag mir noch mal, warum wir letzte Nacht nach Palo Alto sausen mussten, statt nach Tahoe zurückzufahren.«

»Um Brandys Freund zu suchen«, sagte Paul.

Wish spießte ein kuchenförmiges Stück auf und nickte. »Ich schätze, übers Wochenende habe ich Zeit, ein paar Aufgaben fürs Studium zu erledigen, bevor die neue Woche anfängt.«

Paul brummte nur, da er es nicht wusste. Natürlich war Wishs Studium wichtig, doch für ihn ging die aktuelle dringliche Aufgabe des Tages vor: Bruce Ford, der verhinderte Verlobte.

»Wo treffen wir uns mit Brandy?«

Bildete Paul sich das nur ein, oder waren Wishs Ohren noch röter als normalerweise?

»Ich habe ihr gesagt, wir würden uns mit ihr in der University Avenue treffen. Ihr Freund arbeitet da in der Nähe.«

In den zwei oder drei Jahren, seit Paul ihn kannte, hatte Wish noch nie etwas anderes als begeisterte Neugier für irgendetwas an den Tag gelegt. Diesmal runzelte Wish die Stirn. »Glaubst du, wir finden ihn?«

»Das ist jedenfalls unser Ziel.«

Wish trank einen Schluck Orangensaft. »Ja.«

»Komisch«, sagte Paul, »aber irgendwie habe ich den Eindruck, du willst ihn vielleicht gar nicht finden?«

»Stimmt.«

»Brandy ist hübsch, nicht wahr?«

»Stimmt.«

Sie bezahlten ihr Frühstück und traten hinaus in das warme Herbstwetter, um mit dem Wagen nach Palo Alto, der nächsten Stadt, zu fahren. »Warum konnten wir nicht dort wohnen?«, nörgelte Wish, als sie an dem gewaltigen, in einen Landschaftspark eingebetteten Stanford Park Hotel vorbeikamen.

»Ausgebucht«, sagte Paul. »Irgendein bekannter Politiker hält in Stanford einen Vortrag.«

»Oh.«

»Zudem hat Brandy gesagt, Bruce' Mutter habe immer da gewohnt, wo wir übernachtet haben, und Bruce wäre vielleicht auch dort. Zu schade, dass wir nicht das Hotel California drüben in Kalifornien ausprobieren konnten.« Dass Wish kaum auf den Vorschlag reagierte, verriet Paul, dass er das Lied gar nicht kannte. Paul erinnerte sich daran, dass Wish zwanzig war und er selbst doppelt so alt, und seine gute Stimmung verflüchtigte sich.

»Hast du mit dem Manager in dem Hotel gesprochen?«, fragte Wish.

»Habe ich. Keine Spur von Bruce. Er hat versprochen, sich zu melden, wenn er ihn sieht.«

Sie bogen vom El Camino links in die University Avenue ein, folgten der dreispurigen Straße, bis sie die Hamilton Avenue überquert hatten, und parkten dort. Sie gingen nach Süden, bis sie zu einem dreistöckigen Gebäude kamen, das aussah wie eine Kirche. Wish überprüfte die Adresse und nickte. Sie gingen hinein.

Brandy saß auf einer Betonbank in der Nähe der mit Flintsteinen gefliesten Eingangspassage. Sie stand auf, um ihnen entgegenzugehen. »Bruce war nicht zu Hause, und ich habe bereits in seinem Büro nachgefragt«, sagte sie. »Da ist er auch nicht. Übrigens, danke, dass Sie gekommen sind.« Sie wirkte gedämpft.

»Kein Problem«, sagte Paul. »Können wir einen Blick in sein Büro werfen?«

»Okay.« Sie nahmen den Aufzug in den dritten Stock. Bruce Ford teilte sich mit vier anderen Büros in einer lockeren Bürogemeinschaft eine Empfangsdame. Sie hatte ihn seit Tagen nicht gesehen und wusste nichts weiter zu berichten, als dass »ein Mann vorbeigekommen war«, bevor Bruce gegangen war. Zu der Identität dieses Mannes konnte sie nichts sagen. Sie beschrieb ihn als »grob«, eine Beschreibung, die auf Cody Stinson eindeutig zutraf.

»Was genau macht Ihr Freund eigentlich?«, fragte Paul, als sie den langen Flur hinunter zu einem Büro gingen.

Brandy seufzte schwer. »Wussten Sie das nicht? Er ist Fachanwalt für Steuerrecht.« Sie steckte einen Schlüssel ins Schloss und schwang die Tür auf.

Vor Fords Bürofenster entfaltete sich ein Meer von Häusern und dahinter die San Francisco Bay. Vor dem breiten Fenster stand ein mit Akten überladener Walnussholztisch und wartete darauf, durchforstet zu werden. Brandy ging zu dem Tisch, nahm ein kleines Foto, das dort stand, und zeigte es Paul und Wish. »Unsere Verlobungsfeier.« Sie hatte Pink getragen, er einen weißen Smoking. Er war sehr viel größer als Brandy, hatte lockiges schwarzes Haar, das zu lang war für jemanden in seinem Beruf, und grinste wie ein Sieger. Seine strohartigen Ringellocken standen nach allen Seiten ab.

»Sehen Sie sich ruhig um«, sagte Brandy. Sie setzte sich dem Tisch gegenüber auf einen Stuhl. »Ich erwarte nicht, dass Sie viel finden. Bruce ist vorsichtig.«

Paul fing auf dem Tisch an, Wish nahm sich den Inhalt der Schubladen vor. Während Brandy seufzte und sich streckte, irrte Wishs Blick alle ein oder zwei Minuten zu ihr hinüber. Dennoch führte er eine absolut gründliche professionelle Durchsuchung des Büros durch.

In der unteren rechten Schreibtischschublade, genau dort, wo man es am ehesten erwartete, grub Wish einen Taschenkalender aus und begann laut darin zu lesen, doch als Brandy die Stirn runzelte, nahm Paul ihm den Kalender aus der Hand und schlug ihn zu. »Wir haben, was wir brauchen. Lassen Sie uns sehen, wohin Ihr Freund verschwunden ist.«

»Mein Verlobter«, verbesserte Brandy ihn und sah aus, als steckte sie in einem Konflikt. »Wir wollten im Juni heiraten.«

»Richtig«, sagte Paul und schob das Foto von Brandy und Bruce in seine Tasche.

Er beobachtete, wie Wish ein Foto von Brandy von einem Sideboard in seine Tasche steckte, ohne etwas dazu zu sagen. Auf dem Foto trug sie einen züchtigen roten Badeanzug, keinen Bikini, doch die Wirkung war offensichtlich unwiderstehlich. Was konnte es schon schaden? Wo auch immer Bruce war, im Augenblick würde es ihn nicht stören und Paul auch nicht.

Sie gingen ins Il Fornaio, um Koffein zu tanken, und es half – sie wurden wieder munter. »Sollten wir uns nicht diesen Kalender ansehen?«, fragte Brandy. »Ich dachte, der könnte uns vielleicht verraten, wo er ist. Wenn er noch eine andere Freundin hat, ist es egal, ob ich das jetzt rausfinde oder später.«

»An dem relevanten Tag«, sagte Paul und sah sich die entsprechende Seite an, ohne dass sie einen Blick darauf erhaschen konnte, »wollte er sich einen Vortrag in Stanford anhören und sich dann in einem Kino, das sich Aquarius nennt, einen französischen Film ansehen.«

»Er hat auf dem College Französisch studiert. Ich hab's nie gelernt.«

»Auf welchem College waren Sie?«, fragte Wish, Notizbuch und Bleistift gezückt.

»Warum ist das wichtig?«

»Man weiß nie, was wichtig sein könnte«, sagte er.

»Ich war auf dem Mission College unten in der Nähe von San

José. Er war auf der Santa Clara University und hat seinen Abschluss in Jura gemacht. Also, sagen Sie es mir jetzt oder nicht? War er alleine?«

»Er hat sich mit jemandem getroffen«, sagte Paul.

»Mit einer Frau?«

»Mit jemandem, der Kirby heißt.« Das klang gut, es war ein Männername.

Die Falten auf ihrer Stirn glätteten sich. »Oh, Kirby! Kommen Sie, wir reden mit ihm! Ich habe ihn natürlich schon angerufen, als ich sämtliche Freunde von Bruce angerufen habe. Er sagte, er wüsste nichts, aber er ist ein guter Kumpel. Er würde für Bruce lügen. Sie kennen sich noch aus der Zeit, als sie zusammen Studentenfilme gemacht haben und Bruce *auteur* werden wollte.«

»Ich dachte, Sie könnten kein Französisch?«, sagte Wish.

»Ich kenne nur eine Zeile«, sagte Brandy. »*Aimez-vous les pique-niques?*« Sie sagte es schlicht, ohne sich über die Wirkung ihrer Worte bewusst zu sein. Paul stützte Wish, um sicherzugehen, dass er ihn aus der Tür bekam, bevor er ohnmächtig wurde.

Kirby wohnte nur ein paar Blocks weiter, in einer breiten, von soldatischen Gruppen üppiger Bäume gesäumten Wohnstraße. Der gedrungene Bungalow aus den Dreißigerjahren hatte eine himmelblau gestrichene Veranda und einen großzügig bemessenen Vorgarten. Brandy zeigte den Weg. »Kirby arbeitet nachts, also müsste er eigentlich zu Hause sein.«

»Hübsches kleines Haus«, bemerkte Wish. »Würde mir gefallen, in so einer Gegend zu wohnen.«

Brandy lachte. »Sobald Sie Ihre ersten fünf Millionen gemacht haben. Das Haus würde Sie um mindestens eine Million zurückwerfen.«

»Wie verdienen Menschen bloß so viel Geld?«, wollte Wish erschüttert wissen. »Und warum geben sie eine Million aus, um in einem Haus zu wohnen, das nur halb so groß ist wie das von meiner Mutter?«

»Kirby besitzt eine Kette von Copyshops, und er wohnt hier, weil ... also, das ist eine tolle Lage. Zwischen zwei großen Flughäfen, tolles Wetter, das Geld wächst auf Bäumen.« Sie klang müde. »Was will man mehr?«

»Mag Bruce die Gegend?«, fragte Wish.

»Ja.«

»Was ist mit Ihnen?«

»Unser Wohnort ist nicht das Problem.«

»Was ist es dann?«

Brandy warf erst Wish und dann Paul einen kühlen Blick zu. »Das ist privat.« Sie drückte auf die Klingel.

Nach mehreren Minuten kam ein kleiner Mann mit rotblondem Haar Anfang dreißig an die Tür, die Augen nur halb geöffnet. »Brandy?«

»Tut mir Leid, dass ich dich wecke, Kirby, aber es ist wichtig.«

Er öffnete die Tür, um sie reinzulassen, blieb aber im Eingang stehen. Brandy stellte sie einander vor. Nachdem er sich umständlich Pauls Ausweis angesehen und Wish eine unhöflich lange Reihe von Fragen über seine Rolle bei dem ganzen Unternehmen gestellt hatte, bat Kirby sie, im Wohnzimmer Platz zu nehmen. »Ich nehme an, du suchst immer noch nach Bruce.«

»Weißt du, wo er ist?«, fragte Brandy. »Ich muss ihn unbedingt finden.«

Rechts vom Kamin öffnete sich eine weiß getäfelte Tür. »Hi, Brandy«, sagte Bruce.

Bruce Ford, der eine Brille mit dünnem schwarzem Rand trug und die Haare kürzer hatte als auf dem Verlobungsfoto, war größer als Paul, weswegen Paul sich wünschte, er möge sich hinsetzen. Kirby zog sich kurz nach Fords Eintreten mit einer Entschuldigung zurück. Bruce stand am Ende des Raums, Paul saß auf einem Stuhl neben dem Türbogen zum Esszimmer, und

Brandy und Wish hockten nebeneinander am Kamin, der statt eines Feuers ein prunkvolles Eisengitter und hohe Kerzen beherbergte.

Paul wusste nicht, wie er Bruce dazu bringen sollte, sich zu setzen, also stand er nach einer kurzen Weile auf und lehnte sich gegen eine gedrungene Säule.

Bruce schien auf etwas zu warten, und schließlich stand Brandy auf, um ihm einen Kuss zu geben. Im gleichen Augenblick beanspruchte irgendetwas an seinem Schuhriemen Wishs ganze Aufmerksamkeit.

»Wie du siehst, habe ich mir Sorgen um dich gemacht«, meinte Brandy und löste sich aus Bruce' Griff.

»Du hast einen Privatermittler engagiert, um mich zu finden?«, fragte Bruce.

»Nicht ganz.«

»Also, erklärst du mir jetzt, warum du einfach so ohne ein Wort abgehauen bist?«

»Später«, sagte Brandy. »Lass mich erst einmal erklären, warum wir eigentlich hier sind, okay?«

Er verschränkte die Arme und hörte zu. Als sie zu der Geschichte auf dem Campingplatz kam, ging die Aufregung los. »Brandy, du schuldest mir eine Erklärung.«

»Ich weiß, aber ...«

»Erst haust du einfach so ab, und dann kommst du hier angetanzt und erzählst mir, du wärst in einen Mord verwickelt!«

»Ich komme nicht angetanzt.« Auch Brandy verschränkte die Arme. »Und ich habe versucht, dich zu erreichen, aber du hast dein Telefon zu Hause liegen lassen!«

»Mein Telefon ist kaputt, deshalb habe ich es liegen lassen. Und falls du dich fragst, warum ich hier bin und nicht zu Hause, dann nur aus dem Grund, weil dein Freund vom Campingplatz in mein Büro gestürmt kam und meine Leute zu Tode erschreckt hat.«

Seine Leute?, dachte Paul. Damit musste die strahlend schöne Empfangsdame gemeint sein, die er sich mit den anderen Büros auf der Etage teilte. »Cody Stinson war in Ihrem Büro?«

»Das ist der Name, unter dem er sich vorgestellt hat.«

»Was hat er gesagt?«, fragte Paul.

»Erstens war er mit irgendwas zugedröhnt und hat ziemlich wirres Zeug geredet. Zweitens ist er nicht der Typ, der normalerweise in unsere Büros kommt. Mit dem Mann war schwer zu reden. Er sagte, wir würden versuchen, ihn wegen irgendetwas ins Gefängnis zu bringen, was er gar nicht getan hat. Also, als er davon anfing, dass er jemanden nicht erwürgt habe, bin ich ihm ins Wort gefallen. Ich habe ihn rausgeschafft und bin hierher zu Kirby gefahren, um erst mal Ruhe zu haben. Der Typ war ziemlich finster drauf, und dann noch diese gruselige Geschichte.« Er drehte sich um, um Brandy anzusehen. »Ich habe bei Angel angerufen, weil ich mir dachte, dass du dort bist, aber da war nur der Anrufbeantworter dran.«

»Sam ist mit den Kindern weggefahren«, sagte sie.

»Dann habe ich versucht, dich mobil zu erreichen, aber es kam immer diese Computerstimme. Du brauchst eine anständige Mailbox! Du musst dieses Ding aufladen! Ich bin fast verrückt geworden, weil ich nicht wusste, wo du warst und was da abging!«

»Bruce, ich habe überall versucht, dich zu erreichen! Ich bin sogar zu einem Treffen mit diesem Typ gegangen, weil ich dachte, du wärst es!« Inzwischen war Brandy in Tränen aufgelöst.

»Ach, Brandy, das ist schrecklich«, sagte Bruce. »Hören wir auf zu streiten. Komm her.« Er streckte die Arme aus, und sie ging zu ihm. »Ich bin so froh, dich zu sehen.«

»Wir müssen uns unter vier Augen unterhalten«, sagte Brandy schniefend zu Paul und Wish.

Also setzten sie sich draußen ins Auto, um zu warten.

Wish zog sein Notizbuch heraus und nahm die Unterlippe zwischen Daumen und Zeigefinger. »Und was haben wir bisher rausgefunden?«

»Wir haben ihn gefunden. Ich schätze, das macht sie glücklich.«

Brandy blieb ziemlich lange im Haus. Durch die Windschutzscheibe des Mustang konnten Paul und Wish, wenn auch nicht in allen Einzelheiten, so doch in groben Zügen leicht der Auseinandersetzung folgen.

»Brandy sagt, sie sei ihm gegenüber nicht fair gewesen«, berichtete Wish, der den Kopf aus dem offenen Fenster lehnte, um besser zu hören. »Bruce will, dass sie zurückkommt, aber sie ist nicht bereit, wieder mit ihm zu leben … außer, wenn sie nicht mehr miteinander schlafen. Bruce hat gebrüllt, als sie das gesagt hat.«

»Was sagt sie?« Paul hatte leise einen Jazzsender eingestellt und versuchte, den Lärm im Hintergrund zu vergessen, denn er erinnerte ihn an Szenen aus seinen beiden vergangenen Ehen, an die er lieber nicht erinnert werden wollte.

»Sie sagt … sie sagt, sie würde es einfach nicht tun.«

»Was hält er davon?«

»Er sagt, er sei kein Hellseher. Er will wissen, was zur Hölle sie von ihm will. Sie sagt … ähm, das ist jetzt ziemlich privat.«

»Komm schon, Wish, spuck's aus. Für einen Privatermittler ist nichts privat.«

»Sie sagt, sie wolle ihn nicht verletzen, sie liebe ihn, glaube aber, dass sie die Hochzeit besser absagen sollten. Sie will ihm nicht sagen, warum. Das macht ihn rasend, grob gesagt.«

Oh, dieses Mädchen, dachte Paul und hoffte für Wish, dass sie sich mit ihrem Verlobten versöhnte, und zwar schnell. Was für eine Plage.

»Jetzt ist er richtig sauer«, sagte Wish überflüssigerweise. Er drehte die Musik lauter. »Ich werde ein paar neue Kassetten kaufen«, sagte er. »Irgendwas, das neuer ist als dreißig Jahre.«

»Das Zeug altert nie, Wish. Das ist klassisch.«

»Ein geschwollener Ausdruck für *altmodisch.* Übrigens, was war so privat an seinem Kalender, dass du ihn mir weggenommen hast?«

»Verabredungen.«

»Hat er 'ne andere Frau?«, erkundigte Wish sich.

»Er arbeitet wie ein Tier. Er wohnt quasi im Finanzamt und im Steuergericht. Keine andere Frau. Hör mal, ich denke, es wird Zeit, dass wir uns von Bruce und Brandy verabschieden. In diesem Fall sind schon genug Informationen willkürlich gestreut worden.«

»Er ist eigentlich noch zu jung, um schon Probleme mit dem Sex zu haben, nicht wahr?«

»Ich spekuliere nur äußerst ungern.«

»Ja, es ist ziemlich widerlich, über die sexuellen Probleme eines anderen Mannes nachzudenken.«

»Genau.«

»Andererseits werde ich heute Nacht gut schlafen, wenn ich darauf hoffe. Was, meinst du, läuft bei seinen Annäherungsversuchen wohl falsch?«

»Beruhige dich, Wish.«

»Wenn sie Bruce verlässt, habe ich vielleicht eine Chance bei ihr.«

Er verströmte eine solch verquere Mischung aus düsterer Trauer und Hoffnung, dass Paul beinahe lachte. »Sie ist bald eine verheiratete Frau. Du hast da nichts verloren, um Sippi Wallace falsch zu zitieren.«

Die blaue Haustür von Kirbys Haus flog auf. Brandy trat hinaus und zog die Tür hinter sich zu.

»Die Sache hat kein gutes Ende gefunden«, gluckste Wish.

»Ich wiederhole immer wieder, wir lassen uns nicht mit Mandanten ein«, sagte Paul. »Es ist unprofessionell, zudem könnte es dich mächtig in Schwierigkeiten bringen.«

»Okay, Rocky«, sagte Wish.

»Ich fahre mit zurück nach Tahoe«, erklärte Brandy ihnen.

Wish sprang breit grinsend aus dem Wagen, um ihr die hintere Tür zu öffnen.

In der Gegend um Vacaville begann Brandy schließlich wieder zu reden. »Ich habe ihm gesagt, ich gehe noch ein paar Tage zu Angel. Er ist sauer auf Nina, dass sie uns so in Schwierigkeiten gebracht hat.«

»Er ist sauer, und er ist Anwalt«, fasste Paul zusammen.

»Große Probleme für Elch und Eichhörnchen«, sagte Wish.

Der Freitagabendverkehr die Schnellstraße hinauf nach South Lake Tahoe machte die lange Fahrt im Stop-and-go-Tempo zu einer nicht enden wollenden Geduldsübung. Sechs Stunden brauchten sie für die normalerweise vierstündige Fahrt. Um Wish und Brandy bei Laune zu halten, legte Paul zum Abendessen in Placerville eine Pause ein. In Mel's Diner, einem mit viel Chrom ausgestatteten Restaurant in der Hauptstraße, versorgten sie sich mit Kohlehydraten. Paul überließ die beiden dem Essen und ging hinaus zum Wagen, um zu telefonieren. Er erreichte Nina in ihrem Büro und freute sich zu hören, dass Bob über Nacht bei einem Freund war, denn das bedeutete, dass sie das Himmelbett und die gelbe Decke die ganze Nacht für sich hatten. Hocherfreut legte Paul auf und kehrte zum Tisch zurück.

Paul genehmigte sich noch einen Eistee, hörte zu, wie Wish sich mit Brandy unterhielt, und staunte, dass sie weder die Fettnäpfchen, in die dieser etwas unbeholfene Junge immer wieder tappte, noch seine Ungelenkheit zu bemerken schien. Brandy aß, weil sie Hunger hatte, und war vollkommen blind für die Wirkung, die sie auf diesen großen Kerl hatte. Inzwischen tat

Paul sein Möglichstes, um das Essen zu beschleunigen. Er wollte nach Tahoe.

Leider gab es eine unvermeidliche Verzögerung. In einem Ritual, das wahrscheinlich gemeinsam mit der ersten Sprache entstanden war, mussten Brandy und Wish einander ihre Lebensgeschichten erzählen. Brandy zuerst. Ich zeig dir meins, wenn du mir deins zeigst, dachte Paul verärgert und versuchte, nicht allzu demonstrativ auf die Uhr zu schauen. Doch Wish hatte, wie Paul bemerkte, alle Zeit der Welt, er hörte aufmerksam zu, als Brandy über ihre Kindheit sprach, und flirtete auf seine etwas kauzige Washoe-Art mit ihr. Seine eigene Geschichte erzählte Wish häppchenweise, kehrte das College unter den Teppich, ließ sich in Nebenbemerkungen über Sandy und Joseph aus, ihre Ranch in der Nähe von Markleeville, ihren Einsatz für die Sache der Indianer.

»Dein Leben ist so exotisch, Wish«, sagte Brandy, nachdem er seine Erzählung über seine lebenswichtigen juristischen Ermittlungen für Ninas Büro beendet hatte.

»Echt?«

»Du weißt schon, das indianische Erbe, faszinierende Wurzeln in einer Kultur, die versucht, in einer neuen, komplizierten Zeit ihre Würde und ihre Identität zu bewahren. Deine Mutter klingt auch cool.«

»Oh, das beschreibt Sandy haargenau«, sagte Paul, schob sich aus der Sitzgruppe und dachte an das Hackfleisch, das Sandy aus einer Wish-Brandy-Verbindung machen konnte. »Und nun sollten wir zusehen, dass wir wieder auf die Straße kommen.«

In South Lake Tahoe bereitete Nina sich auf Pauls Kommen vor. Nachdem sie Bob zu Taylor Nordholm geschickt, nein, vielmehr selbst hingefahren hatte, um sicherzugehen, dass er sich tatsächlich da befand, wo zu sein er behauptete, jagte sie mit finsterer Entschlossenheit durch das Haus, schob Küchenutensilien in

Schubladen, beförderte einzelne Schuhe und Wäsche mit einem Tritt in Bobs Zimmer, schloss die Tür und schnitt die Stiele von drei Blumensträußen zurecht, die sie gekauft hatte, um sie überall zu verteilen. Sie arrangierte die Rosen in drei verschiedenen Farben – gelb, rosa und rot – locker in Vasen und verteilte sie auf Tische und in Ecken, nur um dann wieder alles umzustellen.

Anschließend betrachtete sie ihr Werk und fand, es sehe überirdisch ordentlich aus, sodass sie auf dem Couchtisch noch ein paar Zeitschriften verstreute. Als ob Paul das kümmern würde. Doch sie tat es automatisch und sehr gründlich; an diesem Abend war das für sie genauso wichtig wie ein Auftritt vor Gericht. Sie wollte, dass alles schön und harmonisch war.

Sie vermisste ihn jede Nacht. Sie liebte ihn so sehr! Sie wollte für immer mit ihm zusammen sein! Oder so!

In der Küche legte sie sich die Zutaten zurecht, wie Andrea es ihr erklärt hatte. Sie würde sie später rasch zubereiten: frische Rigatoni, Mangold, Croûtons, Anchovis und frisch geriebener Parmesan. Sie mischte in Scheiben geschnittene Tomaten, Möhrenstifte und zwei Sorten Blattsalat in einer Schüssel, deckte sie fest zu und stellte sie in den Kühlschrank. Ihre Spezialität, selbst gemachte Tomaten-Basilikum-Croûtons, und das Dressing würde sie später hinzufügen. Eine eisgekühlte Flasche Champagner lag einsam im mittleren Fach. Sie legte eine zweite dazu.

Nachdem sie auf einem Beistelltisch im Wohnzimmer eine Pyramide aus orangefarbenen und blauen Kerzen angezündet hatte, heizte sie das Feuer noch einmal an.

Sie drehte mit Hitchcock eine flotte Runde die Straße hinauf und wieder zurück, und dann warf sie, entschuldigende Worte murmelnd, einen großen Knochen in die Waschküche und schloss ihn dort für die Nacht ein.

Oben bezog sie das Bett mit frischen Laken und gab den gelben Rosen einen Klaps. Sie schaute auf die Uhr und ging unter die Dusche. Der heiße Wasserdampf zwang sie, die Augen zu schließen. Sie blieb lange unter dem Strahl stehen, bis ihre Haut rosa und glänzend war und sämtliche Sünden des Tages und der Wochen fürs Erste abgespült waren. In ihrem Zimmer zog sie ein seidenes Nachthemd und einen passenden seidenen Bademantel an, den sie in der Taille locker verknotete. Sie bürstete ihr langes braunes Haar, und da sie die Hoffnung aufgegeben hatte, es zu bändigen, ließ sie es einfach wehen.

Das Telefon klingelte. Sie ging zum Nachttisch.

An der Tür schellte es. Sie überließ den Anrufer dem Anrufbeantworter und raste hinunter, um die Tür zu öffnen. Paul trat ein, packte sie und taumelte mit ihr in das warme, nach Vanille duftende Wohnzimmer. Seine Lippen waren überall, auf ihrem Hals, ihren Schultern und ihren Brüsten, Lippen, die kalt waren von draußen. Innerhalb kürzester Zeit hatte er sein Hemd und ihr dünnes Seidenhemd ausgezogen.

Alles.

Glückseligkeit, Erschöpfung oder beiderseitige Befriedigung hatte sie wohl umgehauen, denn Nina wurde von einem merkwürdigen Geräusch an der Haustür geweckt, ein Schlüssel drehte sich im Schloss.

Wer konnte das denn sein? Warum war sie nicht im Bett, sittsam zugedeckt mit einer Daunendecke? Warum fühlte sie sich so ungeschützt?

Das Feuer hat uns wohl gewärmt, dachte sie benommen, als ihr klar wurde, dass sie es gar nicht bis ins Schlafzimmer geschafft hatten. Paul, der in einer intimen Umarmung bei ihr auf dem Wohnzimmerteppich lag, schnarchte leise. Bevor sie Zeit hatte, die Situation weiter zu analysieren oder einen Plan zu schmieden, um drohendes Unheil abzuwenden, ging die Haustür weit auf.

Bob kam rein. »Mom?«, sagte er. »Taylors Oma ist krank. Ich hab versucht anzurufen …« Seine Worte erstarben.

Nina schloss die Augen und stellte sich schlafend, wobei sie versuchte, regelmäßig zu atmen, genau wie Bob früher, wenn sie ihn, als er klein war, noch spät in der Nacht beim Lesen mit der Taschenlampe erwischt hatte.

»Mom.« Diesmal klang Bobs Stimme leiser. Er stand eine Ewigkeit dort in der Tür, dann schlich er auf Zehenspitzen an ihnen vorbei und ging die Stufen zu seinem Zimmer hinauf.

»Wach auf«, flüsterte Nina, als sie überzeugt davon war, dass Bob den Raum tatsächlich verlassen hatte. Sie versuchte, Pauls schweren Arm von sich zu schieben, doch der Arm, der langsam erwachte, hatte anderes im Sinn. Sie wiederholte ihre Aufforderung einige Male, sah schließlich, wie er langsam seine haselnussbraunen Augen weit aufschlug, und wehrte seine Hände ab, die auf Erkundungstour gehen wollten. »Ich muss aufstehen. Lass mich!«

Irgendetwas in ihrer Stimme rüttelte ihn auf. Er zog seinen Arm weg. »Was ist los?«

»Bob ist heimgekommen«, flüsterte sie.

»Und?«

»Bist du wach? Er hat uns hier liegen sehen.« Sie zog ihr Bein unter seinem hervor und stand auf.

»Meine Güte, aus dieser Perspektive bist du so schön.«

»Steh auf, Paul!« Sie nahm seine Hand und versuchte ihn auf die Füße zu ziehen. »Zieh was an.« Sie reichte ihm sein Hemd, und er streifte es gehorsam über, dann gab sie ihm seine Hose. Er steckte die Beine hinein. »Und jetzt knöpf das Hemd zu«, befahl sie ihm.

»Wozu die Eile?« Er fummelte an den Knöpfen herum. »Er ist über uns im Bilde. Jetzt gibt's kein Zurück mehr.«

Zitternd hob sie ihr Nachthemd und den Bademantel auf. Sie zog den Bademantel über und ging die Treppe zu ihrem Schlafzimmer hinauf. »Pst. Ich bin gleich wieder da.«

Als sie wieder herunterkam, trug sie einen Pullover und einen langen Strickrock. Paul saß am Küchentisch, vor sich ein Bier und ein halb leeres Glas. Nina ging schnurstracks zum Kühlschrank und holte den Champagner heraus. »Wir können genauso gut eine Flasche hiervon aufmachen«, sagte sie, und sie wusste, wie sie klang – todunglücklich, entsetzt.

»Klar«, sagte Paul und ging darüber hinweg. Er ließ den Korken knallen. Sie reichte ihm zwei Kristallflöten, und er schenkte ein.

»Auf uns«, sagte er, als er mit ihr anstieß. »Bob wird's schon richtig aufnehmen.«

Sie nickte und trank.

»Abendessen?«, fragte Paul und wies mit seinem Glas auf die Sachen, die auf der Ablage bereitlagen.

»Ja, nur dass Bob keine Anchovis mag. Macht's dir was aus, wenn ich sie weglasse?«

»Nein.«

»Du kannst heute Nacht nicht hier bleiben«, sagte sie. »Taylors Großmutter ist krank.«

Bevor Paul antworten konnte, öffnete sich Bobs Tür. »Seid ihr zwei jetzt jugendfrei?«, rief er den Flur hinunter. »Kann ich rauskommen?«

»Komm raus«, rief Paul.

»Was soll ich zu ihm sagen?«, fragte Nina.

»Sag, es sei Zeit fürs Abendessen. Dass du dich freust, ihn jetzt hier bei uns zu haben. Sag, es tue dir sehr Leid. Frag ihn, ob du in meine Hälfte der Nudeln Anchovis reintun kannst.«

Da ihr nichts Besseres einfiel, tat sie genau das.

18

Trotz des starken Drucks, den Nina und Paul empfanden, an der Arbeit dranzubleiben, ließen sie am Samstagmorgen alles stehen und liegen, als Bob sich in ihre Pläne drängte.

»Das Einzige, womit du das wieder gutmachen kannst, Mom, ist eine Wanderung rauf zum Cave Rock«, erklärte er Nina schlau, nachdem sie sich unbeholfen für das Wohnzimmerdebakel des vorangegangenen Abends entschuldigt hatte. »Ich wollte den ganzen Sommer schon da hoch, und jetzt rückt der Winter näher, und wir waren immer noch nicht oben.«

Nina rief Paul an, um es ihm zu sagen. Paul lud sich selbst ein. »Ich werde Bob fragen«, meinte Nina.

»Klar«, sagte Bob, »Paul soll mitkommen, er ist doch nett. Aber ich denke, das weißt du.« Kichernd machte er sich davon, um seine Stiefel zu suchen.

Nina machte sich noch Sorgen wegen Bob, doch soweit Paul erkennen konnte, als er die beiden abholte, hatte er keinen Schaden genommen. Sie fuhren an Zephyr Cove vorbei zum Nevada State Park, wo sie auf dem Parkplatz unterhalb des Tunnels den Wagen abstellten. Bob redete ununterbrochen davon, warum er die berühmte Höhle sehen musste. »Wish hat mir gesagt, hier sind Geister, und wenn wir ganz leise sind, können wir sie hören.«

Als Bob für einen Moment innehielt, hörte Paul sich Ninas Bericht über ihr Gespräch mit Jack an, dass sie seiner Meinung nach aus der Sache raus sei. Sie beobachtete ihn aus dem Augenwinkel, als wollte sie ihn herausfordern, etwas anderes zu sagen. Er behielt seine Skepsis jedoch für sich. Er schaffte es sogar, nicht eine einzige Stichelei über Jack loszulassen.

Der Parkplatz grenzte an den Lake Tahoe und endete in einer

Bootsrampe. Die zwei oder drei anderen Autos hatten alle einen leeren Bootsanhänger dabei. Möwenschwärme zogen über den zarten Himmel, der aussah, als könnte sich im Laufe des Nachmittags leicht ein Sturm zusammenbrauen, doch der See lag passiv und frisch da.

Als Triumph des Funktionalismus über die Geschichte war der Highway 50 als Projekt der Works Progress Administration am Fuß des Cave Rock durch den Fels gesprengt worden. Während sie zwischen magerem Buschwerk den Hügel hinaufkletterten, dröhnten Autos durch den Tunnel. Bob hockte sich auf die Kante einer Mauer, die sich über der Fahrbahn erhob, bis Nina nervös wurde und ihn zurückrief.

»Die Washoe haben das Wasser unter dieser Höhle für ihre heiligen Begräbnisstätten benutzt«, dozierte Bob, der vorauskletterte, Paul dahinter, dicht gefolgt von Nina. »Ich habe Wish gefragt, ob er mitkommen will, aber er sagte, er habe zu viele Schulaufgaben, was echt schade ist, denn er weiß viel mehr darüber als ich.« Sie kamen sehr schnell zu einer mit Beton und Glasscherben übersäten flachen Stelle, wo ein riesiges natürliches Gewölbe in den Felsen führte. Im Düstern konnten sie an den Wänden hundert Jahre alte Kratzmalereien ausmachen. Aufgeschichtete Granitstückchen, Federn und Zweige, Opfergaben rätselhafter Herkunft schmückten die großen Granitplatten am hinteren Ende, wo der Fels immer niedriger wurde und in einer Spitze auslief.

»So eine Höhle findet man auch auf Oahu«, sagte Nina. »Größer, aber mit der gleichen Neigung des Gewölbes nach hinten. Es gibt immer noch eine Öffnung, doch sie scheint an dem Punkt in der Erde zu verschwinden. Die Hawaiianer sagen, dort sei ihr Volk geboren worden.«

Sie gingen wieder hinaus ins Licht und kraxelten herum. Bob machte sich davon, er bestieg einen Hügel mit lockerem Schiefer. Nina, die sich vergnügt auf einen den See überragenden Felsen gesetzt hatte, um sich von Paul fotografieren zu lassen, stand widerwillig auf, um ihm zu folgen.

»Ich warte hier«, sagte Paul, sah sich die steile Felswand an und bemerkte die Stellen, wo Kletterer feste Haltegriffe montiert hatten. Nachdem die beiden verschwunden waren, ging er herum, bis eine spezielle Linie an der äußeren Höhlenwand seine Aufmerksamkeit erregte. Für die Washoe mochte Cave Rock ein heiliger Ort sein, für die profane Kletterergemeinde war es ein vertikaler Freizeitpark.

Er nahm seine Kletterschuhe und Kreide für die Hände aus seinem Rucksack, machte sich rasch fürs Freeclimbing fertig, nahm die Linie noch etwas genauer in Augenschein, besah sich einige Griffe und zog sich hoch.

Wie er das Klettern liebte. Er liebte das Dehnen der Muskeln unter der Haut, den Adrenalinschub, die kühlen Felskanten, die sich in seine Haut gruben, wenn er nach Halt tastete. Die Felshaken, die vorsichtige, angeseilte Typen hinterlassen hatten, ignorierte er. Nach einer Weile hatte er in einen langsamen Rhythmus hineingefunden. Bei den Griffen, die in der Tat nicht sehr verlässlich waren, ging er kein Risiko ein, er genoss einfach den Augenblick, in dem er tat, wozu sein Körper gemacht war, sich an den Fels zu klammern, die Augen nur fünfzehn Zentimeter von Mutter Erde entfernt.

Er kam ziemlich schnell oben an und genoss einen weiteren fantastischen Blick über den See und die umgebenden Bergspitzen, sah Wolken, die sich im Osten auftürmten, die schmale Mondsichel gespenstisch in der dünnen Morgenluft. Seine Träumerei wurde von einem Schrei unterbrochen, gefolgt von einem zweiten, dann hörte er, wie sein Name gerufen wurde.

Er eilte die sanft abfallende Rückseite der Felswand hinunter, wo die Stimmen herkamen. Nina kniete über Bob, der am Fuß eines hohen Bergsturzes saß. Sein Knie blutete. Auf seiner Wange bildete sich gerade ein blauer Fleck, und Kratzer an seinen Armen verrieten Paul, dass er einen ziemlichen Sturz getan hatte.

»Alles in Ordnung, Bob?«

»Es ist nichts gebrochen. Ich kann gehen.« Nina wollte ihm aufhelfen, doch er schüttelte sie ab. »Lass mich in Ruhe, Mom.«

Sie gingen, beziehungsweise in Bobs Fall humpelten, den Hügel hinunter zum Auto, wo Nina ihr Erste-Hilfe-Set hervorholte. Als sie die Wunde verband, hatte Bob sich hinter beharrlichem Schweigen verschanzt, an das er sich auch hielt, als Nina die Wunde gründlich säuberte.

Auf der Rückfahrt verzichteten sie sogar auf die besänftigende Wirkung von Musik. Nina schaltete NPR ein, und sie hörten zu, wie Bob Edwards mit seiner ernsten vollen Stimme die neuesten bedrückenden Weltnachrichten verlas. Als sie am Caesar's ankamen, war Paul froh, sich verabschieden zu können, obwohl Nina ihm auch Leid tat. Sie stiegen aus, während Bob im Wagen blieb, und gingen ein paar Schritte vom Wagen weg.

»Was ist da oben passiert?«

»Es war alles in Ordnung, bis ich ihm sagte, er könne heute Nachmittag nicht zu Nikki zur ›Bandprobe‹. Ich habe mir eine Ausrede einfallen lassen, aber er hat mich durchschaut und ist total ausgerastet. Plötzlich hat er den Weg verlassen und ist an einer steileren Stelle aufgestiegen. Ich habe ihm gesagt, er solle das lassen, es sei zu steil. Dann ist er gestürzt, was ihn gedemütigt hat.«

»Gedemütigt?«

»Du kannst dir nicht vorstellen, wie er zu dir aufschaut, Paul. Er wollte nicht, dass du ihn so siehst.«

»Ich nehme ihn mal mit und bringe ihm ein paar Dinge bei«, sagte Paul gerührt.

»Ich will nicht, dass er mit dem Klettern anfängt.«

»Er wird älter, Nina. Wenn er es richtig lernt, ist es ein sicherer Sport. Ich habe mit acht angefangen.«

»Klar. Er kann die Nächte mit Nikki verbringen und am Tag seinen Hals riskieren. Warum nicht? Er ist ein großer Dreizehnjähriger!«

»Er wird mit oder ohne dich aufwachsen, Schatz«, sagte Paul zärtlich.

»Du verstehst das nicht«, sagte Nina mit diesem grimmigen Tonfall, und Paul begriff, dass er sich besser zurückhielt, sonst würde sie ihn mit einem Tritt aus dem Stiefvaterwettbewerb hinausbefördern. Er empfand eine gewisse Solidarität mit dem Jungen, und das gefiel ihr nicht. Bedeutete »Stiefvater« zu sein, als Jasager für die Mutter da zu sein? Einen Augenblick zweifelte er an Nina. Sie war zu streng und beschützte den Jungen zu sehr.

Aber sie gab eine gute Chefin ab, und unglücklicherweise liebte er sie. Er hätte am Abend zuvor gerne ein ernstes Gespräch über ihre Zukunft geführt, und es sah nicht so aus, als würde sich bald wieder eine Gelegenheit dazu ergeben. »Ich rufe dich an, sobald ich mit Ali gesprochen habe«, sagte er.

Dann machte er sich auf den Weg nach Meyers, der nächsten Stadt auf der kalifornischen Seite des Sees.

Die Familie Peck besaß ein Stück Land an einer Straße, die von der South Upper Truckee Road abzweigte. Er zog seine Straßenkarte zurate, hielt nach einem schiefen hölzernen Schild Ausschau, das Ali beschrieben hatte, und kam kurz nach zwölf dort an. Das Haus war u-förmig, hatte einen offenen grasbewachsenen Hof und schmiegte sich nach hinten an einen Hügel. Sicher lagen auf der anderen Seite ein paar große Fenster, aus denen man die zerklüftete Landschaft bewundern konnte. Er freute sich schon darauf, einen Blick ins Haus zu werfen, doch wie sich herausstellte, bekam er dazu keine Gelegenheit.

Ali Peck winkte ihn auf die Seite des Hauses. Zu ihrer Linken lag ein Stapel gespaltenes Holz, ein paar kurze Klötze standen zur Rechten und vor ihr ein sechzig Zentimeter langes Scheit auf einem niedrigen Hackklotz. Als er hinüberging, ließ sie ihre langstielige Axt darauf heruntersausen. Die Scheite fielen lehrbuchmäßig auseinander. Ali warf die beiden Stücke auf den Haufen und wandte sich einem neuen zu. »Warten Sie«, sagte sie, »ich bin fast fertig.«

Sie trug Jeans und ein T-Shirt mit V-Ausschnitt, auf dem »Ein Tequila, zwei Tequila, drei Tequila, Fußboden« stand. Er sah, wie ihre Schultern arbeiteten. Er konnte sehen, worin ihre Anziehungskraft bestand. Jugend, Elan, Feuer – sie besaß alles, und wenn er das in ein paar Axthieben erkennen konnte, konnte man sich leicht vorstellen, wie es Kevin bei den täglichen Streifenfahrten ergangen war.

Sie unterbrach ihre Arbeit, stellte die Axt an den Hackklotz, zog ihre Handschuhe aus und wischte sich die Hände an der Jeans ab. »Ich gebe Ihnen lieber nicht die Hand«, sagte sie. »Blasen.«

»Sie wissen, wer ich bin.«

»Ja. Sie können mich Ali nennen, wenn ich Sie Paul nennen darf.«

»Okay.«

»Ich weiß nicht, was Sie von mir hören wollen. Dieses Durcheinander mit Kevin war echt zum Kotzen.« Sie schob sich das Haar aus dem Gesicht, und Paul bemerkte, dass sie sich nicht einen ihrer hübsch manikürten Fingernägel abgebrochen hatte.

»Sind Ihre Eltern da, Ali?«

»Sie fahren am Samstagmittag immer zu einem großen Lebensmittelladen. Ich möchte sie da nicht mit reinziehen.«

Eine vorsichtige und reife junge Dame, dachte Paul. Was ihm die Dinge leichter machte. »Sieht aus, als würden Sie das ziemlich oft machen.«

»Zwei Klafter pro Jahr. Mein Vater hackt die anderen beiden

Klafter. Er ist Karatelehrer. Möchten Sie sich setzen? Wie lange wird es dauern? Ich mache diese eine letzte Sache gern für Kevin, egal um was es da eigentlich geht, aber richten Sie Kevin aus, ich lasse mich nicht noch einmal überrumpeln. Wenn die Anhörung wegen des endgültigen Sorgerechts stattfindet, werde ich nicht hier sein. Ich werde nicht noch eine Szene bei Gericht durchmachen. Vor allem mag ich es nicht, wenn ich dabei einen Exlover verletze, verstehen Sie.«

»Wo gehen Sie hin?«

»Ich will demnächst auf die Ranch meiner Tante in Arizona. Hier in den Bergen ist es im Augenblick zu heiß für mich. Außerdem bin ich hier ein Skandal.« Sie lachte. »Ich hoffe nur, das beendet meine Karriere bei der Polizei nicht, bevor sie richtig angefangen hat.« Sie setzte sich auf einen glatten Fels im Hof, und Paul setzte sich auf ein Scheit neben sie. Der Hof war – typisch für Tahoe – in seinem natürlichen Zustand belassen worden. Die in einigem Abstand gepflanzten Kiefern und der sanfte Teppich aus Nadeln ließen ihn wie ein Naturreservat aussehen.

»Sie können trotzdem vorgeladen werden«, sagte Paul. »Selbst wenn Sie sich in einem anderen Staat aufhalten. Es gibt Mittel und Wege.«

»Wenn es sein muss, besorge ich mir einen besseren Anwalt. Können wir es hinter uns bringen? Ich habe gehört, dass Kevin die Anhörung verloren hat. Zu schade. Er liebt seine Kinder wirklich.«

»Wie ist es passiert? Mit Ihnen und ihm, meine ich.«

Sie zog die Augenbrauen hoch und lächelte. Endlich einmal sah sie so alt aus, wie sie war. »Es ist einfach passiert. Wir waren viel allein. Ich half ihm bei allem, sogar bei der Festnahme von Verdächtigen. Ich weiß, dass Polizeischüler aus allen potenziell gefährlichen Situationen rausgehalten werden sollen, aber manchmal überschlagen sich die Ereignisse. Wir wurden wie richtige Partner, die einander vertrauen. Manchmal mussten wir ein Objekt oder eine Person überwachen, und dann erzählten wir einander alles über unser Leben. Kevin war traurig wegen seiner Frau. Irgendwann ist er zusammengebrochen und hat es mir erzählt.« Sie warf Paul einen Blick zu.

»Es tut mir Leid, ich habe vergessen, wie alt Sie sind. Ich muss mir eine Notiz machen«, sagte Paul.

»Ja, rechtlich war ich noch minderjährig. Kevin hat sich deswegen fast in die Hose gemacht. Wir mussten unglaublich vorsichtig sein. Er hätte gefeuert werden können. Hat es Disziplinarmaßnahmen gegeben?«

»Es gibt eine Untersuchung.«

»Er steckt wohl ganz schön in der Tinte. Jetzt weiß jeder über uns Bescheid. Zumindest konnte ich den Müll von wegen Unzucht mit einer Minderjährigen abbiegen. Mein Vater wollte zur Polizei gehen, aber ich habe ihn nicht gelassen. Sie haben beschlossen, es nicht zu verfolgen, weil ich nicht kooperiert hätte. Tatsache ist, dass wir verliebt waren. Wir waren zwei Erwachsene, und was wir gemacht haben, ging nur uns etwas an.« Sie hatte eine klare, intelligente Art zu reden. Vielleicht würde sie eines Tages Polizeibeamtin werden, aber vorher musste sie an ihrem Urteilsvermögen arbeiten.

»Ich verstehe nicht ganz«, sagte Paul. »Haben Kevin und seine Frau sich nicht wegen der Affäre getrennt?«

»Nein! Ausgeschlossen, dass sie davon erfahren hat. Sie haben die ganze Zeit zusammengewohnt. Diese Sorgerechtskiste war noch gar nicht im Gespräch. Aber wir waren verliebt. Kevin hat mir alles bedeutet. Ich wollte ihn heiraten.«

»Dann haben Sie beide übers Heiraten gesprochen?«

»Klar. Er wollte mich heiraten, aber er wollte sichergehen, dass er die Kinder bekommt. Ich war mir nicht sicher, was ich wollte, außer ihn.«

»Dann hat Kevin seiner Frau gesagt, er wollte sich trennen, während Sie beide immer noch, ähm, eine Beziehung hatten?«

»Nein. Wir waren fast an dem Punkt. Wir hatten Pläne. Wir wollten nach Alaska, wenn Sie es genau wissen wollen. Ich war vor zwei Jahren dort auf einer Kajaktour in der Wildnis. Es war toll. Freiwillig würden meine Eltern mich nicht gehen lassen, aber sie würden meine Rechte respektieren. Aber dazu kam es nie.«

»Warum nicht?«

»Also, wir waren ungefähr drei Monate zusammen. Wir gingen in der Gegend mit den Eigentumswohnungen oben am Ski Run auf Streife, gegen elf in der Nacht, es schneite. Kevin spuckte große Töne, er sagte, okay, Ali, das war's, morgen sage ich es ihr. Und wir gehen nach Alaska und fangen neu an, und ich bringe meine Kinder mit, wir bekommen neue Jobs und wohnen in einem Holzhaus und gehen jagen und stellen Fallen auf. Er hatte sich schließlich für das entschieden, was ich auch wollte. Wir liebten uns im Streifenwagen. Ich habe übrigens vor Gericht geflunkert, als ich sagte, wir hätten es dort nie gemacht. Dann fuhr ich nach Hause und ging schlafen.«

»Verstehe«, meinte Paul. Er schaute wieder in ihr Gesicht. War sie wirklich achtzehn oder eine abgebrühte Tussi um die vierzig?

Ali lächelte wieder, das Lächeln, bei dem die Augenbrauen hochgingen und das so etwas wie ein mimisches Achselzucken war. »Ja«, sagte sie, »ich war jedenfalls nah dran. Aber dann ging ich ins Bett und konnte nicht einschlafen. Ich dachte Zeugs wie, wir haben kein Geld, wie sollen wir nach Alaska kommen? Und ich wasche nicht gerne ab und so, will ich mich also wirklich um Kinder kümmern? Ganz plötzlich, wissen Sie, traf mich dieser Blitz, und ich war nicht mehr verliebt. So.« Sie schnippte mit den Fingern. »Ganz plötzlich wusste ich nicht mehr, was mich an Kevin je angezogen hatte.

Er hat keinen Ehrgeiz. Er ist eher passiv, außer wenn es um seine Kinder geht. In Wahrheit habe ich alles initiiert. Es hat ihm gefallen, wenn er mitgeschleppt wurde. Und der Sex war gut, aber er war erst mein zweiter Freund, und da war dieser süße Austauschstudent aus Sofia – das ist in Bulgarien, falls Sie sich fragen – in der Schule, der mir einfach nicht mehr aus dem Kopf gehen wollte. Er ist gefühlvoll. Er will Autor werden. Verstehen Sie?«

»Ich verstehe.« Er dachte an eine hübsche Künstlerin, die er einst gekannt hatte.

Sie schüttelte staunend den Kopf. »Ich fühlte mich, als hätte ich die Grippe gehabt und wäre plötzlich wieder gesund. In der Nacht habe ich meine Seele erforscht, und mir wurde klar, dass ich nicht nach Alaska wollte. Ich wusste, dass es vorbei war. Ist Ihnen das je passiert?«

»Nicht mehr, seit ich siebzehn war«, sagte Paul.

»Wollen Sie damit sagen, ich bin unreif? Weil ...«

»Nein, nein. Ich habe kein Problem damit.«

Dieser magische Satz funktionierte immer. Alis Abwehrhaltung schmolz dahin, und mit einem Hauch Großspurigkeit sagte sie: »Das war also meine Liebesaffäre. Ist das alles, was Sie mich fragen wollen?«

»Nicht ganz. Obwohl Sie sehr offen und hilfreich waren.«

Sie nickte und sagte: »Was immer ich tun kann.«

»Was ich noch wissen muss, ist, wie Sie schließlich vorgeladen wurden.«

»Ich habe das Kevin schon erklärt, als er anrief. Und übrigens, richten Sie ihm aus, er soll nicht mehr anrufen. Ich bin mit jemand anderem zusammen.«

Und ich wette, dieser andere schreibt wunderschöne Liebesbriefe in kyrillischer Schrift, dachte Paul. »Erklären Sie es mir noch einmal.«

»Ganz einfach. Am vergangenen Freitagmorgen gegen sieben hat das Telefon geklingelt. Meine Eltern haben mit diesem Anwalt namens Riesner gesprochen, Lisas Anwalt. Er meinte, er habe gehört, Kevin und ich hätten eine ernsthafte sexuelle Beziehung gehabt. Zuerst haben sie ihm nicht geglaubt. Sie waren ganz schön schockiert, als ich es zugegeben habe. Ich wollte nicht, dass es so rauskommt. Ich habe mich mies gefühlt, dass ich es ihnen nicht längst selbst gesagt hatte, na ja, war nicht witzig. Es gab ein bisschen Geschrei, Sie wissen ja, wie das ist. Ein wenig später stand jemand vor der Tür, ein schmuddeliger Typ in einem zerknitterten Blumenhemd, der irgendwie verloren aussah. An dem Punkt waren meine Eltern nicht in der Verfassung, an die Tür zu gehen, also machte ich auf. Er sagte: ›Ali Peck?‹ Ich sagte: ›Woher kennen Sie meinen Namen?‹ Er reichte mir ein paar Papiere, und ich sagte: ›Hören Sie, es tut mir Leid, ich gehe bereits in die Lutheranische Kirche‹, und er sagte: ›Das ist eine Vorladung, Püppchen.‹

Meine Eltern haben es gelesen und ihren Anwalt angerufen. Er hat gesagt, ich sei als Zeugin zu Kevins Anhörung am selben Tag geladen und er könne dafür sorgen, dass die Anhörung vertagt wird, wenn ich das wollte, aber irgendwann würde ich die Wahrheit sagen müssen, denn jetzt wusste Lisa Bescheid. Ich sagte, ich könnte es genauso gut hinter mich bringen, obwohl ich ziemlich nervös war. Dann musste ich lange mit meinen Eltern reden und ihnen alles erklären, bis sie es kapierten. Nach dieser Diskussion sagten meine Eltern, sie würden mein Bedürfnis, mein eigenes Leben zu leben, respektieren.«

Absolut wie in den Sechzigern, dachte Paul.

»Also hat unser Anwalt mit Lisas Anwalt gesprochen und mich beraten, was sie mich fragen würden und wie ich aussagen sollte. Die ganze Erfahrung war ziemlich heftig. Sehr unangenehm, aber das Schlimmste war, dass ich wusste, ich würde Kevin wehtun. Aber bei den wichtigen Sachen konnte ich nicht lügen. Das wäre Meineid gewesen.«

Paul machte sich ein paar Notizen, sah das gesunde, strahlende Mädchen in Bluejeans mit der glänzenden Zukunft an und sagte: »Ich wundere mich nur. Warum haben Sie Kevin nicht vor der Anhörung angerufen? Eine kleine Warnung im Voraus. Irgendwas in der Art.«

»Bei mir war ganz schön was los! Meine Eltern waren völlig außer sich. In Mathe stand ein Test an, den ich wahrscheinlich verpassen würde. Kevin hätte geweint. Er hätte keine Sekunde lang an *meine* Gefühle gedacht. Wie ich, eine unschuldige Beteiligte, in diese hässliche Sorgerechts-Anhörung reingezogen wurde.« Sie griff nach der Axt und fuhr mit dem Finger über die Schneide.

»Diese Vorladung war ein richtiger Schock für sie.«

»Ja. Kevin hat gesagt, Lisas Anwalt habe angedeutet, ich hätte ihn angerufen und ihm von uns erzählt. Das ist eine komplette Lüge.«

Paul schloss sein Notizbuch. »Nur noch eine Kleinigkeit, auf die ich zurückkommen muss, Ali. Sie sagten, Lisa Cruz habe nichts von der Affäre gewusst, bis Sie vorgeladen wurden.«

»Niemand wusste etwas. Kevin hätte es ihr nie gesagt.«

»Sie sind eine Frau von Welt«, sagte Paul. »Sie sind offensichtlich nicht dumm. Glauben Sie, Lisa könnte dahinter gekommen sein? Wegen Kevins Verhalten, seinem mangelnden Interesse an ihr …«

»Sie hat ihn wegen irgendwas aus ihrem Bett geworfen und dann erwartet, er würde bei ihr bleiben. Sie hat ihn verrückt gemacht, indem sie eine manische Sache nach der anderen angefangen hat, und wenn es ihr Leben nicht in Ordnung brachte oder sie nicht glücklich machte, verging ihr die Lust, wie bei einem batteriebetriebenen Spielzeug, dem der Saft ausgeht. Ich glaube wirklich, dass er eine ganze Weile versucht hat, sie glücklich zu machen, aber sie ist einer dieser Menschen, die so mit sich selbst beschäftigt sind, dass sie andere kaum wahrnehmen.«

Paul nickte. Als er aufstand, fuhr gerade ein Ford Explorer in die Einfahrt, offenbar die Eltern von Ali. Paul ging auf dem Weg zu seinem Wagen an ihnen vorbei. »Ist in Ordnung, Mom«, rief Ali.

Die Pecks strahlten die gleiche Gesundheit aus wie die Tochter, doch sie wirkten nervös. Ginge mir auch so, wenn Ali meine Tochter wäre, dachte Paul.

Nach seinem Besuch bei Ali fuhr Paul beim Polizeirevier von South Lake Tahoe vorbei, um zu sehen, was die Ermittlungen bezüglich des Autodiebstahls machten. Sobald er das Gebäude betrat, überfielen ihn altvertraute Gefühle, die seine gute Laune schnell zunichte machten.

Er hatte von Anfang an nicht in die Polizei von San Francisco gepasst. Nach einem oder zwei Bieren konnte er, wenn er in einsichtiger Stimmung war, darüber nachdenken, dass der Grund für sein Unbehagen nicht daran lag, dass er ganz allgemein Probleme damit hatte, eine bescheuerte Autorität zu respektieren. Er hatte nur ein Problem mit *bestimmten* Idioten, den Übereifrigen, die ein fast militärisches Bedürfnis zu haben schienen, seinen Geist zu brechen und eine Art Soldat aus ihm zu machen. Er verdross sie. Sie verdrossen ihn. Und nach einer Reihe von Vorfällen wurde er eines Tages, statt dass sie ihn innerhalb der Mordkommission beförderten, wegen Gehorsamsverweigerung gefeuert.

Mit Anfang vierzig sollte er eigentlich eine gewisse Reife erlangt haben, aber er ärgerte sich immer noch über die Schilder, die dieses und jenes befahlen, das versteinerte Gesicht des Dienst habenden Beamten, die argwöhnischen Fragen, den allgemein militaristischen Geruch des Ortes. Doch er verbarg seine Vorurteile, schenkte dem Polizisten am Tisch ein freundliches Lächeln und fragte, ob er einen der Beamten sprechen könne, die sich mit dem Diebstahl von Ninas Bronco befasst hatten.

Nachdem er seinen Ausweis hin und her gedreht hatte, als

würde er ihm mehr sagen, wenn er ihn aus einem anderen Blickwinkel betrachtete, sah der Polizist Paul eindringlich an und sagte: »Officer Scholl ist im Dienst.« Er ließ den Summer zum inneren Heiligtum ertönen. Officer Scholl kam heraus und bat ihn, sie zu ihrem Auto zu begleiten. Sie hatte gerade Dienstschluss und trug einen roten Rollkragenpullover über einer langen Hose und Stiefeletten, Zivilkleidung, die ihrer kräftigen Figur schmeichelte.

Sie traten zusammen hinaus in die feuchte Bergwelt, wo eine leichte Brise wehte und neue, grüne Fruchtansätze prall an einem Heidelbeerstrauch prangten. An einem Ort wie diesem war die Hässlichkeit des menschlichen Verhaltens noch viel schwerer zu ertragen als irgendwo in den städtischen Slums.

»Es gibt nichts zu berichten«, meinte Scholl mit einem Stirnrunzeln, als er ihr seine Mission erklärt hatte.

»Irgendein Fortschritt bei den vermissten Akten?«

»Nein.«

Sie legte ein Tempo vor, dass er sich beeilen musste, um Schritt zu halten. »Es sind Dinge passiert, die darauf hindeuten … auf die Möglichkeit, dass jemand Informationen aus den Akten benutzt.«

Sie blieb stehen, drehte sich zu ihm um und stemmte die Hände in die Hüften. »Was?«

»Tut mir Leid. Über Einzelheiten darf ich nicht sprechen.«

»Ihr habt vielleicht Nerven.« Sie setzte ihren Weg fort. Sie erreichten ihr Auto, einen mittelgroßen Familienvan, und sie betätigte die Fernbedienung am Schlüsselbund, um ihn zu entriegeln. »Spielt keine Rolle, dass wir unsere Arbeit nicht tun können, spielt keine Rolle, wenn Menschen Schaden nehmen, Sie müssen die Geheimnisse der lügenden Mandanten schützen.«

Frustration war stärker als alle anderen Gefühle. »Officer, wir brauchen diese Akten zurück.«

»Sie spielen auch immer dieselbe Leier ab.«

»Ich weiß, dass Sie keine allzu gute Meinung von Nina Reilly haben. Aber sie ist Ihnen wirklich dankbar, dass Sie ihr ihren Wagen wiederbeschafft haben, und sagt, sie seien im Umgang mit ihr sehr professionell gewesen.«

»Meine persönliche Meinung beeinträchtigt mich nicht in meinem Beruf.«

»Genau, was ich sage. Ich bin froh, dass Sie Ihre Differenzen beiseite legen konnten und ihren Bronco gefunden haben.«

»Haben Sie neue Informationen, mit denen ich etwas anfangen kann?«

Paul schwieg.

»Natürlich nicht. Wir haben den Wagen gefunden, und das hat ihr 'ne Menge Ärger erspart, aber jetzt fehlt etwas von der Rückbank, das niemand richtig beschreiben will. Also, das ist echt hart, nicht wahr? Hart für uns, hart für sie.« Sie öffnete die Wagentür. »Mr. van Wagoner, ich habe Dienstschluss. Ich habe Besseres zu tun, als Ihrem Geschimpfe zuzuhören, dass dieses Problem nicht vorrangig vor Dutzenden von Fällen behandelt wird, mit denen wir ebenfalls befasst sind.«

»Hören Sie, ich weiß, dass Sie in dieser Stadt größere Probleme haben als die verschwundenen Akten einer Strafverteidigerin. Ich war Polizist.«

»Ich weiß«, unterbrach sie ihn. »Glauben Sie wirklich, wenn ein Typ wie Sie aus der Stadt hier hochkommt und herumschnüffelt, wären wir nicht im Bilde? Sie führen in Carmel eine Detektei, und Sie arbeiten nur dann, wenn es Ihnen passt. Sie kommen jetzt schon ein paar Jahre hier rauf, meistens arbeiten Sie für Nina Reilly, nur gelegentlich für andere Mandanten. Vor Jahren sind Sie bei der Polizei von San Francisco rausgeflogen. Sie sind zur Polizei nach Monterey gegangen, aber da hat's auch nicht funktioniert. Sie haben hier bei der Truppe einen Kumpel, Sergeant Fred Cheney. Er spricht gut von Ihnen, sonst würde ich nicht hier stehen.«

»Wie geht's ihm?«

»Arbeitet zu viel.«

»Sie wollen also sagen ...«

»Sülzen Sie mich nicht noch mehr mit den unbedeutenden Problemen von Nina Reilly voll, okay? Es ist meine Ermittlung, und sie ist offen. Ich tue meine Arbeit, ob ich das Opfer mag oder nicht. Sonst noch was?« Sie stieg in ihren Wagen, gab Gas und fuhr mit der geübten Geschicklichkeit einer Polizistin schwungvoll vom Parkplatz.

Die Hände in den Taschen, sah Paul hinter ihr her. Scholl hatte nur ungern mit ihm geredet, aber sie hatte es getan. Suchte sie überhaupt nach den Akten, oder betrachtete sie das als zweitrangig? Schwer zu sagen. Die Art, wie sie Ninas Namen ausgesprochen hatte, gefiel ihm überhaupt nicht. Ihr Tonfall auch nicht, im Kern höflich, aber an den Kanten äußerst feindselig. Er konnte bei dieser Angelegenheit die Hilfe der Polizei brauchen – verdammt, er konnte hierbei jede Hilfe brauchen. Ihm fiel kein Fall ein, bei dem Spuren sich so schnell in Rauch aufgelöst hatten.

Er ging um das Gerichtsgebäude herum zum städtischen Gefängnis. Cody Stinson war noch nicht nach Placerville überstellt worden, was sehr praktisch war. Im Gefängnis unterwarf Paul sich dem üblichen Zirkus, bevor er in die Besucherzone eingelassen wurde. Stinson kam kurz darauf herein.

»Sie!«, sagte er. Cody Stinson war im Vergleich zu Mario Lopez schmächtig. Und er verbrachte seine Zeit im Gefängnis kreativ, indem er sich einen neuen Spitzbart wachsen ließ. »Sie sind doch derjenige, der mich angefallen hat. Die sollten Sie verhaften, nicht mich. Beim Frauenhaus habe ich nichts Ungesetzliches getan. Ich habe sogar angeklopft. Warum zum Teufel hatte die Frau überhaupt eine Knarre? Ich habe nichts getan!«

Paul erklärte, warum er gekommen war. »Wir wollen nur

wissen, wer Ihnen den Tipp mit den beiden Frauen gegeben hat, die Sie am Strand getroffen haben.«

»Warum sollte ich Ihnen helfen?«

»Ich versuche, der ganzen Sache auf den Grund zu gehen. Wenn mir das gelingt und wenn Sie unschuldig sind, könnte Ihnen das helfen, Cody.« Das war eine heikle Strategie. Falls Cody unschuldig war, dann sprang er vielleicht drauf an. Falls er schuldig war, möglicherweise auch, denn wer im Gefängnis sitzt, stürzt sich auf jeden Brocken, wenn er glaubt, er könnte ihm von Nutzen sein. »Wenn wir einen anderen Bösewicht finden, kommen Sie aus dem Gefängnis raus.«

Cody dachte eine Weile nach und kratzte sich dabei am Kinn. Er hatte schlechte Haut, was durch die Deckenbeleuchtung noch betont wurde. »Ich habe einen Anruf bekommen.«

»Von?«

»Ich weiß nicht. Irgendjemandem. Wahrscheinlich ein Typ, aber es klang, als hätte er die Stimme verändert. Elektronisch oder so.«

»Was hat dieser Mensch gesagt?«

»Hat mir ein paar Namen genannt und gesagt, wo diese Leute wohnen. Die Frauen würden durch die Gegend laufen und der Polizei und der Staatsanwaltschaft und jedem, der es hören will, erzählen, ich hätte Phoebe in dieser Nacht erwürgt. Sie hätten mich spät in der Nacht auf dem Campingplatz gesehen.«

»Wann kam dieser Anruf? An welchem Wochentag?«

»Ich weiß nicht. Letztes Wochenende. Samstag, glaube ich.«

»Zu Ihnen nach Hause?«

»Ja.«

»Stehen Sie im Telefonbuch?«

»Ja.«

»Sie beschlossen also, mit den Zeuginnen zu reden und die Sache aus der Welt zu schaffen.«

»Richtig. Wie ich Ihnen schon sagte, ich bin unschuldig. Sie haben kein Recht, in der Stadt rumzulaufen und meinen Namen in den Dreck zu ziehen.«

»Und wie haben Sie sie gefunden?«

»Ich habe rumtelefoniert. Habe bei Brandy Taylor zu Hause in Palo Alto angerufen. Auf dem Anrufbeantworter war ihre mobile Nummer. Ich habe ein paarmal angerufen. Als ich sie endlich erreichte, fragte sie, ob ich wüsste, wo Bruce sei. Also habe ich, na ja, sagen wir mal, mitgespielt. Ich habe ihr erzählt, er wollte sich mit ihr treffen, sein Handy wäre kaputt, deswegen könnte er sie nicht selbst anrufen. Nicht zu fassen, dass sie mir das abgekauft hat! Die Leute sollten vorsichtiger sein. Sie wollte den Typ wohl wirklich unbedingt sehen.«

»Sie haben sich mit ihr am Strand getroffen, um zu reden?«

»Richtig. Aber diese beiden Damen sind echt bescheuert. Bevor ich was sagen konnte, fingen sie an zu schreien und rumzuhüpfen. Ich habe versucht, sie zu beruhigen, dabei wurde die eine umgestoßen. Ab da lief alles völlig aus dem Ruder. Verstehen Sie, dann habe ich mich im Hilltop in Truckee verkrochen. Mich einfach ruhig verhalten.«

»Während Sie darauf warteten, dass das Geld reinkam.«

»Genau. Hat Mario Ihnen das erzählt?«

»Ja.«

»Er wartet auf einen Anteil, falls ich je Kontakt mit dem Typ aufnehme, der uns was schuldet, was nicht allzu wahrscheinlich ist, solange ich hier drin stecke.«

»Mario wäre entzückt, das zu hören.«

»Ja, er denkt wahrscheinlich, ich will ihn übers Ohr hauen. Vielleicht tue ich das auch. Es ist das Mindeste, was ich für Phoebe tun kann.«

»Sie meinen, weil Sie Phoebe nicht umgebracht haben, stehen die Chancen gut, dass er es war.«

»Ja. Der Scheißkerl«, sagte Cody. »Wie konnte er das tun? Man glaubt jemanden zu kennen. Ich werde nie darüber hinwegkommen. Ich kann nicht glauben, dass sie tot ist. Haben Sie mal ein Foto von ihr gesehen?«

Paul nickte.

»Dann wissen Sie, dass sie 'ne echt heiße Braut war. Sie war 'ne richtige Persönlichkeit, wissen Sie. Ein wirklich netter Mensch, warmes Herz, anhänglich. Und sie hatte eine absolut lausige Singstimme.« Er sang mit quietschender Fistelstimme ein paar schiefe Töne. »So ungefähr. So schlecht, dass sich einem dabei die Zehennägel aufrollten. Sie wusste, dass sie schrecklich klang, aber das war ihr egal, sie sang jedenfalls die ganze Zeit lauthals.« Er seufzte. »Sie hat mir immer mit ihrem seidigen schwarzen Haar das Gesicht gekitzelt, um mich zu wecken ... Wir hatten gerade angefangen, über Kinder nachzudenken, als Mario wieder auftauchte.« Er schüttelte den Kopf und klang verloren. »Eifersüchtig und gemein, ein unberechenbarer Hurensohn.«

»Während Sie im Hilltop waren, erhielten Sie einen weiteren Anruf? Ich meine, woher wussten Sie, dass diese beiden Frauen im Frauenhaus waren?«

»Ich habe eine Freundin angerufen, und wir haben überlegt, wo zwei Frauen, die sich sicher fühlen wollen, sich wohl verstecken würden. Sie hat mir von dem Frauenhaus erzählt. Vor ihrer Scheidung ist sie dort mal untergekommen, als sie vor ihrem Exmann fliehen musste.«

Paul erinnerte sich an den Namen. »Carol Ames ist doch die Frau, die Ihnen für diese Nacht ein Alibi gegeben hat.«

»Sie hat nicht gelogen. Sie hat bloß nicht mitbekommen, dass ich weg war. Sie schläft tief. Kein Problem, sich rauszuschleichen.«

»Wer ist sie?«

»Nur Carol. Auf die ist immer Verlass.«

»Mehr als eine Freundin?«

»Nein, Mann, ich war mit Phoebe zusammen, und das wusste Carol. Ich kenne Carol schon ewig. Nach dem Krach mit Phoebe und Mario auf dem Campingplatz bin ich zu ihr gefahren. Sie ist eine gute Frau, und sie hat mich reingelassen und gesagt, ich könnte bleiben. Ich war total fertig. Sie hat gesehen, dass ich nicht allein sein wollte. Ich habe mich an ihren Küchentisch gesetzt und überlegt, ob ich zurückgehen sollte. Sie hat versucht, vernünftig mit mir zu reden, aber mit einem Esel kann man nicht vernünftig reden, und ich war ein Esel. Also sind wir ins Bett gegangen. Sie ist eingeschlafen, aber ich war gemartert, Mann, ich musste dauernd an Phoebe denken. Also hab ich mich rausgeschlichen. Sie sehen, wohin es mich gebracht hat.«

»Was ist in der Nacht auf dem Campingplatz passiert, Cody?«

Er lehnte sich im Stuhl zurück. »Mario war an dem Tag gerade aus dem Gefängnis entlassen worden und kam zu mir, um Geld zu holen, das ich ihm schulde. Das war am Nachmittag. Also, Phoebe war da, sie hat sich im Nebenzimmer versteckt. Hatte eine Riesenangst, er könnte rausfinden, dass wir jetzt ein Paar waren, verstehen Sie? Also wollte ich ihn nicht reinlassen. Ich habe ihm zwanzig Dollar gegeben, um zu campen, denn ich war echt knapp bei Kasse und konnte ihm in dem Augenblick mit dem, was ich in der Tasche hatte, kein Motelzimmer bezahlen. Phoebe war in einer Scheißstimmung, nachdem er weg war, sie wollte nicht mal mit mir reden. Jedenfalls ist sie nach einer Weile gegangen, ohne zu sagen, wohin. Ich dachte mir, dass ich sie wahrscheinlich auf dem Campingplatz finden würde. Ich hätte sie einfach in Ruhe lassen sollen. Aber Mario kann ganz schön rabiat werden, wenn er trinkt.«

»Sie dachten, er könnte ihr gegenüber handgreiflich werden?«

»Ja. Aber Moment, ich meine nicht, dass ich Angst hatte, er würde sie umbringen! Das habe ich nie gedacht.«

Paul nickte und hörte weiter zu.

»Also bin ich rüber, um zu sehen, ob sie dort wäre.«

»Und was hat sie gesagt?«

»Nicht viel. Er sagte, sie wären wieder zusammen, alles sei jetzt *simpatico*. Wir haben vor Nervosität alle zur Flasche gegriffen, und da sind Mario und ich ein bisschen aneinander geraten. Es fiel mir schwer zu akzeptieren, dass sie mich einfach so sitzen lässt. Also haben wir um sie gekämpft. Sie stand zwischen uns, war hin und her gerissen, verstehen Sie? Mario war ihr ursprünglicher Freund, und sie fühlte sich ihm gegenüber loyal. Aber ich weiß, dass ich ihr viel bedeutet habe.«

»Sie haben einen ganz schönen Aufruhr verursacht. Ich habe gehört, der Ranger musste eingreifen.«

»Das stimmt. Er ist dazwischengegangen und hat mich weggeschickt.«

»Aber Sie sind zurückgekommen. Was haben Sie gemacht, das Motorrad auf der Straße geparkt und dann zu Fuß weiter?«

Er nickte. »Ich wollte auf keinen Fall Mario wecken. Ich wollte nur mit Phoebe reden, ohne dass er sich einmischen konnte. Ich bin ins Zelt und habe sie geweckt. Glauben Sie mir, das war nicht leicht. Sie war total dicht. Als sie endlich halbwegs bei Bewusstsein war, sind wir raus vors Zelt, und ich habe sie gefragt, ob sie ihn wollte oder mich. Darauf lief es hinaus. Er oder ich. Ich habe ihr gesagt, dass ich sie liebe.«

»Und was hat sie gesagt?«

»Sie hat gesagt, ich solle verschwinden, wir würden am nächsten Morgen reden. Sie hat mir einen Kuss gegeben, und ich dachte, ich hätte noch 'ne Chance. Ich hatte keinen Grund, sie umzubringen, Mann!«

»Und das war das Ende.«

Codys Blick wurde hart. »Genau. Sie ist wieder ins Zelt gekrochen, und das war das letzte Mal, dass ich sie lebend gesehen habe.«

»Um welche Zeit war das?«

»Irgendwann spät in der Nacht. Woher soll ich das wissen?«

Jacks Gesicht war unbezahlbar, als er an diesem Abend Paul das Bueno Nalo Restaurant in Sacramento betreten sah.

Einst, vor langer Zeit, als Nina und Jack noch verheiratet waren und in San Francisco lebten, hätten dieser Blick und die unverhohlene Wut darüber, dass irgendwelche heimlichen Wünsche durchkreuzt worden waren, ihr Angst gemacht. Sie wäre ganz aufmerksam gewesen und hätte versucht, diese abzuschwächen. Damals war sie tief in die Beziehung mit Jack verstrickt gewesen, und seine Stimmung war wichtiger gewesen als ihre eigene. Sie wäre auf Zehenspitzen um seine Temperamentsausbrüche herumgeschlichen, als müsste sie gefährlichen, halb verborgenen Landminen ausweichen.

Jetzt brachte sein Gesichtsausdruck sie zum Lachen. Er sah aus wie ein kleiner, verwöhnter Junge, das Gesicht verzogen, ein Wutanfall im Anmarsch. Sie lächelte, begrüßte ihn, setzte sich und überlegte wieder einmal, was er, abgesehen von einem ordentlichen Anwaltshonorar, von ihr wollte.

Paul schien guter Stimmung zu sein. Er ignorierte Jacks Laune und stand, sobald die Margaritas bestellt worden waren, auf, um sich die Hände zu waschen.

»Ich bin davon ausgegangen, dass du allein kommst«, sagte Jack.

»Aber so sollte es nicht sein.« Die Getränke wurden serviert, und Nina machte es sich gemütlich und nahm einen kleinen Schluck. »Oh, tut mir Leid«, fuhr sie fort. »Ein Toast. Auf … auf Samstagabende.«

»Ich möchte, dass du Paul wegschickst«, sagte Jack stur.

»Warum?«

»Weil ich offen mit dir reden muss. Über deine Situation. Juristisches. Wir bringen Paul in Verlegenheit. Das Gespräch unterliegt nicht der gesetzlichen Schweigepflicht, wenn er dabei ist.«

»Er würde nie was sagen. Abgesehen davon ist er unser Ermittler. Es ist ein Arbeitsessen.«

»Okay, die Wahrheit. Ich möchte mit dir zu Abend essen, nur mit dir. Ein bisschen ungeteilte Aufmerksamkeit bekommen.« Er rieb ein wenig Salz vom Glas und nippte daran. Dann verzog er das Gesicht, nahm seine Serviette, wischte damit den Rand des Glases ganz ab und sagte: »Könntest du ihm einfach sagen, wir müssen unter vier Augen reden? Bitte?«

»Warum sagst du es ihm nicht?« All das war ihr sehr vertraut. Jacks Machtspiele, ihr automatischer Widerstand.

»Du machst Witze. Er würde nie gehen.«

Nina blickte zu Boden. »Ich will ihn hier dabeihaben, Jack. Mach keine große Sache draus. Zurück zum Geschäft, weißt du noch?«

»Also, ich bin enttäuscht.«

»Warum? Warum sollten wir allein sein?«

»Weil wir einander viel zu sagen haben.«

»Nicht mehr.«

»Ich habe seit unserem Telefonat noch weiter nachgedacht. Ich will, dass du siehst, wie sehr ich mich verändert habe, seit wir zusammen waren.«

»Um Himmels willen«, sagte Nina aufgebracht. »Eines hat sich gewiss nicht verändert, du traust dich was. Paul und ich sind zusammen. Er ist im Augenblick auf der Toilette und ahnt nicht, dass sein guter Kumpel versucht, ihn auszubooten. Und was willst du? Auftrieb fürs Ego? Ich glaube nicht, dass du nach mir schmachtest. Das kann ich nicht glauben.«

»Wow«, meinte Jack. »Bitte, Nina. Wende dich nicht wie eine Anwältin gegen mich. Sag nichts, was mich verletzen könnte. Ich bin in letzter Zeit oft verletzt worden.«

»Ich bin mir …«

Glücklicherweise schob Paul sich neben sie, bevor sie nachgeben, Jack in seine großen, bekümmerten Augen blicken und sich entschuldigen konnte. »Ah«, sagte Paul. »Wie ich sehe, habt ihr schon ohne mich angefangen.« Seine scharfen Augen erfassten die Situation mit einem Blick. »Was ist los, Kumpel?«, fragte er Jack.

»Ich hab mich an Ninas eiskalter Schulter ausgeweint. Doch um zu unseren irdischen Angelegenheiten zurückzukehren, Nina, berichte.«

»Also, auf dem Weg hierher habe ich zwei Schecks nach Fresno gebracht, einen zu Kao Vang und einen zu Mrs. Vang, über je 150.000 Dollar, abzüglich juristischer Honorare und Spesen. Mrs. Vang hat zuerst geweint, dann hat sie mir gedankt, schließlich hat sie mir einen weißen Schal um den Hals gelegt und mich gesegnet.«

»Und Kao Vang?«

»Er hat was auf Hmong gemurmelt. Dr. Mai hat nicht mal den Versuch unternommen, es zu übersetzen. Der Tenor von Kaos Bemerkung war, dass er beraubt wurde. Ich glaube, er hat mich mit einem Zauber belegt oder dem Hmong-Äquivalent.«

»Besteht die Gefahr, dass er versuchen wird, seiner Frau ihren Teil abzunehmen?«, fragte Paul.

»Ich glaube, sie kommt damit klar. Ich bezweifle, dass Kao ein gewalttätiger Mensch ist, Paul. Wir sind immer gleich so paranoid.«

Jack stellte sein Glas mit einem Knall auf den Tisch. »Es liegt jetzt nicht mehr in deinen Händen. Du hast das Geld ausgezahlt. Fall abgeschlossen.«

»Die Akte mit meinem Aufnahmeformular habe ich noch nicht zurück«, sagte Nina. »Und der zweite Bösewicht, der Brandstifter, läuft immer noch da draußen rum.«

»Lose Enden«, sagte Paul. »Wie ich lose Enden hasse. Besonders wenn die Möglichkeit besteht, dass sie zusammenhängen.

Vielleicht hat der zweite Brandstifter deine Akten gestohlen. Er weiß jetzt von dem Geld und macht sich an einen oder an beide Vangs ran. Ich habe das Gefühl, dass der Fall noch nicht unbedingt abgeschlossen ist.«

»Ich habe mit beiden darüber gesprochen«, sagte Nina. »Ihnen ist bewusst, dass sie vorsichtig sein müssen. Ich bin sogar mit Mrs. Vang zur Bank gegangen und habe ihr geholfen, den Scheck dort einzureichen. Aber ich weiß, was du meinst, Paul. Ich mache mir auch immer noch Sorgen.«

»Das hat zum Teil auch mit den Ereignissen im Umfeld der beiden anderen Fälle zu tun«, sagte Paul. Sie bestellten das Tagesgericht und diesmal ein paar Margaritas. Jetzt, wo sein Glas halb geleert war, schien Jack sich zu entspannen, doch Nina hatte das unbehagliche Gefühl, dass sie drei sich an diesem Abend nicht hätten zusammensetzen sollen.

»Okay, Lagebericht in den beiden anderen Fällen«, sagte Jack.

»Warnzeichen«, erklärte Paul ihm, »kurz gesagt. Im Fall Cruz besteht die Freundin Ali Peck darauf, dass die Vorladung von Riesner kam.«

»Also wissen wir immer noch nicht, ob Riesner die ganze Zeit Bescheid wusste und diese kleine Überraschung für den letzten Tag der Anhörung aufgehoben hat, oder ob der Dieb ihn angerufen und es ihm verraten hat, oder ob Riesner meinen Bronco gestohlen hat oder Lisa oder Scholl …« Die Kellnerin brachte Chips und frische Salsa sowie Salat aus Grünzeug, Orangenscheiben und Jicama. Jack und Paul sahen zu, wie sie davonschlenderte.

»Ich glaube, er hat in der Nacht, als der Bronco gestohlen wurde, zum ersten Mal von Ali Peck gehört«, fuhr Paul fort. »Cody Stinson sagte, er habe einen Anruf erhalten. Er hat keinen Grund zu lügen. Also denke ich, wir haben da draußen jemanden, der im Besitz der Akten ist und gerne telefoniert. Könnte sein, dass auch Riesner einen Anruf bekommen hat, genau wie er sagte. Wenn er noch irgendetwas über diesen angeblichen Anruf weiß, was nützlich sein könnte, dann müssen wir es wissen.« Er machte sich über seinen Salat her. »Wir müssen ihn fragen.«

»Was? Und eine ehrliche Antwort erwarten?«, fragte Nina. »Er lügt, wenn er den Mund aufmacht. Und, Paul, du kannst nicht zu ihm gehen. In dem Augenblick, in dem er dein Gesicht sieht, ruft er Verstärkung.«

»Lass mich raten, warum«, sagte Jack, nahm einen Tortillachip aus der Schüssel und tunkte ihn in die Salsa. »Pauls berühmte Gemütsruhe.«

»Und das sagt ein Mann, der stolz darauf ist, im Gerichtssaal die Leute zur Ader zu lassen, ohne eine Waffe zu Hilfe zu nehmen«, sagte Paul. »Muss ich noch mehr sagen? Und wo wir schon dabei sind, Nina, sollen wir über die kleine Episode reden, als du ihn mit Pfefferspray kaltgestellt hast?«

»Vielleicht könnte ein Außenstehender ihn davon überzeugen, dass es ihm nicht wehtun würde, wenn er einmal hilfsbereit wäre«, sagte Jack. »Ich zum Beispiel.«

Paul und Nina sahen einander an.

»Du?«, sagten sie.

»Ich könnte ihm erklären, dass ich dich in der Sache mit den verlorenen Akten vertrete. Es wird ihm unangenehm sein, wenn wir davon ausgingen, dass er etwas damit zu tun hätte – dafür sorge ich.«

»Scholl hatte die beste Gelegenheit«, sagte Nina. »Sie hat den Bronco gefunden. Vielleicht hat sie den Wagen gestohlen, die Akten darin entdeckt und ein wenig Unruhe gestiftet, bevor sie mich in aller Ruhe darüber informiert hat, dass mein Wagen gefunden wurde. Und Lisa Cruz? Sie hegt einen alten Groll gegen mich, der wieder aufgeflammt ist, als Kevin mich engagiert hat. Ich würde ihr alles zutrauen. Ich wünschte, ich wüsste mehr über diese Menschen.«

»Die beiden stehen bereits auf meiner Liste, Nina«, sagte Paul. »Zusammen mit Riesner.«

»Wie weit musst du diese Untersuchung führen?«, fragte Jack. »Vielleicht verschwendest du an diesem Punkt deine Zeit. Die Katzen sind aus dem Sack und streunen bereits überall herum.«

»Kenne deinen Feind, Jack«, sagte Paul. »Nina hat einen, und ich denke, sie sollte wissen, wer es ist. Dies könnte auch nur das Geplänkel vor der Schlacht sein. Sie muss vorbereitet sein.«

»Sandy hat eine Freundin angerufen, die in Riesners Kanzlei arbeitet, um zu hören, ob die was in Erfahrung bringen kann«, sagte Nina. »Sie hat rausgefunden, dass Riesner in der Nacht, in der die Akten verschwunden sind, in seinem Haus eine Familienfeier hatte. Mindestens sieben Verwandte sind über Nacht da geblieben. Sein Haus ist aus allen Nähten geplatzt. Seine Sekretärin war dort und hat den ganzen Abend Horsd'œuvre serviert. Ich weiß, ich weiß, das ist keineswegs ein wasserdichtes Alibi. Aber dass er sich mitten in der Nacht rausschleicht, wo so viele Leute um ihn rum sind – klingt irgendwie nicht überzeugend. Abgesehen davon: Autodiebstahl?«

»Und warum soll ich ihn nicht einfach fragen?«, schlug Jack vor. »Es könnte unsere einzige Chance sein, um rauszufinden, wer das Mädchen verraten hat, oder?«

»Du kennst diesen Typen nicht«, meinte Paul.

»Du bist nicht der Einzige, der Nina helfen darf, ja«, meinte Jack.

Ein weiterer Wetterwechsel – Paul und Jack blickten beide finster drein.

»Einen Versuch ist es wert«, sagte Nina, ganz erschöpft von ihren Friedensbemühungen. »Ich bitte Sandy, dich anzurufen und dir seine Nummer durchzugeben.«

Doch die raschen atmosphärischen Veränderungen der letzten Minuten schienen sich zu einem mächtigen Sturm zusammengebraut zu haben.

»Jack, komm drüber weg.« Diesmal legte Paul Nina die Hand aufs Knie. »Setz dich mit der Realität auseinander, also mit mir, oder lass die Finger von dem Fall. Sie braucht dich nicht. Du hast selbst gesagt, es gäbe keinen Fall mehr. Die Mandanten wursteln sich ohne ihre Akten durch. Vielleicht solltest du einfach nach Hause fahren, solange du noch unter der Promillegrenze liegst.«

Jack trank einen kräftigen Schluck von seiner zweiten Margarita. »Ein Freund«, sagte er. »Ein echter Freund bist du.«

»Du hast sie verlassen! Hast du das vergessen?«

Nina winkte ab. »Hey, Leute, ich bin auch noch da. Ich bin die, die euch beide bezahlt. Wie wäre es, wenn wir unser Gespräch beenden, nett zu Abend essen, viel Eiswasser dazu trinken und uns dann alle wieder auf den Weg machen. Wir sind müde und hungrig und infolgedessen nicht gerade in Hochform. Also, wie wäre es, wenn wir unsere Probleme außen vor lassen und unser Essen genießen?« Große Teller beladen mit heißen Flautas, Enchiladas und Chiles Rellenos wurden aufgetischt. Der Duft besänftigte schnell ihre wütenden Blicke. Sie griffen nach dem Besteck und hauten rein.

Nina nahm einen Bissen und legte dann ihre Gabel beiseite. Ihr war der Appetit vergangen. »Lasst uns noch mal von vorne anfangen. Die Frage ist, was ist mit diesen losen Enden? Bin ich schon aus dem Schneider? Jack meint ja. Paul scheint sich weniger sicher zu sein. Und ich, also, ich werde Fingernägel kauen, nicht nur, weil es ein paar Einzelheiten gibt, die wir nicht kennen, sondern vor allem, weil ich meine Mandanten und mich in diese Situation gebracht habe.«

»Mach dir keine Vorwürfe«, sagte Paul.

Sie tat die Bemerkung mit einer Handbewegung ab. Natürlich machte sie sich Vorwürfe.

Sie grub weiter. »Paul, dank deiner Nachforschungen haben wir etwas Neues, an dem wir arbeiten können. Wir wissen, dass Cody Stinson behauptet, er habe einen anonymen Telefonanruf bekommen, bei dem ihm jemand von Brandy erzählt hat. Wenn er diesen Anruf erhalten hat, dann von jemandem, der ein Motiv hat und unbarmherzig genug ist, diese beiden Frauen in eine potenziell lebensgefährliche Situation zu bringen. Wer könnte das sein? Mario hat die Akten nicht gestohlen. Er war im Gefängnis. Cody hat die Akten nicht gestohlen, denn zu dem Zeitpunkt hatte er keine Ahnung, dass die Mädchen Zeuginnen waren.«

»Vielleicht doch«, sagte Jack.

»Aber ...«

»Vielleicht hat er die Mädchen in der Nacht auf dem Campingplatz bemerkt und fand, es sei besser, sie zu überprüfen. Vielleicht ist er einer von ihnen zu deinem Büro gefolgt. Vielleicht ist er dir an diesem Abend nach Hause gefolgt, weil er gesehen hat, dass du deine Aktentasche in den Wagen gelegt hast. Er will sich die Akten schnappen und denkt, warum nicht die Spuren ein wenig verwischen, ich nehme gleich den ganzen Wagen.«

Nina schob sich ein Orangenstück in den Mund und dachte darüber nach. »Vielleicht«, sagte sie. »Paul, kannst du rausfinden, ob Stinson je wegen Autodiebstahls oder allgemein wegen Diebstahls verhaftet wurde?«

»Mach ich«, sagte Paul. »Und dann?«

»Vielleicht kehren wir zu unseren normalen unmöglichen Fällen zurück und vergeben Nina fürs Erste ihre schrecklichen Missetaten?«, meinte Nina. »An diesem Punkt versanden die Spuren allmählich. Die Polizei kommt zu keinem Schluss. Vielleicht passiert ja auch weiter nichts.«

»Cody behauptet, er habe Phoebe nicht umgebracht«, sagte Paul. »Kümmern wir uns darum, ob er die Wahrheit sagt?«

»Vertrau mir, die sagen alle die Wahrheit«, sagte Jack.

»Ich bin kein Hinterwäldler, Jack. Ich sage euch beiden, bei mir hat das Gespräch mit ihm ein paar neue Fragen aufgeworfen.«

»Was schlägst du vor?«, fragte Nina.

»Ich gebe meine Bedenken an Fred Cheney im Polizeirevier weiter. Darüber hinaus, Cody hat seinen eigenen Anwalt. Ich halte mich auf dem Laufenden. Das war's in etwa.«

»Okay.«

»Was ist mit den Schwestern?«, fragte Jack. »Die waren in Schrecken und Panik. Sie könnten noch Beschwerde gegen dich einreichen.«

»Und Stinson hat Bruce Ford belästigt, Brandys Verlobten«, sagte Nina. »Er ist Anwalt. Es ist meine Schuld, dass Stinson das getan hat. Er war wütend.«

»Weißt du, ich habe ein anderes Verhältnis zu Anwälten, seit ich nur noch sie vertrete«, meinte Jack. »Sie sind äußerst konservativ. Sie wollen jegliche persönlichen Schwierigkeiten vermeiden. Ford ist nichts passiert. Würde er wirklich einen Haufen seiner kostbaren Zeit vergeuden, um eine Beschwerde gegen dich einzureichen?«

»Was ist mit all den Anwälten, die die Gerichte mit banalen Klagen überschwemmen?«, fragte Paul. »Man hört viel darüber.«

»Wir wissen bereits, dass du eine geringe Meinung von Anwälten hast«, sagte Jack. »Vielleicht hättest du eine andere Einstellung, wenn du auf der juristischen Fakultät gewesen wärst. Ich habe Nina gesagt, wo diese voreingenommene Haltung herrührt.«

»So, so, hast du«, meinte Paul. Er blickte Jack direkt an. Nina sah von einem zum anderen.

»Wurde Zeit, dass sie es erfährt, Kumpel.«

»Nenn mich jetzt nicht Kumpel, McIntyre. Ich wünschte, du

hättest dich niemals eingemischt. Du wirst nicht gebraucht. Wirst du ihr für dieses Abendessen sechshundert Dollar in Rechnung stellen?«

»Du wärst begeistert, wenn sie ihren Beruf aufgeben würde. Gib's zu.«

»Ich bin mit einer Anwältin zusammen, ich arbeite für sie, und ich rede immer noch mit dir, obwohl ich mich allmählich frage, wieso. Ich habe keinen Komplex. Ich hatte Glück, dass ich nicht angenommen wurde. Es ist ein beschissener Beruf. Mit fünfzig bekommst du unter Garantie einen Herzanfall. Also, ich will offen sein. Falls Nina wirklich aus der Truppe geworfen wird, ist sie am Ende vielleicht gesünder und glücklicher.« Er wischte sich mit der Serviette Tomatensoße von den Lippen, ohne Nina anzusehen.

»Es ist dir egal, ob ich aus der Anwaltschaft ausgeschlossen werde?«, staunte Nina. »Weißt du denn nicht, wie sehr ich ...« Sie bekam keine Luft mehr. »Begreifst du denn nicht, was mir das alles bedeutet?«

»Jedenfalls ist dies das letzte Abendessen. Du bist gekündigt, McIntyre.« Paul sah sie immer noch nicht an.

»Mein Job ist erst zu Ende, wenn die letzte Person, die etwas mit den Akten zu tun hat, an Altersschwäche gestorben ist«, sagte Jack, »wohingegen du aufbrechen, nach Hause zu deinem maroden Geschäft fahren und Nina eine Pause gönnen solltest. Ich rate Nina das. Nina, ich will, dass du nach Hause gehst und dir einen Film anschaust oder so. Ruh dich aus, Babe. Ich denke, du hast es geschafft, wenn auch mit Müh und Not.«

»Danke«, sagte Nina. Sie lächelte, und Jack erwiderte ihr Lächeln.

»Das nächste Mal, wenn ich mit dir zum Abendessen gehe, reden wir nicht über Juristisches«, sagte er.

»Dann gibt's ja keinen Grund für ein nächstes Mal«, meinte Paul.

Nina bezahlte die Rechnung, und das war die einzige Entscheidung an diesem Abend, über die Paul und Jack nicht stritten.

19

Paul küsste Nina zum Abschied und zeigte Jack den Stinkefinger, als er in den Mustang stieg, um sich auf die lange Fahrt nach Carmel zu machen. Er fuhr schnell zum Highway, wollte rechts abbiegen, um nach Westen zu fahren, überlegte es sich noch einmal, fuhr auf die linke Spur und bog stattdessen links ab.

Er wandte sich ostwärts und fuhr den ganzen Weg zurück nach South Lake Tahoe, wobei er hoffte, vielleicht einen Blick auf Ninas Bronco zu erhaschen, was ihm aber nicht gelang. Die Nacht war wunderschön, und die Fahrt die Berge hinauf und in die schwarzblausilbern changierende Stadt hinunter rührte ihn wie jedes Mal. In Meyers nahm er, um dem Verkehr zu entgehen, den Pioneer Trail, dann checkte er bei der Schönheit an der Rezeption, die zwar kein freies Zimmer hatte, dann aber trotzdem noch eins fand, wieder im Caesar's ein.

Er rief Nina nicht an. Er musste am nächsten Morgen arbeiten, und er wollte weder Diskussionen noch Streit darüber, wie er diese Arbeit zu erledigen gedachte. Er wollte wissen, wer ihre Akten gestohlen hatte. Jemand war hinter ihr her, und er wollte wissen, wer. Er wollte alles wissen, was es zu wissen gab.

Am Sonntagmorgen schnappte Paul sich nach dem Duschen, Rasieren und Frühstücken das Telefonbuch. Lisa Cruz war eingetragen, was er als gutes Zeichen nahm. Der Pioneer Trail führte direkt hinter dem Kasino in anderthalb oder zwei Kilometern zur Woodbine Road. Er bog rechts ab, vergewisserte sich, dass es die richtige Straße war, fuhr dann zurück auf den Trail und parkte außer Sichtweite um die Ecke. Er nahm ein Klemmbrett mit einem Bleistift daran vom Boden auf, stieg aus dem Wagen und schloss ihn ab.

Lisa Cruz wohnte ein paar Schritte vom Pioneer Trail entfernt in einem hübschen Häuschen mit blau gestrichener Veranda. Er klopfte an die Tür des Hauses nebenan, dann an der Tür hinter ihrem Haus, dann den Block rauf und runter und sprach mit den Nachbarn. Er sah keine Spur von Lisa oder ihren Kindern.

»Ich komme von der Stadt«, sagte er und wedelte offiziell mit seinem Klemmbrett und machte irgendwelche Häkchen, wenn hier und da freundlich eine Tür geöffnet wurde. »Wir führen nächste Woche Straßenarbeiten am Pioneer Trail durch und wollten es Sie nur im Voraus wissen lassen, damit Sie nicht zu viele Unannehmlichkeiten haben.« Das war womöglich nicht mal eine Lüge. In der trockenen Zeit wurden jedes Jahr zur Vorbereitung auf den Winter Reparaturarbeiten am Pioneer Trail durchgeführt. Vielleicht tat er den Leuten sogar einen Gefallen, indem er sie daran erinnerte. »Arbeiten an den Schlaglöchern und der Kanalisation. Sie sollten eine Nachricht mit der Post bekommen. Aber Sie wissen ja, wie die Stadt bei so etwas ist. Pläne ändern sich, also verwetten Sie nicht Haus und Hof darauf.« Er kratzte sich am Kopf und fiel in das Lachen ein. Dann quetschte er sämtlichen Klatsch aus den Leuten heraus, den herauszuquetschen sich lohnte.

Nachdem er mit vier Leuten in diesem Block gesprochen hatte, die zu wissen schienen, worüber sie sprachen, und zweien, die sich sehr emotional zu verschiedenen Angelegenheiten äußerten, nahm er sich Lisas Straße vor und hörte sich weiteren Klatsch an.

Bevor er zum Polizeirevier fuhr, rief er dort an, um sicherzugehen, dass er mit Sergeant Cheney sprechen konnte. Cheney war am Apparat.

»Sie schon wieder?«, fragte Cheney.

»Haben Sie meine Nachricht erhalten?«, fragte Paul.

»Ja. Ich habe die Akte von dem Typ für Sie, und jetzt hören Sie auf, meinen Ruf in Gefahr zu bringen. Keine Gefälligkeiten mehr.«

»Wie wäre es mit einem Hamburger bei Heidi's? Auf meine Rechnung.«

»Jetzt, wo Sie es sagen«, meinte Cheney, »ich habe Hunger, und Sie schulden mir was.«

Sie verabredeten sich um ein Uhr im Restaurant. Paul kam früh, wählte eine Ecknische, trank Kaffee und genoss den temperamentvollen Radau der fröhlichen Wochenendmeute. Cheney kam eine Viertelstunde zu spät.

»Jedes Mal, wenn ich Sie sehe, sind Sie magerer«, sagte Paul und stand auf, um ihn zu begrüßen.

»Versuchen Sie nicht, mir Honig ums Maul zu schmieren«, sagte der Sergeant erfreut.

Er sah mit der Zeit wirklich immer besser aus. Seine glatte gebräunte Haut strahlte vor Gesundheit. Cheney, Mitte fünfzig, hatte eine sehr viel jüngere Frau, und er gab sich viel Mühe, sie glücklich zu machen. »Verraten Sie es nicht meiner Frau, aber ich habe eine Diät abgebrochen, bei der man, statt etwas Richtiges zu essen, nur diese widerlichen Getränke trinken muss.«

»Klingt hart«, meinte Paul.

Cheney griff nach der Speisekarte. »Pah. Viel einfacher, gar nichts zu essen, als den Mist, den sie mir vorsetzt.«

Sie bestellten. Während sie auf ihr Essen warteten, setzte Cheney Paul über Cody Stinsons Vorstrafenregister in Kenntnis.

Ihr Essen kam, ein dickes Sandwich für Paul und für Cheney ein Salat. Woraufhin Cheney sich anschickte, den größten Teil von Pauls Sandwich zu essen.

»Mann, es geht doch nichts über ein wenig Speck, um mir das Wasser im Mund zusammenlaufen zu lassen und mein Inneres in Bewegung zu bringen.«

»Gut. Wenn Sie fertig sind, hätte ich gerne Ihre Hilfe, um etwas über Officer Jean Scholl und Jeffrey Riesner herauszufinden.«

Cheney knüllte seine Serviette zusammen und legte sie auf den Tisch. »Ich wusste doch, dass mich das etwas kosten würde.« Er leckte sich etwas Mayonnaise vom Finger. »Ich schätze, das bedeutet, dass Sie das Donnergrollen gehört haben.«

»Ja«, log Paul. »Was ich wissen will, ist, wie stehen Sie zu dem Ganzen?«

Der Sonntag lief gut, hauptsächlich, weil Nina und Bob den größten Teil des Tages bei Matt verbrachten und ihm halfen, neue Teerpappe aufs Dach zu legen, bevor der Winter endgültig hereinbrach. Sie tat, was sie konnte, um bei Matt etwas wettzumachen. Nach dem Zwischenfall beim Frauenhaus hatte Matt sie angerufen. Die Vorstellung, dass seine schwangere Frau ihr Gewehr geladen hatte und bereit gewesen war, einen gefährlichen Kriminellen wegzuputzen, hatte seine Ängste in Bezug auf Ninas Beruf wieder aufleben lassen. Er bat sie zum wiederholten Male, ihre Mandanten von seiner Familie fern zu halten.

Matt wäre froh, wenn sie der Juristerei den Rücken kehrte. Bisher hatte sie nicht viel darauf gegeben, dass Paul und Matt so dachten, doch die verlorenen Akten hatten die Aufmerksamkeit darauf gelenkt, wie schwierig die letzten paar Jahre gewesen waren. Während des ersten Mordfalls hier oben war sie angeschossen worden, und auch wenn sie versuchte, nicht daran zu denken, so trug sie doch die Narbe. Sie war bedroht worden, ebenso wie Bob. Der Mann, den sie mehr geliebt hatte als sich selbst, der Mann, mit dem sie nur wenige Wochen verheiratet gewesen war, war von jemandem umgebracht worden, dem sie vertraut hatte.

Sie war in einer Stadt voller Herausforderungen gelandet, wo sie als Strafverteidigerin arbeitete. Und sie hatte diese Herausforderung gesucht. Jetzt besaß sie den Ruf und den Respekt, den sie gewollt hatte, doch der Preis war hoch.

Als sie fertig waren, setzten sich Matt und Bob ins Wohnzimmer vor den Fernseher, und Nina ging mit Andrea hinters Haus. Sie respektierte Andrea als den ausgeglichensten – und klügsten – Menschen, den sie kannte.

»Ich frage mich, ob ich Leiden lindere oder es verursache. Ich bin ganz durcheinander, Andrea.«

»Du leistest gute Arbeit, Nina«, sagte Andrea. »Du hilfst Menschen, die in Schwierigkeiten stecken, und du bekommst nicht viel Unterstützung. Ich bin stolz auf dich. Vergiss das nicht.«

Nina trat nach einem Stein, der sich aus der Felswand gelöst hatte. Eichhörnchen rannten lärmend oben über die Wand. »Es ist das, was ich immer sein wollte. Ich habe keine andere Identität.«

»Also, da irrst du dich aber. Du bist Mutter, Hausbesitzerin, ein Mensch voller Versprechen, und du bist noch jung. Wie alt bist du? Vierunddreißig? Fünfunddreißig? Wenn du dir einen anderen Beruf suchen müsstest, könntest du wieder aufs College gehen.«

»Und was studieren?«

»Psychologie zum Beispiel. Du könntest Beraterin werden. Oder Lehrerin.«

»Ich bin Beraterin. Ich berate Menschen, ich unterstütze sie dabei, ihr Leben zu ordnen, ich verteidige sie, wenn sie angegriffen werden, ich helfe ihnen, ihre geschäftlichen Angelegenheiten zu regeln, ich spreche für sie, ich kümmere mich um ihre Probleme. Diese Arbeit ist so breit angelegt … ich bekomme nie Langeweile, das ist mal sicher.«

»Ich weiß, dass es hart ist. Die Verantwortung ist tödlich«, sagte Andrea. »Ich wollte nur sagen, dass ich dich bewundere. Jetzt wende dich nicht ab. Lass es sich setzen. Akzeptiere es. Ich bewundere dich. Viele Menschen bewundern dich. Hörst du mir zu?«

Doch Nina wollte wissen, was sie mit ihrem Leben anfangen sollte. Das, was gerade geschah, nahm sie so mit, dass sie ihre Orientierungspunkte verloren hatte. »Darauf hatte ich es nicht abgesehen.«

Andrea lachte. »Aber jetzt ist es so gekommen.«

»Wir sind sauer, dass es so weit gekommen ist«, sagte Brandy stirnrunzelnd, die Hände in den Hosentaschen.

»Wir sind ziemlich unglücklich darüber«, meinte auch Angel. Ihr Haar war ganz glatt. Sie sah aus wie Annie Lennox. Doch von *Sweet Dreams* war hier nicht die Rede.

»Wie weit ist es gekommen?«, fragte Nina, auch wenn sie wusste, dass sie die Antwort gar nicht hören wollte. Am Montagmorgen ging oft alles Mögliche drunter und drüber, wenn das, was sich am Wochenende aufgebaut hatte, hereindrängte. Nebenan war Sandy beim Tippen. Nachrichten lagen in sortierten Stapeln auf dem Schreibtisch. Siebenundvierzig andere Fälle schrien aus dem Aktenschrank nach ihr. Inzwischen versperrten Brandy und Angel die Tür zu ihrem Büro.

»Setzen Sie sich«, sagte Nina. »Was liegt Ihnen heute Morgen auf der Seele?«

Sie kamen herein und setzten sich. »Es war nicht meine Idee«, sagte Brandy. »Und Angels Mann, Sam, findet auch, dass die Sache stinkt. Wir möchten, dass Sie das wissen.«

»Keine Frage«, stimmte Angel ihr zu.

Sie wurden von einem Klopfen an der Tür unterbrochen. Nina stand auf, um nachzusehen. Sandy stand vor ihr.

»Nina, Paul ist am Telefon. Nimmst du den Anruf entgegen?«

Nina entschuldigte sich bei den beiden Frauen, lehnte die Tür an, ging in den Empfangsbereich und griff nach dem Telefon.

»Es tut mir Leid, so reinzuplatzen. Ich weiß, dass du zu tun hast.«

»Es ist gerade etwas ungünstig«, sagte sie. »Irgendwas ist mit Angel und Brandy. Ich stecke mitten im Gespräch.«

Er zögerte. »Ich kann dich später wieder anrufen.«

»Nein. Sag mir, was ist los?«, fragte sie. Sandy leckte langsam einen Briefumschlag an. Dann glitten ihre Hände in Position und schwebten über der Tastatur, sie wollte das Gespräch nicht stören.

»Hör zu, Nina. Ich muss dir Verschiedenes sagen, aber wenn du beschäftigt bist, reden wir später drüber. Aber ich will sagen ... bei dem Abendessen ging es ziemlich frostig zu. Das, was ich da über dich und deinen Beruf gesagt habe, hätte ich wirklich nicht sagen sollen.«

»Ist okay.«

»Die Wohnung in Carmel steht dir immer offen.« Er unterbrach sich. »Du bedeutest mir sehr viel.«

Nina linste durch den Türspalt in ihr Büro, wo die beiden Frauen sich aufgeregt flüsternd unterhielten. »Paul, es tut mir Leid. Darüber kann ich im Augenblick nicht nachdenken. Ich muss jetzt aufhören.«

»Kein Problem«, sagte er. »Ich schau später vorbei.«

»Okay.« Sie legte den Hörer auf.

Sandys Finger tippten weiter. Nina ging wieder in ihr Büro.

»Wir haben darum herumgeredet wie die Katze um den heißen Brei«, sagte Angel und nahm die Sache in die Hand, »aber jetzt, dann mal los.«

Brandy stand plötzlich auf und ging zum Fenster hinüber. Sie legte eine Hand auf den Sims, sah jedoch nicht einmal hinaus. Sie schaute auf Angel, den Tisch, die Aktenschränke und die gerahmten Urkunden an der Wand. Sie schaute überallhin, nur nicht auf Nina. »Ich habe Bruce die ganze Geschichte erzählt, von Anfang bis Ende. Was auf dem Campingplatz passiert ist, dass wir Cody Stinson gesehen haben, dass wir ihn im Wald getroffen haben und Angel angegriffen wurde und ich gepackt ...«

»Er war außer sich«, fügte Angel unnötigerweise hinzu. »Er fand es gar nicht witzig, dass sie ohne ihn hier war und dass Cody Stinson bei ihm war und ihm tüchtig Angst eingejagt hat.«

»Ich möchte wirklich nicht, dass Sie einen falschen Eindruck von uns bekommen«, sagte Brandy, »wir sind nicht nachtragend oder rachsüchtig.«

»Überhaupt nicht«, sagte Angel. »Keine von uns.«

»Als Bruce also am Sonntag mit diesem Brief rausrückte, waren wir überrascht.«

»Schockiert, wohl eher.«

Nina begriff, worauf sie hinauswollten, und driftete in Gedanken ab. Sie schaute aus dem Fenster auf den weiß gekrönten Mount Tallac. Dann wandte sie ihre Aufmerksamkeit dem See zu, dem uralten, heiligen See. Sie dachte über ihr Leben nach, es war völlig unbedeutend neben diesen beiden majestätischen Naturerscheinungen, und sie empfand Bedauern, denn, unbedeutend oder nicht, es war ihr Leben, und sie liebte es mit allem, was dazugehörte. Nun kam da ein Brief von einem Anwalt angeflattert, und ihr Leben würde in Scherben gehen, und sie konnte nichts dagegen tun. Ein unterirdisches Beben. Risse in ihrer schönen Geographie.

Vielleicht hatten die Frauen eine dunkle Ahnung von der Tragweite ihrer Offenbarung, vielleicht auch nicht, doch Brandy schaffte es schließlich, zu sagen, weswegen sie gekommen waren.

»Bruce hat eine Beschwerde über Sie an die kalifornische Anwaltskammer aufgesetzt. Und ich habe sie unterzeichnet«, sagte Brandy und stand auf.

»Ich auch«, räumte Angel ein und erhob sich ebenfalls.

»Wir fanden, es wäre irgendwie gemein, Ihnen die Nachricht nicht persönlich zu überbringen und Ihnen zu sagen, dass …«

»Es tut uns schrecklich Leid.«

Nina wusste nicht, ob sie ein Wort herausbekam, also schwieg sie. Sie hielt ihnen weiter den Rücken zugewandt und versuchte, ein Zittern zu unterdrücken, das um ihre Schultern herum angefangen hatte und drohte, sich auf ihren ganzen Körper auszudehnen.

»Tut uns Leid«, sagten sie noch einmal und gingen.

Die beiden Frauen waren kaum zur Tür hinaus, da klingelte das Telefon.

»Ich bin in einer Besprechung«, sagte Nina zu Sandy. Sie schloss die Tür, lehnte sich dagegen und keuchte. Nur zwei Dinge auf der Welt konnten ein solches Grauen erregen. Das andere war eine Prüfung durch die Steuerbehörde. Doch im Vergleich mit einer Beschwerde bei der Anwaltskammer war eine Steuerprüfung ein Klacks. Mit geschlossenen Augen nahm Nina den Schlag entgegen. Als sie das Gefühl bekam, es nicht aushalten zu können, beugte sie sich vor, ließ die Arme hängen und atmete ganz bewusst ein und aus. Sie hatte schon einmal einen Panikanfall bekommen und fürchterliche Angst, es könnte wieder passieren. Bleib ruhig, bleib ruhig, beschwor sie sich. Ruf Jack an, ruf Paul an, ruf …

Es klopfte. »Telefon«, sagte Sandy. »Sie sagten, es sei dringend.«

»Nicht jetzt.«

»Sehr dringend.«

»Wer ist es?«

»Heritage Life. Die Schadenssachverständige im Fall Vang, Marilyn Rose. Sie sagt, sie müsse mit dir reden. Irgendetwas mit dem Scheck.«

Wie eine Neunzigjährige mit schwacher Gesundheit stützte Nina sich auf dem Tisch ab, als sie um ihn herumging, und sank auf ihren Stuhl. Sie rieb sich das Gesicht und schob Bruce Ford irgendwie beiseite.

»Hallo, Marilyn«, sagte sie. »Wie geht's Ihnen.«

»Ich hoffe, Sie haben diesen Scheck noch nicht zu den Vangs geschickt.«

»Warum nicht?«

»Also, haben Sie oder nicht?«

»Am Wochenende.«

»Also, dann haben wir beide ein ziemliches Problem«, sagte Marilyn sofort. »Ich werde garantiert rausgeschmissen, und das verdanke ich alles Ihnen. Ich habe Ihnen vertraut. Ich konnte Sie gut leiden. Sie bekommen einen Brief, und bei Gott, Sie sollten eine Erklärung haben, sonst fliegt mein Arsch raus auf die Straße, und ich habe eine Hypothek, einen kranken Mann und zwei Kinder, und wenn das klingt, als würde ich mir vor Angst in die Hose machen, Frau Anwältin ... also ... es ist tatsächlich so. Es verletzt mich, jawohl, die Art und Weise, wie Sie mich benutzt haben, und es verblüfft mich, dass ich ein menschliches Wesen dermaßen verkannt habe, wie ich Sie verkannt habe. In diesem Augenblick sitzt mein Inspektor hier in meinem Büro und schreibt einen Bericht an die drei Vizepräsidenten unserer Firma, und ich werde den Abend damit verbringen, bei ihnen über den Teppich zu kriechen. Bei der Lage auf dem Arbeitsmarkt werde ich mich um eine Beschäftigungsmöglichkeit bei Hooters bewerben müssen. Aber bei Gott, Nina, Sie werden mit mir untergehen. Das werden Sie. Ich gehe nicht alleine unter. Ich kann nicht glauben, dass eine andere Frau mir so etwas antut ...«

Nina hielt den Hörer vom Ohr weg und rieb sich die Schläfen, wo der Kopfschmerz dröhnte. Sandy stand in der Tür. »Geh an den anderen Anschluss«, signalisierte Nina ihr.

Sie hörte wieder zu. Marilyn sagte gerade: »Ich bin so enttäuscht«, und brach in Tränen aus.

»Marilyn?«

»Ich musste Sie einfach selbst anrufen, weil ich dachte ... ich dachte, wir wären Freunde.«

»Wir sind Freunde. Marilyn, hören Sie mir zu. Hören Sie mir zu. Bitte. Ich habe keine Ahnung, warum Sie so wütend sind.«

»Spielen Sie bloß keine Spielchen mehr mit mir oder versuchen Sie, sich aus der Sache rauszumogeln.«

»Bitte, sagen Sie mir, was ich getan haben soll?«

»Sie können die Wahrheit nicht länger verbergen. Ihre Akte ist uns zugeschickt worden.«

»Welche Akte?«

»Sie wissen, welche Akte. Ihre Akte über Kao Vang. Die Brandstiftung im Lebensmittelladen.«

Nina war dermaßen verblüfft, dass sie nur denken konnte: Haben die meine vertrauliche Akte gelesen? »Haben Sie sie gelesen?«

»Die Kollegin, die die Post öffnet, hat sie gelesen. Meine Sekretärin hat sie gelesen, dann meine Assistentin. Dann habe ich sie gelesen. Inzwischen hat die ganze obere Etage von Heritage Insurance Company die Akte gelesen oder weiß über ihren Inhalt Bescheid, und wir haben ein Büro in Irian Jaya, ziemlich viele Leute also. Zuerst wusste niemand, was es ist. Sie kam in einem Umschlag und sah aus wie eine von unseren Akten. Also, ja, sie wurde gelesen, das ist richtig, und Sie können nichts dagegen tun.«

Ninas Gedanken bewegten sich im Kreis. »Aber was ... in der Akte ist doch nichts außer dem Aufnahmeformular und meinen Notizen.« Sie ging in Gedanken hastig durch, an was sie sich erinnern konnte, und fand nichts, was bei einer Versicherungsgesellschaft einen solchen Aufruhr auslösen konnte.

»Wie konnten Sie nur?«

»Oh, Marilyn, es tut mir schrecklich Leid, wenn ich Sie irgendwie verletzt habe. Aber ich habe keine Ahnung, wodurch! Marilyn, wer hat Ihnen die Akte geschickt?«

»Ohne Absender.«

»Mist!«

»Ein besorgter Mitbürger«, sagte Marilyn und stieß ein hysterisches Lachen aus. »Ich werde nie vergessen, wie meine Assistentin reinkam und mir das Ding reichte. Der Wendepunkt meiner beruflichen Laufbahn. Fertig gemacht von einer Betrügerin.«

»Aber in der Akte waren doch nur meine Notizen! Und ich bin sehr besorgt darüber, dass das Vertrauensverhältnis zwischen mir und meinem Mandanten …«

»Das ist wohl Ihr geringstes Problem. Es wird Sie nicht schützen. Sie sind am Ende, und mich haben Sie gleich mit erledigt. Ich wollte nur, dass Sie wissen, wie sehr Sie mich verletzt haben. Wahrscheinlich haben Sie nicht mal an mich gedacht. Ich bin nur eine gesichtslose Bürokratin, die Sie eingewickelt haben. Ich lege jetzt auf. Sie werden noch vieles zu hören kriegen, aber nicht von mir. Sie haben mein Leben zerstört.«

»Legen Sie nicht auf! Es handelt sich um ein Missverständnis. Ich habe nichts Falsches getan, außer zuzulassen, dass mir vertrauliche Akten gestohlen wurden. Sehen Sie, Marilyn, tun Sie nur eine Sekunde lang so, als wüsste ich nicht, wovon Sie reden. Sagen Sie mir, was ich getan habe. Bitte. Bitte, Marilyn.«

»Das ist lächerlich. Als wenn Sie das nicht wüssten. Also, jetzt sind wir im Bilde. Darüber, dass Sie Kenntnis davon hatten, wer diesen Spirituosenladen in Brand gesteckt hat – nämlich Ihr Mandant Kao Vang. Er hat das Feuer eigenhändig gelegt, um die Versicherungsprämie zu kassieren. Sie wussten es, als Sie mich wegen der Forderung angerufen haben, Sie wussten es, als Sie dieses dicke Paket aus Betrug und Schwindel zusammenstellten, das Sie mir gebracht haben. Sie wussten es die ganze Zeit, und Sie haben vorsätzlich als seine Komplizin gehandelt. Es steht alles in Ihrer Akte.«

»Marilyn«, sagte Nina, und ihre Kehle war ganz trocken und rau, so kalt war ihr geworden, »in meiner Akte steht nichts dergleichen.«

»In Ihrer eigenen Handschrift. Da gibt's kein Rauswinden mehr. Wenigstens mir gegenüber sollten Sie, unserer Beziehung zuliebe, ehrlich sein und es zugeben ...«

Nina durchfuhr es eisig, und sie dachte: Die nehmen das auf, oder jemand hört zu. »Ich habe nicht versucht, die Gesellschaft zu betrügen oder Sie zu verletzen, Marilyn. Falls in der Akte etwas ist, was so aussieht ...«

»So aussieht ... ha!«

»... so aussieht, als wäre es in meiner Handschrift geschrieben, und das besagt, Kao Vang hätte das Feuer gelegt, dann ist das eine Fälschung. Eine Fälschung, verstehen Sie? Eine Fälschung!« Doch sie sprach in eine tote Leitung.

Sandy kam einige Augenblicke später herein. Nina stand mit offenen Augen blind am Fenster. »Hier«, sagte Sandy und hielt ihr zwei Ibuprofen und ein Schnapsglas Courvoisier hin, den ein Mandant ihnen zu Weihnachten geschenkt hatte. »Komm schon, kipp's runter. Du siehst aus, als hätte man dir bei einem Aderlass gerade sämtliches Blut ausgesaugt. Setz dich. Komm.«

»Es ist eine Fälschung.«

»Ich habe Paul und Jack angerufen. Ich habe deinen Termin beim Gesundheitsamt abgesagt. Du gehst nach Hause.«

»Irgendjemand ist da draußen und hat es auf mich abgesehen. Wie Paul gesagt hat, auf der Hut sein, bis sich tatsächlich herausgestellt hat, dass ich paranoid bin. Nicht nötig, auf der Hut zu sein. Zu spät.«

»Hat Vang wirklich seinen eigenen Laden angezündet?« Sandy hatte den größten Teil des Anrufs mitbekommen.

»Nein! Ich meine, nicht dass ich wüsste!«

»Dann hat sie alles durcheinander gebracht. Vielleicht hast du irgendwas geschrieben, was sie missverstanden hat?«

»Ich habe sicher nichts dergleichen geschrieben. Das ist der Punkt, Sandy. Wenn sich in der Akte jetzt eine solche Notiz befindet, dann stammt sie nicht von mir. Jemand anders war's. Jemand hat die Akten gestohlen, um mich dranzukriegen.«

»Die Möglichkeit bestand immer.«

»Jemand Böses. Es ist böse. Neben mir wurden noch andere Menschen verletzt. Kollateralschäden.«

Sandy zog sie in den Empfangsbereich und schloss Ninas Bürotür hinter ihr. »Du siehst nicht gut aus. Ich fahre dich nach Hause.«

»Das ist genau das, was sie wollen. Mein Auskommen zerstören. Damit ich das Büro schließen muss. Mir die Kontrolle aus den Händen nehmen. Sämtliche Entscheidungen für mich treffen.«

»Hier ist deine Jacke. Zieh sie an.« Sie hielt die Jacke hin, und Nina schlüpfte hinein. »Gehen wir.« Sandy schloss sorgfältig das Büro ab und ging voraus auf den Parkplatz. Nina folgte ihr. Sandy bugsierte sie in das braune Auto und fuhr sie in die Kulow Street. Dort marschierte sie zur Haustür hinauf, holte Ninas Schlüssel heraus, öffnete die Tür und schob Nina ins Haus. »Und jetzt leg dich hin. Ich habe Andrea angerufen. Sie bringt dir was zu essen. Schlaf dich aus. Du bekommst nie genug Schlaf. Geh schon, die Treppe rauf. Muss ich dich ins Bett stecken?«

»Ich muss das begreifen. Ich muss.«

»Nicht jetzt.«

»Jemand ist da draußen.«

»Hast du Angst?«, fragte Sandy.

»Ja.«

»Soll ich hier unten bleiben, bis Andrea da ist?«

»Nicht diese Angst.« Nina ging wie ferngesteuert nach oben,

die Erleichterung, die ihr der betäubende Schock verschaffte, war ihr recht willkommen. Sie zog die Vorhänge zu. Wie ein Zombie ließ sie Jacke, Bluse und Rock zu Boden fallen, kroch unter die Bettdecke und hielt sich die Hand vor den Mund. Doch es kamen weder Schluchzer noch Tränen. Sie war an einem Ort angekommen, an dem es keine Tränen gab.

Eine ganze Weile verstrich, in der sie gar nichts tat. Und ihr Körper und ihr Geist funktionierten zwar, doch diese glitten ohne sie dahin, ihr Körper unter der Decke war warm. Als sie aus ihrer Erstarrung erwachte, aufstand und sich Wasser ins Gesicht spritzte, roch sie Suppe und hörte Andrea in der Küche herumkramen.

Sie ging hinunter, um ihre Schwägerin zu begrüßen. Sie verteilte die Suppe in Schalen, suchte Kräcker dazu, setzte sich und machte Small Talk. Sämtlichen Fragen, warum sie um zehn Uhr am Vormittag nach Hause gebracht und wie eine Invalide ins Bett gesteckt worden war, wich sie aus. Andrea weigerte sich zu gehen, bevor Nina ihr nicht gesagt hatte, was passiert war, also tat Nina es, ohne in Bezug auf die Fälle ins Detail zu gehen.

Andrea legte eine Hand auf ihren leicht gerundeten Bauch und sagte: »Du wirkst fast gleichgültig.«

»Bin ich nicht. Jemand versucht mir zu schaden. Hat mir schon geschadet.«

»Was geschieht als Nächstes?«

So weit hatte Nina noch nicht gedacht. »Ich weiß es nicht.«

»Vielleicht ist das Schlimmste schon vorbei.«

»Es gab drei Akten. Wir haben erst von zweien gehört.«

Andrea griff nach Ninas Hand. »Du stehst das durch. Das tust du immer. Was auch passiert, du hast mich und Bob und Matt und deinen Vater. Nina, du hast uns. Dir kann nichts passieren.«

Getröstet durch das, was wie ein Segen klang, kämpfte Nina mit den Tränen. Also konnte sie wieder fühlen. Ein Fortschritt.

Sie schickte Andrea nach Hause. Oben bürstete sie sich sorgfältig die Haare, legte Lippenstift auf, holte eine frische Kostümjacke aus dem Schrank und zog die hochhackigen Schuhe für die Arbeit an.

Dann rief sie sich ein Taxi und fuhr wieder ins Büro.

Sandy war verdutzt, sie zu sehen. »Bist du okay?«

»Ja«, sagte sie. »Lass mich einen Blick auf meinen Terminkalender für heute Nachmittag werfen.«

»Drei Verabredungen, die ich eben absagen wollte, ein Termin bei Gericht. Zuletzt ein Treffen mit Kevin Cruz.«

»Dann sollten wir loslegen«, sagte sie und schloss die Tür zu ihrem Büro hinter sich. Natürlich musste sie sich noch einmal mit Kevin treffen. Das würde diesem unglückseligen Tag den Rest geben.

»Paul ist am Apparat.«

»Später.«

»Er sagt, er kann nicht warten.«

Sie griff nach dem Hörer.

»Nina«, sagte Paul. »Ich muss dir ein paar Dinge sagen, die ich dieses Wochenende von Sergeant Cheney erfahren habe. Ich war am Sonntagmittag mit ihm bei Heidi's zum Essen.«

Sie war verwirrt. »Du bist hier?«

»Nein. Ich bin zu Hause. Ich bin am Sonntagabend nach Carmel zurückgefahren.«

»Du hast mir nicht gesagt, dass du in der Stadt warst?«

»Es wäre nicht wichtig gewesen, wenn ich nicht etwas rausgefunden hätte.«

»Aber du hast, nicht wahr?«

»Er hat einen Blick auf Cody Stinsons Vorstrafenregister geworfen. Stinson wurde tatsächlich einmal wegen Autodiebstahls angeklagt, mit achtzehn, obwohl er dann nur wegen eines geringeren Vergehens verurteilt wurde. Jetzt ist er sechsundzwanzig. Ich vermute, er hat rausgefunden, dass das Geschäft mit Drogen lukrativer und leichter zu verbergen ist. Man hat ihn deswegen erst einmal erwischt.«

»Dann hätte er also meinen Wagen stehlen können«, sagte Nina. »Er weiß, wie's geht.«

»Genau. Wenn er einmal erwischt wurde, kannst du drauf wetten, dass er es öfter getan hat.«

»Glaubst du, er war's?«

»Ich weiß es nicht«, sagte Paul. »Und ich habe mit den Nachbarn von Lisa Cruz gesprochen. Hat sich rausgestellt, dass sie mit einem von ihnen Ärger hatte. Er hat einen Baum gefällt, der ihm zu viel Schatten warf. Sie hat behauptet, der Baum habe auf ihrem Grundstück gestanden. Sie hat ihn verklagt. Nachdem sie verloren hatte, fing sein Haus auf rätselhafte Weise Feuer. Nichts wurde je bewiesen, aber er hat sich einen Rottweiler gekauft und hat seither keine Probleme mehr.«

»Sie hat versucht, ihn auszuräuchern?«

»Er war zu dem Zeitpunkt nicht zu Hause. Die Nachbarn wussten alle, dass er die Weihnachtstage bei seiner Tante in Montana verbrachte. Ein andermal wurde die Windschutzscheibe am Wagen eines Teenagers aus der Nachbarschaft beschädigt. Lisa hatte sich darüber beschwert, dass er so viel Krach machte, wenn er spät nach Hause kam. Alle beschuldigen Lisa, obwohl es ihr niemand ins Gesicht sagt. Klingt so, als wäre sie, seit ihr Vater gestorben ist, nicht ganz bei sich. Sie ist in der Nachbarschaft nicht beliebt. Schreit oft rum. Sie machen sich Sorgen wegen ihr.«

»Tolle Arbeit«, sagte Nina. »Ich gebe das an Kevins neuen Anwalt weiter.«

»Als ihr Vater gestorben ist, hat sie dich bei Krethi und Plethi angeschwärzt, für seinen Tod verantwortlich zu sein. Hat unaufhörlich darüber geredet, wie unbarmherzig du ihm sein Geschäft ruiniert hast. Wie gleichgültig es dir war, was die Klage deines Mandanten für Auswirkungen auf einen kranken

Mann haben würde. Als sie rausgefunden hat, dass Kevin dich engagiert hat, um ihn zu vertreten, ist sie den Nachbarn zufolge im Quadrat gesprungen.«

»Oh, Paul.«

»Das würde ich eine brauchbare Verdächtige nennen.«

»Wo war sie in der Nacht, als der Bronco gestohlen wurde?«

»Zu Hause. Aber wir alle wissen, wie groß ihr Radius ist, wenn sie ihre Laufschuhe anhat. Und sie wohnt nicht weit von dir entfernt.«

»Okay.«

»Du klingst komisch.«

»Mach nur weiter, Paul.«

»Dann ist da noch Officer Scholl, die Selfmade-Frau. Sie ist eine Draufgängerin aus einer armen Familie aus dem ländlichen North Carolina. Die Erste, die in ihrer Familie je aufs College gegangen ist, Männlein wie Weiblein. Wusstest du, dass sie auf der Duke University studiert hat?«

»Nein.«

»Gescheite Dame. Leider musste sie aufgeben, weil ihr das Geld fehlte. Auf der Suche nach einem neuen Leben, so vermute ich, zog sie nach Tahoe, wo ihre Eltern beide verstorben waren. Sie war eine der ersten Frauen, die im Revier angestellt wurden. Den Teil kennst du bereits: Sie wollte schon seit Jahren von der Streifenpolizei zur Kriminalpolizei aufsteigen. Als sie dachte, sie hätte es sicher in der Tasche, bist du dahergekommen und hast ihr dazwischengefunkt. Und da ist noch was wegen eines T-Birds, das Auto irgendeines Kids wurde von einem deiner Mandanten zu Schrott gefahren oder gestohlen.«

»Ich kenne den Fall.«

»Wusstest du, dass der Junge, ein paar Wochen nachdem du deinen Mandanten rausgehauen hast, bei einem Autounfall gelähmt wurde?«

»Nein. Wie schrecklich.«

»Sie gibt dir die Schuld.«

»Was?«

»Sie kannte den Typ richtig gut, hat sich mit der Familie angefreundet. Die hatten sie quasi adoptiert. Sie fühlte sich wie eine ältere Schwester des Jungen. Als dein Mandant sein Auto platt gemacht hat, hat er Freunde gebeten, ihn mit zur Arbeit zu nehmen. Einer von ihnen ist betrunken gefahren.«

»Ist mir nicht zu Ohren gekommen.«

»Warum sollte es auch? Das hatte nichts mit dir zu tun. Außer wir halten es mit der philosophischen Vorstellung: Jedes Mal wenn du über die Straße gehst, bringst du die Luft in Bewegung und sorgst dafür, dass sich das Wetter an der Küste von China ändert. Klar, wenn du dich unbedingt schuldig fühlen willst.«

»Ich möchte einfach gerne etwas Gutes tun«, sagte Nina. »Wenn man die so hört, bin ich eine Ein-Frauen-Abrissbirne!«

»Du tust Gutes«, sagte Paul. »Im Ganzen gesehen.«

»Für mich war es ein ganz normaler Tag vor Gericht, für sie eine Erfahrung, die ihr ganzes Leben veränderte.«

»Hast du auf der Straße in letzter Zeit viel Aufmerksamkeit bekommen?«

»Drei Anzeigen wegen Geschwindigkeitsüberschreitung im letzten Monat. Kann das wirklich das sein, was du meinst?«

»Mein Rat: Fahr langsamer. Scholl fordert alte Rechnungen ein. Tut mir Leid, das sagen zu müssen, aber sie kann dich auf den Tod nicht ausstehen. Sie erzählt jedem, sie warte nur auf ihre große Gelegenheit, es dir heimzuzahlen. Klingeln dabei irgendwelche Alarmglocken?«

Nina wusste nicht, was sie sagen sollte, und die Alarmglocken schrillten wie verrückt.

»Weißt du, was ich noch denke? Ich denke, Scholl ist neidisch.«

»Nein.«

»Doch. Eifersüchtig auf deinen Erfolg. Denkt, du wärst mit ’nem silbernen Löffel im Mund aufgewachsen.«

»Ha.«

»Ja, witzig. Aber das weiß sie nicht. Du hast den Erfolg, den sie gerne hätte. Du bist gesellschaftlich geachtet. Bekommst viel positive Presse.«

»Ja, sie lieben mich. Bis sie mich hassen.«

»Damit kommen wir zu Jeff Riesner.«

»Nein.« Sie hatte genug gehört. Sie wusste, dass jeder Fall den Status quo durcheinander brachte und Auswirkungen auf viele Menschen hatte. Sie trug ihren kleinen Teil bei, nicht mehr, sie diente einer Gemeinschaft, die ihren Frieden dadurch wahrte, dass sie sich darauf verständigt hatte, sich an bestimmte Regeln zu halten. Doch die menschliche Ordnung war nur eine dünne Schicht über dem Chaos.

Was soll ich tun?, dachte sie.

»Wir müssen mit dem alten Jeff reden«, sagte er eindringlich. »Fangen wir mit seiner persönlichen Geschichte an. Weißt du etwas über seine Familie?«

»Nein.«

»Wie sich rausstellt, ist Riesners Mutter sehr altmodisch. Ist zu Hause bei den Kindern geblieben, hat ihnen Stabilität gegeben, sie zu Tode geliebt und ihre Egos aufgebaut. Sein Vater ist ein Alphamännchen, das sich den Weg an die Spitze einer der größten Kanzleien in San Francisco erkämpft hat. Als Riesner das Mädchen von nebenan heiratete, ging er bei seinem Vater arbeiten und saß auf dem hohen Ross. Mom war glücklich. Alle waren glücklich. Dann beschloss seine Frau, sie müsste in den Bergen leben, um ihren Traum, olympische Skifahrerin zu werden, zu verwirklichen. Unterstützt durch seine Eltern sagte er Nein. Aber sie ist nicht so treu wie Mom. Sie hat ihn verlassen, und er ist ihr hier hoch gefolgt.«

Nina erinnerte sich, dass sie auf einem Boot einmal einen kurzen Blick auf seine blonde Frau geworfen hatte, schön wie ein Model.

»Muss ihm ganz schön Kopfzerbrechen bereitet haben. Mom ist enttäuscht, dass ihr liebster Sohn nicht mehr in der Stadt ist, damit sie ihn noch mehr verwöhnen kann. Paps ist enttäuscht, weil er ein Verlierer ist und einer Frau nachgegeben hat. Also muss er es ihnen beweisen. Er machte sich zum Ziel, der dickste Fisch zu werden. Die Leute auf die Art zu beeindrucken, die sie wirklich verstehen, indem er viel Geld verdient und mächtig viel Erfolg hat. Eine Weile hat das funktioniert. Er hat Partner von sich überzeugt, viel Presse bekommen, ein paar große Fälle gewonnen, über die sogar in San Francisco was in der Zeitung stand. Damit die Leute zu Hause rumprahlen können. Er hat seine Frau davon überzeugt, ihre lächerlichen Hoffnungen aufzugeben und lieber eine Familie zu gründen. Inzwischen wollte er nicht mehr weg. Und der Scheinwerfer war wieder da, wo er hingehörte, auf ihm.«

»Und dann komme ich daher …«

»Du tanzt herein, frisch aus San Francisco, clever und smart, bekommst die ungeteilte Aufmerksamkeit und bald auch sämtliche guten Fälle. In letzter Zeit ist er ganz schön ins Schwimmen geraten. Jeder meint, dein letzter Coup sei der Grund dafür.«

»Mein letzter Coup?«

»Die Spielkasinos, die er vertreten hat, haben das Vertrauen in ihn verloren. Irgendeine Verhandlungsstrategie, die du durchgezogen hast?«

Sie erinnerte sich.

»Offensichtlich hast du dafür gesorgt, dass er ein Honorar nicht bekommt. Noch schlimmer, du hast ihn vor ein paar sehr wichtigen Männern ein ›Arschloch‹ genannt.«

»Das war ungezogen.«

»Jedenfalls haben er und sein Partner Michael Stamp sich vor ein paar Wochen vor dem Gerichtssaal angeschrien, dabei fielen ein paar unschöne ... sagen wir mal, seine Partner sind sauer über eine Verringerung ihres Einkommens. Hinter geschlossenen Türen geht da noch mehr vor sich, und ich habe heute Vormittag versucht herauszufinden, was, aber die Leute in seiner Kanzlei sind sehr gut abgerichtet. Sie reden nicht mit Fremden, außer um ein Loblied auf Jeff zu singen.«

Also war es genau so, wie sie vermutet hatte, als Stamp sie an jenem Morgen im Gericht abgefangen hatte. Riesners Kanzlei war schließlich dazu gezwungen worden, die Konkurrenz – sie – ernst zu nehmen. Wie lästig für Riesner. Trotzdem. »Paul, Riesner ist ein Profi in einem harten Geschäft. Er hatte jahrelang hier oben Erfolg. Er gewinnt oft. Er hat Freunde, Kontakte, eine Frau, die er gern zu haben scheint und die bereit ist, das Spiel nach seinen Regeln zu spielen. Warum hasst er mich?«

Er zögerte einen Augenblick, dann sagte er: »Aus reinem Instinkt. Du bist eine Frau, er ist ein Alphamännchen.«

»Na und?«, sagte sie frustriert.

»Er will, dass du dich unterordnest.«

Sie traf sich mit zwei neuen Mandanten, nahm eine außergerichtliche eidliche Aussage auf und erschien vor Gericht in einem Fall wegen Unfalls mit Fahrerflucht, der vertagt wurde. Sie tat dies alles mit der Routine jahrelanger Praxis. Sie dachte klar, sprach artikuliert, funktionierte auf höchstem Niveau und blieb mit ihren Gedanken bei ihren Aufgaben.

Sie nahm an, Menschen, deren Familienangehörige todkrank waren, machten jeden Tag Ähnliches durch. Sie standen jeden Tag auf, ließen jemanden zurück – ein Partner oder ein Elternteil lag vielleicht im Schlafzimmer und weinte oder schrie. Sie richteten eine Krawatte oder zogen Schuhe an und traten durch die Tür in ein Leben, das weiterging. Kevin Cruz erschien nicht um halb fünf. Stattdessen überbrachte ein Bote einen Brief, oder vielmehr die Kopie eines Briefes.

Adressiert an die kalifornische Anwaltskammer.

Sehr geehrte Damen und Herren,
mit diesem Schreiben möchte ich die Anwaltskammer über eine ernste Verletzung ethischer Pflichten durch meine Anwältin Nina Reilly, Esquire, South Lake Tahoe, informieren. Sie hat sich, während sie mich in einem Sorgerechtsfall vertrat, auf eine sexuelle Beziehung mit mir eingelassen.

Ich habe infolgedessen das Gefühl, dass die Vertretung meiner Interessen durch ihre persönlichen Gefühle und Verstrickungen, die sie nicht mehr objektiv sein ließen, beeinträchtigt wurde. Ich habe das vorläufige Sorgerecht über meine Kinder verloren und werde als Ergebnis ihres unmoralischen Verhaltens, durch das ich mich nicht darauf konzentrieren konnte, wie mein Fall ordentlich hätte vertreten werden müssen, wahrscheinlich auch das endgültige Sorgerecht verlieren. Ich glaube, dass sie aus persönlichen Gründen, weil sie sich eine langfristige, ernsthafte Beziehung zu mir wünschte, nicht wollte, dass ich überhaupt das Sorgerecht erhalte.

Als Anwältin, die in Kalifornien praktiziert, hat sie die Pflicht, die höchsten Standards ethischen und juristischen Verhaltens aufrechtzuerhalten, und sie hat in beiden Punkten versagt. Ich ersuche die Anwaltskammer respektvoll, eine Untersuchung ihrer juristischen Praxis zu eröffnen, die, wie ich vermute, weitere illegale oder unmoralische Aktivitäten ans Tageslicht befördern wird.

Für jegliche Fragen stehe ich jederzeit zur Verfügung und erwarte Ihre Antwort.

Mit freundlichen Grüßen Kevin Cruz

Angehängt war ein weiterer Brief, dieser ein Original von Kevin Cruz, in dem er sie als prozessbevollmächtigte Anwältin entließ.

Ohne ein Wort reichte Nina die Briefe an Sandy weiter.

Sandy las den ersten Brief und konzentrierte sich auf jedes einzelne Wort, während Nina Mühe hatte, die Fassung zu wahren. Sie hätte am liebsten gelacht, laut gelacht, schallend …

»Dann hoffe ich doch, dass er wenigstens gut im Bett war«, sagte Sandy.

Das war der Auslöser. Nina begann zu kichern, lachte dann aus vollem Hals. Sie ging zum Fenster, die Tränen kamen ihr vor Lachen, und sagte, den Rücken ihrer Sekretärin zugewandt: »Sandy … ha, ha, ha … was für ein umwerfender Tag voller Katastrophen. Sandy, ich bin total am Arsch.«

Schweigen. Dann sagte Sandy ruhig: »Dieser Ausdrucksweise muss ich mich entschieden erwehren.«

Nina hörte auf zu lachen, obwohl es sie einige Mühe kostete. »Es … es tut mir Leid …«, bekam sie heraus.

»Sag, du würdest in der Scheiße stecken, und ich stimme dir zu.«

Ihr Lachen bahnte sich wieder den Weg und brach heraus. Sandy hatte ein unheimliches Lachen, eine Art glucksendes Lachen, übermütig. »Willst du … glucks, glucks … noch Cognac?«

»Das ist eine gute Idee … ha, ha, eine neue Tradition … ich hole …«

»Spar dir das für … den … glucks, glucks … Freund … gute Idee«, sagte Sandy. »Au, Mann. Ah.« Sie nahm sich aus einer Schachtel auf Ninas Schreibtisch ein Taschentuch und wischte sich die Augen. »Mädchen«, sagte sie, »das Leben ist hart.«

Nina kam wieder zu sich. »Das sagst du ganz richtig.« Sie ließ sich schwer auf den Stuhl fallen. »Kevin. Kevin. Warum?«

»Ich konnte den Kerl gleich nicht leiden.«

»Ich schon, am Anfang.«

»Wie kann er glauben, dass er damit durchkommt? Muss man nicht beweisen können, was man behauptet?«

»Ich wette, er hat Beweise«, sagte Nina.

»Wovon? Von dieser hässlichen Szene, von der du mir erzählt hast?«

Nina nickte. »Fotos oder ein Video, sorgfältig geschnitten. Zwei Szenen. Eine draußen vor dem Restaurant auf der anderen Straßenseite. Eine Umarmung. Die andere bei ihm zu Hause. Heftige Knutscherei. Sorgfältig bearbeitet. Zum Teufel, wahrscheinlich hat er auch noch Liebesbriefe. Wie meine Notizen im Fall Vang, die auch nicht aus meiner Feder stammen.«

»Warum sollte er dir so etwas antun?«

»Ich habe die Anhörung verloren. Wenn man labil und besessen ist, ist das Grund genug. Aber warte mal, die Akten sind doch an dem Tag verschwunden, bevor wir verloren haben. Er hat verloren, weil die Akten gestohlen wurden. Also ... hat er die Akten nicht genommen. Das kann ... damit gar nichts zu tun haben?«

»Kann ihm das irgendwie helfen, seine Kinder zurückzubekommen?«

»Ich wüsste nicht, wie. Vom Standpunkt des Richters betrachtet, rückt es ihn in ein noch schlechteres Licht.«

»Er ist Polizist. Er weiß, wie man ein Auto knackt. Vielleicht hat er wegen irgendeinem alten Fall was gegen dich.«

»Könnte sein.«

»Er ist dein Feind.«

»Keine Frage, Sandy, aber dass das alles heute passiert, ist kein Zufall. Drei Akten, drei Katastrophen auf einmal, als wären sie so abgestimmt, um den größtmöglichen Schaden anzurichten. Kevin ist nur einer von dreien. Vielleicht wurde er auch aufgehetzt.«

»Du weißt doch, dass Joe und ich neulich ein *Powwow* organisiert haben? Da hat jemand eine Geschichte erzählt über einen großen Vogel, der am Lake Tahoe lebte und Menschen aß. Ein alter Mann wurde zu seinem Nest hinaufgetragen und lag neben einer Leiche. Er nahm ein Stück Obsidian, das er dabeihatte, und steckte es in den Toten. Dann sah er dem Vogel zu, wie er den Toten auffraß, und hörte das Heulen des Vogels, als er den Schmerz dieses scharfkantigen Steins in seinem Bauch spürte. Als der Vogel starb, schnitt er ihm den Flügel ab und flog damit wieder hinunter zum See. Er erzählte den Leuten, dass der Vogel tot war, und sie feierten. Jetzt waren sie sicher.«

»Ich verstehe nicht ganz, warum du mir diese Geschichte erzählst, Sandy.«

»Steck dir ein paar Steine in die Tasche. Hab keine Angst davor, mit unfairen Mitteln zu spielen.«

»Ich muss mit Jack sprechen.« Nina ging in ihr Büro. Die kalifornische Anwaltskammer würde bald anrufen. Sie musste sich vorbereiten.

DRITTES BUCH

März

Sie ging zum Podium, unter den Scheinwerfern war es warm. Vor ihr auf einer hohen Estrade saßen drei Richter des Ersten Bezirksberufungsgerichts in San Francisco, drei weise alte Männer in feierlichen schwarzen Roben.

Heute war ihr erster Tag vor Gericht.

Sie beobachteten sie, vielleicht ein wenig neugierig, denn sie hatten sie noch nie gesehen. Sie legte ihre Notizen vor sich hin, das etikettierte Hintergrundmaterial, die Berufungsschriftsätze. Hinter und neben sich spürte sie die Blicke des stellvertretenden Generalstaatsanwalts, der ihr bei der Berufung gegenüberstand, und der vielen anderen Anwälte, die heute hier waren, um ihre Fälle zu vertreten. Ihr Mund fühlte sich wie Watte an, und ihr Kopf war … leer.

Sie hatte so vieles zu fürchten, und so vieles stand auf dem Spiel, und doch war dies nicht einmal ihr Fall. Sie war in Vertretung eines anderen Anwalts hier, der im Krankenhaus lag.

Eine ganze Woche lang hatte sie sich in die Streitfragen vertieft, war ins Gefängnis von Soledad gefahren, um mit dem Mandanten zu sprechen, hatte sämtliche Fälle in den Schriftsätzen studiert, die Beweise geprüft. Die Stimme in ihrem Kopf, die ihr immer im Weg stand, wurde jeden Tag lauter und sagte, du kannst das nicht. Du bist nicht gut genug. Du hattest nicht genug Zeit, um dich auf diesen Fall vorzubereiten. Du wirst keinen Ton rausbringen, und das ganze Gericht wird über dich lachen.

Du wirst verlieren.

Doch zu anderen Zeiten, wenn sie lange nach Büroschluss im Lampenschein an ihrem Schreibtisch saß und nach den richtigen Worten suchte, um die Richter davon zu überzeugen, dass ihr Mandant einen weiteren Prozess verdiente, stieg ein anderes Gefühl in ihr auf: die Entschlossenheit zu gewinnen. Sie konnte ihn nicht enttäuschen. Sie musste den Prinzipien zum Durchbruch verhelfen, die ihm Gerechtigkeit verschaffen würden.

Sie bezwang das Auf und Ab zwischen Angst und Entschlossenheit, indem sie immer härter und immer länger arbeitete. In der Nacht vor der Verhandlung weckte Bobby sie um vier Uhr weinend. Sie gab ihm Wasser und brachte ihn ins Bad, dann half sie ihm wieder in sein kleines Bett.

Ich habe ein Kind, dachte sie bei sich, bevor sie sich wieder schlafen legte, ich habe dieses Kind und muss es am Leben halten. Was könnte härter oder wichtiger sein als das?

Der Morgen, an dem die Verhandlung ihres Falls angesetzt war, brach auf die für San Francisco typische Art und Weise an: neblig, kühl, geheimnisvoll. Sie zog ihr schwarzes Kostüm an und die Uhr ihrer Mutter. Als sie in der Innenstadt vor den Türen des Gerichtsgebäudes stand, erlebte sie einen weiteren Augenblick panischer Angst. Die Freiheit eines Mannes stand auf dem Spiel. Seine Verteidigung war ihr anvertraut, und wer war sie? Nur eine junge Frau ohne viel Selbstvertrauen, weder brillant noch beeindruckend, unerfahren – wer war sie gegen den Staat Kalifornien?

Ihr Fall wurde aufgerufen. Sie ging zum Podium, unter den Lampen. Sie legte ihre Papiere zurecht und konzentrierte sich auf ihren Mandanten, Klaus, ihre Mutter, all die Menschen, die sie in den langen, einsamen Jahren unterstützt und an diesen Ort gebracht hatten.

Sie öffnete den Mund und begann zu sprechen.

BEWEISSTÜCK NUMMER EINS

BÜRO DER PROZESSANWÄLTIN
DER ANWALTSKAMMER DES STAATES KALIFORNIEN
Gayle Nolan, No. 101447
Rechtsanwältin
555B Franklin Street
San Francisco, CA 94102
555/698-4947

ANWALTSGERICHT
der Anwaltskammer des Staates Kalifornien
Anhörungsstelle
San Francisco

In der Sache
Nina F. Reilly, No. 379168
Mitglied der Anwaltskammer

An: NINA FOX REILLY, Beklagte hierin:

Wenn Sie nicht innerhalb des Zeitraums, den die Verfahrensrichtlinien der Anwaltskammer (einschließlich einer Nachfrist) vorsehen, eine Antwort auf diese Mitteilung einreichen, können Sie als unfreiwillig inaktives Mitglied der Anwaltskammer registriert werden. Es ist Ihnen in diesem Fall nicht erlaubt, als Anwältin zu praktizieren, bis eine Antwort eingereicht wurde.

Sie wurden am 12. Januar 1994 in Kalifornien als Anwältin zugelassen. Gemäß Bestimmung 510 der Geschäftsordnung der Anwaltskammer des Staates Kalifornien gibt es berechtigte Gründe, ein offizielles Disziplinarverfahren gegen Sie durchzuführen, das zu einem vom Anwaltsgericht festzusetzenden Zeitpunkt an einem ebensolchen Ort beginnen wird (ZEIT UND ORT DES VERFAHRENS WERDEN IHNEN VON DER GESCHÄFTSSTELLE DES ANWALTSGERICHTS MITGETEILT). Gründe:

PUNKT EINS

1. Im Jahre 2001 waren Sie Einzelanwältin in der Kanzlei Nina F. Reilly, Anwältin, 2489 South Lake Tahoe Boulevard, South Lake Tahoe, Kalifornien.
2. In Ausübung Ihrer Pflichten als Anwältin haben Sie für viele Mandanten eine Vertrauensposition innegehabt. Für unsere Zwecke wird eine Gruppe von Mandanten, bestehend aus Brandy Ann Taylor, Bruce R. Ford und Angel Guillaume, vor diesem Gericht vertreten.
3. Am 6. September haben Sie es im Rahmen einer Anwalt-Mandanten-Beziehung, die Ihnen als oberste Verpflichtung auferlegt, die vertraulichen Mitteilungen und Geheimnisse Ihrer Mandanten zu wahren, den oben genannten Parteien gegenüber versäumt, Mandanteninformationen, wie es die kalifornische Berufsordnung unter Absatz 6068(e) verlangt, zu schützen, indem Sie Akten in einem unverschlossenen Fahrzeug zurückließen, das Ihnen anschließend gestohlen wurde. Demnach haben Sie die angemessenen Vorsichtsmaßnahmen, um sicherzugehen, dass Mandanteninformationen vertraulich bleiben, nicht getroffen, was eine Verletzung Ihrer beruflichen Sorgfaltspflicht darstellt.
4. Enthüllungen des Inhalts dieser Akten haben Ihren Mandanten Schaden zugefügt. Nach dem Verlust Ihrer Mandantenakten wurden diese drei Individuen von einem Mann, Cody Stinson, bedroht und angegriffen, über den sie in einem vertraulichen Gespräch mit Ih-

nen, ihrer Anwältin, ausgesagt hatten, dass sie ihn vom Schauplatz eines Mordes hatten fliehen sehen.

PUNKT ZWEI

1. In Ausübung Ihrer Pflichten als Anwältin haben Sie wissentlich die Durchführung eines Betrugs gegen die Heritage Life Insurance Company Incorporated durch Kao Vang, den ehemaligen Besitzer des Blue Star Market in South Lake Tahoe, Kalifornien, unterstützt.
2. Sie wussten, als Sie Kao Vang in einer Forderung gegen Heritage Life vertraten, dass Ihr Mandant in der betrügerischen Absicht, von der Versicherung Schadensersatz zu erhalten, Brandstiftung begangen hatte. Die Gesamtsumme, die in gleichen Teilen an Kao Vang und an seine Frau See Vang ausgezahlt wurde, belief sich auf 210.000 Dollar.
3. Da Sie das Geld der Versicherung so überstürzt ausgezahlt haben, konnte Kao Vang das Land verlassen, bevor der Betrug aufgedeckt wurde, was die Wiederbeschaffung der betrügerisch erhaltenen Gelder schwierig, wenn nicht gar unmöglich macht. Das an See Vang ausgezahlte Geld wurde vorläufig sichergestellt, bis das Gericht weitere Verfügungen dazu erlässt.
4. Jegliche Erhebung eines Anteils dieses Geldes Ihrerseits erfüllt zusätzlich den Tatbestand des Betrugs.

PUNKT DREI

1. Sie haben sich, während Sie Ihren Mandanten Kevin Cruz in einem Sorgerechtsfall vertraten, auf eine sexuelle Beziehung mit ihm eingelassen.
2. Sie haben sich unzulässiger Beeinflussung schuldig ge-

macht, indem Sie sich auf diese Beziehung einließen und vermittelten, eine solche Ebene der Intimität sei erforderlich, um Ihren Mandanten weiter zu vertreten.

3. In Verletzung von Vorschrift 3-110 der Rechtsanwaltsordnung der Anwaltskammer des Staates Kalifornien haben Sie diesen Mandanten weiter vertreten, obwohl die Beziehung dem Fall des Mandanten schadete und dazu führte, dass er das vorläufige Sorgerecht für seine zwei minderjährigen Kinder verlor.

Durch die oben beschriebenen Handlungen haben Sie vorsätzlich Ihren Eid und Ihre Pflichten als Anwältin verletzt. Sie haben insbesondere Absatz 6068(e) der kalifornischen Berufsordnung verletzt sowie Vorschrift 3-110 der Rechtsanwaltsordnung.

20

»In der Sache Reilly«, sagte Richter Hugo Brock mit leiser Stimme. Er war, den ernsten Blick zu Boden gerichtet, die Stufen zu seinem Platz hinaufgestiegen, ohne ein Wort mit der Protokollführerin zu wechseln. Etikette über alles, dachte Nina. Einer, der sich Sorgen macht, er könnte im Gerichtssaal die Kontrolle verlieren. Wie geht er wohl mit Jack um?

Wichtiger noch, wie geht Jack mit Richter Brock um? Genau diese Frage hatte sie Jack gestellt. Und er hatte geantwortet: »Keine Sorge, Hugo ist besser als die Alternativen.«

Die große Digitaluhr auf dem Richterpodium zeigte das Verstreichen der Sekunden an, bis es endlich neun Uhr dreißig war. In diesem Augenblick, bevor das Verfahren begann, eng zusammengepfercht in dem spannungsgeladenen, fensterlosen Raum, saßen sie alle in Habachtstellung, ohne einander zu beachten. Die Protokollführerin, eine mädchenhaft wirkende Frau mit ordentlich frisiertem kastanienbraunem Haar, die einen wadenlangen blauen Rock trug, der sittsam nur bis zum Knie geschlitzt war, beachtete niemanden. Sie starrte auf ihren Computer, für sie existierte nur, was durch den schwarzen Kopfhörer zu ihr drang. Sie hätte genauso gut an einer anderen Sache arbeiten, die Worte eines anderen bemitleidenswerten Rechtsanwalts protokollieren können, der in der vergangen Woche auf genau diesem Stuhl gelitten hatte.

So fühlten sich also die Beklagten! Nina warf einen Blick auf Gale Nolan, die leitende Prozessanwältin. Jack nannte sie Pitbull Nolan, was mehr oder weniger ein Eingeständnis war, dass er sie für kompetent hielt. Sie trug ein marineblaues Wollkostüm, die Brille saß auf der Nasenspitze. Ihr Haar, zu einem grauen Pagenkopf geschnitten, umrahmte ein abgehärmtes Gesicht. Vorausgesetzt, die Anwaltskammer zahlte ihren Angestellten immer noch Rentenbeihilfen, ging sie sicher bald in Pension. Das große Geld verdiente sie an den kalifornischen Anwälten nicht mehr, während die Kritik an dem ganzen Disziplinarsystem jedes Jahr lauter wurde.

Jetzt, da Nina auf dem heißen Stuhl saß, begriff sie allmählich, warum. Gayle Nolan und Hugo Brock waren bezahlte Angestellte eines nicht besonders großen Verbands, sie waren Kollegen. Ihre Motivation hätte von Grund auf unterschiedlich sein müssen, sie hätten ein Beispiel für den riesigen Abgrund zwischen Ankläger und Richter sein müssen, doch am Ende repräsentierten sie beide die Ziele der Anwaltskammer des Staates Kalifornien.

Und was waren diese Ziele? Der Vorsitzende der Anwaltskammer hatte sie in einer Rede formuliert, bei der Nina zugegen gewesen war. »Die oberste Priorität der Anwaltskammer ist der Schutz der Öffentlichkeit.«

Vielen kalifornischen Anwälten kam das wie eine Perversion vor, sie waren der Ansicht, der Anwaltskammerbeitrag, den sie Jahr für Jahr bezahlten, sollte an eine Organisation gehen, deren oberste Priorität es war, sie zu unterstützen und zu ermutigen. Wann hatte sich der Schwerpunkt dahin verschoben, die faulen Äpfel des Berufsstands auszusortieren? Was geschah, um die gefährdeten und die reifen Äpfel zu schützen? Wie konnten Richter und Ankläger innerhalb des gleichen kleinen, halb verkrüppelten Systems arbeiten, statt in dicht geschlossenen Reihen zu marschieren?

Während diese Gedanken Nina durch den Kopf schwirrten, erwiderte Gayle Nolan ihren Blick durch die dicken Gläser einer Designerbrille, die so auffallend war, so dermaßen mit Ornamenten überladen, dass das Gesicht dahinter verschwamm. Ein Segen.

Ninas Augen brannten, also zog sie ihre Hornbrille an. Jack putzte seine Brille mit chirurgischer Präzision, nicht ein Stäubchen durfte übrig bleiben. Sämtliche Personen in diesem Gerichtssaal betrachteten die Welt durch eine Schicht aus Polymer oder Glas.

Nina blickte nach unten, und ihr fiel auf, dass sie die Hände wrang. Sie gab sich Mühe, stillzusitzen und nichts preiszugeben. Was auch immer sie tat, ob sie verängstigt oder gelassen dreinschaute, sie hatte das Gefühl, dass sie schuldig aussah. Das sind die Gedanken eines Beklagten.

»Lassen Sie uns damit anfangen, die Reihenfolge der Beweise abzuklären. Wie ich höre, haben wir eine Abänderung der normalen Abfolge, Frau Anwältin«, sagte Richter Brock.

Gayle Nolan stand auf. »Ja, Euer Ehren. Wie Sie wissen, ist dies ein zweigeteiltes Verfahren, bei dem es im ersten Teil um das Ausmaß der Schuld geht und im zweiten Teil um strafmildernde Umstände. Jetzt im Augenblick befassen wir uns nur mit der Schuldfrage. Wir haben hier drei Beschwerden in drei verschiedenen Angelegenheiten. Mr. McIntyre und ich waren uns einig, jede Angelegenheit separat zu behandeln. Ich werde die Belastungszeugen für Punkt eins aufrufen, Mr. McIntyre wird alle Zeugen ins Kreuzverhör nehmen, und wir werden sämtliche Beweise für diesen Punkt abschließen, bevor wir zu Punkt zwei übergehen. Wenn das für das Gericht in Ordnung ist.«

»Dann befassen wir uns zuerst mit der Angelegenheit Brandy Taylor?«

»Richtig.«

»Eigentlich«, hob Jack an, um das Terrain abzustecken, »hatten wir uns darauf verständigt, mit Officer Scholl anzufangen, der Polizeibeamtin, die den Polizeibericht aufgenommen hat, in dem es um die gestohlenen Akten ging. Ihre Aussage bezieht sich auf alle drei Fälle.«

»Dazu wollte ich gerade kommen«, sagte Nolan. »Sehr richtig, wir fangen mit Officer Scholl an.« Sie schritt scharf gegen seine Worte ein, so entschlossen wie eine Basketballspielerin, die den Ball für ihre Mannschaft zurückholen will.

»Entschuldigen Sie«, sagte Jack. »Ich wollte Ihnen nicht gleich in den ersten zwei Minuten auf die Zehen treten.« Er lächelte, doch der Richter und die Anklagevertreterin verzogen keine Miene.

»Schön«, sagte Richter Brock. »Sind wir dann bereit?«

»Bereit«, sagte Nolan.

»Bereit, Euer Ehren.« Jack tätschelte Nina die Hand.

»Rufen Sie Officer Jean Scholl auf.« Officer Scholl kam herein. »Heben Sie Ihre rechte Hand.« Sie schwor, die Wahrheit zu sagen. Die Uniform betonte ihren kräftigen Körperbau und ihr klares, ungeschminktes Gesicht. Sie legte ihr Klemmbrett auf den Schoß und schenkte Nolan, die vor ihr stand, ihre volle Aufmerksamkeit.

»Guten Morgen. Ich bin Gayle Nolan, ich vertrete die Anwaltskammer des Staates Kalifornien.«

»Guten Morgen«, sagte Scholl.

In den vergangenen Monaten hatte Paul ein paar interessante Einzelheiten über Officer Scholl herausgefunden. Am Anfang ihrer beruflichen Laufbahn hatte sie mit Kevin Cruz zusammengearbeitet. Bei einer Gelegenheit waren Scholl und er zusammen auf Streife gewesen, als Kevin eine Gruppe von drei jungen Männern hatte auffliegen lassen, die Kokain bei sich hatten und es verkaufen wollten. Diese Aktion brachte Kevin seine erste und einzige Beförderung ein, aber es gab Gerüchte.

Die drei jungen Männer waren Doktoranden der University of California in Davis, die am Wochenende zum Skilaufen in die Berge gekommen waren. Keiner von ihnen war je zuvor wegen Drogenbesitzes verhaftet worden. Einer arbeitete gerade an einer Doktorarbeit über die Wirkung illegaler Drogen auf die Gehirnfunktionen. Ein anderer hatte bereits mehr Familienvermögen geerbt als ein Ölbaron und daher wenig zu gewinnen und sehr viel zu verlieren, wenn er mit Drogen handelte. Dennoch waren alle drei aufgrund der Aussagen von Cruz und Scholl verurteilt worden.

Scholl war so voreingenommen wie nur etwas, und vielleicht noch mehr. Nina beugte sich vor und versuchte, ihre Stimmung zu erspüren, was sehr einfach war.

»Sie fahren für die Polizei von South Lake Tahoe Streife?«

»Ich arbeite seit acht Jahren im Streifendienst. In letzter Zeit habe ich auch mit der Kriminalpolizei zusammengearbeitet, indem ich bei der Ermittlung von Einbrüchen und Raubüberfällen mitgewirkt und in einigen Verkehrsdelikten ermittelt habe. Es ist ein kleines Revier, sodass ich mit den verschiedensten polizeilichen Aufgaben betraut werde.«

»Wurden Sie am oder um den siebten September vergangenen Jahres an den Tatort eines gemeldeten Autodiebstahls gerufen?«

Die Polizeibeamtin zog ihre Notizen zurate. »Der Anruf kam um sieben Uhr fünfzig. Officer Dave Matthias und ich haben darauf reagiert und sind um acht Uhr zweiundvierzig in der Kulow Street Nummer sechsundneunzig angekommen, einem Einfamilienhaus in der Nähe des Pioneer Trail.«

»Und wurden Sie am Tatort von jemandem erwartet?«

»Von der Beklagten dort. Ms. Reilly.«

»Sie kannten Ms. Reilly bereits?«

»Sie ist Anwältin und übernimmt … übernahm … die Verteidigung in vielen Strafverfahren. Versucht, ihre Mandanten rauszuhauen. Ich hatte mehrmals am Verkehrsgericht mit ihr zu tun.«

»Sie sagen regelmäßig vor dem Gericht von South Lake Tahoe aus, wo die Beklagte als Anwältin praktiziert?«

»Fast jede Woche. Sie ist erst seit ein paar Jahren da, aber sie hat schon etliche Angeklagte vertreten. Sie hat sich als Verteidigerin bei ein paar großen Schwerverbrechen oben am See einen Namen gemacht, was einige der ortsansässigen Anwälte überrascht und verärgert hat, das kann ich Ihnen sagen. Sie hat sich sehr um die hochrangigen Fälle bemüht, um ihren Namen in die Zeitung zu bekommen, Werbung für sich zu machen. Ziemlich viele meiner Kollegen sind in Kontakt mit ihr gekommen.«

Ganz plötzlich waren die langweiligen Eröffnungsfragen in ungewohnte Sphären abgedriftet. Polizeibeamte versuchten normalerweise zumindest den Anschein der Objektivität zu wahren. Nina hatte noch nie erlebt, dass Scholl dermaßen parteiisch geworden war. Jack rührte sich nicht, und sie rutschte nervös auf ihrem Stuhl herum. Er hatte sie gewarnt, dass hier nicht die vertrauten Regeln der Prozessführung galten.

»Sie hatten mehrfach die Gelegenheit, die Beklagte bei der Arbeit zu beobachten?«

»Richtig.«

»Wie würden Sie ihre Arbeit beschreiben?« Jack saß tatenlos da. Sie sollten über den Bronco reden und nicht darüber, ob es dieser Polizistin gefiel, von Nina vor Gericht ins Kreuzverhör genommen zu werden!

Sie stieß ihn an. Jack beugte sich zu ihr. »Das können sie nicht machen«, sagte sie. Er hob eine Hand, um sie zum Schweigen zu bringen, und wandte seine Aufmerksamkeit wieder Scholl zu.

»Also, ich hatte das Gefühl, dass sie nicht … ich schätze, Sie würden sagen, systematisch war. Sie rauscht immer in letzter Minute rein. Ein- oder zweimal ist sie sogar zu spät gekommen, Tatsache. Sie würde alles versuchen, damit ihre Mandanten davonkommen. Sämtliche Tricks. Sie hat den Ruf.«

»Jack!«

Er nickte Nina zu, mehr nicht.

»Einen Ruf im Polizeirevier?«

»Ja.«

»Können Sie diesen Ruf näher beschreiben?«

»Alle sind der Meinung, sie würde fast alles tun, um ihre Mandanten rauszuhauen. Sie greift Polizeibeamte vor Gericht an, setzt uns hart zu und kaut sämtliche Details bis ins Letzte mit uns durch, weil sie hofft, einen Fehler zu finden. Sie war ... na ja, nicht ganz astrein, hat immer irgendwie einen Weg gesucht, an den Fakten vorbeizukommen.«

»Können Sie dem Gericht irgendein Beispiel für dieses unverantwortliche Handeln geben?«

»Einspruch«, sagte Jack und sprang endlich auf wie sein flinker Namensvetter *Jumping Jack*. Es wurde auch Zeit. Vor den Gerichten, die Nina kannte, wäre keine einzige dieser Aussagen zulässig gewesen. Jack hatte sich spät ins Spiel eingemischt, aber jetzt würde er dieser lächerlichen Charakterschelte ein Ende bereiten.

»Die Anwältin sollte das umformulieren«, war alles, was Jack sagte, bevor er sich wieder setzte. Nina starrte ihn ungläubig an.

»Das entscheide ich«, sagte Richter Brock. Zu Nolan sagte er: »Die Worte ›unverantwortliches Handeln‹ lassen voreilige Schlüsse zu. Also werde ich diesem Einspruch stattgeben.«

»Vielen Dank, Euer Ehren«, lenkte Nolan nachgiebig ein. »Konnten Sie beobachten, wie Ms. Reilly sich ihren Mandanten gegenüber verhalten hat?« Angesichts der unzähligen Möglichkeiten, die Nolan jetzt zur Verfügung standen, um Nina zu vernichten, schien sie ihre ursprüngliche Frage vergessen zu haben.

»Da können Sie drauf wetten«, sagte Officer Scholl. »Ich fand, sie war viel freundlicher zu ihnen als andere Anwälte. Sie fasst die Leute dauernd an. Es gab körperliche Vertraulichkeiten. Sie hat sie umarmt, ihnen während einer Verhandlung die

Hand auf die Schulter gelegt. Ich habe gesehen, wie sie eine Mandantin in den Arm genommen hat. Sie hat sich mehr wie eine Freundin verhalten, nicht wie ein Mensch, der in einer geschäftlichen Beziehung steht.«

Nina blieb der Mund offen. Jetzt wusste sie genau, was Scholl während der langen Tage vor Gericht gedacht hatte, wenn Nina Scholls Polizeiberichte auseinander genommen hatte, um für ihre Mandanten einen Ausweg zu finden. Jetzt begriff sie den größeren Zusammenhang. Sie hatte gegen Officer Scholl gewonnen, und Officer Scholl konnte weder vergeben noch vergessen. Nina zweifelte nicht mehr daran, dass Scholl darauf aus war, ihr etwas anzuhängen und sie aus der Stadt zu jagen. Scholl hasste sie.

Nina räusperte sich. »Dann hat die Beklagte Sie zu sich nach Hause gerufen. Was hat sie Ihnen gesagt?«

»Dass ihr Wagen, ein Ford Bronco, in der Nacht gestohlen worden sei.«

»Könnten Sie ihre damalige Aussage zusammenfassen?«

»Sie sagte, sie wäre am Abend zuvor gegen sechs Uhr im Regen von ihrem Büro nach Hause gefahren und ins Haus gegangen. Sie hätte am Nachmittag ihre Schlüssel nicht finden können und deshalb einen Ersatzschlüssel benutzt. Im Laufe des Abends ist ihr angeblich wieder eingefallen, dass sie ein paar wichtige Akten draußen im Wagen liegen gelassen hatte, aber sie wäre zu müde gewesen und ins Bett gegangen, statt sie zu holen. Gegen sieben am nächsten Morgen hat sie entdeckt, dass der Wagen samt Inhalt verschwunden war.«

»Okay, lassen Sie mich das ein wenig genauer betrachten. Sie sagte, sie habe ihren Schlüssel verloren?«

»Ja.«

»Und den ganzen Abend wusste sie, dass sie ihn irgendwo liegen gelassen hatte. Inzwischen stand das Auto unbewacht und ungeschützt draußen …«

»Wir beeinflussen die Zeugin hier ein wenig«, sagte Jack.

»Ich ziehe die Frage zurück. Was genau hat die Beklagte darüber gesagt, was sie zwischen sechs Uhr abends und sieben Uhr morgens in Bezug auf das Abschließen des Wagens oder das Abziehen des Schlüssels aus der Zündung getan hat?«

»Sie hat behauptet, sie hätte den Wagen mit ihrem Ersatzschlüssel abgeschlossen. Meinen Sie das? Sie sagte, sie hätte gewusst, dass die Aktentasche auf dem Boden vor dem Rücksitz stand, aber sie hätte sich deswegen keine Sorgen gemacht.«

»Sie wusste zu dem Zeitpunkt, dass der Hauptschlüssel abhanden gekommen war? Irgendjemandem in die Hände gefallen war?«

Officer Scholl besaß so viel Anstand, bei dieser Frage wenigstens einmal einen Blick in ihren Bericht zu werfen. »Also, sie hat behauptet, sie habe nicht daran gedacht.«

»Gut. Also, sie hat erwähnt, dass wichtige Akten im Bronco liegen geblieben waren.«

»Ja. Sie hat uns sehr gedrängt, diese Akten zu finden. Sie waren in einer burgunderroten Lederaktentasche, sagte sie. Sie hat sich mehr Sorgen um die Akten gemacht als um den gestohlenen Wagen.«

»Und was hat sie Ihnen über diese Akten gesagt?«

»Sie hat sie als Mandantenakten beschrieben, auf denen sich Etiketten mit Namen befänden. Sie hat gesagt, die Akten enthielten vertrauliche Informationen. Unterschiedliche Informationen in jeder Akte. Und etwas, was sie als Aufnahmeformular bezeichnete.«

»Und hat sie Ihnen die Namen der Mandanten genannt?«

»Nein, die wollte sie uns nicht geben. Sie hat erklärt, die Namen seien vertraulich. Sie wollte nicht sagen, um was es bei den Fällen ging oder ob es in den Fällen um etwas ging, was jemanden dazu veranlassen könnte, die Akten an sich zu nehmen. Ich habe sie gewarnt, dass das unsere Ermittlungen behindern würde, aber sie ist nicht davon abgerückt.«

»Und hat die Weigerung der Beklagten, Ihnen Informationen über die Akten zur Verfügung zu stellen, Sie bei Ihren Ermittlungen behindert?«

»Ich habe sie direkt gefragt, ob der Dieb hinter den Akten her gewesen sein kann. Sie antwortete, sie wüsste nicht, wie. Ich wies sie darauf hin, dass wir die Akten nicht finden könnten, wenn sie uns keine Einzelheiten nennt. Ich musste es dabei belassen.«

»Was hat sie Ihnen noch gesagt?«

»Ihr Sohn sei mit einem Mädchen namens Nicole Zack befreundet, die ab und zu zu ihr nach Hause kommt. Nicole Zack ist der örtlichen Polizei bekannt. Sie wurde als Jugendliche mehrmals verhaftet und wegen Ladendiebstahls verurteilt. Letztes Jahr wurde sie wegen Mordes verhaftet, auf diese Weise hat die Beklagte sie kennen gelernt. Sie hat sie freibekommen.«

»Die hier Beklagte hatte also eine enge Beziehung zu ihrer Mandantin?«

»Offensichtlich. So eng, dass sie spätabends bei ihr rumhängt.«

Die Bemerkung diente nicht dazu, einen Sachverhalt vorzubringen, Nolan schlug zu wie eine Machete. Pingeliges Verbeißen in unbedeutende Kleinigkeiten, unbekümmerte Missachtung von Fragen von ernster Bedeutung und anzügliche Verhältnisse mit stadtbekannten Kriminellen – sie hatte nichts ausgelassen. Die ganze Anklage beruhte auf nichts weiter Substanziellem als auf den fantasievollen üblen Nachreden dieser Polizeibeamtin, die sie kaum kannte.

»Tu was!«, flüsterte Nina Jack zu. Er schüttelte heftig den Kopf, womit er sie warnte, sich bloß nicht einzumischen. Als die Befragung weiterging, zitterten Ninas Hände vor Enttäuschung.

»Der Sohn hatte kein Auto? Er musste auf einem Fahrrad durch die Gegend fahren?«

»Er ist noch nicht alt genug für einen Führerschein.«

»Und Nicole Zack?«

»Sie hat auch noch keinen. Aber das würde sie nicht hindern.«

»Hat die Beklagte Ihnen sonst noch etwas erzählt?«

Officer Scholl überflog noch einmal ihren Bericht. »Erst später. Sie hat angerufen und uns die Namen genannt, die auf den drei Akten standen. Sie hat gesagt, sie habe mit den Mandanten gesprochen und diese hätten ihr erlaubt, mit den Namen rauszurücken.«

»Und wie lauteten diese Namen?«

»Angel Guillaume und Brandy Taylor. Kao und See Vang. Kevin Cruz. Aber sie hat behauptet, es sei streng vertraulich. Sie würde uns nicht über den Inhalt der Akten informieren.«

»Nun, Officer Scholl, waren Sie auch mit der Ermittlung dieses Diebstahls betraut?«

»Ja. Ein paar Tage später habe ich den Wagen auf dem Heavenly-Parkplatz entdeckt. Es sah so aus, als hätte jemand eine lange Spritztour gemacht und den Wagen dort abgestellt. Die Beklagte konnte keinerlei Beschädigungen feststellen. Ich habe den Wagen auf forensische Beweise und Fingerabdrücke untersuchen lassen. Es gab eine Reihe von Abdrücken von der Beklagten und ihrem Sohn. Überall Hundehaare. Abfall auf dem Rücksitz, halb leere Gatorade- und Wasserflaschen, ein Kaffeebecher, der dort schon eine Weile gestanden haben musste.«

Oh, toll. Jetzt zog sie Ninas häusliche Fähigkeiten durch den Dreck.

»Nichts, was helfen könnte, den Täter zu identifizieren«, fügte Scholl hinzu.

»Was war mit dem fehlenden Schlüssel?«

»Der lag auf dem Sitz. Die Fingerabdrücke waren abgewischt.«

»Wurden die Akten im Wagen gefunden?«

»Nein. Die Akten waren verschwunden, ebenso wie die Aktentasche.«

»Wurden die Akten Ihres Wissens je ausfindig gemacht?«

»Nicht, dass ich wüsste. Ich habe mit Nicole Zack und dem Jungen gesprochen. Ich habe einen Fahndungsaufruf nach dem Wagen herausgegeben. Ich habe getan, was ich konnte, doch ohne die volle Mitwirkung der Beklagten konnte ich keine umfassenden Ermittlungen durchführen. Ich musste warten, bis der Wagen irgendwo abgestellt wurde. Der Autodiebstahl ist noch ungeklärt.«

»Ich will Sie jetzt etwas fragen, Officer. Haben Sie irgendeinen Beweis dafür, dass diese Akten überhaupt in dem gestohlenen Wagen waren?«

»Nein.«

»Die Beklagte hätte ihre Aktentasche versehentlich in einem Supermarkt stehen lassen oder sie sonst irgendwo verlieren können, selbst auf noch ungeheuerlichere Art und Weise?«

Officer Scholl sah nachdenklich aus. »Soweit ich weiß.«

»Und den Autodiebstahl als Ausrede nutzen können, um zu behaupten, sie sei nicht gänzlich für den Verlust verantwortlich?«

»Ich habe nie irgendwelche Akten gesehen. Ich weiß nicht, ob es tatsächlich welche in diesem Wagen gab.«

»Und konnte der Dieb inzwischen identifiziert werden?«

»Bis jetzt noch nicht. Wie gesagt, ich bin immer noch für die Ermittlung verantwortlich.«

»Vielen Dank. Keine weiteren Fragen.«

»Wir machen jetzt die erste Pause«, sagte Richter Brock. Nolan ging. Die Uhr blieb stehen. Die Protokollführerin legte ihren Kopfhörer ab und verschwand.

Jack nickte in Richtung Tür.

»Ich bleibe noch eine Minute hier sitzen«, sagte Nina, »und

versuche mich daran zu erinnern, wie hart arbeitend und unschuldig ich mir gestern noch vorgekommen bin.«

»Ich habe dich gewarnt. Sie tragen bei den Anschuldigungen dick auf. Hörensagen, Meinungen gelten als Beweise, alle Arten von Charakterschelte sind integraler Bestandteil des Verfahrens. In der nächsten Phase, wenn es um strafmildernde Umstände geht, bekommst du eine größere Chance, ein ausgewogenes Bild deiner Karriere zu zeichnen, wer du bist, wie gut du deine Arbeit gemacht hast. Dies ist ein ganz anderes Gericht.«

»Ja, es ist ein Pseudo-Gericht, das Pseudo-Recht spricht mit Pseudo-Verfahrensregeln. Und Pseudo-Schutz für die Beklagte.«

»Du hast Recht«, sagte Jack. »Willkommen im Paralleluniversum des Rechts.«

»Ich habe die Regeln gelesen, aber ich kann nicht glauben, dass sie in der Praxis wirklich so angewendet werden. Dies soll kein Strafprozess sein, aber mein Gefühl sagt mir eindeutig etwas anderes.«

»Wenn es nur um eine kriminelle Angelegenheit ginge«, sagte Jack, »würdest du bis zum Beweis des Gegenteils vor dem Gesetz als unschuldig gelten. Hier funktioniert das nicht so. Du weißt bereits, dass die Verfahrensregeln der Beweisführung in Strafprozessen hier nicht zur Anwendung kommen. Der Fall muss nicht einmal über einen begründeten Zweifel hinaus bewiesen werden. Es ist unklar, wie viele Hörensagen-Beweise vorgebracht werden können, und Hugo hört sich immer gerne alles an.«

»Und wozu brauche ich dann einen Anwalt?«, sagte Nina ziemlich voreilig. »Du erhebst keinen Einspruch. Du kannst die übelste Schlammschlacht nicht verhindern. Du kannst nichts tun, als hier zu sitzen.«

»Ich habe noch kein Kreuzverhör durchgeführt.«

»Fängst du dann an, mich zu verteidigen?«

»Ich gebe zu, wir hatten heute Morgen einen schweren Start. Ich nehme einen Teil der Schuld auf mich.«

»Ich finde es schrecklich, nur dazusitzen und den Mund nicht aufmachen zu dürfen, um mich zu verteidigen. Ich fühle mich wie ein Dummy beim Crashtest.« Sie schenkte sich aus der Wasserflasche ein.

»In meiner Schublade im Büro habe ich ein Zitat von Kafka. Ein komischer Kauz, typisch europäisch mit seinem bitteren Humor. *Der Prozess* spricht einige deiner Martyrien an. Erinnerst du dich, dieser Bankangestellte K. wird immer wieder zu diesem Gericht in einem heruntergekommenen Mietshaus gerufen und kann einfach nicht herausfinden, was ihm vorgeworfen wird. Zuerst spottet er, aber am Ende fängt er an, das ganze merkwürdige System zu akzeptieren. An dem Punkt ist er dem Untergang geweiht.«

»Dann haben er und ich nichts gemeinsam«, sagte Nina. »Ich lasse nicht zu, dass dieses erbärmliche System mein Leben zerstört.«

»Alles, was sie tun können, ist, dir deine Zulassung zu entziehen.«

Er sagte es leichthin, doch sie hörte die Besorgnis hinter seinen Worten. Jack versuchte sie zu beruhigen. Sie wussten beide, dass diese Angelegenheit über das kalifornische Anwaltsgericht hinaus zu einer kriminalpolizeilichen Ermittlung wegen Betrugs führen konnte. »Das kann nicht passieren«, sagte sie. »Wir werden es nicht zulassen.«

»Und wenn es doch passiert, ist es nicht das Ende der Welt.«

»Niemand wird mich aus diesem Beruf drängen, für den ich so verdammt hart gearbeitet habe.«

Schweigen, während er darüber nachdachte. »Gut, denn du bist genau die Art von Anwältin, die wir da draußen brauchen, die sich in den Dreck kniet und durch die Furchen stapft.« Er hob ihr Kinn, um ihr in die Augen zu sehen. »Ach, Nina. Wie sich das Leben doch wandelt.«

»Veränderungen haben mir noch nie Angst eingejagt, Jack. Ich betrachte sie als Chance.« Sie stand auf. »Ich muss hier weg. Wann versammelt sich dieses korrupte Gericht wieder?«

Jack schaute auf die Uhr. »In neun Minuten. Nina …«

»Was?«

»Du solltest die andauernde Kritzelei sein lassen, okay? Es macht den Richter nervös. Und vielleicht legst du ein wenig Lippenstift auf oder puderst dir die Nase. Du solltest wie eine Siegerin aussehen. Du wirkst zu sorgenvoll.«

Um ungestört Dampf ablassen zu können, ging sie einen Flur hinunter, ein alter Trick von ihr, wenn sie alleine sein wollte, und marschierte in der Eingangshalle hin und her. Neun Minuten verstrichen, dann kehrten sie in den eiskalten Gerichtssaal an ihre Plätze zurück.

Richter Brock trat ein, sie erhoben sich alle und setzten sich wieder in einer einzigen gemeinsamen schwerfälligen Bewegung. Die Protokollführerin sonderte sich ab und schloss ihren Kopfhörer an irgendeinem weit entfernten Ort an, ihre Augen starrten blicklos irgendwo in die mittlere Entfernung des Saals, wo es nichts zu sehen gab. Officer Scholl wurde daran erinnert, dass sie noch unter Eid stand.

»Guten Morgen, Officer«, sagte Jack und wurde als Reaktion darauf mit einem kurzen Nicken bedacht.

»Nun, Sie kannten Ms. Reilly bereits vom Verkehrsgericht.«

»Ja.«

»Sie stellen die Strafmandate wegen Verkehrsdelikten aus, sie geht dagegen an?«

»So ungefähr.«

»Wie oft sind Sie auf Ms. Reilly gestoßen?«

»Oh, fünf- oder sechsmal.«

»Und sie hat Ihre Strafmandate jedes Mal abgeschmettert, nicht wahr?«

»Einspruch«, sagte Nolan.

»Zielt auf Befangenheit.«

»Abgewiesen.«

»Sie hat Sie besiegt, nicht wahr?«, sagte Jack mit einem kleinen Lächeln.

»Ich erinnere mich nicht an jeden einzelnen Fall.«

»Muss ich Ihrer Erinnerung nachhelfen, indem ich Sie diesen Stapel Berichte hier durchgehen lasse und dann jedes einzelne Beispiel zu Protokoll gebe?«

»Sie hat es jedes Mal geschafft, dass ihre Mandanten das Bußgeld nicht zahlen mussten.«

»Sie haben gesagt, sie habe auf Tricks zurückgegriffen. Welche Tricks?«

»Sie hat die Situation ausgenutzt. Sie hat die Kalibrierung der Radarpistole angezweifelt. Sie hat Fälle in die Länge gezogen, bis ich oder die anderen Polizeibeamten in Konflikt gerieten und es nicht zum Termin bei Gericht schafften und es dadurch zu einer Klageabweisung kam. Sie wusste, dass wir uns nach Monaten nicht mehr an sämtliche Einzelheiten einer Verkehrskontrolle erinnern konnten. Sie ließ es beim kleinsten Widerspruch so aussehen, als würden wir lügen.«

»›Als würden wir lügen‹? Betraf das nicht nur Sie?«

»Sie ließ es so aussehen, als würde ich lügen, was nicht stimmte.«

»Also fühlten Sie sich durch ihre Taktiken gedemütigt?«

Scholl lief rot an. »Ich bin sehr stolz auf meine Arbeit.«

»Sie hat einen Schatten auf Ihren ansonsten guten Ruf geworfen?«

»Mein Ruf ist ansonsten sehr gut, richtig.«

»Sind Ihre wiederholten Niederlagen vor Gericht bei Fällen gegen Angeklagte, die von Ms. Reilly vertreten wurden, in Gesprächen mit Ihren Vorgesetzten über eine bevorstehende Versetzung zur Kriminalpolizei angesprochen worden?«

Scholl dachte nach, bevor sie antwortete. »Ja.«

»Wurden Sie versetzt?«

»Nein.«

»Machen Sie dafür, dass Sie nicht versetzt wurden, Ms. Reilly verantwortlich?«

»Ich kann nur sagen, dass die Strafmandate begründet waren und ich im Zeugenstand der Lüge bezichtigt wurde, woraufhin der Richter die Strafmandate abgewiesen hat. Und das hat eine Rolle gespielt.«

»Musste sie sich je vor einem Gericht wegen ihrer Vorgehensweise verantworten?«

»Das weiß ich nicht.«

»Hat man sie je der Missachtung des Gerichts beschuldigt?«

»Ich habe keine Ahnung.«

»Also hat sie die Fälle der Anklage angegriffen und erreicht, dass ihre Mandanten das Bußgeld nicht zahlen mussten?«, sagte Jack mehr zu sich selbst. »Ich schätze, das machte sie nicht allzu beliebt bei der Polizei da oben in Tahoe.«

»Genau. Man konnte ihr nicht trauen.«

»Es hat sie auf jeden Fall bei Ihnen nicht sehr beliebt gemacht, nicht wahr?«

»Ich ... mir gefiel ihre Taktik nicht.«

»Sie meinen wohl, ihr Erfolg gefiel Ihnen nicht. Wie stehen Sie zu Strafverteidigern im Allgemeinen, von Ihrem Standpunkt als Polizistin aus gesehen?«

»Sie sind ein notwendiges Üb... sie sind Teil des Systems.«

Lächelnd sagte Jack: »Man könnte sie alle nach Timbuktu verfrachten, und Sie würden sie nicht vermissen, nicht wahr?«

»Im Grunde nicht.«

»Ich weiß Ihre Offenheit zu schätzen«, sagte Jack. Er hat einen bestimmten Rhythmus, dachte Nina. Er war gar nicht so schlecht. Der Druck, der sich in ihrer Brust angestaut hatte, ließ ein wenig nach.

»Also, Sie haben erwähnt, dass es Ihren Ermittlungen nicht zuträglich war, dass Ms. Reilly Ihnen die Namen ihrer Mandanten nicht genannt hat.«

»Ich hatte das Gefühl, sie kooperiert nicht mit uns.«

»Haben Sie je von Vorschrift 1.6 (a) gehört?«

»Ich bin kein Anwalt.«

»Das sind Sie tatsächlich nicht. Lassen Sie es mich anders formulieren. Wussten Sie, dass es eine Verfahrensvorschrift für Anwälte gibt, die ihnen verbietet, jegliche Information, die mit der Vertretung eines Mandanten zu tun hat, weiterzugeben, wenn der Mandant dem nicht ausdrücklich zugestimmt hat?«

»Nicht mal den Namen?«

»Nicht mal den Namen.«

»Nein. Das wusste ich nicht.«

»Und sobald Ms. Reilly mit ihren Mandanten gesprochen hatte, hat sie Ihnen die Namen genannt?«

»Ja, aber ohne mehr über den Inhalt der Akten zu wissen, konnten wir nicht sagen, ob der Diebstahl irgendetwas mit einem der Mandanten zu tun hatte.«

»Was ist mit dem Anwaltsgeheimnis? Haben Sie davon schon mal was gehört?«

»Ja, aber ich bin wie gesagt kein Anwalt.«

»Aber es hat Ihnen Probleme bereitet, dass Ms. Reilly ihre Pflichten als Anwältin ernst genommen hat?«

»Ich sage nur …«

»Hat sie, außer die Vertraulichkeit der Akten zu schützen, irgendetwas getan, das Ihnen Probleme bereitet hat?«

Officer Scholl dachte darüber nach. »Ich hatte das Gefühl, dass sie in Bezug auf ihre Beziehung zu Nicole Zack in Abwehrhaltung ging. Ich hatte das Gefühl, diese Person könnte verdächtig sein.«

»Haben Sie ihr ausdrücklich gesagt, dass Sie Ms. Zack nicht trauen?«

»Es ist die Wahrheit.«

»Und sie hat Ms. Zack Ihnen gegenüber verteidigt?«

»Sie wollte kein Wort gegen sie hören.«

»Darf ich Ihnen folgende Frage stellen: Haben Sie zu irgendeinem Zeitpunkt während Ihrer Ermittlungen die Spur, ja auch nur das winzigste Fünkchen eines Beweises dafür gefunden, dass Ms. Zack irgendetwas mit dem Diebstahl zu tun hatte?«

»Nein, aber ich ...«

»Also gut. Sie haben ausgesagt, Ms. Reilly sei ein Mensch, der seine Gefühle gerne dadurch zeigt, dass er andere anfasst. Sie sei so weit gegangen, in Ihrer Gegenwart eine Mandantin zu umarmen?«

»Das ist richtig.«

»Unter welchen Umständen hat sie das getan?«

»Also, als die Geschworenen hereinkamen.«

»Mit einem Urteil?«

»Ja.«

»Einem Freispruch?«

»Ja.«

»Und sie haben sich umarmt?«

»Das ist richtig.«

»Glauben Sie, es ist Ausdruck moralischer Verworfenheit, nach einem Freispruch einen Mandanten zu umarmen, also, zum Beispiel ein Indiz dafür, dass sie mit ihren männlichen Mandanten schläft?«

»Einspruch! An dieser Frage ist so vieles zu beanstanden, dass ich nicht weiß, wo ich anfangen soll«, sagte Nolan, die aufgesprungen war.

»Warum, Frau Anwältin, ist es nicht genau das, was Sie anzudeuten versucht haben?«, sagte Jack ganz unschuldig.

»Formulieren Sie es um, Herr Anwalt«, sagte Richter Brock, wobei seine Mundwinkel amüsiert zuckten.

»Also, Sie wissen, dass Ms. Reilly beschuldigt wird, mit einem von South Lake Tahoes Prachtkerlen geschlafen zu haben, nicht wahr?«

»Ja.«

»Glauben Sie, sie wird zu intim mit ihren Mandanten?«

»Sie freundet sich mit ihnen an. Sie umarmt sie.«

»Schockierend, nicht wahr?«

»Fahren Sie fort, Herr Anwalt«, sagte Brock.

»Nur noch ein Letztes. Als Sie Ms. Reillys Wagen fanden, war er voller Papiere und benutzter Kaffeetassen?«

»Er war ziemlich vermüllt.«

»Unterstellen Sie, dass Ms. Reilly im Allgemeinen eine unordentliche Person ist?«

»Was ist das für eine Frage?«, sagte Nolan. »Ich erhebe Einspruch. Der Anwalt macht sich über die Zeugin lustig.«

»Sie bezeichnet meine Mandantin als unordentlich, Euer Ehren.«

»Fahren Sie fort.«

»War der Wagen verschlossen, als Sie ihn fanden?«

»Nein.«

»Jeder hätte ein paar Gatorades trinken und die leeren Flaschen auf dem Rücksitz lassen können. Der Dieb könnte Durst bekommen haben, als er mit dem gestohlenen Wagen durch die Gegend gefahren ist, ist das korrekt?«

»Korrekt oder nicht, es ist unerheblich und belanglos«, warf Nolan ein.

»Jeder hätte diesen Abfall dort hinterlassen können«, sagte Jack. »Ich denke, das ist durchaus relevant.«

»Einspruch abgewiesen«, sagte der Richter.

»Haben Sie die Flaschen auf DNA-Spuren untersuchen lassen? Unordentliche Leute trinken aus der Flasche, wissen Sie.«

»Wir haben nicht die Mittel, bei einem einfachen Autodiebstahl so weit zu gehen.«

»Wie steht's mit der Kaffeetasse?«

»Sie sah aus, als hätte sie dort schon eine ganze Weile gestanden.«

»Sie nehmen an, es war Ms. Reillys Tasse?«

»Also, es sah danach aus.«

»Wollen mal sehen, ob ich Ihre Aussage bis hierher zusammenfassen kann«, sagte Jack. »Sie haben den Bericht aufgenommen, Sie können Ms. Reilly beziehungsweise Strafverteidiger im Allgemeinen nicht leiden, Sie haben eine schlampige Ermittlung durchgeführt, hatten Glück, dass Sie irgendwann über den gestohlenen Wagen gestolpert sind, und Sie glauben zu wissen, dass Ms. Reilly mit Kevin Cruz geschlafen hat, weil Sie gesehen haben, wie sie nach einem Freispruch durch eine Geschworenenjury eine Mandantin umarmt hat?«

»Einspruch!«

»Stattgegeben.«

»Haben Sie Ms. Reilly und Officer Cruz je zusammen gesehen, Officer Scholl?«

»Nein«, sagte Officer Scholl rundweg.

»Sie haben verdammt Recht, das haben Sie nicht. Ich bin fertig, Euer Ehren.«

»Jack«, flüsterte Nina, nachdem er sich gesetzt hatte. »Was ist mit der Tatsache, dass sie mich hasst, weil ich sie im Zeugenstand wie eine Idiotin habe dastehen lassen? Was ist mit der Tatsache, dass sie diesen ganzen arglistigen Plan womöglich ausgeheckt hat?«

»Darf ich dir eine Frage stellen? Sollen wir Brock mit abstrusen Theorien darüber, was passiert ist, in den Schlaf wiegen, oder sollen wir versuchen, diesen Fall zu gewinnen?«

21

Gayle Nolan ging zur Tür des Gerichtssaals, öffnete sie und rief ihren nächsten Zeugen auf. Bruce Ford kam herein und ging rasch zum Zeugenstand. Sein Geburtsdatum verriet, dass er Ende zwanzig war, obwohl er Nina älter vorkam. Bartstoppeln zierten sein Gesicht, und die dunklen Locken auf dem Kopf waren kurz geschoren. Wie fast alle Anwälte brauchte er zur Unterstützung seiner Sehkraft eine Brille, doch bei seiner handelte es sich um ein modisch grünes Exemplar. Er wirkte sehr elegant in seinem teuren Anzug, wenn auch nicht glücklich darüber, hier zu sein.

Sie hatte gehört, dass Nolan ihn arg unter Druck gesetzt hatte, damit er zu diesem Termin erscheinen würde. Er wollte nicht öffentlich gegen eine Kollegin aussagen, obwohl er gemeine Briefe zu schreiben offensichtlich akzeptabel fand. Sie rutschte auf ihrem Stuhl hin und her, als Ford seine Tätigkeit als Steueranwalt und seine berufliche Laufbahn beschrieb.

Gayle Nolan blieb sitzen, während sie ihre Fragen stellte, die schwarzen Notizbücher auf beiden Seiten des Tisches umrahmten sie wie schwere Geschütze. Hier, hinter diesen fensterlosen Wänden, in diesem kargen Raum ist der Ort, an dem die leitende Prozessanwältin ihre Macht ausüben kann, dachte Nina, hier ficht sie den Kampf aus, den sie wahrscheinlich als guten Kampf betrachtet, indem sie inkompetenten Anwälten den Garaus macht.

Anwälten wie *ihr*.

»Mr. Ford, bitte erklären Sie uns die Umstände, die Sie heute hierher geführt haben.«

Bruce Ford nahm die Brille ab und reinigte sie mit einem Taschentuch, dann setzte er sie sorgfältig wieder auf.

»Meine Verlobte Brandy hat Ms. Reilly als Anwältin engagiert. Sie und ihre Schwester Angel Guillaume waren in der Nacht, in der Phoebe Palladino umgebracht wurde, auf dem Campingplatz in South Lake Tahoe anwesend. Sie beobachteten in jener Nacht etwas, jemand lief von dem Zelt, in dem Phoebe schlief, weg, also fragten sie Ms. Reilly um Rat. Sie mussten mit der Polizei reden, hatten aber Angst, was ihnen dann zustoßen könnte. Es stellte sich heraus, dass sie Recht hatten, nur dass sie sich ebenso große Sorgen darüber hätten machen sollen, wen sie da engagiert hatten.«

»Solltest du nicht Einspruch erheben?«, flüsterte Nina. »Er war nicht mal mein Mandant, und er gibt Meinungen wieder.«

»Wir wollen, dass der Richter sieht, dass wir seine Klugheit respektieren. Er kann Meinungen von Fakten unterscheiden.«

»Also war Ms. Reilly nicht Ihre eigene Anwältin?«, fragte Nolan Bruce Ford.

»Sie hat meine Verlobte vertreten.«

»Was ist Ihnen zugestoßen, nachdem Ihre Verlobte Ms. Reilly konsultiert hatte?«

»Eines Tages schob sich ein Typ an meiner Empfangsdame vorbei in mein Büro. Er stellte sich als Cody Stinson vor, doch zu dem Zeitpunkt sagte mir das nichts, ich hatte den Namen noch nie gehört. Ich nahm an, es handle sich um einen potenziellen Mandanten, der sich wegen irgendeiner Sache mächtig aufregte. Das kommt oft vor. Dann redete er davon, jemanden erwürgt zu haben, und mir wurde plötzlich klar, dass er nicht erschienen war, um mich wegen irgendetwas zurate zu ziehen.«

»Warum ist er Ihrer Meinung nach zu Ihnen gekommen, Mr. Ford?«

»Er war gekommen, um mir zu drohen und mich einzuschüchtern.«

»Was wollte er mit dieser Einschüchterung bezwecken?«

»Er wollte verhindern, dass meine Verlobte mit irgendjemandem darüber redete, was auf dem Campingplatz passiert war.

Das machte er sehr deutlich. Er schwor, sie würde es bedauern, wenn sie ›nicht die Klappe hielte‹ – nur dass er das in sehr viel gröberen Worten ausdrückte als ich heute hier. Er bedrohte mich, sagte, er würde mich drankriegen, wenn ich wegen ihr nichts unternehmen würde.«

»Und was passierte dann?«

»Ich weiß nicht, wie ich es geschafft habe – jahrelanger Umgang mit meinem alkoholkranken Vater vermutlich –, jedenfalls habe ich ihn rausgeworfen.«

»Ist er friedlich gegangen?«

»Er hat eine Porzellanlampe kaputtgemacht, die auf dem Tisch der Sekretärin stand.«

»Wie?«

»Indem er sie umwarf. Er brüllte. War sehr wütend.«

»Was haben Sie getan, nachdem er verschwunden war?«

»Ich bin zu einem Freund gegangen.«

»Warum?«

»Als er ging, verhöhnte Stinson mich. Sagte, er wüsste, wo ich wohne.«

»Sie hatten Angst?«

»Große Angst.«

»Haben Sie irgendjemandem gesagt, wo Sie waren?«

»Ein paar Tage lang nicht.«

»Sie haben Ihre Verlobte nicht informiert?«

Er reckte unbehaglich den Hals. »Wir waren … wir hatten ein bisschen Krach, aber ich habe versucht, sie zu erreichen. Ohne viel Erfolg.«

»Nach ein paar Tagen haben Sie Kontakt zu ihr aufgenommen?«

»Sie hat mich gefunden. Ich wusste, dass ihr das gelingen würde, wenn sie unbedingt wollte.«

»Was für Auswirkungen hatte dieser Zwischenfall auf Ihr Geschäft?«

»Ich konnte nicht arbeiten, keine Anrufe entgegennehmen. Ich hatte Einbußen, und die Arbeit, die ich zu erledigen hatte, bekam ich kaum geschafft. Es hatte ausgesprochen negative Auswirkungen auf mein Geschäft.«

»Und auf Sie persönlich?«

»Ich habe schreckliche emotionale Qualen ausgestanden. Ich musste einen Arzt aufsuchen. Die ganze Sache hat die Probleme mit meiner Verlobten noch verschärft.«

Jack schlug einen anderen Kurs ein, als er Ford ins Verhör nahm. Er stand auf, blieb jedoch hinter dem Tisch stehen. Er verlagerte sein Gewicht von einem Bein auf das andere, sodass sein gedrungener Körper schwankte wie ein Baum in einem heftigen Sturm, während er seine Fragen formulierte. »Mr. Ford, warum wussten Sie zuerst eigentlich nicht, wer Cody Stinson war?«

»Ich hatte ein paar Tage nicht mit meiner Verlobten Brandy Taylor gesprochen.«

»Und warum nicht?«

»Sie war nicht in der Stadt.«

»Aber Sie sprachen doch noch miteinander?«

»Natürlich.« Doch die Augen hinter dem grünen Brillengestell blinzelten.

»Hat sie Ihnen später erzählt, dass ihre Anwältin sie angewiesen hatte, Kontakt mit Ihnen aufzunehmen?«

»Daran erinnere ich mich nicht.«

»Hat sie Ihnen gesagt, dass sie versucht hat, Sie zu erreichen, bevor Cody Stinson in Ihr Büro kam, weil sie Ihnen sagen wollte, was los war?«

So schmerzlich, wie er den Mund verzog, hatte Ford eindeutig Zahnschmerzen. »Ja.«

»Warum konnte sie Sie nicht erreichen, um Sie zu warnen?«

»Mein Handy war nicht in Betrieb.«

»Warum konnte sie Sie nicht in Ihrem Büro antreffen?«

»Sie hat ein paar Nachrichten hinterlassen«, räumte er ein. »Ich war sauer. Ich habe sie nicht zurückgerufen. Glauben Sie mir, ich bedaure das jetzt sehr. Ich habe mich falsch verhalten.«

»Mr. Ford, trifft es nicht zu, dass Sie bereits mehrere Tage, bevor Cody Stinson in Ihrem Büro auftauchte, bei Ihrem Freund wohnten?«

Er schwieg.

Erwischt, dachte Nina. Jack hatte ihr nicht alles erzählt.

»Sie hatten ein paar Probleme in Ihrer Beziehung und sind ausgezogen. Sie haben die Anrufe Ihrer Verlobten weder zu Hause noch in Ihrem Büro entgegengenommen, ist das nicht so, Mr. Ford?«

Seine Zunge machte sich wieder daran, an dem schlechten Backenzahn herumzuspielen. »Ich bin nicht stolz darauf, wie ich mich verhalten habe, und finde es gar nicht witzig, mit ihr zu streiten. Wahrscheinlich ist mir der zeitliche Ablauf der ganzen Sache durcheinander geraten«, sagte er.

»Das vermute ich auch, Mr. Ford. Dann sind also sämtliche Schäden für Ihr Geschäft, abgesehen von einer Lampe, die wohl eher versehentlich kaputtging, in Wirklichkeit auf die Probleme zurückzuführen, die Sie in Ihrer Beziehung hatten, nicht wahr?«

»Hören Sie, der Typ hat mir Angst eingejagt. Er hat mich aus dem Konzept gebracht. Er hat meine Verlobte bedroht! Er hatte kein Recht, das zu tun. Sie hat Todesängste ausgestanden. Ich habe mich schrecklich gefühlt, als ich es erfuhr.«

Ford schnitt gar nicht schlecht ab, er mimte den fürsorglichen Freund, doch seiner Entrüstung haftete nicht mehr das Gewicht der Rechtschaffenheit an. Der Richter verlor das Interesse. Er wandte sich an die Protokollführerin und sprach kurz mit ihr. Sie nickte und konzentrierte sich dann umso eindringlicher auf die Geheimnisse, die sich auf ihrem Computerbildschirm abspielten.

»Woher wusstest du das?«, flüsterte Nina Jack zu.

»Ich habe es in seinen Augen gelesen.«

»Ehrlich?«

Dann hatte er Mitleid mit ihr und flüsterte: »Paul hat es gerade herausgefunden. Er hat mich gestern Nacht spät angerufen. Immer dann, wenn man ihn als nutzlos abschreibt, kommt er mit irgendwas daher.«

Mit der nächsten Zeugin, Brandy Taylor, wehte eine frische Brise durch die Türen herein. Sie stürzte mit einem »Tut mir Leid« zum Zeugenstand, wobei sie beinahe die Wasserflasche auf Nolans Tisch umstieß.

Brandy trug eine rote Jacke über einem wallenden Chiffonrock. Richter Brock schenkte ihr seine volle Aufmerksamkeit.

Sie nannte ihm ihre Personalien und fing dann mit ihrer Geschichte an. Ihre Haltung war entschuldigend. »Ich wollte mich nicht beschweren, aber mein Freund war ganz außer sich. Er ist Anwalt und meinte, es sei meine staatsbürgerliche Pflicht, denn das, was Ms. Reilly uns angetan hat, sei schädlich gewesen. Wir hätten sterben können. Wissen Sie, wir haben wirklich alle schreckliche Angst ausgestanden.«

Nolan schob ihre auffällige Brille nah an ihre Augen, reckte ihre gepolsterten Schultern und strahlte warm. Sie gab sich sanft, als wüsste sie, dass eine starke Hand die Dinge leicht in die falsche Richtung lenken konnte. Sie sagte nicht direkt »Sie Arme«, doch die Wärme in ihrer Stimme deutete es mit jedem Satz an. »Erzählen Sie uns in Ihren eigenen Worten, was passiert ist, Ms. Taylor.«

Brandy berichtete dem Gericht ausführlich von ihrer Fahrt zum Campingplatz, umschiffte die Probleme mit ihrem Freund, betonte, wie viel Spaß sie bei dem Besuch bei ihrer Schwester Angel gehabt habe. Sie sagte, der Streit im Zelt nebenan sei eskaliert, nachdem Cody Stinson dazugekommen war, und sie beschrieb die Ankunft des Campingplatz-Rangers und wie erleichtert sie waren. Danach hätte sie nicht mehr schlafen können, fuhr sie fort. »Wir standen mitten in der Nacht auf, um … ähm … zur Toilette zu gehen.«

»Sie und Ihre Schwester, beide?«

»Wir gingen beide, ja.«

»Erzählen Sie uns, was dann geschah.«

»Also, es war ewig spät und stockfinster. Obwohl der Campingplatz beleuchtet ist und man durch die Bäume die Lichter sehen kann, die sich auf dem See spiegeln, ist es ganz anders als tagsüber. Andererseits ist es nicht so dunkel, dass man gar nichts gesehen hätte. Es war auch still. Als wir zur Toilette kamen, haben wir eine Minute gewartet, bis diese andere Frau fertig war, dann haben wir uns ziemlich beeilt. Auf dem Rückweg habe ich gesehen, wie Cody Stinson Phoebes Zelt verließ.«

»Was der Grund dafür war, dass Sie Rat bei Nina Reilly suchten?«

»Das ist richtig. Wir hatten Angst und wussten nicht, was wir tun sollten.«

Spaß hatte Brandy dabei keinen. Trotz Jacks Ermahnung kritzelte Nina auf ihrem Block herum. Sie malte ihre Figuren und hoffte, für einen zufälligen Beobachter sehe es so aus, als machte sie sich ernsthafte Notizen. Das Kritzeln half ihr beim Denken, als würden die Strichmännchen und deren zufällige Anordnung ihren Kopf befreien und logische Verbindungen freilegen.

Sie skizzierte eine Toilettenkabine mit einem Halbmond in der Tür, eine Frau, die davonging, zwei schattenhafte Gestalten, die warteten.

Hm, dachte sie, die Frau im Waschraum, mitten in der Nacht unterwegs. Brandy und Angel hatten sie bei ihrem ersten Besuch bei Nina schon erwähnt. Konnte das etwas bedeuten? Der Campingplatz war überfüllt gewesen.

Hätte jede sein können.

Konnte sie jemand Bestimmtes sein?

Als Brandy zu Codys Angriff kam, musste sie weinen. Gayle Nolan, die mit dem Auftritt des Mädchens absolut zufrieden war, ermunterte sie, doch Brandy wischte sich rasch die Augen ab und sagte, es sei inzwischen Monate her, und seit Stinson im Gefängnis säße, sei nichts passiert. Sie sprach sogar positiv über Pauls Rolle bei der Ergreifung von Stinson, was Nina gefiel. Dagegen wirkte Jack unbeeindruckt.

Nolan ließ Brandy nicht gehen, bevor sie nicht Einzelheiten über ihre Verletzungen und die ihrer Schwester gehört hatte. Die Frauen waren von diesem Mann, der die Informationen, die er besaß und die direkt aus Ninas vertraulichen Akten stammten und die er niemals hätte erhalten dürfen, bedroht, ja sogar angegriffen worden.

Als Jack an der Reihe war, Brandy zu befragen, stellte sie ihre übereinander geschlagenen Beine wieder nebeneinander und drückte den Rücken gegen die Stuhllehne, als wollte sie sich gegen eine unerfreuliche Szene wappnen. Aber er fragte sie nur freundlich danach, was Nina getan hatte, um jeglichen Schaden, der durch den Verlust der Akte womöglich entstehen konnte, abzuwenden.

»Sie hat einen Ermittler angeheuert, der Ihnen gefolgt ist, obwohl Sie gar nicht um Schutz gebeten hatten. Er war zur Stelle, als Cody Stinson Ihnen am Strand gegenübertrat, richtig?«

»Das ist richtig. Das hätte sie nicht tun müssen. Ich mag Ms. Reilly, verstehen Sie mich nicht falsch. Ich weiß, dass sie nicht wollte, dass uns etwas passiert.«

»Würde es Ihnen etwas ausmachen, uns etwas detaillierter zu berichten, was passierte, als Cody Stinson sich ›auf Sie stürzte‹?«

»Keineswegs. Wir sind am Strand entlanggegangen, und da war er. Ich habe ihn sofort erkannt und fing an zu schreien und nach ihm zu treten. Angel und ich haben nämlich zwei Brüder, und ich glaube, ich habe ganz spontan auf die Situation reagiert, wissen Sie? Denn ich hatte ihn sofort erkannt. Angel ist ihm irgendwie auf den Rücken gesprungen.«

»Und wurde zu Boden gehauen.«

»Richtig.«

»Was genau hat Cody Stinson getan?«

»Also, er hat gebrüllt«, sagte sie unschlüssig. »Was meinen Sie damit, was er getan hat?«

»Hat er ein Messer gezogen?«

»Ich habe keins gesehen. Das heißt aber nicht, dass er keins hatte.«

»Was hat er gesagt?«

Sie schüttelte ungläubig den Kopf. »Um ehrlich zu sein, ich habe ihm nicht zugehört. Ich habe mir vor Angst fast in die Hose gemacht.«

»Ist es möglich, dass Cody Stinson einfach nur reden wollte?«

»Er hat Angel zu Boden gestreckt«, sagte sie langsam. »Reden würde ich das nicht nennen.«

»Nachdem sie von hinten auf ihn draufgesprungen ist.«

»Er hat sich auf uns gestürzt.«

»Nachdem Sie geschrien und ihn getreten hatten.«

»Was hätte ich denn tun sollen! Er ist ein Mörder, und plötzlich taucht er im Wald am Strand auf, wo ich eigentlich meinen Verlobten vermutet habe! Ich bin verdammt stolz, dass wir uns gewehrt haben!«

Jack beruhigte sie wieder, lobte ihre rasche Auffassungsgabe und brachte dabei die ganze Zeit seine Argumente für den Richter an. Als sie zu dem Ereignis beim Frauenhaus kamen, versuchte er es auf ähnliche Weise. Warum hatte Stinson geklopft? Hatte er nicht gesagt, er habe auch in jener Nacht nur mit ihnen reden wollen? War es nicht möglich, dass er das Fenster nur eingeschlagen hatte, weil er so enttäuscht darüber war, dass sie ihm nicht zuhören wollten? Jack wies nach, dass die Adresse von Brandy Taylor und Bruce Ford im Adressverzeichnis aufgeführt war, ebenso wie Fords Büro und Angels Adresse.

Als er fertig war, schimmerte auf seiner sonst so kühlen Stirn ein feuchter Film. »Brandy hat den Richter dazu gebracht, nach seinem Taschentuch zu angeln«, flüsterte Jack Nina zu. »Musstest du dir unbedingt eine Mandantin aussuchen, die so verdammt anbetungswürdig und sympathisch ist?«

Cody Stinsons Gefängnisoverall hing an ihm herunter. Er wurde von einem Wärter in den Gerichtssaal begleitet, bestieg nervös den Zeugenstand und strich sich über seinen Spitzbart, während Nolan eine Weile lang ihre Notizbücher durchforstete. Dann stellte sie sich selbst vor und eröffnete, dass Cody zurzeit inhaftiert war und einen Prozess wegen einer Mordanklage erwartete.

»Sie wissen, warum Sie heute hier sind?«, fragte Nolan.

Er zog den Mund zusammen. »Ich schätze, um Schlechtes über die Anwältin da drüben zu sagen, Nina Reilly.«

»Kennen Sie Ms. Reilly?«

»Nicht persönlich, nein.«

»Sie haben persönlich nichts gegen sie.«

»Nein.«

»Und keinen Grund, Schlechtes über sie auszusagen.«

»Richtig.«

»Sie werden beschuldigt, auf dem Campingplatz am See in South Lake Tahoe in den frühen Morgenstunden des ersten September vergangenen Jahres Phoebe Palladino ermordet zu haben?«

»Ich habe es nicht getan.«

»Haben Sie mit Ihrem Anwalt über Ihre Zeugenaussage heute hier gesprochen?«

»Ich habe schriftlich auf mein Recht verzichtet, zu schweigen und vom Aussageverweigerungsrecht Gebrauch zu machen. Ich will darüber reden. Wenn ich nichts sage, komme ich nie raus. Wissen Sie, Mario Lopez haben die wegen dieser bescheuerten Weiber freigelassen. Das ist echt beschissen.«

»Wir sind nicht hier, um über Ihre Schuld oder Unschuld zu entscheiden, Mr. Stinson. Wir möchten, dass Sie dem Gericht sagen, woher Sie die Informationen über eine vertrauliche Akte zu Ihrem Fall haben. Woher wussten Sie, dass Brandy Taylor und Angel Guillaume eine für die Polizei relevante Information hatten, die Ihren Fall betraf?«

»Das ist leicht. Jemand hat mich angerufen und es mir gesagt.«

»Jemand?«

»Nur eine Stimme am Telefon.«

»Was genau hat diese Person gesagt?«

»Er ... oder sie, wie auch immer, sagte, diese beiden Frauen würden der ganzen Stadt erzählen, sie hätten gesehen, wie ich Phoebe umgebracht habe, das ist eine Lüge!«

»Bis zu diesem Punkt hatte die Polizei einen anderen Verdächtigen im Auge, nicht wahr?«

»Mario. Mario Lopez.«

»Sie hatten sich ein Alibi verschafft, das die Polizei Ihnen zu glauben schien.«

»Das ist geplatzt, als diese Frauen sagten, sie hätten mich auf dem Campingplatz gesehen.«

»Hat Sie verrückt gemacht, nicht wahr?«

»Also, mal ehrlich. Ich wusste, dass ich Phoebe nichts getan hatte. Ich habe nur versucht, allen die Mühe zu ersparen, völlig falschen Spuren nachzugehen. Ich wusste, es würde keinen guten Eindruck machen, dass ich später in der Nacht noch einmal auf dem Campingplatz war. Wenn ich gekonnt hätte, wäre ich bei meinem Alibi geblieben.«

»Es hat Sie nicht nur verrückt gemacht, es hat auch die Aufmerksamkeit der Polizei auf Sie gelenkt.«

»Genau. Bis zu diesem Zeitpunkt sah es so aus, als würden sie davon ausgehen, dass ich nichts damit zu tun hatte.«

»Tatsache ist, dass Sie aufgrund der Information, die Brandy Taylor und Angel Guillaume der Staatsanwaltschaft zukommen ließen, verhaftet wurden. Das mussten Sie doch kommen sehen. Sie müssen sich furchtbar aufgeregt haben.«

»Euer Ehren«, sagte Jack, »gefragt und beantwortet.«

»Wir wollen uns nicht zu lange darüber verbreiten«, sagte Brock. »Fahren Sie fort.«

»Welche spezielle Information hat diese Stimme am Telefon Ihnen bezüglich der Identität, des Aufenthaltsorts und der Absichten dieser Zeuginnen gegeben?«

»Die Adressen, einschließlich der von einem Schönheitssalon, wo eine von ihnen arbeitete, und der von dem Büro dieses Typen. Sagte, sie hätten vor, zur Staatsanwaltschaft zu gehen und was über mich zu erzählen.«

»Wie haben Sie reagiert, als Sie diese Informationen bekamen?«

»Ich wollte mit ihnen reden.«

»Sie wollten reden«, wiederholte Nolan und verdrehte leicht die Augen. »Mr. Stinson« – Nolan wedelte mit einem gehefteten Stapel Papier vor seiner Nase herum –, »ist es nicht wahr, dass Sie diesen beiden Frauen nachgestellt und sie bei mindestens zwei Gelegenheiten überfallen haben, mit der Absicht, ihnen eine solche Angst einzujagen, dass sie nicht gegen Sie aussagen würden?«

»Das ist kompletter Blödsinn … die sind doch auf mich losgegangen!«

»Mr. Stinson, haben Sie sich die Zeit genommen, nachdem Sie die beiden Frauen am Strand überrascht und bevor Sie sie im Frauenhaus aufgesucht haben, wo Sie ein Fenster eingeschlagen und die Bewohnerinnen eingeschüchtert und aufgeschreckt haben – haben Sie sich die Zeit genommen, nach Palo

Alto zu fahren und die gleichen Einschüchterungstaktiken anzuwenden, indem Sie Brandys Verlobten, Bruce Ford, beschimpften und versuchten, ihn tätlich anzugreifen?«

»Was soll denn das? Ich dachte, hier ginge es darum, wie schlecht sie wäre, und jetzt dreht sich alles nur darum, wie schlecht ich bin! Ich habe niemanden angegriffen, weder Phoebe noch diese Frauen noch diesen Schlappschwanz Ford. Ich wollte die Sache nur klären.«

»Mit klären meinen Sie, Sie wollten, dass sie die Stadt verlassen und nicht gegen Sie aussagen würden?«

Er verschränkte die Arme. »Das würde mir passen, ja. Denn sie haben gelogen.«

»Aha«, meinte Nolan. »Hätten Sie je von diesen potenziellen Zeuginnen erfahren, wenn Sie nicht diesen anonymen Anruf erhalten hätten?«

»Wahrscheinlich nicht. Nein.«

»Sie wären nicht hinter ihnen her gewesen?«

»Um mit ihnen zu reden! Nein.«

»Das ist alles.«

Jack stand auf, und Nolan lehnte sich zurück.

»Mr. Stinson, erzählen Sie uns mehr darüber, was am Strand passiert ist, an jenem Tag, als Sie auf Brandy Taylor und Angel Guillaume stießen. Was hatten Sie an diesem Tag vor?«

»Ich bin dorthin, um mit Ihnen zu reden, ich schwöre es. Wie oft muss ich Ihnen das noch sagen?«

»Haben Sie ein Messer mitgenommen?«

»Nein!«

»Eine Pistole?«

»Nein.«

»Irgendeine andere Waffe?«

»Ich hatte keine Waffe dabei. Das waren Frauen. Ich wollte keinen Ärger.«

»Und doch endete das Ganze in einer Rauferei, nicht wahr?«

»Wie gesagt, sie sind zuerst über mich hergefallen. Natürlich stecke ich so was nicht einfach ein. Ich hab sie weggeschubst.«

»Und beim Frauenhaus?«

»Meine Güte, ich hab sogar geklopft! Das Nächste, was ich weiß, ist, dass eine Lady, die ich noch nie im Leben gesehen habe, mit einem Gewehr auf mich gezielt hat.«

»Als Sie zu Bruce Ford gingen …«

»Okay, da war ich ein bisschen betrunken. Ich hab dummes Zeug geredet. Er ist ein Mann, angeblich. Ich bin nicht davon ausgegangen, dass er leicht nachgeben würde. Ich habe nur versucht, überzeugend zu sein, aber ich habe nicht Hand an ihn gelegt.«

Jack schaltete einen Gang höher. »In der Nacht, in der Phoebe Palladino starb, haben da viele Leute in der Nähe gezeltet?«

»Der Platz war voll besetzt.«

»Ist es nicht möglich, dass jemand anders Sie in dieser Nacht auf dem Campingplatz gesehen hat, der auch beobachtet hat, wie Brandy und Angel ihr Zelt verließen und wie Sie aus Phoebes Zelt kamen?«

»Klar. Ist alles möglich. Wer hätte gedacht, dass die zwei genau in der Sekunde pinkeln müssen, in der ich mich davonmachen will?«

»Sind Sie schwer zu finden?«

»Was?«

»Sind Sie im örtlichen Adressverzeichnis aufgeführt?«

»Ja.«

»Also hätte jeder, jeder, der in dieser Nacht auf dem Campingplatz war, Sie anrufen können.«

»Jeder kann mich anrufen.«

»Also sind die verloren gegangenen Akten einer Anwältin nicht die einzige Möglichkeit, wie jemand erfahren haben könnte, dass Sie in der Nacht noch einmal zum Campingplatz zurückgekehrt sind?«

»Sie sind gut, Mann«, sagte Cody Stinson. »Das ist richtig, bis auf eins. Woher hätte irgendjemand meinen Namen wissen sollen?«

»Hat der Ranger nicht Ihre Personalien aufgenommen?«

»Also, ja, aber …«

»Wer war dabei, als Sie ihm Ihren Namen genannt haben?«

»Wir hatten ein ziemliches Publikum, allerdings. Sie haben Recht! Vielleicht hat der Alte aus Cambria auf der anderen Seite, der die ganze Zeit gebrüllt hat, wir sollten ruhig sein, alles gesehen und gehört. Vielleicht hat er mich angerufen.«

»Vielen Dank. Das ist alles«, sagte Jack.

Auf dem Weg nach draußen ging Nina zu Cody Stinson hinüber, der an dem kleinen runden Tisch im Empfangsbereich saß und in einer Zeitschrift blätterte. »Vielen Dank für Ihre Aussage«, sagte sie. »Ich glaube, Sie haben versucht, sehr ehrlich zu sein«, womit sie ihm schmeichelte, ohne zu sagen, er sei ehrlich gewesen, denn das wusste sie ja nicht.

Er legte die Zeitschrift weg. »Sie sind die Erste, die das sagt.«

»Ich habe über die Frau nachgedacht, die Ihnen das Alibi gegeben hat«, sagte sie. »Mein Ermittler sagt, ihr Name sei Carol Ames.«

»Sie weiß nichts. Sie hat jedenfalls nichts mehr mit der Sache zu tun.«

»Sie haben in letzter Zeit nicht mit ihr gesprochen?«

»Nein. Wieso?«

Nina lächelte. »Ich weiß nicht, warum ich an sie denken musste. Wahrscheinlich habe ich mich gefragt, ob sie wohl Ihre Freundin war oder so.«

»Nicht dass Sie das etwas anginge«, sagte er, »aber ich habe Phoebe geliebt. Alle vergessen, dass ich fast ein Jahr lang mit ihr zusammengelebt habe, bevor Mario rauskam.«

»Oh, also. Wahrscheinlich ist es nichts …«

»Was?«

»Vergessen Sie's«, sagte sie. »Ich … Sie wissen nicht zufällig, wo sie ist?«

»Im Augenblick nicht. Aber ich könnte sie leicht finden, wenn ich wollte.«

»Hm. Also, vielen Dank jedenfalls.«

Sie ging davon, spürte seinen Blick im Rücken, und in ihrem Kopf formte sich ein Gedanke. Sie fühlte sich wie ein Mädchen, das Gänseblümchen zerrupfte, um herauszufinden, was ihr Liebster für sie empfand, völlig sinnlos, doch sie konnte sich nicht zurücklehnen und untätig sein.

22

»Danke, dass du mich abholst«, sagte Nina zu Paul. »Ich kann nicht glauben, dass wir das tatsächlich durchmachen. Ich würde es heute Nacht nicht packen, die über dreihundert Kilometer nach Tahoe zu fahren, außerdem habe ich sowieso mein Auto dort gelassen. Wish hat mich heute Morgen hier abgesetzt. Er hat behauptet, er wollte in der Stadt spielen, aber ich weiß, dass er mir nur helfen wollte.«

Sie gingen nebeneinander durch die abendliche Menschenmenge zu einem Parkplatz in der Nähe, wo sein Mustang stand. »Wenn du willst, fahren wir zügig in einem durch«, sagte Paul. »Aber warum willst du heute Abend überhaupt zurück? Du musst morgen sehr früh aufstehen, um pünktlich wieder im Gericht zu sein.«

»Ich muss zu Bob. Ich habe beim Mittagessen mit Matt gesprochen. Er verbringt die Nacht bei Andrea im Krankenhaus, und seine Kinder sind bei Freunden. So kurzfristig konnte ich für Bob nichts anderes organisieren.«

»Geht's Andrea gut?«

»Prächtig, soweit ich weiß, nur dass ihr Blutdruck ein wenig hoch ist. Sie braucht Bettruhe. Es ist hart, wenn man bereits zwei Kinder hat und im neunten Monat ist.«

»Was willst du mit Bob machen?«

»Ab morgen kann er bei Matt bleiben, obwohl es keine sehr günstige Zeit für sie ist.« Sie machte sich Sorgen. »Vielleicht packe ich ihn und seine Bücher auch einfach ein und nehme ihn mit hierher. Er könnte bei mir im Hotel oder bei Jack bleiben, bis wir das hier überstanden haben.«

»Gute Idee.«

»Paul, heute im Gericht ... Brandy hat erwähnt, dass um die Zeit, als Cody Stinson zum Zelt zurückkam, eine Frau im Waschraum des Campingplatzes war. Und dann hat Stinson bei seiner Aussage diese Frau erwähnt, Carol Ames. Was weißt du über sie?«

»Du meinst Cody Stinsons Alibi?«

»Ja.«

»Ich habe dir ja erzählt, dass ich mich mit ihrer Geschichte beschäftigt habe. Sie ist eine alte Flamme. Cody und sie haben sich getrennt, als er was mit Phoebe angefangen hat, etwa ein Jahr vor dem Mord. Seither war sie mit anderen Typen zusammen, obwohl man mir gesagt hat, da sei nichts Ernstes dabei gewesen. Sie arbeitet von zu Hause aus, macht so etwas wie medizinische Rechnungsstellung, glaube ich.«

Er hielt Nina die Tür auf, was ihr gefiel. Sie langte nach unten, zog die Schuhe aus und lockerte ihren Gürtel. »Gefällt mir gar nicht, Beklagte zu sein.«

»Halt durch!«

»Jack scheint zu wissen, was er tut.«

»Sieht so aus.«

»Jedenfalls noch mal zurück zu Carol Ames. Ich frage mich, was sie in Cody gesehen hat. Es klingt, als ob sie anständig wäre.«

Paul stieg ein und schnallte sich an. Er schaute nach links, nach rechts und bog dann auf die Howard Street ab und fuhr im Zickzack um einzelne Blocks herum. Offensichtlich hoffte er, sich einen Weg zur Bay Bridge zu bahnen, den bislang noch niemand sonst in San Francisco entdeckt hatte. »Sie hat diesen mit Drogen handelnden, motorradvernarrten Cody Stinson geliebt«, sagte er, »warum auch immer. Andererseits ist es bei allen Paaren schwierig, sich ein Bild zu machen.« Der Wagen schlingerte bei Rot über eine Kreuzung. »Sieh dir nur uns beide an.«

»Oh, nein, lieber nicht.« Sie gab ihm einen Kuss auf die Wange. »Ich will nur auf den Rücken deines Mustangs springen und in den Sonnenuntergang reiten, oder in diesem Fall in Richtung des Sonnenaufgangs.«

»Wir verbringen zu wenig Zeit miteinander, Nina. Du bist andauernd mit Jack zusammen.«

»Ich verbringe im Moment mehr Zeit mit ihm als damals, als wir verheiratet waren, ist das nicht merkwürdig? So mag ich ihn lieber, wenn er seine Arbeit macht und mir als Profi beisteht, was er nie getan hat, als wir noch verheiratet waren.« Sie lächelte. »Er macht es wieder wett.«

Paul sagte, den Blick auf die Straße gerichtet: »Er hat jemanden kennen gelernt.«

»Gut«, meinte Nina. Sie zögerte. Eigentlich wollte sie es nicht wissen. »Hast du dir Sorgen gemacht, Jack und ich könnten …«

»Kein bisschen«, sagte Paul. »Ich bin der bessere Mann, und du bist schlau genug, das zu wissen.«

»Du warst kein bisschen … eifersüchtig?«

Paul schnaufte.

»Also doch«, sagte Nina.

»Ich werde froh sein, wenn diese Inquisition vorbei ist und wir unser gewohntes Leben fortführen können. Lass uns dann dort wieder ansetzen, wo wir letztes Jahr in Carmel aufgehört haben, Nina. Könnten wir das tun?«

»Paul, warum hast du die Zulassungsprüfung fürs Jurastudium gemacht?«

»Und du?« Er klang nicht glücklich.

»Wolltest du wirklich Anwalt werden?«

»Ich wäre ein schrecklicher Anwalt geworden. Ich bin kein Schreibtischtyp. Und Anwälte arbeiten zu viel. Mir gefällt, was ich jetzt tue.«

Sie glaubte ihm nicht ganz. War das der Grund, warum Paul mit dem Risiko, dass sie aus der Anwaltschaft ausgeschlossen wurde, so unbekümmert umging? Weil er früher mal enttäuscht worden war? Sie dachte darüber nach, kam jedoch zu keinem Schluss, also wandte sie ihre Aufmerksamkeit dem regellosen Verhalten der anderen Verkehrsteilnehmer zur Rushhour zu und der Art, wie sich Paul bei Rot über die Ampeln mogelte. Sie schob den Sicherheitsgurt tiefer über die Hüfte, hielt dann inne und dachte, also, wenn ich sterbe, muss ich wenigstens morgen früh nicht mehr herkommen, um dem Henker gegenüberzutreten.

Sie erreichten die Brücke. Plötzlich lief der Verkehr. Paul gab Gas.

»Vielleicht mochte Carol Ames die Aufregung. Die bekam sie bei Cody. Ich muss dauernd an sie denken«, sagte Nina. »An den Campingplatz. Daran, was in jener Nacht passiert ist. Dass Brandy und Angel eine Frau gesehen haben, die aus dem Waschraum kam. Es hätte natürlich jede beliebige Camperin sein können. Wahrscheinlich war es auch irgendeine Camperin. Aber ich muss dauernd an Codys Freundin Carol denken. Wie sehr sie ihn liebte. Dass er in dieser Nacht zum ersten Mal seit langem noch einmal zu ihr kam. Glaubst du nicht, sie hat es mitbekommen, als er gegangen ist? Ich schon.«

»Es gibt keinen besonderen Grund, diese beiden Frauen, Ames und die Frau im Waschraum, in Zusammenhang zu bringen«, sagte Paul. »Aber es ist ein Gedanke. Ames ist vor einer

Weile schon aus ihrer Wohnung ausgezogen. Soll ich sie suchen? Ich weiß, wer mir da helfen könnte. John Kelly.«

»Wer ist das?«

»Stinsons bester Freund. Und ebenfalls ein alter Freund von Carol. Ich bin vor ein paar Monaten, als ich die Drogenverbindungen recherchiert habe, über seinen Namen gestolpert. Er hat vor Ewigkeiten mal ein paar kleine Geschäfte mit Mario und Cody gemacht.«

»Glaubst du, es ist an den Haaren herbeigezogen?«

»Für mich ist es nur ein Abend wie viele andere, ohne meine Liebste in meinen Armen. Ich kann genauso gut hastig was zu Abend essen und die alte Freundin irgendeines Typen ausfindig machen. Oh, Nina, ich vermisse dich.«

Von diesem und ähnlichen Kommentaren angeregt, fuhren sie nicht ohne Zwischenhalt nach Tahoe. Um halb neun rief Nina Bob von ihrem Handy aus an und erklärte ihm, es würde ein wenig später als erwartet. Sie und Paul trugen sich in einem historischen Hotel an der Hauptstraße in Placerville ein, zogen sich aus und sprangen in die frisch gestärkten Laken. Eine Stunde lang küssten sie einander, raunten sich Zärtlichkeiten zu und gaben sich der Leidenschaft hin. Für Nina war es toll, sich entspannen zu können, ihre Leidenschaft wurde von ihrem inneren Aufruhr noch angeheizt.

Als Nina später auf dem Balkon, der auf die Hauptstraße hinausging, Krabbensalat aß, während Paul ein Nickerchen machte, merkte sie plötzlich, dass sie mit keinem Gedanken an das Verfahren gedacht hatte. Paul war das Thema, mit dem sie sich beschäftigte.

Sie liebte Paul. Sie wusste nicht, wohin es führen würde, doch sie hatte das Gefühl, dass eine Entscheidung bevorstand, die sich irgendwie aus ihrer Situation ergab.

Ein paar Minuten später weckte sie ihn. Gegen zehn waren

sie in Tahoe. Er küsste sie herzlich und setzte sie an ihrem Haus in der Kulow Street ab, wollte aber nicht mehr mit hineinkommen. »Ich liebe dich«, sagte er.

Sie küsste ihn noch einmal, brachte es aber nicht über sich, die Worte zu sagen.

»Bob?«, fragte sie, als sie die Haustür aufschloss. Merkwürdig, dass Hitchcock nicht gleich angesprungen kam. Sie stellte ihren Koffer und ihre Aktentasche direkt hinter die Haustür, durchsuchte das Haus und rief dabei nach Bob und Hitchcock. Sie sah in Bobs Zimmer nach. Die Tür war zu, das Licht aus und die Läden verschlossen. Hitchcock war definitiv nicht zu Hause, genauso wenig wie Bob, wie es schien.

In der Küche holte sie altes Weizenbrot heraus, strich Erdnussbutter und Gelee darauf und rief Matt im Krankenhaus an. »Wie geht's?«

»Andrea macht sich recht gut. Wahrscheinlich darf sie morgen früh nach Hause.«

»Matt, hast du irgendeine Spur von dem Jungen gesehen?«

»Deinem? Warum, nein«, sagte er. »Wie lief die Verhandlung?«

»Das erzähle ich dir später.« Sie fragte noch ein wenig nach Andrea, doch ihre Gedanken waren woanders, und er wusste es, also hielten sie das Gespräch kurz. Nina schenkte sich aus einem Krug, der im Kühlschrank stand, ein Glas Eistee ein und rief bei Taylor Nordholm an, wo sie sich eine Hetzrede seiner Mutter über die Highschool anhören musste. »Haben Sie Bob gesehen?«

»Nein.«

Wo konnte er sein? Wo war er, ihr sprunghafter Junge, der Junge, den sie zärtlich umsorgt hatte, der Junge, der ihre Freude und ihr Licht war, Kind ihrer Liebe und ihrer Gebete – dann wurde ihr klar, wo Bob sein musste. Sie widerstand dem Impuls, in den Garten hinterm Haus zu stürzen und Zeter und Mordio zu schreien, sondern lief nach oben, um Jeans und einen Pulli anzuziehen. Dann rannte sie nach draußen und warf den Bronco an.

Sie fuhr die paar Kilometer nach Bijou, parkte gegenüber dem verwahrlosten Haus und stieg aus. Sie reckte die Schultern und dachte, also gut, ich bin Mom, ich buchstabiere, M-O-M. Mom.

Sie klopfte an der Tür.

»Nina!« Daria Zack, große Augen, die Bluse fast bis zum Bauchnabel geöffnet, stand in der Tür, Hitchcock geiferte an ihrer Seite wie der riesige, schwarze Gefährte einer Hexe. »Wow, mit Ihnen hätte ich nicht gerechnet.«

»Ist Bob da?«, fragte Nina.

»Ähm. Ich weiß nicht«, sagte Daria. »Vielleicht.«

Nikki bezeichnete ihre Mutter immer als Spinnerin. Nina wusste, welche extremen Formen der Spinnerei möglich waren, als sie in das karge Wohnzimmer trat und einen Mann Mitte zwanzig sah, der ebenfalls nur halb angezogen war und auf ein paar Kissen vor dem Kamin herumlungerte.

»Hi«, sagte er lahm. Die eine Hand hielt er dahin, wo sonst das Feigenblatt lag, und mit der anderen deckte er einen glimmenden Joint in dem Fünfzigerjahre-Aschenbecher zu, als könnte er sein Wertvollstes hinter knapp zehn Zentimetern Handspanne verbergen.

Nina grüßte ihn höflich und dachte, es wäre besser, wenn Bob nicht hier wäre. Wenigstens Hitchcock besann sich darauf, was sich gehörte. Seit ihrer Ankunft klebte er an ihren Fersen.

»Sehen Sie in ihrem Zimmer nach«, sagte Daria, der allmählich dämmerte, dass die Situation vielleicht doch ernst war.

»Okay«, sagte Nina und machte sich auf den Weg zu einem der beiden Schlafzimmer.

Sie wollte die Tür öffnen, doch diese war verschlossen, also klopfte sie. Keine Antwort.

»Vielleicht sind sie weg«, meinte Daria ein paar Schritte hinter ihr und knöpfte den mittleren Knopf ihrer Bluse zu.

Nina klopfte noch einmal. Die Tür ging auf. Nikki, die viel zu entspannt wirkte, stand vor ihr. »Oh, hallo, Nina.« Hinter ihr zeichnete sich mit besorgter Miene Bob ab.

»Für dich immer noch Ms. Reilly«, erklärte sie Nikki. Sie packte Bob am Arm und scheuchte ihn durchs Wohnzimmer, zur Haustür hinaus und ins Auto. Hitchcock sprang auf den Rücksitz.

»Was ist dein Problem?«, fragte Bob, als sie losfuhr.

»Warum bist du nicht zu Hause?«

»Du hast gesagt, du kämst später. Wir wollten ...«

»Nicht, bitte, erspar mir das. Sie war high. Ich habe es an ihren Augen gesehen.«

Schweigen. Dann: »Es war ziemlich dunkel im Zimmer. Soweit ich weiß, nimmt sie nichts.«

Ziemlich dunkel im Zimmer. Beruhigende Worte. »Und du?«

»Was? Mom, ich bin nicht mal vierzehn!«

»Bist du«, wiederholte sie mit eisiger Stimme, die Hände starr um das Lenkrad geklammert, »high?«

»Nein.«

»Bob, wir haben darüber geredet.«

»Worüber?«

»Über Drogen.«

»Ich nehme das Zeugs nicht. Ich habe null Interesse daran. Das hab ich dir gesagt!«

»Darias Freund hat in diesem Haus Pot geraucht, während du da warst. Das ist nicht nur inakzeptabel, es ist auch ungesetzlich.«

»Sie hat ihm gesagt, er soll den Joint ausmachen, und das hat er doch getan, oder? Nikki hat nicht täglich Drogen auf dem Plan stehen, Mom.«

»Hättest du etwas genommen, wenn dem so wäre? Denn ich

habe den Eindruck, dass diese Leute zu viel Einfluss auf dich nehmen.«

»Niemand nimmt zu viel Einfluss auf mich«, widersprach er.

Unglücklicherweise musste sie das auch auf sich beziehen. Sie beschloss, auf die Lösung zurückzugreifen, die Paul häufig vorschlug: Ihn mit den Füßen am Boden festzunageln. Sie erklärte ihm, es werde keine weiteren Übungsstunden irgendeiner Art mit Nikki geben, weder Musik noch sonst was. Bob verschränkte die Arme, starrte vor sich hin und hasste sie zweifellos auf dem ganzen Heimweg.

Nachdem Paul Nina an ihrem Haus abgesetzt hatte, rief er Wish an, der ihm zuerst von dem irren Restaurant erzählen musste, das sich drehte und das er im Hyatt Regency in San Francisco entdeckt hatte. Erst dann erklärte er sich einverstanden, sich in einer halben Stunde mit ihm zu treffen.

»Hey«, grüßte Paul, als er auf dem Parkplatz vor dem Starlake Building neben ihm anhielt.

»Hey.« Wish stieg auf der Beifahrerseite ein. »Wohin?«

»Schon mal was von dem Laden gehört?« Er reichte Wish einen Zettel, auf den Nina etwas für ihn notiert hatte.

»Big Lake Sportfischer«, las er. »Klar. Die haben ein Büro an den Keys.«

Paul bog nach rechts auf den Lake Tahoe Boulevard ab und warf einen Blick zu Wish rüber. »Du siehst schnieke aus.«

»Findest du?« Wish trug eine braune Lederjacke über seiner Jeans.

»Dann hast du also in der Stadt zu Mittag gegessen.«

»Ja, nachdem ich rauf nach Chinatown gegangen war und ein paar Stunden gespielt hatte. Ich habe ein paar japanische Comics gefunden, nach denen ich schon gesucht hatte.«

»Hast du nicht heute Morgen um neun Nina abgesetzt? Find ich witzig, dass du mehrere Stunden später immer noch in der

Gegend warst. Also gab es wohl einen bestimmten Grund, dort rumzuhängen. Hm.« Er tippte sich ans Kinn. »Was könnte das wohl sein?«

Wish brummte.

»Mittagessen mit einer Dame.«

»Auf frischer Tat ertappt, Copper.«

»Wie war das Essen?«

»Gut, wie ich bereits sagte.«

»Und zum Nachtisch, Brandy?«

»Hä?«, meinte Wish.

»Ein Witz. Du hast mit Brandy Taylor zu Mittag gegessen, nicht wahr?«

»Sie hat mich gefragt.«

Paul wandte sich in Richtung der Keys.

»Sie braucht einen Freund.«

Paul schaltete das Radio ein.

»Willst du mich nicht fragen, worüber wir uns unterhalten haben?«

»Nein.«

»Sie hat mir was erzählt.«

»Tatsächlich?«

»Ja«, sagte Wish, der gar nicht merkte, was für einen Aufruhr er ausgelöst hatte. »Erinnerst du dich an dieses sexuelle Problem mit Bruce? Sie hat mir erzählt, was los war. Ich schätze, sie hat es auch ihrer Schwester erzählt und ihrer Mutter, vielleicht auch noch anderen, aber sie bringt es nicht über sich, mit Bruce darüber zu reden.«

Paul seufzte und fuhr das Auto wieder dahin, wo es hingehörte, auf die Straße. »Okay, und was hat sie dir erzählt?«

»Das ist ein Geheimnis. Ich muss dich was fragen, Paul. Wenn du etwas über einen Typ weißt und wenn du es ihm sagen würdest, könntest du ihm vielleicht helfen, eine Beziehung zu kitten, aber das würde bedeuten, dass du dich selbst damit aus dem

Spiel hinauskatapultierst, und wenn es außerdem etwas wäre, worüber du nicht mit einem anderen Typ sprechen möchtest, besonders nicht mit einem Fremden, was würdest du tun?«

»Hm.«

»Hinzu kommt, dass es da noch was gibt, was, ähm, ich, ähm. Ach. Ich habe das gleiche Problem.«

War Johnny zu schnell? Wollte Johnny nicht mehr? Spritzte Johnny leer? Was in aller Welt hatte Wish dermaßen aus dem Häuschen gebracht?

»Ich mag sie, aber ich müsste sie sehr lieben«, fuhr Wish verdrießlich fort. »Sehr, sehr lieben.«

»Tu das Edle.« Sie wollte Bruce, nicht Wish, so viel wusste Paul. Armer Wish.

»Ist das so etwas wie deine persönliche Weisheit, wie du dein Leben lebst?«

»Was habe ich je getan, dass du so etwas von mir denkst?«

Vor ihnen beleuchteten Scheinwerfer die weißen Buchstaben auf dem Schild des Ladens für Sportfischer. Sie parkten und gingen vor dem Gebäude ein paar Stufen hinauf zu einem zweistöckigen Büro mit Blick auf den Jachthafen. Man hatte Paul gesagt, John Kelly würde oft spät arbeiten, im Büro Papierkram erledigen und die Buchführung machen. Tatsächlich, die Fenster waren hell erleuchtet. Wish hob die Hand, um zu klopfen.

Paul zog sie weg. »Pst.« Er sah seitlich um das Gebäude herum ins Fenster hinein. »Er ist da drin, gut.« Er führte Wish zum Auto zurück. »Jetzt warten wir.«

Wish lehnte sich in den Sitz zurück. »Wer ist dieser Typ?«

»Cody Stinsons bester Freund.«

»Und warum folgen wir ihm?«

»Ich hab mich mit 'nem Typ aus dem Gefängnis von Tahoe unterhalten. Cody hat seinen alten Kumpel John Kelly angerufen. Nina hoffte, er würde uns vielleicht direkt zu Carol Ames führen, und ich denke, das ist sehr gut möglich.«

»Codys Alibi? Warum sollte er uns zu ihr führen?«

»Nina dachte, Cody würde sich an ihn wenden, damit er Carol heute Abend aufspürt. John Kelly kennt beide, Carol und Cody. Als die beiden noch zusammen waren, hat er oft mit ihnen rumgehangen.«

»Kling ein bisschen weit hergeholt.«

»Na ja, vielleicht ist es das auch. Aber, weißt du, Wish, in diesem Geschäft ernähren wir uns von unhaltbaren Gerüchten, versteckten Anspielungen und Klatsch. Warum nicht hier und da von ein bisschen Hoffnung?«

Ein paar Minuten später kam Kelly heraus, schloss die Tür hinter sich ab und setzte sich auf ein Motorrad.

»Also, sieh dir das an.«

Paul folgte Kelly in diskretem Abstand, als dieser über den Parkplatz um die Autos kurvte und dann auf den Boulevard fuhr. Er fuhr die etwa dreieinhalb Kilometer nach Ski Run, bog noch einmal links in Richtung See ab und parkte auf einem Platz neben dem Jachthafen.

Kelly ging zu einem der Stege, blieb vor dem verschlossenen Tor stehen und öffnete es. Ein Dutzend Boote trieben auf dem schwarzen Wasser und schaukelten leise knarrend auf den Wellen. Kelly ging an mehreren großen Kabinenkreuzern vorbei und blieb an einem Segelboot zur Rechten stehen. Er sah nach links und nach rechts. Vermutlich zufrieden, dass niemand auf ihn achtete, ging er an Bord.

»Ist sie da?«

»Finden wir's raus«, sagte Paul. Sie bewegten sich leise zum Tor, das Kelly freundlicherweise offen gelassen hatte, und gingen über den Steg auf das Segelboot zu. Ein kalter Märzwind fuhr unter Pauls leichte Windjacke, und die Lichter des Jachthafens tanzten unter einem blassgelben Mond wie Elfen über das Wasser.

Durch eine kaputte Fensterscheibe in der Kabine des Segelboots konnten Paul und Wish, die sich duckten, als wären sie in dieser Position weniger sichtbar, die Stimmen drinnen deutlich hören.

»Wie hast du mich gefunden, John?«, fragte eine Frau, deren Stimme nervös klang, aber warm und weich in der kalten Luft.

»Ich habe den ganzen Tag in der Wohnung angerufen«, sagte Kelly. »Deine Mitbewohnerin meinte, sie würde nicht mit dir rechnen, aber ich habe mich an das Boot deines Vaters erinnert. Carol, Cody macht sich Sorgen.«

»Du hast mit ihm gesprochen?«

»Er hat mich heute aus San Francisco angerufen. Er ist als Zeuge bei dem Verfahren wegen der Anwältin, die so viel Staub aufgewirbelt hat. Was merkwürdig ist, dein Name taucht immer wieder auf.«

»Du hättest nicht herkommen sollen.«

»Sag nicht, dass du Angst vor mir hast, Carol. Das würde mich verletzen. Ich will nur die Nachricht weitergeben. Cody möchte, dass du dich weiterhin versteckst, er besteht sogar darauf.«

»Ich habe meine Arbeit, weißt du …«

»Ich weiß das alles. Sei vorsichtig. Es ist nur für ein paar Tage, bis die Dinge sich beruhigt haben. Er macht sich Sorgen, dass sie versuchen, dich vorzuladen und dich nach der Nacht auf dem Campingplatz zu befragen.«

»Er war doch in der Nacht bei mir! Diese Mädchen haben sich geirrt, als sie sagten, sie hätten ihn dort gesehen.«

»Ja, klar. Das hab ich gehört. Das haben alle gehört. Aber bei diesem Verfahren heute hat er zugegeben, dass er in der Nacht dort war. Er sagt, du hättest geschlafen und hättest nicht gehört, wie er weg ist.«

»Das ist doch ein Witz!«

»Du bist nicht auf dem Laufenden.«

»Mir hat er erzählt, ich soll mich bedeckt halten und keinen

Kontakt mit ihm aufnehmen. Mann, was für ein Idiot. Mist. Wir haben ihn doch gedeckt. Wenn er sich daran gehalten hätte, hätten wir ihn raushauen können!«

»Na ja. Zumindest die Polizei glaubt, dass du tief geschlafen hast und nicht wusstest, was er in der Nacht vorhatte. Was die Anwälte angeht, da ist Cody sich nicht so sicher. Er sagt, die würden zu gründlich nachdenken und zu tief graben.«

»Sag mir jetzt nicht, Cody hätte zugegeben, er habe Phoebe umgebracht.«

»Nein. Er ist ein Idiot, aber so dämlich ist nicht mal er.«

»Warum hat er so nachgegeben? Diese Frauen können ihn vor Gericht identifizieren. Er könnte lebenslänglich bekommen, John! Er hatte ein gutes Alibi. Wenn er doch nur den Mund gehalten hätte … jetzt werden diese dämlichen Mädchen vor Gericht aufstehen und dafür sorgen, dass er eingesperrt wird …«

»Warte, das können sie ihm nicht anhängen. Aber wir können verhindern, dass sie dich auch noch mit reinziehen. Also, da es für mich so leicht war, dich auf dem Boot deines Vaters zu finden, sollten wir uns vielleicht einen anderen Ort überlegen, der nicht so leicht zu finden ist, zumindest bis dieses Verfahren vorbei ist. Ich dachte, vielleicht bei meiner Schwester.«

»Mir geht's gut hier.«

John Kelly überzeugte sie anderweitig, und da dies ohne physische Einwirkung vonstatten ging, ließ Paul ihn gewähren. Als Paul und Wish klar wurde, dass die beiden das Boot bald verlassen würden, schlichen sie sich den Steg hinauf zurück zum Auto und stiegen ein. Nach ein paar Minuten saß Kelly wieder auf seinem Motorrad, und Carol Ames, klein, dunkelhaarig und mager, setzte sich hinter das Steuer eines Saturn. Kelly fuhr hinter ihr her, und Paul folgte ihm. Zehn Minuten später hielten das Motorrad und der Saturn vor einem Haus abseits der Kingsbury Grade. Kelly begleitete Carol zur Tür, klingelte und brachte sie hinein. Nach ein paar weiteren Minuten fuhr er wieder weg.

»Also, jetzt wissen wir, wo sie ist. Was fangen wir damit an?«, fragte Wish.

»Warten«, sagte Paul.

Wish schloss die Augen und lehnte den Kopf an die Nackenstütze des Mustang, wo sich eine perfekt angepasste Delle bildete.

Gegen Mitternacht waren die meisten Lichter in den Häusern an der Straße erloschen. Selbst die Grillen schienen zu schlafen.

»Es ist ruhig«, sagte Wish erstaunlich wach. »Zu ruhig.«

»Sehr witzig«, meinte Paul.

Wenige Augenblicke später öffnete sich die Haustür. Heraus kam Carol Ames, ganz in Schwarz gekleidet, dünn wie eine Gabel. Sie schloss leise die Wagentür auf, stieg ein, löste die Handbremse und ließ den Wagen im Leerlauf die Straße hinunterrollen, bis sie sich ein Stück vom Haus entfernt hatte.

»Wusstest du, dass sie noch mal wegwill?«, sagte Wish. »Wer bist du wirklich, Mr. Psycho Hotline?«

»Ich wusste es nicht.« Paul warf den Motor an und legte den Gang ein. »Ich wusste bloß nicht, wie wir sie alleine erwischen sollten. Ich dachte, wir würden warten müssen, bis sie irgendwann am Morgen das Haus verlässt.« Sie fuhren in einigem Abstand zu ihr den Hügel hinunter. »Das ist gut. Ich mag die Dunkelheit.«

»Jetzt jagst du mir richtig Angst ein«, sagte Wish. »Okay, ich gebe auf. Wohin will sie mitten in der Nacht? Der einzige Ort, der mir einfällt, sind die Kasinos, aber wir fahren in die andere Richtung, nach Westen.«

»Ich habe eine Idee«, sagte Paul. Die Idee gefiel ihm nicht, doch sie stellte sich sehr bald als richtig heraus, als der blaue Saturn ein paar Meter von Angel Guillaumes Haus entfernt parkte.

»Wohnt hier nicht Angel?«, fragte Wish. »Das verstehe ich nicht. Wenn sie Angel und Brandy sehen will, würde sie sich doch besser auf den Weg nach San Francisco machen, denn ich weiß zufällig, dass die beiden heute dort übernachten.«

Sie stieg aus dem Wagen, schloss den Kofferraum auf und zog etwas Schweres heraus. Sie näherte sich Angels Haus und schraubte etwas ab, das wie der Deckel eines ziemlich großen Kanisters aussah. An der Hausecke blieb sie stehen und lauschte, dann trat sie näher und spähte durch sämtliche Fenster. Alle waren dunkel. Kein Auto auf dem Einstellplatz. Stille Tannen, eine finstere Nacht in Tahoe. Sie blieb an der hinteren Ecke des Hauses stehen, wickelte ein Blatt Papier um einen Stein und warf ihn durch ein Küchenfenster. Dann wollte sie den Kanister auskippen.

Paul und Wish packten sie. Dafür, dass sie so zierlich war, wehrte sie sich erstaunlich gut. Nachdem sie einen Schlag auf Pauls Brustbein gelandet hatte, wodurch er kurzfristig keine Luft bekam, ließ sie den Kanister zu Boden fallen. Wish schlich sich von hinten an und hielt sie fest, als sie den Kanister packen wollte.

»Kein Benzin mehr?«, fragte Paul. »Erlauben Sie, dass wir aushelfen.« Er stürzte sich auf sie und entwand den Kanister ihrem Griff. »Das ist ja merkwürdig. Er ist voll.«

»Wer zum Teufel sind Sie?«, fragte sie, ihre Stimme ein schuldbewusstes Flüstern. »Ich rufe die Polizei! Das können Sie nicht mit mir machen!«

Paul zeigte ihr seinen Ausweis und stellte Wish vor. »Soll ich für Sie anrufen?«, fragte er.

Sie ließ den Kopf hängen.

»Ich denke, Sie schulden uns eine Erklärung. Was wollten Sie hier?«, fragte Paul. »Ich muss sagen, es sieht nicht besonders durchdacht aus.«

»Ich wollte das Haus nicht abfackeln. Ich wollte ihnen nur zeigen, dass ich es ernst meine. Ich wollte nur ein kleines Feuer legen.«

»Also, Sie haben die Wahl«, sagte Paul. »Entweder leistet Ihnen die Polizei Gesellschaft, oder wir tun es.« Er erklärte ihr, wer sie waren und dass sie für Nina Reilly arbeiteten, und zwar im Zusammenhang mit einem Verfahren, das nur entfernt etwas mit Codys Fall zu tun hatte.

»Rufen Sie bitte nicht die Polizei. Es ging nur um eine kleine Absicherung«, sagte sie. »Etwas Ernstes, damit sie Angst bekommen und nicht gegen Cody aussagen, wenn sein Fall zur Verhandlung kommt!«

»Sie sollten sich schämen«, sagte Wish.

»Es ist niemand zu Hause.«

Paul bat Wish, durchs Fenster einzusteigen, um den Stein herauszuholen. »Greif rein, um es zu öffnen. Es müsste jetzt leicht aufgehen.«

Als Wish herauskam, maulte er und lutschte an einem winzigen Schnitt an seinem Finger. Er reichte Paul den glatt gestrichenen Zettel und den Stein, und Paul verstaute ihn in einer Papiertüte unter dem Fahrersitz seines Wagens.

»Wenn Sie im Fall Stinson aussagen, kriegen Sie richtig Ärger«, stand in Druckbuchstaben auf dem Zettel.

»In welcher Beziehung stehen Sie zu Cody Stinson?«, fragte Paul und steckte den Zettel in die Tasche.

»Alte Freunde.«

»Nicht mehr?«

Schweigen.

»Wie ich höre, haben Sie beide sich einst sehr nahe gestanden, bevor er Sie wegen Phoebe verlassen hat. Das muss ein ganz schöner Schock gewesen sein.«

»Ja. Stimmt«, sagte Carol langsam.

»Wenn man in Betracht zieht, dass er Sie fallen gelassen hat, waren Sie ihm eine gute Freundin, Carol. Dass Sie ihm dieses falsche Alibi gegeben haben.«

»Ich wünschte, ich hätt's nicht getan.« Sie schob ein paar

Strähnen zurück, und Paul sah, dass ihr Tränen in die Augen stiegen. »Ach, Mist! Das war der schlimmste Albtraum aller Zeiten!«

Paul fragte sie nichts weiter. Nina hatte einen Plan, und er würde sich daran halten, und das hieß, dass er Carol Ames morgen zum Verfahren vor dem kalifornischen Anwaltsgericht brachte.

Also setzte Paul sie unter Druck, damit sie ihn auf der langen Fahrt zurück nach San Francisco begleitete. Keine Polizei, nur eine lange mitternächtliche Reise.

Die Nacht verschwamm zu schwarzen Bäumen, Mondlicht und spritzenden Pfützen. Nachdem sie Wish zu Hause abgesetzt hatten, damit er am nächsten Tag seine Seminare besuchen konnte, und Paul Carol Ames erlaubt hatte, ihre Tasche aus dem Haus von Kellys Schwester zu holen, fuhren sie auf den Highway 50 und machten sich an die lange Abfahrt in die Ebene.

Carol, die darum bat, Carol genannt zu werden und »nicht die irre Mrs. Ames«, stellte Paul ein paar Fragen: Würde Cody dort sein? Wer sonst noch? Er antwortete, Cody wäre da, doch Brandy und Angel nicht. Lügen. Was man von ihr erwartete? Also, erklärte Paul ihr, sie würde erzählen müssen, was in jener Nacht passiert war. Jetzt, da jeder wusste, dass Cody auf dem Campingplatz gewesen war, und sie ihrem alten Freund kein richtiges Alibi geben konnte, musste sie das dem Gericht sagen, um seine Aussage zu untermauern. Noch mehr Blödsinn, aber er war müde, und eine bessere Geschichte fiel ihm nicht ein.

Zum Glück war auch sie müde, offensichtlich zu müde, um seine Unlogik zu bemerken, und natürlich wollte sie nicht, dass er mit der Polizei oder sonst jemandem über ihren kleinen nächtlichen Ausflug mit einem Benzinkanister sprach. Obwohl es mitten in der Nacht war, konnte sie nicht aufhören zu reden.

»Oh, verflucht«, sagte sie in Abständen, und: »O Gott, ich kann es nicht fassen, dass das nach all den Monaten passiert. Ich ertrage es nicht.«

In Placerville schlief sie endlich ein, atmete mit offenem Mund in kleinen weichen Zügen. Sie wachte, aufgeschreckt durch das Holpern des Wagens oder ein Geräusch auf der Straße, häufig auf. Als sie die Oakland Bay Bridge erreichten, brach allmählich die Dämmerung herein.

Paul schaltete im Radio KQED ein und zählte darauf, dass die Nachrichten ihn wach und in der korrekten Position auf der Mitte der Fahrbahn halten würden. Als das nicht funktionierte und er fast einen schwarzen Jaguar von der Straße gedrängt hätte, suchte er einen anderen Sender, dessen plärrende Werbung ihren Zweck erfüllte. Sie weckte auch Carol wieder, die in ihrer Tasche nach einer Bürste kramte und darum bat, bei der nächsten Gelegenheit anzuhalten. In der Stadt machten sie auf der Mission Street ein Restaurant mit weitläufigen Räumlichkeiten ausfindig. Sie kam rasch wieder von der Toilette zurück und trug jetzt eine Tonne Eyeliner – was auch nichts half.

Er war sehr müde und daher ein bisschen gemein. Sie sah abgespannt aus, und ihre eigentümliche Frisur war auch nicht hilfreich. »Sie sehen nett aus«, sagte er, um seine Gedanken zu kompensieren, denn in Wahrheit fand er, dass sie eher so aussah, wie er sich fühlte, als würden abgerissene Fingernägel an seinen Pupillen kratzen. Sie lächelte über das Kompliment, wodurch er sich noch mieser fühlte. Aber er wollte, dass sie sich gut fühlte. Er kaufte einen *Chronicle,* den sie sich teilten, und bestellte ein paar Rühreier, die sie in relativem Frieden verzehrten.

Als es Zeit war, gingen sie die paar Blocks hinüber zur Howard Street und nahmen den Aufzug in den fünften Stock.

Nina hatte nicht gewollt, dass er Carol mit irgendetwas konfrontierte. Sie hatte ihn gebeten, sie zum Gericht zu bringen und einem einfachen Test zu unterziehen: dafür zu sorgen, dass Carol auf Angel und Brandy traf, ohne dass Carol darauf vorbereitet war.

»Warum zeigen wir Brandy und Angel nicht einfach ein Foto von ihr?«, hatte Paul gefragt.

»Dazu ist es zu spät, selbst wenn ich eins hätte. Wenn sie in der Nacht dort war, will ich, dass sie dem Anwaltsgericht sagt, was sie gesehen hat und was sie weiß. Wenn sie Cody Stinsons Geschichte untermauern kann, dass er unschuldig ist, was ich bezweifle, können wir dem Gericht beweisen, dass er keinen Grund hatte, Brandy, Angel oder Bruce anzugreifen, und dass der Verlust meiner Akten in diesem Fall keinen Schaden angerichtet hat. Und Mario wurde wegen alldem aus dem Gefängnis entlassen. Vielleicht müssen sie ihn wieder verhaften, bevor er sich aus dem Staub macht.«

Ihre Theorie gefiel ihm, denn sie entsprach seiner Philosophie des erfolgreichen Ermittelns, dass es zu gleichen Teilen aus Wunschdenken und realistischen Möglichkeiten bestand. Es tat ihm nur Leid, dass sie ihn nicht schon in den vergangenen sechs staubtrockenen Monaten darauf angesetzt hatte.

Nachdem sie durch den Metalldetektor gegangen waren und den Empfangsbereich betreten hatten, sah Paul sich um. In dem links angrenzenden, mit Fenstern versehenen Raum warteten die Zeugen der leitenden Prozessanwältin. Im rechten Raum erhaschte Paul einen kurzen Blick auf Nina und Jack.

Er nahm Carol am Arm, führte sie nach links und riss die Tür weit auf. Sie traten ein.

Gayle Nolan, die an einem Tisch saß, erhob sich. »Wer …?«

Brandy stellte eine Tasse ab und stand ebenfalls auf. »Warum … was machen Sie hier?«, fragte sie.

»Kennen Sie diese Frau?«, fragte Paul und hielt Carol am Arm fest.

»Nein, ich meine …« Die Verwirrung, die über Brandys Miene huschte, verwandelte sich in Bestürzung. »Sie war in der Nacht, in der Phoebe starb, in dem Waschraum auf dem Campingplatz. Nicht wahr, Angel?«

Angel, die sitzen geblieben war, starrte sie an. »Sie«, sagte sie. »Mir ist in der Nacht Ihre Frisur aufgefallen. Neueste Version des alten Vidal-Sassoon-Schnitts«, sagte sie. »Sie sind diejenige, die gekotzt hat, oder? Das war echt 'ne oberbeschissene Nacht.«

Inzwischen war Nolan hinter Paul getreten und bedeutete dem Wachmann an der Tür, dass sie Hilfe brauchte.

Paul zog Carol aus dem Raum. »Tut mir Leid«, sagte er zu Nolan. »Mein Fehler.«

Nolan schloss die Tür energisch hinter ihnen.

Paul berührte Carols Arm, doch sie schüttelte ihn ab, vorher hatte er jedoch noch die Gelegenheit zu bemerken, wie schockiert sie war. Sie zitterte am ganzen Körper, und ihre Pupillen weiteten sich, bis ihre Augen nur noch dunkle, in Kohle gebrannte Höhlen waren. »Sie haben mir eine Falle gestellt«, schrie sie.

In diesem Moment traten Nina und Jack zu ihnen, die den Aufruhr mitbekommen hatten. Jack winkte sie alle in einen Zeugenwarteraum.

»Sie haben mich angelogen!«, sagte Carol und sah sich hektisch um. »Wo ist Cody?«

»Er hat's nicht geschafft«, sagte Paul.

Jetzt übernahm Nina. »Hören Sie, wie Sie sich nach dieser kleinen Szene da drüben sicher denken können, wissen wir alles.«

»Alles?«, fragte Carol.

»Alles«, log Nina. »Und jetzt gehen Sie, wenn Ihr Name aufgerufen wird, in diesen Gerichtssaal und sagen die Wahrheit. Erklären Sie ihnen, dass Cody es nicht war und wieso Sie das alles wissen. Er war es doch nicht, oder?«

»Nein.« Carol sah sie an, sah Paul an, blickte zu Boden. »Ich muss nachdenken«, sagte sie. »Warum lassen Sie mich nicht einfach alle in Ruhe?«

Die Uhr an der Wand tickte, und alle hielten die Luft an. Tränen verschmierten Carol Ames' Eyeliner und liefen wie schwarze Tinte über ihr Gesicht.

Die Gerichtsdienerin öffnete die Tür zum Gerichtssaal und verkündete, dass der Richter bereit sei. Nina und Jack gingen hinein, wobei Nina Paul am Ärmel berührte, als sie an ihm vorbeiging.

»Es dauert nicht lange«, sagte Paul. »Die bitten den Richter, Sie außer der Reihe dranzunehmen. Sie müssen nicht mal warten.«

»Muss ich das hier tun?« Carol schien die Frage mehr an sich selbst denn an Paul zu richten, obwohl er das Gefühl hatte, dass er antworten sollte. Die Gerichtsdienerin steckte den Kopf durch die Tür und bewahrte Paul damit davor, abzuschätzen, ob hier die Wahrheit dienlicher wäre oder eine Lüge.

»Carol Ames?«, sagte sie. »Bitte folgen Sie mir.« Jack ließ Carol, wie Paul bemerkte, als er den letzten Rest seiner kleinen grauen Zellen bemühte, keine Zeit zum Nachdenken. Bravo, raffinierter Zug, alter Kumpel, und jetzt hau Nina raus und verschwinde aus ihrem Leben, aber dalli. Er reichte Carol ein Taschentuch, und als sie nicht zu wissen schien, was sie selbst anfangen sollte, wischte er ihr damit das Gesicht ab.

»Ich habe Angst.«

»Sagen Sie einfach nur die Wahrheit, Carol. Sagen Sie die Wahrheit über Cody.«

Sie ließ wieder den Kopf hängen und folgte der Gerichtsdienerin in den Gerichtssaal. Paul legte den Kopf auf den Tisch und schlief ein.

Nina beobachtete die junge Frau, die regelrecht in den Zeugenstand plumpste, wo sie vereidigt wurde und nervös die Präliminarien über sich ergehen ließ, die ihr Alter, ihren Wohnsitz und alles andere betrafen.

»Sie sind Cody Stinson in der Nacht, in der Phoebe Palladino starb, zum Campingplatz gefolgt, nicht wahr?«, fragte Jack die junge Frau.

»Ja.«

Nina fand, dass sie schrecklich aussah, als wäre ihr ein Traktor übers Gesicht gerollt.

»Warum?«

»Aus Liebe«, sagte sie.

Nina spürte, dass Jack neben ihr verdutzt war, obwohl seine Miene nichts davon verriet. »Sie haben Mr. Stinson geliebt.«

»Ich habe nie aufgehört, ihn zu lieben.«

Jack gab sich bewusst noch zwangloser. Immer ein schlechtes Zeichen für den Zeugen, dachte Nina.

Er zog seine Notizen zurate und räusperte sich. Dann lächelte er mitfühlend. »Sie dachten in jener Nacht, er wäre zu Ihnen zurückgekommen, diesmal für immer.«

Carol Ames senkte den Kopf. »Ja. Er sagte, das mit ihm und Phoebe sei Geschichte.«

»Und als er dann mitten in der Nacht wegging …«

»Ich wusste nicht, was ich davon halten sollte. Also bin ich in meinen Wagen gestiegen und ihm gefolgt. Er hat das Motorrad auf dem Rufus Allen Boulevard abgestellt und ist auf den Campingplatz gegangen, also bin ich ihm nach.« Tränen rollten ihr wieder über die Wangen. »Er holte sie aus dem Zelt, und sie setzten sich ans Feuer. Er bat sie, mit ihm abzuhauen, beteuerte ihr, wie sehr er sie liebte – ich war ganz von Sinnen. Nur eine Stunde vorher hatten wir miteinander geschlafen. Er hatte gesagt, am Morgen würde er wieder bei mir einziehen. Aber er hat nie aufgehört, an sie zu denken. Phoebe.«

»Sie waren durcheinander, also …«, half Jack.

»Ich bin zur Toilette gelaufen. Ich musste mich übergeben.

Ich war völlig durch den Wind. Diese Mädchen sind reingekommen, während ich noch sauber gemacht habe. Ich hab kein Wort zu ihnen gesagt, bin nur zurückgegangen und hab mich zwischen die Bäume gestellt. Cody ging gerade.

Ich habe gewartet. Dann bin ich zum Zelt gegangen und habe den Eingang aufgeschlagen. Nach ein paar Minuten hab ich reingeschaut. Der schwere Typ war vollkommen weggetreten, und sie auch. Also bin ich ... bin ich rein. Und habe sie erwürgt.«

23

»Himmelarschundzwirn«, sagte Jack zufrieden. In der Pause, die Richter Brock einberufen hatte, nachdem Carol von dem Gerichtsdiener verhaftet worden war, hatte er sich von dem Schock durch Carol Ames' Aussage schnell erholt. Nina beobachtete Paul, der tröstliche Worte sprach und Carol beruhigte.

Sie nahm Jack beiseite. »Es fällt mir schwer einzuschätzen, welche Folgen das haben wird«, sagte sie. »Es fällt mir schwer, überhaupt zu denken. Ich hätte im Traum nicht daran gedacht, dass sie ein Geständnis ablegen würde. Es hat sich wohl zugespitzt, sie fühlte sich all die Monate schuldig. Ich weiß, dass das ein großer Durchbruch für uns ist, aber ein Mädchen ist tot ...«

»Ein richtiges Geständnis im Gerichtssaal, und wir haben nicht mal was davon geahnt. Augenblicke wie dieser sind doch der Grund, warum wir als Anwälte arbeiten, Nina. Natürlich ist es hilfreich, dass wir die Seite sind, die davon profitiert.«

»Paul ist damit rübergekommen«, sagte Nina, »wie immer. Er hat sie gefunden und hat sie hergebracht und den Tag gerettet.«

»Mach dir keine Sorgen, ich klopfe ihm auf die Schulter,

sobald der Vollstreckungsbeamte sie abführt.« Der Vollstreckungsbeamte war gerade eingetroffen. Er richtete seine winzigen Knopfaugen auf Carol Ames, während er sich mit dem Richter besprach. Paul, der in den Gerichtssaal geschlüpft war, als er den Tumult gehört hatte, tätschelte ihre Hand. Der Vollstreckungsbeamte ging hinüber und erklärte Carol leise ihre Rechte. Er nahm sie am Arm, und als sie weggeführt wurde, warf sie einen letzten Blick auf Paul. Paul hielt den Daumen hoch und nickte beruhigend.

»Ich hoffe, du hast ihr nicht versprochen, ihr ins Gefängnis zu schreiben«, sagte Jack, als Paul herüberkam. »Du weißt, dass diese Beziehungen nie gut gehen.«

»Ich sorge dafür, dass sie einen guten Rechtsberater bekommt. Das sind wir ihr schuldig. Schließlich haben wir sie gewissermaßen mit einem Trick dazu gebracht, sich selbst zu belasten.«

»Was immer die Wahrheit ans Licht bringt«, sagte Jack. Sie gingen hinaus in den Empfangsbereich und versammelten sich am hinteren Ende.

»Okay, die Folgen«, sagte Jack. »Wir müssen unsere Strategie anpassen. Das Mädchen hat die Frau auf dem Campingplatz umgebracht. Ergo hat Cody Stinson es nicht getan. Ergo entspricht Stinsons Geschichte, dass er nur mit diesen nervösen Hühnern reden wollte, der Wahrheit. Kein Mordversuch. Keine Absicht, sie zu überfallen. Keine Absicht, deinen Mandantinnen etwas anzutun. Das ist das Fazit. Auch wenn du die Akte verloren hast – dass Brandy in Stinson den Mörder gesehen hat, ist allein ihr Irrtum gewesen.«

»Aber Cody Stinson sagt, der Dieb hätte ihn angerufen«, sagte Nina. »Und deswegen hat er diesen Leuten Angst eingejagt.«

»Doch nur, weil sie irrtümlicherweise gedacht haben, er wäre ein Mörder, und aufgrund ihrer Ängste und seiner äußeren Erscheinung ein paar falsche Schlüsse gezogen haben«, sagte

Jack. »Ich denke, dieser Kugel sind wir ausgewichen. Ich werde mich so sicher wie das Amen in der Kirche dafür einsetzen, dass dies das Ende des Verfahrens bedeutet, Baby.« Er grinste Nina an. »Deine Versicherungsgesellschaft wird sich darüber freuen. Sie spart eine halbe Million Dollar Auszahlung an Bruce, Brandy und Angel, denn wir hätten damit rechnen können, dass sie dich als Nächstes vor einem Zivilgericht wegen Vernachlässigung der beruflichen Sorgfaltspflicht verklagt hätten.«

»Wenn ich an all die schlaflosen Nächte denke, in denen ich mich schuldig gefühlt habe, weil ich geglaubt habe, ich hätte Brandy und ihrer Familie einen Mörder auf den Hals gehetzt, ich … ich kann es nicht fassen«, sagte Nina.

»Genieß den Augenblick«, sagte Jack. Er schaute auf seine Rolex. »Okay, die Zeit ist um. Jetzt gehen wir da rein und legen Hugo ein paar ›Ergos‹ vor.«

Nina blieb mit Paul zurück. »Danke«, sagte sie.

»Hey, es war deine Idee.«

»Halb ausgegoren und dämlich. Aus lauter Verzweiflung, wie du sehr wohl weißt. Aber du warst bereit, dich darum zu kümmern. Ich werde dir immer dankbar sein. Du drehst und wendest es, bis du es am Ende knackst.«

Diesmal kam Gayle Nolan zu Jack und Nina an den Tisch, sobald sie sich gesetzt hatten. »Ist dieses Geständnis echt? Hält es stand?«, fragte sie Jack.

»Es wird standhalten. Werden Sie die Staatsanwaltschaft in South Lake Tahoe wissen lassen, dass sie einen Unschuldigen inhaftiert haben?«, fragte Jack.

»Ich habe eben angerufen. Was sie mit Stinson anfangen, ist ihre Sache. Wussten Sie, dass sie gestehen würde?«

»Wir hatten keine Ahnung.«

»Sie wollten mich ins Bockshorn jagen«, sagte Nolan, doch ohne Überzeugung. Sie hatte den Schock auf ihren Gesichtern gesehen.

»Sie stecken bis zum Hals drin, aber das ist Ihre Schuld. Sie haben die Anklagen gegen diese Dame erhoben«, sagte Jack mit unverhohlener Siegesfreude in der Stimme.

»Passen Sie auf, Jack«, sagte Nolan. »Vielleicht fällt der erste Punkt weg, aber es gibt noch zwei weitere. Werden Sie nicht anmaßend.« Nina schenkte sie immer noch keine Beachtung.

»Ms. Nolan«, sagte Nina.

»Was?«

»Der Richter ist hereingekommen.«

»Was? Oh.« Sie huschte zu ihrem Stuhl zurück. Richter Brock nahm Platz. Unterschiedliche Gefühle zeigten sich abwechselnd auf seinem Gesicht. Verärgerung. Verblüffung. Verwirrung.

»Wir setzen die Verhandlung fort, und ich würde gerne wissen, wie es jetzt weitergeht?«, sagte er mit seiner sanften Stimme. »Ich mag keinen Tumult in meinem Gerichtssaal. Haben Sie noch weitere solche Schocks geplant, Herr Anwalt?«

»Wir waren genauso erstaunt wie das Gericht«, sagte Jack und erhob sich. »Erstaunt und erfreut. Es ist offensichtlich, dass Mr. Stinson die Wahrheit gesagt hat, als er aussagte, er habe nur versucht, diesen Leuten zu sagen, dass er unschuldig ist ...«

»Keine Überraschungen mehr, ist das klar? Wenn Sie so etwas haben, will ich wissen, dass es auf mich zukommt.«

»Natürlich, Herr Richter.«

»In Ordnung. Dies ist nicht der Zeitpunkt für die Beweisführung. Das Gericht hält fürs Protokoll fest, dass die letzte Zeugin, Carol Ames, aufgrund ihres vermeintlichen Mordgeständnisses in Haft genommen wurde. Und jetzt lassen Sie uns hier fortfahren. Es ist halb zwölf. Wir haben noch eine halbe Stunde. Sie sind immer noch dran, Herr Anwalt. Sie haben noch ein paar Zeugen auf Ihrer Liste zu Punkt eins.«

»Also«, sagte Jack. »Wir werden sie entlassen, Euer Ehren. Wir sind bereit, mit Punkt zwei fortzufahren.«

»Sie lassen die Verteidigung in Punkt eins erst einmal ruhen?«

»Ja.«

»Also gut. Ms. Nolan, sind Sie bereit, mit Punkt zwei weiterzumachen?«

»Ja. Die Zeugin von Heritage Insurance wartet draußen.«

»Dann lassen Sie uns fortfahren. Punkt zwei. Rufen Sie Ihre Zeugin auf.«

»Marilyn Ann Rose.«

Marilyn Rose ging zum Zeugenstand und wurde vereidigt. Sie war eine stämmige Frau mit einem freundlichen, offenen Gesicht, und sie trug einen betont zurückhaltenden, taubengrauen Hosenanzug. Nina wusste, dass Marilyns Mann vor drei Monaten gestorben war und sie mit zwei Kindern alleine zurückgelassen hatte. Nach dem Fiasko mit dem Fall Vang hatte sie die Versicherungsgesellschaft verlassen und war in einen anderen Staat gezogen.

Ihre Gesellschaft hatte einen Anwalt engagiert, der verhindert hatte, dass Jack sie vorher unter Eid befragen konnte. Sie wussten jedoch auch so, was sie über den Fall Vang sagen würde. Das Dokument, das als Beweisstück eingebracht werden würde, Ninas ursprüngliche Aufnahmenotizen, war das wahre Problem bei diesem Punkt.

Als Nächster auf der Liste der Probleme kam der Schriftsachverständige der Staatsanwaltschaft, Harvey Pell. Nina versuchte, sich mit einem Ruck mental auf das neue Universum von Problemen einzustellen, das Punkt zwei verkörperte.

»Guten Morgen, Ms. Rose. Ich bin Gayle Nolan, und ich vertrete die kalifornische Anwaltskammer.«

»Guten Morgen.« Nolan stellte Marilyn eine Reihe von Fragen zu ihren beruflichen Aufgaben als Schadenssachbearbeiterin und kam dann zum Fall Vang.

»Ich zeige jetzt Beweisstück Nummer fünfzehn, das vorher einverständlich als Beweisstück zugelassen wurde. Ms. Reilly hat Ihnen also am oder um den achtundzwanzigsten August letzten Jahres diese Forderung präsentiert?«

»Das ist korrekt.« Der entsprechende Brief mit seinen Anhängen war etwa zehn Zentimeter dick. Marilyn starrte ihn an. Sie alle starrten ihn an.

»Auf wie viel lautete die Forderung für die Verluste aufgrund des Brands in dem Einzelhandelsgeschäft?«

»Sie haben zweihundertfünfzigtausend Dollar gefordert. Die komplette Versicherungssumme.«

»Und die Forderung enthielt eine Kopie des Polizeiberichts, aus dem hervorging, dass das Feuer von Kriminellen gelegt wurde?«

»Ja.«

»Wurde der Brandstifter zu dem Zeitpunkt, als der Schadensbericht verfasst wurde, oder zu irgendeinem späteren Zeitpunkt bis zu dem Tag, an dem Sie die Forderung ausgeglichen und den Scheck rausgeschickt haben, von der Polizei in South Lake Tahoe identifiziert?«

»Meines Wissens nicht.«

»Haben Sie in diesem Brief oder anderweitig bis zu dem Augenblick, in dem Sie den Scheck rausgeschickt haben, irgendeinen Beweis dafür erhalten, dass der Ladenbesitzer Kao Vang das Feuer selbst gelegt haben könnte?«

»Nein. Natürlich hatte unser eigener Ermittler unabhängig recherchiert, aber er konnte den Brandstifter nicht ausmachen und benachrichtigte mich, dass er keinen Beweis dafür habe, dass die Forderung nicht rechtmäßig sei.«

»Die Beklagte hat sich Ihnen als Mr. und Mrs. Vangs Anwältin vorgestellt?«

»Das ist richtig.«

»Sie haben während der Verhandlungen über die Schadenshöhe verschiedentlich mit ihr gesprochen?«

»Ja. Am Telefon. Nicht persönlich.«

»Hat sie Ihnen ihre Version der Fakten über das Feuer erläutert?«

»Sie sagte, sie wisse auch nicht mehr als das, was im Polizeibericht stehe, ihre Mandanten hätten sehr gelitten. Sie hat mir von zwei vorangegangenen gewalttätigen Vorfällen in dem Laden erzählt. Es passte alles zu der Theorie, die sie mir unterbreitete, dass die Brandstiftung ein Racheakt dafür gewesen sei, dass Mr. Vang bei dessen zweitem Versuch, den Laden auszurauben, einen Räuber erschossen hatte. Sie sagte immer wieder, wir müssten ein Herz für diese Leute haben, und obwohl die eingereichten Inventarlisten und Quittungen in ziemlich schlechtem Zustand waren, hat sie mich praktisch angefleht, mich bei der Schadensregulierung für ihre Mandanten nicht allzu streng an die Richtlinien zu halten.«

»Und wie lautete Ihre Antwort auf diese Bitte, dass Ihre Gesellschaft diese Angelegenheit mit einem großzügigen Betrag ausgleichen möge?«

»Ich habe den Kopf hingehalten und ihnen schließlich zweihundertzehntausend Dollar angeboten. Das entspricht in etwa der Summe für einen Laden dieser Art und Größe. Um ehrlich zu sein, ich hatte den Verdacht, dass es bei den Inventarlisten ein paar Ungenauigkeiten gab, und ich glaube, wenn ich jeden Fetzen Papier hätte übersetzen lassen und genau geprüft hätte, wäre der Betrag nicht so hoch gewesen. Doch diese Leute waren keine durchschnittlichen Ladenbesitzer. Sie benutzten offensichtlich kein standardisiertes Buchführungssystem und waren mit amerikanischen Geschäftsgepflogenheiten nicht vertraut. Ich bin das Risiko eingegangen und habe ihnen eine so großzügige Entschädigung gewährt, wie ich konnte.«

»Sie haben den Scheck an Ms. Reilly geschickt?«

»Eigentlich kam sie und hat ihn abgeholt. Aus irgendeinem Grund, den ich nicht verstanden habe, war die ganze Sache ziemlich eilig.«

Ja, und wenn sie nicht Jacks Rat befolgt hätte und diese Schecks den Vangs so eilig überbracht hätte – Nina unterbrach sich. Sie hatte diese Entscheidung bereits mehr als einmal zu mitternächtlicher Stunde durchgekaut.

»Rückblickend«, fuhr Marilyn fort, »muss ich annehmen, dass Ms. Reilly den Zeitdruck aus strategischen Gründen vorschob.«

»Einspruch. Spekulation. Ich beantrage, den letzten Satz zu streichen.«

»Sie kann doch am besten einschätzen, warum diese Dinge so gelaufen sind«, sagte Nolan, doch sie kämpfte nicht richtig, der Satz war gesagt.

»Stattgegeben.«

»Und was geschah dann?«

Nina verspannte sich. Jetzt kamen sie zum Kern der Sache.

»Ich erhielt mit der normalen Post einen Aktendeckel aus Manilapapier mit einigen Papieren darin.« Nolan ging zu ihrem Aktenwagen und zog den vertrauten Aktendeckel heraus. Nina und Jack hatten Gelegenheit gehabt, ihn samt Inhalt zu untersuchen und Kopien zu machen. Genau wie bei dem Bronco hatte es keine Fingerabdrücke und auch keine Haare oder andere kriminaltechnische Beweise gegeben.

»Haben Sie den Umschlag aufgehoben, in dem er geschickt wurde?«

»Ich bat meine Sekretärin, ihn aus dem Abfall zu holen. Ja.«

Nolan zog Beweisstück Nummer siebzehn heraus, einen großen braunen Standardbriefumschlag. Marilyn Rose' Name und die Adresse der Versicherung standen in Großbuchstaben darauf. Nachdem Marilyn den Umschlag identifiziert hatte, wurde er als beweiskräftig anerkannt.

»Nun. Wissen Sie, wer Ihnen diese Akte, Beweisstück Nummer sechzehn, geschickt hat?«

»Ich habe bis heute keine Ahnung. Die Polizei ist etwa eine

Woche später vorbeigekommen, um ein paar Tests durchzuführen, aber unser Rechtsberater hat dafür gesorgt, dass die Akte im Besitz der Gesellschaft blieb.«

»In Ordnung. Sie erhielten den Umschlag und nahmen die Akte heraus. Haben Sie bei dieser Gelegenheit den Inhalt gelesen?«

»Natürlich. Ich war ziemlich neugierig. Es war mir nicht klar, dass es ihre Mandantenakte war.«

Jack schob seine Papiere zusammen und machte sich bereit.

»Und was befand sich in der Akte?«, fragte Nolan.

»Einspruch«, sagte Jack. »Der Inhalt dieser Akte ist das Arbeitsergebnis der Anwältin und unterliegt dem Berufsgeheimnis. Diese Akten haben dadurch, dass sie gestohlen und versehentlich von einer dritten Partei gelesen wurden, nicht ihren vertraulichen Charakter verloren. Ich habe diesen Punkt bereits im Vorverfahren umfassend dargestellt und ersuche das Gericht darum, seine damalige Entscheidung zu überdenken.«

»Das Beweisstück wurde bereits durch meine im Vorverfahren erlassene Verfügung als Beweis zugelassen«, sagte Richter Brock. »Wir sind das bereits mehrmals durchgegangen.«

»Für das Protokoll, Euer Ehren. Diese Akten wurden gestohlen. Die Mandanten haben nicht auf ihr Vorrecht verzichtet. Wie ich höre, hat die Anwaltskammer das Gefühl, sie könnte ganz nach Belieben in vertraulichen Mandantenakten stöbern. Doch meine Mandantin und ich, als Anwälte, die im Staat Kalifornien praktizieren, müssen diesen Einwand noch einmal vorbringen. Und für das Protokoll, wir werden gegen diese im Vorverfahren erlassene Verfügung Rechtsmittel einlegen.«

Nolan, die darauf vorbereitet war, meldete sich zu Wort. »Die Anwaltskammer hat das Recht, die Arbeitsergebnisse eines Anwalts offen zu legen, gegen den ein Disziplinarverfahren eröffnet wurde, wenn diese für die Fragen der anwaltlichen Pflichtverletzung relevant sind. Ich zitiere Zivilprozessordnung Paragraph 2018 Abschnitt e sowie Witkin, California Evidence, 3. Auflage, Band 2, Absatz 1145. Dieses Gericht hat bereits eine Schutzanordnung erlassen, die die Ausage heute in gewisser Hinsicht einschränkt. Dieses Beweismittel ist relevant und entscheidend, um zu zeigen, dass die Beklagte die Versicherungsgesellschaft betrogen hat.«

»Das haben Sie alles bereits in den vorausgehenden Gerichtssitzungen gesagt«, sagte Jack. »Und ich weiß, dass es eine Verfügung gibt. Dennoch kann ich nicht hier stehen und zulassen, dass dieses Beweismittel eingebracht wird, ohne zu protestieren. Es ist eine Verletzung des gesamten Rechtssystems, dass Sie diese vertrauliche Akte hier gegen den Wunsch der Mandanten öffnen. Es ist …«

»Ihr fortgesetzter und unsterblicher Protest ist vermerkt«, erlaubte Brock sich einen kleinen Ausfall ins Persönliche. »Und jetzt lassen Sie uns fortfahren.«

Jacks Miene verfinsterte sich. »Dieses Anwaltsgericht verlangt die Verletzung der Rechtsanwaltsordnung, zu deren Einhaltung sich jeder Anwalt verpflichtet, sowie der Berufsordnung. Weder Ms. Reilly noch ihr Mandant hat auf das Vorrecht der Vertraulichkeit verzichtet.«

»Ihr Einspruch ist abgelehnt.«

»Dieses Anwaltsgericht hat keine Befugnis, die heiligen Prinzipien des Anwaltsberufes zu missachten«, sagte Jack. »Jegliche Entscheidung, die auf dieser Verletzung beruht, ist nichtig.«

»Setzen Sie sich, Herr Anwalt. Sie können gerne nach dem *State Bar Journal* brüllen, nachdem dieser Fall abgeschlossen ist, auch wenn man Ihnen dort nicht sehr viel Aufmerksamkeit schenken wird. Aber ziehen Sie in meinem Gericht keine Show ab. Das lasse ich nicht zu.«

Jack setzte sich.

»Du hattest keine Chance«, flüsterte Nina, »aber danke, dass du es wenigstens versucht hast.«

»Ich hab's auch für mich getan. Ich habe denselben Eid geleistet, als ich meine Zulassung bekam.«

»Was befand sich in der Akte, Ms. Rose? Sie dürfen antworten«, sagte Nolan, die die Befragung ohne Zögern wieder aufnahm.

»Ein Formular, das mit Aufnahmeformular für neue Mandanten überschrieben war.«

»Jetzt zeige ich Ihnen Beweisstück Nummer achtzehn, ein dreiseitiges Dokument, das nach vorherigem Einspruch und Auseinandersetzung als Beweismittel zugelassen wurde. Ist dies das Formular?«

Marilyn nahm die Blätter behutsam in die Hand. Sie blätterte bis zur letzten Seite um und nickte. »Das ist es.«

Nolan befragte Marilyn nun zum Verlauf der nächsten Minuten, nachdem sie den Umschlag in Empfang genommen hatte: Sie hatte Ninas Notizen mehrmals gelesen und habe dann Nina angerufen. Als Marilyn die telefonische Auseinandersetzung schilderte und berichtete, dass Ninas alles abgestritten hatte, erinnerte Nina sich lebhaft an den nervenaufreibenden Anruf, in dessen Anschluss sie nach Hause gefahren war, um den Kopf zwischen den Kissen zu verstecken.

»Und was genau an dem Dokument hat Sie dazu veranlasst, Ms. Reilly anzurufen?«

»Der letzte Satz auf der dritten Seite.«

»Lesen Sie uns diesen Satz bitte vor.«

»Da steht: ›Mandant bricht total fertig zusammen, sagt, er habe das Feuer selbst gelegt!‹ Da ist ein Ausrufezeichen. Dann geht es irgendwie hingekritzelt weiter: ›Hab ihm geraten, nichts mehr zu sagen, ich will das nicht hören.‹«

Richter Brock las in seiner Kopie mit. Nina las ihre. Es nagte immer noch an ihr. Sie hatte diese Worte nicht geschrieben. Kao hatte nichts gestanden. Es gab keinen Beweis dafür, dass Kao seinen eigenen Laden angezündet hatte, außer dieser vernichtenden, abscheulichen Fälschung. Sechs Monate lang hatten sie versucht herauszufinden, wer so weit gehen würde, und sie waren einfach nicht dahinter gekommen.

Erst jetzt, in diesem hermetisch abgeriegelten Raum, sah sie in allen Einzelheiten die hundert Löcher in ihrer Verteidigung, die großen, ungelösten Fragen. Aber so gesehen waren sämtliche Fälle, die sie je verteidigt hatte, zu schnell vor Gericht gekommen. Unbeantwortete Fragen gab es immer. Das machte es spannend und hielt die Hoffnung lebendig. Während sie zusah, wie die rote Digitaluhr umsprang, Minute für Minute, hatte sie noch Hoffnung – wie auch ihre Mandanten sie haben mussten –, dass das Blatt sich noch wenden würde. Sie würde sich behaupten, auch wenn alle Chancen gegen sie standen. Jack würde ein Wunder bewirken, oder Paul. Der Richter würde ihr diesen einen Augenblick der Nachlässigkeit irgendwie verzeihen, ihn gegen lebenslange Sorgfalt und Pflichterfüllung abwägen.

»Und Ms. Reilly sagte, zwei Tage nachdem sie den Scheck abgeholt hatte, habe sie ihn persönlich ihren Mandanten überreicht?«

»Ja.«

»Ist es Ihrer Erfahrung nach normal, dass Mandanten ihr Geld so schnell von Anwaltskanzleien erhalten?«

»Ich habe diese Arbeit dreißig Jahre lang gemacht und wüsste von keinem Fall, bei dem ein Scheck auf einem Treuhandkonto eingelöst und so schnell wieder an einen Mandanten ausgezahlt wurde.«

»Und haben Sie je eine Erklärung dafür erhalten, warum dieser Scheck so schnell ausgezahlt wurde?«

»Nur was ich bereits gesagt habe. Sie hat behauptet, den Vangs drohe irgendeine mysteriöse Gefahr.«

»Nun, dann. Was haben Sie getan, nachdem Sie mit Ms. Reilly über diese Akte, die Ihnen mit der Post zugestellt wurde, gesprochen hatten?«

»Ich bin direkt zu meinem Chef gegangen und habe ihm die ganze Geschichte erzählt. Ich war außer mir. Er bat mich, eine kurze schriftliche Zusammenfassung anzufertigen, die ich mit der Versicherungsakte und einer Kopie des Schecks zusammenpackte. Dieses Paket wurde unserem Rechtsberater übergeben. Einen Monat später habe ich die Firma verlassen und bin frühzeitig in Pension gegangen. Im Laufe der Jahre war ich nachlässig geworden. Ich hatte mich dazu überreden lassen, zu viel Geld auszuzahlen, ganz abgesehen von dieser Akte. Man wird alt und verliert seine Schärfe. Man wird nachlässig. Ich war fertig. Dann verlor ich ... meinen Mann. Es war Zeit, nach Hause nach Kansas zurückzukehren.«

»Hatte diese Sache irgendwelche Auswirkungen für Sie persönlich?«

Marilyn blinzelte ein paar Tränen weg. »Es hat meinem Mann seine letzten Monate ... nicht gerade leicht gemacht.«

»Ich habe keine weiteren Fragen«, erklärte Nolan.

Jack nahm sie ins Kreuzverhör. Die Antworten waren dieselben. Marilyns Stimmung verbesserte sich nicht, ebenso wenig wie die Auswirkungen ihrer Zeugenaussage auf den Fall. Er fasste sich kurz. Als Jack fertig war, zeigten die roten, zwölfeinhalb Zentimeter großen Ziffern fünf Minuten nach zwölf an.

»Also, wir unterbrechen bis halb zwei«, sagte der Richter. »Der Schriftsachverständige ist bereit, ist das korrekt?«

»Er wird hier sein«, sagte Nolan.

»Die Verhandlung ist unterbrochen.«

Alle strömten nach draußen. Nina eilte zur Toilette. Als sie sich die Hände wusch, kam Marilyn aus einer Kabine.

»Es tut mir sehr Leid, dass Sie das durchmachen mussten, Marilyn«, sagte Nina. »Aber ich habe Sie nicht angelogen. Jemand hat dieses Dokument gefälscht.«

»Versuchen Sie es nicht mal«, sagte Marilyn.

»Eines Tages hoffe ich, dass Sie ...«

»Ich muss meinen Flug bekommen. Verzeihen Sie mir, wenn ich Ihnen kein Glück wünsche.« Sie schob sich hastig an ihr vorbei.

24

Nina wurde vereidigt und betrat den Zeugenstand. Sie und Jack hatten dies diskutiert, und bei den Vorverhandlungen hatte es heftige Kämpfe mit Gayle Norman gegeben, aber sie hatten etliche Zugeständnisse erreichen können: Nina musste nur zum Fall Vang und den dazugehörigen Notizen aussagen.

Vom Zeugenstand aus sah Jack sehr weit weg aus, und sie spürte die prometheische Gegenwart von Richter Brock direkt zu ihrer Rechten. Überall um sie herum war die Anspannung greifbar. Der Richter schien Probleme damit zu haben, dass ein Mitglied der Anwaltschaft im Zeugenstand saß, obwohl er doch eigentlich daran gewöhnt sein musste. Sie drehte den Kopf leicht, um ihn zu grüßen, doch er schaute weg und wich ihrem Blick aus.

Marilyn hatte sie verletzt. Sie wollte widersprechen, sich verteidigen, doch der Zeugenstand war wie ein Käfig. Endlich begriff sie, warum selbst die widerspenstigsten Zeugen respektvoll antworteten und sich den formellen Regeln des gerichtlichen Rituals unterwarfen. Sie fühlte sich bereits bestraft, dabei hatte die Befragung noch nicht einmal begonnen.

»Ms. Reilly, Sie sind Mitglied der Anwaltskammer des Staates Kalifornien und die Beklagte in diesem Prozess?«, sagte Nolan von ihrem Tisch aus.

»Ja.«

»Am oder um den achten August praktizierten Sie in Ihrer Kanzlei in South Lake Tahoe, Kalifornien, als Anwältin?«

»Ja.«

»Sind Sie Kao Vang an diesem Tag zum ersten Mal begegnet?«

Jack saß aufrecht auf seinem Stuhl, er lauerte darauf, dass Nolan einen falschen Schritt machte, doch da die Regeln der Beweisführung so locker waren, wie sie nun einmal waren, würde er nicht viel tun können.

»Ja.«

»In welcher Angelegenheit?«

»Um zu besprechen, ob ich ihn in einer Versicherungsangelegenheit vertreten würde.«

»Eine Forderung gegen Heritage Insurance?«

»Ja.«

»Und waren Sie einverstanden, diese Vertretung zu übernehmen?«

»Ja.« Sie sah zu Jack. Er nickte ermutigend. Sie waren beide sicher gewesen, dass sie so weit gehen würde.

»Was waren Sie bereit, für Mr. Vang zu tun?«

»Ich möchte respektvoll erklären, dass ich diese ganzen Fragen nur beantworte, weil dieses Gericht es mir befohlen hat, nachdem mein Anwalt schriftlich Einspruch dagegen erhoben hat. Sonst würde ich diese Fragen nie beantworten.«

Darüber lächelte Nolan. Sie tippte sich ans Kinn und sagte: »Also, ich weiß zwar nicht, warum nicht, da inzwischen mindestens dreißig oder vierzig Personen den Inhalt dieser Akte kennen, aber lassen Sie uns fortfahren. Sie haben für Mr. Vang, basierend auf einer angeblichen Brandstiftung, die sein Geschäft zerstört hat, eine Forderung eingereicht, liege ich da richtig?«

»Ja.« Mrs. Vang besaß die Hälfte des Geschäfts, wollte Nina sagen, doch sie und Jack waren übereingekommen, dass sie nichts freiwillig preisgeben würde.

Nolan stand auf, ging um ihren Tisch herum und stellte sich

genau in die Mitte vor den Tisch. Sie verschränkte die Arme. »Und im Verlauf dieses ersten Treffens mit Mr. Vang, war da noch jemand zugegen?«

»Nur Mr. und Mrs. Vang und ihr Dolmetscher, Dr. Mai.«

»Haben Sie oder jemand anders dieses erste Gespräch aufgezeichnet oder einen Teil davon per Video festgehalten?«

»Nein.«

»Haben Sie handschriftliche Notizen gemacht?«

»Ja.«

»Ist dies Ihr übliches Vorgehen, wenn Sie sich zum ersten Mal mit einem Mandanten treffen?«

»Ja. Ich habe ein Formular, das sich Aufnahmeformular für neue Mandanten nennt. In dieses trage ich die Grundinformationen über den Mandanten ein. Dann mache ich mir Notizen über das Gespräch.«

»Während des Gesprächs?«

»Ja, obwohl ich zuweilen auch nach der Besprechung noch etwas hinzufüge, was ich nicht vergessen möchte.«

»Und welchem Zweck dienen diese Notizen?«

»Der Erinnerung.«

»Wer bekommt dieses Formular noch zu sehen?«

»Niemand, nur meine Sekretärin beim Abheften der Akten oder ähnlichen Vorgängen.«

»Und sie liest sie womöglich?«

»Ich habe meiner Sekretärin nie gesagt, sie dürfe sie nicht lesen. Es steht ihr frei, das zu tun. Sie muss wissen, um was es in einem Fall geht, damit sie ihre Aufgaben erfüllen kann.«

»Bekommt der Mandant dieses Formular zu sehen?«

»Niemals.«

»Wenn ich Sie als Ihre Mandantin bitten würde, mir eine Kopie dieses Formulars zu machen, warum würden Sie mir keine geben?«

»Weil meine persönlichen Reaktionen und Urteile in diese

Notizen einfließen«, sagte Nina. »Nicht nur die Informationen des Mandanten. Dies sind meine persönlichen vertraulichen Notizen.«

»Werden sie an irgendeinem Punkt in den Computer übertragen?«

»Niemals.«

»Wo werden die Akten mit diesen Formularen aufbewahrt?«

»In einem verschlossenen Aktenschrank hinter dem Tisch meiner Sekretärin.«

»Die ganze Zeit?« Nolan hatte, als sie warm geworden war, angefangen, auf und ab zu gehen.

Nina beobachtete sie wie eine Kobra, die von einem Flöte spielenden Swami hypnotisiert wird.

»Ab und zu nehme ich solche Akten mit nach Hause.« Sie warf Jack einen Blick zu, der seine Verlegenheit zwar vor dem Gericht gut verbergen konnte, nicht jedoch vor ihr. Oh, warum zum Teufel hatte sie das nur getan!

»Und warum nehmen Sie Akten mit nach Hause?«

»Um zu arbeiten.« Rück nichts freiwillig raus, ermahnte sie sich. Nolan führte sie auf den Abgrund zu.

»Haben Sie am sechsten September vergangenen Jahres die Akte von Mr. und Mrs. Vang mit nach Hause genommen? Die Akte mit den Notizen über Ihr erstes Gespräch?«

»Ja.« Nolan stellte ihr Fragen nach dem Wagen, dem Sturm an dem Abend, ihrer Müdigkeit, dem verlorenen Schlüssel, dem nächsten Morgen und der Erkenntnis, dass die Akten in dem Wagen gewesen waren. Nina sprach leise und freundlich. Sie sah den Richter an, wie sie es ihren Mandanten so oft geraten hatte, doch er richtete den Blick auf irgendeinen Punkt auf Nolans Tisch und bemerkte es nicht. Wieder spürte sie eindringlich, dass sie ihre Mandanten enttäuscht hatte, doch gleichzeitig empfand sie einen Trotz, den sie einfach nicht unterdrücken konnte.

»Wann haben Sie die Akte Vang das nächste Mal gesehen?«,

fragte Nolan und ging vor ihr auf und ab, ohne sie anzusehen. Nolan versuchte, ihre Gedanken im Fluss zu halten, den Rhythmus beizubehalten, die Punkte – peng, peng, peng – aus Nina herauszuholen. Nina war sich Nolans Gedanken bewusst, genauso wie Jacks und ihrer eigenen, und sie fühlte sich hin und her gestoßen, als würde sie sämtliche Rollen in einem rätselhaften Drama spielen.

»Ich habe sie erst wiedergesehen, als mein Anwalt und ich in Ihr Büro kamen. Sie haben meinen Anwalt angerufen und gesagt, Sie hätten die Akte von Marilyn Rose, der vorherigen Zeugin, zurückerhalten.«

»Und zu diesem Zeitpunkt sind Sie mit Mr. McIntyre in mein Büro gekommen?«

»Ja.«

Nolan zog Beweisstück Nummer sechzehn heraus. Nina verspannte sich. »Ist dies die Akte, die Sie in meinem Büro gesehen haben?«

Nina nahm die Akte und sah das vertraute blaue Etikett, »Kao Vang«. »Ich müsste einen Blick hineinwerfen.« Nolan nickte, und Nina schlug sie auf. Der einzige Inhalt waren die drei Blätter mit den Notizen, die sie gemacht hatte. Die Forderung und die dazugehörigen Dokumente wurden in einer anderen Akte aufbewahrt. Sie blätterte das letzte Blatt um und sah die letzten beiden Sätze, die vernichtenden Sätze, die sie nicht geschrieben hatte.

»Und, ist es die Akte, die Sie in meinem Büro gesehen haben, mit demselben Inhalt?«, fragte Nolan sehr vorsichtig.

»Ja, es ist die Akte, die ich in Ihrem Büro gesehen habe.«

»Mit dem dreiseitigen Formular darin?«

»Ja, aber es ist nicht das dreiseitige Formular in meiner ursprünglichen Akte. Das Formular wurde verändert.« Endlich kommen wir zum Punkt, dachte Nina.

Der Richter schien zu seufzen und ein wenig Luft abzulassen. Endlich schaute er auf sie hinunter, und sie stellte nervös fest, dass seine Gleichgültigkeit ihr doch lieber war.

»Also«, sagte Nolan. »Es ist derselbe Aktendeckel?«

»Ja.«

»Es ist die erste Seite der Notizen, die sie zum Zeitpunkt des Gesprächs festhielten?«

»Soweit ich sagen kann, ja.«

»Dieselbe zweite Seite?«

»Soweit ich sagen kann, ja.«

»Dieselbe dritte Seite?«

»Nein. Dort sind Worte hinzugefügt worden. Die letzten beiden Sätze. Die habe ich nicht geschrieben.«

»Diese Worte? ›Mandant bricht total fertig zusammen, sagt, er habe das Feuer selbst gelegt! Hab ihm geraten, nichts mehr zu sagen, ich will das nicht hören‹?«

»Ja.«

»Ms. Reilly, bitte schließen Sie dieses Beweisstück. Jetzt möchte ich, dass Sie mir den ersten vollständigen Satz auf der zweiten Seite nennen.«

»Einspruch!«, sagte Jack. »Irrelevant. Dass sie das ganze Ding nicht aus dem Gedächtnis auswendig hersagen kann, beweist nicht, dass sie nicht die Worte identifizieren kann, die sie nie geschrieben hat.«

»Sie sagt, sie erinnere sich nicht daran, diese Worte verfasst zu haben«, sagte Nolan. »Wollen doch mal sehen, an was sie sich noch erinnert.«

»Das ist kein fairer Test, Herr Richter. Sie weiß, was sie damals gedacht hat, welche Informationen sie damals gehört hat. Das ist der Grund, warum sie weiß, dass sie diese Worte nicht hingeschrieben hat, weil ihr diese Information nie gegeben wurde.«

»Ich denke, jetzt überflügeln Sie sich selbst, Herr Anwalt«, sagte Richter Brock. »Ich werde einen eingeschränkten Test der

Erinnerung der Zeugin bezüglich des Inhalts der Akte zulassen.«

»Der erste vollständige Satz auf der zweiten Seite, Ms. Reilly«, sagte Nolan und trat näher. »Wie lautet er?«

»Ich habe keine Ahnung«, antwortete Nina. »Ich weiß jedoch, dass das, was ich in jenem ersten Satz schrieb, auf dem basierte, was der Mandant mir sagte. Also weiß ich, dass ich es geschrieben habe. Ich weiß auch, dass die letzten Sätze auf der dritten Seite gefälscht sind, denn sie geben Informationen wieder, die mein Mandant mir nie gegeben hat.«

»Aber Sie haben vorhin ausgesagt, dass diese Notizen oft Beobachtungen und Urteile enthalten, die Ihren eigenen Gedanken entstammen, nicht wahr?«

»Ja, doch die gefälschten Aussagen waren keine Beobachtungen oder Urteile von mir zum Zeitpunkt des Gesprächs.«

»Sie haben auch ausgesagt, dass Sie manchmal später noch etwas hinzufügen, nachdem der Mandant gegangen ist.«

»Ich habe diese letzten Wörter nicht geschrieben. Sie wurden gefälscht.«

»Sagen Sie. Ist das Ihre Handschrift, bei diesen letzten Sätzen?«

»Es sieht aus wie meine Handschrift. Ich könnte es womöglich nicht mal von meiner eigenen Handschrift unterscheiden, wenn ich nicht wüsste, dass ich diese letzten Worte nie geschrieben habe. Das ist eine Fälschung.«

»Sie räumen ein, dass es aussieht wie Ihre Handschrift?«

»Ich schätze, es ist eine anständige Fälschung.«

»Sie bestehen darauf, dass es eine Fälschung ist. Also, wer hat das Dokument gefälscht?«

»Ich habe keine Ahnung.«

»Warum sollte jemand das tun?«

»Darüber kann ich nur spekulieren.«

»Aber wissen Sie persönlich irgendetwas? Können Sie uns

auf nachprüfbare Art und Weise aufklären – wer, warum, wann, wo, irgendetwas?«

»Nicht aus persönlichem Wissen heraus. Ich habe jedoch das Gefühl, dass dies Teil eines Musters ist. Bei allen drei Akten gab es irgendeine Art von Einmischung, die sich nachteilig auf den Mandanten ausgewirkt hat. Im Fall Vang wurden diese Sätze gefälscht. In der Angelegenheit Brandy Taylor bekam Cody Stinson einen anonymen Anruf. Im Fall Cruz wurde Ali Peck anonym angerufen. Mr. Cruz hat jetzt ebenfalls eine offensichtlich falsche Anklage gegen mich erhoben.«

»Sie können alles Mögliche im Gefühl haben. Aber haben Sie irgendeinen Beweis dafür, dass es irgendjemanden gibt, der versucht, Ihren Mandanten zu schaden?«

»Die ganze Kette der Ereignisse. Allem voran der Diebstahl meiner Akten.«

»Aber das kann ganz leicht ebenso gut ein Autodieb gewesen sein, der versehentlich mit Ihren Akten davongefahren ist, verhält es sich nicht so? Soweit Sie wissen?«

»Aber der Inhalt der Akten wurde gelesen und benutzt. Das ist mehr als ein Autodiebstahl.«

»Wissen Sie persönlich, ob diese Person, die sich, wie Sie es darstellen, in den drei Fällen eingemischt hat, jedes Mal dieselbe ist?«

»Scheint mir logisch zu sein«, sagte Nina. »Person oder Personen.«

»Okay, lassen Sie uns ein wenig genauer auf Ihre Theorie eingehen, das sei alles Teil eines Musters. In der Angelegenheit Brandy Taylor hat Ms. Taylor, wie Sie in Ihrer Akte vermerkt haben, Ihnen gesagt, sie habe Beweise dafür, dass Mr. Stinson einen Mord begangen habe. Und ich erinnere Sie daran, dass Mr. Stinson ausgesagt hat, dass er einen Anruf bekommen hat, der ihn genau darüber informierte.«

»Korrekt.«

»Und in der Sache Cruz hat Mr. Cruz Ihnen gesagt, und Sie haben es in Ihrer Akte notiert, dass eine Zeugin namens Ali Peck Informationen habe, die sich nachteilig auf seinen Sorgenrechtsfall auswirken könnten. Und dann lassen Sie mich Ihnen und dem Gericht darlegen, dass Anwalt Jeffrey Riesner aussagen wird, dass er einen Anruf erhalten hat, der ihn genau über diese für Mr. Cruz nachteilige Zeugin informierte.«

»Ja.« Nina wusste, worauf Nolan hinauswollte und dass Jack sie nicht daran hindern konnte. Hilflos ballte sie die Fäuste und hielt ihre Wut zurück.

»Also wurde der Inhalt der Akten gelesen und an andere weitergegeben, wie Sie sagen.«

»Ja.«

»Und trifft es nicht zu, dass dasselbe im dritten Fall geschah? Dass Ihr Mandant Mr. Vang Ihnen ein Geheimnis anvertraut hat, genau wie Ms. Taylor und Mr. Cruz. Sie haben es niedergeschrieben. Und genau wie in den anderen beiden Fällen wurde Heritage kontaktiert, und man hat der Gesellschaft die nachteiligen Informationen eröffnet. Ist das nicht das Muster?«

»Nein«, sagte Nina, die weiterhin darum kämpfte, ihre Gefühle weder in ihrer Miene noch in ihrer Stimme zu verraten.

»Diese Person, die niemand von uns identifizieren konnte, falls diese Person all das getan hat, scheint doch Geheimnisse zu enthüllen, nicht sie zu erfinden, nicht wahr? Das ist das Muster.«

»Der Fall Vang lag anders. In diesem Fall gab es kein Geheimnis.«

»Mr. Vang ist nicht zusammengebrochen und hat Ihnen nicht anvertraut, dass er seinen eigenen Laden niedergebrannt hat?«

»Definitiv nicht!«

»Mrs. Vang hat das nie gesagt?«

»Nein!«

»Sie haben es nicht von jemand anderem erfahren und es Ihren Notizen hinzugefügt?«

»Nein!«

»Wer hat dann diesen Laden abgebrannt?«

»Die Polizei hat noch niemanden verhaftet.«

»Also wurde Mr. Vang nicht freigesprochen?«

»Er wurde nie verhaftet. Es gib keinen Beweis dafür, dass er seinen Laden abgebrannt hat!«

»O doch, den gibt es. Sein Geständnis in Ihrer Akte. Und die Kleinigkeit, dass er nach Laos geflogen ist.«

Nina atmete tief ein und aus. »Selbst wenn er es mir gestanden hätte, was er nicht getan hat, wäre dies eine vertrauliche Information, die vor keinem ordentlichen Gericht zulässig wäre.«

»Merkwürdig, das aus Ihrem Mund zu hören, wo es doch Ihre Sorglosigkeit war, die dazu geführt hat, dass sie ans Licht der Öffentlichkeit gelangte, nicht wahr?«

»Einspruch«, sagte Jack. »Polemisch.«

»Stattgegeben. Fahren Sie fort, Frau Anwältin.«

»Trifft es nicht zu, dass es im Zusammenhang mit diesem Feuer keinen anderen Verdächtigen gibt und dass Mr. Vang Ihnen gegenüber zugegeben hat, dass er das Feuer gelegt hat?«

»Unzulässige Verknüpfung«, sagte Jack.

»Formulieren Sie die Frage um.« Es war verwirrend. Nolan nahm Nina bei der direkten Befragung ins Kreuzverhör. Nina hatte Mühe, die Orientierung nicht zu verlieren. Sie konnte nicht voraussehen, was Nolan als Nächstes fragen würde. Die Anspannung in diesem Zeugenstand machte strategisches Denken unmöglich. Sie spürte jeden Augenblick das Fallbeil der Guillotine über sich.

»Hat Mr. Vang zum Zeitpunkt des Gesprächs zugegeben, dass er das Feuer gelegt hat?«

»Nein. Nein.«

»Hat er es geleugnet?«

»Ausdrücklich. Ja.«

»Trifft es nicht zu, dass Sie sich mit den Vangs verschworen haben, um eine betrügerische Forderung für sie aufzustellen, wohl wissend, dass die Brandstiftung von Mr. Vang begangen worden war?«

»Nein, das stimmt nicht. Warum sollte ich meine Karriere aufs Spiel setzen, um so etwas Unmoralisches und Kriminelles zu tun?«

»Sie praktizieren alleine?«

»Ja.«

»Ihr Einkommen schwankt manchmal beträchtlich von einem Monat zum nächsten?«

»Ja.«

»Was haben Sie Mr. Vang für die Arbeit, die Sie für ihn geleistet haben, in Rechnung gestellt?« Nolan hielt das Beweisstück hoch, ihre Rechnung an die Vangs.

»Zweitausendvierhundert Dollar.«

»Dafür, dass Sie einen Brief an die Versicherungsgesellschaft geschrieben haben?«

»Es gab bei dem Fall eine große Anzahl an Belegen. Ich habe zahlreiche Stunden gebraucht, den Vangs dabei zu helfen, ihre Quittungen zusammenstellen.«

»Hätte das nicht Ihre Sekretärin tun können?«

»Ich habe es vorgezogen, es selbst zu tun.«

»Lassen Sie mich sehen, Sie haben vierzig Dollar die Stunde in Rechnung gestellt, um Quittungen zusammenzustellen, das macht dann also … oh, hier steht's. Sechzig Stunden. Sie haben sechzig Stunden gearbeitet, um diesen Brief zu schreiben?«

»Um mich mit meinen Mandanten zu treffen, sie zu beraten, ihre Forderungen zusammenzusuchen, den Brief mit der Forderung zu schreiben, die Sache zu verfolgen, zu verhandeln … ja. Sechzig Stunden. Am Ende belief sich die ausgehandelte Forderung auf weit mehr als zweihunderttausend Dollar.«

»Trifft es nicht zu, dass der Preis für Ihre Ehre und Ihre Integrität zweitausendvierhundert Dollar betrug? Dass Sie bereit waren, für diesen Betrag einen Betrug zu begehen, in der Annahme, sie könnten sich hinter dem Aussageverweigerungsrecht des Anwalts verstecken und niemand würde je erfahren, dass Ihr Mandant Ihnen gesagt hatte, dass er die Brandstiftung begangen hatte?«

»Einspruch! Strittig, unzulässige Verknüpfung, falsche Darstellung der Zeugenaussage, fordert zu unzulässigen Schlussfolgerungen auf«, sagte Jack.

»Es ist absolut unwahr«, antwortete Nina, bevor der Richter entscheiden konnte, doch ihre Stimme klang erstickt. Sie konnte den Ansturm von Gefühlen, die durch sie hindurchschossen, nicht ignorieren, ganz egal, wie entschlossen sie war. Solch eine jämmerliche Summe betrachteten sie als den Preis für ihre Seele. »Ich bin stolz auf meinen Beruf! Ich würde nie ...«

Richter Brock schnitt ihr das Wort ab. »Ich gebe dem Einspruch statt. Formulieren Sie um, Frau Anwältin.«

»In Ordnung, Euer Ehren. Ich bin fertig mit dieser Zeugin.«

»Mr. McIntyre?«

»Ms. Reilly«, sagte Jack. »Ich möchte dies sehr deutlich für das Protokoll festhalten. Sind Sie sicher, dass Sie diese letzten vierundzwanzig Wörter nie geschrieben haben?«

»Ganz sicher.«

»Sie hatten nicht die Absicht, die Versicherungsgesellschaft zu betrügen, und soweit Sie wissen, hat Mr. Vang auch keine Brandstiftung begangen?«

»Das ist richtig.«

»Sie haben sechzig Stunden an dieser Forderung gearbeitet und die Zahlung von zweihundertzehntausend Dollar für Ihre Mandanten durchgesetzt?«

»Ja.«

»Halten Sie für das Protokoll fest, dass Ms. Reillys Honorar eins Komma eins Prozent der Schadenssumme beträgt«, sagte Jack. »Ich habe keine weiteren Fragen an die Zeugin.«

»Wir unterbrechen. Die Sitzung wird um drei Uhr fortgesetzt.«

Befreit stieg Nina aus dem Zeugenstand und kehrte erhobenen Hauptes zu Jacks Tisch zurück. Am anderen Tisch packte Nolan ihre Unterlagen zusammen und warf Nina ein zynisches Lächeln zu. Jack nahm Nina am Arm. »Raus hier«, sagte er.

Als der Aufzug kam, war er gerammelt voll. Jack drängte sich vor und schob Nina in eine unsichtbare Lücke.

»Wie war ich?«, fragte sie Jack, als sie auf der anderen Straßenseite eine Kleinigkeit aßen.

»Du hast zaghaft geklungen, aber Brock wird das einzuschätzen wissen«, sagte Jack.

»Ich hatte keine Angst, Jack, falls du das denkst. Ich wurde vor Wut geschüttelt. Ich hatte keine Vorstellung davon, wie schwierig es sein würde auszusagen. Ich wäre am liebsten aus dem Zeugenstand gesprungen und hätte Nolan einen ordentlichen Schlag auf die Nase verpasst. Ich habe andauernd diese blöde Brille unter meinen spitzen Absätzen auf dem Boden zerbrechen sehen. Ich wette, ihre Augen sehen ohne die ganz schön schwach aus.«

»Ist jetzt alles in Ordnung?«

»Ja.«

»Kopf hoch.«

Nach der Pause rief Nolan Sandy in den Zeugenstand. Sie setzte sich und machte es sich in aller Ruhe bequem. Sie war würdevoll und tadellos gekleidet wie immer, sie trug einen Jeansrock und eine weiße Bluse. Ihr schwarzes Haar hatte sie hochgekämmt und mit einem türkisfarbenen Stab festgesteckt. Nina wusste, dass sie noch nie vor Gericht ausgesagt hatte, machte sich um Sandy jedoch keine Sorgen. Sie konnte Nolan mit einem Niesen umhauen.

»Sie haben also die neue Akte, die Ihnen gereicht wurde, genommen und das Aufnahmeformular für neue Mandanten hineingeheftet?«, fragte Nolan.

»Ja. Wie immer.«

»Haben Sie die Notizen gelesen?« Richter Brock beugte sich vor, denn diese Antwort wollte er nicht verpassen.

»Kann gut sein«, sagte Sandy.

»Was macht sie da!«, flüsterte Nina. Jack schüttelte leicht den Kopf. Sie waren beide überrascht. Sandy hatte ihnen mehrmals gesagt, dass sie die Notizen gelesen hatte.

»Kann gut sein? Haben Sie die Notizen gelesen oder nicht.«

»Kann sein.«

»Sie meinen, Sie haben vergessen, ob Sie sie gelesen haben?«

»Legen Sie mir keine Worte in den Mund«, sagte Sandy. »Das steht allein mir zu.«

»Also, was meinen Sie mit ›kann sein‹?«

»Vielleicht habe ich sie gelesen«, sagte Sandy. »Das tue ich oft.«

»Es war also Ihre Gewohnheit, die Aufnahmeformulare neuer Mandanten zu lesen.«

»Ich habe es oft gemacht.«

Eindeutig entnervt von Sandys Verhalten, reichte Nolan ihr das Beweisstück und ließ sie die Notizen ansehen. »Haben Sie dies hier schon einmal gelesen oder nicht?«, wollte sie wissen. »Sie müssen antworten, so gut Sie es aus der Erinnerung vermögen.«

»Könnte gut sein«, sagte Sandy und wies mit einem Nicken auf die Akte. »Üblicherweise habe ich das getan.«

»Euer Ehren, ich ersuche darum, dass Sie die Zeugin zwingen, die Frage zu beantworten.«

»Ich denke, sie tut ihr Bestes«, sagte Brock. »Ms. Whitefeather, ist Ihnen aus dieser Akte oder aus einer anderen Quelle bekannt, dass Ms. Reilly wusste, dass ihr Mandant Brandstiftung begangen hatte?«

»Nein, Sir. Wenn ich diese Notizen damals gelesen habe wie sonst auch, dann haben diese beiden Sätze dort nicht gestanden. Das weiß ich. Denn wenn sie dort gestanden hätten, hätte ich mit ihr darüber gesprochen. Und sie hätte diese Forderung nie eingereicht. Niemals. Sie gehört zu den Ehrlichen.«

»Ich ersuche, dass die ganze Aussage gestrichen wird«, sagte Nolan finster dreinblickend.

»Sie ist ehrlich«, sagte Sandy noch einmal. »Ganz im Gegensatz zu anderen, die ich kennen gelernt habe.«

»Vielleicht hätte ich diese Frage nicht stellen sollen«, sagte Brock. »Es tut mir Leid, Frau Anwältin. Aber ihre Antwort steht.«

25

Endlich Pause.

Nina stieg mit Jack im fünften Stock in den Aufzug, den Kopf hoch erhoben, auch wenn ihr Selbstvertrauen auf einem Dauertiefpunkt war. Ihr ganzes Leben war auf dem Silbertablett serviert worden – vorurteilsbehafteten Kritikern, die ihren Lebensunterhalt damit verdienten, dass sie sich von den Fehlern ihrer Kollegen nährten. Gayle Nolan verbarg weder ihre Intoleranz, noch täuschte sie Objektivität vor. Sie hatte nicht geschauspielert, sie empfand Geringschätzung für Nina. Ja sogar Verachtung! Ninas Kollegin, die sie nicht respektierte, die sie sogar auf den Knien sehen wollte!

Obwohl Richter Brock weniger unverhohlen war, hatte sie den deutlichen Eindruck, dass allein ihre Anwesenheit in diesem Gerichtssaal ihm lästig war, als würden seiner Ansicht nach nur die schlimmsten Anwälte so tief fallen.

Und Jack, der neben ihr stand und eine kleine Melodie summte? Was wollte sie an diesem Tiefpunkt von ihm? Die Versicherung, dass sie ein guter Mensch war, das wollte sie. Doch Jack gab ihr das, was auch sie ihren Mandanten gab: Objektivität, Strategie und einen Schubs nach vorne. Er schätzte sie ab wie ein Steak auf der Metzgertheke. Er hatte neben ihrem emotionalen Wohlbefinden noch andere Sorgen.

Sie wäre am liebsten durch diese Türen auf die Howard Street gelaufen, in ihren Wagen gestiegen und losgefahren – nur wohin? Sie würde nie wieder in das verzweifelte Gesicht eines Mandanten blicken, ohne sich an diesen Tag zu erinnern.

Vorausgesetzt, sie würde je wieder Mandanten haben.

Sie waren an der Reihe. Da Kao Vang irgendwo in den Bergen von Laos und daher nicht verfügbar war, hatten sie nur zwei Zeugen zur Verteidigung im Punkt zwei auf ihrer Liste, Mrs. Vang, die erst später kommen würde, und die Schriftsachverständige Lyuba Gleb, die auf sie wartete, als sie nach der Pause aus dem Aufzug stiegen.

»Hallo zusammen«, sagte sie und schüttelte Jack die Hand. »Wie läuft's?«

»Ganz gut«, sagte Jack.

»Sie sehen heute sehr gut aus, Jack«, sagte Mrs. Gleb. »Ich hatte ja keine Ahnung.« Sie war eine elegante Frau in einem gewissen Alter und trug ein hübsch auf Taille gearbeitetes Chanel-Kostüm. Die üppigen, eindrucksvollen Augenbrauen verliehen ihr die Aura einer würdevollen Persönlichkeit. Ihre Lippen unter der römischen Nase wurden von einem leichten Damenbart betont, was insgesamt das Bild einer eindrucksvollen, lächelnden, entspannten Dame ergab.

»Sie sehen aus, als seien Sie bereit, alles, was man Ihnen entgegenhält, abzuschmettern«, sagte Jack.

»Was gibt es da abzuschmettern?«, sagte Mrs. Gleb. »Ich kann nur die Wahrheit sagen. Obwohl es natürlich eine Wahrheit über die Kunst ist. Die haben ihren eigenen Experten, der bereit ist, alles, was ich sage, zu widerlegen, nicht wahr?«

»Ja, Dr. Harvey Pell. Ich sehe ihn gar nicht.«

»Halten Sie irgendwo im Raum Ausschau nach einem hellen Fleck. Er sucht stets das Rampenlicht. Sie sollten seine Unterschrift sehen, sie läuft über zwei Zeilen, als wäre er Napoleon. Nun, sie haben ihn den ganzen Weg von Chicago hierher geschafft. Er ist kompetent, daher war ich sehr überrascht, als ich sein Gutachten las.« Sie wandte sich an Nina. »Keine Sorge, meine Liebe, ich habe Recht, und ich werde den Richter davon überzeugen, es auch zu sehen.«

»Mrs. Gleb. Sie sind Schriftsachverständige?«, fragte Jack.

»Ja. Meine Spezialgebiete sind die Handschriftenidentifizierung, strittige Handschriften, anonyme Briefe und Graffiti. Ich arbeite viel mit Infrarotfotografien und bin Expertin für die Identifizierung von Tinte und Papier aus dem neunzehnten Jahrhundert. Ich arbeite auf diesem Gebiet seit 1972.«

»Welche Ausbildung haben Sie?«

»Ich habe 1970 mein Bakkalaureat in Chemie an der Sorbonne gemacht. Ich war bei der Sûreté in Paris beschäftigt, um bei der Analyse bestimmter Papiere in einem Kriegsverbrecherprozess zu assistieren. Dort erhielt ich meine praktische Ausbildung. In den Siebzigerjahren wurde ich in die USA geschickt, um an mehreren Seminaren zur Handschriftenidentifizierung teilzunehmen. Ich arbeitete weiter bei der Sûreté und wurde 1978 Leiterin der Abteilung, die fragliche Dokumente untersucht.«

»Bitte beschreiben Sie Ihre Erfahrung.«

»Von 1978 bis 1984 habe ich als Leiterin der Abteilung gearbeitet. Während dieser Zeit habe ich oft vor französischen Gerichten ausgesagt. Ich begann für Interpol auf dem Gebiet der Scheckfälschungen tätig zu sein. 1985 nahm ich eine Stelle als leitende Schriftsachverständige bei der Bank of America an und beaufsichtigte dort in den folgenden zehn Jahren sämtliche forensischen Schriftuntersuchungen. Dann wurde ich unabhängige Beraterin und assistiere besonders Polizeirevieren überall im Land bei der Untersuchung fraglicher Dokumente.«

»Von welchen Gerichten wurden Sie bereits als sachverständige Zeugin auf diesem Gebiet vereidigt?«

»Ich wurde in den vergangenen fünf Jahren von verschiedenen Gerichten in Douglas und Washoe Counties, Nevada, in Queens und Manhattan Counties, in New York, San Francisco, San Mateo und Marin Counties, Kalifornien, als Schriftsachverständige vereidigt und habe dort ausgesagt.«

»Haben Sie ...«

»Ich bin Mitglied der *American Academy of Forensic Sciences*, der *International Association for Identification* und bin Mitglied und anerkannt von der *American Society of Questioned Document Examiner*.«

»Und sind Sie ...«

»Zusätzlich zu meiner beratenden Tätigkeit habe ich überall im Land zahlreiche Seminare für Schriftsachverständige in Banken und Versicherungen geleitet.«

»Ich ersuche darum, dass diese Zeugin als Schriftsachverständige vereidigt wird«, sagte Jack.

Nolan blickte kaum auf. »Kein Einspruch.«

Jack griff nach seinem Kanzleipapierblock. »Wurden Sie im November vergangenen Jahres von mir gebeten, ein bestimmtes Originaldokument zu untersuchen und Ihre Expertenmeinung darüber abzugeben, ob die letzten beiden Sätze dieses Dokuments von der gleichen Person geschrieben wurden, welche die Verfasserin des restlichen Dokuments ist?«

»Ja, Sie baten mich um diesen Dienst.«

»Wenn ich Ihre Aufmerksamkeit auf Beweisstück Nummer achtzehn lenke, ist dies das Dokument?«

Mrs. Gleb nahm das Beweisstück. Aus der Tasche zog sie eine kleine Schachtel, worin ein kleines Vergrößerungsokular steckte, das sie sich ins Auge zu schrauben schien. Sie beugte sich über das Dokument, und plötzlich gefror bei der Arbeit all ihre Lebhaftigkeit. Sie hörte beinahe auf zu atmen und legte vollkommene Konzentration an den Tag.

Sie hob den Kopf und kehrte wieder in den Gerichtssaal zurück. »Ja, dies scheint das Originaldokument zu sein. Ich erkenne die Handschrift. Ich kenne sie mittlerweile so gut wie meine eigene.«

»Gut. Und haben Sie im Monat Dezember und danach das Dokument untersucht?«

»Ja. Es wurde mir von Ihnen zugestellt, und ich habe es in meinem Labor untersucht. Anfang März habe ich es Ihnen zurückgeschickt.«

»Und was war Ihres Wissens der Zweck Ihrer Untersuchung?«

»Also, wie Sie schon sagten, herauszufinden, ob diese Anwältin, Ms. Reilly, die das Dokument bis auf die beiden letzten Sätze verfasst hat, auch die letzten vierundzwanzig Wörter geschrieben hat.«

»Bitte erklären Sie uns Ihre Vorgehensweise.«

»Zuerst habe ich mich mit dem Gehalt der Tinte beschäftigt. Ich ließ sie von einem Labor untersuchen, mit dem ich seit Jahren zusammenarbeite, Allied Laboratories. Ihren Bericht erhielt ich im Januar.«

»Und zu welchen Schlüssen sind sie gekommen?« Jack lag der Bericht vor, und Nolan hatte einverständlich festgestellt, dass er als Beweismittel zugelassen werden konnte.

Mrs. Gleb zog eine Augenbraue hoch. »Die Tinte der letzten vierundzwanzig Wörter war identisch mit der, die bei den vorhergehenden Sätzen benutzt wurde.«

»Was hieß das für Sie?«

»Dass der gleiche Stift benutzt wurde. Ich habe Sie angerufen und Ihnen weitere Fragen gestellt.«

Dass der Stift, der für die Fälschung benutzt worden war, ihr gehörte, hatte Nina einen ganzen Tag lang Bauchschmerzen bereitet. Erst spät am Abend war sie draufgekommen und hatte Jack angerufen.

»Sie haben nach den Umständen gefragt, unter denen das Dokument gestohlen wurde, richtig?«, fragte Jack.

»Ja. Und Sie haben mir berichtet, dass Ms. Reillys Aktentasche gestohlen worden war. Und darin war ihr Waterman-Kugelschreiber. Ich ließ die Tinte des gesamten Dokuments noch einmal untersuchen, und es handelt sich ausnahmslos um die Standardtinte, die in Waterman-Kugelschreiberminen benutzt wird.«

Nolan machte ungerührt Notizen. Sie wusste das alles bereits.

»Konnten Sie irgendwelche Untersuchungen des Papiers vornehmen?«

»Nur in der vagen Hoffnung, dass die ganze dritte Seite ersetzt worden wäre, habe ich meine eigene Analyse des Blattes durchgeführt. Das dritte Blatt stammte von demselben Stapel gelben Kanzleipapiers wie die anderen. Am Papier konnte ich sonst weiter nichts feststellen. Ich habe das ganze Dokument mikroskopisch auf Überschreibungen und irgendwelche Beweise für sonstige Abänderungen untersucht.«

»Welche anderen Untersuchungen haben Sie noch durchgeführt?«

»In meiner wichtigsten Untersuchung habe ich die letzten Sätze, welche die fraglichen sind, mit der Handschrift des restlichen Dokuments verglichen. Mit Raster-Glasplatten habe ich die Neigung der Schrift überprüft, sowie die Höhe und den Zwischenraum. Mit einem Vergleichsmikroskop habe ich ein Wort, das sich wiederholte, verglichen, das Wort *nicht*. Ich habe sämtliche Wörter auf der dritten Seite verglichen und dabei zehn- bis fünfzigfache Vergrößerungen benutzt, um festzustellen, ob es Anzeichen für eine Fälschung gibt.«

»Und was wären solche Zeichen, nach denen Sie suchen?«

»Zum Beispiel Anzeichen für Durchpausen. Anzeichen für Zögern beim Schreiben, Zittern. Unterschiede im Schreibdruck. Unterschiede in der Neigung und der Form der Buchstaben. Was die Handschrift selbst betrifft, wie gesagt, Höhe, Neigung und Abstand.«

»Waren Sie in der Lage, bezüglich der Frage, die man Ihnen gestellt hatte, zu einer Schlussfolgerung zu kommen?«

»Ja.«

»Und wie lautet Ihre Schlussfolgerung?«

»Ich habe festgestellt, dass die beiden letzten Sätze gefälscht wurden. Von einem Fälscher mit beschränkten Fähigkeiten und mittelmäßigem Talent, muss ich hinzufügen.«

»Und worauf beruht diese Schlussfolgerung im Einzelnen?«

Auf ein Zeichen von Mrs. Gleb hin stellte der Gerichtsdiener rechts von ihr eine Leinwand auf. Nina konnte sie nicht gut sehen.

»Licht aus«, sagte Brock.

Die fraglichen Worte schwebten durch die Dunkelheit.

»Keine unmittelbaren Anzeichen für Zögern. Die Schrift fließt«, sagte Mrs. Gleb. »Es gibt jedoch eine Veränderung im Tempo des Schreibens, im Fluss, hier. Betrachten Sie die Punkte über den beiden *i*. Sie befinden sich direkt über dem Buchstaben, obwohl der Rest der Schrift weitereilt, wie bei Ms. Reillys Handschrift. Diese i-Punkte wurden nachträglich sorgfältig gesetzt. Vergleichen Sie dies mit Ms. Reillys enthusiastischen, optimistischen *i* auf Seite zwei ihrer Notizen.«

Die i-Punkte, die in dem Wort »Spirituosenladen« in dem Teil des Dokuments auftauchten, den Nina geschrieben hatte, standen ziemlich weit rechts neben den Buchstaben. Nina betrachtete ihre *i*. Sie schienen auf den Rand des Blattes zuzueilen.

Doch es kam noch mehr. »Jetzt die Enden der Wörter«, sagte Mrs. Gleb. »Betrachten Sie noch einmal die letzten vierundzwanzig Wörter.« Mehrfach vergrößert erlangten sie die eindrucksvollen, abstrakten Formen eines Gemäldes von Robert Motherwell, was passte, wenn man die gewaltigen Auswirkungen dieser Wörter auf ihr Leben in Betracht zog. Für Nina sahen die beiden Sätze aus, als stammten sie aus derselben Feder wie alle anderen – aus ihrer.

»Und jetzt betrachten Sie diese Sätze von Seite eins«, fuhr Mrs. Gleb fort. »Ich habe zum Vergleich diese beiden Sätze nebeneinander gelegt.« Nina sah keinen Unterschied. »Beachten Sie das Ende der letzten Buchstaben jedes Wortes. Die letzten Buchstaben der letzten beiden Sätze haben einen sehr kurzen Auslauf, sehen Sie? Dieser Schreiber wollte einen noch längeren Auslauf machen, hat sich jedoch zurückgehalten. Er wollte, dass der letzte Strich nach oben führt, Zeichen für einen extrovertierten, geselligen Menschen. Sie kennen doch sicher die Liedzeile, ›people who need people‹? Unser Fälscher geht wahrscheinlich gerne auf Parties und füllt seine oder ihre Freizeit mit allen möglichen belanglosen gesellschaftlichen Ereignissen.

Jetzt betrachten Sie im Unterschied dazu die letzten Buchstaben der Worte, die Ms. Reilly ihrer Aussage nach geschrieben hat. Ohne Auslauf. Die Buchstaben enden, und sie sind tatsächlich zu Ende. Abrupt. Sehen Sie hier. Der letzte Strich des kleinen *d* geht bis unter die Grundlinie. Dies ist ein primitiver Strich und zeigt an, dass der Schreiber eigensinnig und vielleicht gelegentlich auch unvernünftig ist. Ms. Reilly ist möglicherweise eine störrische Persönlichkeit, die sich nicht mit unnötigen Einzelheiten abgibt. Sie ist nicht gesellig. Sie ist nicht extrovertiert.

Dritter Unterschied. Die Lücken zwischen den Buchstaben. Sehen Sie sich das Wort *geraten* aus dem letzten Satz an.

Beachten Sie die Abstände nach den Buchstaben *a* und *t*. Unter dem Mikroskop – wo ist das Dia? Vielen Dank – sind sehr schwache Verbindungslinien zu erkennen. Der Fälscher oder die Fälscherin handelt auch hier gegen seine oder ihre wahre Persönlichkeit, indem er oder sie Abstände zwischen die Buchstaben setzt. Der Fälscher möchte sie eigentlich mit dem Rest des Wortes verbinden, weil er ein logischer Mensch ist, der Intuition gegenüber skeptisch.

Alle Fälscher sind von Natur aus unredlich, fähig, ihre wahre Persönlichkeit zu verbergen. Dieser Fälscher ist in der Lage, Ms. Reillys Handschrift fachmännisch nachzumachen, mit nur kleinen, aber deutlich sichtbaren formalen Hinweisen, die auf eine verborgene Ungeschliffenheit des Charakters deuten. Er oder sie besitzt eingeschränkte handwerkliche Fähigkeiten, diese Einschränkungen werden durch die Grobheit dieser Bemühungen deutlich. Ms. Reilly mit ihren raffinierten Abständen zwischen den Buchstaben – sehen Sie, hier schreibt sie praktisch Druckbuchstaben – ist die kreative Person, die Künstlerin. Ich muss sagen, ich verstehe gar nicht, was sie in der Juristerei macht.«

Als dieser verhängnisvolle Satz aus dem Mund der wortreichen Expertin kam, musste Nina ein nervöses Kichern unterdrücken. Sie hoffte nur, dass der Richter nicht mit Mrs. Gleb einer Meinung war.

»Sonst noch etwas?«, fragte Jack schnell.

»Punkt vier. Die Schleifen, die sich bei *g* und *f* nach unten ziehen. Betrachten Sie die unteren Schleifen der fraglichen vierundzwanzig Wörter. Der Fälscher dehnt den Strich nach unten aus, und es gib nur einen winzigen Winkel, bevor er in eine große Schleife übergeht – wie bei Ms. Reilly. Er will diese große Schleife eigentlich nicht machen, er will einen langen Strich nach unten ziehen. Er ahmt es nach.« Nina starrte auf die Buchstaben. Die Schleifen sahen riesig aus, aber ihre unteren Enden waren nicht fließend, als hätte jemand genau das getan, was Mrs. Gleb sagte. Sie stellte sich den Fälscher bei Kerzenlicht in einer Werkstatt vor, wo er ans Werk ging wie Geppetto.

»Dieser Fälscher ist ein pragmatischer Typ, vielleicht an Geld interessiert. Eine kontrollierende Persönlichkeit. Kein natürlicher Schleifenschreiber. Im Gegensatz dazu macht Ms. Reilly fast übertriebene untere Schleifen, worin sich die weltlichen Forderungen ausdrücken, die ihre Natur ihr abverlangt. Ihre Schleifen weisen darauf hin, dass ihre Natur sinnlich ist. Sie besitzt einen starken körperlichen Instinkt.«

Mrs. Gleb machte eine Pause, während der Nina vor Verlegenheit zu sterben glaubte. Sie war bei Jacks vorheriger Besprechung mit Mrs. Gleb nicht dabei gewesen.

»Gibt es noch etwas, worauf Sie Ihr Urteil gründen?«

»Ein starkes Gefühl, meine eigene Intuition, die auf der Erfahrung vieler Jahre beruht«, sagte Mrs. Gleb. »Das hätte ich jedoch ignoriert, wenn ich nicht die anderen äußerlichen Beweise gefunden hätte, die ich erläutert habe.«

»Und Ihre Schlussfolgerung basiert, noch einmal, auf Ihrer jahrelangen Ausbildung und Erfahrung?«

»Ja, die letzten vierundzwanzig Wörter wurden nicht von derselben Person geschrieben, welche den Rest des Dokuments verfasst hat.«

»Vielen Dank. Keine weiteren Fragen.«

Gayle Nolan stand auf, aus jeder einzelnen Linie ihres Gesicht sprach Ungläubigkeit. »Mrs. Gleb, wie lauten die Titel der letzten beiden Bücher, die Sie veröffentlicht haben?«

»Warten Sie, es waren insgesamt zehn. Das letzte Buch trug den Titel *Graphologie im Alltag.*«

»Und das davor?«

»Die Psychologie der Hand.«

»Das soll auch ein Buch über Graphologie sein?«

»Ja. Bei der Graphologie liegt derzeit mein Hauptinteresse.«

»Was genau ist Graphologie?«

»Es ist eine Art von Psychologie, eine Methode, die Persönlichkeit zu bestimmen, indem man Handschriften untersucht.«

»Und Sie haben sich der Graphologie bedient, um diese Beobachtungen über die letzten beiden Sätze und die vorhergehenden Sätze von Beweisstück Nummer achtzehn anzustellen, nicht wahr?«

»Im Laufe der Jahre habe ich eine tiefere Einsicht in die traditionellen Methoden zur Untersuchung strittiger Dokumente gewonnen, indem ich auch Methoden der Graphologen anwende, wie in diesem Fall sehr nutzbringend. Ja.«

»Also, Sie haben ausgesagt, dass Sie die Tinte von den beiden Proben untersucht und festgestellt haben, dass sie identisch ist, richtig?«

»Ja. Das Labor kam zu dem Schluss, dass sie aus demselben Stift stammt.«

»Und Sie nehmen an, der Fälscher hat Ms. Reillys Stift benutzt, der sich in der gestohlenen Aktentasche befand?«

»So habe ich es verstanden.«

»Aber in Wahrheit wissen Sie nicht, ob dieser Stift tatsächlich in der Aktentasche war, nicht wahr?«

Mrs. Gleb ließ sich nicht aus der Ruhe bringen und sagte: »Niemand von uns war zu dem Zeitpunkt dort. Ich habe jedoch die Liste der in der Aktentasche enthaltenen Gegenstände im Polizeibericht gesehen, den Ms. Reilly an dem Tag nach dem Diebstahl zu Protokoll gegeben hat, und dort hat sie den Waterman-Kugelschreiber erwähnt.«

Gut gekontert, dachte Nina.

»Nehmen wir mal an, wir wüssten nicht, was mit dem Stift passiert ist«, sagte Nolan. »Und alles, was Sie hätten, wäre die Tatsache, dass die Tinte dieselbe ist. Wie würde Ihre Schlussfolgerung dann lauten? Basierend auf allein diesen Fakten?«

Jack stand auf und sagte: »Ich denke, diese Hypothese ist höchst problematisch. Ich erhebe Einspruch. Entbehrt jeglicher Grundlage. Die Frage ist nicht fair, Herr Richter. Kein Schriftsachverständiger betrachtet je nur einen einzigen Umstand.«

»Ich verstehe den Punkt, Herr Anwalt«, erklärte Richter Brock. »Wir fahren fort.«

»Danke, Euer Ehren. Also, Mrs. Gleb, mit dem Papier kamen Sie auch nicht weiter, nicht wahr, da die fraglichen Sätze auf demselben Papier geschrieben waren?«

»Das stimmt.«

»Also waren Sie, was chemische Analysen anging, ziemlich schnell am Ende.«

»Ja.«

»Haben Sie nach Fingerabdrücken gesucht?«

»Ja. Das hat Allied Laboratories getan. Sie haben zahlreiche verschmierte Abdrücke gefunden. Offensichtlich gingen die Papiere bei der Versicherungsgesellschaft von Hand zu Hand. Keiner davon konnte identifiziert werden.«

»Also hatten Sie keine harten Beweise für eine Fälschung, ist das nicht so?«

»Einspruch«, sagte Jack. »Was sind harte Beweise?«

»Lassen Sie uns das umformulieren«, sagte Brock.

»Der Punkt ist der, alles, was Sie hatten, war die Handschrift selbst, ist das korrekt?«, fragte Nolan.

»Das hat ausgereicht.«

»Okay, Sie sagten, sie hätten den Winkel der Schrift untersucht, die Neigung, die Abstände. Daraus konnten Sie keine Rückschlüsse ziehen, nicht wahr?«

»Daraus nicht.«

»Haben Sie irgendwelche Beweise für Durchpausen entdeckt?«

»Ich würde sagen, nein.«

»Unterschiede im Schreibdruck?«

»Nichts Offensichtliches.«

»Zittern? Zögern?«

»Nein. Der oder die Fälscherin war eine selbstsichere Person.«

»Also beruht Ihre Schlussfolgerung, wie Sie ausgesagt haben, auf vier Faktoren.«

»Dies und meine umfassende Erfahrung. Viele, viele Jahre Erfahrung.«

»Richtig. Der erste Faktor, den Sie erwähnt haben, war der Punkt auf dem *i*.«

»Mhm.«

»Also, wie viele *i* konnten Sie in den strittigen letzten Formulierungen untersuchen?«

»Sieben.«

»Und in jedem Fall befand sich der Punkt direkt über dem kurzen Aufstrich des Buchstabens?«

»Wie ich ausgesagt habe, nur bei zweien der sechs *i* waren die Punkte direkt über dem Aufstrich. Doch diese eindeutigen Unterscheidungen von allen anderen *i* in dem gesamten Dokument sind meiner Meinung nach ganz entscheidend. Diese beiden Punkte sind vernichtend, da sie eine Vorsicht und Sorgfalt verraten, die nicht einer Person entspricht, die Notizen macht, sondern nur einer Person, die ein Dokument fälscht.«

»Diese beiden vernichtenden Punkte standen über dem Buchstaben und nicht rechts davon wie bei den anderen *i* auf den anderen Seiten.«

»Ja.«

»Was war der Unterschied?«

»Ich verstehe nicht, was Sie mit dem Unterschied meinen.«

»Zwischen den Punkten, die Sie als gefälschte Punkte und als nicht gefälschte Punkte bezeichnen. Wie weit aus der Flucht waren diese nicht gefälschten Punkte von ihren Wurzeln oder Strichen oder wie immer Sie den Rest vom *i* nennen?«

»Also, der Unterschied liegt im Millimeterbereich.«

»Könnte Ms. Reilly nicht ein paar Punkte nur wenige Millimeter näher am Hauptbuchstaben gemacht haben, weil sie etwas anderes im Sinn hatte, was ihre Handschrift ein wenig beeinflusste? Etwas, wodurch sie etwas weniger ungestüm war als sonst? Wie etwa, dass sie vom Betrug ihres Mandanten erfuhr und just in diesem Augenblick, während sie noch schrieb, beschloss mitzumachen?«

»Es ist wahr, es geht hier um geringste Kleinigkeiten. Nur diese beiden Buchstaben. Aber normalerweise variiert die Handschrift in einem Schriftstück, das in einem Zug verfasst wurde, kaum.«

»Aber das am Ende war doch eine wirklich gewichtige Neuigkeit.«

»Selbst dann nicht.«

»Okay, lassen Sie uns zu Ihrem zweiten Faktor kommen. Was Sie den Auslauf der letzten Buchstaben der Worte nennen. Sie sagen, es gäbe Beweise dafür, dass der Fälscher in dem fraglichen Abschnitt den Auslauf nach oben biegen wollte?«

»Ja. Die Tendenz ist deutlich.«

»Zeigen Sie uns noch einmal das Dia mit dem direkten Vergleich. Eine Tendenz, sagen Sie. Ist das irgendetwas, was wir erkennen können?«

»Dia zwölf, bitte«, sagte Mrs. Gleb. Ein riesiges herabstürzendes geometrisches Muster tauchte auf. »Das ist das letzte *s* beim drittletzten Wort im letzten Satz«, sagte Mrs. Gleb. »Beachten Sie die leichte Aufwärtsbewegung.«

»Sie ist leicht, einverstanden. In Wahrheit ist sie mikroskopisch, diese Tendenz, nicht wahr?«

»Fast alle entscheidenden Details bei dieser Arbeit sind nur unter einem Mikroskop zu erkennen.«

»Hm. Ihr dritter Faktor. Die Abstände zwischen den Buchstaben. Mir sieht es ganz danach aus, als hätte der so genannte

Fälscher durchaus Abstände zwischen den Buchstaben gelassen.«

»Unter dem Mikroskop habe ich schwache Verbindungslinien erkennen können.«

»Zeigen Sie uns die entsprechenden Dias.«

»Auf Dias können diese schwachen Linien nicht abgebildet werden.«

»Ah! Weil es auch nur Tendenzen waren?«

»Ich habe sie gesehen, aber die Fotografie hat ihre Grenzen. An mehreren Stellen gab es den fast nicht wahrnehmbaren Versuch, die Buchstaben miteinander zu verbinden.«

»Was Sie uns heute vor Gericht nicht zeigen können?«

»Ich kann nur aussagen, dass ich sie gesehen habe.«

»Und aus diesen fast nicht wahrnehmbaren Tendenzen haben Sie ziemlich viel über unseren so genannten Fälscher abgeleitet. Er oder sie ist ein Logiker, ein Handwerker, aus dem nie ein Rembrandt wird. Anders als Ms. Reilly, die die Kunstwelt verblüffen könnte?«

»Das sind meine Beobachtungen.«

»Das sind Ihre Fantasien.«

»Einspruch!«

»Fahren Sie fort.« Richter Brock wollte offensichtlich möglichst wenig entscheiden, denn wenn er sich zurückhielt, schränkte dies die Punkte ein, gegen die sie in Berufung gehen konnten.

»Und jetzt kommen wir zu Ihrem vierten und letzten Faktor. Legen Sie bitte dieses Dia ein. Okay, zwei Buchstaben sind an den unteren Schleifen, kurz bevor der Strich wieder nach oben geht, ein wenig eckig.«

»Wo der Fälscher innehalten wollte.«

»Sie sind sicher tief in den Geist dieses fiktiven Fälschers eingedrungen, nicht …«

»Einspruch!«

»Fahren Sie fort.«

»Ich möchte eine Entscheidung.«

»Stattgegeben.« Das lässt sich schon eher hören, dachte Nina. Zumindest eine winzige Ähnlichkeit mit dem Vorgehen vor einem richtigen Gericht trat zum Vorschein.

»Also wollte der Fälscher dort aufhören zu schreiben? Nur eine gerade Linie machen statt einer tiefen Schleife?«

»Korrekt. Dies wird zum Beispiel durch diesen Halt demonstriert, diesen Winkel hier.«

Nolan lächelte. »Es ist dieser spekulativen Person schwer gefallen, den Beweis für Ms. Reillys großen Appetit auf das Leben, ihre sexuelle Energie zu fälschen?«

»Einspruch!«, brüllte Jack.

»Sie ist doch diejenige, die aus der Hand liest«, sagte Nolan.

»Frau Anwältin, reißen Sie sich zusammen«, sagte Richter Brock, wobei seine Stimme so emotionslos klang wie immer. Er versuchte immer noch, so zu tun, als wäre er nur die Hülle eines Menschen, ein unparteiisches Instrument des Rechts. Im Gegensatz zu Nolan, die jetzt offen die Instinkte einer hungrigen Wölfin erkennen ließ.

»Das haben Sie ausgesagt, nicht wahr? Der so genannte Fälscher ist pragmatisch, geldorientiert und, wie ich annehme, kein besonders guter Liebhaber. Er hat gefälscht, richtig? Doch Ihnen zufolge könnte niemand jemals Ms. Reilly beschuldigen, es gefälscht zu haben.«

»Euer Ehren, der Sarkasmus der Frau Anwältin führt zu nichts und ist obendrein eine Vergeudung der kostbaren Zeit des Gerichts«, sagte Jack. Nina reagierte ungehalten auf seine Sanftmut. Im Gericht des guten alten Richter Milne in Lake Tahoe würde der Gerichtsdiener Nolan, die mit ihren hochhackigen Schuhen ausholen würde, wegen Missachtung des Gerichts ins Kittchen schaffen. Nolan fiel nicht nur über Ninas Charakter her, sie machte Witze auf ihre Rechnung und zog das ganze Verfahren ins Lächerliche. Sie wollte, dass Nina rasch an den Pranger gestellt wurde, damit die schockierten Bürger mit faulen Eiern auf sie werfen konnten.

»Wie viele Ihrer Schlussfolgerungen basieren auf vor Gericht anerkannten Verfahren der Analyse fraglicher Dokumente, im Gegensatz zur Graphologie, Mrs. Gleb?«

»Es ist alles relevant und wichtig.«

»Sie machen keine Unterschiede?«

»Es wäre falsch zu trennen. Lassen Sie sich von mir gesagt sein, Madam Anwältin, dass ein Sachverständiger, der Ihnen erzählt, er verlasse sich bei der Untersuchung nicht auch auf seine Intuition, seine Arbeit nicht richtig macht.«

»Richtig, Intuition. Ich habe keine weiteren Fragen an diese Zeugin.«

»Sie dürfen den Zeugenstand verlassen.«

Mrs. Gleb verließ den Saal in einer Wolke teuren Parfüms.

Jack hatte Nina erklärt, dass er vor Mrs. Gleb, die damals so … so unparfümiert gewirkt hatte, zwei andere Schriftsachverständige angesprochen hatte. Diese beiden anderen Experten hatten nach der Untersuchung des Dokuments eingeräumt, dass es wahrscheinlich eine Fälschung war, sich aber geweigert, ihren Ruf dafür aufs Spiel zu setzen.

Nina betrachtete die riesigen herabstoßenden Striche ihrer Handschrift, nackt und grob auf der Leinwand. Sie schaute auf die Notizen auf ihrem Kanzleipapier-Block hinunter, die sie im Laufe dieses Vormittags gemacht hatte, mit ihren riesigen unteren Schleifen überall. Hastig blätterte sie die Seite um.

»Wir machen eine letzte kurze Pause. Sie haben noch eine Zeugin in der Sache Vang, ist das richtig?«, fragte Richter Brock an Jack gewandt.

»Ja, Mrs. See Vang«, sagte Jack.

»Gut, dann rufen wir sie auf.«

Draußen im Wartebereich zog Mrs. Gleb sie in eine Ecke, bevor sie entkommen konnten. »Sie sollten eines wissen«, sagte sie. »Ich habe Recht mit dem, was ich sage. Sie dürfen nichts auf diesen gemeinen Sarkasmus geben, was der Richter auch nicht tun wird, da bin ich mir sicher.«

»Vielen Dank, dass Sie hergekommen sind, Mrs. Gleb«, sagte Jack. »Wir wissen es zu schätzen.«

»Das Recht ist auf Ihrer Seite, meine Liebe, und was noch praktischer ist, ich ebenfalls. Rufen Sie mich an, falls ich noch etwas für Sie tun kann. Ich wohne bis zum Wochenende im Marriott.«

26

Die Pause bot gerade genug Zeit für wechselseitige Beschuldigungen.

»Warum hast du sie nicht besser auf Spur gebracht?«, sagte Nina zu Jack, sobald sie eine Etage tiefer und damit außer Hörweite waren. »Sie hatte ein paar wichtige Punkte zu machen, die nichts mit meinem unersättlichen sexuellen Appetit zu tun hatten! Ich bin mir sicher, sie unterzeichnet mit riesigen Großbuchstaben, um ihr aufgeblasenes Ego besser zur Geltung zu bringen.«

»Ich habe mindestens dreimal mit ihr telefoniert. Ich habe eine Zusammenfassung von dem gesehen, was sie aussagen würde. Diese unteren Schleifen hat sie nie erwähnt. Manchmal lassen sie sich da oben im Zeugenstand hinreißen, wie du sehr wohl weißt.«

»Du hättest es voraussehen müssen. Sie ist großspurig. Das habe ich sofort gesehen. Ein Experte sollte konservativ sein.«

»Hey, wir schulden ihr was. Vergiss nicht, wir konnten keinen anderen Sachverständigen bekommen, und sie hat einen fantastischen Ruf, trotz Nolans Vivisektion. Sie hat sich auch nicht so schlecht gemacht, wie du glaubst. Der Fälscher hat dieselbe Tinte und dasselbe Papier benutzt wie du und nur zwei Sätze geschrieben. Es gab keine Unterschrift, und Tatsache ist, dass niemand sonst den Mumm hatte, den Kopf hinzuhalten.«

»Graphologie«, sagte Nina. »So ähnlich wie Astrologie, was? Ich bin mir sicher, dass Richter Brock in seinem Zimmer gerade über dieser Aussage sitzt und ›Pfui, Teufel!‹ sagt. Also, wie machen wir uns, Jack? Sind wir dabei, mich lebendig zu begraben? Denn genau so fühle ich mich.«

»Versuch deine Unsicherheit abzulegen. Heb die Mundwinkel und sitz gerade. Wir nehmen dieses Ding Punkt für Punkt auseinander. Denk nicht mehr dran. Lass uns wieder hineingehen.«

Nina wollte nicht mehr ins Gericht zurückkehren und ein braves Mädchen sein. Sie hatte es satt, dass Jack ihr sagte, was sie tun sollte, und war bis aufs Messer gereizt über ihren anhaltenden Zustand der Wut. Schimpfwörter, die sie bislang zurückgehalten hatte, saßen ihr in der Kehle. Wenn sie so reflexhaft reagieren würde, wie Mandanten das normalerweise taten, verdiente Jack einen weiteren Rüffel.

Sie atmete viermal tief durch, ein Rat ihrer Mutter aus Kindertagen, um Anspannung und Angst abzuwehren, und ging in die Kammer des Schreckens zurück, wo der Furcht erregende Dr. Pell an der Tür wartete.

Der ehemalige FBI-Mann mit dunklem Haar und teuflischer Miene besaß eine bemerkenswerte Ähnlichkeit mit dem Schauspieler Andy Garcia. Er machte eine prägnante Aussage, ernst und, Nina musste es zugeben, fair. Um die Sache rasch durchzuziehen, sodass er wieder nach Quantico zu seiner Arbeit zurückkehren konnte, hatten sie ihn außer der Reihe drangenommen.

Gayle Nolan führte das Wort. Pell hatte seinen eigenen Satz

Dias mitgebracht, doch er sprach nicht über Schleifen. Er sagte nur, dass niemand sagen könne, ob die letzten Sätze gefälscht waren oder nicht, da die forensischen Beweise unzulänglich waren und die Probe zu kurz, um die Ausdrucksweise zu untersuchen. »Es gibt keine schlagenden Beweise«, sagte er. »Keine Rechtschreibfehler, keine offensichtlichen Abweichungen von der vorhergehenden Handschrift.«

»Die Schrift stimmt also mit der Schrift des restlichen Dokuments überein?«, fragte Nolan.

»Ja, aber …«

»Es gibt daher keinen Bew…«

»Einspruch«, sagte Jack. »Lassen Sie den Zeugen ausreden. Er wurde unterbrochen, bevor er mit seiner Antwort fertig war.«

»Wollten Sie Ihrer Antwort noch etwas hinzufügen?«, fragte Richter Brock.

Dr. Pell ignorierte Nolan, die offensichtlich etwas dagegen hatte, dass er fortfuhr, und sagte: »Ja. Ich muss hinzufügen, dass dies, auch wenn sie übereinstimmt, nicht unbedingt den Schluss zulässt, dass diese Probe tatsächlich die Handschrift der Beklagten ist. Sie stimmt überein, aber das tut jede leidliche Fälschung auch. Ich habe einfach nicht genug Anhaltspunkte, um weiterzumachen. Ich kann nur sagen, dass für die Annahme, diese vierundzwanzig Wörter seien gefälscht worden, nicht genügend Beweise vorhanden sind.«

»Es gibt keinen Beweis dafür, dass dies eine Fälschung ist, Dr. Pell«, sagte Nolan. »Ist das korrekt?«

»Das ist korrekt.«

Jack nahm Dr. Pell ins Kreuzverhör, wobei dieser auf alle nur erdenklichen Arten wiederholte, dass er unfähig war, eine Schlussfolgerung zu ziehen. Bis hierher hatte Pell ihr noch nicht den Todesstoß versetzt, und Jack beließ es dabei, hielt sich an seine eigene Agenda und stellte das, was er deutlich machen wollte, heraus, ohne Platz für Herumgeschwänzel zu lassen. Offensichtlich hatte Nolan dieselben Probleme gehabt wie sie, einen Experten zu finden, der eindeutig Stellung bezog.

Als Dr. Pell aus dem Zeugenstand trat, ließ er bei allen den Eindruck zurück, es sei unmöglich, mittels eines Expertengutachtens nachzuweisen, ob Nina diese letzten Worte geschrieben hatte oder nicht.

Was sie an diesem Punkt im Fall Vang hatten, waren zwei einander widersprechende Beweise: die handschriftlichen Worte selbst, die anscheinend im normalen Verlauf des Gesprächs notiert worden waren und von denen man daher vom rechtlichen Standpunkt aus annehmen konnte, dass sie das waren, was sie zu sein vorgaben, und Ninas Zeugenaussage, von der guten Sandy ergänzt.

Die einzige Zeugin, die sie noch hatten, war Mrs. Vang, die inzwischen eingetroffen war und zusammen mit dem omnipräsenten Dr. Mai draußen wartete. Sie würde aussagen, dass Kao Vang den Abend und die Nacht mit ihr verbracht hatte und das Feuer daher nicht gelegt haben konnte.

Während der vorangegangenen sechs Monate hatte sich für die Familie Vang vieles verändert. Kao Vang hatte die Stadt verlassen und war nach allem, was man hörte, in sein Heimatdorf in den Bergen von Laos zurückgekehrt, doch er beantwortete keine Briefe. Mrs. Vang hatte sich von ihm scheiden lassen und studierte jetzt Computerwissenschaft an der Fresno State University. Die Kinder waren bei ihr geblieben.

Nina hatte noch mehr über die Hmong in Amerika in Erfahrung gebracht, und inzwischen hatte sie verstanden, welch ungeheuren Schritt weg von der Tradition Mrs. Vang gewagt hatte, sich scheiden zu lassen, alleine zu leben und sogar die Kinder zu behalten, die normalerweise beim Familienvater geblieben wären. Die Vangs hatten in den USA gelitten, doch sie hatten überlebt, jeder auf seine Art.

Kao Vang hatte seinen Teil des Geldes vor den Anwälten der Versicherungsgesellschaft in Sicherheit gebracht und war jetzt in seinem Heimatland ein reicher Mann. Heritage konnte ihm kaum etwas anhaben. Doch Mrs. Vangs Anteil des Versicherungsschecks war auf einem Treuhandkonto eingezahlt worden, bis über eine Zivilklage wegen Betrugs, die Heritage gegen die Vangs eingereicht hatte, entschieden war.

Und gegen Nina als Mitverschwörerin. Sie war von Heritage verklagt worden, doch die Klage ruhte, bis dieses Verfahren abgeschlossen war. Der Kampf um Mrs. Vangs Anteil an dem Versicherungsgeld bedeutete natürlich, dass Mrs. Vangs Glaubwürdigkeit heute vor diesem Gericht nicht sehr hoch war, worauf Gayle Nolan, da war Nina sich sicher, bis zum Erbrechen herumreiten würde.

Zierlich und bescheiden kam Mrs. Vang herein, wurde vereidigt und nahm im Zeugenstand Platz.

Wenn ein Zeuge zum ersten Mal im Zeugenstand Platz nimmt, gibt es immer einen Augenblick, in dem der Rest des Gerichtssaals einen scharfen Blick auf ihn wirft und sich einen Eindruck verschafft. Ninas erste Gedanken waren persönlicher Natur. Mrs. Vang sah besser aus als zuvor. Sie hielt sich aufrecht, und der erschöpfte Ausdruck aus den Tagen, als sie Quittungen gesammelt und die Forderung aufgestellt hatten, war verschwunden. Sie trug einen unauffälligen Hosenanzug und hielt eine modische Handtasche auf dem Schoß. Sie sah nicht aus wie eine Lügnerin.

Nun betrachtete Nina sie unter dem beruflichen Aspekt. Mrs. Vang konnte eine beeindruckende Zeugin abgeben. Sie sollten so viel wie möglich aus ihr herausholen. Auch Jack beobachtete sie und kniff dabei konzentriert die Augen zusammen. Er kam zweifellos zu einem ähnlichen Schluss.

Das einzige Problem bestand darin, dass Mrs. Vangs Antworten gedolmetscht werden mussten. Sie traute ihren neu erworbenen Englischkenntnissen noch nicht so recht. Da der ortsansässige vereidigte Hmong-Dolmetscher nicht zur Verfügung stand, war Nolan ohne weiteren Kommentar einverstanden gewesen, dass Dr. Mai dolmetschte. Dr. Mai saß auf einem Stuhl direkt vor Mrs. Vang zwischen Nolan und dem Zeugenstand und trug dasselbe alte Hemd und dieselbe alte Hose. Er suchte keinen Blickkontakt mit Nina oder Jack.

Richter Brock sah müde aus. Zeit für ein Nickerchen. Das war nicht gut. Er beriet sich flüsternd mit seiner Protokollführerin.

»Guten Tag, Mrs. Vang.«

Nach einem kurzen Blick auf Dr. Mai antwortete sie leise auf Englisch: »Guten Tag.«

Jack stellte ihr Fragen zu der Reihe von Missgeschicken, die der Familie widerfahren waren, zuerst in Laos, dann in den USA. Er kam zu dem zweiten Raubüberfall auf den Blue Star Market, bei dem Kao Vang bewaffnet gewesen war und den Räuber getötet hatte.

»Und Sie waren zugegen, als das alles geschah?«

»Ich war im Hinterzimmer und habe durch den Vorhang gespäht, in großer Angst. Mr. Vang zog die Waffe unter der Registrierkasse hervor und erschoss diesen Mann, Song Thoj.« Dr. Mai übersetzte ihre Worte sorgfältig, ohne Emotionen.

»Was ist mit dem anderen Mann?«

Mrs. Vang sah bestürzt aus. Offensichtlich wollte sie über den anderen Mann nicht reden. Sie schaute Dr. Mai an, der die Stirn runzelte.

»Es war doch in dieser Nacht noch eine weitere Person in dem Laden, nicht wahr?«, fragte Jack. »Mrs. Vang, Sie haben geschworen, die Wahrheit zu sagen.«

Sie redete. Dr. Mais Stirnrunzeln vertiefte sich. Er zögerte. Ein langer Augenblick verstrich, bevor er übersetzte. »Woher wissen Sie das?«

»Beantworten Sie einfach nur die Frage«, erklärte Richter Brock ihr.

Jack war bereits zufrieden. Er hatte seinen neuen potenziellen Brandstifter eingeführt, und er würde weiterbohren, genau wie Nina es getan hätte.

»Ja, es waren zwei«, sagte Mrs. Vang leise.

»Und was geschah, nachdem Mr. Vang den einen erschossen hatte? Was hat der zweite Mann getan?«

»Lief davon.«

»Und wurde dieser Mann Ihres Wissens je in Zusammenhang mit dem Raubüberfall oder der Brandstiftung verhaftet?«

Sie kämpfte mit sich und schüttelte dann den Kopf. Sie wollte nichts sagen, wollte aber auch keinen Meineid begehen.

»Sprechen Sie laut«, sagte Brock noch einmal, und sie antwortete: »Nein.«

»Dann hat der zweite Räuber Ihres Wissens gesehen, wie sein Partner von Mr. Vang erschossen wurde, und ist davongelaufen.«

»Ja.«

»Zwei Monate später ist dann Ihr Laden bis auf die Grundmauern niedergebrannt?«

»Ja. Vollkommen zerstört.«

»In der Nacht vom vierten Juli bis in den folgenden Morgen?«

»Ja. Am Unabhängigkeitstag hat es angefangen zu brennen. Das Feuer brannte viele Stunden.«

Sie sprach ohne Groll, ungerührt, doch Nina hörte die Gefühle dahinter.

»Und Sie waren wo während der ganzen Nacht?«, fragte Jack.

»Ich habe bis fünf im Laden gearbeitet. Mr. Vang hat bis zwölf gearbeitet und dann zugemacht. Er kam gegen Viertel nach zwölf nach Hause. Ich war wach. Wir gingen zu Bett. Gegen vier rief die Feuerwehr an und sagte, der Laden stehe in

Flammen. Wir fuhren direkt dorthin, wir haben uns nicht einmal angezogen. Unser Blue Star Market lag bereits in Schutt und Asche. Alles weg.«

»Nun, Mrs. Vang«, sagte Jack, »war Mr. Vang die ganze Nacht zwischen dem Zeitpunkt, zu dem er nach Hause kam, und dem Zeitpunkt, als die Feuerwehr anrief, mit Ihnen zusammen?«

»Ja. Wir waren im Bett.«

»Und Sie waren bei dem ersten Gespräch in Ms. Reillys Büro dabei?«

»Ja.«

»Haben Sie oder Ihr Mann Ms. Reilly gegenüber je behauptet, sie hätten das Feuer selbst gelegt?«

»Nein. So etwas haben wir nie gesagt.«

»Vielen Dank. Keine weiteren Fragen.«

Jack setzte sich lächelnd.

»Du hättest sie fragen sollen …«, flüsterte Nina.

»Ich hab, was ich brauche. Pst«, sagte Jack.

Nolan nahm sich Mrs. Vang vor. »Wollen mal sehen, Mrs. Vang, Sie sagen uns, Ihr, ähm, Exmann hatte nichts mit dem Feuer zu tun. Richtig?«

»Ja.«

»Und Sie beide haben als Ergebnis des Feuers zweihundertzehntausend Dollar einkassiert oder dies zumindest versucht.«

»Ich habe gar nichts einkassiert. Die Versicherung hat mir das Geld weggenommen.«

»Ge-nau. Und die Versicherung hat Sie verklagt, richtig?«

»Ja.«

»Und Sie leugnen natürlich, dass Ihr Mann etwas damit zu tun hatte? Und er bleibt praktischerweise dem Gerichtsprozess fern, sodass er nicht aussagen muss?«

»Einspruch! Was soll dieses ›natürlich‹? Diese kommentierenden Bemerkungen sind unsachlich, Herr Richter.«

»Fahren Sie fort«, sagte Brock. Nina hatte die inzwischen stereotype Antwort des Richters satt, die so vielen Punkten auswich.

»Dann steht für Sie das ganze Geld auf dem Spiel?«

»Einspruch!«

»Sie haben Ihren Punkt vorgebracht, Ms. Nolan. Fahren Sie fort.«

Nolan atmete tief durch und zeigte dann mit dem Finger auf Mrs. Vang. »Hat Ms. Reilly Ihnen geholfen, diese Geschichte über die zwei Räuber auszuhecken?«

»Einspruch!«

»Formulieren Sie das um, Frau Anwältin.«

»Diese Aussage, die Sie eben gemacht haben, dass Sie einen zweiten Räuber gesehen haben, entspricht nicht der Wahrheit, nicht wahr?«

»Doch.«

»Sie behaupten immer noch, es sei eine zweite Person zugegen gewesen?«

»Ja.«

»Und warum haben Sie dies dann nicht im Polizeibericht erwähnt, Mrs. Vang? Warum haben Sie und Ihr Mann der Polizei gesagt, in der Nacht wäre nur ein Mann, der Mann, den Ihr Mann umgebracht hat, in Ihren Laden gekommen?«, fragte Nolan. Sie stieß, während sie sprach, triumphierend mit ihrem Zeigefinger immer näher auf Mrs. Vang.

Mrs. Vang sah zu Boden. Sie sprach mit leiser Stimme. »Ich schäme mich zuzugeben, dass wir gelogen haben.«

»Damals haben Sie gelogen? Oder lügen Sie jetzt?«

»Nein, da waren zwei Männer.«

»Kommen Sie, Mrs. Vang. Welchen Grund sollten Sie haben, die Polizei anzulügen, wo Sie doch eben erst so Schreckliches durchgemacht hatten? Warum sollten Sie die Polizei anlügen?«

Mrs. Vang begann zu weinen. Dr. Mai sah bekümmert aus.

»Also, Mrs. Vang?«, sagte Nolan.

Mrs. Vang zog ein großes Baumwolltaschentuch heraus, das sie sich an die Augen hielt. »Ich kann es nicht sagen«, schluchzte sie.

»Können Sie nicht? Oder wollen Sie nicht?«

»Ich kann nur zugeben, dass da noch ein anderer Mann war. Denn das ist die Wahrheit.«

Nolan schüttelte empört den Kopf. »Ich habe keine weiteren Fragen an diese Zeugin.«

»Sie dürfen gehen«, sagte Richter Brock, doch Jack erklärte gleichzeitig: »Ich habe noch ein paar Fragen in eine neue Richtung.«

»Bleiben Sie sitzen«, sagte Brock zu Mrs. Vang.

Jack beugte den Kopf zu Nina. »Also? Tun wir ihr das an?«

»Sie wird nicht lügen«, sagte Nina. »Und die Einzelheiten sind wichtig in Bezug darauf, ob der zweite Mann ein Motiv hatte, die Brandstiftung zu begehen. Frag sie … frag sie, ob sie ihn kannte.«

»Mrs. Vang«, sagte Jack, »hatten Sie diesen zweiten Mann schon einmal gesehen?«

»Das kann ich nicht sagen.« Jack warf Nina einen Blick zu, und diese nickte.

»Sie kannten diesen Mann, nicht wahr? Mrs. Vang, Sie sind hier vor Gericht, und Sie haben geschworen, die Wahrheit zu sagen.«

»Ja. Das ist das Land der Freien«, sagte Mrs. Vang.

»Sie müssen die Wahrheit sagen.«

»Ich schäme mich.« Sie weinte.

Jack gab ihr eine Sekunde. »Haben Sie diesen Mann gekannt?«

»Ja.«

»Wer ist er?«

»Moua Thoj.«

»Er trägt denselben Nachnamen wie der Mann, den Mr. Vang im Laden erschossen hat?«

»Ja. Song Thojs Bruder.«

»Erzählen Sie uns von ihm, Mrs. Vang«, sagte Jack freundlich.

Diesmal sprach Mrs. Vang ausführlich, wenn auch zögernd, auf Hmong. Schließlich hob Dr. Mai die Hand, um sie zu bremsen. Nolan saß voller Verachtung an ihrem Tisch, doch sie machte sich wie wild Notizen.

»Sie sagt … entschuldigen Sie mich. Moua und sein Bruder Song waren in Fresno Mitglieder einer Gang. Wir haben unserer Tochter gesagt, sie darf Song nicht mehr sehen, doch unsere Tochter hat uns angelogen und sich eines Tages nach der Schule mit ihm getroffen. Wir haben es später herausgefunden. Er war wütend, dass wir ihn nicht als Ehemann unserer Tochter akzeptieren wollten. Er und sein Bruder Moua kamen zum Laden, beraubten uns und schossen auf meinen Mann.«

»Warum haben Sie der Polizei nicht gesagt, wer das war?«

»Weil mein Mann das nicht wollte. In unserem Land ist ein Mädchen, das seine Eltern angelogen und sich alleine mit einem Jungen getroffen hat, keine gute Frau zum Heiraten. Sie hat unserer Familie Schande gebracht. Mein Mann ist an dieser Schmach fast gestorben. Es war besser, die Sache selbst in die Hand zu nehmen. Also haben wir dafür gesorgt, dass unsere Tochter nach der Schule zu Hause blieb, und mein Mann wollte sie mit zurück nach Laos nehmen.«

»Doch dann kam es zu dem zweiten Überfall.«

»Ich glaube, die Brüder sind zum Laden zurückgekommen, um Mr. Vang umzubringen, nicht um ihn auszurauben. Denn er wollte die Ehe immer noch nicht erlauben. Ihre Familie – sie hatten das Gesicht verloren. Sie kamen herein, und ich schaute zu. Und Song sagte zu meinem Mann: ›Du Idiot!‹ Er hatte eine Waffe. Und Kao Vang langte unter die Theke und schoss auf Song und tötete ihn. Moua lief davon.«

Sie sprach mit der Verzweiflung eines Menschen, der die Wahrheit sagt.

Richter Brock war munter geworden und spitzte die Ohren. Nolan hatte aufgehört zu schreiben und hielt sich seitlich am Tisch fest, als wollte sie jeden Augenblick aufspringen.

»Dann kam das Feuer«, sagte Jack.

»Mein Mann und ich hatten große Schwierigkeiten. Er war sehr verbittert, dass unsere Tochter so viel Leid über uns gebracht hatte. Er bestand darauf, dass sie nach Laos zurückkehrte. Ich konnte das nicht zulassen. Es ist nicht gut für eine Frau in Laos. Sie hätte ein schreckliches Leben geführt. Ich dachte, wir müssten unsere Chance hier nutzen. Und so habe ich nach dem Feuer meinen Mann verlassen und meine Tochter und meinen Sohn mitgenommen. Zu Hause hätte ich das nicht tun können. Doch in diesem Land sind die Frauen frei.«

»Lassen wir diese Zeugin ewig mit ihrer Geschichte fortfahren?«, sagte Nolan.

»Ich will das hören«, sagte Richter Brock.

»Und haben Sie Moua je wiedergesehen, nachdem Ihr Mann seinen Bruder erschossen hatte?«

»Wir haben immer noch im Laden gearbeitet. Er kam herein und bedrohte uns wieder. Er sagte, Kao schulde ihm Rachegeld, denn Kao hatte seinen Bruder umgebracht. Ich sagte ihm, ich würde die Polizei rufen. Er lief wieder weg. Doch in der nächsten Nacht – das Feuer. Alles war verloren.«

»Mrs. Vang«, sagte Jack, »warum haben Sie der Polizei nicht von Moua erzählt?«

»Wozu sollte das gut sein? Was hätten sie beweisen können? Mein Mann sagte, wir versuchen, von der Versicherung dafür Geld zu bekommen, dass wir unseren Laden verloren haben, und dann verlassen wir sofort dieses Land und gehen zurück nach Laos. Ich habe ihm geholfen. Aber ich war unglücklich und voller Angst. Ich werde nie nach Laos zurückkehren. Meine Tochter und mein Sohn werden amerikanische Bürger sein. Ich habe meinen Mann verlassen und meine Kinder mitgenommen. Ich bleibe hier.«

»Wissen Sie, wo Moua jetzt ist?«, fragte Jack.

»Ich habe gehört, seine Familie ist nach New York gezogen, nachdem vor ein paar Monaten eines Tages ein Ermittler aufgetaucht ist und viele Fragen gestellt hat. Er kommt nicht zurück. Er hat jetzt Angst vor der Polizei.«

Dann hat Paul Moua Thoj also verscheucht, als er im September so viele Fragen gestellt hat, dachte Nina, und das Leben der Vangs damit sicherer gemacht. Ein Stochern im Dunkeln hatte zufällig zu etwas Gutem geführt.

»Und wo ist Ihre Tochter?«

»Sie lebt bei mir. Sie arbeitet im selben Laden wie ich.«

Jack warf Nina einen Blick zu, der fragte, noch was?

»Wir haben gelitten«, sagte Mrs. Vang. »Aber hier gibt es Hoffnung.«

»Das war alles«, sagte Jack.

Unterbrechung für den Tag. Sie marschierten hinaus. Mrs. Vang und Dr. Mai kamen herüber, um ihnen die Hand zu geben.

»Wir sorgen dafür, dass Sie Ihr Geld bekommen«, erklärte Jack ihr. »Wir werden gewinnen.«

»Viel Glück«, sagte Nina. »Für Sie und für Ihre Kinder.«

Bob hatte heute Geburtstag. Er wurde vierzehn, und da sie in San Francisco festsaßen, hatte Paul, der sich an Wishs schwärmerischen Bericht erinnerte, das Dreh-Restaurant auf dem Hyatt Regency zum Feiern vorgeschlagen. Die Sicht, bei Sonnenuntergang noch Aufsehen erregend, war trüb geworden und verschwamm romantisch und trübe in Grau, Schwarz und Weiß. Natürlich gab es hier keine Pizzas. Bob ist der einzige Gast unter dreißig, dachte Nina, wenn man nicht mitzählte, wie kindisch Jack und Paul sich benahmen. Seit dem Augenblick, in dem sie sich am Eingang zum Restaurant getroffen hatten, tauschten sie schmutzige Witze aus. Für Männer, die so oft aneinander gerieten wie die beiden, hatten sie doch mächtig viel Spaß miteinander.

Zum Glück schien es Bob nichts auszumachen, dass er in seinem jüngsten Exil nur von Erwachsenen umgeben war. Seit Nina ihn mit nach San Francisco geschleift hatte und er im Galleria Park Hotel in der Sutter Street wohnte, vertrieb er sich die Zeit damit, die Stadt zu erforschen. Unfähig, in einem Hotelzimmer herumzuhängen und Schularbeiten zu machen, hatte er, während Nina im Gericht saß, seinen Geburtstag bis dahin damit verbracht, alleine stundenlang mit den Cable Cars herumzufahren. Am nächsten Tag wollte er mit der Fähre nach Sausalito. Sein Gesicht war vom Wind gerötet, er strotzte vor Gesundheit und frisch erworbener Ortskunde und plapperte pausenlos.

Obwohl Jack angeboten hatte, ihn bei sich aufzunehmen, wusste Nina, dass es nur Probleme geben würde, wenn er in Bernal Heights strandete. In der Innenstadt konnte er so vieles unternehmen, zudem war er inzwischen zu einem schlaksigen jungen Mann herangewachsen und kannte sich in dieser Stadt sehr gut aus. Also machte Nina sich keine großen Sorgen mehr um ihn. Zudem brachte sie es, obwohl sie es in Erwägung gezogen hatte, nicht über sich, in Jacks Wohnung zurückzukehren, nicht mit der Erinnerung daran, was in der Vergangenheit zwischen ihr und Jack vorgefallen war, und ihren Fantasien darüber, was danach gewesen war. Diese Phase ihres Lebens war abgeschlossen.

Ein Kellner kam, um ihre Bestellung aufzunehmen, was Bob zum Schweigen brachte, solange er die Speisekarte studierte. Zuerst wählten sie alle etwas zu trinken, wobei Bob sich für Malzbier entschied, während die anderen härtere Sachen bestellten. Paul und Jack stürzten sich in einen heißen Entscheidungskampf, welchen Wein es zum Essen geben sollte, und einigten sich schließlich auf einen roten und einen weißen. Die Männer wählten ihr Essen rasch, Paul bestellte ein Prime-Rib-Steak, Jack Schweinefilet. Bob schwankte lange zwischen Penne und Lachs und zwang den Kellner, zwei Bestellungen wieder durchzustreichen, bevor die Nudeln den Sieg davontrugen. Nina entschied sich für die auf Zitronengras aufgespießten Riesenmuscheln.

Die Bay Bridge kam langsam in Sicht, bewegte sich auf sie zu, eine virtuelle Besichtigungstour, während der Fußboden sich drehte, alle vierzig Minuten einmal ganz herum. Bob trank sein Malzbier und schaute fasziniert aus dem Fenster auf die neblige Szene. Nieselregen rann am Fenster herunter und sagte dem Nebel den Kampf an.

»Fährst du heute Nacht nach Carmel zurück?«, fragte Jack an Paul gewandt.

»Was? Um das fortdauernde menschliche Drama zu verpassen, das sich hier unten in der Howard Street abspielt?« Nachdem sie kurz über die Ereignisse des Tages gesprochen hatten, einigten sie sich darauf, das Gespräch über das Verfahren vorläufig zu beenden. Sie waren alle voller Hoffnung und hatten das Gefühl, es würde ihnen gut tun, das Ganze für eine oder zwei Stunden zu vergessen. Dann erzählte Bob von seinem Lieblingsartikel in einer neuen Ausgabe von MAD über Wendungen, die man ungern in einem Zeitungsartikel über sich selbst lesen würde.

»*Hilfloser Zuschauer*«, sagte Paul.

»*Kugelhagel*«, steuerte Jack bei.

»*Entsetzte Schaulustige*«, sagte Nina.

»*Mittels zahnärztlicher Unterlagen identifiziert*«, sagte Bob und gewann den Wettstreit, weil er das meiste Gelächter erntete.

Als sie dieses Spiels müde wurden, plauderten sie über die großartige Aussicht draußen. Nina versuchte, auf bestimmte Orientierungspunkte hinzuweisen, doch Bob kannte sie alle, und am Ende bewies er, dass er mehr wusste als sie.

Dies war Bobs vierzehnter Geburtstag, und Nina wollte ihn und sein Leben feiern und zum Ausdruck bringen, wie wichtig er für sie war. Sie hob das Glas und sprach einen Toast auf ihn aus und erzählte noch einmal die Geschichte seiner Geburt, was sie an seinem Geburtstag stets versuchte. Bob hörte glücklich zu. Paul und Jack ließen weitere witzige Toasts folgen und kamen auf die Zeit zurück, als sie vierzehn gewesen waren. Sie versprachen Nina, Bob werde sich überhaupt nicht so benehmen wie sie in seinem Alter, da brauche sie sich keine Sorgen zu machen, während Bob ihr versicherte, er habe vor, genau das zu tun.

Während sie lachte und Blödsinn machte, merkte sie, dass ihre Gedanken unfreiwillig zu den Aussagen zu Punkt drei wanderten, die ihr am nächsten Tag bevorstanden. Was hatte Kevin Cruz dazu getrieben, eine auf einer solch gigantischen Lüge fußende Beschwerde einzureichen? Was würden sie tun müssen, damit er sie zurückzog? Sie hörte mit halbem Ohr dem Geplauder zu und sann über diese Frage nach, bis sie merkte, dass Bob sie beobachtete. Sie fuhr ihm durchs Haar und schämte sich. Sie verpasste schon wieder einen wichtigen Augenblick.

Dennoch, sie hatte eine Idee, und diese Idee drehte sich in ihrem Kopf wie eine Windmühle.

Als das Essen kam, fielen die Männer über ihre Teller her. Bob spielte mit der Gabel in seiner Pasta herum und aß ein paar Bissen, und Nina probierte ihre Muscheln, wobei sie bemerkte, wie hungrig sie war. Der Kellner brachte, wie vereinbart, kleine Kuchen in Papierförmchen mit Kerzen, und sie sangen alle zusammen »Happy Birthday«, Jack heiser, Paul selbstbewusst und Nina zu laut, um ihre kleine Runde etwas größer erscheinen zu lassen. Danach machte Bob die Geschenke auf. Jack schenkte ihm ein Taschenmesser mit kunstvoll geschnitztem Griff, das er aus der Karibik mitgebracht hatte. »Von einem Piraten geschnitzt«, sagte er zwinkernd. Paul überreichte ihm einen Gutschein für Karatestunden.

Ein Messer und Unterricht in Kampfkünsten, dachte Nina und legte ihr eigenes Geschenk auf den Stapel, die neueste Videospielkonsole, ein Geschenk zur Besänftigung von Schuldgefühlen. Jetzt konnte er in Wirklichkeit und im Spiel kämpfen. Sämtliche Basen der Gewalttätigkeit waren offiziell gedeckt.

Er machte ganz große Augen. »Mom, ich kann's nicht fassen!«

Was ebenso für Paul und Jack galt, denn sie hatten Nina seit Jahren immer nur über Video- und Computerspiele schimpfen hören, doch diesmal waren sie sich wohl einig. Keiner von beiden sagte ein Wort, und Bob öffnete zwei weitere Schachteln mit Spielen, deren Namen Nina zusammenzucken und Bob strahlen ließen.

Ein paar weitere kleine Geschenke von Familienangehörigen und Freunden und ein großer Beitrag für seinen College-Fonds von seinem Großvater rundeten die Sammlung ab. Zuletzt öffnete er das Geschenk von seinem Vater.

»Wie seltsam«, sagte er. »Ein Schwedisch-Wörterbuch.«

Alle fanden das Geschenk mysteriös und die Notiz, die bei dem Geschenk dabei war, noch zweideutiger:

»Wusstest du, dass das Meer in Skandinavien warm genug ist, um darin zu schwimmen?«

»Ich dachte, Kurt wohnt in Deutschland«, sagte Jack.

»Tut er auch. Ich tappe genauso im Dunkeln wie ihr«, sagte Nina. Sie packten die Geschenke in eine grüne Mülltüte und verließen das Restaurant.

Paul und Jack fochten einen letzten Kampf aus, wer sie und Bob zum Hotel fahren durfte. Paul gewann. Er bat Nina, mit ihm in der Bar noch einen Schlummertrunk zu nehmen. Sie versprach, ihn in ein paar Minuten dort zu treffen.

In ihrem Zimmer ließ Bob sich aufs Bett plumpsen. »Das ist der beste Geburtstag. Die beste Stadt im ganzen Universum. Mom, vielen Dank.«

Sie umarmte ihn.

»Ist es okay, wenn ich meinen Vater anrufe, um mich bei ihm für das Lexikon zu bedanken?«, rief Bob durch die Tür, als sie sich im Bad die Hände wusch.

»Ist es bei ihm nicht mitten in der Nacht?«

»Er hat gesagt, ich könnte jederzeit anrufen. Er sagt, er schläft eh nicht viel.«

»Na gut.«

Als sie ins Zimmer zurückkam, war Bob tief ins Gespräch vertieft. Er winkte sie hinaus, also ging sie nach unten zu Paul.

Paul war zu Tonic übergegangen, doch Nina bestellte sich noch ein Glas Wein. »Eins mehr kann nicht schaden.«

»Dann trink Wasser dazu wie die Italiener. Wir wollen doch nicht, dass der Richter morgen früh einen falschen Eindruck von unserer aufrechten jungen Weltverbessererin bekommt, wenn sie ihn mit ihren blutunterlaufenen Augen anstiert.«

»Ich glaube, die Geburtstagsparty hat Bob gefallen. Vielen Dank, dass du da warst. Die Gästeliste wäre sonst schrecklich kurz gewesen. Ist wahrscheinlich nicht gerade deine Lieblingsbeschäftigung.«

»Ich hab mich prächtig amüsiert. Bob ist ein toller Junge. Es war nett, ein bisschen zu entspannen und daran erinnert zu werden, dass es auch noch ein Leben außerhalb des Gerichtssaals gibt, und zwar ein richtig tolles Leben.« Er unterbrach sich. »Nicht wahr, Nina?«

Doch sie war besorgt. »Ich denke andauernd, ich habe das alles nicht gut gedeichselt. Ich war zu zurückhaltend gegenüber weiteren Ermittlungen – obwohl du mehr als einmal deswegen genörgelt hast.«

»Ich nörgle nicht.«

»Ich wollte glauben, es würde sich alles wie von Zauberhand klären.«

»Vollkommen verständlich. Du wolltest dich den Problemen nicht stellen, also hast du sie ignoriert. Das macht jeder.«

»Verteidige mich nicht«, sagte sie. »Das tut Jack vor Gericht schon zur Genüge.«

Sie lachten zusammen.

Nina atmete tief durch. »Paul, es war wirklich schwer. Ich hatte Zweifel ...«

»Was für eine Überraschung.«

»Nein, lass mich ausreden. Fast jeder in meinem Leben sagt mir, dieser Job ist zerstörerisch. Aber ich habe darüber nachgedacht. Das Recht ist ein Teil von mir. Es ist nicht alles, aber ich glaube, wenn der Sturm sich gelegt hat, habe ich diesen Menschen geholfen, trotz allem, ich habe mich für sie stark gemacht.«

»Ja, so bist du«, sagte er.

»Doch jetzt sehe ich mich folgender Situation gegenüber: Diese Menschen, denen ich zu helfen versucht habe, wollen mich zerstören. Ganz schön demoralisierend.«

Paul nahm ihre Hand. »Steh auf.« Er winkte den Kellner herbei. »Bitte halten Sie den Tisch für uns frei. Wir sind in fünf Minuten wieder da«, sagte er und reichte ihm einen Schein. Der Kellner nickte und ging.

Paul legte einen Finger an die Lippen, nahm Nina am Arm und führte sie direkt aus dem Hotel hinaus auf die Sutter Street.

Neonlichter schimmerten in Pfützen. Ein Mann in einem abgetragenen Sweatshirt torkelte vorbei, haute Paul um einen Dollar an und schlurfte weiter. Ein Taxi bog um die Ecke, voller lachender Fahrgäste. Hoch oben auf dem Hügel klingelte eine Cable Car und begann ihren gefährlichen Abstieg durch den dichten Verkehr.

»Pfui Teufel«, sagte Nina. »Was für ein Kontrast zu der Pianobar.«

»Ja, ist das nicht toll«, meinte Paul.

»Nach dem Regen ist es so klar. Man kann sogar die Sterne sehen.«

»Orion«, sagte Paul und zeigte hinauf. »Das einzige Sternbild, bei dem ich mir sicher bin.« Er zog sie an sich, um sie zu wärmen. »Siehst du, was geschieht? Verrückte sausen hin und her. Chaos auf den Straßen. Sterne explodieren.«

»Typen pinkeln«, sagte Nina, die gerade einen beobachtete. »Bäh.«

Paul lachte. »Du willst, dass das Leben geordnet ist. Aber das ist es nicht.«

»Sie sagen, ich bin für meinen Beruf nicht geeignet.«

»Du bist sehr viel mehr als nur dein Beruf.«

Sie standen eine ganze Weile auf der Straße. Als sie wieder hineingingen, fühlte Nina sich wie aufgeladen, mit einer Kraftquelle verbunden. Sie wärmten sich an ihrem Tisch wieder auf. »Ich finde es schrecklich, dass die Anwaltskammer hinter mir her ist. Das sind meine Kollegen.«

»Das Anwaltsgericht handelt nur auf der Basis der Information, die es bekommt – in diesem Fall Beschwerden, die vollkommen berechtigt scheinen. Es gibt einen verborgenen Plan dahinter, aber den hat nicht die kalifornische Anwaltskammer ausgeheckt.«

»Ja«, sagte sie. »Da wären wir wieder. Bei meinem Feind.« Sie spielte mit einem Löffel, der gegen ihr Glas klirrte, trank einen Schluck und nahm den Löffel wieder auf. »Oh, Paul! Ich würde gerne noch über eine Idee reden, die mir vorhin während Bobs Geburtstagsfeier gekommen ist.«

»Mhm?«

»Über Mrs. Gleb. Weißt du, nachdem sie ausgesagt hatte, hat sie uns doch quasi angefleht, ihr noch etwas zu tun zu geben.«

»An was denkst du?«

»Ich will nicht, dass Jack davon erfährt, okay? Ich will nicht, dass er Schwierigkeiten kriegt.«

»Dann bin ich dein Mann.«

Sie zögerte einen Moment. »Es betrifft Mrs. Gleb, es betrifft dich, und es betrifft ein paar ziemlich zwielichtige Sachen.«

»Gefällt mir jetzt schon.«

Sie erklärte ihm, was sie im Sinn hatte. Paul zog ein kleines Notizbuch heraus. Sie schrieben mehrere Minuten lang abwechselnd hinein, strichen es wieder durch und formulierten es um.

»Ich glaube, Kevin hätte von sich aus nicht gelogen, was unsere Beziehung angeht. Er hat nichts zu gewinnen. Meine Theorie lautet, dass er von jemandem, der geschickter und mächtiger ist als er, manipuliert wurde. Vor kurzem ist mir der Gedanke gekommen, ob er und Lisa vielleicht unter einer Decke stecken.«

»Was für ein aberwitziger Gedanke«, sagte Paul. »Dann hat sie mit ihm aus irgendeinem kranken Rachegedanken heraus ausgeheckt, dass er dich engagiert und dich dann der sexuellen Belästigung beschuldigt? Mann, das ist verdammt ruchlos. So clever ist sie mir gar nicht vorgekommen. Ich sehe sie eher vor mir, wie sie mit deinem Wagen eine Spritztour macht.«

»Vielleicht hat sie ihm angeboten, ihm bei der Sorgerechtsregelung entgegenzukommen?«

»Ich schätze, damit wäre er zu locken«, sagte Paul.

»Jedenfalls ist Lisa im Augenblick nicht von Interesse, denn sie ist in Tahoe. Aber Kevin ist hier.«

»Dann nehmen wir Officer Scholl und Jeffrey Riesner in die engere Wahl«, meinte Paul.

Nina nickte. »Also, Scholl war früher Kevin Cruz' Kollegin.

Sie hat bei dem Fall, der ihm seine erste Beförderung eintrug, eng mit ihm zusammengearbeitet. Sie hasst mich. Vielleicht erpresst sie Cruz. Vielleicht weiß sie etwas über diese Drogenbeschlagnahmung, wodurch er seinen Job verlieren würde.«

»Er hat diesen Collegestudenten die Drogen untergeschoben?«

»Könnte sein. Alle haben gesagt, es sei eine merkwürdige Razzia gewesen.«

»Hey, wie kommt es eigentlich, dass er nicht längst wegen Ali, der minderjährigen Holzfällerin, geflogen ist?«

»Ich habe gehört, er hat sich zur Abwechslung einen guten Anwalt geholt«, sagte Nina mit ernster Miene.

Sie lachten wieder.

»Okay, wenden wir uns dem Thema Jeffrey Riesner zu«, sagte Paul.

»Okay. Er verachtet mich. Er weiß, dass Sandy und ich über Aktivitäten im Zusammenhang mit einem zu seinen Gunsten geänderten Testament Bescheid wissen, die ihn seinen Job kosten könnten. Selbst wenn wir den Mund halten, muss er nervös sein.«

»Dann sind da die Mandanten, die du ihm abspenstig gemacht hast.«

»Und die Art und Weise, wie ich ihn vor diesen wichtigen Typen von der Spielindustrie gedemütigt habe. Oh«, schwärmte sie. »Das waren noch *tolle* Zeiten.«

»Aber wir müssen überlegen, welche Verbindung er zu Kevin hat«, sagte Paul.

»Richtig. Also, das Einzige, was sie verbindet, ist der Sorgerechtsfall. Riesner vertritt Kevins Frau. Das ist ein richtiges Problem. Was um alles in der Welt könnte Jeffrey Riesner tun, um Kevin auf irgendeine Weise von Nutzen zu sein?«

»Wie wär's damit: Er hat ihm versprochen, Lisa den Hunden zum Fraß vorzuwerfen. Vielleicht hat er Kevin erzählt, er wüsste etwas, was eindeutig dazu führen würde, dass Kevin bei der Anhörung das endgültige Sorgerecht für seine Kinder zurückbekommt?«

Nina schüttelte den Kopf. »Nein. Riesner würde nie absichtlich einen Fall verlieren. Davon könnten ihn keine zehn Engel überzeugen. Vielleicht eine Million Dollar, aber die hat Kevin nicht.«

»Ist das endgültige Sorgerecht schon zur Verhandlung gekommen?«

»Ich glaube, sie ist in zwei Wochen angesetzt. Es hat ein paar Verzögerungen gegeben«, sagte Nina.

»Wegen Riesner?«

»Warum? Ja, jetzt wo du es sagst. Paul, ich denke, da bist du vielleicht auf der richtigen Spur. Vielleicht bin ich nur ein Kollateralschaden in einem heftigen Scheidungskrieg. Kevin schert sich mehr um seine Kinder als um mich. Er opfert meinen Ruf, um seine Kinder zu bekommen. Wenn das stimmt, ist Kevin ein Idiot, denn Riesner wird seinen Teil der Abmachung nicht erfüllen.« Sie dachte intensiv darüber nach. »Er hat das Timing so gelegt, dass Kevins abschließende Verhandlung nach diesem Verfahren stattfindet. Er kann mich drankriegen und danach mit Kevin sein doppeltes Spiel treiben.«

»Kevin ist Polizist. So blöd ist er nicht.«

»Er ist dumm, Paul. Dumm vor Verzweiflung. Ich glaube, er könnte sogar auf die Idee kommen, sich das Leben zu nehmen, wenn er das Sorgerecht für immer verliert. Ich glaube, er könnte darauf hereinfallen.«

»Du willst wirklich behaupten, Jeff Riesner hat deinen Wagen gestohlen?«

»Scheint unvorstellbar, aber … Riesner hätte an diesem Donnerstag im Gericht meinen Schlüssel an sich nehmen können. Ich weiß es einfach nicht. Im Ganzen betrachtet, würde ich sagen, ist Jean Scholl die bessere Verdächtige. Für sie ist es ein

Klacks, ein Auto kurzzuschließen und aus reinem Spaß an der Freude die Akten an sich zu nehmen. Und dann sorgt sie dafür, dass es keine forensischen Beweise gibt. Und wenn es darauf ankommt, kennt sie bestimmt auch einen Fälscher.«

»Ich fand die ganze Zeit schon, dass sie ihre Ermittlungen ziemlich eigensinnig geführt hat. Also kümmern wir uns heute Nacht um weitere Informationen über die heimlichen Aktivitäten eines skrupellosen Drahtziehers«, sagte Paul und legte den Stift zur Seite. »Wer ist der große böse Wolf? Kevin Cruz, Officer Scholl oder Jeffrey Riesner?«

»Und wenn es keiner von ihnen ist, kriegen wir das auch raus. Wir versuchen, Kevin dazu zu benutzen, den Wolf aufzuscheuchen.«

»Ich muss immer wieder an Lisa Cruz denken, auch wenn sie im Augenblick nicht hier ist.«

Sie schrieben ziemlich lange, verwarfen wieder und setzten neu auf.

»Ich lasse mich nicht rausdrängen«, verkündete Nina, als sie mit ihrer Arbeit zufrieden waren. Sie trank ein ganzes Glas Wasser, stellte das Glas ab und stand auf. »Ich gehe rasch rauf, um Bob zu sagen, dass wir noch ein paar Minuten brauchen, und suche ein paar Beispiele zusammen, die wir Mrs. Gleb geben können. Du wartest hier.«

»Okay, Boss.«

Sie nahmen ein Taxi ins Marriott und machten Mrs. Gleb im vierten Stock ausfindig.

Mrs. Gleb kam in einem Bademantel aus roter Seide an die Tür. Rosafarbene Seidenpantoffeln mit zierlichen Absätzen klapperten an ihren Füßen, als sie ein paar Schritte machte, um sie hereinzubitten. Sie setzten sich an einen Tisch, der mit Bücherstapeln überhäuft war. Mrs. Gleb hockte sich aufs Bett und zog die Beine bequem unter sich.

»Ich habe Sie erwartet«, sagte sie, nachdem Nina Paul vorgestellt hatte.

»Tatsächlich?«, fragte Nina. »Warum?«

»Die Wahrheit ist auf dem Vormarsch, und nichts kann sie aufhalten.«

Nina schüttelte den Kopf. »Tut mir Leid. Worauf spielen Sie an?«

»Ich lese gerade Zola. Sie haben dieselbe Leidenschaft für das Leben, den Kampf, dieselbe Intensität. Sie weigern sich zu verlieren, ist das nicht so?«

»In diesem Fall ist es so.«

»Und Sie brauchen mich«, sagte sie selbstgefällig.

»Mrs. Gleb«, sagte Paul. »Sie wissen alles über das Fälschen, richtig?«

»Korrekt.«

»Haben Sie es je selbst versucht?«

»Mein Lieber, ich bin sehr, sehr gut. Sie haben mich im Zeugenstand gesehen. Ich sage die Wahrheit.«

»Was wir vorhaben, ist nicht unbedingt die Wahrheit«, sagte Paul. »Sondern eher das Gegenteil.«

»›Edle Lügen, um die Stadt zu überzeugen‹«, sagte Mrs. Gleb.

»Unedel, edel, was auch immer«, sagte Nina. »Lassen Sie uns loslegen.«

Nachdem sie sich lange und ausführlich an der Tür von Paul verabschiedet hatte, ging Nina, als sie wieder im Galleria Park Hotel angekommen war, als Erstes ins Bad, trank noch etwas Wasser und gurgelte. Dann fragte sie Bob, wie das Gespräch mit seinem Vater gelaufen war.

»Rätsel aufgelöst«, sagte er. »Sag mal, Mom, was hältst du davon, im Sommer eine kleine Reise zu machen?«

»Um Kurt zu besuchen?« Um ihre Stimme ruhig zu halten,

wandte sie sich von ihm ab. Ging diese Nacht nicht vorüber, ohne dass sie sich einer weiteren Herausforderung stellen musste? Sie hatte eine Last-Minute-Party organisiert. Sie hatte Bob Geschenke gekauft, die er klasse fand und sie abscheulich. Sie kramte in ihrem Koffer nach Schlafanzug und Bademantel. Wie gerne würde sie jetzt ein Bad nehmen. Sie schaute auf die Uhr. Noch nicht allzu spät. Vielleicht würde Bob es gut sein lassen und ihr Zeit bis zum nächsten Morgen lassen, wenn sie frisch war …

»Er vermisst mich. Und ich bekomme ihn nie zu sehen.« Während Bob sie unter Druck setzte, schaute er gleichzeitig auf den leise gedrehten Fernseher.

»Natürlich vermisst ihr euch«, sagte sie automatisch. Jetzt, wo Bob älter wurde, gab es oft Situationen, in denen Kurt sich durch eine Linie in Bobs Ohrläppchen oder durch einen bestimmten Klang seiner sich verändernden Stimme in Erinnerung brachte. Er spielte eine besondere Rolle in ihrem Leben, tauchte ab und zu darin ein wie eine Möwe, um sich einen Fisch zu schnappen, und flog ansonsten weit weg. Sie war nicht bereit, sich mit Kurts plötzlicher Einmischung oder einem weiteren von Bobs Bedürfnissen zu befassen. Sie musste schlafen und Kraft für den morgigen Tag tanken. »Ich weiß nicht.«

»Mom, er braucht mich auch. Das habe ich dir schon mal gesagt.«

Sie kümmerte sich um ihre Kleider, steckte ein paar schmutzige Sachen in eine Reißverschlusstasche und legte andere für den nächsten Morgen aufs Bett. »Lass mich darüber nachdenken, ja?«

»Ich hasse es, wenn du das sagst. Du kannst genauso gut gleich Nein sagen.«

»Ich meine nicht Nein.«

»Tust du doch. *Darüber nachdenken* ist eine Umschreibung für *todsicher nicht*.«

»Das habe ich nicht gesagt. Ich habe gesagt, es geht wahrscheinlich in Ordnung, okay?«

»Dann ist die Antwort Ja?«

»Gib mir ein oder zwei Tage, um über die Idee nachzudenken.«

»Mach dir keine Mühe. Ich habe meine Antwort.« Er stellte den Ton am Fernseher lauter. »Aber du musst es Dad sagen. Ich werde ihm nicht das Herz brechen.«

»Bob, ich sage, die Antwort lautet wahrscheinlich Ja, nicht Nein! Hier muss niemandem das Herz gebrochen werden! Ich brauche nur Zeit, um mir sicher zu sein. Ich muss ein paar Dinge klären.«

Er strahlte augenblicklich, sprang auf und umarmte sie. »Ich rufe ihn morgen Abend an und sag's ihm, okay? Wir haben sehr viel zu besprechen. Und dann hast du ein bisschen Zeit.«

»Ich habe dir noch nichts versprochen. Vergiss das nicht«, sagte sie, auch wenn sie wusste, dass es sinnlos war. Es gab keinen Weg zurück. Er hatte das magische Wort gehört, *Ja*, und würde sie das nicht vergessen lassen. Sie seufzte. »Und was sollte das Ganze über Skandinavien und das Meer?«

»Er unterrichtet diesen Sommer an der Königlichen Musikhochschule Stockholm. Sagt, es gibt da oben ein tolles Kursangebot für mich, das er bezahlt. Er wird sich um alles kümmern. Mom, ich kann Schwedisch lernen!«

Also, dachte sie ein paar Minuten später, als sie sich ein so heißes Bad einließ, dass ihre Haut sicher ganz rot werden würde, warum zum Teufel nicht? Schwedisch war genauso gut wie irgendetwas anderes.

27

»Hast du gemerkt, wie er mich angesehen hat?«, fragte Nina am nächsten Morgen Jack, als sie durch den Metalldetektor in den Wartebereich gingen. Jeffrey Riesner saß auf einem der kleinen gepolsterten Sessel vor dem kreisrunden Tisch, dahingelümmelt wie ein Mann, der entspannt, reich und auf der Höhe seines Erfolgs war. Ninas Seele hatte eine weitere lange dunkle Nacht durchlitten, während Bob im Bett nebenan geschlafen hatte. Es fehlte nicht viel, und sie würde tatsächlich mit ihren blutunterlaufenen Augen auf den Richter stieren, auch wenn die Augentropfen, die sie von dem Hotelportier bekommen hatte, etwas geholfen hatten.

»Ignorier ihn«, sagte Jack.

»Ich wusste, dass das heute ein harter Tag werden würde.«

»Jeder Tag hier ist hart, Nina«, sagte Jack und hielt ihr die Tür zum Zeugenwarteraum zur Rechten auf. Sie gingen hinein und schlossen hinter sich die Tür. »Und jetzt vergiss ihn. Wir müssen an diesen Cruz ran.«

»Jack, er weidet sich daran! Ich kann mir nicht helfen, aber ich glaube, dass er hinter allem steckt, und es macht mich wahnsinnig, dass ich es nicht weiß. Er oder Scholl oder Lisa oder Kevin. Scholl oder Lisa und Kevin zusammen ...«

»Trink deinen Kaffee«, befahl Jack ihr. »Ganz. Und konzentrier dich auf das, was wir jetzt im Augenblick tun können. Ich denke, Riesners Aussage wird bis zur Mittagspause dauern. Dann will ich, dass du Folgendes tust, Nina.«

Falls Riesner seinen und Scholl und Kevin ihre Briefe bekommen hatten, würde Nina zu beschäftigt sein, um irgendetwas für Jack zu tun. Wenn alles gut gelaufen war, hatten die drei Beteiligten vergangene Nacht in ihren Hotels einen Brief erhalten, der mindestens zwei von ihnen während dieser bevorstehenden

Mittagspause auf Trab bringen würde. Gott sei Dank waren die wichtigsten Zeugen einverstanden gewesen, für die Dauer des Verfahrens in der Stadt zu bleiben, falls sie noch einmal gebraucht wurden. »Was?«

»Ich will, dass du mit Kevin redest.«

»Nein, Jack.« Das würde jetzt nichts mehr nützen. Und wenn ihr und Pauls Plan funktionierte, würde es auch gar nicht mehr notwendig sein. Sie würden wissen, wem sie das alles zu verdanken hatte, und entsprechend handeln. Jack bekam seinen finsteren Blick, also rechtfertigte sie ihre Weigerung. »Ich habe in den letzten Monaten mehrfach versucht, mit ihm zu reden, kurz nachdem ich diesen Brief von ihm bekommen habe und später noch zweimal. Er will nicht mit mir reden. Jetzt stecken wir jedenfalls mittendrin.«

Obwohl sie häufig daran dachte, hatte sie Jack nie mit der Tatsache konfrontiert, dass sie, hätte er sie nicht dazu gedrängt, den Versicherungsscheck an diesem verhängnisvollen Wochenende den Vangs zu übergeben, diese spezielle Katastrophe hätte abwenden können. Dann hätte sie, als Marilyn Rose am Montag anrief, das Geld noch nicht ausgezahlt gehabt. Sie machte Jack deswegen keine Vorwürfe. Das wäre nicht richtig. Dennoch wünschte sie, er könnte seinen Irrtum zugeben. Wenn er es überhaupt bemerkt hatte, betrachtete er es offensichtlich gar nicht als seinen Fehler.

»Der Fall Kevin Cruz ist keine Strafsache«, sagte Jack. »Er lässt sich nicht von einem Anwalt vertreten. Du hast so viel Recht, mit ihm zu reden, wie jeder andere auch.«

»Was genau erwartest du denn, was ich ihm zu diesem Zeitpunkt sagen soll? ›Danke für das erdichtete Wälzen im Heu. Hoffe, es war gut für dich, denn für mich war's das nicht‹?«

»Wir werden aussagen, dass du weder mit diesem Typ geschlafen noch dich sonst wie sexuell mit ihm eingelassen hast, dass man dir etwas angehängt hat. Es ist immer schwer, eine negative Aussage zu beweisen. Sieh mal, ich weiß, dass es ein kühner Versuch ist, aber setz deine weiblichen Überredungskünste ein. Sorg verdammt noch mal dafür, dass er das Maul hält, bevor er uns umbringt.«

»Jack, ich habe keinen Einfluss auf ihn.«

»Hast du Angst?«

»Sei kein Idiot.«

»Dann tu's.«

Sie gestikulierten mit finsteren Mienen, dann verschränkte sie die Arme. Er tat es ihr gleich. Jack, der Meister von allem, was er überblickte, sie erinnerte sich noch gut daran. Sie konnte nicht anders, als über sie beide zu lachen. Sie standen auf derselben Seite und verhielten sich doch wie Feinde, Widersacher, wie sie es stets getan hatten und stets tun würden. Sie wollten das Beste für den anderen und ihn gleichzeitig doch beherrschen. Er wollte, dass sie tat, was er ihr sagte. Sie wollte etwas anderes.

»Was auch immer du willst«, sagte sie, denn das hatte sie immer gesagt, wenn er absurde Forderungen gestellt hatte, und es hatte ihn stets lange genug beschwichtigt, um ihn erst einmal loszuwerden. Sie fuhr ihm über den Arm, um ihm zu zeigen, dass sie friedliche Absichten hegte. Sie wollte nicht auf diese Weise kämpfen und weder weibliche noch juristische Tricks benutzen. Sie würde mit unfairen Mitteln kämpfen. Falls es klappte, würde Jack ihren Alternativplan gutheißen, wenn er später davon erfuhr, denn wenn es darauf ankam, dann liebte Jack es zu gewinnen, egal wie.

Bevor sie in den Gerichtssaal gingen, gab sie ihm einen leichten Kuss auf die Wange. Sie wollte, dass er sich daran erinnerte, wie süß sie war.

Nachdem Richter Brock seinen Platz eingenommen hatte und die Digitaluhr zum Leben erwacht war, brauchten die Anwälte die ersten paar Minuten, um ein paar Formalien durchzugehen, dann rief Nolan Jeffrey Riesner auf.

An diesem Morgen trug die Anwältin der Anwaltskammer eine etwas weniger strenge Dienstkleidung, ein Kostüm in einem so hellen Blauton, dass man ihn fast als pastell bezeichnen konnte. Nina hatte ihr Haar zu einer relativ zahmen Frisur geglättet und im Nacken mit einem Band zusammengebunden. Sie trug ihr bestes Kostüm, tannengrün, und an ihrem linken Revers steckte eine auffällige goldene Nadel mit einem abstrakten Muster, die ihre Mutter ihr hinterlassen hatte. Wenn sie schon zu Fall gebracht wurde, dann wollte sie, wenn sie in die Knie ging, aussehen wie die gestandene Frau, die sie war, und nicht wie ein Opfer.

Riesner schwor, die Wahrheit zu sagen, und setzte sich, eine zahme und völlig unspektakuläre Erscheinungsform des Teufels, der, wie Nina wusste, sich dort direkt vor ihren Augen versteckte.

Gayle Nolan stellte sich vor und fragte Riesner dann ausführlich nach seinen Referenzen, während Riesner, der den vollkommenen Profi gab, beiläufig mit seinem Stanford-Ring gestikulierte. Er trug einen blauen Nadelstreifenanzug, und Nina hätte schwören können, dass es derselbe war, den er getragen hatte, als sie ihm zum ersten Mal begegnet war. Er wusste, wie man Wirkung erzielte. Er sah elegant und verschlagen aus wie immer. Seine strahlend weißen Eckzähne blitzten auf, während er lächelte.

»Er steht auf gutem Fuß mit der Anwaltskammer«, flüsterte Nina Jack zu. »Das haben wir schon kapiert!«

Jack machte »Pst«.

Schließlich kam Nolan zu den Fragen. Sie bat Riesner, den Sorgerechtsfall seiner Mandantin Lisa Cruz zusammenzufassen, und fuhr anschließend fort: »Sie haben am Freitag, den siebten September vergangenen Jahres, einen Anruf erhalten, der mit Kevin Cruz, Ms. Reillys Mandanten in diesem Sorgerechtsfall, zu tun hat, ist das korrekt?«

»Das ist korrekt.«

Typisch für Riesner, ihre Formulierung nachzuplappern, wo ein einfaches Ja genügt hätte. Nina konnte nicht anders, sie ging bei jedem Wort, das er sagte, bei jeder Geste, bei jedem noch so leichten Zucken seiner Wange in die Luft. Er war gekommen, der Augenblick des ganzen Verfahrens, vor dem sie sich wirklich gefürchtet hatte. Der Kollege, gegen den sie die größte Abneigung weltweit empfand, war nicht nur hier, um Zeuge ihrer öffentlichen Verunglimpfung zu werden, sondern um sogar noch dazu beizutragen. Es schien, als würde Jeffrey Riesner schließlich doch noch einen großen Fall gegen sie gewinnen, den größten.

»Bitte sagen Sie dem Gericht, um was es in dem Gespräch ging.«

Er räusperte sich, ein Geräusch, das Nina zum Würgen reizte. »Am Freitag, den siebten September, erhielt ich sehr früh, ich würde sagen gegen sechs Uhr, zu Hause einen Anruf. Ich hatte einen besonders arbeitsreichen Tag vor mir – zu viele Mandanten, um sie zu zählen, bedurften meiner persönlichen Aufmerksamkeit, also saß ich bereits am Schreibtisch und bereitete mich auf das Gericht vor. Ich habe das Gespräch persönlich entgegengenommen. Ich kann nicht sagen, ob es die Stimme eines Mannes oder die einer Frau war. Ich bin der Überzeugung, dass diese Person irgendeine Vorrichtung benutzt hat, die die Stimme verändert.

Die Stimme sagte, Kevin Cruz habe eine Geliebte, ein minderjähriges Mädchen namens Alexandra Peck. Sie nannte mir auch ihre Telefonnummer, und ich notierte sie mir. Ich habe in einem Telefonbuch nachgeschlagen, um die Adresse herauszufinden, die zu dieser Telefonnummer gehört. Dann habe ich dort angerufen, mit ihren Eltern gesprochen und mich davon überzeugt, dass sie Kevin Cruz tatsächlich kannte und während eines Lehrgangs bei der Polizei fast täglich mit ihm Kontakt gehabt hatte. Ihre Mutter hat sie als ehemalige Kollegen und Freunde beschrieben. Dann habe ich ein paar Leute aufgeweckt, um eine Vorladung unter Strafandrohung zu erlangen, damit Miss Peck bei einer Sorgerechtsanhörung, die für diesen Tag angesetzt war, vor Gericht erschien.«

»Und wann haben Sie Ms. Reilly über diese neue Zeugin in Kenntnis gesetzt?«

»Am selben Morgen, per Fax.«

»Und wie hat sie auf die Nachricht reagiert, dass ihr Fall kurz davor war zu platzen?«

»Oh, sie hat ihr Bestes getan, um vor dem Richter ein schlechtes Licht auf meine Motive und mein Berufsethos zu werfen. Das entspricht so ziemlich ihrer Art der Verteidigung, zu persönlichen Angriffen Zuflucht zu nehmen.«

Er riss sich zusammen, sonst hätte er ihr womöglich noch die Zunge rausgestreckt.

»Und was hat der Richter entschieden?«

»Natürlich, dass Ali Peck aussagen durfte. Was ich getan habe, war vollkommen legal. Ich habe getan, was ich konnte, um den gegnerischen Anwalt umgehend zu informieren. Natürlich will der Richter sämtliche zugänglichen Informationen, bevor er in einem Sorgerechtsfall entscheidet. Er wollte nicht aufgrund von falschen oder eingeschränkten Informationen eine Entscheidung fällen, wenn dort im Gericht jemand saß, der eine zur Sache gehörende Aussage zu machen hatte und auch dazu bereit war.«

»Und was hat Ali Peck ausgesagt?«

An diesem Punkt klinkte Nina sich aus. Sie wusste, was an diesem Tag im Gericht passiert war, und es interessierte sie nicht, seine Version zu hören. Sie kritzelte auf ihrem Notizblock herum und versuchte sich auf eine Melodie zu besinnen, die sie innerlich summen konnte. Seine Stimme legte sich wie gelber Rauch über das Gericht.

Natürlich präsentierte er sich bei seinen langatmigen Antworten auf Nolans Fragen selbst im bestmöglichen und Nina im schlechtestmöglichen Licht. Schließlich kamen sie zum Kern der Sache. Ja, sagte Riesner, er glaube, dass er basierend auf Alexandra Pecks Aussage gegen Kevin Cruz das vorläufige Sorgerecht für seine Mandantin gewonnen habe. Ja, das Durchsickern von dem, was in Ninas vertraulicher Akte gestanden hatte, war bei diesem Sieg wahrscheinlich der entscheidende Faktor.

Sobald Nolan fertig war, nachdem sie dafür gesorgt hatte, dass sie ihre Argumente nicht nur einmal, sondern immer wieder vorgebracht hatte, stand Jack auf.

»Sie haben heute vor Gericht gesagt, Sie hätten einen anonymen Anruf erhalten, der Sie über Ali Peck informiert hat, ist das richtig?«

»Ja.«

»Aber das entspricht nicht dem, was Sie Ms. Reilly erzählt haben, nicht wahr«?

»Ich habe meiner gegnerischen Anwältin genau das gesagt, was sie wissen muss, mehr nicht.«

»Sie haben angedeutet, Ali Peck habe sich bei Ihnen gemeldet, nicht wahr?«

»Sie wissen doch, wie das manchmal ist, wenn jemand hinter Ihnen her ist und Sie hinter jemand anderem her sind – Sie schmeißen ihm einen Knochen hin, weil Sie nicht in eine ermüdende Diskussion oder in einen Streit verwickelt werden wollen. Ich bin nicht sehr stolz darauf, aber, wissen Sie, ich habe nicht unter Eid gestanden, als ich mit ihr gesprochen habe, anders als heute.«

»Sie haben sie angelogen, nicht wahr?«

»So würde ich es keineswegs bezeichnen. Ich habe vielleicht

zugelassen, dass sie etwas glaubt, was nicht der Wahrheit entsprach. So funktioniert das im Recht. Wenn es dem eigenen Mandanten dient, nimmt man gelegentlich in Kauf, dass es zu Missverständnissen kommt.«

»Hier müssen Sie uns helfen. Ich finde nicht, dass das sehr einleuchtend ist. Auf welche Weise diente es Ihrem Mandanten, dass Sie angeblich einen direkten Anruf erhielten und keinen anonymen?«

»Ich war der Meinung, dass Ali Pecks Zeugenaussage für die gegnerische Anwältin glaubwürdiger wäre, wenn sie zu dem Schluss käme, die Information wäre direkt von dem Mädchen gekommen und würde freiwillig gemacht. Es war nur eine Möglichkeit, die gegnerische Anwältin ein wenig aus dem Gleichgewicht zu bringen, um stärker zu erscheinen, als wir waren, eine altbewährte Methode, die Sie in Ihren Tagen sicher auch schon angewandt haben«, sagte Riesner.

»Sie sind also der Ansicht, dass es zulässig ist zu lügen, wenn es Ihren Zwecken dient.«

»Ich habe nicht gelogen. Ich habe deutlich gesagt, dass ich nicht wüsste, von wem der Anruf kam …« Und er rührte eine schäumende Brühe auf, um der kalifornischen Anwaltskammer seine Handlungsweise schmackhaft zu machen. Die Zeugenbefragung ging noch eine ganze Weile so weiter. Jack schlug weiter auf ihn ein, und Riesner parierte die Schläge, bis Jack sich schließlich wieder setzte. Er hatte keine Punkte gemacht, und er wusste es.

»Mit diesem Typ streitet man nicht«, flüsterte er Nina zu. »Mit dem führt man Krieg.«

»Jetzt weißt du es.«

28

Nina stand im Flur hinter den Aufzügen. Es würden ihnen noch ein paar Minuten bleiben, bevor sie aufbrechen mussten. Paul war in der Toilette verschwunden. Sie rief Sandy an, um sich bei ihr zu melden. Zu ihrer Überraschung meldete sich Wish am Telefon. »Wo ist Sandy?«

»Oh, ähm …« Er klang abwesend. »Tut mir Leid, da sind zwei Leute, die warten hier schon seit einer halben Stunde. Was soll ich mit denen machen?«

»Wer sind sie?«

»Ich glaube, sie brauchen eine Vertretung in rechtlichen Angelegenheiten.« Er legte die Hand auf die Sprechmuschel, und sie hörte gedämpft ein paar Worte. »Ja, so ist es.«

»Schreib ihre Namen und ihre Telefonnummern auf. Sag ihnen, wir werden sie anrufen, um für später oder morgen Vormittag etwas zu vereinbaren. Dann schick sie nach Hause.«

»Okay.«

Sie wartete, während er diese Großtat vollbrachte.

Als er wieder zum Hörer griff, klang er erleichtert. »Sie haben an der Tür gewartet, als ich herkam. Mom ist so eilig weg, dass sie mir nicht gesagt hat, was ich mit ihnen tun soll.«

»Wo ist sie?«

»Weißt du noch, als vor ein paar Jahren der Präsident nach Tahoe kam und ein bisschen Geld in Indianer-Projekte gesteckt und ein kleines Stück Land zurückgegeben hat?«

»Ja«, sagte Nina.

»Mom hat damals ein Komitee geleitet. Sie war auch beim Washoe-Stammesrat und ist in der Gruppe aktiv, die die Regierung unter Druck setzt, Stammesland im Tahoe-Becken an die Washoe zurückzugeben. Zudem haben sie und Dad viel Zeit und Arbeit darauf verwendet, den Stamm zu organisieren, bei der Aufteilung von Land zu helfen, Ideen mit den Leuten zu entwickeln, was sie mit dem Stammesland machen sollen, und so weiter. Und natürlich, du weißt, dass sie Mitglied des *Leviathan Land Council* war, als sie die Bundesregierung davon überzeugt haben, eine verlassene Schwefelmine als *Superfund Site* zu bezeichnen, ein richtiger Schadstoffbunker also?«

»Puh. Ich vermute, ich habe mal davon gehört.« Allerdings nicht von Sandy. Alles, was sie wusste, hatte sie aus der Zeitung.

»Also, gestern hat sie einen Anruf bekommen. Irgendein hohes Tier ist in der Stadt und will mit ihr reden.«

»Worüber?«

»Über einen Job. Sie sind schon 'ne Weile hinter ihr her.«

»Was? Sie hat mir gegenüber nie ein Wort erwähnt.«

»Sie wollen, dass sie diesen Sommer im Büro für Indianische Angelegenheiten an irgendeinem umfangreichen Bericht der Regierung über, ähm, ich schätze, indianische Angelegenheiten arbeitet. Soll Monate dauern, aber du weißt ja, dass solche Sachen sich oft über Jahre hinziehen.«

Heiliger ... Sandy würde sie womöglich verlassen? Bevor sie Zeit hatte, den Schlag wegzustecken, redete Wish schon weiter.

»Keine Sorge, Nina. Komm nicht auf falsche Gedanken. Sie würde dich nie im Stich lassen und einfach gehen. Sie ist nur hin, um abzusagen. Oh, und sie hat eine Nachricht hinterlassen, ich soll dir was sagen.« Er schob Zettel hin und her. »Hier ist es. ›Ich habe nach dem Gericht, als ich da oben war, mit der Graphologin gesprochen.‹«

»Das ist alles?«

»Oh, oh. Da scheint noch was zu fehlen. Ich habe vor ein paar Minuten ein paar dieser winzigen gelben Klebezettel weggeworfen. Bleib dran, ich sehe nach.«

»Wish, es tut mir Leid. Ich habe im Augenblick keine Zeit zu warten. Ich sag dir was. Du rufst mich an, wenn du sie gefunden hast.«

»Aber Mom sagte, es ist wirklich wichtig.« Er schob noch weitere Papiere hin und her. »Ich schätze, es wird trotzdem warten müssen. Nina?«

»Ja?«

»Ist Brandy da?«

»Heute nicht, Wish.«

Das Telefon am anderen Ende fiel mit einem harten Schlag runter. Als Wish es wieder aufnahm, klang seine Stimme gedrückt. »Ich habe ein Riesenproblem.«

»Brandy?«

»Ich muss andauernd an sie denken. Wir haben keine Zukunft, denn sie liebt diesen Typ. Vielleicht lerne ich eine kennen, die so ist wie sie ...«

»Wish, sie wird Bruce heiraten ...«

»Ich habe über Großzügigkeit nachgedacht. Mut. Das ganze Zeug. Dass gute Menschen das Richtige tun, selbst wenn sie dafür einen Preis bezahlen. Und sich nicht beschweren und sich nicht mal hinterher damit brüsten, weißt du, außer vielleicht Peter Pan. Er war ein schrecklicher Aufschneider.«

»Kann ich dir irgendwie helfen, Wish?« Sie hatte keine Zeit, aber er klang so verzweifelt.

»Kann ich mit Paul sprechen? Ich ruf dich an, wenn ich den Zettel von Mom gefunden habe.«

Paul war wieder neben ihr aufgetaucht. Sie reichte ihm das Telefon und ging in den Warteraum, um ihre Sachen zu holen.

»Ich habe deinen Rat befolgt«, sagte Wish zu Paul. »Ich habe Bruce Ford den Tipp gegeben, dass er sich beschneiden lassen sollte.«

»Du ... was?«

»Stell dir das mal vor, ein Mädchen, dem so viel daran liegt, dass ihr Verlobter beschnitten ist, dass sie ihn deswegen nicht heiraten kann, und dann aber zu viel Schiss hat, es ihm zu sagen. Sie hätte ihn eher verlassen!«

Paul schlug sich die Hand vor den Mund, um nicht herauszuplatzen.

»Was witzig ist, einmal ist sie zusammengebrochen und hat es ihrer Schwester erzählt, sie hat es jedem erzählt, der ihr zugehört hat. Warum sagst du es dann nicht ihm, hab ich sie gefragt. Aber sie konnte einfach nicht. Also hab ich's getan. Ich sag dir was, Bruce Ford ist genau der richtige Mann für sie, absolut. Er würde, wie sich rausgestellt hat, alles für sie tun. Sie gehören eindeutig zusammen. Auf keinen Fall würde ich das mitmachen, nicht mal für 'ne Frau, die so dufte ist wie Brandy.«

»Du hast das Richtige getan.«

Wish stieß einen unartikulierten Laut aus.

»Wish, tut mir Leid. Ich muss gehen.« Nina stand drüben vor dem Metalldetektor und zeigte auf ihre Uhr. »Nina sagt danke, dass du dich um das Büro kümmerst.«

Auf dem Weg nach draußen stießen sie fast mit Kevin zusammen, der eilig aus dem Zeugenwarteraum der Anwaltskammer in den Flur trat, wie jemand, der noch etwas vorhatte.

Nina packte Paul am Arm, winkte dem überraschten Jack zu und führte Paul zur Treppe. »Komm, los geht's. Kevin hat schon den Aufzug genommen.«

Sie eilten ins Erdgeschoss runter und betraten in Rekordzeit den schmalen, T-förmigen Platz neben dem Gebäude, wo sie nach einem geeigneten Versteck suchten. Paul führte Nina hinter den Springbrunnen, von dort hatten sie freie Sicht bis zu einer polierten Stahlskulptur vor dem Eingang des Gebäudes, der auf die Spear Street führte.

»Hältst du es wirklich für eine gute Idee, so nah dranzubleiben? Was ist, wenn sie uns sehen?«, fragte Nina besorgt.

»Wir müssen nah dranbleiben, falls sie gehen, Nina. Wir müssen sie beobachten.« Paul justierte eine kleine Hörmuschel, von der aus ein Draht direkt in seine Hemdtasche führte.

»Ich habe noch nie einen weißen Mann mit einem so roten Gesicht gesehen. Ich denke, nein, ich hoffe vielmehr, er ist so außer sich, dass er sich jemandem mitteilt und wir jedes Wort hören. Selbst wenn, Paul, es ist illegal, jemanden so zu belauschen. Nichts von dem, was wir hören, können wir vor Gericht verwenden.«

»Wir müssen wissen, was los ist«, sagte Paul. »Der Rest ergibt sich.«

»O nein«, sagte sie, als mittägliche Fußgänger vorbeieilten. »Ich hoffe, er ist nicht zu sehr aus dem Häuschen.«

»Alles, was wir geschrieben haben, war: ›Es gibt eine Änderung im Plan, wir müssen uns treffen, äußerst wichtig.‹« Paul linste um den Springbrunnen herum. »Kevin sitzt da drüben auf einer der Betonbänke und schlotet eine Zigarette«, sagte er und hielt sich den Finger ans Ohr. »Und er ist still. Der Empfang ist gut.« Unsichtbare Baumaßnahmen, nur an den orangefarbenen Kegeln zu erkennen, hielten den Verkehr von der Spear Street fern. »Ich kann ihn denken hören.«

»Wenn es Riesner ist, an den er denkt, dann wird Riesner ihn reinlegen. Wenn es Scholl ist, dann wird sie ihn anzeigen. Hast du deine Waffe von den Sicherheitsleuten zurückbekommen, als wir das Gericht verließen?«

»Ja.«

»Ich will nicht, dass du sie benutzt.«

»Natürlich nicht.«

Abfall flog in staubigen Strudeln durch die Luft. Nina zog ihre Jacke enger. »Zu viel Nebel. Ich kann kaum bis zu der Stelle sehen.«

»Könnte schlimmer sein«, meinte Paul. »Es könnte regnen.«

»Keine Spur von irgendjemandem«, sagte Nina. »O Gott, Paul, was ist, wenn niemand kommt?«

Paul stand neben ihr und drehte mit zusammengekniffenen Augen den Kopf von einer Seite zur anderen. »Haben diese tausende von Menschen an einem Mittag im März nichts Besseres zu tun, als durch die Stadt zu laufen? Wir hätten einen Punkt auswählen sollen, an dem sich nicht gleichzeitig noch siebentausend andere Menschen aufhalten.«

»Wenn, dann treffen sie sich an einem öffentlichen Ort, irgendwo in der Nähe des Gerichts.« Die Briefe waren kurz und bündig gewesen. An die Empfänger Scholl und Riesner hatte Mrs. Gleb glücklich kichernd und die ganze Zeit Tee trinkend zwei getrennte Briefchen geschrieben, in denen stand: »Ich hab's mir anders überlegt. Ich sage nicht aus. Wenn Sie wissen wollen, warum, treffen Sie mich heute um Viertel nach zwölf unten auf dem Platz direkt neben dem Gerichtsgebäude am Eingang Spear Street.« Die Unterschrift darunter, K. C., war mit den kleinen krausen Buchstaben geschrieben, mit denen Kevin tatsächlich unterschrieb. Nina hatte ihr eine Probe gebracht.

Kevin hatten sie eine andere Nachricht geschickt: »Sie sagen nicht aus. Wir treffen uns um Viertel nach zwölf auf dem Platz, wo der Seiteneingang der Anwaltskammer zur Spear Street führt.« Sie war nicht unterzeichnet.

Wenn es keine Verschwörung gab, hatte niemand einen Grund, hier aufzutauchen, auch Kevin nicht. Sie würden sich alle wundern und ungerührt damit fortfahren, Nina in die Knie zu zwingen.

»Nina, sieh mal.« Paul duckte sich und zog sie mit nach unten.

»Au. Ich sehe nichts.« Sie reckte den Kopf vorbei am Springbrunnen. Er zeigte ihr mit dem Finger, wohin sie sehen sollte.

»Was?«

»Siehst du's nicht? Jean Scholl, direkt an dieser Wand, sie hält sich außer Sichtweite.«

Dann war es tatsächlich Scholl. Sie hatte auf ihre gefälschte Nachricht reagiert. Scholl steckte also hinter dem Ganzen. Der

Gedanke ließ Nina frösteln. Und all das nur, weil sie im ganz gewöhnlichen Alltagsgeschäft ihres Berufes die falsche Polizistin verärgert hatte. Es schien unglaublich zu sein, unmöglich, doch hier war der lebende Beweis dafür.

Sie hatte einen gefährlichen Job. Ihr Bruder Matt hatte ihr das mehr als einmal gesagt.

»Siehst du sie jetzt?«

»Nein.«

»Sie hat uns den Rücken zugewandt, aber dieses Hinterteil würde ich überall erkennen.«

»Aber warum versteckt sie sich, Paul? Will sie sich nicht mit Kevin treffen?«

»Weiß nicht«, sagte er kurz. Sie sah seine Hand.

»Es wird hier keine Schießerei geben!«, sagte sie. »Hier sind zu viele Menschen! Es könnte jemand verletzt werden!«

»Nina. Niemandem geschieht etwas, wenn sie sich benehmen. Das gilt insbesondere für dich. Also, was haben wir hier?«

Kevin Cruz sah sich um. Er schob die Hände in die Taschen.

»Was macht Scholl?«, fragte Nina und rieb sich den Knöchel.

»Beobachten. Beobachten.«

Kevin schaute auf die Uhr.

»Er ist gekommen, Paul. Das bedeutet, dass er sie erwartet. Warum zeigt sie sich dann nicht?«

Paul fing an zu kichern – so lange, dass Nina sich wunderte. »Was ist los mit dir?«, fragte sie.

»Es ist Scholl«, keuchte er schließlich. »Sie ist … sie ist …«

»Sie ist was?«

Plötzlich drehte Kevin sich von ihnen weg und blickte zur Straße. Er wurde ganz nervös vor Erwartung.

»Es kommt noch jemand«, sagte Nina.

Jeffrey Riesner kam in Sicht. Kevin stand auf, um ihm entgegenzugehen.

»Verstehe ich nicht«, sagte Nina und duckte sich noch tiefer.

»Ich dachte, wir würden rausfinden, wer in diesem Spiel wer ist. Jetzt sind alle gekommen. Stecken die alle unter einer Decke? Was machen wir jetzt?«

»Nina, wirf einen langen Blick auf Scholl. Sieh dir an, wie sie sich versteckt. Schau mal, was sie in der Hand hält.«

»Ja, seltsam, ganz richtig. Sie beobachtet.«

»Nina, sie ermittelt! Sie ist Polizistin!«

»Was?«

»Sie hat eine verdächtige Nachricht bekommen und beschlossen, die Sache zu überprüfen. Dieses Mädchen.«

Ninas Aufmerksamkeit richtete sich auf die beiden Männer, die in eine hitzige Debatte verwickelt waren. Sie kroch näher an Paul heran. Er nahm den winzigen Empfänger aus seinem Ohr, und sie hörten beide zu.

»Sie haben mir gesagt, Sie hätten diesen Richter in der Tasche!«, hörten sie Kevin sagen, dessen Stimme sich deutlich über das dumpfe Hintergrundbrausen der Stadt erhob. »Sie haben gesagt, Sie würden dafür sorgen, dass ich die Kinder wiederbekomme!«

Riesners Stimme war leiser, doch in Fetzen bekamen sie das Wesentliche mit. Er wollte wissen, was zum Teufel Kevin da abzog, dass er in der letzten Minute die Seiten wechselte. »Ich verspreche Ihnen, Sie sehen Ihre Kinder nie wieder, bis Sie sabbern und senil sind, Sie Arschloch.«

Also steckt Riesner dahinter, dachte Nina. Er ist das Gift, die dünne rote Schlange, die zwischen ihnen allen herglitt, doch diese Erkenntnis verschaffte ihr weder Erleichterung noch Freude.

Scholl hatte offensichtlich genug gehört. Sie trat hinter dem Zugang zur Spear Street, wo sie sich versteckt hatte, hervor, steckte ihre Waffe in eine Tasche und trat den beiden Männern gegenüber.

»Sie wird sie verhaften«, sagte Nina. »Mein Gott, Paul. Es ist endlich vorbei.«

»Vielleicht.«

»Hallo, Jungs«, sagte Officer Scholl zu Riesner und Cruz. Sie stand direkt vor ihnen und wirkte mitten in der brodelnden Menschenmenge ganz entspannt.

»Sie?«, sagte Riesner. »Was treibt Sie denn hierher?«

»Neugier«, sagte sie. »Ich konnte nicht anders, als Ihr Gespräch mit anzuhören«, sagte Scholl. »Entschuldigen Sie bitte, dass ich in Ihre Party platze, Sie beide haben sicher was gekocht – wow, das duftet ja.«

Ein energetisch geladenes Vakuum bildete sich um die drei, die neben der Skulptur standen. Sie sahen aus wie alle anderen, doch das waren sie nicht. Sie waren zu einer Einheit verbunden, und die Luft um sie herum knisterte. Die Passanten trieben unsicher an den Rändern vorbei.

»Wenn ich zusammenfassen darf ...« Sie hielt ihre Hand sehr nah an den Körper und zeigte Riesner ihre Waffe. Der machte einen Satz nach hinten. »Sie«, begann sie zu Riesner gewandt, »haben ihn dazu gebracht zu lügen mit dem Ziel, als Gegenleistung für das Sorgerecht über seine Kinder unser aller Lieblingsanwältin zu pulverisieren. Ich habe außerdem den dringenden Verdacht, dass Sie eines Tages bei Gericht einen Schlüssel gestohlen und unmittelbar davon Gebrauch gemacht haben. Und ...« Sie dachte nach und legte dann einen Finger ans Kinn. »Der Betrug. Ihr Fall letzten Herbst – der Fälscher, den Sie verteidigt haben. Ich wette, er könnte mir einiges über die Bezahlung erzählen, die er von einem großen Tier wie Ihnen bekommen hat. Ein bisschen an Reillys Unterlagen herumgepfuscht, was? Oder hat er Ihnen nur ein paar Tricks aus seinem Gewerbe beigebracht?«

Kevin Cruz starrte Riesner an. »Das waren alles Sie?«

»Warum laufen Sie nicht nach Hause nach Tahoe und stellen ein paar Strafzettel aus oder untersuchen ein paar Unfälle mit Blechschaden?«, sagte Riesner. »Beeilen Sie sich, bevor Sie sich hier vollkommen zum Narren machen, Scholl. Sie haben nichts gegen mich in der Hand. Ich habe eine Stellung in dieser Stadt und mächtige Freunde. Tun Sie nichts, was Sie später bedauern.«

»Und du, Kevin«, sagte Scholl und achtete gar nicht auf Riesner. »Was für eine Schande. Ich bin wirklich enttäuscht von dir. Er hat eine Entschuldigung. Er ist Anwalt. Es ist sein Geschäft, zu lügen und zu betrügen, um das zu bekommen, was er will. Aber du bist ein Vertreter des Gesetzes. Hast du mir nicht nach dem letzten Mal gesagt, du würdest den geraden Weg gehen? Hast du mir das nicht versprochen?«

»Willkommen im wirklichen Leben, Jeanie«, sagte Kevin Cruz.

»Was hat er dir erzählt? Dass Richter Milne ein alter Golfkumpel von ihm wäre, dem sein alter Spezi nur was zuflüstern müsste, damit er dir gibt, was du willst? Denn das ist ein Witz, lass dir das gesagt sein. Milne ist einer von den Aufrechten.«

»Warum sind Sie hier? Was soll das?«, fragte Riesner. »Eine Art halbherzige Erpressung?«

»Nicht ganz«, sagte Scholl.

»Was wollen Sie?«

»Jetzt in diesem Augenblick, nur hier weg. Ich halte es für keine besonders gute Idee, dass wir unsere Gefühle an einem so öffentlichen Ort austauschen. Wir müssen uns vertraulich unterhalten. Bereit dafür? Ein kurzes Gespräch an einem vertraulichen Ort, und wir alle haben sehr viel weniger Probleme.«

Ein Lächeln spielte auf Riesners dünnen Lippen. Gespräch? Darin war er Experte. Klar würde er sprechen.

Scholl nahm die Sonnenbrille ab, um im Nebel besser sehen zu können, kniff die Augen zusammen und ließ ihren Blick umherschweifen. »Sagen Sie mal. Sie haben Briefe bekommen?«, fragte sie die beiden Männer.

»Ja.«

»Hm.« Sie runzelte die Stirn. Diesmal suchte sie die Straße

und den Platz sehr sorgfältig ab und blickte direkt auf den Brunnen. Nina und Paul duckten sich. Zu spät? Hatte sie etwas gesehen? Scholl flüsterte den beiden Männern etwas zu, und sie machten sich in einem Affenzahn davon, die Spear Street links hoch in Richtung Market Street.

Paul steckte die Hörmuschel in seine Tasche. »Wir kennen immer noch nicht die ganze Geschichte«, sagte er. Sie gingen rasch zu der silbernen Skulptur. Paul brauchte nur eine Sekunde, um die Wanze zu entfernen, die er vorher dort platziert hatte.

»Folgen wir ihnen«, sagte Nina und marschierte los.

»Okay.« Paul übernahm rasch die Führung und setzte, wo nötig, die Ellenbogen ein, um sich durch die lebhafte Menschenmenge auf der Straße zu drängen.

An diesem sonnenlosen Nachmittag waren die Straßen von San Francisco voller Szenen, die an Bilder von Edward Hopper erinnerten: hell erleuchtete Innenräume, einsame Gestalten. Drei Menschen blieben vor ihnen stehen, um zu schnorren. Paul nahm Nina am Arm und schob sich an ihnen vorbei.

»Wo sind sie hin?«, fragte Nina, die sich ärgerte, und umklammerte ihre Tasche mit beiden Händen, um nicht jemanden damit zu schlagen. »Ich dachte vorhin, wir hätten die Gelegenheit, sie zu stellen. Scholl hat mich echt aus der Fassung gebracht.«

»Als ich sie sah, hätte ich schwören können, sie stünde kurz davor, die zwei zu verhaften. Ich frage mich, was sie jetzt vorhat.«

»Was wissen wir? Sollen wir einfach zu ihnen laufen und ihnen sagen, was wir wissen?«

»Nein«, meinte Paul. »Wir sind ihnen zahlenmäßig unterlegen, und Officer Scholl hat ihre Waffe. Planänderung. Wir dürfen nicht dumm sein, aber wir dürfen sie auch nicht davonkommen lassen. Wir folgen ihnen und rufen dann die Polizei.«

Das Trio vor ihnen stieß auf der Mission Street auf eine rote Ampel, dann überquerten sie die Spear Street in Richtung Rincon Center, um über die andere Seite der Kreuzung an Lightning Foods vorbeizugehen. Nina und Paul blieben auf der anderen Straßenseite hinter ihnen und wichen den neuen Zement-Banketten aus, die den Bürgersteig säumten, um die Federal Reserve Bank an der Ecke Market Street zu schützen.

»Sie gehen ins Hyatt«, vermutete Nina. »Das ist echt komisch. Da haben wir Bobs Geburtstag gefeiert.«

Vor dem Hotel stand eine Cable Car, auf deren Holzbänken ein paar Passagiere hockten. Der Schaffner ließ eine Glocke ertönen und sang: »Es geht lo-hos!«, und die Cable Car machte sich auf den Weg den Hügel hinauf. Niemand blieb stehen, um zuzusehen. Riesner erreichte von der Market Street als Erster einen Seiteneingang des Hotels, er packte eine Tür, die eben aufschwang, und hielt sie Scholl und Cruz auf.

Nina und Paul duckten sich an den Hausdienern auf dem Parkplatz vorbei und nahmen die automatische Drehtür. Mit einem der Aufzüge fuhren sie zur Hauptebene des Hotels hinauf.

Mit seinem riesigen überdachten Innenhof, der von Balkonen gesäumt wurde, die sich von der Lobbyebene bis fast zur vollen Höhe des Turms hinauf übereinander schichteten, war das San Francisco Hyatt eines der markantesten Hotels der Welt. Dachfenster warfen natürliches Licht in die belebte Kaffee- und Cocktailbar und auf die Läden hinunter, die den Innenhof säumten, und in der Mitte stand eine riesige röhrenförmige goldene Brunnenskulptur. Unter dieser Skulptur gluckerte Wasser in ein viereckiges schwarzes Becken und lief wie eine flatternde Bahn Frischhaltefolie in die untere Ebene.

Auf der einen Seite des Hofs glitten gläserne Aufzüge, die an ein Rohrpostsystem erinnerten, zu den Hotelzimmern hinauf, die an den offenen Fluren lagen. Der Effekt erinnerte sehr an *Blade Runner*, ein flüchtiger Blick in eine fantastische Welt, wo die Architektur die Natur ersetzte und manchmal sogar noch übertraf.

Nina und Paul schlichen zwischen Säulen und hinter der Skulptur umher, während ihre Opfer im 13 Views Zuflucht suchten, der Café- und Cocktailbar im Innenhof.

»Sie unterhalten sich«, bemerkte Nina. »Und jetzt?«

»Warte«, sagte Paul.

Nach wenigen Augenblicken stand Riesner auf.

»Sie lässt ihn gehen?«, fragte Nina verdutzt.

Er ging zur Toilette und verschwand darin. Scholl sah ihm hinterher. Eine Minute verstrich. Obwohl sie immer noch nach Riesner schaute, setzten sie und Kevin das Gespräch fort.

Eine kurze Ablenkung, mehr war nicht nötig.

Mit der unglaublichen, kaum wahrnehmbaren Geschwindigkeit eines Eisschnellläufers auf einer kurzen Bahn schlich Riesner sich heraus und hinter Scholl durch. Er eilte zu den Aufzügen. Nina und Paul, die Acht gaben, nicht gesehen zu werden, folgten ihm, so schnell sie konnten.

Als sie den nächstgelegenen Aufzug erreicht hatten, schlossen sich dessen Türen gerade. Der Aufzug schwebte hinauf, Riesner war durch die Scheiben gut zu sehen. Dann hielt er und fuhr schließlich wieder an. Nina und Paul legten die Köpfe zurück und sahen ihm hinterher.

»Vierter Stock«, sagte sie. »Er ist ausgestiegen. Komm.« Sie drückte auf den Knopf.

»Nein, Nina. Du bleibst hier unten und beobachtest die zwei da. Und ruf die Polizei. Warte hier. Schick sie rauf in den vierten Stock. Ich halte ihn in Schach, bis sie hier sind.«

Im Bauch spürte sie eine so starke Angst, dass sie dachte, sie müsste vor Schmerz in die Knie gehen. »Ich will nicht, dass du gehst.«

»Sieh mal, Nina, er ist ein Feigling im weißen Kragen, kein Gangster«, sagte er. »Ich bin stärker als er, und ich hoffe, das weißt du. Und ich habe eine Waffe, schon vergessen?« Er berührte sie im Nacken. »Alles in Ordnung mit dir?«

»Mir geht's gut, solange es dir gut geht.«

»Hast du dein Pfefferspray?«

Sie klopfte auf ihre Tasche.

»Behalt's in Reichweite.«

Er eilte zum Ende des langen Hofes hinunter und nahm die Treppe nach oben.

Nina lehnte sich an eine Wand in der Nähe der Cocktailbar, nahm ihr Handy heraus und versuchte 9-1-1 zu wählen. Besetzt. Sie versuchte es noch einmal, kam durch und wartete in der Warteschleife. War das legal, dass niemand sofort auf einen Notruf reagierte? Während sie mit wachsendem Grauen wartete und mit einem Auge Scholl und Cruz beobachtete, meldete ihr Telefon mit einem Klopfen, dass in der Leitung ein Anrufer auf sie wartete. Sie nahm den Anruf entgegen.

»Hallo?«

»Ich bin's. Wish.«

»Ich kann jetzt nicht reden.«

»Warte, Nina, es ist wichtig! Ich habe den Rest der Nachricht von meiner Mutter gefunden. Da steht: ›Habe Abschrift der Aussage von Ms. Gleb bekommen. Der Fälscher ist extrovertiert, mag Geld, ist handwerklich geschickt.‹«

»Es tut mir Leid, Wish, ich muss weg.«

»Und ich hab noch was vergessen, sie hat eine Papiertüte mit was drin dagelassen – wart 'ne Sekunde ...« Papier raschelte durchs Telefon, und dann sagte Wish verdutzt: »Huch. Das ist der drehbare Gewürzständer, der bei meinem Vater draußen in der Garage steht. Sie hat ihn mal an Weihnachten von ihrer alten Arbeitsstelle mit nach Hause gebracht.«

Vor Ninas innerem Auge tauchte das Bild eines Mannes auf, der in einem dunklen Keller stundenlang schnitzte, um eine winzige Kopie von Nina anzufertigen, die er malträtierte, wenn er allein war. »Auf diese Weise warnt deine Mutter mich, dass es Riesner ist«, sagte sie.

»Wir haben's geknackt!«

»Eindeutig.« Sie beendete das Gespräch. Was für eine Prüfung musste dieser Junge für seine Mutter sein.

»Neun-eins-eins«, sagte plötzlich eine Stimme.

Okay, die verstrichene Wartezeit war überhaupt nicht lang gewesen. »Ja, ich bin …« Ein heftiger Stoß im Rücken unterbrach sie.

»Das übernehme ich.« Eine Hand schoss vor und klappte ihr Telefon zusammen.

»Hallo, Frau Anwältin«, sagte Jeff Riesners Stimme. »Ich habe Sie und Ihren Armleuchter von Freund vor einer ganzen Weile dahinten gesehen. Nett von ihm, Sie allein zu lassen. Erleichtert mir die Sache um einiges.« Er zog ihr mit einem Ruck die Tasche weg und warf sie zu Boden, das Telefon schmiss er hinterher. »Und jetzt machen wir, denke ich, einen kleinen Spaziergang. Hier entlang.«

Er steuerte sie an dem niedrigen Wasserbecken vorbei wieder in Richtung der Aufzüge. Sie schluckte und versuchte, ihre Stimme zu finden. »Das wollen Sie doch gar nicht!«, sagte sie.

»Halten Sie das Maul und gehen Sie da rein.« Er schob sie in einen wartenden Aufzug und drückte einen Knopf. Sobald sie drin waren, sah sie in sein glänzendes Gesicht. Sie sah seine polierte Waffe.

»Sie werden mich nicht erschießen. Sie sind kein Killer«, sagte sie. »Sie sind Anwalt.«

»Sie haben's immer noch nicht kapiert, was? Sie werden mich nie wieder vor Kollegen blamieren. Sie werden nie wieder gewinnen.«

»Warten Sie. Wir können einen Deal machen, Jeff.«

Die Etagenziffern leuchteten auf, als sie vorbeiglitten. Es gab keinen dreizehnten Stock, also würde die Vierzehn ihr Unglück sein. Der Aufzug hielt dort. Er schob sie hinaus. »Gehen Sie.«

Sie ging einen langen Flur hinunter, das Echo von Gelächter

und Musik drang über das Balkongeländer von unten herauf. Nina dachte daran zu schreien. Doch er würde sie erschießen. Er hielt sie mit eisernem Griff fest.

»Es wird keinen Deal geben«, sagte er. »Es wird einen traurigen Tod geben, Ihren Tod, denn bei Gott, Sie kommen mir nicht davon. Wenn ich Sie nicht fertig machen kann, dann will ich Sie tot sehen. Selbstmord aus Schmach. Zu schade, dass es zu so einer plumpen Lösung kommen muss.«

»Bei so was macht Kevin Cruz nicht mit! Und was ist mit Scholl?«

»Cruz? Den habe ich doch bis zum Anschlag in der Tasche. Und Scholl ist eine Idiotin.« Riesner machte Scholls bedächtige Stimme nach. »›Die Sache ist, Sie haben den Bronco gestohlen. Damit sind Sie mein Problem, und ich werde Sie verhaften.‹ Das Einzige, an was sie denken konnte, war Ihr klappriger Wagen! Ich finde schon einen Weg, dafür zu sorgen, dass sie sich ruhig verhält und glücklich ist.«

»Was soll das alles? Warum … warum hassen Sie mich?«

Sein Griff wurde noch fester. »Weil mir von Ihrem stinkenden Parfüm und Ihrem unordentlichen Haar schlecht wird. Weil Sie mir meine Mandanten stehlen. Weil Sie mich verachten. Aber hauptsächlich deswegen, weil Sie meine Existenz vernichten. Die wollen mich feuern.«

»Das können sie nicht! Sie sind Partner! Abgesehen davon kriegen Sie doch sofort einen anderen Job!«

»Die wollen mich feuern und Sie einstellen, um meinen Platz einzunehmen.«

»Was? Nein! Aber das würde ich doch nie im Leben tun!«

»Seit Sie mich bei diesem Jackpot-Fall so dermaßen drangekriegt haben, setzen die mir zu. An dem Tag habe ich unseren wichtigsten Mandanten verloren. Das Kasino will, dass ich gehe und Sie die Arbeit übernehmen. Es heißt nur noch, Reilly hier und Reilly da. Wie brillant. Was für ein Stern am juristischen Firmament.« Er spuckte die Worte aus wie Speichel. »Ich lasse mich nicht von einer Frau demütigen. Nicht von Ihnen.«

Nina hätte gerne etwas Besänftigendes gesagt, etwas, was ihr das Leben rettete, doch sie konnte nicht. Sie konnte einfach nicht. Sie hasste ihn in diesem Augenblick so sehr, dass sie nicht in der Lage war, ihre eigene Haut zu retten. Er beobachtete sie.

»Es … geht doch … nur ums Geschäft«, bekam sie schließlich undeutlich heraus.

»Ich bin mein Geschäft.«

Sie kamen ans Ende des langen Flurs. Nina blieb stehen, drehte sich um und sah ihn an. »Sie müssen mich nicht umbringen. Sie sind gut genug, um aus dieser Sache rauszukommen.«

»Ich beobachte Sie jetzt seit Jahren«, sagte Riesner. »Wie Sie durch die Flure des Gerichts klappern. Ich verabscheue das aufdringliche Klappern Ihrer eitlen kleinen Schuhe.«

»Jeff … ich habe Ihnen einmal das Leben gerettet.«

»Ihr Fehler.« Seine steinerne Miene jagte ihr mehr Angst ein als alles andere. Bisher war es ihr stets gelungen, ihn anzustacheln, ihm irgendeine Reaktion zu entlocken. Diesmal sagte die unnachgiebige Kälte seines Blickes ihr alles. Er war fest entschlossen, sie umzubringen.

Er trat näher, legte ihr eine Hand auf den Po und kniff sie. »Rauf da. Hopp. Das war's dann ...« Mit der freien Hand umfasste er ihre Taille.

Sie riss sich von ihm los, stieß rückwärts gegen die Balkonmauer und tastete nach ihrer Kostümtasche.

Er packte sie, hob sie, obwohl sie sich wehrte, auf die Balkonbrüstung und gab ihr einen Schubs. Die Balkone hatten nicht wie gewöhnlich nur ein Geländer. Nur wenige Zentimeter unter der Kante der Balkonbrüstung erstreckte sich ein flaches, mindestens sechzig Zentimeter breites Metallgitter, das schlimme Unfälle verhindern sollte. Nina balancierte auf diesem Gitter und kämpfte um ihr Leben. Sie kramte in ihrer Tasche herum, wandte sich Riesner zu, zog das Pfefferspray heraus, das sie auf Pauls Ermahnung hin dort hineingesteckt hatte, und sprühte es ihm direkt ins Gesicht.

Es kam nichts heraus. Die Dose war leer. Sie hatte es schon einmal gegen Riesner eingesetzt und vergessen, eine neue Dose zu besorgen!

Da er sie von dort, wo er sich befand, nicht hinunterschubsen konnte, schwang er sich über die Brüstung, kam zu ihr auf das Gitter.

»Paul!«, schrie sie. »Hilfe!«

Um sie aus dem Gleichgewicht zu bringen, schlug Riesner ihr ins Gesicht.

Ihr Blick verschwamm. Sie holte aus und stieß ihm die Dose, so fest sie konnte, ins Auge.

Seine Hand flog nach oben, und er stürzte auf Nina. Sie wand sich – wie ein Wunder, ohne zu fallen – unter ihm hinaus, sprang über die Brüstung und warf sich auf den sicheren Fußboden im Flur.

Die leere Dose fiel in die Tiefe. Durch den Schlag war Riesner an den Rand gerutscht, und als er sich jetzt vor Schmerz krümmte, stürzte er plötzlich hinunter. Aber es gelang ihm, in letzter Sekunde den Rand des Gitters zu packen und sich festzuhalten. Er packte mit beiden Händen zu. Er blutete am Auge.

Ohne wieder auf das Gitter zu klettern, kam Nina nicht an ihn heran. Also hievte sie sich auf die Brüstung, verkeilte die Beine in den Lücken zwischen den Stangen und packte sein Handgelenk, um ihn hochzuziehen. Unmöglich. Er war zu groß und sie zu klein. Sie rief, obwohl sie in der Nähe niemanden sah, um Hilfe, sie mühte sich ab, ihn nicht fallen zu lassen, schwitzte und zog, und die ganze Zeit schrie er sie an, flehende Worte voller Entsetzen, Angst, Zorn.

Weit unter ihnen in der Cocktailbar wandten sich Gesichter, wie magisch vom Ernst der Situation angezogen, nach oben.

Sobald die Leute den Mann um sein Leben kämpfen sahen, riefen sie und schrien auf, Stühle rutschten, eilige Schritte waren zu hören. Den Flur hinunter öffnete sich eine Tür. Ein kräftiger Mann, der ein Handtuch um die Hüfte geschlungen hatte und sich mit einem zweiten die Haare rubbelte, schaute hinaus und erblickte Nina.

Nina schrie auf.

Der Mann ließ das Handtuch fallen und lief auf sie zu, seine nackten Füße patschten über den Teppich.

Er war zu weit weg! Sie spürte, dass jede einzelne Sehne, jeder Muskel und jeder Knochen in ihrem Arm bis zum Zerreißen gedehnt waren. Durch den Schmerz hindurch spürte sie es knacken und reißen, und ihre Finger spürten das rasende Pochen von Jeffrey Riesners Herzen, das sich bis in sein Handgelenk fortsetzte. Sie sah ihm ins Gesicht, sein offener Mund sagte Dinge, die sie nicht mehr hören konnte, seine Augen waren rot. Sie sahen einander einen Augenblick an.

Er verzieh nichts.

Plötzlich schoss von hinten eine Hand vor und packte das Handgelenk, das Nina mit beiden Händen festhielt. Paul! Sein ausgestreckter Arm reichte kaum bis zu der Kante des Sicherheitsgitters. Sie ließ Riesner los und sprang vom Gitter wieder auf sicheren Boden, während Paul über die Balkonbrüstung auf das Gitter kletterte. Er konnte Riesners keuchenden Atem hören, als er sich auf das Gitter legte und erst mit einer und dann mit beiden Händen mit aller Kraft zog.

Der barfüßige Mann tauchte hinter Nina auf, aus seinen nassen Haaren tropfte es ihm auf die Schultern, er japste vor Angst. »Was ist hier los?«, fragte er panisch. »Kann ich helfen?«

Doch er kam nicht an Riesner heran, der in der Luft baumelte, er hing jetzt nur noch an einem Arm, nur Paul hielt ihn fest. Paul war zu beschäftigt, um ihm zu antworten. Sein Mund verzog sich zu einer angestrengten Grimasse, die Muskeln in seinem Arm wurden überdehnt.

Nina schüttelte den Kopf. »Bleiben Sie zurück«, sagte sie zu dem barfüßigen Mann.

Langsam, methodisch, rhythmisch wie ein Mann, der einen Eimer aus einem Brunnen hochzieht, eine Hand um die andere, zog Paul Riesner hoch. Riesners Fuß scharrte an der Kante des Gitters. Einmal, zweimal, dreimal hob er seinen glänzenden Lederschuh und versuchte, Halt zu finden. Plötzlich stand sein Fuß auf der schmalen Kante. Dann weiteres Scharren, bis der zweite Fuß Halt gesucht und gefunden hatte.

Paul half ihm hoch und über die Brüstung. Plötzlich wieder in Sicherheit, schaute Riesner durch das Schutzgitter in den weiten leeren Raum des Innenhofs hinunter. Stille hüllte sie ein wie ein wollener Mantel, eine Stille, die erfüllt war mit atemloser Erwartung, während hundert Menschen beobachteten, was über ihnen geschah. Riesner blickte auf die Leute hinunter, auf ihre erschrockenen Gesichter, die seine Schmach mit ansahen.

Entsetzte Schaulustige.

Er sah Paul und Nina an.

Paul brach das Schweigen, und in seiner Stimme war eine Wut, die Nina nie zuvor gehört hatte. »Ich hätte Ihnen in der Toilette vor ein paar Jahren eine reinhauen sollen. Vielleicht hätte Ihnen das die Augen geöffnet.«

»Dann waren Sie das also tatsächlich«, stammelte Riesner. In seinem Mundwinkel sammelte sich Schaum. Er wischte sich das Blut aus den Augen. »Sie Scheißkerl!«

»Sie sind Geschichte, Sie Idiot«, flüsterte Paul ihm zu.

Plötzlich bewegte Riesner sich geschmeidig wie eine Schlange und holte aus. In einer letzten verzweifelten Bewegung packte er Paul am Hals und versuchte ihn in den Abgrund zu stoßen. Er schaffte es, ihn über die Brüstung zu reißen. Sie stürzten zusammen auf das Gitter, Riesner drehte Paul herum, sodass er den Halt verlor. Sein Fuß rutschte ab, und er glitt auf den Abgrund zu.

»Paul!«, schrie Nina. Sie warf sich mit dem ganzen Körper über die Brüstung und packte sein Jackett, wodurch sie seinen Schwung ein wenig abbremste.

Paul sah zu Nina hinauf und lächelte. In einem langen Augenblick, einem ewigen Augenblick, der irgendwo zwischen Leben und Tod schwebte, sagte er: »Ich liebe dich.«

»Nein! Paul! Verlass mich nicht, bitte nicht. Ich liebe dich!«, schrie Nina.

Seine Finger krallten sich um das Metall. Seine Arme wurden weiß, als er sich mit aller Gewalt aufzurichten versuchte, während Riesner ihn immer noch brutal im Schwitzkasten hielt, obwohl schon beide Beine in der Luft hingen. Riesners rechte Hand umklammerte Pauls Kehle, drückte gegen seine Luftröhre, drückte zu.

Nina sah, wie sich in Pauls Miene eine merkwürdige Wandlung vollzog – stark, sicher, erschreckend.

Sobald er wieder sicher auf dem Gitter war, schoss Pauls Hand vor. Er packte Riesners Hand und fing an zu drücken, verstärkte den Druck, bis Riesner anfing zu schreien. Die Knochen in seinen Fingern knackten, dann die seiner Hand, bis Paul mit einer gewaltsamen Drehung Riesner den Arm zertrümmerte und ihn auf den Flur schleuderte. Der Anwalt schrie vor Schmerz.

»Verlierer«, keuchte Paul, schwer atmend.

Riesner rollte sich herum, hielt seinen nutzlosen Arm und hob sein verzerrtes Gesicht. Nina und Paul standen über ihm und blickten auf ihn hinunter.

Tränen wallten auf und liefen Riesner über das Gesicht. Er stand langsam auf und klopfte seinen Anzug mit der unverletzten Hand ab. Er warf einen raschen Blick in die Augen seiner

Bezwinger und blickte dann hinunter auf die Schaulustigen unter ihm. Wie sie gafften.

Nina hatte Mühe, seine Miene zu deuten. Seine Demütigung war allumfassend. Niemand würde ihn je wieder respektieren.

Blitzschnell wirbelte er herum, sprang über das Balkongeländer und stürzte sich kopfüber vom Gitter.

Schreiend stürzte er hinunter, an den hübschen Grünpflanzen und den mit weißem Leinen und schimmernden Gläsern gedeckten Tischen vorbei auf das hübsche konzentrische Kreismuster auf dem Boden des Innenhofs.

Sie hörten, wie er aufschlug.

Epilog

Nachdem das anwaltsrechtliche Verfahren der kalifornischen Anwaltskammer gegen Nina sich in Wohlgefallen aufgelöst hatte, verließ Nina Tahoe und zog nach Carmel, um bei Paul zu sein.

Doch das hieß nicht, dass ihr verworrenes Leben ordentlich mit einer großen roten Schleife verschnürt wurde.

Drei Tage nach Jeffrey Riesners Tod war das Verfahren vor dem Anwaltsgericht des Staates Kalifornien in der Howard Street wieder aufgenommen worden. Officer Scholl sagte über den Vernichtungsfeldzug gegen Nina aus, den Riesner in umfangreichen schmähenden Tagebüchern umrissen hatte. Sie waren bei einer Durchsuchung seines Hauses sichergestellt worden. Ein Schnitzer von Nina wurde nicht erwähnt, obwohl sie immer darüber nachdenken würde. Scholl erklärte in aller Offenheit und Ausführlichkeit, dass es ihr Fehler gewesen war, Riesner aus dem Blick zu verlieren. Obwohl es ihr peinlich war, machte sie ihre Aussage mit sicherer und fester Stimme und gab niemandem die Schuld außer sich selbst.

Sie umriss die Verschwörung gegen Nina. »Er hatte seit Monaten nach einer Gelegenheit gesucht, und eines regnerischen Tages sah er bei Gericht ihren Autoschlüssel auf dem Tisch liegen. Das war der Anfang. Er sagte, er sei in dieser Nacht zu ihrem Haus gegangen, nur um zu sehen, ob er nicht vielleicht etwas fand. Es war pures Glück, dass sie ihre Akten im Wagen gelassen hatte.« Er war handwerklich geschickt genug, um eine plumpe Fälschung zustande zu bringen, und hatte dann Kevin Cruz erpresst, Nina wegen sexueller Belästigung anzuzeigen.

Die Anwaltskammer des Staates Kalifornien zog sämtliche Anklagepunkte gegen Nina zurück.

Zwei Wochen später wurde Officer Jean Scholl unter öffentlichem Beifall zur Kriminalpolizei versetzt, wozu ihr der Bürgermeister gratulierte.

Nina hatte sich unter vier Augen bei ihr bedankt.

»Ich habe nur meine Arbeit gemacht. Habe die Person gefunden, die Ihren Wagen gestohlen hat«, erklärte sie Nina, ohne ihre verspiegelte Sonnenbrille abzusetzen.

Lisa Cruz, die einverstanden war, eine neue Therapie anzufangen, bekam das endgültige Sorgerecht für ihre Kinder. Die Staatsanwaltschaft hatte noch nicht entschieden, welche Klagen sie gegen Kevin erheben würde. Wenige Wochen nach seiner Rückkehr warf die Polizei von South Lake Tahoe ihn hinaus.

Cody Stinson kam aus dem Gefängnis frei. Heritage Insurance gab Mrs. Vangs Teil des Geldes frei, und Marilyn Rose rief Nina an.

Bruce Ford ließ einen kleinen chirurgischen Eingriff über sich ergehen, ohne Komplikationen.

Im März brachte Andrea ein wunderschönes Mädchen zur Welt. Sie taufte sie June.

Nachdem sich der Trubel Ende Mai gelegt hatte, schloss Nina ihr Büro im Starlake Building.

Sie bot Sandy ein großzügiges Abfindungspaket an, das Sandy ablehnte. »Abfindung? Das klingt ja, als hätten wir uns entzweit, und das haben wir nicht.« Sie hatte über die Veränderungen genörgelt und herumgezögert, bis sie erkannt hatte, dass Nina glücklich war, dann war ihre Stimmung besser geworden.

Am letzten Tag im Büro erschien Sandy in nagelneuen Tennisschuhen, bereit, eine Zeit lang als Beraterin für das Büro für Indianische Angelegenheiten zu arbeiten. »Glaub bloß nicht, du bist mich los«, hatte Sandy gesagt. »Mit dir bin ich noch nicht fertig.«

Bob flog nach Schweden. Nina setzte ihn in ein Flugzeug und seufzte erleichtert auf, dass das Problem mit Nikki erst einmal geklärt war. Am Tag nach seiner Ankunft in Stockholm rief er an, um sich bei ihr zu melden. Im Hintergrund Lachen und Radau, leises Summen, hohes Kichern.

»Wer ist das?«, hatte Nina gefragt.

»Oh, Mom, habe ich bei der ganzen Hektik und allem vergessen, es dir zu erzählen. Diese schwedische Hardcore/Crust-Band, deren Website Nikki macht – also, die haben sie für einen Monat eingeladen, sie ist hier.« Irgendetwas stieß ans Telefon, und einen Augenblick später war er wieder dran. »Sie sind grade alle hier. Kurt lässt sie heute im Probenraum an der Sinfonie üben. Irre Akustik!«

Paul stellte Wish für den Sommer in Carmel als bezahlten Praktikanten an, damit er ihm das Büro führte und sich um die Subunternehmer kümmerte, die er für Routinesicherheitsjobs anheuerte. Wish bemühte sich darum, dass seine Arbeit vom College als Praktikum anerkannt wurde, und lernte surfen. Er mietete ein Zimmer in dem Haus, das Nina von ihrer Tante Helen in Pacific Grove geerbt hatte. Er teilte es sich mit zwei anderen Studenten, die das Haus gemietet und noch einen Mitbewohner gesucht hatten.

Tahoe zu verlassen stellte sich als genauso schwer heraus, wie sie erwartet hatte.

Ihr Büro zu schließen, ihre Fälle weiterzugeben, schmerzliche Abschiede, denen Nina nicht entkam, denn die kleine juristische Gemeinde wusste alles, was passiert war – all dies kam sie hart an. Die interessierten Nachfragen und die guten Wünsche hätten ihren Entschluss beinahe ins Wanken gebracht. Aber nur beinahe.

»Kommen Sie zurück?«, fragten alle. »Was haben Sie vor?«, wollten sie wissen.

Also sagte sie ihnen, wie es war. Sie würde dem Recht nie den Rücken zukehren. Sie hatte über die vergangenen Monate nachgedacht, und ihr war klar geworden, dass Brandy dazu geschaffen war, glücklich verheiratet zu sein. Mrs. Vang hatte in einem neuen Land ein neues Leben begonnen, Kevins Kinder hatten einen hingebungsvollen Elternteil. Nicht ihn, aber er verdiente sie auch nicht.

Wieder einmal hatte sie tief in die verrückte Unordnung menschlicher Beziehungen eingegriffen, daran gedreht, ihre Nase hineingesteckt und für ein faires Ergebnis gekämpft. Sie hatte mehr Gutes bewirkt als Schaden angerichtet. Das war alles, worauf sie je hoffen konnte. Wie ein kalifornischer Kondor, der mit Würde aus einem Scharmützel hervorging und sich vom Wind davontragen ließ, hatte sie bewiesen, dass sie ohne fremde Hilfe überleben konnte. Sie wusste auch, dass sie es jetzt nicht mehr musste. Sie würde die Juristerei nie aufgeben. Doch jetzt verlangte ihr Herz nach Aufmerksamkeit, und sie hatte beschlossen, darauf zu hören.

Das Haus zu verlassen hätte schrecklich werden können, doch Paul und Matt hatten ihr packen geholfen und sie in einem einzigen Augenblick nach draußen befördert, lachend und neckend, mit lauter Musik, fliegendem Staub und Kartons, so hoch gestapelt wie der Mount Tallac. Andrea würde eine Mutter und ihre vier Kinder für ein paar Monate in Ninas Haus unterbringen, weil das Frauenhaus nicht genug Platz hatte. Danach …

»Du kommst doch zurück, Nina, oder?«

Nina parkte auf einem Platz gegenüber von dem Lesecafé am Lighthouse Boulevard in Pacific Grove, ging hinein und bestellte zwei Kaffee. Wo war Paul? Er hätte inzwischen hier sein müssen. Draußen wehten Nebelfetzen durch die Straße. Jetzt grenzte ihre Stadt an einen Ozean und nicht mehr an einen uralten See.

Sie trank den Kaffee mit Milch und fühlte sich für einen Augenblick, als sei sie versetzt worden. Sie war in ihre alte Stadt zurückgekehrt, den Hügel hinunter von der Pacific-Grove-Grundschule. So vieles war in den Jahren dazwischen geschehen.

Hinter ihrer Zeitschrift beobachtete sie, wie am Ende der Theke eine Mutter ihrer Tochter Zucker in die Milch tat. Das kleine Mädchen lächelte und wollte immer noch mehr Zucker, bis die Mutter dem Zuckerfest schließlich ein Ende bereitete, jedoch nicht ohne zu versprechen, in der nächsten Tasse würde sie mehr Zucker bekommen, so viel Zucker, wie sie wollte. Nina ging nach vorne und schaute aus dem Fenster. Der Abend war hereingedämmert, und die silbernen Lämpchen, die das Fenster des Cafés schmückten, gingen an.

Wo war er? Als sie ihn auf der Straße nirgends entdeckte, ging sie wieder zum Tresen, um zu warten. Zum ersten Mal seit langer Zeit war ihr Herz ganz eins mit sich. Er würde kommen, und sie würden einen langen Spaziergang durch die Stadt machen, zum Pier One gehen oder ins Kino, und dann über den Hügel nach Carmel, nach Hause.

Sie konnte sich auf ihn verlassen.

Sie war glücklich und schaukelte beim Warten auf ihrem Hocker mit den Beinen vor und zurück. Das kleine Mädchen ein paar Hocker weiter beobachtete sie entzückt und fing an, sich zu drehen und zu kreiseln, trat mit seinen Beinen vor und zurück, lange nachdem Nina schon aufgehört hatte.

Während sie dem Mädchen zusah, wie es sich zehn- oder zwanzigmal drehte und sich dabei mit den Händen an der Sitzfläche festhielt, wurde es Nina ganz schwindlig vor Möglichkeiten und Hoffnung. Sie wusste jetzt, dass sie das Leben, das durch sie hindurchströmte wie der Pazifische Ozean, nicht kontrollieren konnte, weder seine kalten Strömungen noch seine Stürme noch seine gnädigen, sonnigen Tage.

Sie fragte sich, was die Zukunft wohl bereithielt.

Sie drehte sich einmal um sich selbst, nur einmal. Einfache Gedanken gingen ihr durch den Kopf:

Mein Name ist Nina, ich wohne gleich die Straße runter.

Ich bin ich.

Dank

Unser besonderer Dank gilt Peter von Mertens und Lynn Snedecor, weil sie das Manuskript gelesen und viele hilfreiche Bemerkungen dazu gemacht haben. Ann Walter für Hinweise über Tahoe, Bill Dawson für sein starkes Interesse an den Themen, die Anwälte plagen, und Deputy Sheriff Tom Hill vom Polizeirevier South Lake Tahoe dafür, dass er unsere Fragen zum Verfahren beantwortet hat.

Unser Bruder, Patrick O'Shaughnessy, hat wie immer seinen Senf zu unseren Figuren und unserer Geschichte dazugegeben und ist unserer Meinung nach immer noch der beste Anwalt für Entschädigungsforderungen bei Arbeitsunfällen in ganz Kalifornien.

Brad Snedecor war, wie immer, ein unentbehrlicher kreativer Komplize.

Wir danken dem Personal des kalifornischen Anwaltsgerichts für seinen Beitrag.

Das *California Bar Journal* war eine Informationsquelle über den Ablauf von anwaltsgerichtlichen Verfahren. Für die Geschichte der Familie Vang haben wir eine ganze Reihe von informativen Websites und Büchern über das Volk der Hmong zurate gezogen, einschließlich www.geocities.com/CapitolHill/Congress/8725/unip2001.htm und *I Begin My Life all Over: The Hmong and the American Immigrant Experience* von Lillian Faderman unter Mitarbeit von Ghia Xiong. In Zusammenhang mit Mrs. Glebs Zeugenaussage möchten wir besonders *The Psychology of Handwriting: Secrets of Handwriting*

Analysis von Nadya Olyanova (Sterling Publishing Company, 1960) erwähnen.

Unser größter Respekt und unsere Bewunderung gelten unserer fantastischen Agentin Nancy Yost und unserer scharfsinnigen Lektorin Danielle Perez. Irwyn Applebaum danken wir herzlich für seine geduldige und hilfsbereite Art und allen anderen bei der Bantam Dell Publishing Group für ihre harte Arbeit zu unserem Nutzen – was für wunderbare Menschen.

Und schließlich erheben wir die Kaffeetasse auf die großartige und kluge Gesellschaft in der hinteren Nische im Plantation Café: Bill Cheney, Ruth und Bill Dawson, Laura Ferrari, Jim Nicholas, Pat Spindt und Sylvia Walker.

Sämtliche Fehler gehen auf unser Konto.

[illegible] von Nadja [illegible] Petroleum Consultants [illegible] aus Alaska.

Unser größter Respekt und unsere Bewunderung gelten unserer fantastischen Agentin Nancy Yost und unserer scharfsinnigen Lektorin Danielle Perez. Irwyn Applebaum danken wir [illegible] für seine geduldige und hilfreiche Art und allen anderen bei der Bantam Dell Publishing Group für ihre harte Arbeit an unserem Buch [illegible] Menschen.

[illegible]

[illegible] Cheney, Ruth und Keith Dawson [illegible] Brown, Thomas [illegible] Sandy und Shelly Walker.

Sämtliche Fehler gehen auf unser Konto.